여
기
가

좋은 이유

여
기
가

좋은 이유

내가 사랑한
취향의
공간들

김선아
지음

prologue

건축에 관해 글을 쓰고 사진을
찍어야겠다고 결심했던 순간이
기억납니다. 성수동 대림창고가 오픈한지
얼마 되지 않았을 때, 전 회사 분들과
함께 대림창고를 구경하며 감탄하고
있었어요. 그때까지만 해도 그 정도의
넓은 창고를 훤히 드러낸 공간이 많지
않았어요. 게다가 지붕에선 햇빛이
들어오고, 내부에선 땅을 파서 나무를
쑥쑥 심어놓은 거예요! 멋졌어요.
내부이기도 한데, 외부이기도 했습니다.
건축이 꼭 바닥과 벽과 천장으로 이뤄진
건 아니라고, 건축은 빛이고, 바람이고,
때로 식물이기도 하다고 보여주는 것
같았거든요.
"여기 분위기 좋다!"
누군가 제 옆을 스쳐 지나가며 말했어요.
순간 마구 설명을 해주고 싶은 거예요.
여기가 왜 좋냐면, 평소에 경험하기가
쉽지 않은 대공간의 공간감이 느껴져서

그런 거고, 지붕 재료를 일부 바꿔 햇빛이
내부로 깊숙하게 들어와서 그런 거고,
과감하게 땅을 파 나무를 심어 창고를
정원으로 만들었기 때문이라고요. 어려운
건축 이론과 용어 없이도 설명할 수 있는
것들이 분명 있었습니다. 그때부터 제가
직접 다녀온 공간들에 관해서 부족하지만
글을 쓰고 사진을 남기기 시작했습니다.
기쁨은 나누면 두 배가 된다고들 하죠.
그 말처럼 저는 좋은 것은 나누면
더 좋아진다고 믿습니다. 그래서
저에겐 건축이 전공자뿐 아니라 일반
사람들에게도 쉽게 다가갈 수 있는 문화가
되었으면 좋겠다는 바람이 있었어요.
제 주변에는 건축하는 사람들이 많아,
모두 다 같이 건축을 좋아하고 즐기고
있는데(때로 건축을 너무 사랑하여
건축밖에 모르는 바보들도 있지만요.)
더 많은 사람들이 건축이 얼마나 좋은지
알아주었으면 했거든요.
그렇다면 언젠가 건축도 영화처럼
사람들이 주말에 즐길 수 있는 여가 생활
중 하나가 될 수 있지 않을까요?

그러려면 누군가는 그에 관해 이야기해야 한다고 생각했습니다. 영화를 보고 나름의 감상을 SNS에 올리는 것처럼, 책을 읽고 독후감을 노트 어딘가에 적는 것처럼. 그러니까 제가 적은 글들은 제가 저와 여러분의 도시인 서울을 돌아다니며 쓴 공간 독후감 정도로 이해해주시면 좋을 것 같아요

좋은 건축은 우연히 나오지 않는다는 사실을 잘 압니다. 좋은 공간에는 반드시 누군가의 고민과 노력을 통해 만들어진 건축적인 이유가 있어요. 저는 서울의 좋은 공간들이 가지고 있는 건축적인 이유들을 조금이라도 발견해 알려주고 싶었어요. 여기에 실린 글들은 좋은 공간을 다른 사람들과 나누고 알리고 싶어서 한 편 한 편 브런치에 연재했던 글들의 모음입니다.
고백하자면, 제가 건축에 관해 쓴 글로 책을 내려면 10년 정도의 긴 시간이 필요하지 않을까 지레짐작하고 있었습니다. 그래서 브런치에 올렸던 글들은 제가 건축에 관해 딱딱하지 않고 쉽게 쓰기 위한 연습이었어요.

그런데 감사하게도 그런 저의 글들을 좋아해주시는 분들이 많아졌고, 저의 예상보다는 훨씬 빨리 책의 형태로 여러분을 만날 수 있게 되었습니다. 브런치에서는 공간 당 30여 장의 사진들을 첨부하며 설명을 했으나 웹에 연재되었던 글을 종이로 가져오려니 사진들을 많이 포기할 수밖에 없었어요. 그 점이 가장 아쉽습니다.

그저 이 책에 적힌 어떤 글을 읽고 궁금해져서 그 공간을 한 번 가보길 결심하게 된다면, 더 나아가 공간의 사진을 찍고 몇 글자라도 자기 생각을 적을 수 있게 된다면 전 그걸로 족합니다. 이 책의 의미는 거기에 있어요. 이 공간이 좋은 나만의 이유를 찾는 것. 마지막으로 이 책에서 소개하는 공간들을 저와 함께하길 마다하지 않았던 사람과 사람들에게 감사의 인사를 전합니다.

2019년_4월
김선아

contents

빛으로
가득 찬
책의 광장

별마당 도서관

01

여름엔 시원하고 겨울엔 따뜻한 코엑스

대학교에 입학하기 전까지 나는 매일 같이 코엑스에서 친구들을 만났다.
놀기 좋은 곳이었다. 먹을 것도 많고, 영화관과 오락실까지 있었다. 아직

가로수길이나 경리단길, 해방촌처럼 '핫한 동네'가 없던 시절이었다.
대학교에 다니며 활동 범위가 점점 넓어지던 와중에도 종종 코엑스에

들렀다. 꼭 가야만 하는 날이 정해져 있었다. 타는 듯이 더운 날, 비가
억세게 내리는 날, 귀가 떨어져 나갈 것처럼 추운 날. 지하철에서 내려
굳이 바깥으로 나가지 않아도 충분히 실내에서 쾌적함을 만끽하며
놀고먹을 수 있으니, 궂은 날에는 코엑스만 한 곳이 없었다.

그러던 어느 날, 코엑스가 리모델링 공사를 시작했다. 14년 동안
많은 사람들에게 활발히 사용되며 버틸 수 있을 만큼 버텼으니, 1년
8개월이라는 긴 공사 기간도 이해할 수 있었다. 시간이 지나 많은
사람들에게 코엑스가 희미해진 기억으로 남았을 때쯤 오픈 소식이
들려왔다.

마침내 코엑스가 새로 오픈했을 때, 잊지 않고 코엑스를 찾았다.
새로운 점포들이 아직 모두 들어서기 전, 새하얗게 변한 코엑스의 길을
걸었다. 파랗고 네모난 기둥들이 모두 하얗게 변했고, 바닥의 패턴과
벽의 형태가 바뀌었다. 순식간에 나는 길을 잃었다. 오랜 시간 다니며
익혔던 랜드마크가 모두 사라져 내가 어디에 있는지 알아챌 수 없었다.
코엑스의 리모델링은 나에게 많은 아쉬움을 남겼다. 리모델링 설계는
최선을 다했지만, 코엑스의 태생적인 한계가 발목을 붙잡고 있었다.
구조적 역할을 하는 굵은 기둥들을 건드릴 수 없었고, 층고를 더 높일 수
없었다. 그러한 한계를 딛고 가장 큰 변화를 꾀한 곳은 푸드코트로 쓰이던
광장이었는데, 그곳만은 이전보다 훨씬 나아졌다고 자신 있게 말할 수
있다. 막혀 있던 피라미드 모양의 구조 대신 훌쩍 높아진 흰 지붕 구조가
내부로 쏟아지는 빛에 더욱 집중할 수 있게 해주었다. 공간을 나누고 있던
음식점 칸막이와 분수가 사라지니 큰 공간감이 느껴졌다. 이곳이 별마당
도서관이 들어서는 배경이 되는 공간이다.

시원하게 뚫린 열린 공간

공간을 감동스럽게 만드는 요소들이 몇 가지 있다. 그러니까 공간을
훌륭하게 만드는 지름길. 높은 층고와 공간을 가득 채우는 햇빛, 벽면을
빼곡히 채우는 책들. 그런 의미에서 이곳, 별마당 도서관은 사람들이
사랑하는 몇 가지 공간의 구성 조건을 어렵지 않게 만족한 셈이다.
별마당 도서관에 발을 내딛는 순간 우리는 문을 지나치지 않았음에도
불구하고 공간이 바뀌었음을 쉽게 알아챈다. 공간의 부피가 달라졌기
때문이다. 평소 느낄 수 있는 공간보다 몇 배 더 크다. 코엑스 지하 길보다
3배 이상 높은 층고를 가진 공간이 깨끗하게 정리되자 공기부터가
다르다.
높고 넓은 공간을 최대한 살리기 위하여 외부에서 진입할 수 있는 1층
부분의 바닥 면적을 무리해서 넓히지 않았다. 공간에 테두리를 두르고
출입구와 사람들이 머무르며 책을 읽을 수 있는 작은 공간들만을
남겨놓았다. 외부에서 이어지는 바닥을 더 넓혔다면 바닥 면적은
늘어났을지 몰라도 공간 자체는 작게 느껴졌을 것이다.
사람들은 이 큰 공간을 모두 어렵지 않게 소화한다. 에스컬레이터로
오르내리고, 책 전시대를 가로지른다. 누군가는 그저 코엑스 몰을
지나는 사람들이고, 누군가는 이곳에서 책을 읽기 위해 일부러 찾아온
사람들이다. 때로는 이곳에서 강연이 열리고, 전시가 진행된다. 크게 열려
있어 얼핏 아무것도 채우지 않은 것 같아도, 그 안에는 더 많이 채워질
가능성을 남겨두었다.

공간의 패턴

서가가 들어서면 어쩔 수 없이 공간에는 패턴이 생겨난다. 우리가 읽는
책에는 정해진 사이즈가 있고, 책을 보관하는 책장이라면 응당 갖춰야
할 형태가 있다. 네모난 책을 위한 책장이 둥글게 디자인되는 경우는
드물다. 효율을 위해서 우리는 벽을 나눠 책을 높이 쌓아 보관할 수 있게
하고, 구조적 안정성을 위해서 책장 사이에 기둥 역할을 하는 부재를 끼워
넣는다. 벽을 꽉 채운 책장이 멋진 이유는 균일함일 것이다. 균일하게
나누어진 면에서 느낄 수 있는 안정감.

층고가 높다는 건 높은 책장을 가질 수 있는 가능성까지 함께 지닌
것인데, 별마당 도서관은 그 이점을 최대한 이용한다. 무리했다고까지
느껴질 정도로 책장을 높게 짜 올렸다. 무리했다고 느낀 이유는 단 한
가지다. 사람의 키로는 일정 높이 이상 올라간 책을 볼 수도, 꺼내 읽을
수도 없기 때문이다. 심지어 책장에 책을 모두 채워 넣지도 못했다.
기능을 잃은 디자인이다. 책을 꽂아 넣지 못했기 때문에 서가라고 부를 수
없을지도 모른다.

우리는 이미 이런 책장을 파주 지혜의 숲에서 경험한 바 있다. 이곳에도
마찬가지로 높은 서가들이 존재하지만 그 책을 꺼내 읽을 수는 없다.
지혜의 숲 사진을 처음 보고 굉장히 기대하며 방문했으나 가장 실망한
부분은 바로 서가의 상층부를 사용하지 못한다는 점이었다. 어찌 보면
높은 서가의 한계일 것이고, 어느 정도 타협한 디자인일 것이다.

이 외에도 찾을 수 있는 공간의 패턴 한 가지가 더 있다. 직사각형으로
나뉜 서가의 격자 형태와는 다른 방향에서 생겨나는 또 다른 패턴. 항상
볼 수 있는 것은 아니지만 때때로 외부에서 지붕을 거쳐 들어오는 햇빛은
바닥에 넓은 패턴의 그림자를 만든다. 문득 궁금해진다. 이곳을 지나치는
사람들이 바닥에 맺힌 그림자의 패턴을 인식하고 있을까?

누구나 머무를 수 있는 도서관

도서관이라고 명명하면, 왠지 모르게 누구에게나 열려 있는 것 같은
느낌이 들지만 사실 따지고 보면 그렇지만도 않다. 보통의 도서관들은
지니고 있는 책들을 조금 더 효율적으로, 안전하게 관리하기 위하여
방문객에게 신분을 증명할 수 있는 무언가를 요구한다. 그것이 도서관
회원증이 되었든 학교 학생증이 되었든, 도서관 입구에는 지하철
출입구를 연상케 하는 보안 시스템이 마련되어 있다. 지역 도서관도
마찬가지고, 학교 도서관도 그렇다. 특히 학교 도서관은 재학생 이외엔
출입하지 못하는 경우가 대부분.

그런 의미에서 별마당 도서관은 도서관의 폐쇄적 성격을 시원하게
갖다 버렸다. 정해진 출입구도 없고, 신분증을 요구하지도 않는다.
도서관보다는 서점과 같은 역할을 하고 있지만 도서관이라고 불릴 수
있게 만드는 근거는 별마당 도서관 곳곳에 자리하고 있다. 바로 누구나
들어와 머물 수 있도록 하는 테이블과 벤치들이다. 누구도 그곳에서 무얼
하든 제지하지 않는다. 자유로이 앉아서 얼마든지 눈치 보지 않고 시간을
보낼 수 있다는 점에서 공공의 성격이 강하다.

스타벅스가 강력한 이유는 혼자든 함께든 카페가 열려 있는 한, 책을 읽든
과제를 하든 이야기를 나누든 미팅을 가지든 많은 행위를 시간의 구애
없이 할 수 있다는 점이다. 그런 의미에서 별마당 도서관도 많은 행위를
담을 수 있는 그릇임을 부정할 수 없을 것 같다. 서울에 이런 곳이 하나
더 생겼다니, 아주 좋은 일이다. 스마트폰의 등장으로 사람들이 책과
멀어질수록, 아이러니하게도 이런 공간의 수요는 늘어난다.

02

시간에
새로움을 더 하 는

어니언 성수 · 미아

새로운 옷을 입어야 할 때

"나중에 커서 뭐가 되고 싶어?"

이런 저런 모임에 나갈 때면 나는 종종 주변 사람들에게 물었다. 대학
졸업 후 취직한 직장인들이 대부분이었다. 아침이면 어김 없이 지옥철에
올라 출근을 하고 월급날을 기다리는 사람들. 학창시절에나 들었을
법한 질문에 모두 피식 웃었지만, 쉽게 답하는 사람은 많지 않았다. 지금
다니는 직장을 천직이며 평생 직장이라고 정의내릴 사람이 몇이나 될까.
그러다 때로 누군가는 깜짝 놀랄 만한 꿈을 들려주기도 했다. 건축가인
친구는 진지하게 농부가 되고 싶다고 했고, 그래픽 디자이너인 동료는
노무사로의 전직을 준비하고 있다. 건설 회사에 다니는 후배의 꿈은
돈가스 집 사장님이다. 다른 시도를 준비하는 사람들의 이야기는 언제나
흥미롭고, 그들의 꿈을 진심으로 응원하게 됐다.

건축은 사람을 많이 닮아 있다. 구조라는 뼈대를 기초로 삼아 땅 위에
서고, 사람이 옷을 입듯이 건물은 마감재를 덧붙여 스스로를 보호하고
치장한다. 몸이 아프면 치료하듯 군데군데가 망가지면 고쳐 쓴다.
사람으로 치면 직업에 해당하는 '용도'도 다양하다. 시간이 흐르면서
상황이 변해 직업을 바꾸기도 한다. 업이 바뀌면 옷도 새로 바꿔입어야
하는 법.

지난 몇 년 간 성수동에는 직업을 바꾸고 새로운 옷으로 갈아입은
건물들이 우후죽순 생겨났다. 새로운 장소들의 일부는 반짝하다
사라지고 잊혀졌지만, 몇 공간들은 성수동을 대표하는 곳으로
자리매김했다. 카페 어니언은 단연코 다섯 손가락 안에 드는 성수동의
공간이다.

노출증의 끝

한때 인스타그램을 장악하던 핫플 카페들은 공통점이 있었다.
아직까지도 완벽히 사라지지 않은 공통점. 옛 건물을 활용한 리모델링
공간인 것(a), 리모델링을 하되 마감재를 뜯어내어 공간의 구조를 보이게
한 것(b). 친구들과 나는 이러한 리모델링의 유행을 장난스레 노출증이라
불렀다. 신발 공장을 고쳐 카페로 만든 합정동의 앤트러사이트를
시작으로 해방촌의 오랑오랑과 성수동의 대림창고는 노출증의 대표
사례가 아닐까.

    (a) 재료를 노출하는 것은 역시 일본의 건축가 '안도 다다오'부터로
    봐야할까. 구조적 역할을 하는 콘크리트를 노출시켜 건축을 마감 없이

그대로 날것으로 만들었다. 어떻게 하면 화려한 옷을 입을까 고민했던
근대 이전의 건축과는 다른 방향이었다. '건축의 뼈대를 그대로 드러낼
수 있구나.' 그제야 인류는 잊고 있었던 건축 양식을 다시 깨달은 것이다.
그 후 드러낼 수 있는 것들을 드러내는 것, 그것이 하나의 양식처럼
굳어졌다.

(b) 옛 건물을 다시 쓰는 일은 무엇이 시작인지 꼽을 수 없을 정도로 그
사례가 많다. 그래도 전 세계적으로 유명한 사례라고 한다면 미술관으로
변신한 공장, 런던의 '테이트 모던' 정도가 있겠다. 업사이클이니,
재생이니 많은 이름을 붙여가며 건물을 새로 살려 쓰는 것은 요새
서울에서도 아주 흔히 보인다. 단, 시간의 흔적들을 모조리 싹 지우고
새로운 얼굴로 나타나는 것은 여기에 해당되지 않는다.

전혀 다른 프로그램으로 다시 쓰는 공간(a)에서 마감을 다 뜯어서
노출(b)한다면, 그것을 노출증(a+b)으로 정의한다. 그리고 어니언은 내가
본 노출증 중에 중증, 노출증의 끝이다.
오래된 타일, 뜯기고 갈라진 페인트, 그대로 드러난 콘크리트.
건축하는 사람들에겐 익숙하지만, 일반인들에겐 낯선 것들이다. 공사
중인 현장에 가야만 볼 수 있었던 것들. 아니면 폐가에 플래시를 켜고
들어가야만 만날 수 있었던 더럽고 무서운 것들. 감추고 가려야한다고
여겨졌던 것들을 과감하게 모두 드러냈다. 처음 어니언을 찾았을 때,

헛웃음을 켰던 기억이 남아 있다. '이 정도로? 이렇게까지?'
공간을 이루는 바닥과 벽, 천장에 붙었던 모든 마감을 뜯었다. 공간의
구획만 남기고, 겉치장은 모두 떼어냈다. 막아야 하는 문이나 창문이
있었던 자리에는 시멘트 벽돌을 쌓아 거칠게 막았다. 남아 있는 것은
세월을 짐작게 하는 타일 뿐이다. 깨지거나 떨어진 타일도 그 상태로
뒀다. 그래서 어니언은 첫눈에 카페라고 느껴지지 않는다.
거칠게 뜯어낸 것뿐이었다면 어니언의 공간은 폐가 이하도, 이상도
아니었을테다. 어니언을 어니언으로 만드는 것은 거친 시간의 흔적과,
딱 떨어지는 매끈한 마감의 공존이다. 어니언은 콘크리트와 타일이
가진 질감과는 확연히 다른 재료를 공간에 덧대기 시작했다. 유리와
스테인리스 스틸이 뜯겨진 공간 안으로 들어왔다. 쪼개어지지 않은 큰
통유리를 창에 끼워넣으니 바깥의 풍경이 걸리는 것 없이 공간 안으로
들어온다. 미끈한 스테인리스 스틸은 커피를 만드는 바와 주문대의
상판이 되고 빵을 놓아두는 진열대가 되고 벤치가 되었다. 아주 거친
것들과 미끈한 재료들이 상충되어 낯섦을 자아낸다.

이름처럼 양파 같은 공간

카페는 공간의 위계가 단순하다. 상업 공간 중에서도 자유로운 평면의
구성이 가능하다. 커피를 내릴 수 있는 공간과 커피를 마실 수 있는

공간만 갖춘다면, 카페로서 기능할 수 있다. 구획하자면, 단 두 개의
방으로 충분하다는 뜻이다. 그런데 어니언은 그렇지가 않다. 어니언은
두 채의 건물로 구성되어 있는데, 도로에 면하고 있는 입구 쪽의 건물은
커피를 내리는 작업과 주문을 담당하고 안쪽의 건물은 다양한 형태의
고객 공간을 제공한다.
진입 건물을 통과해 마당을 지나고 나면 잘게 쪼개진 공간들의 집합체를
만난다. 필요에 따라 조금씩 확장한 공간들이 모여 다양한 크기의 방을
만들었다. 방들이 연결되는 모양이 양파라는 뜻의 이름과 썩 어울린다.
벽을 지나 계단을 올라 다시 문을 통과한다. 벽을 건너고, 문을 지나지만
공간은 모두 연결되어 있다. 이것을 건축에서는 레이어 혹은 켜라고

부른다. 켜는 한 공간에서 다른 공간으로 이동할 때에 경험하게 되는 것들을 의미하는데, 보통 한옥에 많다. 대문을 지나 마당을 지나 또 다른 쪽문을 지나 마루를 건너 다시 문을 열고 방으로 들어가야 하는 경험들. 다만, 켜의 형태는 완전히 다르다.

곳곳에 통로가 아니더라도 뻥 뚫린 구멍들이 시선을 연결한다. 이런 구멍이 방과 방을 연결하는 창이 되어 공간은 분할되어 있으나 막히지 않았다. 창으로서의 역할을 하는 프레임들은 또한 액자가 되어, 사람들을 담는다.

어니언은 내부 공간 뿐 아니라 외부 공간도 여러 껍질로 나뉘어져
있는데, 건물과 건물 사이의 마당이 고객이 겪는 첫 번째 외부 공간이다.
이곳엔 좌석을 놓아두진 않았지만, 정원을 두어 커피를 들고 지나다니는
사람들의 기분을 환기하게 한다. 두 번째 외부 공간은 고객 공간 뒤,
아늑한 정원에 테이블과 의자를 갖추고 있다. 내부를 그대로 밖으로 끌고
나왔다. 마지막은 좁은 철제 계단으로 조심스레 올라야하는 어니언의
옥상이다.

깨끗한 천장

천장에는 생각보다 많은 것들이 붙어야 한다. 조명뿐 아니라 에어컨,
스프링클러와 화재감지기, 환풍기, 때로 필요하다면 CCTV까지도
천장에 붙는다. 여러 기능을 가진 설비들이 지나다니는 천장 속은 상상
이상으로 복잡하다. 공간을 디자인하는 사람들은 언제나 아무 것도 붙지
않은 깨끗한 면의 천장을 꿈꾸는데, 그것이 쉽지 않다. 그러려면 천장에
붙어 있는 여러 설비들을 다 어디로 옮겨야 하는데, 갈 곳이 마땅찮기
때문이다. 결국 눈물을 머금고, 천장에 조명을 박아 넣고 각종 설비들의
위치를 잡는다. 아무리 공간의 구성 자체를 깔끔하게 정리해도, 천장을
바라보면 한숨이 나오는 경우가 다반사.
어니언에서 가장 놀라운 부분은 그래서 천장이다.

어니언으로 들어서자마자 눈길을 사로잡은 건 사실 천장이었다. 흰색
면이 가로지른 천장에 입을 떡 벌렸다. 밤에는 불이 들어왔고, 은은한
빛을 내뿜었다. 이 재료의 이름은 바리솔. 조명의 일종이다. 흰 바리솔로
천장을 모두 뒤덮고 나니 공간은 더욱 강력해졌다. 사진이 마이너스의
예술이듯 건축도 무언가를 덜어낼 때 더욱 뚜렷해진다.
천장을 조금이라도 높이고자 했던 것일까. 보를 드러내고 그 사이로
바리솔 조명을 채웠다. 보가 있어서 바리솔로 덮인 면적의 천장은 둥둥
떠다니는 것처럼 가볍다. 특히 낮보다 빛이 나는 밤에 더 붕 뜬 느낌이다.
천장의 바리솔 덕분에 어니언은 옛 건물의 느낌을 완벽히 벗었다.
커피 바 뒤의 창문들도 바리솔과 같은 느낌의 불투명한 창으로
계획되었다. 바깥을 보여주는 대신, 내부에 빛을 전달하는 사각형의
액자가 되어 커피를 기다리는 고객들의 시선을 바깥으로 돌리지 않고,
오로지 커피와 내부의 공간에 집중하도록 한다. 날이 좋은 날이면
바깥 나무 그림자가 불투명한 흰 창에 맺히기도 한다. 바람이 불어
살랑살랑 흔들리는 나뭇잎의 그림자는 한 폭의 그림이 되어 공간을 또
다른 방식으로 채운다. 불투명 창에 드리우는 이 그림자도 정녕 계획의
일부였을까.

건축 속으로 파고든 가구

말하자면, 건축과 가구는 형제 같은 사이 아닐까. 건축이 큰 형이라면,

가구는 자유분방한 성격의 동생이지 않을까 상상해 본다. 구분되지만
결국 한 공간에 놓이는 가족과도 같은 사이. 사람의 움직임과 크기에
기반하여 형태와 쓰임새가 정해진다는 점에서 핏줄은 하나지만 다른
성격을 가진다. 건축은 고정되어 움직이지 않는 것을 원칙으로 하고,
가구는 이동성을 가지는 것이 일반적이다.

그런데 어니언은 샴쌍둥이쯤 되나 보다. 둘이 하나로 붙어 있다. 건축
안으로 가구가 파고든 모양새다. 과감한 선택이었다. 콘크리트로
테이블과 벤치를 짰다. 아래가 얇고, 위로 올라가면서 넓어지는 형태인
사다리꼴 테이블은 바닥에서 그대로 들어올려진 모양새. 벤치도 같은
어휘를 가진 형태로 제작되었다. 콘크리트 바닥에 붙어 있는 콘크리트
가구. 이제 그것들은 그 자리에서 움직일 수 없다. 가구의 특성인
이동성이 사라졌다.

카페의 가구들이 보통 옮기기 쉬운 테이블과 의자로 이루어져 있는
까닭은 최대한 카페 고객들의 자유도를 높이기 위함이다. 테이블을
붙일 수도 있고, 떼어서도 사용할 수 있도록. 그런 의미에서 공간을 크게
가로지르는 거대한 콘크리트 테이블은 어떤 의도로 만들어졌을까.
자유롭게 공간을 내맘대로 바꾸면서 사용할 수 없는 대신, 공간은 변하지
않고 공간 디자이너의 의도를 지속적으로 강하게 노출한다. 단순히 공간
중앙을 차지하고 있는 것이 아니라, 콘크리트 테이블은 앞서 말한 양파와
같은 공간을 꿰뚫는다. 거대한 콘크리트 테이블은 공간을 넘어가 옆
방으로 그대로 확장된다. 어니언에서는 공간의 한계를 건너 확장되는
가구를 두 군데서 발견할 수 있는데, 내부 공간과 내부 공간 사이에서
하나. 내부 공간과 외부 공간 사이를 넘나드는 것이 하나. 방과 방 사이의
창이 시야를 열어 공간을 연결했듯, 거대한 콘크리트도 같은 의도를
가지고 있는 것으로 보인다.

어니언은 확실히 새로운 시도다. 노출증에 걸린 공간을 선호하지 않는
사람들도 있을 것이고, 행동을 제약하는 콘크리트 테이블을 불편해하는
사람들도 있을 것이다. 잘게 나누어진 공간보다는 크게 뻥 뚫린 시원한
공간을 더 좋아하는 사람도 물론 있다. 하지만 오랜 시간을 보내며 여러
용도로 쓰였던 공간이 새로운 옷을 어떻게 입었는지, 성수동이라서
가능했던 날것의 솔직한 모습은 어떻게 다시 보여질 수 있었는지 세심한
눈으로 다시 관찰하고 경험하기에 어니언은 충분히 좋은 공간이다.

어니언 미아, 위치는 우체국

어니언은 영원히 성수에만 있을 줄로 알았으나, 그것은 나의 착각이었다.
어니언 성수점이 문을 연 지 2년, 인스타그램을 통해 2호점 소식이
들려왔다. 위치는 강북우체국. 공장이고 슈퍼였던 건물을 리모델링해
어니언을 만들었듯, 우체국이었던 건물을 고쳐 어니언으로 다시 만든
것일까. 호기심에 곧바로 지도를 켜고 검색을 하였으나, 의아함이
몰려왔다. '여기에? 갑자기?' 어니언 2호점이 위치한 곳은 한 번도 가본
적 없는 동네, 미아였다.
지도에 즐겨찾기 등록을 해놓고 '가봐야지' 생각은 오래 하였으나, 역시
미아동엔 갈 일이 없었다. 한참을 어니언 인스타그램을 통해 사진으로만
공간을 받아보다 어느 주말 날을 잡고 미아동으로 향했다. 지도 앱이
가르키는 방향대로 열심히 걷는데, 카페는 나타나지 않았다. 현재 위치가
맞나 다시금 확인하고, 고개를 들었다.
"아니, 잠깐. 여긴데?"
지도 앱에서 눈을 떼고 고개를 들어 내 앞을 막고 있는 녹색 건물을

바라봤다. 서울강북우체국. 없어진 것은 아닐까 생각했던 우체국은 빨간
간판을 달고 위풍당당하게 서 있었다. 혼란스러워 다시 인스타그램을
뒤져봤건만, 아무도 어니언 미아점의 입구 사진은 찍어올리지 않았다.
찾아오는 길 안내 포스팅은 보이지 않았다. 여기 어딘가 있어야 하는데.
"여기다."
우체국 우측 입구에서 작은 어니언 입간판을 발견했다. 어니언의 로고가
이렇게 반가울 수가. 여기, 정말 우체국이다.

순서의 역전

숨겨진 것들은 언제나 매력적이다. 숨겨진 무언가에 대한 호기심과 결국
숨겨져 있던 것을 발견하게 되었을 때의 그 쾌감. 어렸을 적 즐겨하던
보물찾기는 무엇을 찾아야 하는지도 모르면서 숨겨져 있다는 그 사실
하나만으로 보물을 매력적으로 만든다. 성인이 되어서도 보물찾기는
계속되고 있는데, 다른 점은 그 규모가 커졌고 보물의 정체가 달라졌다는
것뿐이다.

공간을 숨기는 것도 같은 맥락에서 그 공간을 더 매력적으로 만드는데, 예상하지 못한 데에서 얻게 되는 놀라움 때문일테다. 우체국 옆 작은 문으로 진입해야 하는 어니언 미아점도 마찬가지. 우체국을 없애고 카페를 만들었으면 만들었지, 우체국과 공존할 수 있는 카페가 가능할 것이라곤 생각하지 못했다. 예상을 뛰어넘는 공간의 경험은 이곳을 찾는 사람들에게도 기분 좋은 새로움을 선사한다.

카페를 찾았다는 안도도 잠시, 어니언은 다시 한 번 무언가를 숨겼다. 카페에 들어오자마자 보여야 할 한 가지. 커피를 만드는 공간이 아예 보이지 않았다. 주문을 할 수 있는 공간을 찾았으나 한 눈에 들어오지 않았다. 공간을 경험하는 순서를 뒤바꾼 것. 커피를 마시는 공간을 모두 통과해야만 안쪽에 위치한 베이커리와 커피 바가 나타난다. 일반적으로 커피를 주문하는 공간이 입구에 위치한 것과는 반대다.

사람들은 먼저 공간의 가장 안쪽까지 방문해야 한다. 주문을 해야 하니까. 주문대에서는 안쪽의 주방이 힐끔 보였다. 어니언 성수의 흔적을 커피를 주문하는 테이블에서 찾을 수 있었다. 높이도, 재료도 다르지만 윗쪽이 넓고 아래쪽이 좁은 사다리꼴 모양은 그대로 가져왔다.

고객의 공간과 주방을 완전히 분리해 놓으니 주문을 하고 나면 직원들을

마주칠 일이 별로 없다. 어니언 성수에서 광활한 커피 작업 공간을 두었던
것과 상반된다. 사람들은 자유로이 다시금 바깥 공간으로 나와 각자의
방식으로 눈치보지 않고 커피를 즐길 수 있다.

다시 한 번 노출

이곳은 차라리 갤러리에 가깝다. 비우기 위해서 최대한의 노력을 기울인
점이 그렇다. 비운 것뿐 아니다. 사람들의 시선과 집중을 모두 내부로
끌어들인 것도 갤러리에서 찾을 수 있는 공간적 특성 중 하나다.
공간의 뼈대를 모두 노출시켜 높은 층고를 갖게 했다. 특히 천장은 구조적
역할을 하는 보를 제외하고는 다 걷어냈다. 보는 격자의 형태로 공간을
가로지르며 천장을 받치고 있다. 보통 천장에 매달리는 에어컨 설비와
스피커는 모두 어디론가 숨겼다.
공간의 두 면을 모두 차지하고 있는 창은 어니언 성수의 창처럼
불투명하게 막았다. 빛과 가까이 있는 나무들의 실루엣만 은은하게
전달된다. 온통 콘크리트 노출벽과 불투명한 창으로만 이루어져

있었다면 재미가 덜했을 텐데, 이 공간엔 마침 높이 자리한 유리블럭 창이
있다. 자칫 밋밋하게 느껴질 수 있는 공간에 패턴을 더해 시각적으로도
지루하지 않다.

사람들은 광활한 한 폭의 그림과 같은 창 아래에서 커피를 즐긴다.
어니언 성수의 작업 공간에 벤치만 두었던 것처럼, 어니언 미아에서도
벤치를 적극 활용한다. 보통의 벤치보다 약간 낮아, 벤치에 앉은 사람들이
창의 네모난 프레임을 가리지 않는다. 일부러 몸을 숙이고 있는 것처럼
보이기도 한다.

그런데 이곳이 갤러리라면, 과연 무엇을 전시하고 있을까. 그에 대한
답은 이곳을 방문하는 모든 사람이 알고 있다. 눈을 떼기 어렵다. 그만큼
낯설고, 매력적이다. 그것은 어니언 미아의 한쪽 벽면을 강력하고
과감하게 차지하고 있는 곡면의 바리솔 조명이다.

따뜻한 빛이 뿜어져 나오는 바리솔 조명의 벽은 곡면으로 휘어져
딱딱하고 차가웠던 어니언 미아의 공간을 모두 품는다. 어니언 성수에서

천장을 바리솔로 뒤덮었듯, 미아에서는 한쪽 벽면을 모두 바리솔로
마감했다. 단순히 조명이라고 부르기엔 그보다 더 큰 역할을 한다. 꼭
이것을 강조하기 위해서 다른 모든 공간의 질감을 거칠게 마감한 것은
아닐까 의심될 정도.

한쪽 벽을 바리솔로 마감한 것뿐이 아니라 면을 휘었다. 휘어진 벽,
그것도 안에서 빛이 나니 공간의 구획을 알아채기 어려워, 흡사 우주
어딘가로 들어와버린 것과 같은 착각을 불러일으킨다.

어니언 미아를 찾은 사람들은 빛의 벽 앞에서 작품의 일부가 된다.
사람들은 모두 바리솔의 벽을 보곤 셔터를 누르는데, 사진 속에 담기는
사람들의 행동 하나 하나가 마치 움직이는 예술 작품처럼 느껴진다.

움직이는 것과 움직이지 않는 것

성수에서 미아로 이어지는 어니언의 공간들은 시간의 흐름을 보여주는
공간의 요소들을 최대한 남기려 노력한다. 성수에서도 건물의 낡은

구조와 오래된 타일들을 그대로 유지한 채 새로운 콘크리트 가구를
제작하며 시간의 켜를 하나 더했다. 미아에서는 어떤 방식으로 새로운
시간을 더했을까.

가장 처음 눈에 띈 것은 공간을 반으로 분할하고 있는 한 단짜리
계단이었다. 오랜 세월의 결과로 부서지고 다친 계단을 플라스틱 계열의
레진으로 되살렸다. 똑같은 재료를 써서 눈에 띄지 않게 한다거나, 그를
가리려 계단의 마감 전체를 바꾸지 않았다. 깨지면 깨진 모양을 그대로,
솔직하게 드러낼 수 있는 재료를 선택했다.

공간을 빙 두른 벤치 또한 같은 재료로 만들어졌다. 콘크리트를 붓기
위해 거푸집을 짜는 것처럼, 비슷한 방식으로 제작되었을 것이다. 다만
투명한 레진의 특성 덕분에 벤치 아래에는 깨어지고 부서진 콘크리트의
잔해들이 보인다. 시간이 박제되어 정지된 것처럼.

어니언 성수와는 다르게, 벤치를 제외하면 사람들이 이용하는 공간엔
고정된 요소가 없다. 고정된 요소가 없을 뿐 아니라, 이곳에 툭툭 놓여
있는 가구들은 의자와 테이블의 경계 또한 없다. 사다리꼴 모양으로
평철을 접어 제작된 스툴은 의자이기도 하고, 테이블이기도 하다.
사람들이 사용하고자 하는 대로, 자유롭게 여러 기능을 담당한다.
스툴을 사용하는 방식도 정해져 있지 않고, 사용 위치도 한정 짓지
않았다. 공간 안에서 사람들의 행동을 제약하고 싶지 않았던 것으로
보인다. 오로지 커피와 공간과 담소에 집중하길 바라는 마음에서
이렇게 만들었을 것이다. 노트북을 열어두고 책을 펼쳐놓고 공부하거나
작업하며 오래 머물 수 있는 종류의 가구는 아니니까.

어니언 미아에서만큼은 해야 할 일을 조금 미뤄두고, 커피와 사람들의
움직임과 빛을 바라볼 수 있는 잠깐의 시간을 가졌으면 한다. 그것이 이
공간을 기획한 어니언이 바랬던 일일테니.

어니언 성수와 미아의 공간들은 모두 패브리커라는 이름의 두 디자이너의 손에서 탄생했지만, 어니언이라는 클라이언트 없이는 만들어지지 못했을 것이다. 다시는 움직일 수 없게 콘크리트를 부어 가구를 만들거나, 카페를 만들어달라고 했더니 공간을 빛으로 채우겠다는 디자이너들의 제안을 받아들이긴 여간 쉬운 일이 아니다. 어니언의 두 공간을 둘러보며 개인적으로 가장 부러운 것은 이러한 시도를 믿어주는 클라이언트를 만났다는 것. 좋은 클라이언트를 만난다는 것은 디자이너에게 정말 손에 꼽히도록 귀한 일임을 잘 알고 있기 때문이다.

어니언 성수와 어니언 미아에 대해 글을 쓰는 동안 어니언이 3호점을 오픈했다는 소식을 들었다. 기대가 앞선다. 어니언의 공간들을 어떻게 정의내릴 수 있을까. 아직 이렇다 저렇다 판단하기엔 이르지만, 확실한 것은 그들이 보여주는 공간의 요소들이 유행이라는 이름으로 사람들 입에 오르내리고 있음에도 불구하고 꿋꿋하게 자기만의 영역을 구축하고 있다는 사실이다.

컨 셉 의
정석

네스트 호텔

03

그래서 네가 하고 싶은 게 뭔데?

대학교 3학년 때의 일이다. 당시 건축 설계 스튜디오 수업이 매주 두
번씩 있었는데, 12명 정도 되는 스튜디오 반 사람들은 매 수업시간마다
각자 준비해 온 설계안에 관해 교수님과 일대일 데스크 크리틱을 가졌다.
데스크 크리틱이란 교수님과 나란히 책상에 앉아서 그려온 도면과
아이디어 스케치 등을 함께 보며 이야기하는 것을 말하는데, 각자
진행하고 있는 프로젝트가 다르기 때문에 교수님의 조언이나 이끌어주는
방향이 제각각이다. 그런데 내가 3학년 1학기에 만난 교수님만은
예외였는데, 교수님은 누가 어떤 아이디어와 도면을 가져가든 세 가지
질문으로 우리를 무너뜨리고 멘탈을 흔들어놨다. 그 질문 세 가지는
다음과 같다.

1. 그래서 네가 하고 싶은 게 뭔데?
2. 왜?
3. 정말 그렇게 생각해?

예를 들면 이런 식이다.
"여기는 이렇게 비워 공원을 만들고, 이곳에 건물을 배치하고 동선은
이렇게 잡으려고 합니다."
그려간 도면과 모형을 가지고 계획안에 관해 열심히 설명하고 나면,

교수님의 첫 번째 질문이 날아온다.

"그래서 네가 하고 싶은 게 뭔데?"

"저는 커뮤니티가 활발한 공동주택을 만들고 싶어요."

나를 포함한 대부분의 학생들이 첫 번째 질문까지는 어렵지 않게 대답할
수 있었다. 막연하게라도 하고 싶은 것은 모두 하나씩 가지고 있으니까.

"왜?"

당연하게 좋다고 생각했던 방향에 대해서 '왜'라는 질문을 받고서 난
쉽사리 입을 뗄 수 없었다. 커뮤니티는 당연히 좋은 게 아닌가? 머릿속에
물음표가 가득 찼다. '이웃들과 사이좋게 지내면 좋잖아? 반찬도 나눠
먹고! 그런데 정말 좋은가? 안 좋은 점은 없나?'

남에게 마냥 좋다고 들은 것, 이유 없이 당연히 맞다고 여겼던 얕은
생각들은 '왜'라는 질문 앞에서 대개 무너져 내렸다. 내가 완벽히 소화해
낸 나의 생각이 아니면 그 질문에 답하기가 쉽지 않았다.

"… 요새 1인 가구가 많아지고 있어서, 이웃과 교류 없이 지내는 사람들이
늘고 있습니다. 그런 사람들끼리 같이 이야기도 하고, 밥도 같이 먹으면서
지내면 좋을 것 같아요."

"정말 그렇게 생각해?"

정말 그렇게 생각하고 있냐는 물음에 나는 다시금 침묵했다. 모두가
그것을 원하리라고 자신 있게 말할 수가 없었다. 내가 읽었던 단편적인
리서치 자료, 내가 겪었던 작은 경험들, 막연했던 생각들만으로 이게 정말
옳다고 말할 자신이 없어서, 세 번째 질문에 대답하지 못하고 교수님과의
데스크 크리틱은 맥없이 끝이 나곤 했다.

이제 와서 다시 돌이켜보면 교수님에겐 그저 내 확신 어린 대답이면
충분했을 수도 있다. "네, 전 이렇게 생각해요. 이게 제가 하고 싶은
방향의 설계예요!" 그저 이렇게 대답하고 말았더라면, 교수님도 고개를

끄덕이고 넘어갔을지도 모른다. 모든 면에서 완벽한 설계라는 것은
존재하지 않고 모든 이에게 딱 들어맞는 공간 같은 것은 없다는 걸
이제는 알기 때문이다. 그렇지만 딱 하나의 정답을 찾아내려고 했던
당시의 나에게는 교수님이 던지던 세 가지의 질문은 정말 불볕 더위처럼
숨을 턱턱 막히게 만들었다.

결국 교수님이 물은 것은 내 설계의 개념이다. 내가 이 공간을 가지고
하고 싶은 것. 내가 이루고 싶은 것. 사람들이 내가 설계한 공간에 와서
무엇을 느끼고, 어떻게 사용하면 좋겠는지에 대한 바람. 그것을 우리는
흔히 컨셉(concept)*이라고 부른다.

> *표기 상 콘셉트(concept)가 맞지만, 느낌을 살리기 위해
> 발음대로 표기했다.

건축이란 설계부터 시공이 끝나기까지의 기간도 오래 걸리거니와,
얽혀 있는 사람도 많고 각자 원하고 기대하는 바도 모두 다르기 때문에,
하나의 컨셉으로 건물이 지어지기란 여간 어려운 일이 아니다. 건축가는
아름답게 짓고 싶고, 시공자는 어렵지 않게 짓고 싶고, 건축주는 저렴한
비용만 투자해서 큰 수익을 얻고 싶어 하기 마련이다. 다른 목표를 품고
있는 사람들이 오랜 기간 하나의 방향을 설정하고 함께 그 방향으로
걸어가기란 거의 불가능한 것처럼 보인다.

그런데 놀랍게도 모두가 큰맘 먹고 하나의 목표를 향해 나아간 곳이
있으니, 인천에 자리한 네스트 호텔이 그 주인공이다.

바다 앞 3개의 수평적 상자

네스트 호텔이 원했던 바는 명확하다. 사람들이 이곳에서 쉬었으면

좋겠다는 것. 여느 다른 비즈니스 호텔처럼 잠만 자고 아침 일찍 떠나는
곳 말고, 하루 종일 수평선과 함께 자신의 내면까지 바라볼 수 있는
여유를 제공하는 호텔. 바쁘게 치이는 일상에서 벗어나 웅크리고 잠시
숨을 돌릴 수 있는 나만의 안식처.

인천국제공항과 가까이 자리한 바다 앞에서 네스트 호텔은, 수직적이고
어디서든 한눈에 알아볼 수 있는 형태를 원하는 다른 호텔들과는 상반
되게, 수평적으로 낮고 긴 형태의 건물로 계획되었다. 3개의 조금씩 다른
건물의 덩어리(보통 매스라 일컫는다)들은 켜켜이 쌓여 네스트 호텔을
구성하고 있는데, 똑바로 쌓지 않고 서로 조금씩 어긋나게 쌓은 모양이기
때문에 서로 다른 매스의 중첩임을 더 명확하게 인지할 수 있다.

바다 앞에서 몸을 낮춘 호텔은 허리를 꼿꼿이 펴고 존재감을 드러내는
다른 건물들보다 우리를 편하게 한다. 그 안에서 우리는 오로지 바다와
수평선에 더 집중할 수 있다. 호텔의 방문객들을 쉬게 하겠다는 의지가
건물의 외관에서부터 느껴진다. 컨셉의 시작이다.

조금 더 네스트 호텔의 상자들을 뜯어서 바라보자. 똑같이 생긴
상자들이 어슷하게 쌓여 있는 것 같지만, 자세히 들여다보면 이 세 개의
상자들은 속 내용이 모두 다르다. 가장 아래에 있는 투명한 유리 박스는

호텔에서 누구나 이용할 수 있는 공용 공간 부분. 이곳에 레스토랑,
카페, 오디토리움 등이 모두 위치한다. 저층부에서 크게 계획되어야 할
공간들을 모두 배치했다.
그중에서도 앞으로 툭 튀어나와 있는 부분이 있는데 이곳에서 우리는
바다를 향한 식당, 플라츠를 만난다. 깨끗한 유리와 절제된 프레임들이
인상적인데, 가장 가벼운 재질의 유리 박스가 콘크리트 박스의 무게를
버티고 있는 것처럼 보이면서 생경함을 자아낸다. 내부에서 바다의
모습을 그대로 보이게 하기 위한 방법이었을 테다.
유리 박스 위의 두 개의 콘크리트 박스는 모두 객실이다. 자세히 뜯어보면
두 박스는 입면에서의 차별성을 갖기 위해 난간부터 다르다. 상층부는
유리 난간으로, 중간부는 철제 난간으로 계획했다. 창의 방향도, 뚫린
창의 면적도 다르다. 네스트 호텔의 발코니는 모두 네모난 박스를 쿡쿡
눌러 넣은 것처럼 발코니 공간을 마련했는데, 발코니의 방향도 두
박스끼리 다름을 볼 수 있다.

새로운 평면의 구성

아무래도 직업이 건축가이다 보니, 또 이곳저곳 훌쩍 떠나는 것을
좋아하는 성격이다 보니 디자인된 호텔을 자주 찾는다. 사진 찍으러
멀리 갈 때, 아니면 친구들이랑 밤새 수다를 떨고 싶을 때면 어느 호텔이
좋은가 고심해서 검색하고 고른다.
하지만 별이 몇 개 달린 호텔이든 사실 내부 평면은 크게 다르지 않다.
모두가 알고 있듯이 문을 열고 들어가면 한쪽에는 옷을 걸 수 있는 옷장.
반대편에는 화장실. 조금 더 들어가면 벽에 걸린 TV와 맞은편에는

누워서 TV를 보라고 외치고 있는 침대. TV 아래에 책상 역할을 하는
수납장, 외부로 통하는 작은 발코니까지. 지금 이 글을 읽으면서 떠오르는
방이 있다면 바로 그 형태가 전형적인 호텔의 평면이다.

어떤 호텔이든 그러한 구성의 평면을 가지고 있는 것은 사실 디자이너의
무관심이라기보다는 공간의 효율부터 따져야 하는 경제성이 발단이다.
들어가야 할 TV와 침대, 옷장, 화장실의 면적은 정해져 있는데 평면을
조금이라도 더 압축해서 효율적으로 이들을 욱여넣을 수 있다면,
호텔에는 방이 하나라도 더 생기게 된다. 결국 돈의 문제인 셈이다.
그런 경제 구조 안에 우리가 들어 있기 때문에 천편일률적인 호텔
평면밖엔 보지 못한 것인데, 때로 평면을 조금 다르게 짠 호텔들을
만난다. 네스트 호텔의 홈페이지에서 내부 사진을 보면서 스크롤을
내리다가 지금껏 경험해 보지 못한 평면을 마주했다. 거기에는 TV가
아닌 바다를 바라보는 침대가 있었다. 아침에 눈을 뜨고 몸을 일으키면
바로 바다가 보이게 될 터였다.

네스트 호텔은 TV와 침대를 떨어뜨려 놓는 데에 성공했다. 이것은
평면에서 큰 의미를 가진다. 아파트 평면 안에서 소파와 TV가 서로
떨어지기 힘든 것처럼 호텔 평면에서 침대와 TV를 떼어 분리하기란 여간
어려운 일이 아닌데, 이것을 해내는 순간 다른 평면의 세계가 펼쳐진다.
이 객실에서 우리는 이제 바다와 더 가까워진다. 수평선을 바라볼 수 있는
시간이 훨씬 더 늘어난다. TV 대신 바다를 바라보게 된다.

TV 앞에는 침대 대신에 직접 객실에 맞춰 제작한 소파가 자리했다.
소파까지 들어올 자리가 있다는 것은 애초에 객실의 기본 넓이가 다른
호텔의 객실보다 넓다는 것을 뜻한다. 색다른 평면을 위해서 면적을 더
투자한 것.
소파가 생기니 객실을 이용하는 방법부터 달라진다. 이제 침대 옆에

있는 작은 테이블에서 웅크리고 음식을 먹을 필요가 없다. 침대 위에서
음식을 먹다가 흘릴 걱정도 덜었다. 소파에 앉거나 누워 TV를 보면서
주전부리를 먹을 수 있다. 소파와 함께 제작한 책상에 앉아 잡지를
읽는다. 호텔에 들어오자마자 침대로 기어 들어갔던 경험과는 사뭇
다르다.

네스트 호텔의 건물은 긴 막대기 세 개를 뉘어 놓은 것처럼 보이기도
할 정도로 길이는 길지만 그 폭은 넓지 않다. 그 폭은 객실을 계획하는
단계에서 결정되었다. 객실의 평면이 정해지고 복도를 만들고 다시
건너편에 객실을 배치하자, 그 길이가 바로 건물의 폭이 되었다. 건물의
전체 형태가 가장 작은 방들로부터 나왔다고 해도 과언이 아니다.

그에 맞춰 가장 저층부의 로비 너비도 같이 정해졌다. 다른 호텔 로비의
넓이와 비교하면 사실은 약간 좁다고 느낄 정도의 면적이다. 대신 높은
층고와 특이한 천장 구조로 답답함을 해소했다.

로비의 중심은 누가 뭐래도 리셉션일 텐데, 길쭉한 형태 때문이었을까?
리셉션은 로비의 한쪽 구석으로 몰려 수줍게 자리했다. 오히려 로비의
주인공은 레스토랑인 플라츠가 된다. 쭉 펼쳐진 창밖으로 바다와
산책길이 보인다.

외부 공간부터 내부까지 이어지는 건축적 어휘의 통일성

깨끗하게 정리된 건물의 형태를 만들고, 기존과 다르지만 좋은 평면을
짜는 것. 물론 중요하다. 여기까지만 잘 해내도 건축가는 충분히
박수받고도 남는다. 그런데 네스트 호텔에서 정말 대단하다고 느낀 것은
내가 목격한 디자이너의 끈질김이다. 한 번 정한 건축적 어휘를 끝까지

가지고 가고 말겠다는 그 의지. 기립박수 감이다.

공간을 사용하는 사람들에게 가장 쉽고 익숙하게 보이는 것은 마감이다. 이게 타일인지 벽지인지 대리석인지가 사용자에겐 제일 먼저 보이는데, 아이러니하게도 건축에서는 마감이 가장 마지막 단계다. 마지막 단계라는 것이 무슨 의미냐면 짧게는 몇 개월, 길게는 몇 년에 걸쳐 이어진 설계와 시공이 막바지에 이르러 이제 모두가 피곤해진 때라는 것이다. 그래서 마감 공사 때는 언제나 실수가 많이 생기고, 타협이 쉽게 이루어진다. 모두가 지쳐서 손사래를 치며 쉽게 쉽게 가자고 하게 된다. 그런데 네스트 호텔을 보자. 앞에서 언급했던 세 개의 매스가 어슷하게 쌓인 그 모양. 그 모양이 바닥 패턴에서도 발견된다. 큰 돌을 건물의 덩어리가 생긴 모양대로 잘라서 깔았다. 그래서 사람들은 산책길을 걸을 때에도 여전히 한 패턴 안에서 움직이게 된다. 외부 공간마저도 자연스레 네스트 호텔의 연장선이 된다.

그리고 한 군데 더. 내부 로비에서도 타일이 같은 비례를 유지한다. 긴 비례의 타일을 다시 겹쳐서 똑같은 패턴을 만들었다. 이 정도면 우연이라고 치부할 수 없다. 끈질긴 설계자의 의도다.

네스트 호텔은 공간의 곳곳에서 컨셉을 지키려는 사람들의 의지가 느껴진다. 바다를 바라보면서 산책하고 먹고 쉬라고, 공간이 열심히 사람들의 등을 떠민다. 호텔의 공간들이 모두 그 하나의 목적을 위해 구성되었다. 바다라는 무대를 바라보면서 먹을 수 있는 저층부의 로비가, 일어나자마자 바다를 보며 쉬는 객실의 평면이, 패턴이 이어지는 바다 옆 산책길이, 모두 이곳을 우리의 아지트로 만든다.

호텔을 이용함에 있어서 조식은 굉장히
중요한 의미를 지닌다. 평소에 아침을
먹지 않던 사람도 호텔에 와서는 조식을
먹는다. 졸린 눈을 비비면서 호텔
객실에서 레스토랑으로 걸어 나온다.
어슬렁거리면서 접시에 음식을 옮겨
담는다. 일어나자마자 비몽사몽 간에도
조식을 먹는 레스토랑 공간은 사람들에겐
떠나기 전 마지막 장소로 기억된다.
그래서 많은 호텔들이 객실보다 힘을
주는 곳이 조식을 먹는 식당이다. 이곳이
집이 아니라는 것을 마지막까지 강렬한
기억으로 남기려는 듯 네스트 호텔의
레스토랑인 플라츠는 마치 연극 무대 같이
다양한 높이를 내부에서 바다와 함께 즐길
수 있도록 계획되었다.

04

시간 을
　　　　내 려　　마 시 는
다방

커피 한약방

좁고 구불구불한 서울의 골목

내 친구 빔은 서울로 올라와 계속 강북에서 살았었는데, 직장 근처로 집을
찾다 보니 강남으로 잠시 터를 옮기게 되었다. 새로 빔이 이사 간 강남역
앞의 오피스텔로 종종 놀러 가곤 했는데, 개인적으로는 주변에 사 먹을
것도 많고 강남을 한눈에 내려다볼 수 있는 그 집이 좋았다. 하지만 빔은
그 집에 살았던 1년의 시간 동안 틈만 나면 강북으로 놀러 오곤 했고,
다시 강북으로 이사를 오겠다 노래를 불렀다. 강남은 집 같지가 않아서
싫다고 했다. 명실상부 내가 아는 사람 중 가장 강북을 사랑하는 강북
러버라 하겠다. 빔이 그렇게나 강북을 사랑하는 이유를 나는 강북에서
만날 수 있는 작은 골목들에서 찾는다.

서울이라는 도시를 떠올리면 다들 어떤 풍경이 떠오르는지 궁금하다.
아마도 많은 사람들이 높이 솟은 빌딩 숲과 강남을 가로지르는 왕복
10차선 도로를 떠올리지 않을까 감히 추측한다. 먹을 것도 많고 온갖
즐길 거리가 널려 있어 밤새 불이 꺼지지 않는 불야성 같은 이 도시
안에서 사람들은 아주 빠르게 돌아가는 일상을 산다. 하지만 강을 건너
옛 한양의 사대문 안으로 들어오면 우리는 지금도 아주 좁고 구불구불한,
시간이 멈춰버린 서울의 골목들을 만난다. 그리고 그곳에는 오가는
사람들과 옛 정취를 품은 공간들이 있다.

강북, 그러니까 사대문 안의 서울에 왜 그렇게 좁은 골목들이 많은지
생각해 본 적이 있는지? 누군가는 개발이 되지 않았기 때문이라고 대뜸
결론을 내고 말지도 모르지만, 그 이전에 왜 골목이 그런 크기였는지
생각해 보면, 자동차가 없었기 때문이다. 옛 서울에 흐르던 많은 물길들이
자연스레 서울을 관통하는 수많은 길들을 내었고, 길을 둘러싸고
건물들이 하나 둘 생겼다. 그런데 애초에 길은 지금의 너비를 가질 필요가
없어 사람들만 지나다닐 수 있는 폭으로 생겨났다. 특히 을지로에서는
아주 좁고 구불구불한 골목을 쉽게 찾아낼 수 있다.
우리가 지금은 거의 사라져 버린 골목을 사랑하는 이유는 그 폭이
사람에게서 나온 너비이기 때문이다. 왕복 10차선에서 놀기는 힘들어도,
두세 사람 겨우 지나다닐 폭의 골목에서는 쉽게 많은 행위들이 일어난다.
좁은 폭의 길에서는 길이 오로지 통행로의 역할을 하는 것이 아니라
사람들이 머물 수 있는 마당과 같이 쓰인다. 할아버지들은 골목에서
바둑을 두고 할머니들은 의자를 내어다가 야외 벤치를 만들곤 했다.
아이들은 골목 안에서 수많은 놀이들을 만들었다. 다양한 방식의 길
사용법은 골목이 차차 없어지면서 함께 많이 사라졌는데, 여기 커피
한약방은 을지로에 남은 한 골목을 아주 재미있는 방식으로 사용하고
있다.

건물의 경계를 허무는 짓

우린 어쩌면 강한 고정관념에 사로잡혀 있었는지도 모르겠다. 언제부터
건물의 경계를 공간의 경계로 인식하여 왔을까? 하나의 필지(땅의
경계)를 구분지어서 생각하고, 건물과 건물을 나누어서 저곳은 너의
땅, 이곳은 나의 땅이라고 규정지었다. 아무렇지 않게. 그게 당연하다고
생각했다.

커피 한약방이 공간을 사용하는 방식을 보며 마치 누군가 내 이마에
딱밤을 아주 세게 때린 기분이었다. 커피 한약방은 아주 작은 골목을
사이에 두고 두 건물을 같이 사용하고 있는데, 그 골목 안으로 들어서면
두 건물이라는 느낌은 들지 않는다. 아주 긴밀하게, 마치 그 좁은 골목을
자신의 마당인 것처럼 사용하고 있으니까.

그래서 찾기가 쉽지가 않다. 아주 세심하게, 9와 4분의 3 승강장을
찾는 느낌으로 천천히 걸어야 발견할 수 있을 것이다. 커피 한약방은
사람들에게 들어와 달라고 건물 전면에서 소리치고 있지 않다. 오히려
꽁꽁 숨어 있다는 표현이 더 적절하다. 골목 뒤편의 간판을 발견했으면,
이제 용기 내서 골목 안으로 들어가야 한다. 이곳이 입구가 맞다.

골목을 걸어서 들어가는 동안, 시간을 거꾸로 걷는다. 골목 중간에는
버젓이 커피 한약방의 입구가 두 개나 기다리고 있다. 왼쪽 건물의 1층,
오른쪽 건물의 2층을 커피 한약방이 동시에 사용하고 있다. 1층에서
커피를 주문해 받아서 앞 건물의 2층으로 올라간다. 원한다면 1층에서
커피를 마셔도 되지만, 좌석이 많지 않기 때문에 많은 사람들은 2층으로
가기 위해 커피를 들고 종종걸음으로 골목을 건너 이동한다.

골목에는 작은 벤치들과 의자가 놓여 있다. 혹여라도 자리가 없을 때
기다리는 사람을 위해서인지, 아니면 커피를 들고 나와 밖에서 먹으라는

커피 한약방

의도인지 모르겠으나 꽤나 운치가 있다. 마당이다.

다시 방문해 보니, 커피 한약방에서 새로 낸 해민당이라는 디저트 카페가
생겨 영업 중이다. 이 좁은 골목은 한층 더 커피 한약방이 점유하게
되었다.

지금 이전의 어느 시대

지금과 다른 시대의 이야기들은 언제나 사람들의 시선을 잡아 끄는
소재다. 꼭 주인공이 시간 이동까지 해내지 않아도 현재와 다른 시대의
모습, 소리, 사건들을 간접 경험하기 위해 우리는 시대극을 즐겨 본다.
드라마나 영화와 달리 공간 자체로써 우리를 다른 시대로 데려가는
건축물은 흔치 않은데, 우리 주위의 과거 건축물들은 대개 사용되지
않는 죽은 공간이기 때문이다. 그래서 우리는 경복궁이나 민속박물관
같은 공간에서 그 아름다움과는 별개로 큰 감흥을 느끼지 못하는 경우가
있다. 너무 익숙하기 때문일 수도 있지만, 역시 사용되지 않는 공간에는
힘이 없다. 그런데 여기, 커피 한약방은 조금 다르다. 어둡고 으슥한

골목 안으로 들어오면 마치 시간 여행을 하고 있는 것과 같은 착각을
불러일으킨다.

커피 한약방이 자리 잡고 있는 '을지로 삘딩'의 문을 여는 순간,
카페라고는 쉬이 짐작하기 어려운 풍경이 펼쳐진다. 오래된 찻집? 공방?
그것도 아니면 정말 한약방으로 의심받기에 충분하다.

보통 카페의 인테리어를 계획할 때에는 커피 주문을 받고, 커피를
내어주는 바 가구의 디자인이 굉장히 중요하다. 카페의 첫인상은 보통
이곳에서 결정된다. 그런데 자개라니. 조개의 껍데기를 잘라내어 붙여
만든 가구가 커피 한약방의 첫인상이다. 마치 이곳에서 커피를 시키면
정성스럽게 한 방울 한 방울 내려줄 것 같은 느낌을 준다.

자개장을 이용한 가구 위로 천장에 매달린 수납장은 오래전 어디선가
쓰인 문짝이다. 그것만으로도 생각의 전환이라 할 만한데, 거기에
조명까지 설치했다. 사물을 남과 다른 방식으로 보는 사람의 작품이다.
벽을 뜯어내고 배치한 가구, 벗겨진 페인트, 오래된 고재들이 이곳의
분위기를 규정짓는다. 넓지 않은 공간이기 때문에 2층으로 올라가는 계단
아래 부분까지도 알뜰하게 사용하고 있는 모습을 볼 수 있는데, 커피콩은
바로 이곳에서 볶는다.

1층에서 밖으로 나와 골목 맞은편 계단으로 올라가야 조금 더 많은
좌석이 놓인 공간을 만날 수 있다. 골목에서 바로 이어지는 계단을 오르면
굳이 커피 한약방이라는 간판이 없어도 보자마자 이곳이 커피 한약방의
공간이라는 것을 바로 느낄 수 있다. 자개 때문이다. 벽을 크게 장식하고
있는 자개장의 문짝과 동양화. 오래된 고재와 나무 판재로 마감된 벽. 이
모든 것을 열린 한 공간 안에서 사람들과 공유한다.

하나로 열린 공간에 여러 종류의 테이블이 자리를 잡고 있는데, 여느
카페와 다를 바 없는 공간 구성인데도 워낙 다른 종류의 가구와 마감재를

가져다 놓아 느낌이 일반 카페들과는 하늘과 땅 차이다.

이 오래된 건물의 특히 재밌는 점은 기둥을 꾸민 방식인데, 나무 판재로 감싼 뒤 아치를 그리면서 다른 기둥과 이어줬다. 이 기둥은 구조적 역할을 하기도 하지만, 다른 기둥들과 부드럽게 연결되면서 공간을 구분 짓는 역할도 하고 있다. 벽과 기둥, 기둥과 기둥 사이의 거리 때문에 자연스럽게 테이블과 테이블 사이에 간격이 생겨난다.

어렴풋이 기억나는 할머니의 예전 집에도 큰 자개장이 있었다. 할머니의 방에 가면 항상 어떠한 냄새가 났다. 지금 생각해보면 오랜 시간이 지나 가구의 나무에서 났던 냄새였던 것 같다. 그 특유의 냄새가 잊히지 않고 아직도 내 어딘가에 남아 있다.

커피 한약방은 바로 그런 향수를 목표로 하고 만든 공간이다. 자개장과 서예, 동양의 그림들 그리고 60, 70년대에 많이 사용했던 나무 마감까지. 우리를 과거로 되돌려 놓는다. 그 안에서 나는 할머니 집을 방문한 꼬마가 된다. 우린 그렇게 과거의 공간 안에서 커피를 앞에 두고, 사람들과 이야기를 나눈다. 시대가 변했어도 무엇을 입고 마시느냐만 달라졌을 뿐 우리가 많은 이야기를 나누며 산다는 것은 변함없다.

커피 한약방에 같이 방문했던
친구인 양양이는 이곳을 둘러보더니
'집념'이라고 했다. 건축가는 못할
일이라고. 그것은 공간을 구성하는
바닥, 벽, 문과 창호와 같이 건축적인
요소뿐 아니라 공간을 채우고 있는 모든
가구와 조명, 심지어 커피 한약방에 쓰인
서체까지도 과거에서 타임머신을 타고
온 듯하기 때문이다. 그것도 현재 필요한
용도와 기능으로 사용되고 있다. 커피를
내려주는 자개장에는 흐르는 물을 처리할
수 있도록 배수 설비가 되어 있고, 빨대와
냅킨 등 카페에서 필요한 물품들은 모두
나보다 더 나이가 많을 것 같은 나무
장에서 꺼내야 한다. 서랍을 항상 열어

놓아 카페를 방문하는 이들이 쉽게
원하는 물품을 꺼내갈 수 있도록 했다.
서랍이라고 꼭 닫혀 있지는 않아도 되는
것.
이곳을 정말 한약방처럼 보이게 하는 나무
장부터, 고재를 개조해 만든 쓰레기통까지
재미있다.

05

요 리 하 는
도서관

현대카드 쿠킹
라이브러리

보고 듣고 여행하고 맛보는 도서관

그래, 솔직히 좀 치사하다고 생각했다. 디자인 라이브러리에 처음
가봤을 때의 일이다. *학생이었던 나는 현대카드가 당연하게도 없었고,
결국 엄마(카드)를 앞세워 문 앞에서 카드를 긁고 동반 1인의 자격으로
입장했다. 심지어 열람실 안에 사람이 너무 많아 대기를 해야 한다고,
1층에서 커피라도 마시면서 기다리라는 직원의 말에 커피를 사러 가니
현대카드로만 결제가 된단다. 심지어 현금도 안 받는다고! 그때는 정말
좀 너무하다 싶었다.

그런데 이제는 내 이름이 당당하게 적힌 현대카드를 언제나 지갑 속에
넣어 다닌다. 현대카드를 쓰냐고? 아니다. 이것은 나에게 현대카드가
아니라 현대카드 라이브러리 입장권이다. 기다리라고 하면 기다리고,
커피를 살 때는 당연하게 현대카드를 내민다. 내가 현대카드를 쓰는 곳은
딱 현대카드 라이브러리 한 곳뿐이다. 입장하면서 신분증도, 가방도 모두
맡기고, 사진도 카메라로는 찍을 수 없어 휴대폰으로만 찍었다. 맞다. 난
길들여졌다.

● 혹여나 모르는 사람들을 위해 간단한 설명을 먼저 하고
넘어가려고 한다. 현대카드는 2013년 가회동의 디자인
라이브러리를 시작으로 청담동의 트래블 라이브러리,
한남동의 뮤직 라이브러리까지 순차적으로 특정 주제를
가지고 도서관을 지어 왔다. 그리고 2017년엔 신사동에
쿠킹 라이브러리를 열었다.

어떠한 한 주제를 가지고 도서관을 꾸리는 것은 쉽지 않은 일이다.
어린이 도서관을 제외하면, 한국에서 현대카드 말고 제대로 특정 주제의
도서관을 성공적으로 이뤄낸 사례를 본 적이 없다. 그런데 도서관도
아니고 지자체도 아닌 현대카드가 해냈다. 심지어 훌륭하게 해냈다.
그 분야의 전문가가 직접 선정한 각종 외서와 희귀본들이 현대카드의
자본력을 바탕으로 모아졌고, 건축은 디자인, 여행, 음악, 그리고 요리가
담길 아주 훌륭한 그릇으로 빚어졌다. 영감을 불어넣고자 하는 공동의
목표를 가지고 전문가들이 힘을 합친 결과다.
그중에서도 가장 최근에 지어진 현대카드 쿠킹 라이브러리에 관해
이야기해 보고자 한다. 아쉽게도 마지막 라이브러리다.

현대카드 쿠킹 라이브러리는 퀸마마마켓과 도로 하나를 마주하고
있다. 퀸마마마켓의 4층 테라스에 들어서면 바로 눈앞에 언뜻 공장
같은 외관의 건물이 보인다. 투박해 보이는 겉모습 때문에, 쿠킹
라이브러리라는 간판을 제대로 달기 전까지, 지어지는 과정을
지나다니며 봤으면서도, 전혀 예측하지 못했다.

외관에 쓰인 재료의 이름은 폴리카보네이트. 약간은 낯선 이름일지
모르지만, 보통 물결 모양의 반투명한 플라스틱 재료를 일컫는다.
건물의 모든 면을 폴리카보네이트로 일관되게 덮었다. 도시에 지어지는
건축물의 외장재로는 쉽게 보기 힘든 폴리카보네이트는, 플라스틱
종류이기 때문에 약해 보이는 데다가 고급스러운 느낌보다는 가벼운
느낌이 더 먼저 들어, 보통의 건축주가 선호하는 마감 재료는 아니다.
확대된 골판지처럼 생겼기 때문에 본드 종류로 마감이 불가해 모두
나사를 조여서 고정시켜야 하는데, 나사가 노출되니 깨끗하고 미끈한
건물을 얻기가 힘들다. 게다가 투명하다는 것은 때가 잘 탄다는 뜻.
여러 단점에도 불구하고 쿠킹 라이브러리에서 외장재로
폴리카보네이트를 고른 이유는, 내부에 들어가면 쉽게 이해할 수 있다.
폴리카보네이트는 건물의 내외부를 이어주는 재료였다.

쿠킹 라이브러리 곳곳에서 외부의 풍경이 폴리카보네이트를 거쳐서
내부로 전달되었다. 폴리카보네이트의 투명함이 외부의 빛을 내부로
은은하게 들여왔고, 폴리카보네이트의 물결 모양이 외부의 풍경을
불편하지 않을 정도로 왜곡해서 전해준다. 그래서 내부에서는 바깥의
햇빛을 일부 즐기면서 압구정의 다사다난한 도시의 풍경과 어느 정도
거리를 두고 책으로 시선을 돌릴 수 있다.

나는 어느샌가 책장은 막혀 있어야 한다는 고정관념을 가지고 있었던
모양이다. 쿠킹 라이브러리 내의 열린 책장들 뒤로 폴리카보네이트가
전해주는 햇빛의 모양이 낯설게 느껴졌다. 나쁘지 않았다. 은은하게
퍼지는 빛이 책장의 책들을 감쌌다. 내부 조명이 있으니 강렬한 역광으로
책을 읽기가 힘든 사태는 일어나지 않았다. 오히려 조금 신기한 책장의
모습처럼 보였을 뿐.

그런데 폴리카보네이트의 형태는 그대로 가지고 가되, 투명함은 버려야
하는 공간이 있다. 다른 땅과 맞닿은 담장은 폴리카보네이트의 형태는
가지고 가되, 불투명한 재료인 골강판으로 깔끔하게 마무리했다. 골강판
또한 도시에서 흔히 쓰는 재료는 아닌데, 골강판을 사용한 담장에서 꽤
도시적인 느낌이 강하게 묻어난다.

향기를 맡고

생물 시간에 우리는 인간이 느끼는 네 가지 맛에 대해서 배웠다. 단맛,
신맛, 짠맛, 그리고 쓴맛. 물론 지금에서야 인간이 느끼는 다른 맛들이 더
발견되었다는 것을 알지만, 그 당시에는 우리가 먹는 음식들의 그토록
다양한 맛들이 단 네 가지의 맛으로 이루어져 있다는 사실에 놀라워했다.
모두가 알고 있겠지만, 우리가 '맛'이라는 단어로 부르는 감각은 100%
미각에 의존하고 있지는 않다. 맛을 결정짓는 중요한 요소 중 하나는
후각이다. 그래서 우리는 코감기에 걸려서 코가 막혔을 때, 맛을 잘 못
느낀다. 입맛이 뚝뚝 떨어진다. 이거나 저거나 별반 차이가 없다. 그렇게
'맛'에 있어서 '향'은 중요하다.

자, 이제 질문. 그렇다면 향기를 가장 잘 전달할 수 있는 공간의 형태는

어떤 것일까?

아주 간단하다. 공간을 열어두는 것.

위아래가 뻥 뚫린 공간을 건축가들은 흔히 '보이드(Void)'라고 부른다. '오픈 스페이스(Open Space)'라고도 부르는데, 위층의 일부 바닥을 뚫어 열려 있는 공간을 말한다. 보이드 공간을 만듦으로써 아래층에는 개방감을 주고, 위층이 아래층과 시선적으로 연결되게 한다. 공간을 연결하는 하나의 방법으로 비워내는 것이다.

쿠킹 라이브러리에는 두 개의 보이드가 존재한다. 1층과 2층에 하나, 2층과 3층에 하나. 쿠킹 라이브러리에 들어서자마자 만나게 되는 것이 바로 첫 번째 보이드 공간이다.

로비 부분을 뚫어내어 보이드 공간을 만드는 것은 우리에게 아주 낯선 일은 아니다. 미술관이나 호텔 등에서도 종종 개방감을 주기 위해 이러한 건축 방법을 곧잘 이용한다. 그렇기 때문에 쿠킹 라이브러리에 처음 들어섰을 때, 그리 놀라지는 않았다. 그저 로비 역할을 하는 곳이라고 생각했다. 둘러보니 카페가 있고 조금 더 들어가면 음식까지도 사 먹을 수 있겠거니 했다. 반전은 내가 2층으로 올라가 책을 열람하고 있을 때 발생했다.

첫 번째 보이드 공간을 감싸고 있는 2층의 라이브러리에서 구경하고 있을 때였다. 1층의 주방에서 달그락거리는 소리가 나더니 몇 분 후부터 향기로운 음식 냄새가 도서관 전체를 감쌌다. 책을 훑어보다가 순식간에 배가 고파졌다. 아, 이렇게 냄새로 사람을 유혹하다니. 눈으로 요리에 관한 정보를 얻는 것과 동시에 후각을 통해 음식 향이 밀려들어왔다. 공감각적인 도서관이 아닐 수 없다. 결국 다시 1층으로 내려가 음식을 사 먹고야 말았다.

두 번째 보이드는 도서관 열람실에 해당하는 2층과 3층 사이의 공간이다.

자칫 답답할 수 있었던 서가들 사이로 뻥 뚫린 공간이 나타났다.

1층과 2층 사이에 뚫려 있는 공간 때문에 사람들이 돌아다니는 아래층만 바라볼 수도 있었는데, 2층과 3층을 이어주는 또 하나의 보이드 덕분에 다시 시야는 위로 향한다. 3층의 뚫려 있는 창으로 햇빛이 들어오고, 도서관 전체를 모두 함께 밝힌다.

또 하나의 열린 공간을 찾자면, 다시 1층으로 내려와 카페 구역을 들 수 있겠다. 쿠킹 라이브러리답게 이곳을 돌아다니다 보면 여러 개의 주방을 마주할 수 있는데, 공통적으로 모두 안이 훤히 잘 보인다. 주방이 잘 보이도록 시야를 열어둔 것. 요리사 분들이 요리하는 모습을 시시각각 지켜볼 수 있다.

그에 더해 카페 구역에서는 거대한 창을 위로 열어 외부 공간까지 카페의 일부분으로 사용하고 있다. 공간이 수직이 아니라 수평적으로 연장되니 날씨가 좋은 날이면 바깥에서 햇빛을 맞으며 음식을 먹거나 커피를 한 잔 해도 좋겠다.

만들어 맛보는 것

이곳의 이름이 테이스팅 라이브러리가 아니라 쿠킹 라이브러리인 것에는 명확한 이유가 있다. 요리는 단지 맛보는 것을 넘어 만드는 그 과정에 있음을 공간 그 자체로 우리에게 말하고 있다.

다른 라이브러리들과 차이점은 열람실 내에 '인그리디언츠 하우스'가 있다는 것. 연애를 책으로 배운 것만큼이나 요리를 책으로만 배워서는 그 실력을 발휘할 수 없을 테다. 그래서 쿠킹 라이브러리에서는 각종 향신료를 모아놓은 인그리디언츠 하우스가 따로 마련되어 있다. 어떤

의미에서는 그 어느 책보다 요리에 관해서 많은 것을 말해주는 또 다른
도서관이다.

인그리디언츠 하우스는 2층의 열람실에서 분리되어 박공(경사진 지붕의
형태)의 공간에 따로 마련되었는데, 마치 그린 하우스 또는 식물원을
연상케 한다. 따로 떨어져 있지만, 시각적인 단절은 피하기 위해 유리로
제작되었다.

3층으로 올라서면 작은 서가 뒤로 쿠킹 클래스를 열 수 있는 조리실이
나타난다. 책으로 요리를 읽었으니, 직접 만들어볼 시간이다. 한쪽에
테라스가 열려 있는 조리실은 깔끔하게 정돈된 1자 주방을 8팀 정도가
사용할 수 있게 설계되었는데, 최대한 깔끔하게 주방 공간을 정리하려고
한 건축가의 노력이 엿보인다.

4층으로 올라가면 진짜 그린 하우스를 만난다. 2층의 인그리디언츠
하우스와 같은 형태로, 조금 더 길쭉한 공간이 유리로 제작되어 있는데
이곳은 '그린 하우스'라는 이름을 가진 프라이빗 레스토랑이다. 도시를
배경으로 그린 하우스 내부에 비치된 다양한 식물들과 함께, 자연과
도시를 동시에 누리면서 음식을 먹을 수 있게 만들어졌다. 압구정과
신사가 멀리까지 내다보이는 작은 정원까지 마련되어 있다.

건축물 하나가 치밀한 기획을 거쳐 세밀하게 조율되어 완성되는 과정을
무엇과 비유할 수 있을까. 그건 아마도 발표 PPT 자료를 만드는 일과
비슷할지도 모른다. 인력과 시간의 차이는 물론 있겠지만, 말하고자 하는
바를 최대한 간단하고 명확하게 설명해야 하는데, 그것이 쉽지가 않다.
잠깐 한눈을 팔고 딴생각을 하면 자꾸 사족이 달리고, 말하는 방향이
달라지고, 어울리지 않는 이미지가 PPT 안에 들어가 있다. 정신 똑바로
차리고 집중해서 만들어야 한다.

건축 또한 같다.

그래서 현대카드 라이브러리들을 둘러볼 때에는 각각의 주제를 빼놓고선
이야기할 수 없다. 각 도서관들을 돌아다니면서 요리란 어떤 맛인지,
여행은 어떤 의미인지, 음악은 왜 듣는지, 디자인은 무엇인지 책과
함께 건축도 읽으면 조금 더 그 주제에 대해서 깊게 이해하게 될 수
있을는지도 모르겠다.

건축가가 설계한 공간에 들어서면
자꾸만 눈에 띄는 것들이 있다. 마치
숨은그림찾기 게임을 하는 기분으로,
발견하면 왠지 뿌듯하다. 그것은 세밀한
완벽주의자 건축가일수록 놓치지 않는
디테일들이다. 대부분의 사람들이 그냥
지나칠 것이 분명한데도 그들은 공간의
패턴을 만들고야 만다.

이를 테면, 기장 발견하게 쉬운 것이
바닥의 패턴이다. 눈에 보이지 않는
구조적 통일성까지는 외관에서 쉽게 알
수 없지만, 마감재의 패턴은 가장 쉽게
발견할 수 있는 건축가의 의도들이다.
쿠킹 라이브러리에서는 재료를 모두 달리
쓰면서도 같은 크기의 벽돌과 나무를
써서 패턴을 일치시켰다. 외부에서부터
1층 카페까지 쭉 이어지는 검은색 벽돌과
3층에 자그게 자리 잡은 서가의 벽돌
크기의 나무 바닥 마감, 그리고 4층으로
올라와 그린하우스 내부에 다시 이어지는
갈색의 벽돌까지 모두 같은 패턴으로
공간의 통일성을 부여한다.

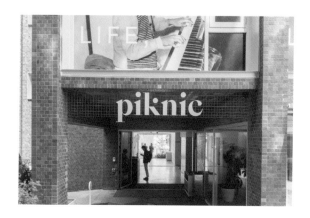

06

디자인과
시공간 사이로
소풍을

피크닉

골목 안 숨겨진 그곳

인스타그램은 어느새 페이스북을 제치고 우리 삶에 가장 밀접하게
닿아 있는 SNS가 되었다. 인스타그램은 우리의 유희 방식 자체를
바꿔놓았다고 해도 과언이 아니다. 맛집을 찾기 위해 혹은 영업
중인지 아닌지를 알기 위해 인스타그램 안에서 검색하고, 그때 그때
떠오르는 생각들을 인스타그램 스토리에 써놓는다. 상대방을 직접
만나기 전 그 사람의 피드를 둘러보며 첫인상을 결정하고, 내가
누구를 팔로우하는지는 나의 관심사를 그대로 반영한다. 결정적으로
인스타그램은 우리가 공간을 찾는 방식마저 바꿔놨다.
이제 새로운 핫플레이스는 대로변, 역세권에 위치할 필요가 없어졌다.
사람들은 인스타그램에 올라온 몇 장의 사진들과 글을 읽고, 지도를 켜
즐겨찾기에 저장한다. 어떤 한가로운 주말, 새로운 장소를 탐방할 용의는
충분하다. 대로에서 조금 걸어 골목 안으로 들어서는 것은 큰 문제가
아니다. 그리고 나선 나도 이곳에 와봤노라, 피드에 사진을 남길 것이다.
유난히도 더웠던 2018년의 여름, 35도를 넘나드는 날씨에도 굴하지
않고 인스타그램에서 더 뜨겁게 타오르던 핫플레이스가 있었다. 피드엔
온통 그곳에 관한 소식이 가득 올라왔다. 옥상에서 하늘을 배경으로
간판을 찍은 사진 혹은 우거진 나무 사이로 보이는 붉은 건물. 서울의
내로라하는 힙스터라면 더위를 물리치고 언덕을 올라 반드시 가봐야
했던 곳. 전시 기획 회사 글린트의 새로운 사옥 겸 전시관, 피크닉이다.

그리하여 나도 지도 앱을 켜고 피크닉을 검색했다. 스마트의 화면이
움직이며 위치 표시가 뜬 곳은 회현역.

회현역? 남대문?

남대문에 관한 기억이 없는 것은 아니지만, 의아하기 그지없었다. 나에게
남대문은 엄마 손을 잡고 따라갔던 도깨비 시장과 갈치조림 골목, 모형
재료를 사러 방문하던 알파문구 본점, 중고 카메라를 구하기 위해 찾았던
카메라 가게였지, 전시장인 적은 없었다. 유행에 민감한 인스타그램의
인플루언서들이 찾는 동네라기엔 낯설다. 한남동이나 망원동도 아니고,
이름도 처음 듣는 남창동 어느 골목.

여름의 뜨거운 기세가 한풀 꺾이고 가을의 냄새가 날 때쯤, 피크닉을 처음
찾았다. 피크닉에 가려면 역시 운동화를 신는 것이
좋겠다. 꽤 가파른 언덕을 올라야 하니까. 언덕을
걷다 보면 눈에 이미 익은 피크닉의 로고가 보인다.
친절하게 안내하는 방향으로 걸음을 옮겼더니 곧
그 장면이 나온다. 스크린으로 더 많이 접했던 그
풍경. 우거진 나무 사이로 보이는 붉은 건물. 창을
채운 전시의 포스터들. 피크닉에 도착했다.

뭘 좋아할지 몰라서

요즈음엔 온갖 정보와 컨텐츠가 넘쳐난다.
혹자는 지금이 큐레이션의 시대라 한다. 사람들에게 필요한 것은 눈이
번쩍 뜨이는 새로운 무언가보다, 셀 수 없을 정도로 많은 것들을 잘
갈무리하여 몇 가지로 추려서 보여주는 것이라고. 새로운 영감을 받고

싶을 때 사람들은 모든 물건이 다 있다는 백화점과 대형 쇼핑몰을 찾지 않고, 동네에 작게 자리를 지키고 있는 편집숍을 방문하기 시작했다. 그곳의 안목과 추천을 믿으면서.

편집의 대상이 되는 것은 비단 물건과 도서뿐 아니다. 디자인도, 전시 컨텐츠와 음식점 혹은 카페마저도 모두 큐레이션의 대상이다. 좋은 것들을 잘 골라놓는 것만으로 사람들의 관심을 받는다. 그런 의미에서 피크닉은 아주 영리하게 다양한 사람들의 구미를 당기게 하는 큐레이션을 해냈다. 전시장으로 계획되지도, 그렇게 쓰인 적도 없던 건물을 골라낸 것은 피크닉의 첫 번째 큐레이션이 아니었을까.

1960, 1970년대 지어진 건물들은 흥미롭다. 꼭 저명한 건축가가 팔을 걷고 나서서 지은 건물이 아니라 하더라도, 필요에 의해 뚝딱 뚝딱 지어낸 건물들은 내숭 없이 솔직 담백하다. 거기에 더해 당시 쓰기 좋았던 재료인 벽돌과 타일들이 보여주는 멋이 있다. 성수동이나 종로 등 아직도 오래된 건물이 많이 남아 있는 동네를 돌아보다 보면, 몇몇 건물들은 정말 탐이 난다. '아, 이거 이렇게 바꾸면 정말 멋질 텐데. 여기를 이렇게만 바꿔준다면 새 건물 부럽지 않을 텐데.' 이런 생각을 속으로만 하면서 아쉬움만 가득이다. 그러니 서울 깊숙한 언덕 위에 소리 없이 자리 잡고 있던 이 건물을 발견했을 때, 글린트의 대표는 어떤 마음이었을까. 적어도 놓치고 싶지 않은 마음이었던 것만은 확실하다.

남산 중턱, 회현동 구석에 자리한 이 오래된 건물을 전시장으로 탈바꿈시키고자 결심했을 때, 역시 가장 큰 리스크는 이 의문이었을 것이다. '과연 사람들이 굳이 여기까지 올까.' 그래서 다른 전시 공간에서 작은 카페 정도를 함께 운영하는 것과 달리, 피크닉에서는 본격적으로 공간을 크게 나누어 파트너를 구하기 시작했다. 사람들이 전시를 보고 돌아가는 발걸음이 아쉽지 않도록, 또한 굳이 전시가 아니더라도 이곳을

찾을 수 있는 다른 목적이 있을 수 있도록 피크닉엔 카페가, 와인바가,
레스토랑이, 문구 편집숍이 함께 들어왔다. 또 다른 큐레이션이다.
피크닉의 1층에는 낮에는 카페로, 저녁에는 바로 활용되는 '카페
피크닉'이 자리 잡았다. 꽤나 넓은 면적을 아낌 없이 카페로 활용한다.
전시를 보기 전이든, 전시를 보고 나온 후든 이곳에 머물지 않고
지나치기란 쉽지 않다. 장식 없는 매끈한 공간 속, 큰 테이블 위에
샹들리에가 줄지어 매달려 색다른 분위기를 선사한다.
카페 말고도 1층에는 미술관에 딸린 큰 아트숍 대신 문구 편집숍
'키오스크키오스크'가 있다. 카페와 편집숍에 밀려, 오히려 티켓부스는
외부로 밀려나 독립된 건물에서 그 역할을 수행하고 있다.
커피로 부족하다면, 3층 '제로컴플렉스'로 올라가면 된다. 여느 미술관
카페에서 대충 때울 수 있는 샌드위치 정도를 파는 것과 달리, 피크닉선
제대로 된 식사를 즐길 수 있다. 3층의 이 레스토랑만을 방문하기
위해 피크닉을 찾을 정도. 피크닉으로 들어설 때 보였던 유리 건물인
온실에서는 제로컴플렉스에서 사용하는 채소들을 재배하고 있다.
피크닉을 관리하고 기획하는, 이곳의 주인인 글린트는 피크닉의 2층에
사무실을 두었다. 전시장이 오로지 전시장으로만 존재하는 것과 달리,
기획자가 언제나 상주해 있으니 전시는 더 그들과 밀접해지고 기획은
촘촘해질 것이다.
나머지 공간은 모두 전시를 위해 할애한다. 지하 1층과 루프탑은 온전히,
다른 층들은 일부를 쪼개어 전시 공간으로 활용한다. 전시는 층층이
나누어져, 여러 파트로 나뉘기에 용이하게 계획되었다. 특히 건물의
정면에 독립된 출입구를 가진 지하 1층은 메인 전시와 별개로 독립된
프로그램이 운영되기도 한다. 전시에 포함이 되었다가 포함이 되지
않았다가. 그렇게 폭넓은 융통성을 지닌 공간이 됐다.

도시의 배경이 되어 드러내고자 하는 것

전시의 매력은 그 자유로움에 있다. 예측할 수 없다는 것. 무엇을 전시할
것인지, 전시를 어떻게 할 것인지, 어떤 시선으로 바라볼 것인지를
보여주기 전에는 아무도 예상할 수 없고, 판단할 수 없다는 것. 그래서
그 특유의 자유로움은 영화보다, 연극보다, 독서보다 더 많은 감각을
사용하게 한다. 전시에서 우리는 보기도, 읽기도, 만지기도, 심지어
냄새를 맡기도 하니까. 주말에 전시를 찾는 많은 사람들은 아마 감각의
자유로움을 만끽하길 즐기는 사람들은 아닐는지.

그러한 자유로움을 지키기 위하여 건축은 배경이 되는 것이 적절하다.
주인공이 되고자 하는 욕심을 내려놓고, 한발짝 뒤로 물러서서 전시의
내용이 가장 돋보일 수 있도록 공간을 매만지는 것이 건축가의 역할이다.
오래된 건물을 다시 쓰고자 계획하는 일은 어찌 보면 청소와 닮았다.
청소를 하기 전엔 내가 어떤 물건을 가졌는지, 어떤 짐들이 쌓여 있는지
파악하는 것이 첫 단계. 그리고 오랜 시간 동안 쌓여 있던 짐들 중 어떤
것을 여전히 보관하고, 어떤 것을 버릴지 결정하는 것이 두 번째. 만약
새로운 가구나 물건을 집에 들여오고 싶다면, 자리부터 마련해야 한다.
깨끗하고, 정돈되게. 오랜 시간 제대로 된 정리 정돈 없이 사용되던
피크닉의 건물을 리모델링하는 일은 대청소와 같은 과정을 거치지
않았을까?

피크닉 건물을 다듬는 일은 기존에 가지고 있던 건물의 구조를 최대한
그대로 사용하려 했던 것으로 보인다. 새로 증축한 부분도, 철거한 부분도
크게 눈에 띄지 않는다. 다만 여러 프로그램이 함께 공존할 수 있도록
동선을 새로 짜고, 건물에서 상당 부분을 차지하는 창호를 모두 교체해
깔끔한 얼굴을 갖게 했다.

외관의 붉은 타일과 대비되게 내부 공간의 마감은 전시를 위해 최대한
깔끔한 무채색 톤으로 마감했다. 천장은 노출해 공간감을 넓혔고, 1층의
카페를 제외하곤 최대한 깔끔한 조명으로 전시에 힘을 실었다.
피크닉을 오르내리며, 시간의 흐름을 가장 많이 느낄 수 있는 공간은
계단실. 오래 전 학교에서 봤었던 도끼다시* 바닥과 두꺼운 나무 난간이
반질거린다.
계단실을 통해 피크닉의 동선은 위를 향해 이어진다. 전시 동선을
따라 움직이다보면, 마지막에 이르러서는 옥상의 문을 열고 도시의
스카이라인과 남산의 서울타워가 보이는 루프탑에 도착한다. 시원한

풍경이 360도 펼쳐지는 루프탑은 전시를
체험할 수 있는 또 다른 장이 되기도 하고,
전시 관람객의 휴식처가 되기도 하면서
피크닉 공간의 방점을 찍고 있다. 서울
안에서 이런 풍경의 옥상을 가진 건물을
찾아내다니, 다시 한 번 부럽다.

* 정식 명칭은 테라조. 시멘트와 다양한 자갈들을
굳힌 후 갈아낸 바닥 재료. 학교, 관공서, 계단
등에 주로 쓰였다.

공간을 만드는 사람들

아마 이전의 건축가들은 쉽게 믿어버렸을지도 모른다. 공간을 만드는
사람은 건축가 자신 뿐이라고. 빈 땅을 다지고 그 위에 벽을 세워 공간의
형상을 만드는 일은 정말 물리적인 공간을 만드는 일이긴 하니까. 하지만
현대에 이르러서는 건축가뿐 아니라 여러 전문가들이, 나아가 이곳을
사용하는 사람들이 공간을 완성한다는 사실에 이의를 제기하는 사람은
거의 없을 것이다.

물리적 공간을 구축하는 일만큼, 아니 혹은 그 이상으로 공간의 성격을
규정하는 일은 중요하다. 공간이 어떤 이름으로 불릴 것이고, 어떤

이미지로 읽힐 것이고, 어떤 방식으로 사용될 것인지. 그것을 우리는
공간의 브랜드를 만드는 일이라고 말하고, 브랜딩이라는 단어를 곧잘
사용한다.

피크닉이 혜성처럼 나타나고, 사람들이 그 이름과 공간을 한 눈에
기억하고 이야기의 소재로 삼은 것을 단순히 운에 기댄 우연이라고
보기엔 어렵다. 그것은 치밀하게 기획된 브랜딩의 효과에 더 가깝다.
그렇다면 누가 피크닉을 브랜드로 만들어낸 것일까?

공간을 다양한 전문가가 함께 만들어가는 것은 매우 익숙한 일이지만,
피크닉 기획에 참여한 여러 분야의 전문가들 이름이 모두 귀에 익어 사실

깜짝 놀랐다. 피크닉이 문을 연 2018년, 각자의 영역에서 아주 활발한
활동을 하고 있는 이른바 핫한 디자이너들이 총출동했으니 이미 어느
정도의 팬층을 확보해둔 것이었을는지도 모른다.

피크닉의 아이덴티티 디자인과 공간 내 사이니지 디자인은 워크룸과
mmmg가 맡았다. 피크닉의 독특한 로고를 공간 내에서 여러 번 접하게
되는데, 가장 자주 보이는 로고는 역시 루프탑에 설치된 간판. 단순하고
깔끔한 흰 타일 위에 올라선 피크닉의 간판은 하늘을 배경으로 한다.
마찬가지로 건물 진입구에 있는 간판도 있다. 공중에 매달린 듯한 흰
로고와 붉은 타일이 붙은 건물, 그리고 무성한 녹음이 좋은 풍경이 되어,
피크닉 앞에 인증샷을 찍기 위해 사람들은 줄을 서기도 한다.

꼭 간판이 아니더라도, 피크닉은 일반적인 전시 공간의 구성과는 달라
사람들의 동선을 안내하는 사이니지가 자주 필요하게 되는데, 그때마다
키 작은 입간판이 꼿꼿하게 서 있다. 이쪽으로 전시가 이어진다든지,
이쪽은 회현역으로 가는 방향이라든지. 친절한 안내를 따라 이동하면
길을 잃을 염려는 없다.

그외에도 3층 제로컴플렉스의 인테리어를 플랫엠에서, 1층 편집샵
키오스크키오스크의 브랜딩은 디자인 스튜디오 헤이조가, 가구는
길종상가에서 작업했다. 카페 피크닉의 가구는 스탠다드에이에서, 전시
디자인은 사무소효자동이 맡아 진행한 바가 있다. 디자인 업계에 발을
담그고 있노라면, 자주 듣는 이름들이다. 이들이 모두 뭉쳐 작업했으니,
피크닉은 우연의 산물이라기 보다는 어벤저스를 떠올리게 한다.

귀가 시린 겨울이 가고, 햇빛이 따스한 봄이 오면 누가 시키지 않아도
자연스레 소풍 갈 생각에 들뜬다. "한강으로 갈까? 아니면 올림픽 공원
같은 곳도 좋아." 그렇게 친구들에게 소풍을 가자고, 가자고 조른다.
여행이나 답사와 달리, 소풍은 가벼워야 한다. 어렵지 않고, 부담스럽지

않고. 남산 가까이에 위치한 피크닉은 봄에 가볍게 떠나는 소풍과 같다.
그렇게 받아들여지길 기대하고 이름을 지었는지도 모르겠다. 어렵지
않게 발걸음 할 수 있는 전시 공간이다. 다음 전시가 또 다시 기다려진다.

07

성수를 담은
　　　　　디 테 일 의
정수

오르에르

바꿔 쓰고 다시 쓰는 동네

절약이 미덕인 시대가 있었다. 아나바다 운동 같은 캠페인이 활발히
일어났다. '아껴 쓰고 나눠 쓰고 바꿔 쓰고 다시 쓰자'의 준말인데, 받침
없이 입을 구르는 그 단어가 기분이 좋아 쉽게 잊히지 않았다. 아나바다
운동의 일환으로, 집에서 안 쓰는 물건을 바자회에 가져가서 다른
물건으로 바꾸기도 했고, 재활용 폐지를 양손 가득 학교에 가져가는 날도
따로 정해져 있었다. 유행이 지나거나 사이즈가 바뀌어 다시 못 입는
옷으로 가방이나 파우치를 만들기도 했다. 이미 쓸모가 다 한 것처럼
보였던 것들이 다시 새 생명을 얻어 쓰임을 더 하게 되었을 때, 괜히 돈을
번 것 같은 기분이었다. 아끼던 물건들을 떠나 보내지 않아도 되니 더욱
좋았다.

그랬던 시간들이 지나고 이제는 소비를 장려하는 또 다른 시대가 온
가운데, 지금 이 순간 가장 많이 바꿔 쓰고 다시 쓰는 동네가 있다. 예전엔
그럴 기미가 전혀 없더니 이제 와 건축을 아나바다 하는 것처럼 보인다.
요즘엔 너무 유명해져서 따로 예전의 모습이 어땠는지 설명할 필요도
없다. 성수동이다.

성수동을 가득 채우고 있던 공장들이 카페가 되거나 식당으로 바뀌었다.
공장의 모습을 유지한 채 구멍이 숭숭 뚫린 벽을 그대로 두고, 오래된
가구를 어디선가 가져와 앉으라고 내어둔 곳이 늘어갔다.
어디 내놓아도 하자 투성이로 보일 공간인데 사람들은
'성수동이니까'라면서 이러한 흐름을 생각보다 쉽게 받아들이고 즐기기
시작했다.

이제는 손가락으로는 다 세지 못할 정도로 많은 공장들이 다른 모습으로

변모했다.

성수동에서 진행된 공장 리모델링의 대부분은 지난 시간의 흔적들을
최대한 그대로 남기는 데 집중하고 있다. "여기 원래 공장이었어. 근데
우리가 다르게 쓰고 있는 거야. 신기하지? 신기하지?"라고 힘껏 소리치는
공간이 많은 반면, 오르에르는 그렇게 열심히 뽐내지 않아도 은연중에
티가 나는 존재감을 가지고 있다. 감히 디테일의 힘이라고 자신할 수
있다.

앞뒤가 다른 건물

새로 지어진 건물보다 오래전 지어진 건물 가운데 재밌는 공간이 많다.
머릿속에 물음표가 가득 차는 공간들. 아주 많은 건물들이 한꺼번에
지어지던 7, 80년대에는 주먹구구식으로 그때그때 상황에 맞게 건물을
땅에 욱여넣는 경우가 더 많았다. 경험도 없고, 사례도 찾기 어려웠던
시절이었다. 그래서 오래된 건물 중에는 어쩌면 효율적이지는 않을지
몰라도 재미있는 공간들이 심심찮게 남아 있다.

처음엔 그저 오래된 건물을 잘 고쳤다고 생각했다. 자그마치가 기획한
두 번째 카페라는 것을 알고 있었기 때문에 타일을 뜯어낸 거친 자국과
깔끔한 로고, 감각적인 색상의 시트지를 구경하면서 고개를 끄덕이며
입구로 들어섰다. 한 바퀴 쓱 둘러봤을 때까지는 오르에르가 두 건물을
사서 함께 쓰는 줄로만 알았다. 두 건물을 교묘하게 연결해서 하나처럼
보이게 한 줄 알고 혼자 감탄하며 손뼉을 쳤다. 나중에 몇 번이고 앞뒤를
왔다 갔다 하며 자세히 살펴보고 나서야 알았다. 아, 앞뒤 얼굴이 다른
건물이었다.

도로와 면한 건물의 모습이 이리 보나 저리 보나 완벽한 상가의 모습을 하고 있는 반면, 계단실을 통해 건물의 뒤편으로 연결되는 통로를 따라 뒷마당으로 들어가면 다른 건물로 넘어온 듯한 착각을 하게 된다. 마치 앨리스가 토끼굴을 건너 다른 세계로 넘어온 것처럼 마당을 가진 옛 주택으로 강제 소환되는 것.

오르에르로 탈바꿈되기 이전부터 이곳은 이렇게 앞뒤가 다르게 계획된 건물이었다. 1층엔 조그만 가죽 가게가 3개, 뒤쪽 마당에는 원룸이 세 가구 있었다. 2층은 또 구두 공장으로 쓰였다. 건물의 부분 부분을 다르게 쓰려다 보니, 내부뿐 아니라 건물의 앞뒤 외관도 함께 달라져 버렸다. '역시 상가는 네모나게 생겨야지!'라는 생각과 '아무래도 사람 사는 곳이니 작은 테라스와 마당 정도는 있어야지.'라는 고정관념을 버리지 못한 어느 설계자 덕분에 오르에르는 비밀스러운 정원을 얻은 셈이다.

아래위가 다른 공간

솔직히 말하면 내가 선호하는 스타일이라곤 말할 순 없다. 내가 좋아하는 공간은 이것보다 더 단순하고, 치밀하게 나누어지고 강렬한 대비가 있는 공간이다. 그에 비하면 오르에르는 조금 여성스럽고, 유연한 느낌이 있다. 그러나 이러한 개인의 취향은 어느 정도를 넘는 퀄리티 앞에서 무너지고 만다. 어떤 스타일이 되었든 정도 이상으로 잘해버리면, 개인의 취향은 크게 문제가 되지 않는다. 이것저것 따지기 전에 감탄사부터 나오는 것이다. "아, 잘했다!"라고.

오르에르에 들어가면 먼저 오래된 가구들이 눈에 띈다. 요새 많이 만드는 단순하고 깔끔하게 떨어지는 가구 디자인과는 많이 다르다. 세월이

묻어나는 나무 가구들은 조금 더 따뜻하고 정겹고 편안하다. 오르에르
1층의 중심을 차지하고 있는 교회 의자부터 그렇다.

교회 의자는 물론 사람들이 앉을 수 있는 의자로도 기능하고 있지만,
공간을 분할하는 역할도 한다. 천장으로 지나는 보와 같은 위치에서 1층
공간을 둘로 나누어, 사람들은 조금 더 아늑하게 그들만의 영역을 가지고
이야기를 나누거나 커피를 마실 수 있다.

교회 의자를 비롯한 다양한 고재들로 채워진 공간에 클래식한 형태의
조명, 일명 도끼다시라고 불리는 테라조 바닥, 그 위에 깔려 있는
카펫까지 합쳐져 오르에르만의 따뜻한 분위기가 생겨난다. 성수동의
많은 공장들이 거친 날것의 느낌을 강하게 드러내는 것에 비해
오르에르는 옛날 주택의 따뜻함이 있다.

곡선이 많은 옛 가구들과 바닥에서 보이는 복잡한 패턴들은 모두
천장에서 균형을 맞춰준다. 다양한 소재들이 혼재되어 있는 공간인데도
천장이 높고 최대한 단순하게 정리되어 있어 과한 느낌이 들지 않는다.
조명도 펜던트 조명을 쓰는 곳을 제외하면 모두 간접 등을 제작해서
최대한 눈에 보이지 않도록 계획했다. 꼭 필요한 것이 아니면 많이
덜어내려 노력한 부분이다.

1층 진입부의 공간에서 커피를 주문하고, 뒤쪽으로 조금 들어가면 더욱
적극적으로 분할된 공간들이 나타난다. 거실에서 방으로 들어가는 것과
비슷하다.

안쪽으로 들어서면 조금 더 내밀한 오르에르만의 공간이 숨어 있다.
기존에 존재하던 벽들을 일부 살리고 패턴이 있는 벽지로 마감했다.
과감한 선택이다.

외부의 벽돌 타일과 마찬가지로 붉은 계열의 톤을 유지하고, 따뜻한
전구색의 조명을 달았다. 라운지와 마찬가지로 아주 오래된 책상들과

의자가 배치되어 있고 창틀마저도 나무로 제작되었다.

비밀스러운 방들을 지나쳐 문 하나를 건너면 건물 뒤편의 정원으로 나갈 수 있다. 날씨가 좋은 날에는 많은 사람들이 정원을 바라보며 커피를 마시고 사진을 찍는다. 넓고 으리으리한 정원은 아니어도 요즘처럼 개인만의 정원을 갖기 힘든 도심 속에서 충분히 매력적이다.

건물의 앞뒤 모습이 확연히 다른 것처럼, 층 하나를 올라왔을 뿐인데도 다른 풍경이 펼쳐진다. 여성스러운 느낌이 강했던 1층을 뒤로 하니 새빨간 2층의 공간이 나타났다. 외관에서 이어지는 붉은 색이 2층에서도 이어지고 있지만, 1층과는 달리 최대한 간결하게 마무리된 인테리어 때문에 자칫 잘못하면 오르에르가 아닌 줄 알 것이다. 카페라고 생각하지 못할 수도 있다.

1층이 오래된 고재들로 채워진 것과는 달리 이곳에는 가장 간단한 형태의 테이블이 자리 잡고 있다. 최대 4명 정도가 오순도순 이야기를 나눌 수 있었던 옛날 가구들 대신에 요즘 카페들에서 쉽게 볼 수 있는 기다란 책상이다. 1층은 작게 나누어진 아늑한 공간에서 이야기를 나누고자 하는 사람들이 많다면, 2층은 어느 한 가지에 집중하기 좋은 환경이다. 공부를 하거나 일을 할 수도 있지만, 때로 그것은 음악이 되고 강연이 되고 모임이 된다.

2층의 구석에는 '포인트오브뷰'라는 문구점이 들어섰다. 카페 안의 문구점이라니, 독특하다. 숨겨져 있는 이 공간에 들어서면 작은 두 방을 꽉 채운 문구와 소품들을 만날 수 있다. 누군가의 서재에 몰래 들어온

것처럼, 나도 모르게 종종걸음으로 부지런히 눈을 굴리며 물건들을
훑는다. 공간에 꼭 맞춘 듯 들어간 가구들의 디테일이 정말 뛰어나다. 딱
오르에르스럽다. 여기서 한 발자국 더 오르에르의 취향으로 들어가고자
한다면, 한 층 더 올라서면 만날 수 있다. 오르에르 사무실로 썼던
공간을 다시 외부인들에게 내주며 오르에르 아카이브라는 이름으로
다시 열었다. 주택으로 쓰였던 만큼, 7,80년대 주택의 모습을 고스란히
가지고 있는 공간이다. 마루 바닥과 마루를 그대로 들어올린 것 같은 벽,
패턴을 가진 나무 천장까지. 옛 할머니 집을 떠올리게 한다. 천장의 작은
조명들과 공간 중앙에 걸린 둥근 팬던트 등과 함께 흰 한지로 마감된
진열대가 공간으로 들어오자 이곳을 오르에르로 만든다. 1, 2, 3층에 걸친
오르에르의 공간은 카페이기도 하고, 문구점이기도 하고, 강연장이며
편집샵으로까지 각기 다른 모습으로 존재하지만, 결국 모두 오르에르의
여러 면을 보여준다. 콘크리트와 황동, 목재와 종이에 이르기까지
모든 재료들을 본연의 모습 그대로 사용하며 빛마저도 다루는 방식이
아주 세심하다. 하루 이틀로 될 일이 아니다. 일관된 취향이 공간을
만들었다고밖에 말할 수 없겠다.

디테일의 정수

'한 끗 차이'라고 표현할 때, '한 끗'은 화투나 투전과 같은 노름판에서

점수를 나타내는 단위다. 한 끗 차이로 졌다고 생각하면 땅을 치고 싶을 정도로 억울하고, 한 끗 차이로 이겼다고 상상하면 하늘로 날아가버릴 것처럼 기뻐진다. 승패를 가르고, 모든 것을 잃거나 얻게 하고, 감정을 이렇게 널뛰게 할 수 있을 만큼 한 끗은 중요하다. 그리고 건축에서도 한 끗의 차이는 분명 존재한다. 흔히 건축하는 사람들이 디테일이라고 부르는 부분이다.

오르에르의 첫인상은 오르에르 건물 입면 위에 달린 깔끔한 황동 간판이었다. 황동으로 만들어진 얇은 간판은 벽에서부터 떨어져 평평하면서도 입체감을 갖도록 시공되었는데, 입구에서 보았던 황동색의 잔상은 공간으로 걸어 들어오면서 계속 이어진다.

바닥 재료를 구분 짓는 얇은 황동 띠는 복도의 콘크리트 바닥 위에 무작위의 패턴을 가진 채 시공되어 있는데, 길을 안내하는 역할을 한다. 보통의 카페와 다르게 복도를 지나야 카페로 들어올 수 있는 형태의 진입문이라 안내자가 필요했을 것이다.

내 눈에 보이는 것은 처음부터 눈에 띄었던 황동의 연장선들이었다. 필요하지만, 깔끔하고 예쁘게 마무리하려면 보기보다 신경을 많이 써야 하는 요소들. 바닥과 벽이 만나는 부분의 걸레받이라든지, 서로 다른 재료들이 부딪히는 곳에 넣어줘야 하는 재료 분리대라든지, 벽지가 끝나는 부분이 떨어지지 않도록 막아주는 몰딩 등이 그것이다. 오르에르는 작은 부분들을 하나하나 신경 써가면서 디자인의 큰 흐름을 잃지 않고 이어갔다. 기성 제품을 쓰지 않고 황동색으로 직접 제작해 버린

것. 그런 부분에서 건축가들은 감탄하고 만다. 하나하나 만들어 내기가
쉬운 일이 아니기 때문이다.

그뿐 아니라 문에 달리는 손잡이들도 모두 황동색으로 구해 달았다.
오르에르에서 냅킨을 받치고 있는 그릇도, 냅킨이 날아가지 않도록
무게를 더하고 있는 문진도 모두 같은 톤과 재료로 유지되었다.
하루아침에 될 일은 아니다. 시간을 들여 조금씩 맞춰간 것이다.

또 하나 눈에 띄는 것. 공간은 공간 자체로도 사람들에게 어떠한
감정을 전하지만, 때때로 필요한 글자들이 있다. 말로 해야만 하는
것들이다. 이곳의 이름, 주소, 경고문, 안내 표지판. 우리는 그것을 흔히
'사인(Sign)'이라고 부른다. 사인물 혹은 사이니지(Signage)라고도 한다.
오르에르 안에 들어가는 모든 사인들은 건물 정면에서 보이는 큰 간판과
같은 디자인 어휘를 가지고 제작되었다. 마찬가지로 황동이 지속적으로
재료로 쓰였고 일관된 글꼴과 형태가 오르에르의 성격을 더한다.
어떤 방식으로 남길지에 대한 고민도 일관되게 나타나고 있다. 외부의

벽돌 타일을 실제로 뜯어보고 나서야 타일 안에 존재하던 진짜 벽돌들을
그대로 남겨놓기로 마음먹었을 테다. 외부 입면에서 내부 시멘트
벽돌들을 드러낸 것에 이어 계단실의 하부, 내부 천장과 이어지는 벽도
모두 시멘트 벽돌을 노출했다. 내부의 강한 패턴과 오래된 가구가 만나
어떤 느낌을 자아낼지, 상상만으로 결정하긴 힘들었을 것이다. 모두
실제로 공사를 하면서 어느 정도 확신을 가지고 결정할 수 있지 않았을까.
서로 다른 스타일의 것이 충돌하는데도 전혀 어색하지 않다.
리모델링(remodeling)이라는 것이 그렇다.
리사이클링(recycling)이라고도 부르고,
리제너레이션(regeneration)이라고도 한다. 건물을 다시 바꿔 쓰겠다는
것인데, 이게 말처럼 쉽지가 않다. 원판 불변의 법칙이 여기에도 적용되기
때문이다. 원래의 공간이 어느 정도 흥미롭지 않다면, 오래된 건물로
리모델링을 시도한다 해도 좋은 디자인이 나오는 데에는 한계가 있다.
그럼에도 불구하고 오르에르처럼 리모델링을 기가 막히게 하고 싶다면,
시 하나를 추천해줄 수 있겠다.

자세히 보아야 예쁘다
오래 보아야 사랑스럽다
너도 그렇다
　—〈풀꽃〉, 나태주

오래 보는 것이 정답이다. 공간이 눈 감아도 훤히 보이도록 익숙한 사람만이 가장 훌륭하게 다시 쓸 수 있을 테다. 한 번에 모든 것을 바꿔 버리려는 욕심을 내려놓고, 계절이 지나가면 가지치기를 하듯 공간의 요소를 더하거나 빼면서 바꾼다면 꾸준함을 이길 수 있는 것은 아무것도 없다. 오르에르는 그렇게 탄생했다.

08

비 워 서
만 든
　　　　　　　공 간

뮤지엄 산

흐트러뜨리고 비우기 위해 우리가 하는 일

생각이 견디기 힘들 정도로 많아서 머리가 무거울 때, 어떤 선택을 내려야
할지 무한 고민의 굴레에 빠져버렸을 때, 누군가를 좋아하거나 싫어하는
감정이 내 마음속 감정의 그릇에서 넘쳐흐를 때. 그럴 때 나는 걷는다.
보통 한강이 나에게는 가장 가깝고 걷기에 좋은 장소다. 크거나 작은
공원들도 모두 좋다. 집중하지 않아도 길을 잃지 않고 걸을 수 있는 것이
중요하다. 발걸음을 하나하나 옮기는 동안, 가득했던 생각의 조각들은
어디론가 흩어져 버린다. 생각과 감정이 덜어지니 머릿속이 간결해진다.
한참을 그렇게 걷다 보면 엉킨 실타래를 깔끔하게 풀어낸 것 같은 마음이
된다.
그런 의미에서 '산책(散策)'이라는 단어는 더 적절할 수가 없다. 흩을
산(散)과 채찍 책(策). 채찍을 흩트려 놓는다는 뜻으로, 정해진 목표 없이
지팡이를 이리저리 짚듯 정처 없이 걷는 것을 뜻한다. 그러니까 산책은
애초부터 집중해서 무언가를 해내기 위한 행위가 아니라, 가지고 있던
많은 것들을 흐트러뜨리고 비우기 위해서 우리가 하는 일인 것이다.
그렇다면 산책을 하기에 적절한 장소는 어디일까? 사람마다 각기 다른
장소를 떠올리겠지만, 그것이 피트니스 센터 안에 있는 러닝머신 위가
아니라는 것은 확실하다. 산책을 이루는 요소는 여러 가지인데, 그중
없어선 안 될 것은 내가 걷는 속도에 맞춰서 사라지고 나타나는 풍경이다.
우리는 그것을 위해 운동화를 신고 밖으로 나선다.

사람들이 공통적으로 겪는 복잡하고 다사다난한 일상을 바라보며
건축가는 생각했다. 이곳에서만큼은 사람들이 무거운 마음속 짐들을
내려놓고 가볍게 걸었으면 좋겠다고 바랐다. 건축가의 개인적인 소망은
공간의 전체적인 목표점이 된다. 목적 없이 산책할 수 있는 공간을 만드는
것이 목적이다. 서울에서 자동차로 한 시간 반 거리를 뚝 떨어져 있는
다른 세계, 뮤지엄 산의 이야기다.

있는 그대로 드러내는 솔직함

누군가는 솔직함에 거부감을 드러낼지도 모른다. 상대방이 솔직함을
무기로 내세우며 내뱉는 말들로 상처받은 경험은 우리 모두 하나 이상
가지고 있을 테니까. 솔직함에도 종류가 있어서 어떤 솔직함인지가
중요하다. 남에 대해 솔직한 것 말고, 나에 대해서 솔직해야 하지 않을까?
내가 뭘 좋아하는지, 어떤 것을 잘하는지, 어떤 상황에서 힘들어하고,
무엇을 싫어하는지에 관해 우리가 남의 눈치 보지 않고 이야기할 수
있다면 조금 더 나은 삶을 살 수 있게 되리라고 믿는다.
건축가 중에서도 이렇게 솔직하고 싶어 하는 사람이 있었다. 건축에
조금이라도 관심이 있다면, 모를 수 없는 이름이다. 옆 나라 출신이고,
건축 교육을 받은 적이 한 번도 없지만 아직까지도 많은 활동을 하며
현재 진행형으로 건축의 역사를 쓰고 있는 사람.
안도 다다오다.
안도 다다오는 여러 건축 재료 중에서도 그 민낯을 확실히 드러낼 수
있는 재료를 골라 썼다. 노출 콘크리트가 대표적이다. 안도 다다오
이전까지 콘크리트는 구조를 위해 사용되었을 뿐 내외부는 다른

재료들로 옷을 입혔다. 옷은 여러 종류였다. 철판을 붙이기도 하고, 돌을 잘라 붙이기도 했다. 내부엔 벽지를 붙이거나 페인트를 칠하는 것이 일반적이었다. 콘크리트는 원래 건물에서 내보이고 싶은 부분은 아니었다. 비유하자면 콘크리트는 화장한 예쁜 피부가 아니라, 살과 근육 안에 숨어 있는 뼈대이기 때문이다. 노출 콘크리트는 말 그대로 그 뼈대를 노출하는 기법이다.

안도 다다오는 콘크리트 이외에도 자연을 건축의 재료로써 편입시켜 사용했다. 물과 빛이 그것인데, 때때로 그는 치밀하게 빛이 들어오는 범위를 예상해 공간을 조율했고, 물이 사물을 반사하는 성질을 놀라울 정도로 훌륭하게 활용했다. 뮤지엄 산에서도 물론 안도 다다오가 사용하는 대표적인 건축 재료들을 모두 만날 수 있다. 콘크리트, 물, 그리고 돌이다.

먼저 돌부터 보자. 안도 다다오는 사방이 산으로 둘러싸인 부지에 들어서는 박물관이라면 노출 콘크리트보다는 자연스럽게 쪼개어진 돌무더기가 주변 풍경과 더 어울리라 판단했다. 그래서 성벽을 쌓듯 정성스럽게 돌을 쌓았다. 이 맞물린 석재들이 뮤지엄 산의 첫인상이다. 아니, 첫인상이자 끝 인상이다.

돌로 쌓인 벽은 내부로 들어와서도 계속 이어진다. 단 하나도 같은 모양
없이, 직접 사람이 쌓은 모양새다. 깨끗하게 마감된 노출 콘크리트 면과
비교되어 더욱더 도드라진다.

돌이 뮤지엄 산의 끝인상이기도 하다고 표현한 것은 뮤지엄 산 동선의
끝에 있는 돌의 정원 때문이다. 돌의 정원은 마치 경주의 릉처럼
볼록 솟아오른 형태를 하여 동선을 유도하고 있는데, 돌의 정원을
가로질러야만 다음 전시관으로 이동할 수 있다. 마치 뮤지엄 산의 외벽이
바닥에 그대로 깔리기라도 한 것처럼 재료의 통일성을 유지했다.

돌은 무거운 재료다. 게다가 그 숫자가 많다면, 무게를 가늠하기조차
어렵다. 보기만 해도 무겁게 잔뜩 쌓여 있는 돌의 박물관을 가볍게
띄워주는 재료가 있다면, 그것은 물이다. 물이 가지고 있는 반사 성질

덕분이다. 여기에는 물의 반사 효과를 극대화시키기 위해서 다른 장치가
숨어 있다. 바로 얕게 깔려 있는 검은색 돌. 물은 검은색 그릇에 담겨 있을
때 더 선명하게 풍경을 담아 반사시키기 때문이다. 그 덕분에 날이 좋은
날이면 건물 내부에서도 물의 일렁임을 관찰할 수 있다. 햇빛이 수면에서
반사되어 다시 건물 안으로 들어와 멋진 패턴을 보여준다. 안도 다다오는
방문객이 미술관을 거닐다 쉬는 잠시의 시간에 외부의 물결과 빛이 만나
보여주는 이 간접적인 풍경을 발견하리라 의도한 것일까?
노출 콘크리트 장인의 실력은 눈에 띄지 않는 작은 부분에서 빛난다.
사실 건축가에게는 큰 공간을 설계하는 것보다 이런 작은 디테일한
부분들까지 신경 쓰는 것이 더 어렵다. 특히 콘크리트의 경우 재료의
특성상 한 번 타설 되고 난 이후에는 수정이 어렵기 때문에 철저하게
계획된 도면과 시공사의 협조가 필요하다. 일단 굳은 이후에는
새롭게 구멍을 뚫거나 무언가를 집어넣기가 거의 불가능하다. 이렇게
깔끔하다는 것은 처음부터 손톱만 한 오차도 허용하지 않을 도면이

있었다는 뜻이다. 아니면 시공사가 실수 없이 모든 것을 완벽히 해낼 때까지 몇 번이고 부수고 다시 시도했을 확률도 있다.

콘크리트의 거푸집* 때문에 나타나게 된 선들과 바닥의 타일 경계, 유리 창틀의 간격이 모두 일정하게 맞춰져 있다. 끊임없이 재료에 대한 조사가 이루어졌을 것이다.

또 건물에 있어야 하는 조명, 콘센트, 소화전 등의 설비들은 모두 노출 콘크리트 안에 매입되어 있다. 모두 처음부터 계획되었다는 뜻인데, 솔직히 변태 같다. 노출 콘크리트 오타쿠가 아닐 수 없다.

* 액체 상태인 콘크리트가 굳어 고체 상태가 될 때까지
  콘크리트를 담는 그릇 역할을 하는 틀.

풍경을 빌려온다는 것

보통의 박물관을 떠올려보자. 박물관으로 들어가 티켓을 구매하고,
바로 옆에 있는 전시장 1로 들어간다. 전시장 1을 모두 보고 나면 그
옆의 전시장 2로 이동한다. 이동은 모두 실내에서 이루어진다. 일반적인
동선이다.

안도 다다오는 사람들을 내부에서만 빙글빙글 돌리고 싶지 않았다. 워낙
자연환경이 좋은 곳이니, 조금 멀어도 괜찮았다. 아이들에게는 맘껏 뛰어
돌아다닐 수 있는 공원을, 어른들에게는 오래간만에 산책다운 산책을
즐길 수 있는 곳을 만들었다. 매표소와 전시장을 각기 다른 건물로 쪼개어
나눔으로써 가능해졌다.

매표소에서 관람권을 구매하면 매표소 건물을 나서서 전시관으로
이동해야 한다. 매표소와 전시관 사이에는 여러 정원들이 있는데, 꽃의
정원에는 때로 꽃이 만발하기도 하고 자작나무 숲에는 바람에 나뭇잎이
흔들리기도 한다.

자작나무 숲이 끝날 즈음에는 콘크리트 벽이 동선을 유도하고 있다.
쉽사리 박물관의 모습을 보여주지 않는다. 조금 더 풍경을 즐기며
콘크리트 벽을 쭉 따라 걸으면 물이 얕게 담겨 있는 수공간이 나오고
콘크리트 벽은 끝이 난다. 콘크리트 벽이 끝나는 지점부터 빼꼼, 박물관의
전체 모습을 엿볼 수가 있다. 강렬한 붉은 조형물 뒤에 묵직하게 자리
잡은 돌덩어리 건물이 바로 뮤지엄 산의 본모습이다.

물의 정원이라고 부를 만하다. 뮤지엄 산으로 진입하는 입구는 이곳
하나뿐이다. 물의 정원을 가로지르는 이 통로를 걸으면 건물과
조형물처럼 사람들도 가볍게 떠오르는 것처럼 보인다.

아주 무거운 재료와 반사 성질을 가진 재료가 만나 풍경은 하나가 아니라

둘이 된다. 잔잔한 물 위로 또 하나의 뮤지엄 산이 보인다.

뮤지엄 산의 공간에 관해서 이야기하려면 '창' 이야기를 하지 않을 수
없다. '풍경을 빌려온다'는 의미의 차경(借景)은 동양의 건축에서 창을
이용하여 바깥의 자연 풍경을 그대로 내부에서 즐길 수 있도록 하는
기법을 말한다. 아름다운 풍경을 보고 '그림 같다'라고 표현하는 것도
창에 풍경을 담아 벽에 걸듯 즐기던 데에서 유래한 것일지도 모르겠다. 꼭
한옥이 아니어도 풍경을 빌려오는 건축적 기법은 여러 군데에서 발견할
수 있는데, 뮤지엄 산에서도 마찬가지다.

뮤지엄 산으로 진입하는 길은 자연 속에 폭 담긴 산책로를 조성한 것으로
모자라 벽을 사용해서 그 안에 또 다른 액자를 만들어두었다. 각기 다른
방향에서 오는 벽과 바닥은 움직일 때마다 다른 풍경을 보여준다.
건물 내부에도 전시장과 전시장 사이의 복도에는 언제나 창이 있다.
복도를 모두 건물의 바깥쪽에 배치하여 언제나 바깥의 풍경을 잊지
않도록 했다.

박물관의 동선 상으로 다음에 가야 할 돌의 정원이 보이는 창도 있고,
일부러 바닥에 낮게 설치하여 바람에 따라 물결이 치는 모습을 볼 수
있도록 한 창도 있다. 창에 풍경을 담는 전통적 의미의 차경 말고도 안도
다다오의 특기는 바로 다음이다.

수평 방향으로 구멍을 뚫는 것 이외에 수직적인 창을 냈다. 전시 내부
공간을 걷다 보면 하늘이 열린 외부 공간에 다다른다. 창과는 다르게 막혀
있지 않은 하늘과 구름이 보이는 공간이다. 물리적으로 뻥 뚫었다.
사각형으로 뚫린 공간. 자동문이 열리자 오히려 내부보다 조용하다.
이곳은 파피루스 온실이 자리하고 있는 곳으로, 돌을 쌓은 외벽과
같은 재료로 마감된 중정이다. 사각형의 테두리로 하늘이 네모나게
보인다.

빼꼼 모습을 드러내는 사각형의 공간과는 다르게 삼각형의 공간은
예고편이 있다. 동선은 삼각형의 공간을 둘러싸면서 내려간다. 가로로 긴
창으로는 삼각형 공간을 엿볼 수 있고, 삼각형의 예각들도 모두 날카롭게
살아 있다.

개인적으로는 사각형의 공간보다 강렬하다. 파피루스가 있는 사각형이
정적이고 고요한 공간이었다면, 삼각형으로 짜인 이 공간은 조용하지만
강렬하다. 여기저기 보이는 삼각형의 예각이 시각적으로 자극하는
것이다. 햇빛마저도 뾰족하게 들어온다. 뮤지엄 산에서 가장 안도
다다오다운 공간이다. 노출 콘크리트를 사용해 묵직하지만 날카로운
형태를 구현했다. 대신 바닥은 이곳이 뮤지엄 산이라는 것을 잊지 않도록
외부에 쓰인 석재를 그대로 옮겨왔다.

삼각형의 공간을 지나 원형의 공간 역시 외부의 석재로 마감되어 있다.
원형의 공간 내부는 다른 두 곳과는 다르게 실내인데, 아마도 백남준의
작품이 전시되어야 했기 때문일 것이다. 다른 두 곳보다 더 적은 빛이
들어온다.

뮤지엄 산의 카페테리아는 갤러리들을 보고 난 뒤 사이사이에 언제라도
머물 수 있도록 동선을 짰다. 뮤지엄 산은 높지 않은 대신 넓기
때문에 기본적으로 걸어야 하는 거리가 있어 언제든지 접근하기 쉬운
카페테리아의 위치가 중요했을 테다.

걷다 보니 뮤지엄 산에 진입할 때 걸어 들어왔던 물의 정원이 다시 한 번
펼쳐진다. 단이 져 있는 수공간으로 뒤쪽에 자리 잡은 산맥이 폭 담긴다.
특히 가을에 아름답다.

주말이면 사람들은 대림 미술관 앞에 줄을 서고, 미리 예약했던 표를
들고 예술의 전당 한가람 미술관으로 향하기도 한다. 특히 디자인하는
사람들은 뭔가 새로운 영감이나 자료를 얻기 위해 공부하는 기분으로

전시를 주기적으로 보러 간다. 작품의 사진을 찍고, 작품의 정보를
메모한다. 작가에 관해 스마트폰으로 찾아보는 일도 다수. 하지만 다른
곳이라면 몰라도 뮤지엄 산에 온다면, 조금 가벼운 마음과 몸으로
들르기를. 메모할 필요도 없고, 치열하게 눈에 담아서 저장해야 할
전시가 열리는 것도 아니다. 뮤지엄 산에 오게 된다면 그저 좋은 자연
속을 산책하면서, 가지고 온 복잡한 생각들과 감정을 내려놓는 걸음이
되었으면 한다.

09

푸른

컨 테 이 너 의

숲

커먼그라운드

우리 주위의 컨테이너

우리에게 컨테이너는 낯설지 않다. 눈치채지 못했더라도 우리는 많은
곳에서 컨테이너를 이미 접했다. 바닷가 근처 부두에 쌓여 있는 수많은
컨테이너를 본 적이 있을 것이고, 도로에서도 컨테이너를 싣고 달리는
트럭들을 때때로 만난다. 시골에 내려가면 할아버지와 할머니가 농사를

짓던 곳에 컨테이너를 개조해서 만든 작은 창고 겸 숙소가 있었는데,
비좁긴 했지만 잠시 머물기는 좋은 장소였다. 중학교 때에는 쉬는
시간이면 컨테이너 안에 있는 매점 아줌마에게 달려가 열심히 빵을 달라
외쳤다. 고등학교 때 방과 후 활동으로 하는 밴드 연습실이 컨테이너였던
기억도 남아 있다.

본래 컨테이너는 짐을 옮기기 위해 제작되었다. 도로 위 트럭에 실을 수
있는 최대의 크기로, 배에 적재하기 용이한 구조로 설계되었다. 머물기
위한 공간을 만들기 위해서가 아니라 옮기고 쌓기 쉬운 것이 먼저였다.
그럼에도 불구하고 사람들은 쉽게 옮길 수 있는 컨테이너 속으로
곧잘 들어가서 필요한 용도로 사용하곤 했는데, 그렇게 발전된 양식을
컨테이너 건축이라고 부른다.

건축 재료로서의 컨테이너

한때 나는 건대입구에서 성수역 쪽으로 매일 같이 지하철을 타곤 했는데,
어느 순간 창문 밖으로 건대와 성수 사이에 푸른 컨테이너가 가득
쌓여가는 것을 발견했다. 처음에는 그저 어떤 물건을 적재해놓느라고
그런 줄 알았는데, 그렇다면 모든 컨테이너의 색이 푸른색은
아니었을 것이다. 그래서 호기심이 생겼다. 뭘 하느라고 컨테이너를
쌓아두었나. 그러다가 동네 곳곳에 붙은 포스터를 보고 알 수 있었다.
커먼그라운드라는 이름을 가진 일종의 쇼핑몰의 오픈을 알리기 위한
홍보 포스터였다. 포스터에는 푸른 컨테이너 일러스트가 그려져 있었다.
건축 설계 일을 하면서 건축주와의 미팅이나 주민들과의 인터뷰를 할
때면 건축 자체를 바라보는 시선이 건축가들과 확연히 다르다는 것을

느낀다. 어떤 공간을 어떻게 배치할지 고민하고 있는 건축가의 손을
잡고 꼭 건물은 콘크리트로 지어야 한다고 신신당부하시는 어르신들을
종종 만난다. 하지만 건물을 나무로 짓든, 콘크리트로 짓든, 철골로 짓든
각각의 장단점이 모두 다르니 어떤 재료를 쓸 것인지는 상황에 따른
건축가의 선택이다. 그렇기 때문에 미리 구조의 장단점을 파악하고
있는 것이 중요하다. 그렇다면 이곳, 커먼그라운드가 컨테이너를 건축의
재료로 선택한 이유는 무엇이었을까?

건대 로데오 거리의 끝자락. 이곳은 주황색의 택시가 빼곡히 채워져 있던
택시 회사의 땅이었다. 커먼그라운드를 계획하던 코오롱은 건대역과
성수역 사이, 약 5,000m^2 면적을 가진 이 땅을 8년 간 임대하기로
결정한다. 8년이라는 한시적인 기간 동안 이곳에 팝업스토어를 오픈하고,
8년이라는 시간이 지나면 철거하는 것을 기본 전제로 한다. 그렇다면
이곳에 콘크리트 건물을 세우는 것은 적당한 해법이 아니다.

콘크리트 건물은 짓는 데 오래 걸린다. 부술 때에는 많은 폐기물이 나온다.
친환경과는 거리가 멀고, 지을 때든 부술 때든 많은 먼지와 소음이 생긴다.
길게 본다면 콘크리트의 단점보다는 장점이 더 중요하게 여겨지겠지만,
한정적인 기간을 가지고 있는 건축물이면 이야기가 다르다. 조금 더
빠르게 지어야 하고, 쉽게 철거할 수 있어야 한다. 그런 관점에서 이
건물을 설계한 건축가는 아주 영리한 꾀를 낸 셈이다.

컨테이너 건축의 시작은 이미 있는 재료를 활용하고자 하는 뜻에서였다.
그것이 재활용이든, 새 컨테이너를 개조하는 것이든 처음부터 구조를
세우는 것보다 싸고 간편하게 공간을 만들어낼 수 있었다. 제품으로 이미
만들어져 있었기 때문에 가져다 놓기만 하면 되었다. 현장에서는 여러
컨테이너를 연결하는 작업만 진행한다. 이렇게 공장에서 이미 만들어오는
공법을 건축에서는 프리패브리케이션(Prefabricaion)이라 한다.

커먼그라운드는 컨테이너가 200개 넘게 사용되는 공사였는데, 컨테이너
건축이 보통 소규모로 이루어지는 것에 비하면 굉장히 큰 규모다.
공장에서 이미 제작해오는 컨테이너들을 현장에서 조립하는 시간은
다른 공법에 비해 월등히 빨랐다. 그렇게 커먼그라운드는 6개월 만에
약 1,000평에 달하는 팝업스토어를 선보였다. 아마도 8년이라는 시간이
흐르고 나서 없어지게 되는 상황이 닥쳐도, 커먼그라운드는 마치 그
자리에 없었던 것처럼 빠르게 사라질 수 있을 것이다. 그리고 나선 소리
소문 없이 다른 장소에 다시 나타날 수도 있다.

물론 컨테이너 건축이 장점만 가지고 있는 것은 아니다. 해결해야 할
문제가 오히려 더 많다. 컨테이너는 애초에 건물로 쓰이기 위해 만들어진
것이 아니기 때문에 구조적인 문제를 해결해야 한다. 컨테이너 자체를
쌓기만 한다면 문제가 되지 않으나, 공간으로 이용하기 위해 일부를
뚫고 잇는 등의 행위를 하기 때문에 추가적인 기둥이 필요하다. 단열과
환기의 문제도 크다. 일반 건물에서 쓰이는 단열재를 그대로 붙일 수
없어 다른 방도를 찾아야 한다. 환기를 하기 위한 배관이나 전기 공사가
이루어지려면 온전한 컨테이너 모양을 유지할 수 없다. 일부가 뚫리고,
배관이 그 사이를 지나가야만 한다. 건축가는 공간의 짜임보다 이
컨테이너들이 건물의 기능을 할 수 있도록 설비 문제들을 해결하는 데에
더 많은 시간과 노력을 썼을 테다.

마당을 만드는 컨테이너

건축가는 이것을 광장이라고 표현했고, 누군가는 중정이라고 부를
것이고, 나는 마당이라 칭하겠다. 컨테이너로 둘러싸인 이 공간에서는

많은 일들이 벌어진다. 이 땅을 모두 채우면 더 많은 가게가 들어갔을
텐데, 그것을 포기하고서도 커먼그라운드의 어디서든 바라볼 수 있는
마당으로 비워두었다.

빈 마당에서는 많은 일들이 벌어진다. 애초에 이 공간을 계획하며
나온 아이디어들보다 더 많은 일들이 벌어졌음을 난 확신한다. 때로는
플리마켓이 열리기도 하고, 맥주 축제가 열리기도 한다. 사람들은
이곳에서 공연을 관람하고, 사진을 찍는다. 주말이면 꽤 자주 이벤트들이
벌어지는데, 그 성격이 모두 다 다르고 다양한 업체들이 주도한다. 맥주
업체에서 판을 벌이기도 하고, 한쪽에 스케이트보드를 탈 수 있는 공간이

설치되기도 한다. 자동차 회사에서 신제품을
가지고와 시승식을 열고, 힙합 가수들이
찾아와 공연을 하는 일은 이제 꽤나 익숙한
일이 되어버렸다.

마당을 지나 가장 큰 입구로 들어서면,
컨테이너들로 이루어진 또 하나의 마당을
만나게 된다. 외부에서 컨테이너들의 바깥
면으로 둘러싸인 마당을 경험했다면, 이번엔
내부로 열린 컨테이너들로 둘러싸인 마당이다.

들어오자 만나는 공간은 컨테이너 두 개, 그러니까 여기서는 두 개 층
높이의 층고를 가진다. 뻥 뚫린 공간은 또 다른 내부의 마당으로 이곳도
외부와 마찬가지로 계속하여 새로운 가게들이 들어와 그 자리를 채운다.
컨테이너 건축의 또 다른 특징 중 하나는 모든 재료가 일정한 크기를
가졌다는 점. 콘크리트나 철골 등의 다른 구조들이 유연한 공간 구성을
가질 수 있는 것과 다르게, 컨테이너라는 제품을 사용한 공간들은 어쩔 수
없이 같은 크기로 공간이 나누어진다. 한계라고 말할 수 있는 컨테이너

건축의 특징을 커먼그라운드에서는 재밌는 장점으로 잘 풀어냈다. 컨테이너 한 칸, 한 칸마다 다른 가게들이 들어섰다. 같은 크기와 형태의 공간 안에서 가게들이 어떻게 자신들의 제품을 보여주고 있는지 관찰하는 것도 쏠쏠한 재미가 있다. 물론 모든 가게들이 이렇게 컨테이너 한 칸만을 차지하고 있는 것은 아니다. *그러기 위해서 많은 구조 보강이 필요해져 추가적인 기둥들이 들어섰지만 열린 공간을 구현해 낼 수 있었다.

        • 커먼그라운드는 크게 두 개 동의 건물로 이루어져 있는데 편의상 개러지도어가 있는 건물을 A 영역, 그 건너편의 건물을 B 영역이라 부르겠다.

거리를 조성하는 컨테이너

많은 가게들이 밀집된 곳을 상상해보라고 한다면, 우리는 어떤 공간을 떠올릴까? 아마도 사람들은 백화점을 가장 먼저 떠올리지 않을까 싶다. 그만큼 우리에게 거리는 멀어졌고, 백화점은 가까워졌다. 백화점 안에 양옆으로 늘어선 가게들은 원형을 이루고 있고 우리는 에스컬레이터를 타고 수직적인 이동을 계속하면서 최대한 많은 가게들을 지나치도록 유도된다. 다른 곳으로 외도를 할 순 없다. 지하 1층과 최상층에 있는 식당으로 가려면 반드시 그 사이 층의 가게들을 거쳐야만 한다. 가장 효율적이지만, 굉장히 강압적인 동선이다. 그나마 우리는 요새 지어지는 새로운 형태의 쇼핑몰들을 통해서 다시 거리의 재현을 발견한다. 걸으며 많은 가게들을 지나쳤던 옛 경험이 다시 다른 모습으로 우리에게 돌아왔다.

커먼그라운드가 계획될 때 벤치마킹했던 장소는 런던의
코벤트가든이었다. 거리를 걸으면서 많은 상점들을 자연스럽게 만나고,
광장에서 이루어지는 이벤트를 즐기고 광장을 둘러싼 음식점들에서
식사를 할 수 있는 도심 속 공간. 커먼그라운드 곳곳에는 코벤트가든이
가지고 있는 몇몇 요소가 자연스럽게 녹아들어 있음을 발견할 수 있는데,
광장을 둘러싼 음식점들만은 마당과 같은 높이에 있는 대신에 3층으로
올라갔다.

식당가는 3층 높이로 올라간 또 다른 거리다. 바닥에 깔린 나무 데크를
걸으며 이탈리안 음식점을 지나고, 중식당을 지나고, 카페를 지나고, 맥주
집마저 지나친다. 간단한 요기부터 식사와 디저트, 맥주까지 모두 해결할
수 있는 식당들이 세심하게 입점되어 있다.

나는 보통 개러지도어(마당쪽 출입구)가 있는 A 영역으로 들어와 구경을
하며 3층까지 올라오고, 3층에 걸려 있는 다리를 통해 B 영역으로
옮겨간다. 사실 커먼그라운드가 처음 오픈했을 당시만 해도 다리가
설치되어 있지 않았고 B 영역으로 가려면 A 영역을 한 번 모두 둘러본
뒤 다시 1층으로 내려가 마당을 가로질러 이동해야 했다. 그래서 군이 B
영역까지 가지 않는 경우도 많았는데, 다리가 설치되자 많은 사람들이
3층의 다리를 건너서 반대편 영역으로 이동했다. 마당과 A 영역 그리고

B 영역이 하나의 동선으로 완성된 것. 사람들은 동선을 따라 자연스레 커먼그라운드 전체를 둘러보게 되었다.

다리를 건너 B 영역으로 건너면 다시 거리가 이어진다. 나무 데크 위로는 각기 다른 메뉴를 가진 식당들이 입점해 있다. 건물은 두 개 동으로 나누어져 있으나, 다리 하나를 사이에 둔 같은 거리의 연장이다.

커먼그라운드는 그 자체로 큰 모험이었다. 아마도 코오롱이 이 업계에 웬만큼 자리를 잡고 있는 상황이었다면, 이러한 위험 부담을 굳이 지고 가지 않았을 테다. 하지만 이미 다른 쇼핑몰들이 사람들에게 많이 알려져 있고, 선호되고 있는 상황에서는 조금 과감한 결단이 필요했다. 커먼그라운드는 말하자면 큰 도박이었고, 보란 듯이 잭팟이 터진 것. 국내에는 처음 선보여지는 형태와 기능의 건축물이었고, 재료였고, 공간이었는데 처음엔 낯선 듯하더니 지금은 많은 사람들이 이곳을 찾는다. 망하지는 않을까 걱정되던 것이 죽어 있던 로데오 거리를 살리더니, 이제는 중국의 관광버스가 앞에 서서 수많은 사람들을 쏟아낸다. 사람들은 줄을 서서 기다리면서까지 파란 컨테이너 박스를 배경으로 사진을 찍어 올린다. 명실공히 건대 근처의 랜드마크가 됐다. 새로운 시도가 많은 대중들에게 알려지고 사랑받고 있는 것이, 건축가로서 괜히 내가 다 뿌듯하다. 사람들은 이미 새로운 공간을

받아들일 마음의 준비가 되었는데, 새로운 시도에 대한 위험 부담을
지려고 하지 않는 것은 겁 많은 우리 건축가들이 아닌가. 다시 한 번 어떤
디자인을 하고 있는지 뒤돌아 보게 된다.

벽 한 면을 꽉 채우는 다양한 메뉴를
가진 식당이라면, 그 모든 음식들을 모두
맛있게 내놓을 수 있을지 걱정부터 된다.
선택의 자유는 있을지 몰라도 맛에 대한
신뢰성은 떨어진다. 반면 진정한 맛집에는
메뉴가 많지 않다. 한두 가지 메뉴로
승부한다. 선택과 집중. 단출한 메뉴판을
보면 안심된다. 우리는 이것을 경험을
통해서 잘 알고 있다.

그런 의미에서 커먼그라운드를 설계한
설계사무소인 얼반테이너는 메뉴가 딱
한 가지인 건축계의 맛집이라고 보아도
손색이 없을 것이다. 아시아에서 처음으로
컨테이너를 활용한 건축물이었던 쿤스트
할레부터 컨테이너 건축의 대중화를
이뤘다고 해도 과언이 아닌 커먼
그라운드를 거쳐서 이제는 해외에도
컨테이너 건축을 계획하고 있다. 한 가지
종류의 건축을 많이 한다는 것이 때로
건축가들에겐 지겹고 지루하게 들릴지도
모르겠지만, 반복과 시행착오를 통한
학습으로 쌓인 노하우는 무시 못할 무기가
된다. 컨테이너 건축을 통해 얼반테이너는
다른 사무소들이 갖지 못한 필살기를 가진
설계사무소로 자리매김했다.

아 이 들 이
　　　　뛰 어 　 노 는
정원

카페 진정성

아이들이 뛰어 노는 정원

아이들은 항상 뛴다. 아침이든 밤이든, 학교 복도든 놀이터든 그들에게
시간과 장소는 크게 문제가 되지 않는다. 고작 몇 미터를 움직일 때도
아이들은 뛴다. 멈춰 있는 것은 오히려 힘들다. 그렇기 때문에 달리는
것이 당연하고, 멈춰 있는 것이 벌칙처럼 느껴지는 놀이를 주로 한다.
얼음땡 같은 놀이가 그렇다. 그런 아이들 뒤에서 부모님들은 뛰지 말라고,
다친다고, 뒤를 쫓으며 걱정하기 일쑤. 그렇게 달리는 아이들을 보면 나도
모르게 중얼거린다. '쟤네들은 힘들지도 않나?'
그런데 생각해보면 나도 그랬다. 어린 시절의 기억을 더듬어 보면, 나도

참 열심히 뛰었다. 체육 시간뿐만 아니라 집에서도 항상 전속력으로
거실에서 부엌, 현관에서 안방으로 내달리곤 했는데 내가 온 힘을
다해서 뛰어다닌 덕분에 소파도 망가지고, 달리다가 넘어져서 무릎도
곧잘 깨졌다. 친구와 소꿉놀이는커녕 얼마나 높은 곳에서 뛰어내릴
수 있는지, 또 얼마나 빨리 달릴 수 있는지 노을 질 녘까지 연습하고
집으로 돌아왔다. 그러니 나처럼 뛰어다녔던 애가 어른이 되었다고
어린아이들에게 뛰지 말라고 잔소리하는 것이 과연 공정한 일인지. 역시
나는 안된다고 말하는 것보다는 같이 뛰어줄 수 있는 어른이 되고 싶다.
내 친구 노손과 이런 얘기를 한 적이 있다. 사람이 하루에 꼭 자야
하는 일정 시간이 정해져 있듯이 어린아이들은 하루에 몇 시간 이상
꼭 뛰어야 하는 습성이 있는 것은 아닐까. 그러지 않고서야 왜 이렇게
항상 뛰어다니는 걸까. 만약 일정 시간 꼭 뛰어야 하는 본능 같은 것이
어린아이들에게 내재되어 있는 것이라면, 아이들을 뛰지 못하게 제재를
가하는 것은 조금 너무한 일이 아닌가. 그렇다면 어른들의 의무는
아이들을 뛰지 못하게 하는 것이 아니라, 안전하게 뛰어놀 수 있는 공간을
마련해주는 것이 아닐까?
여기, 아이들이 맘껏 뛰어놀 수 있는 카페가 있다. 아이들은 실컷 푸른
잔디 위에서 뛰놀 수 있고, 어른들은 그런 아이들이 뛰노는 모습을 훤히
지켜볼 수 있다. 카페 진정성이다.

당신에게 보여주고 싶은 것

해외여행의 시작은 역시 비행기 티켓을 예매하고 캐리어에 짐을 싸는
것이겠지만, 국내여행은 조금 다르다. 나 같은 뚜벅이에게는 먼저

목적지로 향할 수 있는 대중교통을 알아보는 것이 곧 여행의 출발이다. 지도 앱을 켜고 현재 위치와 가고 싶은 곳을 검색해 얼마만큼의 시간이 걸리는지, 돈은 얼마나 들 것인지 세심히 잘 따져보고 나서야 여행의 성사 여부를 결정짓는다. 아무리 가고 싶어도 그곳까지 날 태워줄 한 칸의 지하철, 버스, 택시 좌석이 없다면 결국 해외나 다름없다.

카페 진정성이 공사를 끝내고 본점을 오픈했다는 소식을 전해 듣고, 지도 앱을 켜고 목적지에 카페 진정성 본점이라 적었다. 회사로부터 카페 진정성까지, 지도 앱은 나에게 무려 KTX를 타고 검암역까지 간 후에 택시를 타라 권했다. 오, 내가 했던 수많은 검색 중 택시를 타라고 권한 검색 결과는 처음이었다. 하지만 택시를 타고 카페 진정성까지 도착할 자신은 있었으나, 다시 택시를 불러 카페 진정성에서 빠져나올 자신은 없었다. 아무리 카카오 택시 앱으로 택시 부르기가 쉬워졌다 해도, 주변이 논과 밭인 시골이면 조금 곤란하다. 택시 부르기에 연거푸 실패해 결국 하루가 지날 동안 카페 진정성에서 빠져나오지 못하면 어쩌지? 걱정이 등골을 타고 지나갔다.

결국 나의 선택은 카쉐어링이었다. 김포공항까지 가서 차를 빌리고, 내비를 찍었다. 김포공항에서 카페 진정성까지는 차로 30분 정도. 큰 도로를 지나, 구불구불한 시골길을 따라 달리다 보니 내비가 말했다. "목적지에 도착하였습니다."

내비는 말하는데, 정작 입구를 찾는 데에는 몇 초 간 시간이 걸렸다. 이렇게 먼 길을 손수 운전까지 해왔는데, '어서 오십시오. 여기로 들어오세요!'라고 두 팔 벌려 환영하는 입구는 없고 대신에 웅크리고 꽁꽁 숨은 건물이 눈에 들어왔다. 건물은 노출 콘크리트 벽 뒤로 숨어 있었다. 노출 콘크리트 벽은 열심히도 건물을 가려준다. 뭘 그리 감추고 싶었을까?

건물은 꽁꽁 에워싸고 있는 콘크리트 벽 사이로 조금씩 얼굴을 내보인다. 벽 너머로 무언가 있음을 짐작게 한다. 유리로 막혀 있어서 바로 진입할 수는 없고 입구를 통해서만 들어갈 수 있다. 입구를 알려주는 것은 콘크리트 벽에 붙은 화살표 두 개.

카페에 진입하는 길치고는 길다. 양옆 콘크리트 벽에 정성스레 결합한 거푸집의 흔적이 보인다. 거푸집은 콘크리트를 굳히기 위해 만드는 틀의 이름인데, 보통 쓰는 규격과는 다르다. 아마 이 장소에 가장 어울리는 비율과 크기의 거푸집을 따로 썼을 것이다. 그래서 콘크리트 벽은 단정하고, 과하게 거대하지 않다. 다만 보일 듯 말 듯 건물을 숨겨주고 있을 뿐. 입구로 들어서면 카페 진정성임을 드러내는 투명한 아크릴 사인이 보인다. 이름과 잘 어울리는 사인이다. 투명한 아크릴 위에 글씨를 써놓아 그림자가 짙게 드리운다. 아크릴 자체가 가진 투명함이 카페의 진정성을 대변해준다.

굳게 닫혀 있던 자동문이 픽 요란한 소리를 내며 열리자, 카페 진정성의 공간이 눈에 훤히 들어온다. 들어가자마자 주문을 할 수 있는 커피 바에 금세 도달한다. 커피 바가 공간의 중심에 자리 잡은 특이한 구조다. 카페 진정성이라는 이름답게 작업 공간을 360도 보여주고 싶었던 모양이다. 커피를 내리고, 음료를 만드는 작업 공간을 1층의 중앙으로 배치했다. 카페의 작업 공간을 구석으로 몰아 최대한 좌석을 많이 마련하고, 더러워지기 쉬운 작업 공간은 숨기고 싶어 하는 일반 카페 인테리어와 대치되는 부분이다.

카페의 작업 공간이 중앙에 자리하다 보니 공간의 효율은 떨어질지 몰라도 얻게 된 두 면의 긴 벽이 그 쓰임을 톡톡히 하고 있다. 한쪽은 카페 진정성에서 포장해 갈 수 있는 밀크티와 콜드 브루 커피 패키지를 보관하는 냉장고, 한쪽은 바깥의 풍경을 여지없이 보여주는 넓고 큰 창. 그래서 사람들이 자주 지나다닐 수밖에 없는 1층 공간을 얼른 떠나 밖으로 나가고 싶어진다. 더 다양하고 풍성한 공간들이 바깥에 자리하고 있는 것이 그대로 보이니, 나가지 않을 수 없다.

음료를 받아 조심스레 쟁반을 받쳐 들고 바깥으로 나오면 선택해야 한다. 어디에 앉아서 밀크티를 먹으며 시간을 보낼 것인지.

문을 열고 바깥으로 나오자 1층에서 주문을 하고 음료를 기다리며 바라보았던 풍경이 그대로 펼쳐진다. 창문의 가림 없이 바람을 맘껏 즐길 수 있는 테라스가 마련되어 있다. 테라스는 건물을 등지고, 주변의 초록을 눈에 담도록 한다. 진입부에서 만났던 노출 콘크리트 벽을 넘어와 보니 보인다. 아, 이곳은 목조 건물이었다. 리모델링이다. 입구의 노출 콘크리트 벽이 가리고 있어 리모델링인 것을 쉽게 알아차리지 못했는데 들어와서야 알겠다. 목조 건물의 흔적을 남기려는 의도였을까. 테라스의 벤치를 모두 굵은 원목으로 제작했다. 건물에서 뚝 떼어져 나온 것처럼 자연스럽다.

아이들이 뛰어 노는 정원

만약 이곳이 뛰어다니는 아이들의 특성을 염두에 두고 계획한 것이라면 그 주도면밀함에 혀를 내두를 것이고, 그렇지 않더라도 이렇게 아이들이 뛸 수 있는 적절한 크기와 형태를 구현해낸 것에 박수를 보내지 않을 수 없다. 이곳엔 아이들이 맘껏 뛰어놀 수 있는 좋은 정원이자 마당이 있다. 다치지 않도록 바닥은 잔디이고, 실내에선 아이들의 모습이 유리벽 너머로 훤히 보여 안심이다.

정원으로 들어오려면 가장 처음 카페로 들어왔던 1층에서 한 층 더

내려와야 한다. 내부에서 바로 지하로 내려오는 계단이 있는지는
모르겠으나 적어도 방문객들이 이용할 수는 없고, 외부로 돌아 내려와야
한다.

지하로 이동하면서 만나게 되는 나무에 눈길이 간다. 기존에 그 자리에서
자라고 있었던 나무 한 그루를 계속 그 자리에 살게 하기 위하여
바닥에 구멍을 뚫고 보호해준 점이 인상 깊다. 그대로 살게 하는 것보다
베어버리는 편이 더 간단하고 쉬웠을 테다. 세심한 배려가 보이는
부분이다. 아마 이곳을 리모델링하는 태도 자체가 그러했을 것이다.
다정하고 친절하다.

계단을 따라 아래로 내려오니, 뛰고 있는 아이들의 모습이 보인다. 뭐가
그렇게 즐거운지, 소리를 꺅꺅 내지르는데 나까지 입가에 미소가 걸린다.
옛날 같으면 골목길과 마당에서 뛰놀았을 테지만, 요새 아이들에게는
뛸 만한 공간이 딱히 주어지지 않아 이 정도면 아이들에게는 더없이
좋은 뜰이다. 운동장보다는 작고, 아파트 뒤뜰보다는 큰 공간을 만나니
술래잡기를 하기에 딱 좋다. 좋은 크기다. 아이들에게 맞춘 듯 적당하고
그래서 그런지 아이들을 데리고 오는 부모님들이 굉장히 많다. 사실은
카페 진정성 앞에 괄호 치고 '키즈'가 생략되어 있는 것은 아닌지 의심될
정도. (키즈) 카페 진정성.

내부 계단 없이 층이 나눠져 있어서 밖으로 돌아 내려와야 하는 불편을
감수하고도 어린아이를 가진 부모님들은 기꺼이 아래층으로 내려간다.
나조차도 그랬다. 푸른 잔디가 보이니, 내려가야 했다. 직접 밟고, 보고,
걷고 싶은 마음이 들었으니까.

지하층은 바깥으로는 비가 올 때 피할 수 있는 회랑(지붕이 있는 복도)을
두고, 내부로 들어가면 또 다른 긴 복도가 있다. 복도를 제외하곤 벽을
사이에 두고 공간이 분절된다. 공간이 나뉘니 테이블과 의자는 그 공간의

카페 진정성

크기에 맞춰졌다. 복도에는 문이 없이 뚫렸으나 굳이 지나다니는 사람이 없으니 하나의 방처럼 느껴진다. 큰 창을 통해 정원을 바라볼 수 있는 방. 뛰어노는 아이들을 곧바로 확인할 수 있는 방이다. 바깥을 바라보면, 초록 잔디가 눈을 시원하게 하니 일석이조.

공간에 딱 맞춰진 가구는 이 장소를 디자인한 사람들의 정성을 느끼게 한다. 장소에 딱 맞는 가구를 찾았을 리 없다. 제작이다. 단순하지만 공간에 꼭 맞는 사이즈로 제작해서 여러 명이 앉아도 불편함이 없도록 디자인했다. 엄마들이 자리를 잡고 앉아 있으면, 밖에서 뛰어놀던 아이들은 때때로 회랑으로 달려와 엄마가 잘 있는지 확인하곤 다시 놀러 나간다. 확 트인 시야가 시선을 전달한다.

정원의 가장자리, 공간의 구석구석까지 좌석을 마련했다. 산책하듯 정원을 거닐 수 있고, 원한다면 멈춰서 잠깐 앉을 수도 있다. 그래서 벤치와 테이블은 정원의 끝자락까지 이어진다.

바닥으로 가라앉는 고요

일본에서 혼자 살고 있는 동생 민아는 통화를 할 때면 나에게 외롭다고, 가족들과 함께 있고 싶다고 곧잘 이야기한다. 내가 혹시라도 끊자고 할까 봐, 민아는 소리의 틈을 만들지 않기 위해서 부단히도 새로운 에피소드를 생각해내려 애쓴다. 말하는 중간에도 다음에 어떤 얘기를 꺼내야 할지 머리를 굴리는 눈치다. 아마 민아는 혼자 있는 시간이 길어서, 침묵이 싫어서 그럴 것이다.

반면에 나는 가족들과 함께 살고 있어 외로움 같은 것은 거의 느끼지 않는다. 회사에서 하루 종일 사람들과 지내다가 집으로 돌아오면

가족들과 함께 지내기 때문에 퇴근하는 시간 정도를 제외하면 내 주변은
항상 소란하다. 이야기들이 오가고, 귀에는 언제나 소리가 맴돈다. 그래서
때로는 고요한 물속 깊이 가라앉고 싶을 때가 종종 있다.

카페 진정성에서 사람들이 줄곧 지나다니는 1층이 영 아니라면, 아이들이
소리 지르며 뛰어다니는 마당을 원치 않는다면, 다른 선택지가 있다.
1층에서 나와 또 하나의 짧은 회랑을 따라 걸으면 금방 또 다른 숨겨진
공간이 나타난다.

1층과 연결되어 회랑이 끝나는 곳에 또 다른 자동문이 기다린다. 또다시
꽤 요란한 소리를 내며 열리는 자동문 뒤로, 이번에는 계단이 나타난다.
여유 공간 없이, 바로 올라가야 하는 계단이다.

보통은 1층과 2층을 연결하여 사용하니, 이렇게 문 뒤에 바로 계단이
오는 경우가 드물다. 원래부터 존재했던 계단인지, 리모델링 과정에서
새롭게 만든 계단인지는 확신할 수 없으나 1층과 지하를 연결하는
계단이 없었던 것과 같은 맥락이다. 내부에 계단을 놓지 않고, 층으로
공간을 나눴다. 분절시키고, 단절시켰다. 사용하기는 조금 불편할 수
있어도 덕분에 공간의 특성이 더 강해졌다.

곱게 만들어진 나무 계단을 올라오면, 나무 판재가 그대로 바닥재가
된다. 계단의 모양이 특이해 보이는 것은 계단 마감재료를 붙인 방향이
일반 계단과 다르기 때문이다. 이렇게 마감재를 붙이기 시작하면
손이 많이 간다. 더 많은 나무 판을 잘라야 하고, 붙일 때도 더 정확한
치수를 요한다. 그럼에도 불구하고 용의주도하게 계단부터 방향성을
갖도록 패턴을 만든 이유는 계단을 올라와서 정면을 바라봐주길 원했던
까닭이다.

계단으로 올라와 일단 큰 창 뒤의 숲을 만나고 나면 두 줄기로 갈라진
공간 중 하나를 선택해야 한다. 보통의 테이블처럼 앉는 곳과 낮게 눕듯이

앉을 수 있는 평상. 무엇이 되었든, 나무의 색과 향으로 꽉 찬 공간이다.
이곳에서 나의 시선이 멈춘 것은 바닥의 재료를 그대로 끌어올린
평상인데, 그 의도가 재밌다. 컵을 놓아두는 것 이외의 평상 활용
방법을 역으로 제안한다. 테이블이 아니라, 바닥의 일부이길 원했던 것.
'사람들이 다리를 올리고 쉬었으면 좋겠다'라고, 2층을 들어오는 문 앞에
적혀 있다. 보통의 낮은 테이블을 가져다 놓았다면, 감히 다리를 올리고
쉬라고 제안할 수 없었을 테다.

소리가 없는 이곳에서 사람들은 자유롭다. 배경음이 없는 대신 더 많은

나의 소리들을 들을 수 있다. 그것이 내면의 소리이든, 외면의 소리이든.
때로는 부재가 더 많은 것을 채워주기도 하니까.

카페 진정성이 공간을 매만진 방식은 조금 특이하다. 간결하지만,
단호하다. 숨기고 싶은 것은 콘크리트 벽을 세워 단호히 감추고,
보여주고 싶은 것은 강렬하게 보여준다. 무겁고 두꺼운 재료 사이로
풍경을 슬쩍 보여준다. 1층에서도, 정원을 바라볼 수 있는 지하에서도,
조용한 2층의 공간에서도 언제나 바라보는 방향이 같다. 보여주고 싶은
것이 일정했다는 뜻이다. 이곳을 방문한 사람들은 어디를 가도 한 곳을
바라보겠지만, 단조롭지 않도록 여러 갈래의 공간으로 나누었다.

우리가 보통 생각하는 카페는 어떤 곳인가. 음료를 받아 들고, 선택지는
많지 않다. 기껏해야 소파 자리가 비었는지 기웃거리면서, 동그란
테이블에 앉을 것인지 네모난 테이블에 앉을 것인지 정도를 고를 수 있다.
그것도 아니라면 혼자서 긴 테이블에 앉아 높은 스툴에 엉덩이를 걸칠
것인지, 문 앞에 앉을 것인지, 화장실 앞에 자리를 잡을 것인지 정도?
하지만 높은 벽을 지나 들어온 카페 진정성에는 여러 선택지가 마련되어
있다. 내가 어떤 공간에서 머물기를 원하는지 조금 더 넓은 경계를 두고
골라낸다. 잠깐 바깥을 바라보며 커피 잔을 기울일 것인지, 아니면 아예

바깥으로 나가서 바람을 쐬며 음료를 마실 것인지, 그것도 아니라면
정원에 아이들을 풀어놓고 함께 온 사람들과 이야기를 나눌 것인지,
아니라면 혼자 조용히 가라앉아 사색할 수 있는 공간을 찾을 것인지.
변하지 않는 것은 언제나 이곳은 당신에게 푸른 나무와 하늘을 보여주고
싶다는 사실. 그 이후엔 당신의 선택이다.

11

박공과
박스가 만났을 때

퀸마마마켓

누군가의 정원에 몰래 발을 디딘 것 같이

처음 이 건물의 문을 조심스럽게 열었던 순간의 기억이 선연하다. 벌써 몇
년 전의 일이다.

청담 CGV에서 영화를 보기 위해 압구정로데오역에서 내려 걷기로
했었던 것 같다. 그때까지만 해도 압구정은 나에게 '예전에 핫했었던
오래된 동네' 정도로 인지되고 있었고, 압구정로데오역이 신설되었다고
해서 별다른 감흥은 없었다. 압구정과 청담 사거리 쪽에 CGV가 있어
때때로 방문했던 것뿐이다.

그날도 영화를 보러 가던 평범한 날이었다. 우연히 들어선 거리에서
심상치 않은 건물 옆을 지나치다 걸음을 멈추었다. 얇고 긴 벽돌이
인상적인 육중한 건물이었다. 그리 높은 건물은 아니었지만, 창문이 없고
굉장히 네모나고 단단해 보였다. 첫인상은 그저 열심히 쌓은 거대한 벽
이상도 이하도 아니었다.
어디서 내가 다름을 느꼈을까? 아직도 확실하진 않으나 아마도 창문이
없는 외관이 주변 건물과 달라 생경함을 자아냈던 것 같다. 뭐하는 곳인지
궁금하여 고개를 드니 동그란 로고가 보였다. 퀸마마마켓. 마켓이니
적어도 뭔가는 파는 곳이겠지. 그래서 가던 발걸음을 멈추고 입구를 찾기

시작했다.

입구는 건물의 구석에, 건물이 도로와 마주하고 있는 길이와 비교하면 작다 싶은 크기로 자리하고 있었다. 조심히 나무 사이의 돌다리를 걸어 들어갔다. 누군가의 정원에 몰래 발을 디딘 것 같아 조심스럽게. 문 앞에 잠시 섰다. 유리 문도 아니고, 나무를 켜서 만든 두꺼운 문짝이라 들어가도 되는 것인지 몇 번이나 다시 고민했다. 문짝에 뚫려 있는 구멍을 통해 안을 바라보니 계단밖에 안 보였다. 지금 생각해봐도 쉽게 문을 열고 들어갈 수 있는 분위기의 건물은 전혀 아니다. 그럼에도 불구하고 퀸마마마켓은 이제 도산공원 하면 가장 먼저 들러야 할 필수 코스 중 하나가 되었다.

하나가 된 편집숍의 편집숍

한때 낯설었던 적도 있었으나 이제 우리 주위에서 쉽게 찾아볼 수 있는 편집숍은 멀티숍 또는 셀렉트숍이라고도 불리는데, 한 매장 안에 두 개 이상의 브랜드 제품들을 모아놓고 유통하는 곳을 이르는 말이다. 편집숍은 전적으로 상품을 기획하는 MD(Merchandiser)의 역할이 두드러지게 나타나는데, 어떤 물건을 어떻게 진열하고 어떤 방식으로 파는지에 따라 편집숍이 가지는 색깔은 하늘과 땅 차이다. 편집숍은 규모에 따라 MD가 가진 지극히 개인적인 취향의 산물일 수도, 철저한 시장분석을 통해 나온 전략일 수도 있을 것이다.

여기 퀸마마마켓을 지칭하는 단어, 라이프스타일 편집숍. 프로그램*이
특이하다.

        * '용도'라는 의미로 쓰는 건축 용어

편집숍이라는 것은 알겠는데, 라이프스타일? 뭔가를 하고자 한다는

느낌은 있으나 그 정의가 모호하다. 옷을 파는지, 책을 파는지, 식물을
파는지 이름만으론 도저히 알기 힘들다.

공간을 모두 돌아보고야 알게 됐다. 아, 다 팔고 싶다는 말이구나.
그러니까 퀸마마마켓은 편집숍은 편집숍인데, 편집숍들을 모아놓은
편집숍이다. 층마다 다른 가게들이 자리한다. 게다가 다른 편집숍들이
물건을 시기별로 바꾸듯, 매해 퀸마마마켓 측에서 정하는 컨셉에 따라
입점해 있는 편집숍들도 바뀌고 인테리어까지 변한다. 일정 기간의 쉼을
가지고 새로운 물건과 공간으로 재탄생하여 돌아온다. 퀸마마마켓이
여느 편집숍과 다른 점이다.

하지만 냉정하게 따지자면 결국엔 퀸마마마켓도 다른 임대업과 다르지
않다. 좋은 디자이너 브랜드들을 골라 입점하게 하는 것만 보통의 건물과
다를 뿐, 백화점의 생태와 비슷한 면이 있다. 그런데도 왜 우리에겐 다른
수많은 임대 건물들과는 다르게 느껴지는 것일까?

닮은 듯 다른 3개의 공간

임대를 할 수 있는 건물을 짓고자 했을 때 건축가에겐 지켜야 할 한
가지 규칙이 생긴다. 아직 정해지지 않은 누군가가 어떤 방식으로 써도
가능한 공간으로 디자인할 것. 그게 무슨 말이냐면, 어떤 가게가 들어와
어떻게 바꿀지 모르니 가장 변화의 여지가 많은 공간으로 만들 것. 즉,
가장 간단한 구조여야 한다는 말이다. 그래서 언제나 임대를 위한 건물은
천편일률적으로 단순하고 반복된 공간으로 짜인다. 공간을 익히기엔
쉽지만, 단순하기 때문에 지루하고 금세 질려 버리고 만다. 그런데 이곳,
퀸마마마켓에서는 자칫 지루할 수 있는 공간을 최대한 다양하게 풀었다.

닮은 듯, 다르게.

1층 + M층

처음 건물로 들어가자마자 1층의 매장이 먼저 눈에 띄었다. 높은 층고에
복층이 걸려 있다. 퀸마마마켓이 가장 먼저 보여주길 원하는 제품들로
가득 차곤 하는 곳이다. 각종 정원 관리 용품부터 차(tea) 용품들까지,
퀸마마스러운 물건들이 먼저 자리 잡곤 한다. 가장 큰 매장이기도 하고,
퀸마마마켓의 색깔을 가장 강하게 보여주는 장소이기도 하다.

M층이라고 명명되어 있는 복층은 1층과 별도의 계단으로 연결되어

있다. 1층과 분리된 매장으로 운영되기도 하고, 같은 매장의 연장선에서 운영되기도 한다. 아예 따로 분리된 공간이 아니기 때문에 1층과 M층은 시각적으로 연결되어 있는데, 그것이 때때로 분리되거나 합쳐질 수 있는 여지를 준다.

1층과 M층은 같은 천장을 공유하고 있는데, 천장 계획이 눈에 띈다. 다른 벽면과는 다르게 나무로 마감하고, 일정 간격으로 길쭉한 조명을 심었다. 패턴이 만들어지고, 공간을 조금 더 길어 보이게 만든다.

M층에서 2, 3층으로 올라가는 계단

우리 주변의 계단실을 잠시 떠올려 보자. 엘리베이터가 망가졌을 때, 어쩔 수 없이 걸어서 올라가거나 내려가야 하는 계단. 그것이 아니라면 엘리베이터를 기다리는 사람이 너무 많아서, 급하니까 차선책으로 선택하게 되는 비상계단. 내부와 연결되어 있다는 느낌보다는 따로 동떨어져 오로지 필요에 의해 설치되었다는 걸 우린 너무나 자연스럽게 느낄 수 있다.

그렇게 취급 받던 계단실을 공간의 내부로 끌어들였다. 따로 동떨어진 계단실 말고, 내부에서 공간을 누리면서 이동할 수 있도록 내부 공간에서 쓰이던 어휘를 그대로 끌어왔다.

퀸마마마켓은 전 층에 걸쳐서 노출 콘크리트 마감재를 지속적으로 사용하고 있는데, 계단도 콘크리트를 그대로 살려 마감했을 뿐 아니라 콘크리트가 주는 단단하고 무거운 느낌을 살리기 위해 난간을 꽉 막힌 구로 강판(금속의 일종으로 검은색을 띤다)으로 마무리했다. 손잡이도 따로 없는 이 무겁고 짙은 색상의 난간은 방문객에게 어디로 가야 할지 방향을 제시하는 듯한 느낌도 준다.

2, 3층

2, 3층이야말로 프로그램이 가장 지속적으로 변화하고 있는 곳이다. 많은 프로그램을 소화해야 했기 때문에 가장 날것의 마감으로 처리되었다. 콘크리트의 벽면을 그대로 남겼고 천장의 보는 노출했다. 2, 3층은 처음엔 옷가게였고, 언제는 맥주를 팔았고, 지금은 또 다른 편집숍으로 변했다.

1층과 4층 사이, 중간에 위치한 두 개 층이 원하는 바는 명확하다. 어느 용도로든 사용이 가능할 것. 그리고 이곳, 퀸마마마켓 앞에 위치한 도산공원을 집중적으로 끌어들일 것.

현재는 편집숍이 들어와 가방, 신발, 필기류 등의 여러 가지 용품을 판매하고 있다.

특히, 3층에 자리 잡은 서점 'PARRK'는 과거의 매장들을 돌이켜봤을 때 퀸마마마켓이 가진 장점을 가장 잘 이용하고 있는 매장 중 하나다. 어디서든 도산공원이 내뿜는 푸르름이 그대로 전해진다. 책 한 권 사 들고 얼른 도산공원에 앉아 커피 한 잔 하고 싶게 만든다.

4층

첫 방문 당시, 엘리베이터를 타고 카페가 있는 층인 4층을 눌렀다.
커피가 필요했고, 일단 카페인 보충 후 계단실로 걸어내려 오면서 건물을
둘러보기로 했다.

4층에 도착해 경쾌한 알림음과 함께 엘리베이터 문이 열렸을 때, 내 입도
떡 벌어졌다. 내가 전혀 예상하지 못한 공간의 출현이었다. 그곳은 줄무늬
그림자의 공간. 예상하지 못한 박공 지붕을 가진 빛의 카페. 한참을
멍하니 서서 공간을 둘러봤다. 빛이 어떻게 이렇게 강력하게 들어오는
것인지, 박공의 지붕은 도대체 어떻게 이렇게 가볍게 떠 있는지 이해가
가지 않았기 때문이다.

건축가는 이러한 그림자의 향연을 아마도 예상하고 있었을 테다. 그렇기
때문에 그림자가 내려앉을 수 있도록 천장을 제외한 모든 면은 막았고,
카페 부분도 구로 강판과 나무 마감으로 길게 막아버렸다. 줄무늬
그림자의 도화지가 되는 부분이다.

계단실이든, 엘리베이터든 일단 4층으로 올라오는 순간 큰 하나의 공간이
우리를 맞이한다. 정면에 주문을 받는 카페 바리스타의 공간을 제외하면
오로지 방문객들이 이용할 수 있는 큰 테이블을 놓았다. 공간과 잘
어울리는 깔끔한 배치다.

이후에나 알게 되었지만, 그렇게 강렬한 그림자가 공간을 뒤덮을 때
방문하기란 쉽지가 않다. 날씨도, 시간도 모두 맞아야 가능한 일인데 운이
좋았다. 사시사철 언제나 우리들에게 제공되는 것은 강렬한 스트라이프
무늬의 빛과 그림자가 아니라 사실 압구정을 한눈에 내려다볼 수 있는
테라스다.

1층에 테라스를 가진 카페는 이미 많지만, 이렇게 옥상에 용감하게
테라스를 차려놓은 카페는 드문데, 일단 카페는 1층이 아니면 성공하기

쉽지 않을뿐더러 상층부에 테라스를 가지고 있는 건물 자체가 몇 없기 때문이다. 덕분에 우리는 퀸마마마켓의 4층으로 올라와 압구정을 내려다보며 커피를 한 잔 할 수 있게 되었다.

바깥에서는 4층에 카페가 있다는 사실을 아예 알 수가 없는데, 오로지 입소문만으로 유명해져 이제는 자리를 잡기조차 쉽지 않다.

위 사진은 2015년도에 찍은 사진인데, 당시에는 퀸마마마켓의 맞은편에 건물이 없어 압구정이 시원하게 내려다 보였다. 현재는 현대카드의 쿠킹 라이브러리가 지어져서 사진 속의 뷰를 볼 수는 없게 되었다.

박스와 박공이 만났을 때

압구정은 잘 정리된 동네라곤 할 수 없다. 각종 레스토랑과 가게들이
앞다투어 들어오라고 소리치는 것 같이 다양한 형태의 건축물들이 자리
잡고 있다. 오래된 건물도 많아서, 리모델링을 거듭해 원래 모습을 찾아볼
수 없는 건물도 심심치 않게 찾을 수 있다.

그 가운데 퀸마마마켓은 가장 심플하고 묵직하게 자리 잡는 방식을
택했다. 과감하게 창문을 포기하고 무거운 박스를 땅에 하나 툭,
올려놓았다. 길게 찢어진 콘크리트 벽돌을 이용해서 마감했다. 무거운
재료였다. 창문은 오로지 테라스와 계단실에만 일부 허용했다. 물건을
파는 가게이기에 가능한 일이었다. 예를 들자면, 백화점처럼.

묵직한 박스 위에는 나무로 마감한 박공 지붕의 매스●를 하나
올려놓았다. 자칫 밋밋하고 단순하게 끝날 수 있었던 건물을 두 개로
나뉘어 보이도록 약간 어긋나게 만나게 했다. 위에 자리 잡은 카페와
테라스를 가진 공간을 가볍게 띄워 전체적으로 균형을 맞췄다. 이러한
전략은 성공적으로 보인다. 멋 부린 많은 건물들 사이로 창문이 없는
묵직한 건물이 보일 때 나처럼 호기심을 가지고 접근하는 사람들이
생기니까.

●건물의 큰 형태를 일컫는 말.

글을 쓰다가 다른 건축가들의 생각도
한 번 들어볼까 해서 친구들에게
물었다. 퀸마마마켓의 가장 큰 장점이
무엇이라고 생각하는지. 짠 것도 아닌데
모두 도산공원이라고 답했다. 맞다.
퀸마마마켓은 건축적인 조형미뿐 아니라
위치 선정마저 탁월하다. 압구정의 작은
공원, 도산공원을 앞마당처럼 바라볼 수
있다. 퀸마마마켓은 역으로 도산공원을
알리는 역할도 했음에 분명한데, 나만
해도 서울의 공원들을 꽤 많이 알고
있다고 자부했는데도 퀸마마마켓에
와본 후에야 도산공원에 관해 알게
됐다. 출입할 수 있는 구멍도 작게 딱
하나, 사방으로는 난간과 수풀이 우거져
있어 안이 쉽게 들여다보이지 않는
공원의 특성상, 단언컨대 퀸마마마켓이
도산공원을 조망할 수 있는 가장 좋은
위치다.
퀸마마마켓이 도산공원을 바로 앞에 두고,
매 층마다 공원을 공간의 안으로 끌어들여
도산공원과 하나처럼 만들어 낸 것은
사실 태생부터 잘 타고 태어난 덕이 크다.
건축가는 이미 갖춰져 있는 잠재력을
끌어냈을 뿐이다. 사람으로 비유하면
뛰어난 프로듀서를 만난 절대음감 영재
정도 되려나.

12

시간의
　　　혼 적 이　새 겨 진
곳

선농단 역사문화관

낯선 이름

'아키 데일리'라는 웹진이 있다. 전세계의 훌륭하게 또는 독특하게 지어진
건축물들의 사진과 도면이 다양하게 올라오는 곳인데, 이름처럼 매일
새로운 건축을 구경할 수 있고 여러 아이디어를 얻을 수 있어서 종종
찾는 웹사이트. 자주는 아니지만, 건축 설계 시 종종 좋은 사례를 찾기
위해 들어가 보곤 하는데 스크롤을 내리던 중에 우연히 처음 보는 한국의
건물을 만났다. 온통 미국, 유럽, 남미 등의 건축물을 보다가 한국에
있는 건물을 보니 왠지 반가웠다. 위치는 분명 Seoul. 동대문구 제기동에
위치한 것으로 표기되는 문화시설이며 'Seonnongdan'이라고 쓰여
있다. 낯선 이름이다, 선농단. 검색을 해보니 건물의 정식 명칭은 선농단
역사문화관. 2015년에 현상설계*를 통해 새로 지어진 박물관인데,
사진을 통해 보이는 공간의 모습이 심상치 않다. 낯선 이름의 문화관과
설계사무소. 사진을 보니 익숙지 않은 공간의 짜임이다. 궁금증이 생겨
1호선을 타고 직접 건물을 보러 제기동으로 향했다.

● 큰 건물 같은 경우 해당 부지에 지어질 수 있는 다양한
안을 대회 형식으로 받아서, 가장 좋다고 생각되는
설계안을 낸 회사에게 일을 맡긴다. 건축 설계 대회라고
얘기하면 이해하기 쉬울 것 같다. 보통은 나라에서
발주하는 일정 규모 이상의 문화시설이나 복지시설이
현상 설계를 통해 지어진다.

아래로 숨은 박물관

많은 사람들이 쉽게 상상할 수 있는 것처럼 박물관과 미술관 같은
문화시설들은 보통 웅장하다. 크고 거대한 공간에 서로 충분한 거리를
두고 유물들이 띄엄띄엄 놓인다. 최신 설비로 둘러싸인 전시실과
보관실 안에서 문화재들은 소중하게 보존된다. 최대한 현재의 상태대로
오랫동안 손상 없이 유지하기 위해서 햇빛을 완벽히 차단하고, 같은
온도와 습도를 유지한 채 보관한다. 직접 손을 대어 만지거나 플래시를
터트리며 사진을 찍는 것은 금지된다. 그것이 박물관이 문화재를
보존하는 방식이다.

그런데 모든 문화재가 그런 방식으로 보존되는 것일까? 특히 건축물의
형태인 문화재들의 경우에는 고민에 빠지게 된다. 물론 서울 안에
존재하는 경복궁, 경희궁, 창경궁 등의 5대 궁이나 옛 서울을 둘러싼 4대
문 같은 경우에는 최대한 원래의 모습 그대로 유지하기 위해 노력하고
있지만 근대의 건물들은 어떠한가. 근대에 지어진 건물들을 모두 현
상태대로 유지해야 하는가 생각해보면, 도시의 큰 부분을 차지하면서
아무런 쓰임을 하지 않는 것이 답은 아니라는 결론에 도달한다. 그렇기

때문에 서울역으로 쓰였던 일제 시대의 건물은 '문화역서울 284'라는
이름의 문화시설로, 기무사로 쓰였던 건물은 '국립현대미술관 서울'의
일부분으로, 일본의 유명 백화점으로 쓰였던 건물은 현재 '신세계 백화점
본점'으로, 경성재판소의 정면 외벽은 '서울시립미술관'의 입면으로
쓰이고 있다. 심지어 우리는 최근에 오래된 고가도로마저도 새로운
쓰임으로 바꿔 쓰는 '서울로'의 경우도 목격했다. 이와 같은 건물들은
모두 문화재를 보존하는 다른 방식의 예가 된다. 건축의 경우에는 큰
면적을 차지하며 많은 이해관계가 얽혀 있어 그대로 유지하는 것만이
답은 아니다. 새로운 방식의 쓰임을 부여하는 것도 문화재를 보존하는
또 다른 해법이다. 하지만 또 다른 경우가 존재한다. 지금 이야기할
선농단처럼 문화재이긴 하나 그것이 건물의 형태가 아닌 외부 공간인
경우다.

선농단은 종묘와 사직단처럼 풍년을 기원하기 위하여 왕이 제사를
드리던 제단이 있던 곳으로, 그 역사는 삼국시대까지 거슬러 올라간다.
하지만 일제시대와 급격한 도시화를 거치면서 위치뿐 아니라 외관도
원래 모습과 다르게 왜곡되고 방치되었다. 해서 2015년 현상설계를 통해
선농단을 복원함과 동시에 선농단을 알리는 역사문화관을 계획하게
되었다.

선농단은 제단이 있는 외부 공간이었기 때문에 본래 크기에 맞춰
복원하려면 건물이 지상에 넓은 면적을 차지할 수 없었다. 기존에
어린이놀이터가 자리했던 부지를 모두 흙으로 덮어 기록 속에 존재하는
선농단의 원래 모습을 복원하고, 선농단에 관해 소개하는 역사문화관은
아래로 내려갔다. 몸을 낮추고, 엎드렸다. 모든 외부 공간을 선농단에게
그대로 양보하면서 번쩍 들어 올려진 입구만이 선농단 역사문화관이
유일하게 바깥으로 드러낸 얼굴이다. 그리하여 선농단 역사문화관은

선농단이라는 문화재를 옛 모습대로 보존하는 동시에 새로운 방식으로
쓰이기 위해 모든 공간이 지하에만 존재하는 박물관이 되었다. 도로에서
바로 진입할 수 있는 입구를 가지고 있지만 내부는 모두 지하 공간이고,
안으로 들어가는 입구가 이 건물에서 가장 높은 부분이다.

위에서 재조립된 선농단

여느 다른 박물관이나 미술관과는 다르게 선농단 역사문화관이 전시하고 있는 가장 중요한 문화재는 건물 안에서 찾을 수 없다. 복원된 거대한 선농단을 건물이 받치고 있어, 선농단을 보기 위해서는 건물의 위로 올라가야 한다.

건물에서 바로 연결되는 통로가 없기 때문에 선농단 역사문화관의 입구로 들어가서는 선농단을 만날 수 없다. 입구를 그대로 지나치고 도로를 따라 조금 더 걸으면 곧 선농단을 설명하는 안내표지판과 함께 위로 오를 수 있는 계단이 나온다.

계단을 따라 올라가면, 4개의 문으로 둘러싸인 선농단보다는 향나무로 발길이 향한다. 건축가는 언덕과 바닥의 석재 디딤판을 이용해 자연스럽게 방문객을 향나무로 인도한다. 선농단에 자리 잡은 이 향나무는 수령이 600년 정도 된 것으로, 우리나라에 있는 것 가운데 가장 크고 오래되었다. 향나무는 대개 자라면서 휘어지는데, 이곳에 있는 나무는 하늘을 향해 위로 곧게 자랐다. 이 향나무가 중요한 이유는 단순히 크고 오래되었기 때문이 아니라, 선농단의 위치를 지정하는 데에 큰 역할을 하고 있기 때문이다. 선농단은 시간이 지나면서 도시화와 함께 그 위치와 크기가 계속 변했는데, 그때마다 이 향나무는 자리를 옮기지 않고 항상 그 자리에 존재했다. 그렇기 때문에 선농단의 원래 위치와 크기를 복원하는 데 있어서 가장 중요한 역할을 했다고 보아도 무리가 없다. 향나무를 지나 붉은색으로 칠해져 있는 홍살문을 지나면 비로소

선농단에 들어서게 된다. 선농단은 총 4개의 문으로 둘러싸여 있는데, 그
바깥 부분은 외유, 안쪽 부분은 내유라 하여 두 개의 공간으로 나눈다.
조선 전기의 기록에 선농단의 대략적인 도면이 그려져 있는데, 현재의
선농단도 이에 근거해 복원되었다. 최대한 기록에 근거해 복원했기
때문에 남북 방향 93m의 큰 규모로 자리 잡게 되었다.
네 개의 문으로 둘러싸인 외유 안에 자리한 내유 안으로 들어서면
제단이 나온다. 사각형의 공간은 잔디 없이 흙만으로 이루어져 있다.
선농단은 복원될 당시 의도적으로 높이를 만들어내 지었기 때문에,
선농단을 올라가면서 그 의도를 짐작해볼 만하다. 선농단은 향나무보다
더 높은 곳에, 외유보다는 내유가 더 높은 곳에 위치한다. 조금 더 올라가
선농단을 바라보라는 건축가의 의도라고 볼 수 있겠다. 제단을 지나쳐
가장 높은 곳에 위치한 홍살문에 다다르면 선농단의 모습이 한눈에
들어온다. 복원된 도시 안의 선농단과 그 뒤로 펼쳐지는 도시의 모습이
중첩되어 보인다. 삼국시대부터 이어져 온 문화재의 형태와 위치가
그때 그때 상황에 따라 임의대로 옮겨졌다가 기록을 바탕으로 새로
만들어졌다는 사실이 떠올랐다. 우리가 역사를 대하는 태도는 계속 그런
식이 아니었나.

시간이 새겨진 무의 공간

길은 모두 하나의 묵직한 검은 공간을 감싸고 생겨났다.
선농단 역사문화관의 입구를 들어서 로비를 지나 전시관으로 들어서면,
전시 공간들은 모두 하나의 중심점을 가지고 움직인다. 그것을 건축가는
'시간의 방'이라고 불렀고, 개인적으로는 '무(無)의 공간'이라고 느꼈다.

처음 아키 데일리의 사진을 보고 가보겠다고 결심했던 것은 바로 이 공간을 위해서다. 아무것도 없이 그대로 비워져 있던 공간이 나의 호기심을 자극했던 것.

건축가는 선농단 역사문화관이 '두 개의 켜'를 가지고 있다고 설명을 했는데, 하나는 복원된 지상 레벨의 선농단이고 둘째는 선농단 지하에 위치한 역사문화관의 전시관을 일컫는다. 그리고 그 두 가지의 켜를 이어주는 공간이 바로 내가 아키데일리에서 사진으로 봤던 곳, 시간의 방이다.

외부의 선농단에서도 시간의 방이 존재함은 알 수 있었다. 꽁꽁 주변을 둘러싼 난간과 조경 덕분에 오히려 눈에 띄기도 했다. 그러나 무엇을 위한 공간인지는 알 수 없었고, 검은 돌로 둘러싸인 공간의 문을 열고 시간의 방 내부로 들어와서야 그 존재의 의미를 알게 된다.

'시간의 방'은 좁다. 좁고, 선농단 역사문화관에서 거의 유일하게 하늘과 맞닿을 수 있도록 설계된 공간이다. 사각형의 공간 안에서 우리는 바깥 세상과 차단된다. 건물 안에서 들리던 소리도 더 이상 들리지 않고, 선농단 위에서 바라볼 수 있었던 도시의 모습도 보이지 않는다. 절대적인 고요와 고독. 시간의 방에 들어선 사람들이 느낄 수 있는 것은 오로지

정적과 하늘뿐이다.

건축가는 이 공간에 들어온 사람들에게 무얼 느끼도록 하고 싶었을까?
무엇을 위해 다른 전시 공간의 면적을 할애하며 이런 공간을 만들었는가.
시간의 방은 기존 선농단이 위치했던 공간의 재현이다. 앞서 말했던
향나무를 기준으로 하여 과거 선농단의 제단이 존재하던 곳을 반전시켜
만들어낸 공간이다. 과거의 모습을 그대로 가져와 바닥엔 흙을 깔고,
하늘이 보이는 외부 공간으로 만들었다. 콘크리트로 마감된 벽에는
투명한 아크릴 기둥을 박아 넣었는데, 날이 좋을 때면 네모난 하늘의
구멍으로 햇빛이 들어와 긴 그림자가 떨어지고 해가 움직임에 따라
그림자의 길이와 방향이 달라진다. 이 방의 이름처럼 시간의 흐름을
보여주고 싶었을 것이다. 농사를 지내는 데에 있어 시간과 계절만큼
중요한 것은 없기 때문에 건축가는 그걸 공간을 통해 말해주고 싶었던
것이 아니었을는지.

누군가에게 널리 알려지지 않더라도, 그 자리에서 최선을 다하는
사람들이 있다. 사람으로 치면, 선농단 역사문화관이 바로 그런 종류의
사람일 것이다. 선농단 역사문화관은 선농단이라는 문화재를 보여주고,
알리는 데에 최선을 다하고 있다. 비록 고개를 숙이고, 몸을 낮추고 있어

그 지역의 높이 솟은 랜드마크가 되지 못했다고 아쉬워할 필요는 없다.
많은 사람들이 새로운 방식으로 문화재를 알리고 보전하는 방식에 대해
고민하는 시간을 가질 수 있을 테니까.

대 학 로 의
붉 은
배 경

아르코 예술극장 · 미술관

13

낭만의 거리

중학교 때의 일이다. 조조할인에 통신사 할인까지 얹어서 영화를 2,000원에 관람할 수 있었던 시기가 있었다. 2000원 정도면 컵라면을 3개 정도 사 먹을 수 있는 부담 없는 가격. 주말이면 아침 일찍 일어나 친구들과 영화를 곧잘 보러 갔다. 그러다가 개봉한 영화를 모두 섭렵한 어느 날에는 무슨 바람이 불었는지 연극을 보러 가기로 했다. 그때 처음으로 대학로의 땅을 밟았다. 사실 그렇게 멀지 않았는데, 그곳까지 갈 일이 없었던 것뿐이었다.

당시의 동대문운동장역에서 4호선으로 갈아타 혜화역 2번 출구로 나오면 채 바깥으로 나가기도 전에 대학로에 도착했음을 쉽게 알 수 있었다. 각종 연극 포스터들이 계단 양 옆 벽을 도배하고 있어서다. 밖으로 나오면 나오는 사람들을 붙잡고 연극 예매했냐고 묻는 극단 사람들은, 주위를 두리번거리는 나와 친구에게 자기네 연극에 얼마나 재밌는지 열성적으로 설명해주곤 했다. 곳곳에 보이는 아주 작은 부스들이 시간 맞춰 열리고, 그 앞에 줄을 선 사람들을 우리는 신기하게 쳐다보았다.

소극장은 말 그대로 작았다. 얼마나 작았는지, 손만 뻗으면 배우를 만질 수 있을 만큼 무대와 가까웠다. TV나 영화와 달리 배우와 눈을 마주치면, 그도 정말 날 보고 있다는 것을 체감했다. 공연 도중 나에게 장난스레 말을 걸기도 했다. 연극의 막바지에 이르면 배우들의 이마에 송골송골 맺힌 땀까지 보였다. 매 공연마다 녹화된 영상을 다시 틀어주는 것과는

비교할 수 없는 생동감이 있었다. 다른 세계에 온 것 같았다. 연극의
세계였다.

그 이후로 이따금씩 대학로를 찾아도 그곳은 여전했다. 많은 가게들과
음식점들이 생겼다 사라지기를 반복했지만 몇 년 간에 걸쳐 꾸준히
마니아층을 형성한 식당과 가게들은 그곳에 그대로 있었다. 걷다 보면
마로니에 공원을 만날 수 있었고, 극단 사람들은 예전과 똑같이 나에게
다가와 예매했냐 물었다. 혜화역 2번 출구로 나왔다는 이유만으로 연극을
볼 사람이라고 기대하는 곳, 대학로는 그런 곳이었다.

아직은 은행이 노랗게 물들지 않은 가을날, 대학로 거리를 걷다가 문득
이 동네를 감싸고 있는 특유의 활기에 기분이 좋아졌다. 명동과도,
동대문과도, 강남이나 이태원과도 다른 생동감이 자리하고 있는 곳. 하고
싶은 일을 하는 사람들이 잔뜩 모여 있는 곳이기 때문에 그 마음이 거리
전체를 감싸고 있는 것은 아닐까. '열정'이라는 단어는 싼값에 팔아넘기는
뉘앙스라 쓰고 싶지 않고, '청춘'은
아플까 봐 그렇게 정의 내리고 싶지
않다. 그렇다면, 낭만. 이곳은 아직
낭만이 남아 있는 거리, 대학로다.

누구든, 언제든

이렇게 공개적으로 고백하기엔 조금
부끄럽지만, 내 방에는 발 디딜 틈
없이 물건들이 가득하다. 물건을 족족
눈에 보이는 곳에 놓는 습관이 있어

그렇다. 입었다 벗어 놓은 빨래가 있는 것도 아니고, 쓰레기가 바닥에 나뒹구는 것도 아니지만 하나 둘 물건들을 이곳저곳에 놓아두다 보니 그렇게 됐다. 내 방이 티끌 하나 없이 깨끗했던 순간도 물론 있었다. 그러나 시간이 흐르면 어김없이 방의 상태가 굉장히 어수선해지고 만다. 견딜 수 없을 때가 되면, 날을 잡고 모든 물건을 다시 수납공간에 꽉 채워 넣어야 정리가 된다.

그런데 그것은 비단 개인의 방만의 문제는 아니다. 크기가 공원만큼 커져도 같은 일이 되풀이된다. 대학로에 가게 되면 필히 거칠 수밖에 없는 곳, 마로니에 공원도 같은 문제를 겪었다. 주택가의 작은 근린공원으로 시작해 건축가 김수근이 공공공원으로 다시금 개장한 것이 무려 1982년. 그 후 30년 동안 마로니에 공원에는 각기 다른 시기에 지어진 시설들과 조형물들이 조금씩 축적되어 갔다.

기억하는 사람도 있겠지만 마로니에 공원에는 원래 농구 코트도 있었고, 매점도 있었다. 동상도 있었고, 이곳의 모습을 작게 축소해 놓은 금속 모형도 있었다. 많은 것들이 하나씩, 마치 내가 방에 물건 놓듯이 쌓였다. 2012년, 마로니에 공원의 리모델링 공사가 시작되었다. 새로운 마로니에 공원의 계획은 뚜렷한 한 가지 목적을 가지고 진행되었다. 세월에 따라 쌓여 있던 많은 것들을 치우고, 정리하여 공간을 비워내는 것. 비워내야 이곳을 즐기러 오는 사람들이 더 많이, 다양한 활동을 할 수 있을 터였다. 그리하여 마로니에 공원은 싹 비워졌다. 공원 내부의 불필요한 조경 철책을 지우고, 바닥 패턴이 정돈되었다. 가장 중요한 나무들만을 남기고, 사람으로 채워지길 바라면서 시야를 가릴 수 있는 많은 것들을 제거했다. 겨울이 지나 나무에 다시 잎사귀가 빼꼼 나오기 시작하면, 마로니에 공원도 같이 피어오른다. 사람들은 이곳에서 노래를 부르고 춤을 연습하기 시작한다. 그리고 때로는 장이 열리기도 한다. 마로니에 공원은

그저 공원이 아니라 카페가 되고, 야외 테라스를 가진 레스토랑이 되고, 필요한 물건을 사는 쇼핑몰이 된다. 비움의 힘은 이렇게 나타난다.

바닥 패턴이 그대로 올라와 나무를 감싸고 벤치와 무대의 객석이 되었다. 나무가 존재해야 한다면, 나무와 함께 최소한의 시설로 최대의 효과를 누리겠다는 의도다. 직각이 아닌 다각형의 패턴은 수학의 보로노이 이론에서 나왔는데 나는 그것을 나무와 나무 사이의 간격을 충분히 두어 널찍한 영역을 만들어 주기 위함이라 이해했다.

마로니에 공원은 공원의 바닥은 꼭 잔디밭으로 이루어져 있어야 한다는 나의 고정관념을 시원하게 부순다. 오히려 잔디밭보다 더 많은 행위들이 일어날 수 있는 가능성을 지니게 되었다. 게다가 이렇게 울창한 나무들과 그늘이 있으니, 공원이 아닐 리 없다. 그렇게 마로니에 공원은 공사를 거치며 더욱더 언제든, 누구든 품어주는 공간이 되었다. 역시 정리정돈은 필요하다.

붉고, 단단하고, 높은

걷다가 문득 앞을 보면 붉은 장벽이 서 있다. 붉고, 단단하고, 높은 바위산이 그 자리에 있다. 아르코 미술관이거나 혹은 아르코 예술극장의 옆모습이다.

대학로 거리를 아무 생각 없이 걷다 보면 순간 내가 어디를 향해 걷고 있는지 헷갈릴 때가 있는데, 그때 붉은 벽이 보이면 그제야 방향 감각을 되찾는다. 붉은 벽돌이 쌓인 육중한 벽면은 마로니에 공원으로 향하는 이정표와 같은 역할을 하고 있다. 그만큼 강한 성격을 가지고 있다는 것. 건축가들은 이러한 건물을 '매시브 massive'하다고 표현한다. 조금 더 쉬운 단어가 있을까 계속 고민하고 있는데, 도저히 대체할 수 있는 한국어가 떠오르지 않는다. 창문 없이 이루어진 벽들이 공간을 감싸고 있어 그것이 바깥에서 볼 때 하나의 무거운 돌덩이처럼 보일 때, 매시브하다고 한다. 특히 아르코 건물들처럼 칼 같은 각을 가진 매시브한 건물을 바라볼 때, 개인적인 취향으로, 나는 감탄한다. 넓은 창문을 선호하는 우리나라에서 보기 힘든 구성이다.

물론 이 건물의 성격이 미술관과 공연장이라서 벽면을 모두 틀어막는 것이 가능했을 테다. 아니, 모두 창문 없이 막아야 옳다. 왜냐하면 미술관과 공연장은 밖을 보여주는 곳이 아니라 내부에 집중하도록 하는 공간이기 때문.

시간에 따라 붉은 벽돌 위로 다른 그림자들이 내려온다. 때로 나무의 그림자가 이곳을 스케치북 삼아 그려지기도 하고, 해의 각도가 변할 때면 툭툭 튀어나와 있는 벽돌 반쪽 짜리들의 그림자가 그 자신의 길이보다 몇 배는 더 길게 늘어진다. 그 시간에 만큼은 아르코의 벽이 스트라이프 패턴으로 보인다.

아르코 미술관의 형태는 마로니에 공원과 맥을 같이 한다. 마로니에
공원의 폭만큼, 아르코 미술관은 그만큼 길어졌다. 길게 늘어선 붉은
벽은 그렇게 마로니에 공원의 배경이 되고, 안정감을 가져온다. 흩어지지
않도록 사람들을 모아 둔다.

반면 그 옆에 자리한 아르코 예술극장은 조금 더 다이내믹한 형태로
반복적인 조형미를 보여준다. 돌이 높은 곳에서 떨어져 땅에 툭툭
박혀버린 듯 생긴 건물의 덩어리가 여러 개. 그것이 계단처럼 반복된다.
공연장의 특성상 미술관보다 조금 더 높다. 정면을 제외하고는 모두 꽁꽁
닫혀 있다.

아르코 미술관과 예술극장은 전시를 위한 미술관과 공연을 위한
극장임에도 불구하고 많은 창이 마로니에 공원을 향하고 있다. 벽돌로
세심하게 감싼 그 모습이 알고도 쉽게 따라 할 수 없는 디자인이다.
그래서 창문만 봐도 '아, 김수근이다.' 알게 된다.◆

● 김수근 : 우리나라 1세대 건축가. 서울의 도시 개발 계획 상당수에 참여했으며, 1960년대와 1970년대를 거쳐 많은 작품 활동을 했다. 경동교회, 불광동성당, 샘터 사옥 및 아르코 예술회관 등의 벽돌 건축 작업을 진행했다.

1979년, 1981년 나란히 지어진 이 두 건물이 아직도 벽돌의 가능성을 보여주고 있다는 사실이 새삼 놀랍다. 다시금 유행은 돌고 돌아 벽돌이 건물 외장재로 인기를 얻고 있어 더욱 클래식의 위력을 깨닫는다. 이 모든 것이 내가 지금 사용하고 있는 캐드와 같은 컴퓨터 프로그램 없이, CG 프로그램 없이 시간에 따라 변화하는 그림자의 모습들을 상상하여

그려낸 것이니, 옛 건축가들에게 탄복한다. 어떤 과정을 거쳐 이 건물을 지었을지는 감히 상상이 가지 않는다. 클래식에는 그러한 맛이 있다. '도대체 그 시대에 어떻게 이런 것을?' 하는 물음을 가지게 하는 감동. 근대 건축에서 아르코 미술관과 예술극장 정도면 클래식이라 칭할 수 있으리라.

보여주고, 들려주는

길쭉하게 마로니에 공원의 배경이 되어 주고 있는 아르코 미술관. 많은 미술관이 여러 전시장을 품고 또 품어 끊임없이 몸을 불려 뚱뚱해지는 것과는 달리 애초에 아르코 미술관은 아주 중요한 무언가를 포기한 채

날씬하기로 했다. 이곳엔 로비가 없다.

미술관의 입구. 매표소는 마치 연극 무대의 매표소처럼 작다. 어느 입구로 들어가야 하는지 안내를 받아야 알게 된다. 마로니에 공원을 건물의 뒤편과 연결하고 싶었는지, 김수근 건축가는 건물에 과감하게 구멍을 내어버렸고 로비는 삭제했다. 그래서 전시관은 외부에서 직접 진입하게 된다. 그러니 로비의 모양에 상관없이 전시관이 일렬로 자리할 수 있게 됐다. 로비가 따로 계획되어 있지 않은 덕분에 마로니에 공원 전체를 로비로 사용하고 있는지도 모른다.

미술관에는 전시관이 크게 세 곳. 왼쪽으로 들어가면 현재 스페이스 필룩스라고 불리는 공간이 있다. 건축 관련 전시가 열리곤 해서 곧잘 찾는다.

스페이스 필룩스 건너편으로 제1 전시관으로 향하는 입구가 있다. 지하라

자칫 망설일 수 있는데, 조금 아래로 내려가는 그 동선이 맞다. 벽돌로
깨끗하게 감긴 벽을 따라 계단을 내려가면 제1 전시관에 금세 도달한다.
요즘의 전시관들은 유기적으로 연결되도록 계획되어 있는 반면, 아르코
미술관의 전시관들은 모두 다 따로 논다. 독립적이고, 개인적이다. 아마도
각기 다른 전시를 진행할 수 있도록 모두 떨어뜨려 놓은 것 아닌가
추측한다. 그렇기 때문에 2층의 제2 전시관으로 가려면 제1 전시관에서
들어왔던 입구로 다시 돌아 나와 그 옆에 있던 계단을 따라 올라가야
한다.

계단을 따라 올라가면 엘리베이터 건너편으로 제2 전시관이 있다.
마찬가지로 다른 어디론가 연결되지 않은 채 독립적인 공간이다.
제2 전시관을 둘러봤다면 다시 들어왔던 입구는 출구가 된다. 한쪽
방향으로 계속 이동하며 전시를 둘러보던 습관 탓에 오히려 이러한 공간
구성이 낯설다. 그리고 이곳에서 계단 반 층을 오르면 마로니에 공원을
위에서 관조할 수 있는 아르코 미술관의 라운지가 나온다. 전시 동선의
끝에 선물 가게 대신 라운지가 자리한 셈이다.

마로니에 공원을 바라보라고 김수근 건축가는 벽돌 건물에 틈을 내고
창으로 한쪽 벽면을 모두 채웠을 것이다. 라운지는 본래 1층에 있을 법도
한데, 그 풍경을 미술관을 방문하는 많은 사람들에게 보여주고 싶어 굳이
2층으로 올리지 않았을까.

소파에 앉아 마로니에 공원을 바라보니 사람들이 각자의 방식으로
공원을 즐기고 있는 모습이 눈에 들어온다. 오래도록 앉아 바깥의 풍경을
바라보기에 충분히 편한 소파가 자리를 뜨기 어렵게 만든다.

아르코 미술관 옆으로는 계단과 같은 입면을 지닌 또 하나의 건물.
보여주는 데에 더해 들려주기 위한 곳. 아르코 예술극장이 있다.

언제나 아르코 예술극장 앞에는 사람이 바글바글했다. 뻥 뚫린 아르코
미술관과 달리 예술극장의 입구에는 로비답게 비를 막을 수 있는
지붕도 있고, 자리 잡고 앉아 버스킹 하기 좋은 낮은 담벼락들도 있으니
그랬을지도 모른다. 아르코 예술극장을 뒷배경으로 이뤄지는 여러
버스킹을 지나 내부로 들어오면 아르코 미술관에서 아껴두었던 진짜
로비가 등장한다.

이유는 간단하다. 극장이 2층 높이로 이루어져 있으므로. 로비의 높고
넓은 벽면에 벽돌을 적극적으로 끌어와 외부와 통일했다. 벽돌을
쌓다 중간중간의 벽돌들은 90도로 돌려 쌓아 일부 돌출되게 만들어,
스트라이프 패턴을 만들어냈다. 햇빛이 내부까지 들어올 수 있었다면,
훨씬 극적이었을 것이다.

난간도 마찬가지로 벽돌을 쌓아 만들었다. 이 정도면 벽돌 장인이 아닐 수
없다. 덕분에 2층으로 올라가는 길이 아르코다워졌다. 공간 속으로 붉은
벽돌이라는 성격이 부여된 셈.

2층에 올라와서도 같은 붉은 벽돌 벽과 노출 콘크리트 구조 천장이
이어진다. 2층 좌석을 예매한 관람객들이 드나드는 동선이다.

학생 때 어느 교수님이 광화문 광장과 서울 시청 앞 광장은 광장이
아니라고 이야기했던 적이 있다. 유럽에서 광장이라는 것은 건물들에
의해 막혀 있는 빈 공간으로, 전시가 이뤄지는 미술관 및 박물관과
접하거나 카페나 레스토랑과 맞닿아 사람들이 자유롭게 다양한 행위를
즐기기 위해 머무는 장소를 의미하기 때문. 그러니까 사람들이 광장에서
뭔가를 해야 하는데, 서울의 광장들은 큰 도로에 둘러싸여 있어 그런
행위가 이뤄지지 않기 때문에 광장이라고 할 수 없다는 논리였다.

광화문 광장과 시청 광장이 시민들의 목소리를 내는 필수 불가결한
아고라임에는 틀림이 없으나 특수한 상황이 아니라면 "우리 광화문 광장
갈까?" 또는 "오늘은 시청 광장에 놀러 갈까?"라는 약속 제의를 하지
않게 되는 점이 조금 아쉬운 것은 사실이다.

반면, 그렇게 따지면 마로니에 공원은 광장이다. 미술관과 예술극장에
접하고, 수많은 사람들이 노래를 부르고 춤을 추고 먹고 마신다. 머물고
싶은 만큼 머물고, 언제라도 누구든 환영이다. 그래서 어떤 의미에서
이곳은 공원인 동시에 광장이다.

낭만의 거리인 대학로는, 가을이면 노랗게 물드는 마로니에 공원과 붉은
배경인 아르코 미술관과 예술극장이 없다면 홀로 존립하지 못할 것이다.
또한 마로니에 공원과 아르코들도 떨어져 있으면 그 힘을 잃을 것이다.
확신한다. 이곳을 기점으로 활동하는 많은 사람들의 낭만이 이 공간들의
시너지에서 나왔음을 나는 의심치 않는다.

14

솟아오른
땅

옹느세자메

아무도 모른다

퇴근 후 종종 들르던 성수동의 닭발 집이 있다. 간판이 없어서 언제나
'간판 없는 집'이라고 불렀는데, 어느 순간부터 지도 앱에서 '간판 없는
집'이라고 검색이 되기 시작했다. 간판이 없어 사람들의 호기심을
자아내던 것이 역으로 그곳의 성격이 되어 이름마저 그렇게 굳어진 것.
그러다 어느 날은 성수동 근처에서 일하게 된 후배와 밥을 먹을 기회가
있었다. 그러다가 간판 없는 집 앞을 지나는데, 후배와 나는 동시에
서로를 바라보며 말했다.
"이 집 닭발 맛있어."
"여기 쌀국수 맛있어요."
오, 분명 같은 곳인데. 알고 보니 그곳에선 밤에는 닭발과 술을 팔지만
낮에는 쌀국수를 팔았다. 내가 보던 메뉴판에는 쌀국수의 쌍시옷도
없었는데, 후배는 몇 번이나 그 가게에서 점심을 먹으면서도 그곳이 닭발
집인지도 모르고 있었단다. 겉모습으로는 아무것도 판단할 수 없고, 내가
보지 못한 이면에 다른 진실이 숨어 있을 수 있다. 그러니 100%의 진실은
아무도 모른다. 불어로 On ne sait jamais(옹느세자메)*. 한국인 뿐 아니라
관광객들도 지도를 보면서 찾아오는 한남동의 유명한 카페 이름이기도
하다.
한남동의 뒷골목, 옹느세자메의 내부 모습만 알고 있어 지도를 바라보며
걸을 수밖에 없었다. 멀리서는 보이지도 않고, 크고 번쩍번쩍한 간판**이

달려 있지도 않다. 무엇도 예상하지 못한 채, 눈 앞에 마주해야 알아보고 '아, 여기구나.' 한다.

멀리서 봤을 때에 그 내부에 무엇이 숨어 있는지 예상하지 못하도록 겉모습은 수수하게 남겨두었다. 그 이름 그대로, 아무도 무슨 일이 생길지 알 수 없도록 하기 위함이다.

● 아무도 모른다는 뜻의 프랑스어

●● 지금은 간판이 생겨서 한결 찾기 쉽다.

경계를 허물고자

건축은 어찌 보면 언제나 경계를 만드는 일이었다. 너와 내 땅을 나누고, 분리하고, 구분한다. 그러고 나서는 다시 내 땅 안에서 필요한 부분들을 나눠서 사용한다. 어딘가는 거실로, 주방으로, 서재로. 도면은 결국 경계를 만드는 벽들의 설명서와 다름없다. 어떻게 나누고, 서로의 영역을 어떤 식으로 구분하고 막아 내는지에 대한 지침서.

그렇게 건축가들은 경계를 세우는 일을 업으로 삼고 일하지만, 그들에게는 이율배반적으로 경계를 허물고자 하는 욕구가 내재되어 있다. 공부하라고 하면 하기 싫은 마음이었을까. 건축가들의 고민과 바람은 항상 이런 것이다. '아, 여기를 다 열어두고 싶다.', '벽들을 없애서 바깥의 바람이 들어왔으면 좋겠다.', '시야를 막지 않고 빛을 들여오는 방법은 없을까?' 그러한 고민들 위에 투명하고 열린 공간을 만들기 위한 수많은 시도와 노력이 쌓였다.

옹느세자메에서는 가장 확실한 방법을 택한다. 공간의 반은 모두 외부로 열어둘 수 있도록 큰 창이 계획되었다. 그곳으로 내부가 훤히 들여다 보여

지나가던 사람도 붙잡고, 바람과 빛도 들어온다. 날씨가 좋은 날, 이곳 옹느세자메의 창은 활짝 열린다. 언뜻 봐서는 창이 있는지도 모를 정도. 창을 본 첫 순간에 나는 입을 떡 벌렸다. 딱 한 번만에 접다니, 엄청 비싸겠다. 아니, 이걸 한 번만에 접을 생각을 했다고? 이 정도 크기의 창호는 기성으로 제작되지 않는 크기이기 때문에 따로 제작을 해야 했을 테다. 열고자 하는 면적을 두 부분으로 나누어서 딱 한 번 접었다. 아마도 기성 폴딩 도어가 잘게 나누어져 닫았을 때 프레임이 많이 보이는 것이 싫어서 그랬을 것이다. 한 번 접히니, 닫혀도 프레임은 중간에 한 줄만 지나가게 되고 겨울에도 깔끔하게 내부를 들여다볼 수 있다.

외부에서 창호는 내부의 모습을 가감 없이 드러내는 역할을 하지만, 내부에서는 최대한 많은 햇빛과 바람을 들여오는 데에 목적이 있다. 옹느세자메의 창 바로 옆으로는 한남동의 뒷골목이 펼쳐진다. 바람이 불면 그 바람을 그대로 맞는다. 작은 공간이지만 외부와 긴밀하게 연결된다.

솟아오른 땅

이것은 땅에 대한 동경에 가깝다. 건축가들이 다양한 높낮이의 땅을 만들어 내는 것 말이다. 높은 산에 올라가 주위를 둘러보고 자신도 모르게 감탄사를 내뱉는 때가 있다. 인간은 점처럼 작아지지만, 땅은 무한히 팽창하는 것처럼 느껴지는 순간. 그러한 감각과 기억이 만들어 내는 땅에 대한 동경은 건축가의 머릿속 어딘가에 남아 있다가 돌연 이곳에 와 안착했다. 최대한 평평해야 할 땅이 솟아올랐다.

그러니까 무슨 말이냐면, 분명 카페인데 의자도 없고 번듯한 테이블도

없다는 뜻이다. 땅은 마치 목욕탕을 연상케 하는 모습으로 솟아올랐다. 그 모습 그대로 사람들이 걸터앉을 수 있는 의자와 벤치가 되었다. 언제든 뜯어낼 수 있게 나무로 구조를 짜서 올린 것이 아니라, 진짜 콘크리트다. 되돌릴 수 없는 진짜 땅.

방석이 준비되어 있기는 하나 그것이 꼭 절대적인 것인 아니라서, 사람들은 본인이 원하는 곳에 가서 원하는 방향으로 앉는다. 그러니 작은 공간임에도 불구하고 사람들이 어떤 선택을 하는지에 따라 풍경이 계속해서 달라진다. '아무도 모른다'는 이름처럼 공간도 사람들의 움직임을 강제하고 싶지 않았던 모양이다.

나도 처음 사진으로 이 공간을 접했을 때, 목욕탕 같다고 생각했다. 푸른빛이 도는 녹색 타일이 바닥과 옆 벽을 모두 휘감고 있기 때문이다. 그래서 우리는 기억 속에서 목욕탕을 꺼내고 만다. 더운 여름에는 차가운 물이 받아져서 족욕이라도 할 수 있었으면 좋았을 텐데, 물은 담기지 않는다. 대신 사람이 가득 담긴다.

똑같이 생긴 테이블과 의자가 있는 것이 아니라 모두 푹 파인 한 공간을 서로 공유하다 보니, 조금 다른 경험을 하게 된다. 다른 카페 같으면, 같은 돈을 지불하고 일정한 넓이를 가진 자리를 차지하고 앉을 텐데 이곳에서는 사람이 없으면 더 넓은 영역을, 사람이 많으면 작은 공간을 소유한다. 공간은 유동적으로 나누어지는데, 그러니 옹느세자메를 방문할 때에는 사람이 없는 시간을 추천한다. 더 많은 영역을 영위할 수 있을 테니.

2년의 세월 동안 워낙 많은 사람들이 다녀가고, 계속하여 밟히면서 충격을 받는 부분인 타일이 군데군데 찍히고 까였다. 그래서 더 오래된 목욕탕 같은 느낌이 들지만, 그래도 역시 들뜨고 깨진 타일들을 보면 안타까움이 먼저 든다.

옥빛의 땅은 벽돌이 뒤에서 잡아준다. 가게에 새로 들어오는 손님과
구분하여 편히 등을 기댈 수 있도록, 동선을 만들어 주는 벽이 하나
세워졌다. 붉은 벽돌을 세로 줄눈 없이 단단하게 쌓았다. 손님들이 머무는
공간에서 빵을 만들어 내는 작업실로 이어지는 벽면 하부도 같은 재료로
마감했다.

공간의 맞춤법

나에겐 몇 가지 강박이 있다. 그중 하나가 맞춤법에 관한 것인데,
친구들과 대화를 하거나 회사에서 업무를 볼 때도 맞춤법을 틀리는
경우를 보면 실례를 무릅쓰고라도 이야기해주어야 하는 것은 아닌지
진지하게 고민한다. 친한 친구라면 별표를 붙이고 옳은 맞춤법으로
교정을 해주거나 당하기도 하고, 회사에서는 기분 나빠하지 않고 겸허히
받아들일테니 언제라도 맞춤법 지적을 해달라 미리 합의도 보았다.
그래서 대화 중간에 갑자기 맞춤법 검색에 돌입해서 어떤 표현이 옳은
것인지 토론이 벌어질 때도 많다.
그게 아니라면 시각적인 강박이다. 도면을 그리고, 시각적인 디자인을
계속하다 보니 오와 열이 맞지 않는 것을 볼 때면 마음이 불편하다.
보이지 않는 선들이 일치되어야 한다. 서로 다르고 싶으면, 다름의
규칙이 있어야 한다. 특히 폰트 같은 것들이 들쭉 날쭉하다가 굴림체까지
나타나면 숨이 막힌다. 대개의 사람은 모르고 지나칠 일인데도 굳이 그걸
맞추겠다고 시간과 노력을 들인다.
건축의 경우에는 이런 것이다. 재료도 그렇겠지만 공간과 가구는
긴밀하게 연결되어야 한다. 공간의 맞춤법이라 하겠다. 공간이 어떻게

생겼는지에 따라 가구는 그 공간에 딱 맞게 들어갈 때 아름답다. 그래서 때로 건축가들은 공간에 맞는 가구를 스스로 만드는 경우가 많은데, 옹느세자메에서도 그러한 가구들이 발견된다.

옹느세자메에서 커피와 케이크를 시키고 자리에 와서 앉으니 양 옆으로 철제 프레임으로 제작된 테이블이 보였다. 테이블이라는 말보다는 상(床)이 더 어울린다. '밥상' 할 때의 그 상. 분명 프레임만 있는 저 상태로는 커피를 올려놓지 못할 텐데. 주변을 살펴보니 다들 잘만 커피와 케이크를 올려놓고 먹고 있다.

약간의 시간이 흐르자, 주문한 커피와 케이크가 도착한다. 쟁반에 얹혀 도착해서는 비어 있던 프레임을 채운다. 그제야 커피 상이 완성된다. 내가 만났던 카페의 테이블 중 가장 옮기기 쉬우며, 가볍게 자신을 드러내지 않는다. 땅이 이루는 형태의 색이 워낙 강해서 더 강한 존재감을 드러내려고 했다면 아마 그 둘이 충돌했었을 것이다. 그래서 가구는 최대한 보이지 않길 원했다.

옹느세자메는 바로 이 목욕탕을 닮은 공간에서 시작해 이름을 알렸다. 지금은 맛있는 디저트 카페로 입소문이 났지만, 처음에는 특이한 공간의 생김새가 옹느세자메의 이름을 널리 알리는데 크게 일조했다. 사람들은 사진을 보고 호기심을 갖고 한남동으로 발걸음을 옮겼다. 그렇게 간판 없이 널리 알려졌다.

옹느세자메는 어떻게 건축이 카페의 구조를 바꾸어 낼 수 있는지 보여주는 하나의 예시다. 천편일률적인 카페 인테리어 속에서 조금은 다른 시도를 해냈기 때문에 공간만을 보러 방문해도 가치 있는 곳이다. 맛있는 커피와 케이크는 덤.

15

서울이 가진
시 간 의 단 면

눅서울

트리하우스를 꼭 갖고 싶었어요

나는 태어나서 지금까지 아파트를 떠나 산 적이 없다. 5살 때 이사 온 지금의 집에서 20년 넘게 계속 살았다. 평범한 구성이었다. 거실과 주방, 벽으로 나누어져 있는 방들. 아파트를 생각했을 때 쉽게 떠올릴 수 있는 평면들 중 하나. 그래서 그런지 어렸을 때부터 동생인 민아와 나는 갖고 싶은 집에 대한 로망을 자주 이야기했다.

민아는 비밀 공간을 가지고 싶다고 했다. 남들은 발견하지 못하는 숨겨진

문. 그 작은 문을 열면 펼쳐지는 자신만의 아늑한 공간에 대한 마음이
20대 중반이 된 아직도 굴뚝같은지, 건축가인 언니가 어떤 건물을
짓는지는 하나도 관심이 없으면서 항상 나에게 당부한다.
"언니, 나중에 비밀 공간을 꼭 만들어 줘야 해."
반면 나는 앨리스처럼 작은 문을 열면 펼쳐지는 숨은 공간보다는 주변이
모두 책들로 둘러싸인 높은 층고의 서재를 언제나 바랐다. 햇빛이 때에
따라 멋들어지게 들어오면 좋을 것이고, 서재를 음악으로 가득 채울 수
있게 스피커를 놓아둘 것이다. 중앙에는 마호가니 책상 정도가 있으면
더할 나위 없다.
그리고 어떤 소년은 나무 위에 짓는 트리하우스를 몇 십 년 동안 마음 한
구석에 고이 간직하고 있었던 모양이다. 진짜 살아 있는 나무 위에 집을
짓고 자신만의 아지트로 삼고 싶었으나, 여러 이유로 조금 다른 형태를
통해 그 꿈을 이뤘다. 이번에는 운이 좋게도 바로 그 소년이었던 건축주를
만나 직접 이야기를 나눌 수 있었다. 후암동 골목 삼거리 위에 삐죽
튀어나와 우뚝 솟은 트리하우스, 눅서울의 이야기다.

골목으로 삐쭉 튀어나와 있어서 좋았어요

때로 그런 생각을 한다. 내가 만나는 사람들의 수만큼, 서로 다른 내가
존재한다는 생각. 가족과 함께 있는 내가 다르고, 회사에서 보이는 내가
또 다르다. 친구들과 편하게 있을 때의 나는 또 다른 내가 된다. 같은 상황
안에 있어도 누구와 마주 하느냐에 따라 다른 자아가 불쑥 튀어나온다.
사람도 맺는 관계마다 여러 얼굴을 가지는데, 그런 사람들이 몇 백만
명이나 살고 있는 도시가 그렇지 않을 리 없다. 도시에도 여러 얼굴이

있다. 마천루가 높이 솟은 도심 지역이 있는가 하면, 아파트들이 줄지어 늘어선 주거 지역도 있고, 좁은 옛 골목길들이 그대로 남아 있는 동네도 있다. 특히 서울처럼 짧은 시간 내에 개발된 도시라면 동네마다 가지는 성격이 도드라진다. 골고루 바뀔 틈이 없었기 때문일 것이다. 그중에서도 후암동은 도심과 골목 그 사이 어딘가, 경계에 있는 어느 한 지점에 위치한 동네다.

늬서울을 찾아가는 동안 서울역 주변의 높다란 건물들 사이를 걸었다. 서울로라는 이름으로 올해 오픈한 옛 고가도로도 만나고, 드라마 미생의 배경이 되었던 서울스퀘어의 입면에서 펼쳐지는 여러 영상들을 보았다. 그리고 공항에서 바로 서울역까지 지하철을 타고 도착한 많은 외국인들과 마주쳤다. 서울역에서 자리를 펴고 누운 노숙자들도 그곳에 있었다. 신식으로 지어진 공항 같은 유리 건물인 서울역사 옆에는 일제 시대에 지어졌던 옛 서울역 건물이 당시의 모습을 간직한 채 미술관으로 변모해 자리하고 있었다. 그 동네에선 그렇게 낯선 것들이 서로 충돌했다.

서울역에서 걸어서 몇 분, 금방 후암동의 골목들이 나타난다. 대로에서 신중하게 살펴보지 않으면 발견하기도 쉽지 않은 좁고 삐뚤삐뚤한 골목이다. 분명 지도 앱을 켜놓고 보면서 걸었는데도 다른 골목으로 들어가서 동네를 한 바퀴 돌아야 했다. 골목의 끝을 신중하게 살펴보고

들어가야 한다.

구불구불한 골목들 사이로, 저 멀리 붉은빛을 띤 N 자가 보이면 빙고. 늬서울을 알아볼 수 있는 가장 분명한 표시다. 나란히 늘어선 건물들보다 한 발자국 나와서 도로가 꺾이는 꼭짓점에 위치하기 때문에 대로에서도 발견할

수 있는 동시에, 건물 안에서는 서울역
방향의 도로가 훤히 보인다. 건축주는
작은 건물들이 밀집해 있는 후암동
거리를 걷다 이 집을 처음 봤을 때를
회상하며 이렇게 말했다.

"골목에서 삐쭉 튀어나와 있는 이 집을
처음 봤을 때 이미 저는 저 안으로 들어가 바깥을 바라보는 상상을 하고
있었어요."

눅서울의 겉모습은 특별할 것이 없다. 리모델링한 건물이라는 것을 알
수 있는 정도. 기존의 외부 벽면이었던 것으로 보이는 모서리의 벽돌을
제외하면 모두 짙은 색의 철판으로 감쌌다. 골목에서 가장 잘 보이는
건물의 면에 넓은 창이 없기 때문인지, 망루처럼 보인다. 건물의 가장
상층부로 가 창문 밖을 살피면, 이 주변 동네를 모두 관찰할 수 있지
않을까 상상한다.

골목과 이어지는 계단을 올라 대문 앞에 당도하면 굳게 닫힌 문에 붙어
있는 큰 손잡이가 보인다. 시간이 흐르고 손때가 묻은 나무 손잡이는

사실 손잡이로 태어나지 않았다.
건축주가 가지고 있던 베틀의 일부.
아주 오래전에 천을 짜기 위해 쓰였던
그 베틀이 주는 시간의 질감을 건물의
초입에서 직접 손을 대어 쓰다듬었다.
하지만 그것은 시작에 불과했다.

누가 상상할 수 있었으랴. 이곳이 1930년 중반에 지어진 아주 오래된
적산가옥*이라고. 그러니까 이제 10년 조금 넘는 시간만 흐르면 100살이
넘는 고령의 일본식 주택이다. 건축주는 그 위치와 생김새가 마음에
들어 덜컥 이 집을 사버렸고, 내부의 마감을 모두 뜯어내는 철거 작업을
시작하기 전까지만 해도 이곳이 일본식 주택인지 몰랐다고 했다. 증축에
개축을 거듭하여, 원래 모습은 어디로 갔는지 찾아볼 수 없었던 그 집의
정체를 알게 되었을 때 혼자 보물을 발견한 느낌을 받지 않았을는지.

> * 지금은 적산가옥이라는 말을 흔히 쓰지 않지만, 적(敵)의
>   재산이라는 의미로, 해방 이후 일본인이 소유하거나
>   일본식으로 지어진 모든 건물과 부동산을 적산가옥이라
>   칭했다. 지금은 일식 주택이라 순화하여 정의한다.

베틀 손잡이를 열어젖히자 내부의 모습이 드러났다. 철판으로 둘러싸인
외부의 모습에서는 전혀 예측할 수 없었던 따뜻한 공기가 흐른다.
입구에는 한옥의 툇마루로 올라서는 것처럼 발판이 놓여있다. 이 또한
발판으로 태어난 물건은 아니다. 박물관 한켠에나 있을 법한 다듬이
판이다. 빨래를 위에 올려놓고, 빨래방망이로 내려치기 위해 존재하던
목재 판이 현재에 와서는 누군가가 발을 딛고 올라서는 계단의 역할을
하게 되었다.
자세히 보아야 예쁘다고 말하는 나태주 시인의 〈풀꽃〉은 사람뿐 아니라
디자인에서도 똑같이 적용된다. 사실 어느 분야나 마찬가지일지도
모르겠다. 좋은 여행은 낯선 태도를 가진 여행자의 마음에서 시작하고,
좋은 사진은 무언가를 세심한 눈으로 바라볼 때 찍힌다. 좋은 리모델링은
오랫동안 한 장소의 단면들을 관찰하는 시간에서부터 출발할 것이다.

오래된 물건을 수집하는 취미가 있는 건축주는 후암동 골목에 위치한 9.3평 대지 위에 지어져 있는 12평의 주택을 아주 천천히 바라보기 시작했다. 건물에 들어서는 순간에 마주하는 대문의 손잡이와 현관의 발판; 이 두 가지의 물건이 눅이라는 이름을 가진 공간에서 건축가와 건축주가 무엇을 말하고 싶어 하는지 가장 뚜렷하고 명확하게 알려준다. 신발을 벗고 들어가면 곧바로 주방 겸 거실이다. 보통 이렇게나 작은 공간은 같은 높이 안에서 쓰임을 나누지 않는다. 그래서 협소 주택들은 대개 수직적으로 지어진다. 현관 위에 거실, 거실 위에 안방이 있는 식이다. 눅서울도 마찬가지의 구성을 갖는다.

디딤판을 딛고 본격적인 내부로 들어서자 식탁으로 사용되는 둥근 탁자가 보인다. 딱 탁자 하나가 들어가자 끝. 그만큼 좁다. 탁자 반대편으로는 아일랜드 주방이 있다. 뒤로 T자 나무 부재가 노출된 회벽을 배경으로 갖는다. 리모델링 계획의 초안에서는 주방이 벽에 붙어 있었지만, 철거 과정에서 T자를 그리는 나무 구조 부재들이 드러내자 조금 더 그 모양을 살리고 싶은 마음에 계획을 바꾸었다고 했다. 건물을 재구성하며 구조는 남겼지만, 창의 위치나 크기는 모두 바뀌었는데, 그 과정에서 남겨진 창틀은 주방의 장으로 쓰이게 되었다. 그래서 주방 장의 바닥 부분을 보면 창이 드나들기 위해 파놓은 홈이 그대로 남겨져 있다.

좁은 면적 안에서 계단은 확실히 부담이다. 설계자의 입장에서 그렇다. 그래서 좁은 면적을 가졌던 옛 주택들은 굉장히 가파른 계단을 가지고 있는데 눅서울에서도 그랬다. 다만, 안전상의 이유로 계단을 새로 만들었는데 기존의 계단이 가지고 있던 단수와 경사는 그대로 유지했다. 계단 옆에 있는 나무 기둥을 포함해 눅서울 안의 곳곳에는 80년의 세월 동안 증축과 개축을 거듭한 흔적이 많이 남아 있는데, 건축주는 이 흔적들을 모두 고스란히 남기기로 했다. 깨끗하고 매끈하게 바꾸지 않고, 그대로 둬도 괜찮다고, 공사 현장을 찾아 거듭 말했다.

철거 과정에서 벽에 붙어 있던 벽지를 뜯기 시작하자, 총 11장의 벽지가 붙어 있었다고 했다. 시간이 흐르며 더러워지고 낡은 벽지 위에 또 다른 벽지를, 그 위에 또 다른 벽지를 붙이기 반복했던 것. 붙어 있던 모든 것들을 떼어냈을 때 흙벽이 나왔다. 나무로 기둥을 세우고 나서, 그 사이에 흙벽을 세웠던 흔적이다. 대나무 살을 대고 짚과 흙을 채웠던 모습이 노출되자 그 일부분을 눈에 보이도록 남겼다. 집안에 걸려 있는 시간의 액자인 셈이다.

천장에 지나가는 전선도 숨기는 대신 원래의 그 자리를 고수하기로 했다. 콘크리트 건물이라면, 콘크리트를 타설 하기 전에 그 속에 전선을 매입하지만, 목조 건물은 나무 속을 파서 전선을 심을 수 없기 때문에 전선이 모두 노출될 수밖에 없다. 한옥과 같은 목조 주택에서 자주 쓰이는 전선 배선 방식이다.

주방 옆 가파른 계단을 통해 2층의 침실로 올라갈 수 있다. 2층의 중심에는 침대가 있다. 천장에는 노출된 목구조가 보인다. 실생활에서 만나기 힘든 구조이기 때문일까. 언제나 나무로 짜인 지붕을 보면 아름답다고 느낀다. 목구조의 천장도 원래 모두 가려져 있던 부분이다. 철거 작업을 하면서 지붕이 드러나자, 그대로 놓아두기로 했다. 긴 세월에도 불구하고 훌륭할 정도로 깨끗하게 남아 있다. 다만 세월의 흐름에 따라 약해진 부분은 철물로 보강했다.

2층에는 또 다른 시간의 액자가 존재한다. 이번에는 더 뚜렷하게 오래된 대나무 살들이 보인다. 어떤 방식으로 이러한 흙벽을 쌓아냈는지 잘 알지 못하지만 이런 흔적들을 보며 추측할 뿐이다.

침대가 놓인 주변은 건축가와 건축주가 아주 긴밀하게 협업한 부분이다.
건축가는 천장의 목구조가 따라 내려온 것과 같이 벽에 나무 살들을
덧대어 패턴을 만들었고, 산업디자인을 전공한 건축주는 그러한 패턴을
받아서 침대를 직접 제작했다. 그래서 천장이 그대로 벽을 타고 내려온
것과 같은 면을 이뤄냈다.

재미있는 점 한 가지. 이 집의 모든 창문은 안으로 열린다. 주택에서
흔히 볼 수 있는 슬라이딩 방식이 아니라 문이 열고 닫히는 방식과 같다.
케이스먼트, 또는 여닫이 창이라고 한다. 보통 여닫이 창은 바깥으로
열리게 하는 반면 눅서울에서는 모든 창이 안으로 열린다. 안으로 열리면
공간 활용에 불편함이 있을 텐데도 굳이 안으로 열리도록 한 이유는,
이렇게 하면 창을 스스로 닦을 수 있기 때문. 그래야 시간이 지나도
깨끗한 유리창 안에 서울의 풍경을 담을 수 있었던 것이다. 눅서울이
서울을 관망하는 후암동의 망루와도 같은 곳이라고 정의한다면, 바깥을
얼마나 깨끗하게 볼 수 있는지는 생각보다 중요하다.

다시 1층으로 내려오면 겉으론 보이지 않는 숨겨진 공간의 입구가 있다.
말하자면 앞서 말한 민아의 로망은 이런 것이다. 비밀 통로 말이다. 비밀
통로를 실제로 이용해 보기는 처음이다. 1층에서 계단 아래에 발을 딛고
서 있던 바닥을 조심스레 열면 또 다른 계단이 나타난다.

가파른 계단을 조심스레 내려가면 아주 작은 방이 하나 있다. 방이라고
부를 수도 없을 만큼 작다. 보일러실이었던 곳이다. 이곳은 아지트가
되어, 때로는 누군가가 잠을 자기도 하고 책을 읽기도 한다. 보기엔 별 볼
일 없어 보이는 조그마한 공간인데 일단 들어서고 나면 생각지도 못한
공간감에 마음을 빼앗긴다. 그래서 생각보다 많은 사람들이 좋아해 주는
곳이라고.

눅서울은 거듭해서 말한다. 그대로 놔두어도 괜찮다고. 오래된 많은

것들을 조심스레 만지고, 정리했다. 그것은 방치와는 조금 다른 태도일 것이다. 생긴 모양새를 인정하고, 받아들이는 자세로 다가간다. 있던 것을 존중하고 시간을 이해하려고 한다. 어쩌면 그것은 공간에만 적용되는 삶의 태도는 아닐 것이다. 나 외의 다른 사람과 맺는 모든 관계에서 필요한 태도는 아닐는지.

아늑한 사랑방으로 쓰고 싶었어요

친구 빔과 저녁을 먹다가 내가 문득 물었다. 평소에 빔은 언제나 자신만의 작은 바(bar)를 가지고 싶어 했는데, 어느 날 선물처럼 진짜 작지만 훌륭한 바가 생긴다면 그 이후엔 뭘 하고 싶냐고 물었다. 그랬더니 빔은 주변 사람들을 초대하고 싶다고 했다. 그러고 보니 나도 어느 날 멋들어진 서재가 생긴다면, 신이 나서 많은 사람들에게 자랑하고, 몇 번이고 파티를 열 테다. 그 이후엔 책 읽을 공간이 필요한 사람들을 데리고 올 것 같기도 하다. 좋은 것은 나눌 때에 더 좋아지니까.

건축주에게 이곳은 작업실이었다. 365일 살아내야 하는 집이 아니라, 홀로 작업을 하거나 주변 사람들을 초대할 수 있는 사랑방. 그런데 공사를 진행하다가 더 많은 사람들에게 공간을 열어두면 좋겠다는 결론에 이르렀고 작업실은 게스트하우스로 변했다. 그래서 누군가의 트리하우스는 조금 더 커지고, 공적인 성격을 갖게 되었다. 여행자가 자유롭게 사용하도록 건물을 통째로 내어준다.

오래 만난 친구와 오랜만에 만나 함께하면 좋을 곳이다. 시간이 뚝뚝 묻어나는 곳에서, 밤이 늦도록 추억을 되새기며 이야기꽃을 피운다면, 그것이 눅서울이 가지는 존재의 이유가 아닐까. 건축주도, 건축가도 그러길 원했듯이.

눅서울에서는 눈에 보이고 손에 잡히는 모든 요소들이 조심스레 만져졌다. 세심하게 바뀌었다. 마치 고고학자가 새로운 유물을 발견한 때처럼 오래된 많은 것들을 시간을 들여 차근차근 분류하고, 걸러내었다. 새로 공사되는 부분도 최대한 이 건물이 숨기고 있던 원래의 분위기를 유지하고 부각하는 방향으로 계획되었다.

오래된 건물을 다시 쓰기 위한 공사는 어렵다. 아무것도 예측할 수 없고,

철거하기 전엔 알 수 없다. 작은 부분 하나하나를 직접 보지 않으면 옳은 판단을 내릴 수 없다. 작은 면적에서 공사를 진행하는 것도 쉬운 일이 아니다. 그래서 평당 단가는 더 비싸진다. 좁으면 불편하고, 위험하기 때문이다. 그런데 녹서울은 80년 된 건물에, 9.3평의 아주 작은 협소 주택이다. 매우 어려운 문제다.

아주 어려운 문제를 만났을 때 선택지는 두 가지다. 시간과 노력을 들여 치열하게 풀어 내거나, 포기하고 다음 문제로 넘어가거나. 녹서울은 전자를 택한 경우다.

16

시장 골목
안
　　공 간 의 　내 피

오랑오랑

남산이 가까이 보이는 동네

내 동생 민아는 어렸을 때부터 특이했다. 친구 따라 강남 가는 성격이라 주위듣는 것이 많고 유행에 민감했다. 감정적이고, 어디로 튈지 모르는 럭비공 같았다. 내킬 때면 혼자 에버랜드에 가서 종일 놀이기구를 타고 온다거나, 클래식에 푹 빠지기도 하고 개인이 펴내는 독특한 취향의 소설들도 사 모았다. 출판사도 거치지 않고, 도서 번호도 없는 개인 제작 도서들이었다. 오히려 내가 듣는 god 노래나 베스트셀러 책들은 힐끗 보고선 코웃음 쳤다. 취향이 별로라고 생각한 모양이었다.

아마도 민아가 초등학교 때였을 것이다. 가족 여행을 유럽으로 열흘 정도 다녀오게 되었는데, 여행지에서 일기를 공책에 끄적거리던 나와는 달리 민아는 집으로 돌아왔을 때 포토북을 만들어 가족들에게 나누어주었다. 직접 사진을 찍고 글을 썼던 그 민아의 포토북을 읽으면서 가족들은 한참이나 즐거워했다. 어느 정도 포토북 제작 업체의 힘을 빌렸지만 개인 스스로 기획하고, 디자인하고, 배포했던 민아의 작은 포토북이 내가 만난 첫 독립 서적이었다.

유명하지도 않고, 누군지도 모를 한 개인의 이야기가 내밀하게 담긴 독립 서적에 대한 관심은 몇 년 전부터 지속해서 늘고 있다. 대형 서점에서는 쉽게 구할 수 없는 희소성과 이름이 알려지지 않은 누군가의 이야기가 더욱더 짙은 공감대를 형성했기 때문이리라. 독립 서적들을 판매하는 독립서점은 홍대에 하나둘씩 생기더니 홍대를 넘어 남산 아래 동네에까지 흘러들었다. 스토리지북앤필름, 별책부록, 고요서사와 같은 서점을 가기 위해 사람들은 교통도 불편한 이곳까지 애써 찾아온다. 어디서나 남산이 아주 가까이에서 보이는 곳, 해방촌이다.

해방촌을 찾는 외부 사람들이 많아지며, 몇십 년간 이어져오던 동네의 모습이 점점 바뀌었다. 골목길과 시장 곳곳에 새로운 가게들이 생겨났다.
카페, 레스토랑, 비스트로와 같은 곳이 우후죽순 나타났다. 덕성 모텔
앞에 테라스가 있는 카페가, 유진 마트 옆에 이탈리안 레스토랑이
오픈했다. 대명 설비 옆에는 빨래를 하면서 커피 한 잔 할 수 있는 장소도
생겼다. 옛 동네 틈에 고개를 들이밀고, 새로운 사람들을 상대했다.
언덕진 골목길에는 많은 가게들과 사람들과 시간들이 어지럽게 얽히고
설키기 시작했다.

다시 생겨나는 시장

어렸을 때, 내가 엄마 아빠와 주말에 장을 보러 가는 곳은 마트였지
시장은 아니었다. 골목길을 누비며 접이식 핸드카트를 끌고 다니지
않고 100원을 넣고 빌린 마트 카트에 몸을 싣고 킥보드 타듯이 올라타
돌아다녔다. 아주 가끔 엄마는 복잡한 시장 골목을 내 손을 꼭 잡고
돌아다니며 보여주었지만, 실질적으로 그곳에서 생활에 필요한 물건들을
사거나 하진 않았다. 그러니 나는 지금도 무언가 필요한 것이 있으면
시장을 찾지 않고 가까운 마트에 들러 장을 본다. 말하자면 나는 골목길과
시장의 세대는 아닌 것이다.
여행이 여행다울 수 있는 가장 큰 이유는 일상의 대척점에 있기 때문이다.
겪어보지 않은 낯섦이 지루하지 않도록, 질리지 않도록 우리의 감각을
예민하게 한다. 그러니 내 또래의 사람들에게 시장이란 그런 곳일 것이다.
어른들은 이런 오래된 건물과 골목이 뭐가 좋으냐고 이해하지 못해도,
젊은 세대에겐 낡은 시장이 잠깐 여행을 온 것처럼 낯설고 생소한 장소가
아닐 수 없다. 경험한 적이 없는 까닭이다.

서울에 남아 있는 많은 시장 중에서도 해방촌 안의 신흥시장은 그
규모나 형태가 남다르다. 다른 골목과 연결되어 있지 않아서 몇 개의
정해진 입구를 통해서만 들어갈 수 있다. 골목과 연결되지 않게 된
것은 건물이 다닥다닥 붙어 있기 때문인데, 이를 맞벽 건축이라고 한다.
우리나라에서는 흔히 사용되지 않는 건축 형태이고, 유럽에 가면 자주
만날 수 있다. 벽 하나를 사이에 두고 두 건물이 맞닿아 지어지니, 건물과
건물 사이에 골목이나 틈이 생기지 않는다.

샛길을 제외하면 정식으로 시장 이름이 크게 쓰인 입구는 두 곳. 겉으로
보아서는 이 안에서 어떤 일들이 벌어지고 있는지 전혀 감이 오지 않는다.
맞벽 건축으로 지어진 건물들이 시장을 감싸고 도니, 요새처럼 벽이
세워져 있는 것과 같다.

시장 골목 안에 들어서면 낯선 간판들이 나를 반긴다. 아니, 간판 자체가
아니라 그러한 이름을 가진 가게가 익숙하지 않은 것이다. 초등학교가
지날 무렵 이미 내가 사는 동네에서 빨간 불빛의 정육점들은 모두
문을 닫았고, 상회라는 이름으로 영업하는 가게는 아예 이용해 본 적이
없으니까. 더군다나 세탁소가 아니라 수선만 전문으로 하는 수선집은
영화 〈아이캔스피크〉에서 본 것이 전부였다.

아주 오래전부터 이곳에 터를 잡고 영업을 해왔을 신흥시장 사람들의
주위로 다른 생소한 가게들이 들어서기 시작했다. 디자이너의 옷 가게,

전시가 이루어지는 갤러리, 노가리에 맥주
한 잔 할 수 있는 펍과 비스트로, 루프탑을
가진 카페까지, 정육점과 상회와 수선집
사이에 자리 잡고 조명을 켰다. 누군가는
재생이라고 부를 것이고, 누군가는
젠트리피케이션을 부르는 징조처럼 여길

것이다.

여러 가게들이 종류와 연식에 상관없이 뒤엉켜 섞여 있으니 그 규칙을
도무지 찾을 수가 없다. 게다가 건물과 건물 사이에 골강판과 같은 얇은
철판으로 지붕을 만들어 덮어 놓았으니 낮인데도 조명을 켜놓아야 할
정도로 빛이 잘 들어오지 않는다. 비가 오면 비는 막아주겠지만, 햇빛마저
차단하니 문제다. 그러니 길은 더 찾기가 어려워진다. 필요에 따라 증축에
증축을 더하고, 외벽과 지붕에 마감을 또 더하고, 건물에 필요한 설비들은
오래된 건물 밖으로 나와 매달려 있어 이곳은 혼돈의 카오스다.

건물 밖으로 마구 엉켜 있는 전선처럼 공간도 정리되지 않은 퍼즐처럼
자글자글하게 구겨져 있다. 공간을 관리하는 주체가 없이 시간이 흐르면
어떤 공간이든 이런 식으로 낙후되기 마련이다. 혀를 찰 일이 아니라
어디든 다 그럴 수밖에 없으니 다시 이곳을 사용할 방도를 찾아내는 것이
현명한 일이다. 다행히 용산구에서 도시재생사업을 벌이고 있어 점점
나아질 테다.

누군가는 물건을 팔고 누군가는 또 그것을 구매하는 시장의 성격이
유지되고 있으니, 다행히도 신흥시장은 여전히 시장이다. 대신 물건은 좀
다르다 조명 아래에는 생선과 채소와 과일이 있는 것이 아니라 직접 만든
옷과 그림과 커피와 맥주가 있다.

시장 골목 안 공간의 내피

신흥시장의 중심, 시장 골목을 따라 걷다 보면 얇고 네모난 창살을 가진
가게가 하나 나온다. 창의 유리를 통해 노란 불빛이 새어 나온다. 그
안으로 오랑우탄 로고가 보인다면 바로 그곳이 카페 오랑오랑이다.

유리 너머로 언뜻 들여다본 풍경은 마치 엑스레이를 찍은 것과 같은 모습.
잠깐 보아도 건물을 지탱하고 있는 콘크리트 구조가 그대로 노출되어
있는 것이 보인다. 그뿐만이 아니라 원래 창문이 뚫려 있었던 공간인 듯,
후에 콘크리트 벽돌을 쌓아 벽을 막은 부분이 눈에 띈다. 흔적들이다.
성수동에도 공장을 개조하면서 내부의 마감재를 거침없이 뜯어내어 그
안에 숨어 있던 콘크리트 구조를 노출시킨 사례들이 많다. 어니언에서
이미 언급했던 것처럼 친구들과 나는 그런 인테리어의 유행을
'노출증'이라 이름 지었다. 이곳은 낙후된 시장 골목 안에 이러한
노출증에 걸린 공간이 있으니 노출증의 끝판왕이다.

5년, 10년 정도가 아니라 몇십 년된 공간을 지금 바꿔 쓰겠다고
마음먹었을 때, 노출은 가장 쉽게 인테리어를 해결할 수 있는 방법이다.
왜냐면 또다시, 그것이 우리에게 낯설기 때문이다. 우리가 본 적 없는
풍경을 제공해주기 때문에. 오랑오랑은 많은 것을 노출시켰고, 그것을
모두 따뜻한 색의 빛을 이용해 하나로 감쌌다.

노출을 이용한 인테리어에서는 마감재에 들이는 고민 대신 다른 독특한
요소들이 필요하다. 여러 아이디어가 있어야 공사장처럼 보이지 않는다.
오랑오랑의 1층은 따뜻한 빛의 조명을 얻기 위해서 형광등에 노란
반투명 종이를 감싸고, 어디에선가 쓰이던 철제 계단을 눕혀 적당한
높이를 가진 카페 바를 만들었다. 계단을 이런 식으로 눕혀 사용한 사례는
처음 본다. 아이디어였다.

2층으로 올라가는 계단의 단면을 잠시 관찰하고 지나가자. 보통 계단
모양이 아니다. 발을 디디는 곳은 평평하지만, 계단 챌판이라고 부르는
옆면은 수직으로 떨어지지 않고 살짝 안쪽으로 꺾여 있다. 가파르다는
의미다. 옛날 건물일수록 말도 안 되게 심한 경사를 가진 계단을 만나게
되는데, 오랑오랑의 계단은 1층부터 심상치 않다.

계단을 올라 2층으로 올라오면 조금 더 넓은 공간이 나온다. 학교에서
많이 쓰였던 의자들이 카페를 찾는 손님들의 좌석이 되고, 좌석들은 벽을
따라 이어진다. 규칙적으로 의자와 테이블을 배치했어도 되었을 텐데,
가운데에 여러 명이 잠깐 머물 수 있는 벤치를 붙여 놓았다.

해방촌답게 공간 곳곳에 책들이 진열되어 있다. 2층의 중심에 위치한
벤치들은 때로 책장이 되기도 하고, 의자가 되기도 한다. 공간 중앙에
자리 잡은 이 가구들의 뭉치가 자칫 산만했을 수 있었던 2층 좌석들의
중심을 잡아준다.

노출증의 끝판왕이라고 했으니, 어디까지 뜯어내었나 관찰해보자. 창문이
있다가 막힌 흔적, 가구와 같은 것을 매달아 두었던 자국인지 구조까지
뚫었어야 했던 못 자국, 예전 조명이 달려 있던 천장의 구멍, 계단 아래를
화장실로 썼음을 짐작할 수 있는 타일, 심지어는 전에 공간을 가로질러
지나가고 있었던 내벽의 선까지 천장에 흉터처럼 남아 있다.

2층에서 한 층 더 올라갈 수 있는데 올라가기 전에 다시 계단의 단면을 한
번 흘겨보고 결정해야 한다. 이 가파른 계단을 오를 것인지. 잊지 말아야
할 것은 오르는 것보다 내려오는 것이 더 무섭다는 점.

용기 내어 2층 계단의 난간을 잡고 조심스레 올라왔다면, 루프탑에
도달한다. 요새는 많은 음식점과 카페 등에서 루프탑이라고 부르며
유행을 선도하고 있지만, 사실 루프탑은 그저 옥상을 이르는 다른 말이다.
옥상에 오르자 건너편으로 누군가의 주택으로 쓰인 것처럼 보이는
옥상과 낡은 건물들이 보이고 그 뒤로 또다시 남산과 서울타워를 만난다.
해방촌의 건물들이 켜켜이 보인다. 아마 시간을 거슬러 온 것 같은
느낌인지 다들 사진을 찍는다.

많은 사람들이 아파트에 살기 시작하던 때부터 우리는 옥상을
동경해왔나 보다. 옥탑방에 대한 로망도 생기고, 루프탑이라고 하면

꼭 가봐야 할 장소로 손꼽히니까. 오랑오랑의 탁 트인 옥상으로
올라오기까지 어쩔 수 없이 지나와야 했던 구불구불한 골목길과 어두운
시장 골목과 가파른 계단 덕분에 그 효과는 더 극대화된다. 그저 어디에나
있는 옥상이 아니라 시원한 하늘과 바람을 만끽할 수 있는 낭만적인
공간으로 변모한다.

화장실로 쓰였을 법한 구석진 공간과 옛 굴뚝이 우두커니 서 있는 이
휑한 공간에서 사람들은 낡은 몇 가지 가구만으로도 훌륭히 옥상을
즐긴다. 커피를 마실 수 있는 의자와 탁자, 그리고 시원한 남산 뷰. 그것만
있으면 담소를 나누긴 충분하다.

공간의 취향

학생 때부터 나는 그렇게 칸막이가 싫었다. 책상 양 옆을 막은 칸막이는
마치 경주마 눈 옆에 달린 검은 안대 같은 인상을 주었다. 앞만 보고
공부하라는 의미처럼 느껴져서 날 왠지 모를 반항심에 가득 차게 했다.
게다가 너무 좁아서 여러 교과서와 문제집들을 펼쳐놓고 볼 수 없으니,
단점만 있고 장점은 없었다. 그래서 나는 평생을 통틀어 독서실은 친구
따라 딱 한 달 다녀봤다. 학교 교실의 책상이 아니라면 집으로 돌아와야만
교과서를 펴고 공부할 수 있었다.

그 이후 대학에 가서도 도서관 칸막이 열람실을 찾아 들어가는 일은
없었다. 내가 앉는 곳은 언제나 책장을 바로 옆에 둔, 창문 옆 6인용
책상이었다. 그런데 놀랍게도 대학교에서 칸막이를 사랑하는 친구 한
명을 만났다. 칸막이가 없으면 화방에서 스티로폼 보드라도 사들고
와서 양 옆에 벽을 쳤다. 그래야 집중이 잘된다고 했다. 나와 다르니

의아했지만, 그럴 수 있다고 생각했다. 사람은 원래 모두 다 다르니까, 그런 점까지 다르구나 느꼈다. 그것은 공간의 취향이었다.

좋아하는 영화의 취향이 다른 것처럼 공간의 취향도 사람마다 다르다. 나와 함께 오랑오랑을 방문했던 친구도 그랬다. 친구는 본래 호불호가 크게 없는 성격임에도 불구하고 이곳이 싫다고 했다. 오랑오랑도, 신흥시장도, 해방촌이라는 이름을 가진 동네 자체도 이렇게 놔두지 말고 다시 새로 지어야 하지 않느냐고 물었다. 자꾸 얼른 가자고 내 옷깃을 잡아끌었다. 왜 이리 심한 거부감이 들었는지 그 이후 곰곰이 생각해보더니, 그는 이유를 대강 찾아내어 나에게 말해주었다. 답답하고, 어둡고, 낡은 것이 본인의 취향이 아니라고 했다.

그렇다면 오랑오랑은 왜 나의 머릿속에 남았나. 어떠한 취향 탓에 나는 그래도 서울에서 한 번쯤 사람들이 방문해보았음 하는 공간으로 이곳을 꼽았는가. 내가 혹 했던 것은 가능성이었다. 변화의 가능성. 도시재생의 가능성이라고도 부를 수 있겠다.

물론 이 동네는 오래되었다. 오래되었으니, 그만큼의 시간을 거친 흔적이 남아 있다. 그나마 해방촌의 길은 도로라도 정비하니 사정은 조금 더 나은 편이다. 신흥시장과 같이 도로를 마주하지 않는 공간은 각종 이유들로 고치기가 쉽지 않다. 모두 각자 다른 사람들이 소유하고 있는 것이 가장 큰 이유다. 나라에서 공짜로 바꿔주지 않는 이상 모두의 마음을 모으기가 어렵다. 그래서 바닥은 옛날 그대로 거친 콘크리트 마감이고, 골목 위를 덮은 지붕 때문에 햇빛은 들어오지 않아 어둡고, 화장실도 마땅찮고 계단은 위험하도록 가파르다.

그래도 외부 사람들이 찾아올 만한 새로운 장소들이 정체되어 있던 옛 골목 사이로 들어오니 시장과 동네는 모두 달라지고 있다. 머물러 있지 않고, 다른 모습으로 조금씩 움직인다. 외부인들만 찾고 오히려

이곳에 살던 사람들은 불편해 하지 않을까 하는 우려도 있을 테지만,
오랑오랑에 커피를 마시러 찾아온 사람들을 보고 그런 우려를 접었다.
미용실에서 파마를 하고 머리에 보자기를 말고 온 아주머니들이었다.
해방촌 사람들도 찾아오는구나. 새로운 가게들이 들어서고 있다는
것은 그저 시작일 뿐이다. 잠깐 상상해보자면 이렇다. 시장 안 골목들이
깨끗하게 정리되고, 어둡게 빛을 막고 있던 지붕을 다른 재료로 바꾸고,
곳곳에 위치한 평상들을 이용해 사람들이 잠시 앉아 머물 수 있는 중정을
계획한다면? 나는 다시금 올 것이다. 그렇다면 그때엔 오랑오랑은 옛
시장의 기억을 잘 간직한 카페로 손꼽힐지도 모를 일이다.
다시 돌아와서, 동생 민아는 어렸을 때처럼 아직도 자신의 취향이
확고하다. 맛이 쓰다는 이유로 대국민 기호식품인 커피는 입에도
대지 않고, 좋아하는 음식점을 소개해준다고 하여 따라가면 온통
아저씨들이다. 유행하는 연애 드라마도, 소설도, 영화도 보지 않는다.
등장인물 사이에 흐르는 미묘한 감정선을 굳이 고민하기 싫다는 이유다.
좋아하는 것을 좋다고 말하고, 싫어하는 것을 하지 않는다.
오랑오랑도 마찬가지. 오랑오랑은 불편하고, 위험하다. 가파른 계단 탓에
"무서워."라는 말이 주변에서 곧잘 들려온다. 카페에서 듣기엔 낯선
말이다. 그럼에도 불구하고 이곳에 많은 사람들이 찾아온다. 우리가
이제껏 겪지 못한 낯섦, 시간이 혼재되어 있는 공간에 대한 이끌림,
그리고 변화로 인해 슬쩍 보이는 공간의 가능성이 누군가의 취향이기
때문은 아닐는지.

17

문 화 를   담 는
              그릇

문화 비축기지

천하제일 무술대회

이 책을 읽는 사람 중에 만화 드래곤볼을 본 이가 몇이나 될지
모르겠지만, 드래곤볼에는 '천하제일 무술대회'라는 거창한 이름의
대회가 아주 중요하게 등장한다. 전 세계 각지에서 무술을 연마하던
무술인들이 모여 무술 실력을 겨루는 대회로, 다양한 특색을 가진
인물들이 등장하여 주인공인 손오공과 겨룬다. 결국엔 손오공이
어찌어찌 우승하게 되지만, 어떤 인물들이 나오는지 지켜보는 것도
만화를 보는 큰 재미다.

대한민국의 건축계에도 천하제일 무술대회가 있다. 건축하는 사람들이 무술대회라니 의아하겠지만, 정말 만화에서만 나오는 것과 같은 대결의 순간이 우리에게도 찾아온다. 같은 땅에서 같은 주제를 가지고 서로 디자인을 겨루는 거다. 조선시대에 관직을 얻기 위해 치르던 과거에 비유할 수도 있을 테다. 건축하는 사람들은 그것을 현상설계라고 부른다. 조금 더 자세히 설명하면 이렇다. 한국에서는 일정 규모 이상의 공공건물에 대해서는 무조건 현상설계라는 단계를 거쳐서 설계 회사를 선정하게 되어 있다. 나라에서 어느 땅을 어떤 용도로 사용할지 정해서 공모하면, 수많은 설계사무소들이 그것을 보고 지원한다. 그 땅에 어떤 건물이 들어서야 하는지, 각자의 관점과 방향이 다르기 때문에 "이 땅에는 이렇게 지어야 합니다!"라고 서로 도면과 CG, 그래픽 작업들을 정리하여 디자인을 제출한다. 치열한 작업을 통해 응모된 작품들을 보고 심사위원들은 1등을 선정한다. 1등으로 뽑힌 설계사무소는 그 땅의 설계권을 가져간다. 마치 대학생 공모전과 같은 시스템이다. 이러한 설계안 선정 방법에 대하여 부정적 의견도 많고, 부작용에 대한 대책도 모색하고 있지만 현재까지는 그런 과정을 통해서 공공건물이 설계되고 있다.

그리고 몇 년 전, 정확히는 2014년도의 일이다. 현상설계는 끊임없이 크고 작게 이뤄지고 있었지만, 서울에서 정말 천하제일 무술대회 같은 판이 벌어졌다. 마포 석유 비축기지 설계안 공모였다.

마포구 어딘가, 석유를 담아 저장하던 5개의 탱크. 심지어 1급 보안 시설로 대중에게 한 번도 공개된 적이 없이 통제되고 있었던 장소를 문화시설로 탈바꿈하겠다는 서울시의 공모 제안은, 그 규모나 내용 면에서 모두 건축가들을 꽤나 들뜨게 했다. 서울시에 이만한 규모의 문화시설을 설계할 수 있는 기회는 이게 마지막이 아니었을까. 그래서

정말 거짓말 조금 보태서 내가 아는 설계사무소는
모두 참여했다.

당시 나는 대형 설계사무소 현상팀의 인턴으로
있었는데, 회사에서는 마포 석유 비축기지 공모에
참여하지 않았지만 발표가 나는 날, 1등을 도대체
누가 차지했을까 궁금해 하며 모니터 앞으로 팀원들
모두 옹기종기 모였다. 옆 사진은 당시 1등으로
선정된 패널● 이미지다.

> ● 패널은 현상설계 시 제출하는
> 도면과 CG와 그래픽 요소들을
> 모두 정리해 A0 또는 A1 사이즈
> 종이에 압축한 결과물을 말한다.

모두의 예상을 비켜갔다. 적어도 건축하는 사람들의
예상과는 다른 이미지였다. 화려한 색감과 그래픽은
없고, 흑백으로 정리되어 차분하고 경건하기까지
했다. 조용하게 탱크의 쓰임에 대해 설명해 내려간
제안의 제목은 '땅으로부터 읽어 낸 시간'이었다.
딱 하나. 강력한 이미지 한 방으로 다른 모든 경쟁자를 제쳤다. 말하자면
필살기. 모두가 심혈을 기울였던 탱크 내부의 모습을 바라 본 투시도는
온데간데없고 땅을 헤치고 이제 막 탱크 안으로 들어가려고 하는 흑백의
콜라주 이미지만 제출했다. 감각적이었다. 용감했고, 다른 제안들과 달라
자극적이었다. 그것으로 충분했던 모양이다. 그렇게 '땅으로부터 읽어 낸
시간'이 우승을 차지했다.

이후 몇 년이 지나 2018년 드디어 문을 열었다. 석유를 저장하던 거대한

다섯 개의 탱크에 석유 대신 사람을 담기 위한 건축적 제안들이 있다.
문화로 채워진 탱크 사이를 산책할 수 있는 이곳의 새로운 이름은 문화
비축기지다.

다시 채워 담자

어렸을 때, 다른 아이들과 마찬가지로 나도 만들기를 무척이나 좋아했다.
직접 색종이를 접어서 개구리를 만들고, 포도를 만들고, 비행기도
접어 날리는 일련의 과정들을 따라 하기 위해 종이접기 책을 넘겨가며
열심히도 접었다. 그중에서도 색종이뿐 아니라 다른 재료를 사용하여
무언가를 만들어 내는 것은 특히 재밌었다. 이를 테면 다 쓰고 남은
휴지심이라든지, 집에서 뭔가를 담아뒀던 큰 박스라든지, 다 먹은 페트병
같은 것들을 자르고 붙여서 뭔가를 만드는 것.
TV에서 방영하던 만들기 프로그램도 즐겨봤다. 요새로 말하면 먹방
같은 느낌일 것이다. 그중에 기억에 남는 편이 하나 있다. 다 먹은 투명한
케첩통을 깨끗하게 씻은 뒤, 물고기를 만드는 내용이었다. 물고기처럼
보일 수 있도록 눈을 그리고, 비늘 모양을 매직으로 그렸다. 지느러미도
색종이로 잘라 붙여주었다. 그 뒤에 나는 당연히도 다른 색의 매직으로
케첩통의 겉면을 빽빽하게 색칠해야 하지 않을까 생각했는데 아니었다.
TV 속 선생님은 투명한 케첩통에 물감을 푼 물을 담았다. 색깔이 있는
물을 담았더니, 매직으로 색칠한 것보다 훨씬 쉽고 깔끔하고 예뻤다. 색을
넣고 싶으면 뭔가를 붙이거나 칠해야 한다고만 생각했는데, 담는 방법도
있었던 것.
그러니까 서울에는 다섯 개의 다 쓰고 남은 케첩통이 있었던 셈이다.

역사적 이야기가 있으니 버릴 수는 없고 그대로 놓아두기엔 너무 아까운
면적의 땅이니 다른 것을 채워 담아보고자 사업이 시작됐다.
먼저 왜 이 탱크들이 이곳에 남겨지게 되었나 아는 것이 이 공간을
이해하는 첫 단추다.

1970년대, 석유 파동이 일어나자 석유 비축기지를 만들어 서울 시민이
한 달 동안 사용할 수 있는 양의 석유를 비축하기 시작했다. 2000년도에
비축되어 있던 석유를 모두 옮기고 마포 석유 비축기지를 폐쇄하기까지,
22년 정도의 시간 동안 이곳은 서울 시민들이 비상시에 사용할 수 있는
석유와 그것을 지켜내던 사람들이 있었다. 왜 이 시설을 폐쇄하기로
했냐면, 2002년에 열렸던 한일 월드컵 때문이다. 월드컵을 개최하기로
결정된 후, 월드컵 경기장의 부지로 선정된 곳이 바로 길 하나를 사이에
둔 지금의 상암 월드컵 경기장. 수많은 사람들이 모일 터였다. 너무
가까워 위험했다. 그렇게 안전 상의 이유로 석유는 다른 곳으로 옮겨지고,
장소는 남겨졌다.

올해 석유 비축기지가 문화 비축기지가 되어 일반 시민들에게 공개되기
전까지, 무려 41년 동안 일반인들의 접근이 차단됐다. 일반인들의 발길이
끊어졌다는 것은 그만큼 딱 하나의 목적으로만 사용되었다는 뜻. 심지어
비밀리에 존재해 왔으니, 주변엔 아무것도 없다. 주변 환경이라곤 탱크를
감싸고 있는 언덕뿐이다. 건축가에게 이러한 프로젝트가 다가왔을
때엔, 딱 한 가지에 집중해야 한다. 몇 십 년 간 존재했던 그 땅의 기억을
읽어내는 것. 고고학자들이 유물을 발견하듯이 조심스럽게. 제대로
읽어낼 수 있으면, 반절 이상은 성공이다. 나머지는 땅의 기억에서 중요한
것들을 골라 선택적으로 지켜나가는 것이 건축가의 의무다. 뭘 보여줄
것인가. 여기서 뭘 해야 할까. 그러한 고민들이 문화 비축기지에선 꽤
선명하게 보인다.

남겨진 무엇과 새로 생긴 무엇

문화 비축기지에는 굴러온 돌이 있고, 박혀서 움직이지 않은 돌도 있다.
탱크는 총 6개. 눈에 보이지 않은 무형의 탱크까지 합치면 모두 7개다.

T0

문화 비축기지로 들어서면 큰 광장이 먼저 나타난다. 눈에 보이지 않지만,
0번째 탱크다. 야외에서 다양한 행사가 이뤄질 수 있도록 비워두었다.
의아함을 감출 수 없었다. 내가 예상하고 있던 첫인상과는 전혀 달랐다.

탱크가 어떻게 생겼는지, 몇 개 있는지 알고
있었는데 광장에서는 쉽사리 어디에 어떤 탱크가
있는지 확인하기 어려웠다. 탱크는 콕콕 땅 속에
박혀 숨어 있었다. 탱크에 도달하기 위해서는
산책로를 따라 직접 탱크의 코앞까지 올라가는
수밖에 없어 보였다.

T1, 재료를 바꾸거나

산책로를 따라 걷다 보면 깊이 쑥 들어가 있는 입구를 가진 T1에
도착한다. 전시와 워크숍 등으로 쓰일 수 있는 다목적 공간.
탱크가 있던 자리까지 도달하기 위해 긴 복도를 지난다. 길게 이어지는
입구는 저 멀리 밝은 어딘가로 향하는 느낌을 주어 걷는 동안 기대를
증폭시킨다. 긴 복도는 또 하나의 전시장이다. 검은 철판으로 마감된

벽과 사선으로 내려오는 콘크리트 벽에 걸린 활자들, 사진들을 구경하며
걸으면 어느새 빛이 환히 들어오는 유리 탱크에 들어선다.

철로 단단히 용접되어 있던 T1의 옛 탱크를 들어내고, 그곳에 전혀 다른
재료인 유리로 다시 탱크를 재현했다. 크기를 가늠할 수 있도록, 빛이
가득 들어오도록. 탱크가 투명해지니, 탱크를 둘러싸고 있던 매봉산의
암벽이 그대로 노출된다.

휘발유를 보관하던 구석의 가장 작은 탱크는 그렇게 빛을 가득 머금고
영역을 확장한다. 조금 더 멀리까지 시야가 닿는다. 작아서 가장 어둡고,
답답했던 탱크가 반전을 꾀했다.

T2, 들어내거나

탱크를 둘러싸고 보호하고 있던 두꺼운 콘크리트 옹벽은 T2에 마치
유적처럼 남아 있다. T1처럼 이곳도 원래의 철판으로 높게 지어져 있던
탱크를 해체했다. 그래서 내부의 모습을 쉽사리 짐작할 수 없다.

콘크리트 옹벽 사이, 뚫린 길로 들어서면 이곳은 원형의 극장이다.
바깥에서 보였던 높다란 콘크리트 옹벽은 무대의 뒷배경이 된다. 탱크가
있었더라면 탱크의 내부가 되었을 넓이의 땅은 모두 객석이 되었다.

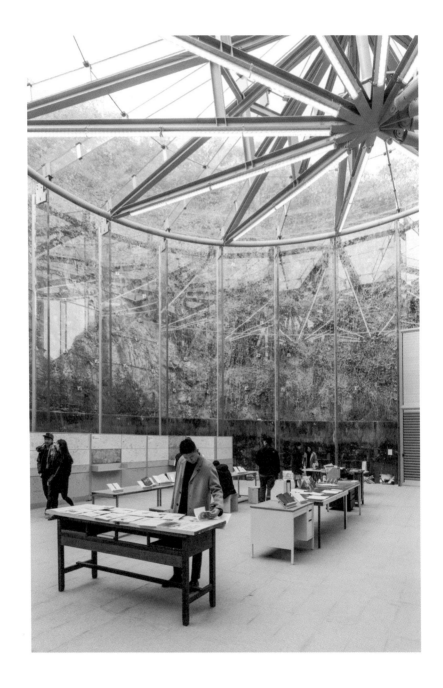

콘크리트 좌석들이 높이가 다르게 오와 열을 맞춰 제작되어 박혀 있다.
자칫 심심하고 허전했을 곳에 콘크리트 의자가 박히니 객석은 조금 더
정리되고 보기 좋다. 돌다리 같아서, 사이사이를 지나다니거나 넘어
다니는 재미가 있다.
뒤로는 다시금 잘린 매봉산의 암벽이 탱크의 흔적들과 함께 극장을
둘러싸고 있다. 탱크가 지하에 묻혀 있었기 때문에 그런 형태로 남았을
텐데, 오히려 일부러 극장을 위해 다시 땅을 만진 것처럼 자연스럽다.
산자락이 극장을 폭 안고 있는 형상이 되었다.

T3, 놔두거나

여행을 다니다가 마음에 드는 엽서를 사 모으는 것을 좋아한다. 내가 미처
담지 못했던 여행지의 독특한 풍경이 있다면, 꼭 엽서를 사서 집으로 들고
온다. 때로는 한 장을 여분으로 더 산다. 한 장은 다른 사람에게 보내고,
한 장은 내가 보관하고 간직하기 위해서. T3은 다섯 개의 탱크 중 여분의
엽서 같은 공간.
다른 탱크처럼 입구를 내기 위해 땅을 파내지 않았다. 땅에 묻혀 있는
탱크의 모습을 옛 모습 그대로 보기 위해서 T3 만큼은 언덕을 올라야

한다. 언덕을 오르면 보이지 않던 세 번째 탱크의 모습이 조금씩 보이기 시작한다. 상암 월드컵 경기장의 모습도 지척으로 보인다. 걷다 지치면 잔디밭에 털썩 앉아 잠시 쉬기에도 좋다. 이렇게나 가까운데, 여기에 이런 시설이 있는지도 몰랐다니.

언덕을 다 올라 본래의 콘크리트 옹벽 사이 문으로 들어서면, 깊게 잠겨 있는 탱크의 원래 모습을 그대로 확인할 수 있다. 직접 들어가지는 못하지만, 낡고 오래된 탱크와 옹벽이 보여주는 시간의 흔적들이 곳곳에 묻어 있다.

T3에서는 원래 탱크의 구조를 가장 잘 관찰할 수 있다. 탱크를 이렇게 지하에 깊게 묻기 위해선, 일단 땅을 다 파야 했을 것이다. 땅을 파내고, 탱크에 석유가 가득 차도 그 무게로 땅이 내려앉거나 하지 않도록 콘크리트로 튼튼한 기초를 닦는다. 기초 위에 탱크를 올려놓고, 다시 주변으로 콘크리트 옹벽을 쌓는다. 콘크리트 옹벽은 오로지 탱크를 보호하기 위해 존재한다. 주변의 매봉산이 혹여라도 탱크로 밀려들지 못하도록. 철판으로 만들어진 탱크는 석유를 담기엔 충분하나 외부에서 가해지는 충격까지 버텨낼 수는 없을 것이기 때문이다. 옹벽까지 세우고

나서 다시 흙으로 매봉산을 덮는다. 파내었던 부분을 다시 메꾼다. 그렇게
탱크는 지하에 묻힐 수 있었다.

T4, 다른 것을 담아내거나

다시 길게 이어지는 입구로 들어선다. 입구를 걸으면 다시 콘크리트 구조
사이로 입구에 도착한다. 처음으로, 탱크의 모습을 곧이곧대로 보여준다.
T4에선 15m의 높이를 가진 거대한 탱크를 그대로 살렸다. 문화를 담으려
했던 문화 비축기지의 의도에 가장 알맞다. 전시든 퍼포먼스든, 어떤
활동이 이뤄지든 이 안에서 모두 담아낸다. 높은 층고와 지붕을 받치는
얇은 기둥들은 공간을 최대한 열어준다. 굳이 많은 것을 바꿔내려 애쓰지
않아도, 이것만으로도 우리에게는 새로운 공간이다.
T4에서는 산책로가 탱크를 두르고 있다. 잊지 말고 꼭 한 바퀴 걷자. 땅과
탱크 사이를 걷다 보면 예상치 못한 선물 하나를 만나게 된다. 옹벽에
뿌리내린 오동나무다.
식물과 시간이 만들어 내는 기적은 이러한 모습이 아닐까. 콘크리트가
갈라진 얇은 틈 사이로 이렇게 큰 나무가 자라났다. 일부러 넣으려고
해도 넣지 못할 테다. 그러니 여기서 자라났다고밖에 볼 수 없다. 사람이
드나들지 않은 10여 년의 세월 동안 이렇게 힘든 곳에 와서 뿌리를
내리고 가지를 뻗었다. 반복되는 계절을 버텨내고, 이렇게나 커져서 자칫
삭막할 수 있는 탱크와 콘크리트 사이 길을 풍요롭게 만든다.

T5, 둘러싸거나

새로운 건물은 탱크를 둘러싸면서 생겨났다. 입구만 길게 뽑아내던 T1,
T4의 방식과는 다르게 탱크에 새로운 공간을 둘렀다. 마치 콘크리트
옹벽이 그랬던 것처럼 탱크를 둘러싼 새로운 콘크리트 건물은 긴 동선을

가진 전시관이다. 탱크는 그 가운데에 자리하여 건물로 흡수된다.
전시와 전시 사이, 어쩔 수 없이 마주하는 공간들이 있다. 의도된 공간의
틈에서 탱크의 민낯을 마주한다. 아주 거친 콘크리트의 면들을 지나고,
콘크리트 구조 뒤에 숨어 있던 매봉산의 일부를 바라본다. 세월에
따라 거칠어진 탱크의 면들도 손대어 만질 수 있다. 건축가의 의도다.
가까이서, 더 다가와서 이것을 한 번 보라고 이곳을 지나게 한다.
콘크리트 옹벽과 쪼개어진 암반 절개지까지 손에 만져진다. 건물을
세우기 위해 거칠게 뜯어낸 콘크리트 옹벽의 단면도, 세월의 흐름으로
색이 바래고 낡은 탱크까지도 아주 가까이서 바라보게 된다.
다섯 번째 탱크는 문화 비축기지의 역사를 보여주는 전시관으로 상설
전시가 이뤄지는 장소다. 그러니 처음부터 어떤 전시가 들어설 것인지
알고 있었을 테다. 그런 것을 감안하면, 전시의 마감 퀄리티는 조금

아쉽다. 건축과 인테리어가 긴밀하게 협업하지 못하면 벌어지는 문제가 곳곳에서 보이고, 들렸다. 영상 전시가 많았는데, 태블릿이 걸리는 부분마다 전선이 벽을 타고 올라간다. 미리 계획했다면 전선도, 바닥의 멀티탭도 보이지 않게 숨길 수 있었을 텐데. 그리고 영상에서 나오는 소리는 공간 전체에 울려서, 큰 영상에서 나오는 목소리가 다른 영상의 소리를 들을 때 방해가 된다. 전시 계획이 조금 더 세밀해야 했다.

다시 한 번 다른 문을 통해 탱크의 안으로 진입한다. 영상 전시가 이뤄지는 곳. 탱크의 중심에서 영상이 360도로 쏘아진다. 바닥에 있는 흰 돌덩이에 앉아 영상을 감상한다. 사람들은 이곳에 앉기도 하고, 올라가기도 한다. 영상과 함께 소리도 탱크를 가득 채운다.

T6, 새로 짓거나

드디어 새로 굴러들어 온 돌. 여섯 번째이자 마지막 탱크의 이야기.
콕콕 숨어 있는 기존 다섯 개의 탱크 대신, 새로 지어진 여섯 번째 탱크는
사람들의 시야에 적극적으로 나선다. 땅 속에 숨지 않고, 우뚝 솟아
위용을 뽐낸다. 앞으로 한 발자국 성큼 나온 여섯 번째 탱크는 어디서나
눈에 띈다. 랜드마크다. 다른 탱크에서도 바깥으로 나오면 자연스레 눈이
간다.
T1과 T2를 해체하며 얻어진 탱크의 철판을 재활용하여 새로운 건물

T6의 외벽 마감재로 사용했다. 용접이 되어 있던 부분에 맞게 잘라,
옮기고 다시 붙였다. 설명을 듣지 않아도 건물 외부에 힌트가 있다.
단단하게 용접되어 있던 기존 탱크에서는 볼 수 없었던 나사들을 T6에서
발견할 수 있다. 다시 붙였다는 이야기다. 여러 조각을 붙였기 때문에
기존 탱크에 그려져 있던 국방 무늬는 잘라져 서로 이어지지 않는다.
콜라주 혹은 모자이크를 연상시킨다.

T6에서도 전시는 이어진다. 둥근 램프를 따라 올라간다. 새로 지어진
건물인데, 기존 탱크와 이질적이지 않게 느껴진다. 설명이 없었다면, 이것
또한 원래 있던 탱크라고 당연히 어림짐작하였을는지도 모른다.

여기에는 기대하지 않은 공간이 숨어
있다. 건물은 누구나 어디서든 볼 수 있게
전면으로 나왔으면서, 발칙하게도 이런
공간을 숨기고 있다. 다른 탱크가 땅 속에
꼭꼭 숨어 있는 대신에 혼자 품고 있는 빈
공간이 여섯 번째 탱크에 있다. 하늘을 담을
수 있는 탱크다.

이렇게 높은 벽으로 둘러싸고 하늘을 담는
공간은 이곳이 첫 번째는 아니다. 뮤지엄
산에서도 안도는 각종 도형의 모양으로
하늘을 담았고, 선농단 역사 문화관에서도
시간이 멈춘 듯 느껴지는 시간의 방을 천장
없이 계획하여 만들었다. 의도는 다르더라도,
비슷한 어휘는 몇 가지 금방 찾아낼 수 있다.
건축가들이 그러한 어휘를 사용했을 때,
방점은 '비움'에 찍힌다. 공간은 비워져

있어야 한다. 그래서 하늘만, 공간만 그대로 떠 있어서, 전시를 보다가 관람객들이 한숨 돌릴 수 있게 하는 것이 건축가의 의도일 테다.

그런데 공간이 아까웠는지 여기에도 입간판을 세워 각종 텍스트들을 나열해놓았다. 많이 아쉬웠다. 빈 공간을 참을 수 없었던 모양이다. T5에 이어서 T6으로 이어지는 서울시의 텍스트들이 너무 많아 텍스트에 깔리는 기분마저 들었다. 어떻게 하면 지속적으로 비울 수 있을까. 공간 가득 대나무라도 심어놓았으면 비워질 수 있었을까.

계단을 내려가면 카페. T0부터 T6까지 돌아보고 나서 도착하는 마지막 공간이다. 미리 아는 사람은 먼저 이곳부터 찾을 수도 있고, 전시를 보다가 지치면 순서를 바꿔 T6에 먼저 올 수도 있겠지만 건축가의 의도 상 이곳이 마지막 공간이다.

강을 건너고야 마는 과정에 대하여

대학교에서 다른 학과는 다녀보지 않아서 모르지만, 몇몇 학과는 팀으로 진행하는 과제가 그리 많지 않은 것으로 알고 있다. 그래서 오히려 팀플(팀플레이의 준말. 조별 과제를 뜻한다.)에 대한 막연한 환상까지 갖고 있다고 들었다. 다양한 사람들과 함께 고난과 역경을 헤쳐나가면서, 팀 과제를 성공적으로 끝마치고 다 같이 회식을 하러 가서 인간관계를 더욱더 돈독히 하는 그런 교양이나 강의를 바랐던 적이 나도 물론 있었다. 그러나 현실적으로 팀플이 힘든 이유는 셀 수도 없다. 서로 시간 맞추기도 힘들고, 의사 결정 과정도 아주 피곤하다. 누가 뭘 맡아서 해야 하는지, 저 친구가 지금 과제를 제대로 하고 있는지, 내가 지금 하고 있는 작업이 꼭 필요한 일인지, 결과물을 위해서 누가 더 많이 시간과 노력을 투자하는지.

생각할 거리는 이렇게나 많은데, 또 감정이 상하기는 얼마나 쉬운지. 혼자인 편이 훨씬 쉽고, 빠르고, 간편하다.

팀플의 수많은 단점에도 불구하고 팀플이 가지고 있는 유일하고, 강력한 장점은 단 한 가지. 각자의 노력이 합쳐져서 큰 결과물을 만들어낼 수 있다는 것. 간단한 리포트라면 혼자가 더 좋겠지만, 규모가 커지고 범위가 넓어지기 시작하면 그건 도저히 혼자서는 해낼 수 없다. 건축이 그렇다. 건물을 혼자 지을 수는 없다. 한 건물이 지어지기까지 정말 몇십, 몇 백 명의 사람들의 노력이 합쳐진다. 그래야 건물이 온전히, 제대로 설 수 있다.

옛말에 사공이 많으면 배가 산으로 간다 했다. 그런데 어떤 종류의 배는 사공이 혼자 저을 수 없을 만큼 크다. 사공이 여러 명이어야 한다면, 역할 분담이 중요하다. 각자 맡는 역할의 종류가 구분되고, 구별될 것이다. 잊지 말아야 할 것은 상대방의 역할을 존중하는 것과 나의 역할을 지켜내는 일. 정확하게 구분되어 자신의 분야에 충실하다면, 그것으로 이미 성공적인 프로젝트다.

말은 쉬운데, 역시 건축가로서 공공건물을 설계하고 자신의 디자인을 지켜내는 일은 쉽지 않다. 관여하는 단체가 많아지고 사람들의 수가 늘어나면, 서로 원하는 바가 다르기 마련이다. 그것을 어떻게 중재하고 건축적인 의미를 얼마나 지켜낼 것인가는 오로지 건축가의 몫이다. 현상설계 당선 이후 다양한 이유로 아예 건물의 형태 자체가 바뀌는 경우가 부지기수다. 프로젝트 자체가 엎어지는 경우도 많다. 다른 사례에 비하면 문화 비축기지는 초반의 현상설계에서 제안했던 개념을 최대한 유지했다. 기존에 존재했던 다섯 개의 탱크를 재료를 바꾸거나, 들어내거나, 놔두거나, 새로운 것을 담거나, 새로운 공간을 둘러냈다. 다른 탱크에서 제거한 재료를 사용해서 새로운 탱크도 지어냈다.

건축가가 어떤 재료를 어떻게 활용했는지 살펴보는 것이 이곳의 건축을
읽는 방법일 테다.

서울의 또 하나의 중요한 문화 시설로 그 역할을 다할 수 있을지,
지켜보고 싶은 장소다. 앞으로 어떤 것들을 담아낼지, 기대가 된다.

18

공 유 의
　　가치

호텔 카푸치노

서울 여행

동생 민아가 도쿄에 살기 시작하고, 나는 방학이 되면 비행기를 타고
바다를 건넜다. 몇 주씩 도쿄에 눌러앉았다. 부지런히 일어나서 갤러리든
카페든 공원으로든 길을 나섰다. 민아와 함께할 때도 있었지만, 민아가
학원에 가 있는 동안에는 혼자 많이 걸었다. 좋았던 곳은 또 가도 좋았다.
여행 책에 있는 굵직굵직한 관광지가 아니더라도 잘 찾아보면 작지만
매력 있는 가게들이 많아서 질리지 않았다. 누구는 어떻게 한 도시에서 몇
주씩이나 있냐고 하지만, 나는 언제든 다시 도쿄로 가서 알차게 여행할
자신이 있다.

한 도시에서 머무르는 것이 지겹지 않냐는 질문을 받았을 때, 머릿속에는
물음표가 떠올랐다. 도대체 여행이 뭐길래 꼭 그렇게 나라와 나라를,
도시와 도시 사이를 열심히도 오가야 하는지. 머물면서 여행할 수는
없는 것인지? 몇몇의 도시에 오래 머문 결과, 내가 가진 여행의 본질은
두 가지다. 두 가지만 충족되면 그때부턴 내가 내딛는 한 걸음 한 걸음이
여행이다.

놀고 먹는 것.

낯선 눈으로 바라보는 것.

그럼 내가 사는 도시 서울은? 조금 더 능숙하게 지하철과 버스를 탈
수 있다 뿐이지, 내가 서울에 관해서 모든 것을 알고 있는 것은 아니다.
다른 지역의 사람들이 서울로 여행을 오는 것처럼, 내가 보는 시점만
달리하면 나의 도시 서울도 여행이 가능하다. 그래서 난 때로 서울로
여행을 떠난다. 멀지 않으니, 이동 시간이 짧고 교통비도 많이 들지
않는다. 그 시간과 돈으로 더 편안하게, 맛있는 음식을 먹을 수 있다.
집을 떠나 새로운 곳으로 여행을 떠난 기분을 만끽하면서. 나 외에도
많은 사람들이 그렇게 도시 안에서 여행을 즐기기 시작했다. 이를

스테이케이션(stay+vacation)이라 부른다. 이번엔 서울의 서울, 강남에 자리한 '호텔 카푸치노'에서 묵었던 이야기를 해볼까 한다.

공유의 가치

때로 TV엔 연예인 누구가 어디에 몇 천이든 몇 억이든 기부한 사실을 숨기고 있었는데 어떤 기자에 의해서 밝혀졌다는 스토리의 뉴스가 나온다. 그것이 아니라면 연예인이 직접 해외로 봉사를 가서 어린아이들과 소박하게 찍은 사진들이 기사의 메인 이미지로 떠다닌다. 그렇게 소비되는 뉴스와 이미지들은 아마 일반 시민들에게도 모종의 자극을 주어 기부하고, 봉사하는 삶을 권장하고 있는 것일 테지만 나는 그저 '좋은 일하시네.' 아니면 '훌륭하신 분이네.' 정도의 리액션으로 그만 그치고 만다. 크게 공감하지 못하겠고, 어떤 자극적인 이야기와 이미지도 나를 흔들어 놓지 못한다. 슬픈 다큐멘터리를 보았다고 해서 전화기부터 들고 기부하는 종류의 사람이 아닌 것이다.

하지만 기부가 아닌 공유라면 어떨까. 카 쉐어링(Car Sharing)은 나를 포함해 주변 친구들이 꽤 유용하게 사용하고 있는데, 내가 카 쉐어링을 하는 것은 자가용을 소유함으로 인해 발생하는 많은 환경적 문제를 막고자 함이 아니다. 그저 그것이 나에게 편하고 이득이 되기 때문이다. 환경오염을 막는 것은 덤이다. 차뿐 아니라 집도 공유한다. 에어비앤비를 통해 여행객에게 집을 빌려주기도 하고, 누군가와 함께 거실과 주방을 공유하는 코-리빙(co-living) 형태의 집들도 요샌 꽤 많이 생겼다. 혼자서는 갖기 힘든 넓은 공간을 같이 쓰고, 임대료를 나눠서 내니 그것이 이득인 것이다. 심지어 공유 오피스(Office Sharing)에서 일한 적도 있다. 내 의지는 아니었지만 덕분에 매우 크고 쾌적한 탕비실을 얻었고, 사무실을 유지하기 위한 여러 잡다한 일을 하지 않고 업무에 집중할 수 있었다.

공유의 개념은 기부의 맥락과는 조금 다른 방향으로의 접근이다. 무작정 내가 가지고 있는 무언가를 생면부지의 누군가에게 내놓아야 하는 희생이 아니라, 나에게 돌아오는 어떠한 이득이 있고 그와 함께 덤으로 다른 사람을 도울 수 있는 시스템을 내놓는 것. 게다가 그것이 즐거운 경험이라면, 더할 나위 없다. 호텔 카푸치노가 가고 싶은 방향이다.

호텔은 무조건 신라 아니면 롯데만 있는 줄 알았던 때가 있었다. 아니, 실제로도 그때는 작은 규모의 호텔들이 많지 않았다. 호텔을 판단하는 기준은 별이 몇 개인지, 어느 기업에서 운영하는 것인지 정도였다. 분명 신라와 롯데면 최고였는데, 이제는 그렇지가 않다. 오히려 재미없고, 지루하다. 고급스럽지만, 그만의 이야기가 없기 때문일 테다.

호텔 카푸치노는 스스로를 라이프스타일 호텔이라 소개한다. 요새 여러 곳에서 참 많이 쓰는 말인데, 도대체 라이프스타일이라는 것이 뭔지. 라이프스타일. 삶의 방식. 그래서 어떻게 하자는 것일까? 나의 이러한 물음에 호텔 카푸치노는 조금 더 뚜렷한 정의를 내려주었다. 라이프스타일 호텔은 부띠끄 호텔과 같이 디자인과 그만의 스토리를 가지고 있지만 럭셔리를 뺀 개념이라고. 그래서 더 많은 사람들이 부담 없이 쉽게 와서 기분 좋게 머무를 수 있다.

호텔 카푸치노는 공유하고 싶다. 그것이 카푸치노가 가지고 있는

이야기다. 아주 작은 곳부터 호텔 공간의 개념까지 같은 맥락으로
이어진다. 내 사소한 행동들이 기부로 이어지도록 세심하고 유쾌하게
설계되었다. 기부라고 하기에도 부끄러울 정도로 간단하다.
두 대 중 한 대의 엘리베이터에 타서 객실 카드를 찍으면 500원이
기부된다. 1층에 위치한 카페 카푸치노에서 특정 메뉴를 시키면 또다시
수익금의 일부가 비영리 단체에게 돌아간다. 호텔에 묵고 나서 버리고
가는 옷들을 로비에 비치된 상자에 넣으면 그것들은 모아져서 다시 의류

기부 단체에게 전달된다. 객실에 비치된 어매니티를
쓰지 않거나 2박 동안 린넨을 교체하지 않으면, 쿠폰을
준다. 기부하거나, 카페에서 음료로 교환할 수 있다.
엄청난 봉사가 아니더라도, 누군가에게 이렇게 쉽게
도움이 될 수 있다면 마다할 이유가 없다. 그것은
유쾌하고 즐거운 경험이다. 단순히 그저 호텔이 모던
스타일로 지어졌다거나, 앤틱 스타일로 지어진 것과는 다르다. 이 호텔,
뭔가를 실천하고 있다. 이야기가 만들어진다.

모두의 공간

1층에서 문을 열고 들어섰을 때의 호텔의 첫인상은 호텔 설계에 있어
매우 중요하다. 무리를 해서라도 호텔 로비에는 각종 예술 작품과

비싼 마감재가 아낌없이 쓰인다. 여기가 이렇게 비싸고 좋은 곳이라고,
그렇게 말하고 싶어 하는 공간이다. 로비는 거의 다 비슷하다. 그런데
호텔 카푸치노는 공유의 가치를 실현하기 위해 이 공간을 모두와 함께
나누기로 한다. 어렵고, 돈을 내지 않으면 왠지 죄스러운 호텔의 무거운
분위기를 타파하기 위해 가볍고, 장난스러운 브랜딩이 이뤄졌다. 로고도
호텔보다는 카페 같다. 물론 이름부터 그렇지만.

기존의 호텔들처럼 비밀스럽게 투숙객만 드나들어야 하는 분위기부터
깼다. 전면에 차량이 드나들지 않게 주차 동선은 뒤로 뺐다. 그래서
호텔의 주 진입문이 길가로 그대로 노출된다. 차가 지나다니지 않으니
길을 지나던 사람들도 언제나 문을 열고 들어올 수 있다.

리셉션은 밝고, 호텔 로비보다는 편집숍에 더 가깝다. 심지어 편집숍의
역할도 하고 있다. 꼭 호텔에 투숙하지 않는 사람도 누구라도 들어와서
물건들을 사거나 구경할 수 있다. 또 호텔의 로비가 보통 깊숙한 곳에
위치하는 다른 구성을 취했다. 최대한 입구 바로 앞에 붙었다. 뒤쪽
공간을 카페로 내어주기 위함이다. 하지만 카페가 전면으로 나오고, 호텔
로비가 뒤쪽으로 들어갔어도 강력했으리라.

1층에는 호텔 로비와 함께 카페가 있다. 호텔 투숙객이 아니어도 괜찮다.
누구나 들어와 커피를 한 잔 할 수 있다. 높은 층고에 넓은 테이블을
갖췄다. 필요하면 일을 할 수도, 공부를 할 수도 있다.

젊은 사람들을 타깃으로 했을 테다. 카페에서 어떻게 공부나 일을
하느냐고 이해 못하는 어른들도 있겠지만, 젊은 사람들에게 카페는

무엇이든 가능한 장소이기 때문에, 카페가 손님이 머물기 쉽게 존재하는
것은 무척 중요하다. 라운지의 푹신한 소파에 눕듯이 앉아 이야기를 하는
것도 좋지만, 젊은 사람들에게 서울에서 필요한 공간은 노트북이나 책을
펼쳐 들고 앉아 몰입할 수 있는 자리니까.

조식이나 저녁을 먹는 레스토랑은 호텔 로비와 분리해 호텔의 상층부로
올렸다. 같은 층에 식당과 바(bar)가 함께 있다. 왜 레스토랑과 바를
상부로 올렸는지 단번에 이해된다. 전망 때문이다. 레스토랑으로

들어서자마자 보이는 뷰가 아주 끝내준다. 강남에서 보이는 서울을
시원하게 보여준다. 강남의 교보타워부터 남산의 서울타워까지 고개만
돌리면 다 보인다.
전망은 밤에도 마찬가지. 낮이나 밤, 둘 중 하나만 이곳을 찾긴 아깝다.
지척의 수많은 건물들이 각자의 빛을 뿜어 낸다.

침대가 다 했다

그럼 조금 더 건축적인 이야기. 호텔 카푸치노의 위치는 9호선 언주역
근처. 강남역과 가깝고, 주변엔 큰 상권들이 들어서 있는 곳. 비싼 땅에
지어야 하는 호텔이었다. 이런 상황에서 건축가의 고민은 아름다움보다
공간의 효율이 먼저다. 지나치게 비싼 숙박료로 방을 제공하지 않기
위해선, 주어진 땅에 최대한의 객실을 넣어야 한다.
대로변에서 보이는 호텔의 입면이 그대로 방이 되었다. 많은 고민이
있었을 테지만, 현란하고 복잡한 외관 대신에 가장 솔직하고 간단한
형태로 건물의 외형을 그려냈다. 구조는 간단하다. 방 하나에 창문이
하나씩.
안으로 들어가 보자. 스탠더드 룸이다. 결코 넓지 않다. 좁다. 홈페이지에
적힌 면적은 $16.5\,m^2$. 다른 호텔들의 가장 기본 방의 면적이 $30\,m^2$가 넘는
것을 감안하면 반절은 좁다. 좁은 공간에서 다른 호텔만큼의 역할은 해야
하니 더 많은 노력이 쓰였을 테다. 필요 없는 것은 최대한 줄이고, 가구도
최대한 없앴다. 포기할 것은 포기하고 중요한 것만 가져가기로 했다.
방 키를 찍고 들어오자마자 복도가 이어진다. 오른쪽으로는 화장실이
왼쪽에는 세면대와 간단히 물건을 올려놓을 수 있는 탁자가 마련되어

있다. 객실 내에 꼭 필요한 것들은 이 복도에서 모두 해결했다. 무언가를 올려놓고 작업을 할 수 있는 책상은 없다. 쉬기 위한 곳이다. 일을 하고자 한다면, 카페로 내려가라는 뜻인지도 모르겠다.

옷장 안에 걸려 있어야 하는 옷걸이는 복도의 한쪽 벽면에 걸렸다. 그와 함께 많은 것이 걸리기 시작했다. 아이디어가 좋았다. 타공 철판을 방을 가로지르도록 길게 설치해 원하는 건 뭐든 걸 수 있게 했다. 드라이어도, 컵도, 가운이 걸려 있는 옷걸이도 모두 같은 방식으로 걸려 있으니 정리가 된다. 테이블은 이런 아이디어로 조금 더 작아질 수 있었을 것이다.

다른 공간을 최대한 줄인 대신에 아낌없이 제공한 것은 침대. 침대만큼은 최대한 넓혔다. 2m×2m의 침대인데, 킹 사이즈의 침대보다 더 크다. 침대를 둘러싼 3면의 벽에 다시 쿠션을 덧대어 침대를 사용할 때에는 체감상 더 넓게 느껴진다. 실컷 구를 수 있다. 3면이 벽이라 떨어질 염려도 없다. 내가 누워본 침대 중에 가장 크지만, 가장 아늑하다. 호텔 카푸치노의 스탠더드 룸이 다른 호텔보다 좁아도 좁은 것을 느끼지 못하는 것은 모두 침대 덕분이다. 침대가 다 했다.

외부 입면에서 볼 수 있었던 창이 바로 이곳. 정방형으로 뚫린 창을 가리고 있는 커튼을 젖히면 시원한 강남 뷰가 눈앞에 펼쳐진다. 반투명한 흰 커튼 외에도 전동 블라인드가 오르내린다. 침대 옆에 스위치가 있어, 늦잠을 자고 싶다면 전동 블라인드를 내리는 걸 추천. 침대 바로 옆에 창이 있었기 때문에 필요한 장치다.

이 글을 읽는다고 해도, 군이 기부를 하기 위해 이 호텔을 찾을 필요는 없다. 그저 접근하기 편한 위치, 강남이 그대로 내려다 보이는 호텔의 루프탑 바와 레스토랑, 넓은데 아늑하기까지 한 침대. 그 정도만 즐기러 가면 충분하다. 아까도 말했듯이, 공유를 통해 이뤄지는 기부는 덤이니까.

내가 묵었던 스탠더드 룸 이외에도
호텔 카푸치노에서는 기존 호텔들과는
다른 구성의 객실을 제공하고 있다.
애완동물을 데리고 묵을 수 있는 바크
룸(bark room)이나, 마치 게스트하우스에
워크숍을 온 것처럼 4명이서 함께 따로 또
같이 묵을 수 있는 쿼드 룸(quad room)이
그것이다. 현재 호텔을 찾아올 많은 젊은
사람들의 수요를 반영한 것이다. 흥미로운
부분이다.

19

마 당 을   품 은
미술관

국립현대미술관 서울

여행의 장소

여행을 다닐 때 꼭 들르는 자신만의 장소가 있을까? 로컬 맛집을
찾아가는 사람도, 그 지역 공원에서 샌드위치라도 입에 물어야 여행이라
느끼는 사람도 있겠지만, 나 같은 경우엔 미술관을 꼭 찾는다. 그렇다고
미술을 좋아하고 작품을 볼 줄 알아서 미술관에 가는 것은 아니다.

그림에도 관심이 없고, 조각에도 큰 흥미가 없다. 어떤 작품이 마음에 드는지 안 드는지 골라낼 수는 있겠지만, 왜인지 설명해야 한다면 조금 난감해진다. 특히 그것이 현대 미술이라면 더 난해하다.

그보다 여행을 다니며 내가 보고 싶은 것은 미술 작품이 아닌 미술관 그 자체. 미술관 건물이 어떻게 지어졌는지 공간을 보고 싶어서 관람권을 사서 들어간다. 내가 보고 싶은 것은 언제나 그곳에 있으니, 어떤 전시가 열리든 상관없다. 전시 준비 기간과 겹치지만 않는다면, 내가 보고자 하는 것은 건축. 계속 그 자리에 있는 상설전이니까.

미술관은 관람객뿐 아니라 건축가에게도 자유로운 장소다. 어떤 건물이 설계하기 가장 어렵냐고 묻는다면, 나는 주택이라 답할 것이다. 사는 공간에는 필요한 것도 많고, 충족시켜야 할 조건들도 많기 때문에 요구사항들을 다 넣고 나면 새로운 것을 해볼 수 있는 자리는 거의 남아 있지 않다. 하지만 미술관은 예술이 가진 특성 덕분인지, 전시를 할 공간만 마련한다면 조금 더 다양한 시도를 할 수 있다. 새로운 동선, 공간의 구성, 마감재, 형태까지 최소한의 제한 안에서 움직인다. 그래서 건축가는 미술 작품을 관람객에게 선보이는 것과 동시에 공간도 같이 선물하는 셈이다.

자유롭기 때문인지, 미술관은 각기 다른 성격을 가진 사람들과 같다. 덩치를 최대한 크게 부풀려 랜드마크가 되고야 마는 영웅적인 건축물도 있고, 원래 다른 쓰임이던 건물을 다시 미술관으로 세심하게 고쳐 사용하는 미술관도 있다. 요새는 도심 안에 더는 큰 미술관이 들어설 자리가 남아 있지 않은 탓인지 작은 미술관들도 생겨났다. 그리고 지금 이야기하려는 곳은 형태 자체를 없애려는 미술관이다. 주변의 많은 것들을 가리고 싶지 않아 최대한 투명하고자 한 장소. 무형의 미술관, '국립현대미술관 서울'이다.

과거가 있는 땅

가끔씩 휴대폰에 저장된 친구 목록을 살핀다. 친구에게 소개팅을
시켜주고 싶어서 스크롤을 내리기도 하고, 명절이면 누구에게 안부
인사를 전해야 할까 고민스러워 특히 더 꼼꼼히 본다. 이름과 얼굴을
보는 동시에 이 사람과 내가 언제 처음 만났고, 어떤 일을 함께 했었는지
비눗방울처럼 추억이 퐁퐁 터지면서 떠오른다. 그와 내가 같이 엮었던
몇 가닥의 추억들은 쉽사리 기억에서 사라지지 않고 불쑥 나올 기회만
엿보며 가라앉아 있다. 보통 어떤 연락을 할지는 깊이 가라앉은 그 추억의
내용에 달려 있다.

건축가에겐 땅도 마찬 가지. 땅에는 그 역사가 녹아 있다. 국가적으로,
역사적으로 중요한 의미를 가진 사건이 일어났다면, 그 사실을 무시하고
아무렇게나 건물을 지어 놓을 수는 없다. 역사를 인정하고 수용하고
담아내는 것이 건축이 할 일이다. 그리고 소격동에는 매우 많은 과거가
있었다.

지금의 국립현대미술관 서울의 터가 된 이곳은 조선 시대 종친부 소유의
땅이었던 곳. 대한제국 시절 최초의 현대식 병원이 세워진 후 일제
시대엔 군 시설이 되어 줄곧 군 시설과 병원 시설로 쓰였다. 그 역사의
증거로 붉은 근대식 건물이 아직까지 그 자리를 지키고 서 있는데 과거
국군기무사령부, 기무사라 불렸던 곳이다.

이 땅에 국립현대미술관이 들어서면서 기무사 건물은 다시 미술관의
일부로 기능하기 시작했다. 대로에 맞붙어 미술관의 입구 역할도 한다.
진입부에 도로를 따라 서 있는 길쭉한 기무사 건물 덕분에 미술관은
가려진다. 다른 미술관이라면, 눈에 쉽사리 띄지 않는 것이 원망스러웠을
테지만 이곳은 조금 다르다. 기무사가 버티고 있으니 새로 지은 건물 같지

않고 주변과 어우러지기가 수월했다.

미술관의 뒤편으로는 종친부 건물이 한옥 양식을 그대로 유지한 채 서 있다. 미술관과 연결되는 길 끝에 담장도 두르지 않은 한옥을 만나게 되니, 그 경계가 모호해진다. 어디까지가 미술관이고, 어디까지가 종친부인지 도면을 들고 있지 않는 한 알기가 어렵다.

마찬가지로 종친부 건물은 기무사 건물처럼 가려지지 않고 서 있다. 원한다면 종친부든, 기무사든 얼마든지 요리조리 관찰할 수 있을 정도로 미술관은 몸을 낮게 굽히고 있다.

그런데 이뿐 아니다. 기무사보다, 종친부보다 더 중요한 역할을 했던 장소는 바로 미술관의 정면에 위치하고 있다. 경복궁이다.

삼청동 쪽의 북촌 길을 따라 걷다 보면 미술관과 함께 경복궁에 다다른다. 경복궁 너머로 인왕산의 능선이 배경으로 펼쳐진다. 옛 한양이 어땠었을는지 생각해보면, 금싸라기 땅이 아닐 수 없다. 기무사와

종친부와 경복궁으로 삼면이 둘러싸인 땅. 그것이 국립현대미술관
서울의 대지 위치다.

지금까지 단 한 번도 연애를 안 해 본 사람과, 살면서 애인이 100번은
바뀐 사연 많은 사람 중 반드시 한 사람과 새로운 연애를 시작해야
한다면, 당신의 선택은? 어려운 문제다. 경험은 없어도 어렵고, 너무
많아도 힘들다. 설계도 그렇다. 땅을 받아놓고 나면 주위에 너무 아무것도
없어도 막막하고, 주변 상황이 중요한 것들로 가득 차 있어도 난감하다.
이곳은 후자. 중간 정도면 좋겠는데, 많아도 너무 많다. 역사도 길고,
주변에 중요한 건물들도 산재해 있다. 어려운 땅이다.

마당을 품은 미술관

요근래 머릿속이 복잡할 때 듣는 노래가 생겼다. 크루셜스타의
〈내버려둬〉. 후렴구의 가사는 이렇다.
"내버려둬 내버려둬 내버려둬
그냥 사라지게 내버려둬"
이 후렴구 때문에 백 번은 들었을 이 노래를 버릴 수가 없다. 내가 하도
틀어 두었던 탓에 내 친구 빔도 길을 걷다 종종 흥얼댄다. 내버려 둬. 그냥
사라지게. 스트레스 받을 때 소리 내어 부르기 좋다.
여러 가지 일이 모두 한 날에 겹칠 때면, 그대로 사라지고 싶다. 이대로
나에게 겨냥된 수많은 일들을 그 자리에 놓아두고, 나만 쏙 빠져나오고
싶은 기분. 이곳에서 건축가도 그런 기분을 느꼈던 걸까? 주변에
거대하게 서 있는 많은 랜드마크들을 그대로 놔두고 쏙 빠져나오고
싶었던 것이 아니었을는지 장난스레 추측해본다.

그래서 국립현대미술관 서울의 타이틀은 '무형의 미술관'. 아마 현상 설계 당시부터 계속 지속되어 온 이 장소의 콘셉트일 것이다. 기무사와 경복궁, 종친부와 삼청동 거리까지 쟁쟁한 주변 상황을 그대로 두고 방해가 되지 않도록 몸을 낮추고 숨어버렸다.

미술관 건물은 비켜섰다. 대신 미술관 앞에는 큰 마당이 자리한다. 미술관은 마당을 중심에 두고 빙 둘러 서 있을 뿐. 주인공은 건물이 아니라 마당인 것처럼 보인다. 아니, 사실 정말로 그렇다. 그래서 나뿐 아니라 이곳을 방문하는 많은 사람들이 미술관의 모습을 이 마당으로 기억하고 있을 테다.

미술관이 품은 마당은 중심에서 다양한 활동을 그릇처럼 담아낸다. 아이들이 실컷 뛰어노는 운동장이 되기도 하고, 건축이 실제로 지어져 전시되는 파빌리온이 지어지기도 한다. 그게 아니라면 미술관 측에서 야외 전시를 할 수도, 플리마켓을 열 수도 있을 것이다. 가능성은 열려 있다. 비워두니, 많은 것들이 차오를 수 있는 것.

그릇의 재료는 흙이었다. 미술관이 품은 야외의 마당이 하나의 그릇이라면 말이다. 구 기무사 건물에서 쓰였던 벽돌과도 어울리면서, 앞뒤로 마주한 한옥과도 같은 맥락으로 보일 수 있는 재료가 무엇일까 고민한 끝에 건축가는 테라코타를 외벽 마감재로 선정했다. 테라코타 또한 벽돌과도, 한옥의 기와지붕과도 같은 흙을 구운 재료이기 때문에 이질적이지 않게 어울릴 수 있을 것이란 판단에서다. 테라코타의 형상은 암키와 같이 약간의 곡률을 가졌다.

미술관은 진입부부터 공간이 뻥 뚫려 있다. 층고를 아낌없이 올려, 얇고 긴 형태의 로비를 최대한 넓어 보이게 한다. 로비는 외부 마당에 붙어 있는데, 사람들은 자연스레 유리 벽 앞 벤치에 앉아 마당을 바라보게 된다. 마당을 중심으로 돌아가는 공간이다.

무형의 미술관, 국립현대미술관 서울의 두 번째 마당도 다시 외부에
존재한다. 경복궁에서 종친부 쪽으로 크고 높은 길이 건물을 뚫고 나
있으니, 그 길을 쭉 따라 오르면 된다.

종친부 건물의 앞, 미술관의 또 다른 마당이다. 뛰어 놀기보다는 조용히
관망하기에 적당한 곳. 이곳에서는 종친부를 뒤에 두고, 인왕산과
경복궁을 향해 시선을 두게 된다. 야외 마당을 둘러싼 미술관 건물 사이로
인왕산의 실루엣이 그대로 보인다. 꽤 가깝다.

바깥의 마당을 모두 비워 다른 풍경이나 활동이 담길 수 있도록 한 것과
같은 규칙으로, 내부에서도 많이 비워냈다. 비워내기 위해 건축가는 여러
박스를 내부에 심어 놓았는데, 이 박스들은 하나하나가 전시장이 되고
로비가 되고 길목이 된다. 그중 가장 큰 박스에 대해서 이야기하려고
한다. 서울 박스라 한다.

티켓을 사서 전시장에 본격적으로 진입하기 전, 로비 끝에서 서울 박스

안을 내려다볼 수 있다. 들어가기 전엔 이곳이 어떤 역할을 하고 있는지 예상할 수가 없다. 다만 아주 큰 공간이 있는 것만 인식한다.

외부 벽에서 사용했던 패턴을 그대로 내부로 가져왔다. 다만, 외부의 빛을 간접적으로나마 들이기 위해서 테라코타를 사용하지 않고, 유리로 마감했다. 날이 좋은 날이면 빛이 반투명한 유리 창을 뚫고 들어와 내부를 밝힌다. 서울 박스의 넓고 높은 공간을 채워주는 빛은 상당수 한쪽 벽면의 유리 창 덕분이다. 빛이 들어오는 반투명한 유리 창 사이에 투명한 유리가 끼워져 있다. 그 사이로 종친부가 액자 안 그림처럼 보인다. 의도한 대로일 것이다. 종친부를 내부로 끌어들인다.

전시를 돌아보다 자연스럽게 다시 몇 번이고 서울 박스로 돌아오게 된다. 거미줄처럼 뻗어나간 동선의 중심이 된다. 건축가는 전시장을 구성하면서 여러 개의 박스를 모두 이 서울 박스와 연결해 놓았는데, 그래서인지 층고가 상당히 높다. 크고 높은 공간에서, 사람들은 아주 작게 변한다.

전시의 막바지에 이르렀을 때, 마당을 하나 더 마주한다. 1층에서 건물에 둘러싸인 미술관 마당도 아니고, 내부에 거대하게 마련된 서울 박스도 아니다. 이곳은 전시의 끝을 알리는 전시 마당. 마찬가지로 건물에 둘러싸여 있지만, 내부에서 진입하는 문으로밖에 들어갈 수 없다. 잔디가 깔려 있는 이 전시 마당은 무엇으로 쓰일 수 있는지, 보지 않아 아직 감을 잡기가 어렵다. 전시가 끝나고 난 뒤 피크닉이라도 할 수 있는 곳이 될 수 있을까? 사람들이 편하게 공원에 온 것처럼 자리를 깔고 앉아 시간을 보내는 장소가 될 수 있을까? 아직은 그 가능성을 보지 못해 아쉬울 따름. 건물로 4면이 둘러싸여 있어서 접근이 약간 어렵다. 나처럼 문을 당당히 열고 들어가는 사람이 몇이나 될까?

건물은 최대한 몸을 숙이고 있다. 위에서 언급한 대로 주변 땅의 많은

요소들을 배려하기 위해서다. 그렇기 때문에 전시실은 2층 전시실 하나를
빼놓고 모두 지하에 묻혀 있는데, 위의 천창과 유리 재료를 이용해 최대한
햇빛을 안으로 끌어 들였다. 그래서 땅속에 묻혀 있으나 지하로 느껴지지
않는다.

발길이 닿는 대로

직장인이 되어서 가장 아쉬운 점 중 하나가 전시를 보러 평일 낮에 가지
못한다는 점이다. 보고 싶은 전시가 있으면 주말이어야 한다. 전시를
여유롭게 보고 싶은 마음이 들어 평일 낮이 굉장히 그리워진다. 왜냐면
미술관에 줄을 서 들어가게 되면, 전시도 줄을 서서 봐야 한다. 조금 더
머물러서 그림을 눈에 담고, 공간에서 숨을 쉬고 싶은 시간들도 뒤에서
나를 향해 성큼성큼 다가오는 사람들 때문에 밀려버리고 만다. 도슨트가
있는 시간엔 훨씬 더 심하다. 사람들에 밀려 다음 스테이지로 이동해야
한다.

일렬로 작품이 나열되는 전시 방식을 탈피하고자, 국립현대미술관
서울에서는 전시 동선 체계를 기존의 많은 미술관들과 다르게 바꿔
버렸다. 전시의 순서를 없애고, 일자로 이어지던 동선을 여러 갈래로
나누었다. 방사형의 길을 가지게 된 것. 그래서 관람객은 전시의 순서도,
시간도 조금 자유롭게 정할 수 있다.

길은 서울 박스에서 나뉜다. 큰 박스 안에서 사람들은 다음 전시를
선택한다. 높고, 넓어 사람들과 크게 부딪힐 일은 없으니 주말에도 넉넉한
시간을 들일 수 있다.

국립현대미술관 서울을 사람에 비유하면, 보자마자 그 화려한 위용에

시선이 따라가는 사람은 아닐 테다. 오히려 시간을 들여 바라보게 되었을 때, 그 진가가 드러나는 쪽에 더 가깝다. 그 자리를 묵묵히, 성실하게 지키는 사람이지 않았을까. 눈부신 화려함으로 온몸을 감싼 사람보다, 수수하지만 담백한 사람이 더 오래간다. 그러한 사람이 빈 수레가 아니라 꽉 찬 수레다. 경험상 그렇다. 아마 그것은 국립현대미술관 서울도 마찬가지 아닐는지.

20

서울을 잇는
또 하나의
길

서울로

재생하는 서울

내가 사는 동네는 주택단지다. 1층 아니면 2층의 주택들이 옹기종기 모여
있고, 그 사이 골목길로 자전거를 타고 지나다니는 사람들이 많은 동네.
그런데 몇 년 전부터 동네에 공사 소음이 끊이질 않는다. 어디선가 큰
차들이 나타났다. 특히 겨울이 지나고 봄이 오던 시기에는 더욱 그랬다.
건물을 부수고 폐기물을 나르는 거대한 기계들이 길을 막고 굉음을

내며 흰 먼지를 피웠다. 빨간 지붕이 있던 집, 파란 대문이 있던 집, 넓은
정원에서 개를 키우던 집, 그리고 감나무가 무성하게 자라던 집이 언제
있었냐는 듯 사라져 버렸다.

"엄마, 저 앞에 우리가 항상 얘기했던 예쁜 집 있잖아. 부쉈더라."

"응, 새로 지으려나 보더라."

이런 대화가 우리 집에선 왕왕 오갔다. 개성 있던 집들이 허물어지고,
회색 외장재로 뒤덮인 다세대 주택들이 들어섰다. 흔히 빌라라고 부르는
종류의 주택들이었다. 단독주택을 부수고 4, 5층짜리 건물로 다시 올리면
어떤 이득이 발생하는지 알기에 말릴 수는 없지만, 씁쓸한 마음을 감출
수도 없다. 나의 동네는 눈에 보이듯 훤했는데, 이제는 낯설다. 동네가
그렇게 모두 새것으로 바뀌는데, 난 뭔가 잃어가고 있었다.

주변에서도 쉽게 볼 수 있듯이, 우리는 부수는 것에 익숙하다. 잘못되었다
싶으면 판을 뒤엎어 없던 일로 하고 다시 시작하는 것. 헌것을 없애고
새것을 얻으면 좋다고, 더 넓고 튼튼하게 지어 살면 그만이라고 우리는
그렇게 배웠다. 건축을 소모품처럼 여겼다. 서울이 단시간 안에 빠르게
발전된 도시이기 때문에 그랬을 것이다.

그런데 여러 나라를 돌아다녀 보니 상황은 달랐다. 파리에서는 100년이
넘은 주택들을 아직도 고쳐서 살고, 도쿄에서는 겨울이면 입에서 김이
나오는 목조 주택에 아직도 사람이 산다. 공장을 미술관으로 바꾸고, 이제
쓰지 않는 기찻길을 공원으로 조성한다. 오래되고 낡은 것들 중에서도
소중한 것은 있기 때문이다. 그 시간을 담은 건축은 도시가 지나온 세월이
고스란히 쓰인 일기장과도 같은 기록이다. 그런 건축은 시간을 타고 넘어
아직까지도 그 자리에 남아 그 도시 사람들이 영위할 수 있는 예술이
되고, 삶이 되고, 공원이 된다.

우리는 이제야 다른 나라들의 사례를 보며 새로 짓지 않아도 그대로

그 자리에 남아 있을 수 있다고 배운다. 그 쓰임이 다 했으면, 다른 방식으로 바꿔 쓸 수도 있다는 것을 안다. 이미 말라버린 시내를 다시 파내어 억지로 물을 흘려보내던 서울시가 부수는 것을 멈추고 좀 다르게 생각하기 시작했다. 건축을 다시 쓰는 것, 그것을 도시재생이라는 단어로 정의한다.

차 대신 사람이 걷기로 한 길

처음이 아니다. 이거, 어딘가 좀 익숙하다. 많이 들어 본 이야기. 뉴욕에 있는 하이라인의 배경과 비슷하다. 올해 완공되어 시민들에게 개방된 서울로 말이다.

서울에도 이제 더 쓰기 힘든 차로가 있었다. 1970년에 지어진 서울역 고가도로는 2006년과 2012년, 두 차례에 걸친 안전진단에서 D등급을 받았다. 수명이 2, 3년밖에 남지 않았다는 뜻이었다. 2015년 최종적으로 서울역 앞 고가도로를 폐쇄하고, 다시 사용할 수 있는 방안을 모색했다. 뉴욕에서 고가 화물 노선을 공원으로 만들어 성공적인 관광지로 변모한 하이라인을 모델로 삼아서다.

건축가가 건물만 짓는 것인지를 물으면, 서울로와 같은 사례가 그 반례가 될 수 있을 것이다. 서울시는 세계적인 건축가들을 초청하여 서울역 앞 고가도로를 다시 도시의 산책로로 활용하는 방안에 대한 현상설계를 개최했다. 지명된 7명의 건축가 중 당선의 영광을 가져간 것은 네덜란드 건축가 그룹인 MVRDV.

MVRDV는 역동적인 형태와 톡톡 튀는 색감을 주로 사용하는 네덜란드 기반의 건축사무소인데, 서울역 앞 고가도로 현상설계에서도 색을 화려하게 칠했다. 한국에서 나는 다양한 식물을 가나다 순으로 콘크리트 화분에 심는 것이 그 주개념. 고가도로 자체를 식물원으로 만들겠다는 제안이었다. 2015년 당선이 결정되고, 올해 많은 사람들의 관심을 받으며 서울역 고가도로는 서울로라는 이름으로 개장했다. 그렇게 차가 다니던 길 위에 사람이 올라섰다. 네 바퀴가 아닌 두 발로 한 발자국씩 내딛으며 걸을 수 있는 보행로가 되었다.

서울로는 땅에서부터 시작해 17m 높이까지 오른다. 차가 다녔던 그 길 위를 사람이 걷는다. 누군가는 나처럼 서울로를 직접 보고 싶어서 이곳을 찾을 테지만, 또 누군가는 근처에 왔다가 잠시 산책할 요량으로 이곳에 올 수도 있다.

구 서울역을 배경으로, 고가 도로 위에 나무가 심어지고 사람이 그 사이를 걷는 풍경이 눈에 들어온다. 자동차에게 도로를 내어준 뒤부터 많은 건축가들이 원했던 모습이다. 사람이 천천히 걸을 수 있는 길을 만들기 위해 사람과 자동차의 높이를 달리하면 도시는 더욱더 풍요로워지리라고 근대의 많은 건축가들이 믿었다. 여러 시도가 있었지만 제대로 이뤄진 것은 없었는데, 서울로가 그 모습을 찾았다.

서울역을 중심으로 주변의 여러 동네로 그 가지를 뻗는다. 아마 이러한 도로의 형태에서 MVRDV는 나무를 연상했는지도 모르겠다. 마치 나무가 새로운 가지를 뻗어내듯 서울로도 서울역 근처의 동네로 가지를 뻗었다. 중림동으로, 봉래동으로, 서계동으로 그 손을 뻗쳤다. 서울로는 서울역 근처에서 끝나지만, 사람들을 더 멀리까지 보내도록 하는 영향력은 아마 그 방향대로 더 나아갈 수 있을 것이다. 어디까지 나아갈 수 있을까?

서울로는 여러 방식으로 도시와의 연결점들을 만들었다. 엘리베이터를 설치하고, 계단을 만들고, 경사로를 두어 사람들의 접근을 쉽게 하기도

했다.

그래도 역시 가장 흥미로운 부분은 서울로 위에서 바로 다른 건물로
진입할 수 있다는 점. 호텔 마누와 대우 재단 빌딩은 서울로와 연결되며
새로운 음식점을 만들었다. 더 많은 건물들이 이런 식으로 공중에서
연결되었다면, 더 활발한 거리가 될 수 있었을 텐데, 여러 현실적인
제약으로 무산되었다.

순서대로 줄 지어 선 식물들

한국에서 어떤 식물들이 자라나는지 대중은 얼마나 알까? 사실 나는 거의
모른다. 눈에 익은 몇 가지 종류를 제외하면, 식물엔 원체 관심이 없어서
그렇다. 그런데 서울로에서는 아주 친절하게도 가나다 순으로 식물을
심어 놓았다. 현상설계 당시 당선되었던 주요 개념이다. 그래서 우리는
회현역에서 내려 아주 큰 식물도감을 펼쳐보듯 걸을 수 있다. 꼭 가나다
순이어야 했는지는 아직도 의문이긴 하지만.

도로와 같은 높이에서 시작하는 부분에는 나무를 바닥에 그대로 심었다.
동그란 경계선만 제외하면 다른 가로수들과 크게 다르지 않다. 땅과
맞닿아 있는 부분이기 때문에 화분이 크게 올라오지 않아도 흙을 바닥에
내려 심을 수 있었을 것이다.

경사로를 따라 길이 땅에서 띄워지면, 그때부터 콘크리트 화분이
등장한다. 고가도로의 재료인 콘크리트를 그대로 사용하여 화분을
제작하고, 그곳에 식물을 가져다 놓았다. 각기 다른 크기의 화분들은
불규칙한 형태로 자리한다.

나무들이 자랄 수 있는 최소한의 흙 깊이는 확보해야 했기 때문에

콘크리트 화분은 꽤 높아졌다. 육중하게 그곳에서 움직일 수 없도록 박혀 있는 콘크리트 화분들은 서울로를 방문하는 사람들이 많을 때면 동선을 방해하기도 한다. 그 사이사이로 재빠르게 움직이는 것이 답.

식물의 종류에 따라 높이 솟은 화분들도 있지만, 사람들이 앉을 수 있는 높이의 낮은 화분들도 존재한다. 낮은 화분들은 데크 목재를 덧대어 벤치로 활용되고 있는데, 사람들이 많이 찾는 주말 오후에는 꽤 많은 사람들이 화분에 앉아 휴식을 취한다.

그리고 서울로에 첫 겨울이 찾아왔다.

지난 회사에서 난생처음 식물들을 곁에 뒀다. 꽃이나 풀에게 관심을 주었던 것은 초등학교 이후로 처음이었다. 회사는 식물들로 가득 차 있어서, 여러 아이들의 이름을 알게 되고 각각의 성격들도 배워 나갔다. 잘 자라는 아이들은 소리가 안 나서 그렇지, 동물처럼 쑥쑥 자라났다. 자라는 모습을 관찰하는 재미가 쏠쏠했다. 반려견처럼 산책을 시켜줄 필요는 없었지만, 아기새에게 모이를 주듯이 제때제때 물 양을 체크해서 주어야 했다. 물 먹는 속도들이 다 다르기 때문이었다.

그런데 겨울이 되고, 난방을 하기 시작하자 급격히 시들시들해지는 아이들이 생겨났다. 잎이 노랗게 바래거나, 하늘로 솟아오르며 자라나던 잎들이 고개를 숙이고 땅을 바라봤다. 물을 시간에 맞춰 적정량을 주었는데도 그랬다. 나는 그해 겨울 몇 개의 식물들을 그렇게 보냈다. 겨울이란 나기 힘든 계절이었다.

서울로엔 200개가 넘는 식물 종이, 600개가 넘는 화분에 담겨 있다. 세심한 관리가 필요해 보인다. 이름 순으로 나열한 식물들은 모두 다 성격이 다를 것이기 때문. 어떤 식물은 물에 담겨 있어 영하의 날씨는 견디지 못할 것이고, 또 다른 어떤 식물은 얇은 잎사귀가 추위에 떨어져 나갈지도 모른다. 일단 몇몇의 상록수를 제외하면, 서울로의 식물들이 겨울을 무사히 날 수 있을까?

다양해지는 서울의 풍경

사진은 동아리 선배들에게 알음알음 배웠다. 대학교에 입학해서 용돈을
모아 처음 샀던 소중한 카메라를 어깨에 메고, 지치지도 않고 도시 속을
돌아다녔다. 그렇게 찍은 사진들을 선배들에게 정기적으로 보여주고
조언을 받는 자리가 있었는데, 그들의 충고 몇 가지는 지금까지도 내가
셔터를 누를 때 항상 뇌리에서 떠나지 않고 남아 있다. 보는 방향과
높이를 바꾸라는 것. 정확히 말하면 그냥 서서 찍지 말라고 했다. 무릎을
꿇거나, 바닥에 앉거나, 그게 아니라면 어디든 올라서라고 했다. 그것은
다른 시선을 갖기 위해서였다. 그렇게 찍은 사진들은 같은 장소에서 찍은
사진들 속에서 조금 특별해 보였다.

서울로가 가지는 또 하나의 건축적 의미는 그곳에 올라선 사람들에게
다른 시야를 제공하는 것이다. 보는 높이와 방향을 바꾸는 것. 우리가
매일 걷고, 바라보는 도시의 풍경을 다르게, 새롭게 바라보게 해주는 것.
그것이 서울로가 어떤 구조로, 어떻게 서 있느냐와는 별개로 도시 속에서
가지는 건축적인 가치일 테다.

서울역 주변은 높이 솟은 유리 건물들이 오와 열을 맞추고 있는 강남역

같은 동네와 조금 성격이 다르다. 높은 건물들이
있긴 하지만, 도로 하나만 건너면 아주 좁은
골목들이 이어지는 남대문 시장과 마주한다.
구 서울역과 신 서울역의 생김새나 그 앞에는
서울스퀘어가 묵직하게 자리 잡고 있음을 이미

잘 알고 있었지만, 이 광경에서 바라볼 수 있는 기회를 얻은 것은 역시
서울로가 개장하고 난 뒤다. 빠르게 지나가는 자동차 안에서 스치듯
볼 수는 있었겠지만, 서울로 덕분에 오래도록 서울의 풍경을 눈에 담고
끊임없이 움직이는 자동차와 버스들을 바라볼 수 있는 시간을 가질 수
있게 됐다.

이렇게 건물들과 눈을 맞댈 수 있는 높이에서 도시를 360도 조망할
수 있는 곳은 내가 기억하기로 서울에 존재하지 않는다. 서울타워나
롯데월드에 올라서면 발밑으로 펼쳐지는 도시를 볼 수 있을 테지만,
이렇게 얼굴을 맞대고 대화하듯 걸을 수 있는 길은 없다. 높긴 하지만,
지나치게 높이 솟아 있지는 않기 때문에 서울로에 올라서서 사람들이
걷는 것, 자동차가 다니는 것, 기차가 달리는 것을 근거리에서 볼 수 있다.
도시가 움직이는 모양새다. 살아 있는 도시의 모습이다.

좋은 뜻과 건축적인 개념으로 개장하자마자 외국인들이 찾아오는
관광지가 된 서울로에도 아쉬운 점이 왜 없으랴. 콘크리트 화분은 조금
더 작았으면 좋겠고, 그게 힘들다면 나무들은 높이 솟아 그늘이라도 잔뜩
만들어줬으면 했다. 고작 건물 두 채와 연결되기보다는 더 많은 건물과
연결되어 도시 그 자체가 되었으면 더 멋졌을 것이다.

하지만 그럼에도 불구하고 이러한 시도 자체로 의미가 있다. 처음이니까,
이 정도면 잘했다고 칭찬 한 마디 정도는 해줄 수 있겠다. 때려 부수고
다시 새로 번지르르하게 짓는 행위를 하지 않은 것만으로도 나는 좋다.
시간을 허무하게 지워내지 않았으니까.

편집자의 *B*

선아 작가님의 글을 처음 읽었을 때, '이건 내꺼다.'라고 생각했다. 당장 연락을 취해서 작가님을 만나서 미팅을 하고 계약을 하고, 가끔 안부를 묻다가 해가 두 번이나 바뀌었다. 그 긴 시간동안 뭘 했느냐면, 에세이 시리즈를 만들었다. 작가님의 글에서 시작된 작은 생각들이 꼬리를 물어 미호의 에세이 시리즈로까지 이어졌다. 미호에서 하고 싶은 이야기를 좀 더 명확하게 할 수 있지 않을까 하는 생각이었다.

사실 진행 과정은 지난했다. 몸이 하나인지라 한 번에 할 수 있는 일의 총량은 정해져 있고 매일 바빴다. 그러면서도 빈손인 것만 같아 초조한 날들이 이어졌다. 그럴 때 교정을 보면서 어떤 문장, 어떤 단어에 나는 위로 받았다. 선아 작가님의 글은 그런 묘한 반짝임이 있었다. 분명히 건축을, 인테리어를, 공간을 이야기하고 있는데 나는 왜 그렇게 많은 위로를 받았을까.

이 책에는 총 20곳의 공간이 실려 있다. 작가님이 뚜벅이인지라 거의 서울의 공간이고 몇몇 곳은 서울이 아니지만 뚜벅이도 갈 수 있는 공간이다. 그리고 대부분이 누구나 한 번은 들어봤을 법한 소위 '핫한' 공간이다. 어떤 곳은 넓고 깨끗하고 모던하며, 어떤 곳은 작고 내밀하며 정겹다. 여러 공간을 한 책에 담기 위해 작가님이 애를 많이 써주셨고, 편집자인 나는 그저 재밌게 글을 읽었다.

편집을 하면서 20곳의 공간에 수록 허가를 받는 과정을 거쳤다. 개인의 사진, 개인의 글이라고는 해도, 혹시 모를 불상사를 대비해서 열심히 연락을 돌렸다.

몇 공간과는 연락이 닿지 않았지만 글을 미리 받아본 공간들에서는 흔쾌히 오케이를 해주었고, 몇 분은 공간에 책을 비치하겠다는 제안도 주셨다. 정말 감사한 일이었다. 연락을 돌리며 가장 많이 한 생각은, 내 눈은 틀리지 않았다는 거였다. 선아 작가님의 글의 울림은 내 머릿속에만 메아리치는 환청이 아니라 확실하게 실재하는 종소리라는 확신이 들었다. 그리고 그 확신은 이 책을 끌고 가는 원동력이 되었다.

늘 동경하던 단단히 쏘아진 것이 거기 있었기 때문에 흔들리지 않았다. 자기 자신을 잘 알고 명확한 취향을 가진 선아 작가님의 글이 항상 이정표가 되어 주었다. 쌓여 있는 과제가 많고 하고 싶은 것은 무한대라서 자면서도 달리는 기분이었는데, 그럴 때 이 책의 글과 공간들이 침착하라고 계속 어깨를 다독여주었다.

그리고 이제 긴 시간 동안 둘이서만 속삭이던 것을 세상에 내놓는다. 모호하게 상상만 하던 것을 디자이너가 실재하게 만드는 과정은 보면서도 늘 놀랍다. 내가 상상했던 꼴 그대로의 책이라는 것은, 만들면서도 늘 새롭다. 우리끼리 나누던 즐거움이 독자들에게 닿을 수 있을까? 그들도 하하하 웃어줄까? 부디 읽는 내 편안하시기를.

편집자 I

여
기
가

좋은 이유

초판 1쇄 발행 | 2019년 4월 19일
초판 2쇄 발행 | 2019년 7월 31일

지은이 | 김선아
발행인 | 윤호권

임프린트 대표 | 김경섭
책임편집 | 정인경
기획편집 | 정은미 · 권지숙 · 정상미 · 송현경
디자인 | 정정은 · 김덕오
마케팅 | 윤주환 · 어윤지 · 이강희
제작 | 정웅래 · 김영훈

발행처 | 미호
출판등록 | 2011년 1월 27일(제321-2011-000023호)

주소 | 서울특별시 서초구 사임당로 82
전화 | 편집 (02) 3487-2814·영업 (02) 3471-8044

ISBN 978-89-527-9910-4 (03810)

적지와 왕국

알베르 카뮈 전집 ————————————— 04

L'Exil et le Royaume

적지와 왕국

김화영 옮김

Albert Camus

책세상

서문[*]

《전락》은 나중에 긴 이야기로 변했지만 원래는《적지와 왕국》의 일부분을 이루는 작품이었다. 이 단편집은 다음과 같은 여섯 편의 작품으로 이루어져 있다. 〈간부La Femme adultère〉, 〈배교자Le Renégat〉, 〈말없는 사람들Les Muets〉, 〈손님L'Hôte〉, 〈요나Jonas〉, 그리고 〈자라나는 돌La Pierre qui pousse〉이 그것이다. 그러나 단 하나의 주제, 즉 '적지謫地'의 문제가 내적 독백에서부터 사실주의적인 이야기에 이르기까지 여섯 가지의 서로 다른 방식으로 처리되어 있다. 사실 이 여섯 개의 이야기는 비록 나중에 따로따로 다시 손질하고 다듬긴 했지만 원래는 단

* 이 글은 1975년《적지와 왕국》이 출간될 때 알베르 카뮈가 쓴 '서평 의뢰서prière d'insérer'다.

숨에 연이어 쓴 것들이다.

또한 이 책의 제목에서 문제시되는 '왕국'으로 말하자면, 그
것은 우리가 마침내 새로이 태어나기 위해서는 반드시 되찾아
야 할 자유롭고 벌거벗은 삶 같은 것과 일치한다. '적지'는 그것
나름대로 우리에게 그런 삶으로 나아가는 길을 가르쳐준다.
물론 우리가 그 '적지'에서 예속servitude과 동시에 소유possession
를 거부할 수 있어야만 가능한 일이지만.

차례

* 이 책은 《적지와 왕국》(1994)의 개정판이다. 번역 대본으로 *Œuvres complètes*, Tome IV(Gallimard, 2008)을 참조했다.

프랑신*에게

* 프랑신 카뮈. 카뮈의 아내로, 쌍둥이 자매인 잔과 카트린의 어머니.

간부 姦婦

차 창문을 닫아놓았는데도 여윈 파리 한 마리가 얼마 전부터 버스 안을 빙빙 돌며 날아다니고 있었다. 이 어이없는 파리는, 소리도 없이 기진한 듯 날아왔다 날아갔다 했다. 자닌은 파리가 없어져 보이지 않다가 또다시 남편의 움직이지 않는 손등 위에 내려앉는 것을 봤다. 날씨는 추웠다. 모래 섞인 바람이 유리창을 흔들며 휘몰아칠 때마다 파리는 오들오들 떨었다. 겨울 아침 드문 햇빛 속에, 차는 양철판과 차축이 요란하게 덜컹거리는 소리와 함께 구르며 요동하며 힘겹게 전진하고 있었다. 자닌은 남편을 쳐다봤다. 좁은 이마 위에 나직이 심어진 희끗희끗해가는 머리 다발, 넓적한 코, 고르지 못한 입 모양으로 인해서 마르셀은 잔뜩 골이 난 목신牧神과 같았다. 길이 움푹 패인 곳을 지날 때마다 자닌은 마르셀의 몸이 확 쏠리면서 자기에게 부딪쳐오는 것을 느끼곤 했다. 그러면 마르셀은 벌

간부姦婦

린 두 다리로 육중한 상체를 받치면서 몸을 추슬렀고 다시 시선을 고정시킨 채 멍하니 앉아 미동도 하지 않았다. 오직 털 하나 나지 않은 큼직한 두 손만이 살아 있는 듯 보였다. 와이셔츠의 소매보다 더 길게 손목을 덮고 있는 회색 플란넬 저고리 때문에 손은 한결 더 짧아 보였다. 무릎 위에 놓인 천으로 된 작은 가방을 어찌나 꼭 쥐고 있는지 그 두 손에 파리가 머뭇거리며 기어다니고 있어도 느끼지 못하는 것 같았다.

별안간 포효하는 바람소리가 또렷이 들려오고 차를 휘감고 있던 광물성 안개가 한결 짙어졌다. 이제는 유리창 위로 모래가 어떤 보이지 않는 손이 끼얹기라도 하듯 한 움큼씩 날아오면서 후려쳤다. 파리는 추위를 못 참겠다는 듯 한쪽 날개를 움직거리며 다리 위로 웅크리더니 날아가버렸다. 차는 속력을 늦추면서 이내 정거할 듯 싶었다. 이윽고 바람이 잔잔해지는 것 같았고 안개가 조금 걷히는가 싶자 차는 다시 속력을 냈다. 먼지에 젖은 풍경 속에 빛의 구멍들이 열렸다. 금속으로 잘려진 듯한 인상의 후리후리하고 하얀 종려나무가 두서너 장의 유리창에 솟아오르더니 이내 사라졌다.

"별난 고장이군!" 마르셀이 말했다.

차 안에는 아랍인들이 가득했는데 그들은 그네들 특유의 아랍식 두건 달린 외투 속에 파묻힌 채 잠자는 시늉을 하고 있었다. 그중 몇 사람은 좌석 위로 다리를 접고 올라앉아 있는 탓에 차의 움직임에 따라 남들보다 한결 더 유난히 흔들렸다. 마침

적지와 왕국

내 자닌에게는 그들의 침묵과 무감각이 부담스럽게 느껴지기 시작했다. 벌써 여러 날 동안 이 무언의 호위대와 더불어 여행하고 있다는 느낌이었다. 그러나 새벽에 기차의 종점에서 출발한 차는 두 시간 전부터 이 써늘한 아침, 돌 섞인 황막한 고원 위를 달리고 있었다. 적어도 출발시에는 불그스레한 지평선까지 선이 똑바로 뻗어 있던 고원이었지만, 바람이 일면서 차차 이 광막한 벌판을 삼켜버렸다. 그때부터 승객들의 시야에는 아무것도 보이지 않았다. 그들은 한 사람씩 차례대로 입을 다물었고 차 안에 스며든 모래 때문에 자극된 눈과 입을 이따금씩 닦아내면서 일종의 백야 속을 침묵을 지키며 항해해왔다.

 "자닌!" 그녀는 남편이 부르는 소리에 소스라쳐 정신을 차렸다. 그녀는 다시 한번 키가 크고 튼튼한 체격인 자신에게 그 이름이 얼마나 우스꽝스러운 것인가 하는 생각을 했다. 마르셀은 견본 상자를 어디다 뒀는지 알고 싶었다. 그녀는 의자 밑의 빈 공간을 발로 더듬어 어떤 물건에 발이 닿자 그것이 상자려니 단정지었다. 실제로 자닌은 몸을 구부려 아래쪽을 들여다볼 수가 없었다. 그러면 숨이 막히는 느낌이었던 것이다. 그러나 학창 시절 그녀의 체육 성적은 1등이었고 폐활량은 무궁무진했었다. 그것이 그토록 아득한 옛날이었던가? 25년이었다. 25년이란 아무것도 아니다. 자유로운 생활과 결혼 사이에서 망설이던 것이 어제요, 어쩌면 홀로 늙어갈지도 모를 그날

간부姦婦

을 생각하며 고민하던 것이 어제 아니었던가? 그러나 그녀는 혼자가 아니었다. 무슨 일이 있어도 그녀의 곁을 떠나지 않겠다던 그 법과 대학생이 지금 곁에 앉아 있다. 마르셀은 키가 좀 작았고, 탐욕스럽고 짧은 웃음이며 너무 툭 튀어나 온 검은 눈이 별로 마음에 들지는 않았지만, 그녀는 결국 그와 결혼하고 말았다. 그러나 그녀는 이곳에 사는 프랑스 사람들에게서 한결같이 찾아볼 수 있는 그의 살고자 하는 용기를 사랑했다. 사건이나 사람이 기대에 어긋났을 때 당황해하는 그의 표정 또한 사랑스러웠다. 특히 그녀는 사랑받기를 좋아했는데 마르셀은 꾸준한 사랑으로 그녀를 흠뻑 적셔줬다. 자기를 위해서 그녀가 존재한다는 것을 자닌으로 하여금 쉴 새 없이 느끼게 한 나머지 결국 그는 실제로 그녀를 존재하게 만들었다. 그렇다. 자닌은 혼자가 아니었다….

요란스런 경적을 울리면서 차는 보이지 않는 장애를 뚫고 길을 열어가고 있었다. 그러나 차 안에서는 아무도 움직이지 않았다. 돌연 자닌은 누군가가 자기를 쳐다보고 있다는 느낌이 들어서 통로 저 건너편 자기의 의자와 같은 줄의 건너편 좌석을 향해 몸을 돌렸다. 그 사람은 아랍인이 아니었다. 출발할 때 그를 알아보지 못한 것이 이상했다. 사하라 주둔 프랑스군 부대의 정복 차림에 회갈색 군모를 썼고 이 지역 군인 특유의 구릿빛나는 얼굴은 갸름하고 뾰족했다. 그는 맑은 눈으로 자닌을 무뚝뚝하게 뚫어질 듯이 뜯어보고 있었다. 자닌은 갑자

기 얼굴이 붉어지면서, 여전히 앞쪽의 안개와 바람 속을 바라만보고 있는 남편에게로 몸을 돌렸다. 그녀는 외투로 몸을 포근히 감쌌다. 그러나 여전히 후리후리하고 홀쭉한 프랑스 군인의 모습이 떠올랐다. 착 달라붙은 웃옷 차림에 몸이 어찌나 홀쭉한지, 무슨 메마르고 부스러지기 쉬운 물질, 모래와 뼈를 혼합한 물질 같은 것으로 만들어진 느낌이었다. 자닌이 앞에 자리잡은 아랍인들의 여윈 손과 햇볕에 그을은 얼굴을 본 것은 바로 이 순간이었다. 게다가 남편과 자기는 의자에 간신히 비집고 앉아 있는 형편인데 그들은 매우 품이 큰 옷을 입고 있었는데도 불구하고 아주 자리가 넉넉하다는 느낌을 줬다. 그녀는 외투 자락을 끌어당겼다. 그러나 자닌은 그다지 뚱뚱하지 않았다. 오히려 큼직하고 풍만하다고나 할까, 육감적이고 아직은 탐낼 만한(사내들이 던지는 시선을 받을 때 그걸 느낄 수가 있었다) 몸매였는데, 약간 어린애 같은 얼굴에 맑고 시원스런 눈은, 따뜻하고 푸근한 덩치 큰 육체와 대조를 이뤘다.

아니었다. 모두가 예상했던 것과는 달랐다. 마르셀이 출장여행에 그녀도 같이 가주기를 원했을 때 자닌은 반대했었다. 마르셀은 오래전부터, 정확히 말하면 종전 후 사업이 정상화되면서부터 이 여행을 생각해왔다. 전쟁 전에는 법률 공부를 포기하고서 양친으로부터 물려받은 자그마한 옷감 장사로 제법 생활이 넉넉한 편이었다. 바닷가에서의 젊은 시절이란 행복할 수도 있는 것이다. 그러나 마르셀은 육체적으로 힘을 쓰

간부姦婦

는 것을 별로 좋아하지 않는 터여서, 자닌을 바닷가에 데려가는 것을 이내 포기하고 말았다. 작은 차를 타고 마을 밖으로 나가보는 것이 일요일의 소풍으로 고작이었다. 그 외의 시간에는 반은 현지인, 반은 유럽인으로 섞인 구역의 아케이드 그늘 속에 자리잡은 오색찬란한 포목상점이 그에게는 더 좋았다. 그들은 상점 위층, 아랍 벽지와 바르베스 가구로 장식된 방 세 칸짜리 집에서 살았다. 그들에게는 아이가 없었다. 덧문을 반쯤 닫아놓은 어슴푸레한 집안에서 세월은 흘러갔다.[*] 여름, 해변가, 소풍, 심지어 하늘까지도 머나먼 것이었다. 사업 이외에는 아무것도 마르셀의 관심을 끄는 것 같지 않았다. 비로소 자닌은 그가 참으로 열렬한 관심을 쏟는 것이 무엇인지를 알 것 같았다. 그것은 바로 돈이었다. 그러나 그녀는 이렇다 할 이유도 없이 그것을 달갑게 여기지 않았다. 따지고 보면 자닌은 돈의 혜택을 받고 있었다. 마르셀은 인색하지 않았다. 오히려 너그러웠다. 특히 자닌에게는 그랬다. "내게 혹시 무슨 일이 일어나더라도 당신은 안심이야." 사실 말이지 물질적인 결핍은 면해야 한다. 하지만 가장 단순한 결핍이 아닌 다른 차원의 문제라면 과연 어디에서 보호를 받을 것인가? 때때로 자닌이 어

---

[*] 지중해 연안지역에서는 강한 직사광선을 피해 실내를 서늘하게 유지하기 위하여 낮에는 덧문을 닫아둔다.

렴풋이 느끼는 것이 바로 이 점이었다. 그러나 당장은 마르셀이 장부 정리하는 것을 돕고 이따금 상점 일을 대신 보기도 했다. 가장 고달픈 때는 더위로 나른한 권태의 감각까지도 말살하는 여름철이었다. 그런데 돌연, 바로 그 한여름에 전쟁이 일어났다. 마르셀은 징집당했다가 제대했지만 포목은 부족하고 사업은 중단되어 거리는 인적이 없어지고 더위에 허덕였다. 이제부터 무슨 일이 일어난다면 자닌은 더 이상 안심할 수 없게 됐다. 바로 그런 까닭으로, 옷감이 시장에 다시 공급되기 시작하자 마르셀은 중개상을 거칠 필요 없이 직접 아랍 상인들에게 팔기 위해 고원지대와 남쪽의 마을들을 찾아다녀볼 생각을 했다. 그는 자닌에게 같이 갈 것을 권했다. 그녀는 교통이 불편하다는 것을 알고 있었고 또한 숨이 가쁜 터여서, 차라리 집에 남아서 마르셀을 기다렸으면 했다. 그러나 남편이 끝내 고집을 부렸으므로 거절하기에는 너무나도 힘든 일임을 알고 동의했다. 그래서 그들은 지금 여행길에 오른 것인데, 사실 자닌이 생각했던 것과는 모든 것이 딴판이었다. 그녀는 더위와 파리 떼와 아니스 냄새로 가득 찬 더러운 여관 잠자리를 걱정했었다. 추위나 살을 에는 바람, 그리고 퇴석堆石이 어지럽게 널린 극지 같은 고원은 꿈에도 생각하지 않았다. 그녀는 오히려 종려나무나 부드러운 모래를 꿈꿨었다. 그러나 지금, 사막은 그런 것이 아니라 오로지 돌, 어디나 할 것 없이 지천으로 널린 돌뿐이라는 것을 눈으로 봤다. 하늘에도 사납고 차가운

간부姦婦

돌먼지만이 가득했고 땅에도 돌들 사이에 마른 화본과禾本科 식물만이 돋아나 있었다.

별안간 차가 섰다. 운전사는 혼자서 몇 마디 중얼거렸다. 일생 동안 들어왔지만 그녀로서는 알아들을 수 없는 외국말이었다. "무슨 일이야?" 하고 마르셀이 물었다. 운전사가 이번에는 프랑스어로, 모래 때문에 모터의 기화기가 막힌 것 같다고 말하자 마르셀은 다시 한번 그 고장을 저주했다. 운전사는 이를 온통 드러내 보인 채 웃으면서 대수로운 일은 아니니 기화기를 소제하면 이내 떠날 수 있으리라고 자신 있게 말했다. 그가 문을 열자마자 찬바람이 수천 개의 모래알을 얼굴에 뿌리며 차 안으로 몰아쳤다. 아랍인들은 모두 뷔르누 겉옷* 속에 코를 박고 몸을 웅크렸다. "문 닫아." 마르셀이 고함쳤다. 운전사는 문 쪽으로 다시 돌아오면서 씩 웃었다. 그는 태연하게 계기판 밑에서 몇 가지 공구를 꺼내 들더니 문을 닫지도 않은 채 안개 속으로 조그맣게 줄어들면서 차 앞쪽으로 다시 사라졌다.

마르셀은 한숨지었다. "필시 저놈, 생전에 모터란 건 한 번도 본 일이 없었을 거야." "내버려둬" 하고 말하던 자신은 돌연, 놀라서 펄쩍 뛰었다. 차 바로 옆, 둑 위에 헐렁한 옷을 휘감아 입은 형체들이 못박은 듯이 서 있었다. 외투 두건 아래, 그리고

* 아랍 사람들이 입는 두건 달린 소매 없는 겉옷.

베일의 장막 뒤로 그들의 눈만이 보였다. 입을 다문 채 어디서 나타났는지 알 수 없는 이들은 차 안에 앉아 있는 길손들을 바라보고 있었다. "목자들이야" 하고 마르셀이 말했다.

차 안에는 하염없는 침묵만이 흘렀다. 나그네들은 모두 머리를 숙인 채 이 끝없는 고원 위에 고삐 풀려 휘몰아치는 바람 소리에 귀를 기울이고 있는 것 같았다. 자닌은 문득 짐이 하나도 보이지 않는다는 사실을 깨닫고 깜짝 놀랐다. 철도 종점에서 운전사가 그들의 트렁크와 몇 개의 짐 보따리들을 끌어올려 지붕 위에 실었었다. 차 안에는 그물 시렁 위에 마디가 많은 지팡이와 납작한 바구니들이 보일 뿐이었다. 필시 이 남쪽 사람들은 모두가 빈손으로 여행하는 모양이었다.

그러나 운전사는 여전히 활기찬 표정으로 돌아왔다. 그 역시 얼굴을 베일로 가리고 있어서 오직 두 눈만이 그 위에서 웃음짓고 있었다. 그는 이제 떠난다고 말했다. 그가 문을 닫자, 바람이 잠잠해지면서 창유리에 뿌리는 모래의 빗소리가 더 뚜렷하게 들려왔다. 모터는 통통거리더니 그만 사그라졌다. 오랫동안 반복해 시동을 걸어본 끝에 마침내 모터가 돌기 시작했고 운전사는 액셀을 세차게 밟아 요란한 소리를 냈다. 크게 딸꾹질을 하면서 차는 다시 떠났다. 여전히 꼼짝도 않은 채 서 있는 누더기 차림의 목자들 무리로부터 손 하나가 솟아오르더니, 그들은 등 뒤의 안개 속으로 사라졌다. 이내 차는 한결 더 사나워진 길 위에서 덜컹거리기 시작했다. 아랍인들은 몸이

간부姦婦

뒤흔들려 쉴 새 없이 건들거렸다. 한편 자닌은 졸음이 밀려오는 것을 느꼈다. 그때 입냄새를 없애는 사탕이 가득 담긴 노란색의 자그마한 통 하나가 그녀의 눈앞에 불쑥 나타났다. 아까 본 샤칼* 병사가 그녀에게 웃음을 지어 보이고 있었다. 자닌은 망설이다가 사탕을 하나 집고는 감사하다고 말했다. 샤칼 병사는 통을 호주머니 안에 집어넣고는 단숨에 웃음을 거둬 삼켜버렸다. 이제 그는 똑바로 앞을 향해 길을 쏘아보고 있다. 자닌은 마르셀에게 몸을 돌렸다. 그의 탄탄한 목덜미만이 보였다. 그는 푸슬푸슬한 모랫둑에서 한결 짙게 피어오르는 안개를 창 너머로 내다보고 있었다.

차가 달리기 시작한 지 벌써 여러 시간이 흘렀고 피로 때문에 차 안은 죽은 듯이 고요하기만 했는데 문득 밖에서 떠들썩한 소리가 들려왔다. 뷔르누 차림의 아이들이 팽이처럼 제자리에서 빙빙 돌고 뛰고 손뼉을 치면서 차를 향해 몰려들었다. 차는 이제 나지막한 집들이 늘어서 있는 긴 거리를 굴러가고 있었다. 오아시스에 들어서고 있었다. 바람은 계속 불었지만 벽이 모래바람을 막아주고 있었으므로 더 이상 햇빛이 가려 어두워지는 일은 없었다. 그러나 하늘은 여전히 구름에 덮여

* 프랑스의 알제리 주둔 경보병. 아프리카 북부 등에 서식하는 갯과의 동물 재칼에서 따온 프랑스식 명칭.

있었다. 떠들썩한 아우성 속에 차는 요란스런 브레이크 소리를 내면서 더러운 유리창이 달린 호텔의 흙벽 아케이드 앞에 섰다. 자닌은 차에서 내려 길 위에 서자 몸이 기우뚱거리는 느낌이 들었다. 눈을 들자 집들 위로 노란색의 가냘픈 회교 사원의 첨탑이 보였다. 왼편으로는 벌써 오아시스의 첫 종려수들이 뚜렷한 윤곽을 드러냈다. 그쪽으로 가고만 싶었다. 그러나 정오 가까이 되었는데도 불구하고 추위는 격심했다. 바람 때문에 몸이 으스스 떨렸다. 그녀가 마르셀을 향해 돌아서자 그녀 쪽으로 다가오는 병사가 먼저 보였다. 미소를 짓거나 인사를 하려니 기대했다. 그러나 병사는 그녀를 거들떠보지도 않고 지나쳐 사라졌다. 한편 마르셀은 포목 짐과 차 지붕 위에 실은 검은 철궤짝을 내리는 걸 지켜보느라고 바빴다. 쉬운 일은 아닌 듯싶었다. 운전사가 혼자서 짐을 처리하고 있었는데 그는 벌써 일손을 놓은 채 자동차 지붕 위에 서서 차를 에워싸고 모여든 뷔르누 차림의 무리들 앞에서 뭐라고 떠벌리고 있었다. 뼈와 가죽을 새겨놓은 듯한 얼굴들에 둘러싸여 목메인 고함소리에 시달리자 자닌은 별안간 피로를 느꼈다. "먼저 올라갈게"라고 마르셀에게 말했다. 남편은 운전사를 초조하게 독촉하고 있었다.

자닌은 호텔로 들어갔다. 깡마르고 무뚝뚝한 프랑스 사람인 주인이 그녀를 맞이했다. 그는 거리가 내려다보이는 2층 회랑을 따라 자닌을 방으로 안내했다. 그곳에는 쇠침대와 하얀 에

간부姦婦

나멜을 칠한 의자와 커튼도 없는 옷걸이 벽장, 그리고 갈대나무 병풍 뒤로 화장실이 있을 뿐이었다. 세면대는 가는 모래 먼지로 덮여 있었다. 주인이 문을 닫고 나가자 자닌은 하얗게 회칠한 벌거숭이 벽에서 새어나오는 추위를 느꼈다. 그녀는 백을 어느 곳에 놔야 좋을지, 자신의 몸을 어디에 둬야 좋을지 몰랐다. 드러눕거나 서 있거나 해야 했다. 어느 편이고 간에 으스스 떨리는 것은 매한가지였다. 그녀는 백을 손에 든 채 천장 가까이 하늘로 열린 환기통 같은 것을 가만히 쳐다보면서 서 있었다. 그녀는 기다리고 있었다. 그러나 무엇을 기다리는 것인지 몰랐다. 다만 고독과 몸속으로 파고드는 추위와 심장이 있는 곳을 한결 무겁게 짓누르는 어떤 압박을 느낄 따름이었다. 실상 그녀는 꿈을 꾸고 있었다. 마르셀의 고함치는 소리와 더불어 한길에서 올라오는 소음은 거의 들리지도 않는 듯했고, 반대로 그녀는 바람 때문에 종려나무들에서 일어나 환기창을 통해 흘러오는 저 강물의 물살 같은 소리를 더욱 또렷하게 의식하고 있었다. 종려나무들은 지금 너무나도 가까운 곳에 있는 성싶었다. 그러자 바람이 더욱 거세지면서 부드러운 물소리는 윙윙거리는 파도소리로 변했다. 자닌은 벽 저 너머에 곧으면서도 바람에 휘청거리며 폭풍 속에 파도를 이루는 종려의 바다를 상상했다. 모든 것이 그녀가 기대했던 바와는 딴판이었지만 저 보이지 않는 파도는 그녀의 피곤한 눈을 서늘하게 식혀줬다. 그녀는 무거운 몸으로 두 팔을 축 늘어뜨린 채 약간 허리를 구

부리고 서 있었다. 한기가 무거운 다리를 더듬어 올라왔다. 자닌은 곧으면서도 바람에 휘청거리는 종려를, 그리고 지난날 소녀였던 자신의 모습을 꿈속처럼 그려봤다.

세수를 한 다음 그들은 식당으로 내려갔다. 텅 빈 벽에는 핑크색과 보라색을 덕지덕지 바른 낙타와 종려나무들이 그려져 있었다. 아케이드형의 창문으로는 인색한 빛이 흘러들어오고 있었다. 마르셀은 주인에게 이곳 상인들에 대해서 문의했다. 이윽고 수병들이 입는 저고리에 훈장을 단 늙은 아랍인이 그들의 식사를 날라왔다. 마르셀은 골똘한 표정으로 빵을 뜯었다. 그는 자닌이 물 마시는 것을 말렸다. "끓인 물이 아니야. 포도주를 마셔." 자닌은 술을 별로 좋아하지 않았다. 술을 마시면 몸이 무거워지기 때문이다. 거기다가 메뉴에는 돼지고기도 들어 있었다. "코란은 그걸 금하고 있지. 하지만 돼지고기도 잘 구워먹으면 병에 걸리지 않는다는 걸 코란은 몰랐던 거야. 우린 요리를 할 줄 알거든. 무슨 생각을 하고 있어?" 자닌은 아무 생각도 하고 있지 않았다. 어쩌면 예언자에 대한 요리사의 승리를 생각하고 있었는지도 모른다. 그러나 서둘러야 했다. 다음 날 아침 그들은 다시 남쪽을 향해 떠나기로 되어 있었다. 그래서 오후에 중요한 상인들을 모두 다 만나야 했다. 커피를 가져오도록 아랍 노인을 재촉했다. 노인은 웃지도 않은 채 고개를 끄덕거리더니 슬슬 걸어나갔다. "아침엔 천천히, 저녁엔

간부姦婦

너무 빠르지 않게." 마르셀은 웃음지으면서 말했다. 마침내 커피가 나오긴 나왔다. 그들은 커피를 마시자마자 먼지로 덮인 싸늘한 거리로 나섰다. 마르셀은 한 젊은 아랍인을 불러 짐을 들도록 했다. 그러나 그들은 원칙에 따라 짐삯을 가지고 다퉜다. 다시 한번 자닌에게 밝힌 그의 의견은 결국, 이 사람들은 4분의 1을 받기 위해서 두 배를 요구한다는 애매한 원칙에 근거를 둔다는 것이다. 자닌은 내키지 않는 마음으로 두 짐꾼을 따랐다. 그녀는 두툼한 외투 속에 털옷을 입고 있었는데 되도록 자리를 덜 차지했으면 좋겠다는 심정이었다. 돼지고기(비록 잘 구워진 것이었지만)와 조금밖에 마시지 않은 술 때문에 몸이 거북했다.

그들은 먼지가 자욱이 덮인 나무들이 서 있는, 자그마한 공원을 따라갔다. 아랍인들이 그들을 스쳐갔다. 아랍인들은 그들 앞에서 외투 자락을 여미면서 그들을 보지도 않은 듯 옆으로 비켜갔다. 자닌은 그들에게서, 다 해진 옷을 걸치고 있을망정 그녀가 사는 도시의 아랍인에게서는 찾아볼 수 없는 어떤 당당한 표정을 읽을 수 있었다. 그녀는 군중을 휘저으며 길을 열어주는 트렁크를 뒤따라갔다. 그들은 황토 흙 성벽의 문을 지나 마찬가지로 광물 같은 나무가 심어져 있고, 안쪽으로 가장 폭이 넓은 아케이드와 상점으로 둘러싸여 있는 자그마한 광장에 이르렀다. 그리고 바로 그 광장, 파란 회칠을 한 포탄형의 작은 건물 앞에서 걸음을 멈췄다. 내부에는 출입문으로 들어오는 빛

이 전부인 단칸방에 하얀 수염을 기른 아랍 노인 한 사람이 번쩍이는 나무판자 뒤에 자리잡고 있었다. 그는 여러 색깔의 유리컵 세 개를 늘어놓고 그 위로 찻주전자를 올렸다 내렸다 하면서 차를 따르고 있었다. 어둠침침한 상점 속에서 다른 그 무엇을 분간할 수 있기도 전에, 벌써 문턱에서부터 차의 신선한 냄새가 마르셀과 자닌을 맞이했다. 문턱을 넘어서 그림엽서의 회전 진열대와 어울려 비좁게 꽃무늬를 이루며 늘어놓고 있는 양은 찻주전자며 찻잔이며 쟁반을 지나자마자 마르셀은 바로 카운터에 마주 섰다. 자닌은 입구에 그대로 서 있었다. 빛을 막지 않으려고 옆으로 비켜섰다. 그때 자닌은 늙은 상인 뒤로 어둠 속에서 미소를 띠면서 그녀를 바라보는 두 아랍인을 봤다. 그들은 상점 안에 가득 쌓여 있는 두툼한 포대 위에 앉아 있었다. 붉고 검은 양탄자와 수놓은 비단 스카프가 벽에 죽 걸려 있었고, 땅바닥에는 포대와 향신료 씨앗이 가득 든 작은 상자가 잔뜩 널려 있었다. 카운터 위에는 번쩍이는 구리 접시가 달린 저울과 금이 흐려진 낡은 미터자 주위에 설탕 덩어리들이 나란히 놓여 있었다. 그중 하나는 푸른색의 두꺼운 종이 주머니에서 터져나와 위쪽이 부스러져 있었다. 방안에 퍼져 있던 양털과 향료 냄새가 박하차 향기 뒤에서 스며나오는 가운데 늙은 상인이 찻주전자를 카운터에 내려놓고 인사를 했다.

마르셀은 장사 얘기를 할 때의 그 나지막한 목소리로 다급하게 말했다. 이윽고 그는 짐을 풀더니 이 늙은 상인 앞에 물건

간부姦婦

을 늘어놓기 위해 저울과 자를 밀치고 나서 옷감과 스카프를 꺼내 보였다. 그는 안절부절못했고, 음성을 높이며 어색하게 웃기도 했다. 마치 상대방의 마음에 들고 싶었지만 자기 자신에 대해서는 도무지 자신이 없는 여자 같은 태도였다. 이제는 양손을 크게 펴 보이면서 매매하는 시늉을 하고 있었다. 노인은 머리를 흔들며 그의 뒤에 있는 두 아랍인에게 찻잔을 넘겨주고 나서 그저 몇 마디를 건넸는데 아마도 마르셀을 낙심시키는 말인 것 같았다. 마르셀은 다시 옷감을 거둬 짐을 꾸리고, 땀도 나지 않은 이마를 씻었다. 그들은 어린 짐꾼을 불러 아케이드를 향해 다시 떠났다. 첫 번째 상점에서는 상인이 처음에는 앞서와 똑같이 거만을 떨었지만 결국 일은 좀 더 잘 풀렸다. "하느님이나 되는 것처럼 군단 말이야. 하지만 저들도 물건 팔아서 먹고사는 것은 매한가지지! 누구에게나 생활은 고달픈 것이야" 하고 마르셀은 말했다.

자닌은 대답 없이 그의 뒤를 따랐다. 바람은 거의 그쳐 있었다. 하늘에는 여기저기 구름이 벗겨지고 있었다. 두꺼운 구름장 속으로 패인 파란 우물에서 써늘하고 눈부신 햇빛이 흘러내렸다. 이제 그들은 광장을 벗어났다. 그들은 좁은 뒷골목으로 들어서서 12월의 시들어 빠진 장미꽃 혹은 말라버렸거나 벌레 먹은 석류가 드문드문 매달려 있는 흙담을 따라서 걸어갔다. 먼지 냄새와 커피 향기, 나무껍질 태우는 연기, 돌과 양고기 냄새 등이 이 구역 전체에 넘실거리고 있었다. 벽담을 도

적지와 왕국

려낸 자리에 벌여놓은 상점들이 서로 멀찍이 떨어져 있었다. 자닌은 다리가 묵직해지는 것을 느꼈다. 그러나 남편은 차차 표정이 밝아지면서 물건을 팔기 시작했고 한결 타협적으로 변했다. 그는 자닌을 '예쁜이'라고 불렀다. 여행이 헛수고가 되지는 않을 것 같다고 했다. "물론이지. 그들과 직접 흥정하는 편이 낫고말고" 하고 자닌은 대답했다.

그들은 어떤 길을 따라 중심지 쪽으로 돌아왔다. 해는 기울고 하늘은 이제 거의 개었다. 그들은 광장에서 발걸음을 멈췄다. 마르셀은 양손을 비비면서 흐뭇한 표정으로 앞에 있는 집을 바라봤다. "저기 좀 봐" 하고 자닌이 말했다. 광장 저편 끝에서 깡마르고 억세보이는 키가 큰 아랍인 한 명이 걸어오고 있었다. 두건 달린 하늘색 뷔르누를 걸치고 노란색의 보드라운 장화를 신고 손에는 장갑을 낀 그 사람은 매부리코에 길쭉하고 볕에 그을린 얼굴을 쳐들고 있었다. 다만 터번식으로 둘러쓰고 있는 긴 두건만이 자닌이 이따금 감탄의 시선으로 쳐다보았던 식민정부의 프랑스 장교들과 그를 구별할 수 있게 하는 점이었다. 그는 규칙적인 걸음걸이로 그들을 향해 걸어오고 있었으나 한쪽 장갑을 천천히 벗어들면서 마치 그들의 어깨 너머 저쪽을 바라보는 듯싶었다. "얼씨구" 하고 마르셀이 어깨를 으쓱해 보이면서 말했다. "자기가 무슨 장군이라도 된 듯이 착각하는 작자로군." 그렇다. 이 고장 사람들은 한결같이 이렇게 거만한 태도를 취하고 있었지만 정말 이 작자는 과장

이 심했다. 그들 주위의 광장은 텅 빈 공간뿐인데도 이자는 짐도, 사람도 보이지 않는 듯 곧장 트렁크 쪽으로 걸어나왔다. 이 윽고 그들 사이의 거리가 급격히 가까워지면서 아랍인이 그들에게 다가들자 마르셀은 단숨에 트렁크의 손잡이를 잡아 뒤로 끌어당겼다. 그 아랍인은 아무것도 눈에 보이지 않는다는 듯이 그들을 지나 성벽을 향해 똑같은 걸음으로 걸어갔다. 자닌은 남편을 쳐다봤다. 당황해하는 얼굴이었다. "이젠 뭐든 제멋대로군" 하고 그는 말했다. 자닌은 아무 대꾸도 하지 않았다. 그 아랍인의 어처구니없는 거만이 싫었다. 그러자 갑자기 스스로가 불쌍해지는 느낌이었다. 떠나고 싶었다. 아늑한 그녀의 아파트가 그리웠다. 호텔의 써늘한 방으로 돌아갈 생각을 하자 의기소침해졌다. 사막이 내려다보이는 요새의 망루에 올라가보라고 권하던 호텔 주인의 말이 갑자기 생각났다.* 자닌은 마르셀에게 그 얘기를 꺼내면서 짐을 호텔에 맡겨놓으면 될 거라고 말했다. 그러자 남편은 피곤한 터라 저녁 식사 전에 좀 잤으면 싶다고 했다. "제발, 부탁이야" 하고 자닌은 말했다. 마르셀은 돌연 자상한 표정으로 자닌을 쳐다보더니 "그래, 그렇게 하자고" 하고 대답했다.

---

* 《작가수첩 3》에서 카뮈는 여러 번 〈간부〉의 무대는 알제리 남부 사막의 변두리에 위치한 도시 라구아트Laghouat에서 영감을 얻었다고 밝힌다.

자닌은 호텔 앞 길가에서 그를 기다렸다. 흰옷을 입은 군중들은 점점 많아졌다. 그 속에서 여자라곤 단 한 사람도 눈에 띄지 않았다. 자닌으로서는 이처럼 많은 남자들을 한 번도 본 적이 없었던 것 같았다. 그러나 그녀를 쳐다보는 사람은 아무도 없었다. 그중 몇 사람은 여위고 검게 탄 얼굴을 천천히 그녀에게 돌리긴 했지만 그녀를 바라보는 것 같지는 않았다. 이런 얼굴로 말미암아 자닌의 눈에는 차 안에서 본 프랑스 병사의 얼굴이나 장갑 낀 아랍인의 얼굴이 다 같이 교활하고 거만스런 얼굴이라는 점에서 서로 닮아 보였다. 그들은 그 외국 여자에게 얼굴을 돌리긴 했지만 그녀를 보는 것은 아니었다. 말없이 그리고 가볍게, 그 여자의 옆을 그냥 지나쳐갔다. 더군다나 그녀의 발목이 부어오르고 있었다. 그러자 그녀의 불안감, 떠나고 싶은 마음은 한층 더해졌다. '내가 뭣하러 여길 왔지?' 그러나 벌써 마르셀이 내려오고 있었다.

요새의 층계를 올라갈 무렵은 오후 5시경이었다. 바람은 완전히 그쳐 있었다. 활짝 갠 하늘은 이제 보랏빛이 도는 푸른색이었다. 한결 건조해진 추위가 그들의 뺨을 에는 듯했다. 층계 한복판에 이르자 벽에 기대어 누워 있던 한 늙은 아랍인이, 마치 거절당할 것을 미리부터 알고 있었던 듯이 몸은 꼼짝도 하지 않은 채 안내를 원하느냐고 물었다. 층계 중간에 여러 군데 평평한 곳이 있긴 했지만 계단은 가파르고 길었다. 높이 올라갈수록 공간은 확대되었고, 그들이 점점 더 광활하고 써늘

간부姦婦

하며 건조한 빛 속으로 솟아오르면서 오아시스의 모든 소리는 빠짐없이 또렷하고 맑게 들려왔다. 빛을 받은 공기가 그들의 주변에서 진동하는 것 같았다. 그들이 앞으로 나아감에 따라 마치 그들로 인해 수정 같은 빛 위로 낭랑한 소리의 파동이 일어서 점점 넓게 퍼져나가기라도 하는 느낌이었다. 망루에 도달한 후 그들의 시선이 단숨에 종려나무숲 너머 광막한 지평선 속으로 빠져드는 순간, 자닌에게는 온통 하늘 전체가 단 하나의 짧막하고 귀청을 찢을 듯한 음정으로 진동하는 느낌이었고 그 메아리는 점차로 그녀 주위의 공간을 가득 채우는가 싶더니 갑자기 뚝 그치면서 그녀를 가없이 넓은 공간 앞에 고요한 채로 남겨놓았다.

과연 동쪽에서 서쪽으로, 그녀의 시선은 더할 나위 없는 완벽한 곡선을 따라 단 하나의 장애물도 만나지 않고 천천히 옮겨 갔다. 발 아래에는 아랍 마을의 푸르고 하얀 건물 옥상들이 햇볕에 마르는 고추의 어둡고 불그스름한 얼룩으로 피처럼 물든 채 다닥다닥 붙어 있었다. 사람의 그림자라고는 전혀 보이지 않았다. 그러나 안마당에서는 커피 볶는 냄새가 섞인 연기와 함께 웃음기 어린 음성, 혹은 분간하기 어려운 발자국 소리가 올라오고 있었다. 좀 더 멀리에는 진흙담에 둘러싸여 각기 다른 네모꼴로 구분되어 있는 종려나무숲이, 망루 꼭대기에서는 이제 더 이상 느낄 수 없는 바람에 머리를 설렁거리고 있었다. 그보다 더 먼 곳에는, 지평선에 이르기까지 생명 있는 것이

라고는 전혀 눈에 띄지 않는 돌의 왕국이 황토색과 회색으로 시작되고 있었다. 다만 오아시스에서 약간 떨어진 곳, 서쪽으로 종려나무숲을 따라 뻗어 있는 와디* 근처에 널따란 검은 천막들이 눈에 띨 뿐이었다. 그 둘레에는 워낙 거리가 멀어서 아주 자잘하고 움직임이 없어보이는 낙타들의 무리가 회색의 땅 위에 의미를 헤아릴 길 없는 기이한 글씨를 그려놓고 있었다. 사막을 뒤덮고 있는 침묵은 공간처럼 광막했다.

자닌은 온몸을 난간에 기댄 채 자기 앞에 열려 있는 허공에서 벗어날 길이 없어 말없이 그냥 서 있을 뿐이었다. 옆에서는 마르셀이 몸을 흔들고 있었다. 추워서 내려갔으면 하는 모양이었다. 도대체 여기서 볼 것이 뭐가 있단 말인가? 그러나 자닌은 지평선에서 눈을 뗄 수가 없었다. 저 멀리, 더 남쪽으로 내려가 하늘과 땅이 깨끗한 선으로 마주치는 곳에서는 자닌이 그때까지 알지 못했던, 그러나 끊임없이 그녀에게 결핍되어 있었던 그 무엇인가가 자기를 기다리고 있을 것 같은 느낌이 문득 들었다. 기울어가는 오후에 빛은 부드럽게 풀어져가고 있었다. 결정체 같았던 빛이 물처럼 녹아 흘렀다. 그와 동시에, 오로지 우연히 이곳으로 이끌려왔을 뿐인 여인의 가슴 안에서는 세월과 습관과 권태가 꽉 조여 매어놓은 매듭이 천

* 우기 외에는 물이 없는 사하라사막의 강.

간부姦婦

천히 풀려갔다. 자닌은 유목민들의 야영 텐트를 내려다봤다. 그녀는 그곳에서 살고 있는 사람들을 본 적조차 없고 까만 천막들 사이에 살아 움직이는 것이라곤 아무것도 눈에 띄지 않았지만 그녀의 머릿속에는 오늘날까지 그 존재조차 모르고 있던 이들에 대한 생각뿐이었다. 집도 없이 이 세상과는 관계를 끊은 채 그들은, 여기 자닌의 눈앞에 펼쳐진 망망한 영토 위에 한 줌의 무리를 이루어 떠돌고 있었다. 그러나 이 영토는 남쪽으로 수천 킬로미터를 더 내려가서 마침내 첫 번째 강이 밀림에 물을 대주는 그곳에 가서야 끝도 없는 확대의 걸음을 멈추는, 더욱 광대한 공간의 극히 보잘것없는 일부분일 따름이었다. 아득한 옛날부터 광막한 이 나라의 뼛속까지 헐벗긴 메마른 땅 위에서 가진 것은 아무것도 없으나 그 누구의 종 노릇도 하지 않는 어떤 사람들은, 이 기이한 왕국의 가난하지만 자유로운 주인들로서 지칠 줄 모르고 길을 걸었다. 자닌은 이러한 생각이 왜 이다지도 그녀를 감미롭고 드넓은 슬픔으로 채우는지, 그리하여 마침내는 눈을 감게 만드는지 그 까닭을 알 수가 없었다. 그녀는 다만 이 왕국이 원래부터 그녀에게 약속되어 있었지만, 어쩌면 이 덧없는 한순간, 돌연 정지된 하늘과 얼어붙은 빛의 물결을 향해 그녀가 다시 눈을 뜨고, 한편 아랍 마을에서 올라오던 목소리들이 문득 잠잠해지는 이 순간을 제외하고는, 영영 자기의 것은 되지 못하리라는 것을 알 수 있을 뿐이었다. 자닌에게는 그때 이 세계가 이제 막 흐름을 멈추고, 이

적지와 왕국

순간부터는 아무도 늙지도 죽지도 않을 것같이 느껴졌다. 이제부터는 이 세상 모든 곳에서 삶이 정지돼버렸다. 오직 그녀의 가슴속에서 누군가가 고통과 경이로움에 못 이겨 눈물을 흘리고 있을 뿐이었다.

그러나 빛은 움직이기 시작했고 또렷하고 온기 없는 해는 장밋빛으로 엷게 물들어가는 서쪽으로 기울었다. 한편 동쪽에서는 회색빛 물결이 일면서 광막한 공간으로 천천히 밀려나가려 했다. 첫 번째 개 짖는 소리가 들려왔다. 그 머나먼 소리가 한결 차가워진 대기 속으로 솟아올랐다. 그때 자닌은 자신이 이를 덜덜 떨고 있는 것을 알아차렸다. "아이고 죽겠다." 마르셀이 말했다. "바보 같은 짓이야, 그만 돌아가지." 그러나 그는 어색하게 그녀의 손을 잡았다. 고분고분해진 자닌이 난간에서 몸을 돌리고 남편을 따랐다. 층계 위의 늙은 아랍인은 꼼짝도 않은 채 그들이 마을로 내려가는 것을 바라보고 있었다. 자닌은 갑자기 덮쳐오는 엄청난 피곤 때문에 허리를 구부린 채 더 이상 그 무게를 지탱할 수 없을 것만 같은 몸을 억지로 움직이면서 아무도 거들떠보지 않고 걸어갔다. 흥분은 사라져버렸다. 지금 그녀는 막 발을 들여놓은 세계에 비해서 자기 자신이 너무 크고 너무 비대하며 너무 희다고 느꼈다. 어린아이, 젊은 아가씨, 메마른 사나이, 발걸음 가벼운 샤칼 병사만이 이 땅의 흙을 소리 없이 밟을 수 있는 존재들이었다. 그녀 자신이야 잠이 드는 순간까지, 죽는 순간까지 억지로 몸을 질질 끌고 다닐

간부姦婦

뿐 달리 무엇을 할 수 있단 말인가?

실제로 그녀는 무거운 몸을 질질 끌고 식당까지 갔고 피곤하다면서 갑자기 말이 없어진 남편과 마주 앉아 몸에 열이 오르는 것을 느끼면서 간신히 감기와 싸우고 있었다. 그녀는 다시금 침대에까지 몸을 끌고 갔다. 마르셀도 함께 와서 눕더니 물어보지도 않고 불을 껐다. 방은 얼어 있었다. 자닌은 점점 더 열이 오르는 동시에 전신에 오한이 나는 것을 느꼈다. 숨이 가빠지면서 맥박이 빨라졌지만 몸이 더워지지는 않았다. 어떤 두려움 같은 것이 속에서 커져갔다. 자닌은 돌아누웠다. 낡은 쇠침대가 그의 무게에 눌려 삐걱거렸다. 그렇다. 아프고 싶지는 않았다. 남편은 벌써 잠이 들었다. 자닌도 잠을 청해야 했다. 그래야만 했다. 거리의 소음이 나직하게 환기창으로 들려왔다. 무어식 카페의 구식 유성기에서 어렴풋이 기억나는 노래가 코먹은 소리로 울려퍼졌다. 그 노래는 느린 군중의 웅성거리는 소리를 타고 들어왔다. 잠을 청해야 했다. 그러나 자닌은 검은 천막들을 하나둘 세고 있었다. 눈꺼풀 뒤에서 움직이지 않는 낙타들이 나타났다. 엄청난 고독이 그녀의 내면에 소용돌이치고 있었다. 그렇다. 도대체 뭣하러 왔던가? 그녀는 이런 질문을 하면서 잠이 들었다.

잠시 후 자닌은 잠에서 깼다. 주위는 쥐죽은 듯 고요했다. 그러나 마을의 저 끝에서는 침묵에 잠긴 어둠 속에서 목이 쉰 개들이 짖어대고 있었다. 자닌은 으스스 몸을 떨었다. 다시 한

번 몸을 뒤척이다가 자신의 어깨에 남편의 단단한 어깨가 와
닿는 것을 느끼자 반쯤 잠이 든 채 갑자기 몸을 웅크리며 그에
게 바싹 달라붙었다. 차차 잠 속을 떠다녔지만 깊은 잠은 이룰
수가 없었다. 자닌은 믿음직한 항구인 양, 무의식적인 갈망을
느끼며 그 어깨에 매달렸다. 그녀는 뭐라고 말을 하고 있었지
만 그녀의 입에서는 아무런 말도 새어나오지 않았다. 말은 하
고 있었지만 자신의 귀에도 그 말이 들릴까 말까 했다. 오직 마
르셀의 체온이 느껴질 따름이었다. 20년이 넘도록 밤마다 이
렇듯 아플 때도 여행할 때도 항상 단둘이서 그의 체온 속에 지
금처럼…. 하기야 그녀 혼자 집에 남아서 무엇을 할 수 있었겠
는가? 아이도 없었다! 그녀의 마음을 허전하게 하는 것은 바로
그것이 아니었을까? 자닌은 알 수 없었다. 그저 누군가가 자기
를 필요로 한다는 것에 흡족해서 마르셀을 따른 것, 그것뿐이
었다. 실상 스스로가 필요한 존재라는 것을 느끼는 기쁨 이외
에 마르셀이 그녀에게 준 것은 아무것도 없었다. 아마도 그녀
를 사랑하고 있는 것은 아닐 것이다. 사랑이란 비록 원한어린
것일지라도 이렇게 찌푸린 얼굴을 하고 있는 것은 아니다. 하
지만 사랑의 얼굴은 어떤 것인가? 그들은 어둠 속에서 서로 보
지 않고 더듬어가며 사랑했다. 암흑 속에서의 사랑이 아닌 또
다른 사랑, 환한 대낮에 소리 높여 부르짖는 사랑도 있을 수 있
을까? 모를 일이었다. 하지만 마르셀이 자기를 필요로 한다는
것과 자기로서는 이 필요가 필요하다는 것, 밤이나 낮이나 그

간부姦婦

필요로 살아간다는 것을 알고 있었다. 특히 밤엔 그랬다. 매일 밤 마르셀은 혼자 있는 것이 싫어서, 늙는 것이 싫어서, 죽는 것이 싫어서 그 고집스런 표정을 지었다. 그녀가 딴 사내들의 얼굴에서도 가끔 볼 수 있었던 그 표정, 이성적인 얼굴로 본래의 모습을 감추기는 하지만 광란에 사로잡힐 때면, 고독과 밤이 드러내는 섬뜩한 그 무엇을 파묻어 숨기기 위해, 욕망도 못느끼면서 여자의 육체를 향해 절망적으로 몸을 내던지는, 이 미치광이 사내들의 공통된 단 하나의 표정이 그것이었다.

마르셀은 자닌에게서 떨어지려는 듯 몸을 움직거렸다. 그렇다. 마르셀은 그녀를 사랑하고 있는 것이 아니었다. 다만 자닌이 아닌 그 무엇을 두려워하고 있을 뿐이었다. 오래전부터 그들은 서로 헤어져서 끝까지 혼자서 자야 했을 것이다. 하지만 과연 누가 언제까지나 홀로 잠잘 수 있다는 말인가? 어떤 사명이나 불행 때문에 남들과 담을 쌓고 지내는 몇몇 사람이 그러기는 한다. 그래서 그들은 매일 밤 죽음과 한 이불 속에서 잔다. 그러나 마르셀은 절대로 그러지 못할 것이다. 특히 그는, 연약하고 무력한 어린아이 같은 마르셀은 고통을 당하면 겁부터 내며 그녀를 필요로 하는 바로 그녀의 어린아이, 바로 이 순간에도 자면서 신음소리를 내고 있는 어린아이인 것이다. 자닌은 그에게 좀 더 바싹 달라붙으면서 그의 가슴 위에 손을 얹었다. 마음속으로 그녀는 지난날 그에게 이름 붙여줬던, 아직도 아주 가끔씩 서로 부르기는 하지만 그 참뜻에 대해서는 더

이상 생각하지 않는 애칭으로 마르셀을 불렀다.

　그녀는 마음 깊은 곳으로부터 그를 불렀다. 따지고 보면 자닌 또한 마르셀이, 그의 힘이, 그의 사소한 버릇들이 필요했다. 그녀 역시 죽는 것이 두려웠다. '이 두려움을 극복한다면 행복할 수 있으련만….' 그러자 이내 그녀는 말할 수 없는 고통에 사로잡혔다. 그는 마르셀에게서 떨어졌다. 그렇다. 아무것도 극복하지 못하고 있었다. 그녀는 행복하지 않았다. 정말이지 해방되지도 못한 채 죽어가는 것 같았다. 가슴이 답답했다. 20년 이래 짊어지고 다닌다는 사실을 문득 깨닫게 된 엄청난 무게에 짓눌려 숨이 막힐 듯했다. 지금 그녀는 그 무게에 깔린 채 있는 힘을 다하여 발버둥치고 있었다. 비록 마르셀이나 딴 사람들은 영영 해방되지 못한다 하더라도 자기만은 해방되고 싶었다. 그녀는 잠을 깨고 자리에서 일어나 앉아 아주 가까운 곳에서 들리는 듯한 어떤 부르는 소리에 귀를 기울였다. 그러나 밤의 저 끝으로부터 오아시스의 개들이 짖는 가냘프면서도 지칠 줄 모르는 소리만이 들려올 뿐이었다. 약한 바람이 일어나는지 종려나무 숲속에서 가볍게 흐르는 물 소리가 그녀의 귀에 들렸다. 바람은 저 멀리 남쪽, 다시금 요지부동인 하늘 아래 사람과 밤이 한데 섞이는 곳, 삶이 멈추고 이제는 아무도 늙지도 죽지도 않는 그곳에서 불어오고 있었다. 이윽고 바람의 물결이 말라버리고, 자닌은 과연 무슨 소리를 들었는지조차도 확연치 않았다. 만약 들었다면 그것은 결국 자기가 마음대로

뚝 그치게 할 수도 있고 또 귀로 들을 수 있는 그 어떤 소리 없는 부름이었을 따름이다. 그 부르는 소리에 지금 이 순간 응답하지 않으면 영원히 그 뜻을 헤아릴 수 없을 것이다. 그렇다. 지금 이 순간, 적어도 이것만은 확실하다!

자닌은 천천히 일어나 남편의 숨소리에 귀를 기울이며 침대 옆에 움직이지 않고 가만히 서 있었다. 마르셀은 자고 있었다. 잠시 후 침상의 훈훈한 기운이 가시자 추위가 엄습해왔다. 건물 정면의 덧문을 통해 스며들어오는 가로등의 희미한 불빛 속에서 그녀는 옷을 더듬더듬 찾아 들고 천천히 입었다. 신발을 손에 들고 문 앞으로 갔다. 어둠 속에 서서 다시 잠깐 동안 기다렸다가 이윽고 살며시 문을 열었다. 걸쇠가 삐걱 소리를 내자 자닌은 동작을 멈췄다. 그녀의 가슴이 미친 듯이 고동쳤다. 귀를 기울여봤으나 아무 소리도 나지 않는 것을 보고 안심하고 다시 손을 약간 돌렸다. 걸쇠가 끝도 없이 돌아가는 것 같았다. 그녀는 마침내 문을 열고 밖으로 미끄러지듯 나간 다음 마찬가지로 조심조심 문을 닫았다. 그러고 나서 문의 나무판에 뺨을 갖다 대고 기다렸다. 한참 후 마르셀의 숨소리가 멀게 들려왔다. 자닌은 돌아섰다. 얼굴에 얼음같이 찬 밤바람을 받으면서 회랑을 따라 달려갔다. 호텔 문은 닫혀 있었다. 빗장을 벗기려니까 숙직 당번이 흐트러진 얼굴로 계단 저 위에 나타나 아랍어로 말했다. "곧 돌아올게요" 하고 자닌은 어둠 속으로 몸을 내던졌다.

꽃장식 같은 별들이 어두운 하늘에서 종려나무들과 집들 위로 쏟아지고 있었다. 인적이 없는 짧은 거리를 따라 그녀는 요새를 향해 달렸다. 이제는 더 이상 태양과 싸울 필요가 없어진 추위가 밤을 장악하고 있었다. 얼음처럼 싸늘한 공기에 가슴 속이 얼얼했다. 자닌은 반 장님이 되어 어둠 속을 마구 달렸다. 대로의 높은 언덕에 이르자 불빛들이 나타나더니 지그재그로 자닌에게 달려 내려왔다. 그녀는 멈춰 섰다. 곧 날갯짓하는 소리 같은 것이 들리는가 싶더니 점점 커지는 불빛 뒤로 마침내 번쩍이는 자전거의 연약한 바퀴 위에 올라탄 덩치 큰 아랍인 뷔르누들이 보였다. 뷔르누들은 그녀를 스쳐갔다. 그녀의 등 뒤로 세 개의 붉은 빛이 어둠 속에 떠오르더니 이내 사라졌다. 그녀는 다시 요새를 향해 달음질쳤다. 계단 한가운데에 이르자 가슴을 얼얼하게 하는 찬바람이 어찌나 날카로운지 걸음을 멈추고 싶어졌다. 그러나 그녀는 자신도 모르게 마지막 남은 충동적 힘에 밀려 망루 위로 내달았다. 난간 벽에 몸을 붙이고 있자니 배가 뿌듯하게 눌려왔다. 자닌은 헐떡거렸다. 눈 앞의 모든 것이 뿌옇게 흐려졌다. 줄달음질을 쳤지만 몸은 더워지지 않았다. 아직도 사지가 와들와들 떨렸다. 그러나 곧 폭포처럼 마구 들이마신 찬 공기가 이내 규칙적으로 몸 안에 흘러들어, 조금씩이나마 약간의 열기가 으스스 떨리는 몸속에서 생겨나기 시작했다. 마침내 그의 두 눈은 밤의 공간을 향해 열린 것이었다.

간부姦婦

아무런 숨결도, 아무런 소리도 없었다. 다만 이따금 추위로 말미암아 돌들이 모래가 되어 부스러지면서 내는 타닥타닥하는 소리가 자닌을 에워싸는 고독과 침묵을 나직하게 흔들어놓곤 할 뿐이었다. 그러나 잠시 후, 자닌의 머리 위에 있는 하늘이 육중하게 선회하는 어떤 힘에 휘말리는 것 같았다. 차갑고 건조한 밤의 짙은 어둠 속에서 수천 개의 별이 끊임없이 돋아나고, 그 반짝거리는 얼음덩어리들은 또렷한 윤곽을 드러내자마자 어느새인가 지평선으로 미끄러져가기 시작했다. 자닌은 하늘에 표류하고 있는 이 불들을 바라보는 데 완전히 정신이 나가 헤어날 수가 없었다. 자닌은 그들과 더불어 선회했고, 부동不動의 전진을 통해 차츰 가장 깊은 자신의 존재와 한 덩어리가 되어가고 있었다. 그 깊은 곳에서는 지금 추위와 욕망이 서로 다투고 있었다. 그녀의 앞에서 별들은 하나씩 하나씩 떨어져서 이윽고 사막의 수많은 돌들 가운데로 꺼져갔다. 그럴 때마다 자닌은 조금씩 더 밤을 향해 스스로를 열었다. 그녀는 숨을 쉬었다. 그녀는 추위며 존재들의 무게며, 광란하는 혹은 얼어붙은 삶이며 삶과 죽음의 기나긴 고통, 그 모든 것을 잊어가고 있었다. 공포를 피하느라고 목적도 없이 미친 듯 달리기만 했던 오랜 세월 끝에, 드디어 그녀는 발걸음을 멈췄다. 그와 동시에 자신의 뿌리를 발견한 듯싶었다. 이제는 더 이상 떨리지 않는 그녀의 몸속에 수액이 다시금 솟아오르고 있었다. 난간 벽에 배를 꽉 누르면서 움직이는 하늘을 향해 전신을 긴장

적지와 왕국

시킨 채 자닌은 아직도 뒤흔들린 상태인 그녀의 마음이 마침내 가라앉고 자신의 내면에 침묵이 이뤄지기를 기다릴 뿐이었다. 성좌의 마지막 별들이 사막의 지평선 위 좀 더 낮은 곳으로 그 떨기 송이들을 떨어뜨리더니 가만히 움직임을 멈췄다. 그때 참을 수 없는 보드라움과 함께 밤의 물이 자닌을 가득 채우기 시작하면서 추위를 뒤덮어버리고 차차 그녀의 존재의 불가해한 중심에서 솟구쳐올라 그칠 새 없는 물결이 되어 신음소리로 가득한 그녀의 입에까지 넘쳐나고 있었다. 잠시 후 하늘 전체가 차가운 땅 위에 벌렁 넘어진 자닌의 몸 위로 내려와 덮치면서 활짝 펼쳐졌다.

자닌이 나갈 때와 마찬가지로 조심조심 돌아왔을 때, 마르셀은 여전히 자고 있었다. 그러나 그녀가 자리에 드러눕자, 그는 뭐라고 웅얼대더니 잠시 후 자리에서 벌떡 몸을 일으켰다. 그가 뭐라고 말을 했으나 자닌은 무슨 말인지 알아들을 수 없었다. 마르셀은 자리에서 일어나 불을 켰다. 불빛이 그녀의 뺨을 철썩 후려치는 것 같았다. 남편은 휘청거리면서 세면대로 가더니 거기 있던 광천수를 병째 한참 들이마셨다. 그는 시트 속으로 들어가려다가 무릎 한쪽을 침대 위에 내놓은 채 영문을 알 수 없다는 듯이 자닌을 바라봤다. 자닌은 더 이상 참지 못하고 눈물을 펑펑 쏟으면서 울고 있었다. 그녀는 "아무것도 아냐, 여보, 아무것도 아냐" 하고 말했다.

간부姦婦

배교자 혹은
혼미해진 정신

〈뒤범벅이구나, 뒤범벅이야! 머릿속을 좀 정리해야겠어. 그들이 내 혀를 잘라버린 다음부터 또 다른 헛바닥이, 참 알다가도 모를 일이야, 끊임없이 내 골통 속에서 움직이고 있거든, 무엇인가가 지껄인다, 아니, 누군가가 갑자기 말을 뚝 그친다, 그랬다가 모든 게 다시 시작하곤 한다. 오, 난 뭐라고 이야길 하는 것도 아닌데 너무나 많은 것이 내 귀에 들려오니 말이다. 아, 이 무슨 뒤범벅인가. 막상 입을 열면 이건 마치 자갈을 뒤섞는 소리 같구나. "정돈, 질서"라고 혀가 말한다, 그러면서 동시에 그놈의 혀는 딴소리를 한다. 그렇다. 나는 항상 질서를 원했다. 적어도 한 가지만은 확실하다, 나는 지금 내 후임자로 오는 선교사를 기다리는 중이다. 그래 여기 비포장도로 위, 타가자*에서 한 시간 거리쯤 되는 곳에, 무너져내린 바위 틈에 숨어 낡은 총대를 깔고 앉아 있다. 사막 위로 해가 떠오른다, 아

배교자 혹은 혼미해진 정신

직은 몹시 춥다, 잠시 뒤면 또 너무 더워지겠지, 이놈의 땅은 사람을 미치게 만든다니까, 그런데 난 너무나도 여러 해 전부터, 이젠 몇 해가 되었는지 헤아릴 수조차 없지만… 아니지. 조금만 더 버텨야지! 선교사는 오늘 아침 아니면 저녁에는 도착할 거야. 길잡이 한 명을 데리고 올 거라고 들었는데, 둘이서 한 마리의 낙타를 타고 올지도 모르지. 기다릴 테다, 암, 기다린다, 몸이 떨리는 건 추위, 다만 그놈의 추위 때문이야. 좀 더 참아라, 이 더러운 노예새끼야!

여태까지 참아온 것만 해도 정말 오래됐어. 마시프 상트랄**의 그 높은 고원지방, 우리 집에 있을 땐 거친 아버지에 무식한 어머니며, 포도주에 밤낮 돼지기름이 뜬 수프, 무엇보다도 시큼하고 써늘한 그 포도주, 그리고 기나긴 겨울, 얼어붙은 농담이며 휘날리는 눈보라, 꼴보기 싫은 고사리잎들, 오, 떠나고 싶은 마음뿐이었어, 그 모든 것을 단번에 걷어차버리고 드디어 햇볕 속에 맑은 물과 더불어 살고 싶은 마음뿐이었어. 그때 나는 사제의 말을 믿었었지, 그는 신학교 이야기를 해주고 날

* 타가자Taghâsa는 서아프리카 말리의 팀북투 북쪽, 알제리 국경 근처의 옛 소금광산 이름이다.
** 프랑스 중부 고원지대로 특히 1685년 낭트칙령 폐지 후 박해 기간에 칼뱅파 신도들이 루이 14세 군대에 대항하여 반란을 일으킨 이른바 '카미자르'의 근거지인 세벤 지역을 중심으로 오래전부터 신교도들이 자리잡고 살아왔다.

마다 날 돌봐줬거든, 마을을 지나갈 때면 담장 그늘로 슬슬 피해 다녀야 하는 개신교 지역이다 보니 사제야 한가로울 수밖에. 그는 나에게 미래에 대해서, 그리고 태양에 대해서 이야기했어, 천주교는 바로 태양이라고 말하곤 했어, 그러고는 나에게 책을 읽히며, 이 딱딱한 머릿속에 라틴어를 집어넣었지. "똑똑한 녀석이야, 하지만 당나귀같이 질기거든." 그놈의 골통, 사실 어찌나 딱딱했는지 한평생 나가떨어지기만 했는데도 피 한방울 흘린 적 없거든. 그래서 "소대가리"라고 아버지는 그랬었지, 그 돼지가 말이야. 신학교에 들어가니까 그들은 온통 신이나서 야단이었지, 개신교 지역 출신의 신입생이 들어왔으니 대단한 성과라는 거였어, 그들은 마치 '아우스터리츠의 태양'처럼 나를 맞아들이는 거야. 사실 태양치고는 파리한 태양이었지. 알코올 때문이야, 그들은 시어빠진 포도주를 마셨고 그들의 애들 이빨은 충치투성이라, 라아, 라아,*** 지 아비를 죽일 것, 그게 바로 마땅히 해야 할 일이겠지만, 뭐 사실 그가 선교 사업에 투신할 위험은 없다구, 벌써 오래전에 죽었으니까, 시큼한 포도주가 기어이 밥통에 구멍을 뚫어놓고 말았거든, 그러니 남은 일이라곤 선교사를 죽이는 것뿐이지.

*** 혀가 잘린 인간이 내지르는 비명의 감탄사(rā, rā)로, 이집트 태양신의 이름이기도 하다.

배교자 혹은 혼미해진 정신

선교사에게 톡톡히 앙갚음을 해야겠다. 그리고 그놈의 스승들과 날 속인 내 스승들과 이 더러운 유럽에 대해서도, 온 세상 놈들이 모두 날 속인 거야. 놈들은 선교, 선교, 입만 열면 그 말만 뇌까렸다. 야만인들한테 가서 이렇게 말하라. 여기에 나의 주님이 계시니, 자 보라, 주님은 때리지도 않고 죽이지도 않는다. 부드러운 어조로 명령하신다. 그리고 또 다른 편 뺨도 내미신다. 주님들 가운데서도 가장 위대한 분이시다. 그를 택하라. 자, 보라, 그가 얼마나 나를 훌륭하게 만들었는가를. 나를 모욕해보라, 그러면 그 증거를 볼 것이다. 흠, 그렇다. 나는 믿었다, 라아, 라아, 그리고 나 자신도 훨씬 훌륭한 사람이 된 것 같이 느껴졌다, 살도 붙어서 거의 미남이 됐다, 나는 모욕을 은근히 기다렸다. 우리가 새카만 제복을 걸치고 줄을 지어 한여름 그르노블의 태양 아래로 행진할 때, 엷은 옷차림의 아가씨들이 지나가면 나는 거들떠보지도 않았다, 오히려 그들을 멸시했고, 그들이 날 모욕해주기를 기다렸는데 때때로 여자들은 웃기도 했다. '저것들이 날 모욕하면 좋겠는데, 내 얼굴에 침을 뱉어주면 좋겠는데' 하고 생각했다. 그들의 웃음은 정말이지 이빨과 바늘 끝이 돋아나 내 가슴을 찢어놓는 것만 같았다, 그 얼마나 달착지근한 모욕이며 고통이었던가! 내가 스스로를 책망할 때면 지도신부는 이해할 수 없다면서 "아니야, 자네에겐 착한 면이 있어!"라고 했지. 착한 면이 있다고! 그저 내 속엔 시큼한 포도주가 들어 있을 뿐이었다. 차라리 다행이었지,

본래 못된 놈이 아니라면 어떻게 더 나은 놈이 될 수 있었겠는가, 그들이 가르쳐준 모든 것 가운데서 난 그걸 깨달았던 거야. 그러고 보니 내가 깨달은 것은 오직 그것뿐이었어, 그 유일한 관념 하나에 매달려 영리한 당나귀답게 갈 때까지 내 고집대로 밀어붙일 작정이었고 속죄의 고행부터 앞당겨 치를 작정이었다, 예사로운 일은 우습게 여겨졌다, 요컨대 나도 어떤 모범이 되어보고 싶었다, 남들이 나를 우러러보고 그렇게 나를 봄으로써 나를 훌륭하게 만들어준 분을 찬양하도록 말이다, 나를 통해서 나의 주님을 경배하라.

야만적인 태양! 그 해가 떠오르면 사막이 변한다. 그 해는 이제 산에 피는 시클라멘의 붉은빛이 아니다. 오 나의 산이여, 그리고 눈, 그 보드랍고 몰랑몰랑한 눈, 아니 이건 약간 회색빛 나는 누런색, 눈부신 빛이 나타나기 전에 오는 볼썽 사나운 시간이다. 아무것도 없다, 내 앞 저쪽, 아직 고원이 부드러운 색깔의 곡선을 그리며 사라지고 있는 저쪽 지평선에 이르기까지 아직은 아무것도 보이는 것이 없다. 내 뒤에는 한길이 모래언덕 위로 뻗어 있고, 그 쇳덩어리 같은 이름이 벌써 여러 해를 두고 내 머리를 두들기는 타가자는 이 모래언덕에 가려 있다. 타가자 이야기를 맨 먼저 내게 들려준 이는 수도원에 은거하고 있던 거의 장님이나 다름없는 늙은 신부였다. 아니 맨 먼저가 뭐야, 오직 그 신부 한 사람뿐이었는걸. 그리고 내가 그 얘기 중에서 충격을 받은 대목은 소금으로 된 마을도 아니고, 내

배교자 혹은 혼미해진 정신

리쬐는 열대의 태양 아래 서 있는 하얀 벽도 아니었다. 그게 아니라 바로 그 야만인 주민들은 잔인무도하고 절대로 외부 사람들을 들이지 않는다는 그 마을이었다. 그 마을에 들어가려고 해본 사람들 가운데 오직 한 사람만이, 그가 알기에는 오직 한 사람만이 그곳에서 보고 온 것을 이야기로 전할 수 있다는 거야. 주민들은 그를 채찍으로 후려갈겨 전신에 상처를 내고, 그 상처와 입 속에 소금을 쑤셔넣은 다음 사막으로 쫓아냈는데, 요행히도 그를 불쌍하게 여긴 유목민들을 만나 목숨을 건졌다는 얘긴데 나는 그 이야기를 듣고 나서 불등걸같이 뜨거운 소금과 태양, 그리고 그들의 우상을 모신 집이며 사당 노예들 따위에 대한 공상에 빠져들었다. 이보다 더 야만스럽고 이보다 더 사람을 흥분시키는 것을 찾아낼 수 있겠는가? 그렇다, 거기가 바로 내게는 둘도 없는 선교지다. 그래, 그들에게 가서 나의 주님을 보여줘야겠다.

이러한 내 결심을 꺾으려고 신학교에서는 여러 차례 나를 타일렀다. 시기상조다, 그런 곳은 전도할 만한 곳이 못 된다, 너는 아직 어리다, 특별한 준비가 필요하며 자기 분수를 알아야 한다, 그리고 더 수련을 쌓아야 한다, 그런 다음에 어디 좀 두고 보자! 이따위의 설교였다. 하지만 밤낮 기다리기만 하다니! 그건 안 될 말이다. 하긴 특별한 준비와 수련을 위해서라면 또 모르겠다. 그런 것은 바로 알제에서 하는 일이었고, 그렇게 되면 그 고장에 한 발짝 더 가까워지는 것이니까 말이다. 그

밖의 문제에 대해서는 난 줄곧 딱딱한 내 골통을 흔들었고, 늘 똑같은 대답만 되풀이했다. 제일 야만스러운 토인들에게 가야겠다. 그들 본바닥에서, 예컨대 그네들의 우상을 모신 사당에서까지 그들과 함께 살면서 우리 주님의 진리가 가장 강한 것임을 그들에게 보여줘야겠다고. 틀림없이 놈들은 날 모욕하리라. 하지만, 그따위 모욕은 두렵지 않았다. 오히려 증거를 보여주기 위해서는 그것이 필요했다. 내가 어떻게 모욕을 받는가 본때를 보여서 그 야만인들을 정복하고야 말 테다. 강력한 태양과 같이. 강력한, 그렇다, 이 말이야말로 끊임없이 내 혓바닥을 감돌던 말이다. 나는 절대적인 힘을 꿈꿨다, 적을 땅에 꿇어앉히는 힘, 항복을 강요하며 마침내 개종하지 않고는 배길 수 없게 하는 힘 말이다, 적이 맹목적이고 잔인하고 자신만만하고 자기 신념에 발목이 묶인 놈일수록 그놈의 고백은 더한층 자신을 때려눕힌 힘에 대한 충성을 공표하는 법이다. 어쩌다 길을 잘못 든 착한 사람들을 개종시키는 것쯤은 우리 신부님들이나 알뜰히 추구하는 한심한 이상이었다. 난 그렇게 큰 힘을 가졌으면서도 간덩이는 좁쌀 같은 그들을 우습게 여겼다, 그들에게는 철석 같은 신앙이 없었지만 내겐 있었다, 박해자들에게까지도 인정을 받아 그들이 무릎 꿇고서 "주여, 주님의 승리로가 여기 있나이다" 하고 외치도록 만들고 드디어는 단 한마디 말로 이 악독한 무리들 위에 군림하고 싶었단 말이다. 이 점에 관한 한 내 생각이 맞다는 걸 확신할 수가 있었다,

배교자 혹은 혼미해진 정신

다른 길로는 한 번도 자신만만해 본 적이 없지만 일단 내 나름 대로의 생각을 가지게 되면 난 절대로 포기하지 않는다, 그게 내 힘이라면 힘이다, 그렇다, 그들이 한결같이 딱하게 여기는 것이지만 그것은 내 나름대로의 힘이다!

해가 더 높이 올랐고 내 이마는 확확 달아오르기 시작한다. 주위의 돌멩이들이 툴툴 튀는 소리가 들린다, 총대만이 서늘 하다, 풀밭처럼, 그리고 비 내리는 저녁과 같이 서늘하다, 지난 날 수프가 보글보글 끓을 때면 아버지, 어머니가 날 기다리고 있었지, 때로는 내게 웃는 낯을 보였는데 어쩌면 나도 그들을 사랑했던 것도 같다. 하지만 이젠 끝났다, 화닥화닥 타는 열기 가 장막처럼 길 위에 떠오르기 시작한다. 어서 오너라, 선교사 여, 난 널 기다리고 있다, 이젠 지시에 대해서 어떻게 응답해야 하는가도 알고 있다, 새 상전들이 가르쳐줬다, 그들이 옳다는 걸 나는 안다, 사랑이라는 것에 대해서 앙갚음을 해야 한다. 알 제에서 신학교를 도망쳐 나올 때, 난 그들 야만인들을 달리 상 상하고 있었는데, 내 상상 중에서 그래도 한 가지만은 사실과 일치하는 것이었으니 과연 그들은 악독한 무리들이라는 점이 다. 그래 난 경리과의 금고통을 훔치고 신부복을 벗어던진 다

---

* 고린도전서 15장 55~57절: "사망아 너의 승리가 어디 있느냐. (…) 우리주 예수 그리스도로 말미암아 우리에게 승리를 주신 하나님께 감사하노니."

음, 아틀라스산맥을 건너 숱한 고원들과 사막을 건넜다, 그 사하라의 횡단차 운전사까지 날 우습게 보고서 '거긴 가지 말라'고 했다, 도대체 모두 다 왜들 그러는지 알 수가 없었다, 그리고는 수백 킬로미터에 걸쳐 바람 부는 곳을 따라 머리를 풀어 헤치고 앞으로 나갔다가는 다시 뒤로 밀려오는 모래의 파도, 또다시 온통 시커먼 바위 절벽, 마치 쇠를 깎아 세운 듯 날카로운 칼날 같은 산, 그다음에 갈색 자갈이 끝없이 깔린 돌의 바다를 건너가려면 길잡이를 사야 했다. 더위를 견디다 못해 고함을 지르는 듯 곤두서는 수천 개의 반사 거울들이 타오르는 돌바다를 지나 흑인의 땅과 백인의 나라가 경계를 이루는 그곳까지 오면, 거기에 소금의 도시가 서 있는 것이다. 그런데 그 길잡이 놈이 내게서 빼앗아간 돈, 언제나 순진한 것이 탈인 내가 놈에게 돈을 보여줬다, 놈은 날 두들겨 팬 다음에 한길 위, 바로 이 언저리에 내던지고 달아났다. "개 같은 놈아, 이게 그 길이다, 나도 의리는 있다구, 저리 가란 말이야. 놈들이 널 단단히 가르쳐줄 게다." 놈들은 과연 날 가르쳤다. 오, 가르쳤구말구, 밤을 제외하고는 끊임없이 여봐란 듯 기세 등등 후려갈기는 태양과도 같다. 지금 이 순간에도 태양은 힘껏, 갑자기 땅에서 솟구치는 확확 단 창살로 날 마구 후려갈긴다. 오오, 숨을 곳을. 그렇다, 모든 것이 뒤죽박죽되기 전에 큰 바위 밑 그늘로 피해야겠다.

여긴 그늘이 져서 좋다. 소금의 도시, 하얀 열기로 가득 찬

　　　　　　　　　　　배교자 혹은 혼미해진 정신

이런 분지 밑바닥에 처박혀서 어떻게 사람이 살 수 있을까? 곡
괭이로 찍어내고 대충 평평하게 밀어낸 벽들, 그곳의 곡괭이
자리가 햇빛을 받아 마치 비늘처럼 까칠하게 눈을 찌르고, 여
기저기 금빛 모래가 앉아 약간 누런빛을 띠고 있지만, 이윽고
바람이 깎아 세운 벽과 테라스를 씻어버리면 푸른 겉껍질까지
말끔히 닦인 하늘 아래 모든 것이 눈부신 흰빛 속에 번쩍인다.
하얀 테라스들의 벽면에 몇 시간이고 계속 요지부동의 불길이
타닥타닥 튀는 그런 날이면 난 거의 눈이 멀다시피 했어, 마치
그 옛적 어느 날 그들이 일제히 소금산에 달려들어가지고 우
선 산을 평평하게 깎아낸 다음 소금 반석을 직접 파서 가로들
을 만들고 집 내부와 창구멍을 뚫었던 것처럼 하얀 테라스들
은 모두가 한데 이어져 있는 것 같았다, 모든 축대가 그만 한
데 녹아붙는 것 같았다, 혹 그렇지 않으면, 그렇다, 그게 더 나
은 표현일지 모른다, 마치 부글부글 끓는 물을 파이프로 내뿜
어가지고 소금 덩어리를 도려내어 그네들의 타오르는 흰 지옥
을 만들어놓기라도 한 것 같았다. 어떤 인종도 살 수 없는 그곳
에서 그들이 살 수 있음을 보여주기 위해서였겠지, 생명 있는
것이 사는 곳으로부터 30일도 넘게 걸리는 곳인 이 사막 한복
판 움푹한 분지에서 말이다. 대낮의 폭염이 모든 생물간의 여
하한 접촉도 불가능하게 만들고, 그들 사이를 보이지 않는 불
꽃 쇠스랑과 부글부글 끓는 유리로 가로막는 곳, 밤이 되면 돌
변하는 혹한으로 말미암아 제각기 조가비 같은 소금집 속으로

웅크려박혀야 하고 바삭바삭 마른 얼음덩이 속에 사는 밤의 주민으로 변하며 갑자기 입방체 이글루 속에서 오들오들 떠는 새카만 에스키모로 변해버리는 곳에서 말이다. 새카맣다고 했지만 참으로 그렇다, 모두 새카만 천을 발 밑까지 걸치고 다니니까 말이다, 거기다가 손톱 속까지 파고드는 소금, 극지방의 밤잠 속에 쓰디쓰게 되씹는 소금, 곡괭이로 찍어낸 눈부신 구멍에서 흘러 나오는 그 둘도 없는 샘물 속에 용해된 채 들이마시는 소금은 이따금 그네들의 검은 옷자락에 마치 비온 후 달팽이가 지나간 자리 같은 자국을 남겼다.

비, 오, 주여, 단 한 번만이라도 오랫동안 좍좍 쏟아지는 진짜 비, 당신 하늘에서 쏟아지는 비를! 그렇게 되면 비로소 그 지긋지긋한 도시가 조금씩 조금씩 깎이고 어쩔 도리 없이 점점 무너져 내려앉고 마침내 송두리째 다 녹아버려 끈끈한 격류로 변하여 그 잔인무도한 그곳 주민들을 사막으로 떠내려 보내고 말 것이 아니겠느냐. 주여, 단 한 번만이라도 비를! 아니 뭐라고, 주님이라니 어떤 주主 말인가, 주님은 바로 그들이 아니냐! 그 불모의 집들, 소금 굴 속에서 죽어가는 검둥이 노예들을 지배하는 것은 그들이다, 그리고 저 남쪽지방에서는 암염 한 조각에 사람 목숨 하나씩이다. 그들은 상복 같은 검은 옷을 걸치고 광물성의 흰 거리를 말없이 지나간다, 밤이 되어 온 도시가 우윳빛 유령처럼 보일 때면, 소금벽이 희미하게 번들거리는 집 그늘 속으로 꾸부정하게 기어들어간다. 그들은 잠

배교자 혹은 혼미해진 정신

을 잔다, 무게 없는 잠이다, 눈을 뜨면 즉시 명령을 내리고 후려갈긴다. 말하기를 그들은 전체가 하나의 인민이고, 그들의 신이야말로 참다운 신이며, 두말 없이 복종해야만 한다는 것이다. 그들은 나의 상전이고 인정사정 없다, 그들은 상전답게 홀로 있고 홀로 전진하며 홀로 지배하기를 원한다, 그들만이 소금 덩어리와 모래 속에 감히 뜨거우면서도 싸늘한 도시를 세울 수 있었던 것이 아니냐. 그런데 나는….

폭염이 더욱 거세지니 이 어찌된 뒤범벅인지, 땀이 흐른다. 그들은 까딱없다. 이제는 이 웅달마저 화끈해진다. 머리 위의 바위를 내리쬐는 태양을 느낄 수 있다, 마구 후려갈긴다, 돌멩이란 돌멩이는 모조리 쇠망치처럼 후려갈긴다, 그것은 음악이다, 한낮의 광막한 음악, 수백 킬로미터에 걸친 공기와 돌멩이들의 진동, 라아, 옛날처럼 침묵이 귀에 들린다. 그렇다, 그때도 똑같은 침묵이었다. 벌써 몇 해 전의 일인지, 햇볕이 쨍쨍 내리쬐는 가운데 광장 한복판으로 경호 병사들이 나를 끌고 그들 앞으로 갔을 때 날 맞아주던 침묵. 그 광장을 중심으로 테라스들이 동심원을 그리면서 대야처럼 움푹한 분지를 덮고 있는 단단하고 푸른 하늘 뚜껑 쪽을 향하여 점점 높이를 더해가고 있었다. 나는 움푹한 흰 방패 같은 분지의 가장 우묵한 곳에 무릎을 꿇고 있었다. 사방의 벽에서 튀어나오는 불꽃과 소금의 칼날들이 눈을 후벼파는데, 몸은 지칠 대로 지쳐서 해쓱한 데다가 길잡이 놈에게 얻어맞아 귀에서는 피가 흐르고 그 장

승 같은 시커먼 놈들은 나를 말없이 노려봤다. 해가 중천에 뜬 한낮이었다. 무쇠 같은 햇볕이 내려치고 하늘은 백열하는 철판이 되어 길게 쨍쨍 울리는데 지금과 똑같은 침묵, 그들은 날 노려보고 시간은 흐르고, 그들은 언제까지나 나를 노려보고, 나는 그 눈초리를 감당할 수 없어 점점 숨결이 높아지며 허덕거리다가 결국 울고 말았다. 그러자 갑자기 그들은 아무 말 없이 등을 돌리더니 모두 같은 쪽으로 몰려가버렸다. 무릎을 꿇고 있는 내게 보이는 것이라곤 오직 소금가루가 묻어 번쩍이는 그들의 발에 붉고 검은 샌들이 신겨진 채 발 끝을 약간 공중으로 쳐들고 뒤축이 사뿐사뿐 땅을 차면서 시커멓고 치렁치렁한 옷자락을 걷어 올리는 광경뿐, 마침내 광장이 텅 비자 나는 우상을 모신 사당으로 끌려갔다.

이렇게 바위 밑에 몸을 웅크리고 있는데 머리 위에서는 태양의 불길이 두꺼운 바위를 뚫고 내리찌르는 오늘과 마찬가지로, 그때에도 나는 캄캄한 우상의 집 속에 며칠 동안을 틀어박혀 있었다. 다른 집들보다 좀 높직하고 소금 담장이 돌려진 창도 없는 집이었는데, 번득이는 어둠으로 가득 차 있었다. 며칠 동안이었는지 찝찔한 물 한 주발에 닭 모이 주듯 낟알 한 움큼을 던져주면 나는 그걸 주워 모았다. 낮에도 문은 닫힌 채였지만 막무가내의 햇빛이 기어코 소금 덩어리를 뚫고 흘러들기나 한 듯 어둠이 한결 엷어졌다. 등불이라곤 없었지만, 벽을 따라 더듬어가노라니까 마른 종려잎으로 벽을 장식한 꽃무늬가 손

배교자 혹은 혼미해진 정신

에 닿았고 안쪽으로 깊숙이 아무렇게나 뚫어놓은 뙤창이 있었는데 손가락 끝에 닿는 촉감으로 미루어 보아 빗장이 질려 있는 것을 알 수 있었다. 여러 날이, 오랜 시간이 지난 후에, 도대체 며칠이 지났는지, 몇 시간이 흘렀는지 알 도리가 없었지만, 하여간 한 여남은 번 낟알을 던져 넣었다 싶었을 때 나는 겨우 용변을 치울 구멍을 하나 팠지만 그걸 아무리 덮어도 헛된 일이어서 들짐승 굴 속처럼 여전히 냄새가 풍겼다. 이렇게 오랜 시일이 지난 어느 날 출입구의 두 문짝이 활짝 열리고 그들이 들어섰다.

그중 한 놈이 한구석에 쭈그리고 있는 내게로 왔다. 뺨에 닿는 소금벽이 불같이 화끈했다. 먼지 섞인 종려 냄새가 풍겨왔고 나는 다가오는 그를 봤다. 1미터 앞에서 딱 걸음을 멈추고 말없이 날 노려보는 그의 손짓에 따라 나는 일어섰다. 말 상판 같은 갈색의 얼굴에 아무 표정도 없이 쇠붙이처럼 번쩍이는 두 눈으로 날 노려봤다. 이윽고 한 손을 들었다. 여전히 무표정한 얼굴로 내 아랫입술을 쥐더니 살이 떨어져라 뒤틀었다. 손가락 힘을 늦추지 않고 날 한 바퀴 돌게 하더니 방 한복판에까지 가게 한 다음 그 자리에 무릎 꿇고 펄썩 주저앉도록 입술을 잡아당겼다. 입이 피투성이가 된 채 넋을 잃고 쓰러지자, 놈은 벽을 따라 둘러선 다른 놈들에게로 돌아갔다. 그들은 활짝 열어젖힌 문으로 그림자 한 점 없이 가득 쏟아져 들어오는, 견딜 수 없는 폭염 속에서 내가 신음하는 것을 보고 있었다. 그

햇볕 속에 무당이 들어섰다. 풀어헤친 더벅머리에, 상체는 진주 갑옷으로 가리고 짚으로 엮은 치마를 두른 허리 밑으로 두 다리는 벌거숭이였으며, 갈대와 철사로 엮어 뒤집어쓴 가면에는 눈 위치에 네모난 두 구멍을 뚫어놓았다. 그는 악사들과, 그리고 알록달록한 내리닫이 옷을 육중하게 걸치고 있어 몸뚱이 윤곽을 전혀 알아볼 수 없는 여자들을 거느리고 있었다. 그들은 안쪽 문 앞에서 춤을 추었다. 춤이라 해도 거의 율동도 없는 그저 움직이는 정도의 조잡한 춤, 그저 그뿐이었다. 드디어 무당은 내 뒤의 조그마한 문을 열었다. 상전들은 움직이지 않은 채 나를 노려보고 있었다. 내가 고개를 뒤로 돌리자 우상이 눈에 들어왔다. 도끼 머리가 쌍으로 달려 있고 쇠붙이로 된 코는 뱀처럼 꼬인 모양의 우상이었다.

우상 앞 대좌 밑으로 끌려간 내게 그들은 시커멓고 짜디짠 물을 마시게 했다. 그러자 이내 머리가 화끈화끈 달기 시작했고 나는 웃어댔다. 이것이 바로 모욕이다, 모욕당한 것이었다. 그들은 내 옷을 벗기고 온몸의 털을 밀고 기름으로 씻더니 물과 소금에 적신 끄나풀로 사뭇 얼굴을 후려갈겼다. 나는 미친 듯이 웃어대며 이리저리 고개를 내돌렸는데 그럴 때마다 두 여자가 귀를 붙들고서 무당이 때릴 수 있도록 내 얼굴을 돌려대었다. 내게 보이는 것은 무당의 네모난 두 눈뿐이었다. 나는 피투성이가 된 채 여전히 웃었다. 이윽고 그들은 동작을 멈췄고 나 외에 입을 여는 자는 하나도 없었다. 내 머릿속은 벌써

배교자 혹은 혼미해진 정신

뒤범벅되기 시작했다. 그들은 나를 일으키더니 억지로 우상을 쳐다보게 했다. 나는 웃음을 멈췄다. 이제 나는 우상을 섬기고 찬양하도록 운명지어진 것을 알 따름, 그렇다. 나는 더 이상 웃지 않았다. 공포와 고통으로 숨이 막혔다. 거기 그 흰 집 속에, 밖에서는 열심으로 태양이 불을 질러 달구고 있는 벽에 둘러싸여, 나는 기억도 가물가물해진 채 얼굴을 쳐들고서, 그렇다, 나는 그 우상에게 기도를 올리려고 애를 썼다. 이제는 오직 우상이 있을 따름, 그리고 그 무시무시한 얼굴도 그 밖의 다른 것들보다는 덜 무서운 것이었다. 바로 그때 그들은 겨우 한 걸음 떼어놓을 수 있을 만큼의 간격을 남기고 내 양쪽 발목을 쇠사슬로 묶었다. 그들은 다시 한번, 이번에는 우상 앞에서 춤추었다. 상전들은 한 사람 한 사람 퇴장했다.

그들이 나가고 문이 닫히자 또 한 번 음악이 시작되었고 무당은 나무 껍질로 불을 피우더니 그 주위를 발을 구르며 돌았다. 장승 같은 그의 그림자가 흰 벽 모서리에 와서는 꺾이고, 반듯한 면 위에서는 들썩거리며, 춤추는 그림자로 온 방안을 채웠다. 그가 방 한 모퉁이에 금을 그어 네모꼴을 그리자 계집들이 달려들어서 그 속으로 날 끌고 갔다. 그들의 손은 보송보송하고 부드러운 촉감이었다. 그들은 내 옆에 물 한 그릇, 낟알한 무더기를 갖다 놓더니 내게 우상 쪽을 가리켰다. 눈을 떼지 말고 우상을 쳐다보고 있으라는 뜻임을 알 수 있었다. 그러자 무당은 계집들을 하나하나 불 곁으로 부르더니 그중 몇을 후

려갈겼다. 얻어맞은 여자들은 낑낑거리며 나의 신인 우상 앞
으로 나와서 엎드렸다. 한편 무당은 또다시 춤을 추며 여자들
을 모조리 밖으로 몰아냈다. 마침내 아주 어린 계집애 한 명만
이 남았다. 악사들 곁에 쪼그리며 앉은 채 아직 얻어맞지 않은
여자였다. 무당은 냅다 그녀의 머리채를 움켜쥐더니 여자가
몸을 벌떡 젖히고 눈망울이 튀어나오도록 주먹으로 돌돌 말아
쥐고 뒤틀었다. 마침내 여자는 뒤로 발딱 자빠졌다. 무당은 여
자의 머리채를 놓으면서 고함을 쳤고 악사들은 벽을 향해 돌
아섰으며 한편 네모진 눈의 가면 속에서 고함소리는 믿을 수
없을 만큼 커졌다. 여자는 발작에 사로잡힌 듯 데굴데굴 구르
고 드디어 네 발로 기는가 싶더니 이번에는 머리를 두 팔 사이
에 틀어박고 역시 고함을 질러댔다. 그러나 숨막히는 고함소
리였다. 이런 가운데 줄곧 고함을 지르면서 우상을 쳐다보던
무당은 비호같이 달려들어 표독스럽게 여자를 낚아챘다. 이제
여자의 얼굴은 무거운 옷자락에 덮여 보이지 않았다. 그런데
내가 너무나 외롭고 막막한 나머지 나 역시 고함을 지른 것이
아닌가. 그래, 나도 우상을 바라보며 공포에 질려 고래고래 고
함을 쳐댔다. 그러다가 기어코 누군가의 발길에 걷어채어 벽
에 가 부딪치면서 입에 소금을 꽉 깨물었다. 마치 내가 지금,
죽여야 할 그자를 기다리며 혀 없는 입으로 바위를 깨물고 있
듯이.

해는 지금 하늘의 한 중간을 조금 넘어섰다. 바위 틈새로 보

배교자 혹은 혼미해진 정신

이는 하늘은 과열된 철판에 뚫린 구멍 같다. 내 수다스러운 입처럼, 빛깔 없는 사막 위로 불의 강물을 쉬지 않고 토해놓고 있는 입. 내 앞의 길 위에는 아무것도 보이지 않는다. 지평선에는 먼지 한 점 일지 않는다. 내 뒤 저쪽에서는 아마 그들이 날 찾고 있을 거야, 아니 아직은 모르고 있겠지, 해가 질 무렵이 되어서야 비로소 문을 열러 오니까, 하루 종일 우상의 집을 청소하고 제물을 갈아놓고 난 다음 그때서야 나는 잠깐 밖으로 나올 여가를 얻는 것이다. 저녁에 의식이 시작되면 간혹 매를 맞을 때도 있고 또 그렇지 않은 때도 있었지만, 하여간 나는 줄곧 우상을 모셨다. 우상의 모습은 기억 속에, 지금은 희망 속에 낙인찍혀 있다. 여태까지 이토록 나를 남김없이 사로잡고 굴복시킨 신은 없었다. 밤이나 낮이나 내 삶을 송두리째 그에게 바쳤으니 고통도 고통 없음도, 아마 이것이 기쁨이란 것이 아닐까, 오직 그로 말미암은 것, 그렇다, 날이면 날마다 그 비개성적이면서도 악의에 찬 행위에 동참한 나머지 정욕까지도 느끼게 된 것이다. 돌아보기만 하면 얻어맞아야 하기에 이제는 벽만 바라보고 있으므로 볼 수는 없었지만 소리는 내게도 들렸다. 소금벽에 얼굴을 대고 있노라면 그 야수 같은 그림자들이 벽 위에 흔들리면서 나를 내려다보고, 그 긴 비명소리에 귀를 기울이고 있노라면 목에 침이 마르면서 섹스 없는 정욕이 불길처럼 뜨겁게 관자놀이며 배때기를 죄어당기는 것이다. 이렇듯 세월은 하루하루 이어져 흘러, 나는 거의 어제와 오늘을

분별해낼 수가 없게 됐다. 마치 그 지독한 더위와 소금벽의 엉큼한 반사광 속에서 하루하루의 세월이 녹아내려 액체로 변해버린 것처럼, 시간이란 고통의 비명소리 혹은 신들림의 비명소리만이 일정한 간격을 두고 솟구쳐오를 뿐인 형상 없는 물결의 찰랑거림에 불과했고, 잔혹한 태양이 지금 나의 바위 집을 강타하고 있듯이 무서운 우상이 지배하고 있는, 나이를 먹지 않는 기나긴 하루에 불과했다. 그때와 다름없이 지금 나는 불행과 갈망에 울고 있다. 어떤 매서운 희망이 날 불사르고 있다. 나는 배반하고 싶다. 나는 내 총의 총구를, 그리고 그 속에 들어 있는 혼을 핥는다. 총의 혼, 총만이 혼을 지니고 있는 것이다. 오! 그렇다. 놈들이 내 혀를 잘라버린 그날, 나는 증오라는 불멸의 혼을 찬양하는 법을 배웠다.

이 어찌된 뒤범벅이냐, 라아, 라아, 더위와 분노에 취하여 엎어지고 총을 깔고 자빠져서, 이 어찌된 광란이냐! 여기 허덕이고 있는 자는 누구냐? 끝날 줄 모르는 이 더위, 이 기다림을 나는 참아낼 수 없다, 그놈을 죽여야 해. 새 한 마리 없고 풀 한 포기 없이 다만 돌멩이와 메마른 갈망과, 이 침묵과 그들의 비명소리, 게다가 내 속에서 지껄이는 이놈의 혓바닥, 그들이 내 혀를 잘라버린 뒤부터 밤에 물도 마시지 못한 채 감당해야 하는 사막처럼 허황하고 단조로운 그 기나긴 고통, 그 소금굴 속에 혼자 갇혀서 우상과 마주 앉아 내가 꿈처럼 그리던 밤. 오직 밤만이 그 서늘한 별들과 어두운 샘물로 날 구원해주고 사악

　　　　　　　　　　　배교자 혹은 혼미해진 정신

한 인간들의 신으로부터 날 건져줄 수 있었으련만, 늘상 갇혀 있는 나는 밤을 바라볼 수가 없었다. 그놈이 조금만 늦게 온다면 밤이 사막에서 솟아올라 차차 하늘을 온통 다 차지하는 것을 볼 수 있겠지, 캄캄한 하늘 꼭대기에 싸늘한 황금의 포도덩굴이 늘어지겠지, 그러면 나는 거기서 실컷 물을 마시고, 이제는 부드럽게 살아 움직이는 그 어떤 근육살덩이가 갈증을 달래주는 일도 없는 이 메마르고 새카만 아가리를 축일 수 있을 것이고 마침내는 광기가 내게서 혀를 빼앗아간 그날을 잊어버릴 수도 있을 텐데.

그날은 어지간히도 더웠지, 더웠어, 소금이 녹고 있었지, 적어도 내겐 그렇게 생각되었어, 공기가 눈알을 쑤시는 것 같았으니까, 그때 무당이 가면을 쓰지 않고 들어왔었지. 잿빛 누더기 한 겹을 걸쳤을 뿐 거의 벌거숭이인 못 보던 여자 하나가 그 뒤를 따랐는데 얼굴에 문신을 잔뜩 새긴 모양이 흡사 우상의 가면 같았고, 우상 특유의 기분 나쁜 놀라움밖에는 아무런 표정이 없었다. 오직 호리호리하고 밋밋한 그의 몸뚱이만이 살아 있었는데 무당이 우상을 모신 한 구석 방의 문을 열자 그 몸뚱이는 우상의 발 밑에 펄썩 주저앉았다. 이윽고 무당은 나를 거들떠보지도 않고 나가버렸다. 열기가 더해갔으며 나는 꼼짝 않고 있었고, 우상은 움직이지 않는 이 여자의 몸뚱이 너머로 날 노려보고 있었다. 그러나 여인의 근육은 조용히 움직이고 있었다, 내가 가까이 다가가도 그 목석 같은 여자의 얼굴은 변

하지 않았다. 날 노려보는 그 눈만이 점점 커졌다, 내 발이 여자의 발에 닿았다. 그러자 열기가 아우성치기 시작했고, 목석 같은 여자는 여전히 말없이 부릅뜬 눈으로 나를 노려보면서 조금씩 조금씩 등을 뒤로 눕혔고 두 다리를 몸통 쪽으로 천천히 끌어당기더니 슬며시 가랑이를 벌리며 다리를 공중으로 뻗쳤다. 그러나 금방 라아, 무당놈이 내 거동을 엿보고 있었던 거야, 그들은 와르르 몰려들어오더니만, 여자에게서 나를 떼어내고 그놈의 죄악의 국부를 무섭게 후려갈겼다, 죄악이라니! 무슨 죄악 말이냐, 가소롭다, 죄악이 어디 있으며 미덕이 어디 있느냐, 여하간 그들은 나를 벽에다 갖다 붙이더니, 강철 같은 손아귀가 내 아가리를 움켜잡고, 또 다른 손이 와서 입을 벌리더니 내 혓바닥을 잡아뽑았다. 이윽고 혀에서는 피가 쏟아지고 그 짐승 같은 비명소리가 정녕 내 입에서 터져 나온 것인지 어떤지 알 수도 없을 지경인데 서늘한, 그렇다, 마침내 서늘한 칼날 같은 촉감이 혓바닥을 지나갔다. 다시 정신이 들었을 때 나는 어둠 속에 혼자 벽에 몸을 기댄 채 온몸이 굳어버린 선지피로 덮여 있었고 괴상한 냄새가 나는 마른 풀잎 한 뭉치가 입 가득 물려 있었다. 피는 멎었지만 혀는 간 곳이 없었고, 텅 빈 입 안에는 사무치는 아픔만이 살아 있었다. 일어서려고 해보았지만 다시 쓰러졌다. 다행이다, 마침내 죽을 수 있게 되었으니 절망적으로 다행이다. 죽음 역시 서늘한 것이고 죽음의 그 늘 속에는 어떤 신도 숨어 있지 않으니까.

배교자 혹은 혼미해진 정신

그러나 나는 죽지 않았다, 어느 날 젊은 증오심이 나와 더불어 자리를 박차고 일어섰다. 저 안쪽 문으로 걸어가 문을 열고 들어간 다음 다시 문을 닫았다. 나는 옛 동지들을 증오했다. 거기 우상이 있었고, 나는 내가 들어앉은 구멍 깊숙한 곳에서 우상에게 기도만 한 게 아니었다, 그 이상의 것을 했다, 나는 우상을 믿었고 그때까지 믿어왔던 모든 것을 버렸다. 구세주인 그는 힘이요 권능이었다, 그를 파괴할 수는 있을망정 다른 신에게 개종시킬 수는 없는 일이었다, 그는 녹슬고 텅 빈 눈으로 내 머리 위를 내려다보고 있었다. 찬양할지어다, 그는 주인이며 유일한 왕이시니, 간악함이야말로 일월같이 뚜렷한 속성, 세상에 선한 주인이란 없는 법이다. 처음으로, 모욕을 받다 못해 온몸은 오직 한 가지 고통으로 울부짖었고, 나는 그에게 마음을 바치며 그의 악의에 찬 질서를 인정하고 그 속에 담긴 세상의 간악한 원리를 찬양한 것이었다. 그의 왕국, 소금산 속에 깎아 세운 불모의 도시, 자연과는 동떨어지고, 사막에 드물게나마 덧없이 피고 지는 꽃마저 찾아볼 수 없는 도시, 심지어 해가 날 때도 사막에서도 볼 수 있는 난데없는 구름이나 순식간의 폭우 같은 저 우연이나 정다움과도 무관한 도시, 직각과 정방형의 방과 뻣뻣한 인간들, 한마디로 질서의 도시, 이 왕국의 주인인 나는 자발적으로 이 도시의 증오에 차고 독이 오른 시민이 되고 말았다, 여태껏 배운 기나긴 이야기는 모조리 부정했다. 결국 사람들은 나를 속인 것이다, 오직 간악함이 지

배하는 세상만이 빈틈 없는 것, 나는 속아왔단 말이다. 진리란 네모 반듯한 것, 무겁고 단단한 것, 미묘한 뉘앙스 따위는 용인하지 않는다. 선善이란 한갓 몽상이요, 끊임없이 뒤로 미루면서 기진맥진 노력하여 추진하는 기획이요, 결코 도달할 수 없는 한계이니 선이 지배하는 세계란 불가능한 세계다. 오직 악惡만이 끝장을 볼 수 있고 절대적인 지배를 실현할 수 있는 것이다. 눈에 보이는 왕국을 세우려면 바로 그 악을 떠받들어야 한다.* 궁리는 그다음이다. 그다음이라니 그게 무슨 소린가, 오직 악만이 현재다, 유럽도, 이성도, 명예도, 십자가도 때려부숴라. 그렇다, 나는 나의 이 새로운 주인들의 종교에 개종할밖에, 그래, 그래, 난 노예였다. 하지만 나 역시 간악해진다면 비록 발목에 쇠사슬이 감기고 입은 벙어리가 되었을망정 더 이상 노예는 아니다. 오, 이놈의 더위가 사람을 미치게 하는구나, 사막은 온통 참을 수 없는 햇볕 때문에 사방에서 아우성치는구나, 그리고 저쪽 편의 그자, 이름만 들어도 분통이 터지고 치가 떨리는 사랑의 주, 나는 그를 부정한다, 이젠 그를 똑똑히 알게 되었으니까 말이다. 그는 꿈꾸고 있었고 거짓을 말하려고 했다, 그러니 다시는 세상을 속이는 말을 못하도록 혀를 잘라버

---

* 요한복음 18장 36절: "예수께서 대답하시되 내 나라는 이 세상에 속한 것이 아니니라." 여기서 "눈에 보이는 왕국"은 이 세상에 속하는 악의 왕국이다.

렸고 머릿속에까지도 못을 박은 거지, 지금 내 머리처럼 그 한심한 머리 말이야, 이 무슨 뒤범벅이람, 이제는 지칠 대로 지쳤다, 그런데도 천지가 진동하진 않았거든, 그때 죽인 것은 의로운 자가 아니었음이 분명하지 뭐냐, 나는 그렇게 믿을 수 없다, 도대체 의로운 자란 없다, 오직 준열한 진리가 지배하도록 만드는 간악한 상전들이 있을 따름. 그렇다, 우리의 우상만이 권세 있고, 이 세상의 유일무이한 신이다,* 증오가 그의 율법이며 온 생명의 원천이며 입 안이 써늘해지고 배 속이 화끈 달아오르는 박하처럼 시원한 물이다.

그리하여 나는 일변했다, 그들도 눈치챘다, 그들을 만나면 손에 입을 맞추었고, 그들과 한편이 되어 지칠 줄 모르고 그들을 찬양했고 신뢰했으며, 내 혀를 잘랐듯이 내 편 사람들의 혀도 잘라주기를 바랐다. 그리하여 선교사가 온다는 것을 알았을 때 나는 내가 할 일이 무엇인지를 알아차렸다. 여느 때나 다름없는 그날, 아득한 옛날부터 계속되던 똑같이 눈부신 그날! 해가 질 무렵, 한 경비병이 나타나 분지 가장자리의 높은 곳으로 달려왔다, 몇 분 후에 나는 문을 꼭 닫은 우상의 집 안으로 끌려갔다, 그들 중 한 사람이 나를 어둠 속에서 땅에 주저앉히

* 따라서 배교자의 우상숭배는 일신론으로, 이 무렵 카뮈가 치열하게 비판했던 전체주의와 무관하지 않다.

적지와 왕국

고는 십자형의 칼을 번득이며 꼼짝 못하게 위협하고 있었다. 오랫동안 침묵이 계속되더니 이윽고 평소에는 조용하던 거리에 낯선 목소리가 울려왔다. 내가 그 목소리를 알아들은 것은 오랜 시간이 지난 뒤였다. 그 목소리들은 내 나라 말을 하고 있었으니 말이다. 그러나 목소리가 울려오자 칼날 끝이 내 눈 위까지 내려오고, 감시하던 경비병이 말없이 나를 노려봤다. 그때 두 목소리가 가까워졌다. 그 목소리는 지금도 귀에 쟁쟁한데, 한쪽 목소리가 이 집은 왜 조사하지 않느냐면서 "소대장님, 문을 부수고 들어갈까요?" 하고 묻는 말에 다른 목소리가, "아니다" 하고 짤막하게 대답하더니, 잠시 후 약 20여 명의 주둔군을 허용하되 성 밖에서 숙영을 하고, 관습을 존중한다는 조건 아래서 허용한다는 협정을 맺은 것이라고 덧붙여 말했다. 병사는 웃었다. 그들은 드디어 손을 든 것이군요 하고 말했으나 장교는 모르겠다, 어쨌든 처음으로 어린애들을 돌보아줄 사람을 그들의 세계 안으로 맞아들일 것을 허용했는데 그가 바로 부속사제**이며 그다음 영토 문제에 손대게 된다고 했다. 다른 목소리가 만일 군인들이 와서 지키고 있지 않으면 부속사제의 것도 잘라버릴 것이 아니냐고 하자, "아, 아니지" 하

** 《이방인》의 2부 끝부분에 등장하는 교도소의 부속사제와 뫼르소의 관계(적대적)를 연상시키는 대목이다.

배교자 혹은 혼미해진 정신

고 장교는 대답했다. "베포르 신부가 주둔군보다 먼저 올 텐데, 이틀 후면 여기 도착할 거야." 그 이상은 아무것도 들리지 않았다. 칼날 밑에 쓰러져 꼼짝 못하고 있었더니 온몸이 아팠고 바늘과 비수를 꽂은 수레바퀴가 내 속에서 윙윙 도는 것이었다, 이 사람들이 정신나갔지, 정신나갔어. 이 도시, 이 무적의 권세, 참다운 신에 감히 손을 대도록 내버려두다니, 그리고 그자를, 이제 곧 온다는 그자를 혀도 자르지 않고 가만 내버려둘 테니, 그놈은 아무 대가도 치르지 않은 채 아무 모욕도 당하지 않은 채 건방지게 봉사정신을 과시하며 돌아다닐 것이다. 악의 지배는 지연되고, 아직 회의의 씨는 사라지지 않고, 또다시 가능하지도 않은 선을 꿈꾸느라고 공연히 시간만 허비할 것이며, 실현 가능한 오직 하나뿐인 왕국의 실현을 서두르는 대신, 보람도 없는 노력에 힘을 소모하느라고 시간을 허비할 것이란 말이다. 그런데 지금 내 눈앞에는 날 위협하는 칼날이 있다. 오, 오직 홀로 이 세계를 지배하는 권능이여! 오, 권능이여, 도시 안에는 차차 잡음이 사라지고 드디어 문이 열렸다, 나만이 홀로 화끈 단 몸으로 쓰디쓴 맛을 되씹으면서 우상과 함께 남아 있었다, 나는 나의 새로운 신앙을, 나의 참다운 상전을, 나의 폭군 같은 신을 구해내겠다고, 어떤 대가를 치르더라도 제대로 배반하겠다고 그에게 맹세했다.

라아! 더위가 좀 수그러진다, 바위도 이젠 진동하지 않는다, 이 굴에서 밖으로 나가 사막이 차츰차츰 노란빛에서 불그스

적지와 왕국

름한 빛으로, 마침내는 연보라색으로 뒤덮이는 광경을 바라볼 수 있으리라. 어젯밤에 나는 그들이 잠드는 것을 기다렸다가 문고리를 망가뜨려놓고는 두 발은 밧줄에 비끄러매인 채 여느 때나 다름없는 걸음걸이로 밖으로 나왔다. 나는 길을 잘 알고 있었고, 어디서 총을 훔칠 수 있으며 어느 쪽 문에 경비가 없는지를 잘 알고 있었다. 그리하여 여기 당도한 것은 몇 안 남은 별을 중심으로 어둠이 차차 흩어지고 한편으로 사막 빛이 약간 짙어지는 새벽이었다. 그런데 지금 내 느낌으로는 벌써 여러 날 전부터 이 바위 속에 웅크리고 있는 것만 같다. 빨리, 어서 빨리, 오, 빨리 이놈이 왔으면! 조금만 더 있으면 그들이 날 찾기 시작할 텐데, 온 사방으로 길이란 길은 모조리 뒤지면서 내달을 텐데, 내가 떠난 것은 자기들을 위해서란 걸, 자기들을 더 잘 받들어 섬기기 위해서라는 걸 모르고, 굶주림과 증오에 취한 나머지 다리에는 힘이 하나도 없구나. 오오, 저쪽에, 라아 라아! 길의 저 끝에 낙타 두 마리가 차차 커지면서 어느새 짧은 그림자와 겹쳐 큰 걸음으로 달려오는구나, 낙타 특유의 활기 차면서도 꿈꾸는 듯한 걸음으로 달려오는구나. 드디어 그들이 나타났구나!

빨리 총을, 나는 서둘러 총을 잰다. 오오, 우상이여, 저 뒤에 있는 나의 신이여, 당신의 권세가 영원토록 지배하소서, 골백번의 모욕을 내리소서, 이 저주받은 인간 세계를 용서 없는 증오로써 다스리며, 간악한 자 영원토록 그 주인 되기를, 그리하

여 마침내 왕국을 이룩하사 오직 하나뿐인 소금과 무쇠의 도시에서 검은 폭군들이 가차없이 부리고 다스리게 하소서! 자지금, 라아 라아, 쏴라, 동정심을 향하여 한 방, 무력無力과 그 자비심을 향하여 한 방, 악의 도래를 가로막는 모든 것을 향하여 한 방, 연달아 두 방, 자, 보라, 저놈들이 나가떨어져 쓰러진다, 낙타는 지평선을 향하여 쏜살같이 뺑소니치는구나, 지평선에는 새카만 새 떼들이 언제나 한결같은 하늘로 솟구쳐 올랐다. 신이 난다, 신이 나, 이 작자가 꼴도 보기 싫은 검정 옷 속에서 몸을 뒤튼다, 놈이 고개를 들고 나를, 족쇄를 찬 전능한 주인인 나를 본다, 어쩌자고 내게 미소를 던지는 거냐, 저놈의 미소를 짓뭉개버릴 테다! 착한 마음이 가득한 낯짝을 후려갈기는 총 개머리판의 우지끈 소리가 얼마나 흐뭇한가, 오늘, 오늘에야 비로소 모든 것이 완성되었다, 그리하여 사막의 구석 구석에서 여기서 몇 시간씩 걸리는 먼 곳에 이르기까지, 승냥이 떼들이 있지도 않은 바람 냄새를 맡으려고 코를 킁킁대다가 이윽고 그들을 기다리는 썩은 고기의 향연을 즐기려고 끈덕지게 잰 걸음으로 걸어오기 시작한다. 승리로다! 나는 하늘을 향하여 두 팔을 벌린다, 하늘도 감상에 젖은 듯 보랏빛 그늘이 맞은편 지평선에 배어난다. 오오, 유럽의 밤들이여, 조국이여, 어린 시절이여, 어찌하여 이 승리의 순간에 눈물이 흐른단 말인가?

놈이 꿈틀했나 보다, 아니지, 소리는 딴 데서 들려오는데,

저기 반대편에서, 새카만 새 떼들이 날아오듯 그들이, 내 상전들이 달려온다, 내게 돌진해와서 날 붙든다, 아아, 아아, 그래 후려쳐라, 그들 도시의 철통 같은 성벽이 터져서 아우성칠까 봐 두려운가 보다. 나로 말미암아 군대가 이 성스러운 도시로 복수하러 달려올까봐, 마땅히 필요한 일 아니냐, 두려운 거다. 자 스스로를 방위할 때가 온 것이다. 후려쳐라, 우선 날 쳐라, 그대들은 진리의 편이니 말이다! 오오, 나의 상전님들, 그런 다음에 그들은 군대를 무찌를 것이며 말(語)과 사랑을 쳐부술 것이다. 그리하여 사막을 넘고 바다를 건너 유럽의 빛을 그들의 캄캄한 장막으로 휘덮을 것이다, 배때기를 후려쳐라, 오냐, 두 눈을 후려쳐라, 온 대륙 위에 온통 그들의 소금을 뿌릴 것이다, 모든 식물이며 청춘은 시들 것이고, 발목에 족쇄를 찬 말없는 군중들이 진정한 신앙의 잔혹한 태양 아래 사막으로 변한 세상을 나와 함께 헤맬 것이니 이제 나는 혼자가 아니리라. 아아, 이 아픔, 그들이 내게 주는 이 아픔, 그들의 분노는 흐뭇하구나, 지금 내 사지를 찢는 이 고문의 말안장 위에서, 사람 살려, 나는 웃는다, 날 십자가에 못박는 이 매질이 좋구나.

....

사막이 너무나도 고요하구나! 벌써 밤이구나, 아무도 없다, 목이 마르다.* 아직도 기다려야 하나, 도시는 어느 쪽인가, 멀리서 들려오는 저 소리, 어쩌면 승리를 기뻐하는 병사들? 아

배교자 혹은 혼미해진 정신

니, 안 되지, 설사 병사들이 이겼다 치더라도 그들은 그리 충분히 간악하진 못하니까 다스릴 줄도 모를 거야, 또 더 훌륭한 사람이 되려고 노력해야 한다는 말이나 하겠지, 그렇게 되면 여전히 수백만의 인간들은 선과 악의 사이에 끼여 영원히 찢긴 채 어쩔 줄 몰라하고, 오, 우상이여, 어찌하여 나를 버렸나이까?** 만사는 끝났다, 목은 마르고 몸은 화끈화끈 다는구나, 더욱 캄캄한 밤이 이 두 눈에 가득 찬다.

이 기나긴 이렇듯 기나긴 꿈, 나는 깨어나는 거다, 아니지, 곧 숨통이 끊어지려는 거다, 먼동이 튼다, 살아 있는 딴 사람들에게는 새벽 첫 햇살이고 낮이겠지만, 내게는 냉혹한 태양과 파리 떼. 누가 말하고 있는 것인가, 아무도 아니다, 하늘은 갈라지지 않는다, 아니지, 아니야, 신이 사막에서 말할 리 없다, 하지만 이 소리는 어디서 오는 것이냐. "네가 증오와 권세를 위하여 죽는다면 누가 우리를 용서해주겠느냐?" 내 안에 있는 또 하나의 혀냐, 그렇지 않으면 내 발등 밑에서 "용기를 내, 용기를, 용기를" 하고 되풀이하며 죽기 싫어하는 이자인가? 아아,

---

* 요한복음 19장 28절: "예수님은 이제 모든 일이 다 완성된 것을 아시고 성경 말씀이 이루어지게 하시려고 '내가 목마르다'하고 말씀하셨다."
** 마태복음 27장 46절: "예수께서 크게 소리 질러 이르시되 엘리 엘리 아마 사박다니 하시니 이는 곧 나의 하나님 나의 하나님 어찌하여 나를 버리셨나이까 하는 뜻이다."

내가 다시 한번 속은 것인가! 지난날 다정했던 인간들아, 유일한 구원자들아, 오, 고독하구나, 나를 저버리지 말아다오! 여기, 여기, 너는 누구냐, 살이 찢기고 입이 온통 피투성이가 된 너는 누구냐? 너구나, 무당이구나, 군인들이 널 무찔렀구나, 저편에 소금이 타오른다, 너로구나, 내 사랑하는 상전! 그 증오에 가득 찬 얼굴일랑 걷어치워라, 이제는 착해지려무나, 우리는 잘못 생각한 거야, 다시 시작해야겠어, 자비의 왕국을 다시 세우자, 집으로 돌아가고 싶구나. 그래, 날 도와다오, 그래 그렇게 손을 내밀어줘, 이리…〉

  소금 한 줌이 그 수다스러운 노예의 입을 가득 메웠다.

배교자 혹은 혼미해진 정신

말 없는 사람들

한겨울인데도 햇살이 눈부신 하루가 벌써 활기를 띠고 있는 시가 위로 밝아오고 있었다. 부두 저 끝에는 바다와 하늘이 서로 어울려 분간 못할 한 빛깔로 반짝이고 있었다. 그러나 이바르의 눈에는 그것들이 보이질 않았다. 그는 항구가 내려다보이는 대로를 따라 둔하게 달려가고 있었다. 못 쓰는 한쪽 다리를 자전거의 고정된 페달에 얹어놓은 채 남은 한쪽 다리는 밤이슬에 아직도 젖어 있는 아스팔트 길로 바퀴를 억지로 굴리느라고 애를 쓰고 있었다. 고개도 들지 않은 채 자그마한 체구로 안장에 올라앉아 있는 그는 옛날 전차 선로 자리를 피해 가기도 하고, 자동차들이 앞질러 갈라치면 와락 핸들을 틀어 한 옆으로 비켜주기도 하고, 또 가끔씩 페르낭드가 싸준 점심식사 보따리를 팔꿈치로 밀어젖혀 엉덩이 쪽으로 보내기도 했다. 그럴 때면 그 보따리 속에 든 것에 생각이 미치면서 입맛

　　　　　　　　　　　　　　　말 없는 사람들

이 씁쓸해졌다. 두 조각의 굵은 빵 사이에는, 그가 좋아하는 스페인식 오믈렛이나 기름에 익힌 비프스테이크가 아니라, 겨우 치즈 조각이 물려 있을 뿐이었다.

공장 가는 길이 그토록 멀게 느껴진 적은 한 번도 없었다. 그도 늙어가는 것이다. 나이 마흔, 포도덩굴처럼 바싹 마른 몸은 그대로였지만 근육이 전처럼 얼른 더워지지는 않는다. 이따금 스포츠 논평을 읽다가 서른 살의 선수를 노장이라 부르는 것을 보면 그는 어깨를 으쓱하곤 했다. "그 나이에 노장이라면 그럼 나는 벌써 송장이겠네" 하고 그는 페르낭드에게 말했다. 그렇지만 그 신문기자의 말도 아주 틀린 것은 아님을 그는 알고 있었다. 서른이 되면 벌써 어느 결에 숨소리가 약해진다. 마흔이면 아직 송장까지야 아니겠지만, 좀 이르다 싶으면서도 은근히 마음의 준비를 약간씩 한다. 아마 그 때문이 아닐까? 오래전부터, 그는 시가 한쪽 끝에 있는 공장까지 가는 동안 바다 쪽을 바라보는 일은 다시 없게 되었던 것이다. 스무 살 먹었을 적엔 바다를 아무리 봐도 싫증나지 않았다. 그에게 바다는 해변에서 보내는 즐거운 주말의 약속이었다. 절름발이이면서도, 아니면 절름발이이기 때문에 그는 늘 수영을 좋아했다. 그러다가 세월이 흐르고 페르낭드를 얻어 아들을 낳았고, 그래서 먹고사느라고 토요일엔 술통 공장에서 잔업을 하고, 일요일엔 다른 가정집에서 부르면 가서 잔손질을 봐주곤 했다. 물릴 때까지 화끈하게 즐기며 살던 시절의 버릇이 차츰차츰 없

적지와 왕국

어졌다. 깊고 맑은 물, 강렬한 태양, 아가씨들, 육체적인 생활, 그의 고장에서는 그 밖에 다른 행복이란 없었다. 그리고 이 행복은 청춘과 더불어 지나가버렸다. 이바르는 여전히 바다를 좋아했지만 이젠 낮이 기울어 물굽이의 물 색깔이 짙어질 무렵에나 즐길 뿐이었다. 일이 끝난 뒤 자기 집 테라스에 앉아서, 페르낭드가 솜씨 있게 다려주는 셔츠를 입고 김 서린 아니스 술잔을 기울이며 흐뭇해하는 시간은 감미로웠다. 밤이 내리고 하늘엔 잠깐 동안의 부드러움이 감도는데 이바르와 얘기하는 옆사람들이 문득 음성을 낮췄다. 이럴 때면 그는 자기가 행복한 것인지 아니면 울고 싶은 것인지 알 수가 없었다. 아무튼 그럴 때면 그는 마음속으로 인정했다. 무엇인지는 자신도 뚜렷이 알 수 없지만 하여간 그 무엇인가를 그저 기다리고 있을 수밖에 없다는 것을 말이다.

아침이 되어 다시 일터로 갈 때에는 아주 딴판이어서, 바다가 언제나 변함없이 옆에 있어도 더 이상 바라보고 싶은 마음은 나지 않고 그저 저녁이나 되어서야 또다시 보게 됐다. 그날 아침 그는 평소보다 더 힘들어하며, 고개를 푹 수그린 채 달리고 있었다. 그의 마음 또한 무거웠기 때문이다. 전날 저녁 때 회합에서 돌아와 다시 작업을 하게 된다는 말을 했을 때, 페르낭드는 기뻐하며 "그럼 사장님이 월급을 올려주는 건가요?" 하고 말했다. 사장이 월급을 올려주는 게 아니라 파업이 실패하고 만 것이었다. 일처리가 서툴렀었다. 그건 인정해야 한다.

화가 난 김에 시작한 파업인지라 조합의 뒷받침에 열의가 없었던 것도 무리는 아니었다. 게다가 직공이래야 열대여섯 정도니 그리 대수로울 것도 없었다. 조합에서는 파업에 가담하지 않은 다른 술통 공장들의 입장도 참작하고 있었다. 그들을 너무 원망만 할 수도 없었다. 선박과 액체 운반용 자동차가 생산되는 바람에 위기에 처한 술통 제조업은 그리 신통하지 않았다. 소형 술통이건 대형 술통*이건 생산은 점점 더 줄어들었다. 주로 하는 일이란 이미 있는 큰 술통을 수선하는 작업이었다. 업자들은 사실 자기들의 사업에 장래성이 별로 없다는 것을 알고는 있으면서도, 그래도 그런대로 수익률은 유지하려고 들었다. 그들의 생각에 가장 손쉬운 것은 역시 물가고야 어찌 되었건 급료를 묶어두는 일이었다. 술통 공장이 망하는데 통장이들이 어떻게 하겠는가? 애써서 한 가지 기술을 배운 사람은 직업을 바꾸지 않는 법이다. 통 메우기란 어려운 일이어서 오랜 수련을 요하는 일이었다. 훌륭한 통장이란, 즉 곡선의 작은 통쪽들을 잘 맞추고, 메움이나 빔** 같은 것을 사용하지 않은 채 그냥 불에 쬐어 쇠테에 거의 빈틈 없이 꼭꼭 맞게 메우는 통장이란 흔하지 않았다. 이바르는 그것을 할 줄 알았고,

---

* "대형 술통bordelaise"은 225리터들이 나무통으로 보르도산 포도주를 유통할 때 사용하면서 "보르들레즈"라고 불렸다.
** 촉이나 장부 등의 구멍이 헐거울 때 종이, 헝겊 따위를 끼우는 일.

적지와 왕국

그것이 자랑이었다. 직업을 바꾸는 것쯤은 아무것도 아니었지만 자기의 기술, 스스로 익힌 솜씨를 그냥 버리고 만다는 것은 쉬운 일이 아니었다. 훌륭한 직공이면서 써먹을 데가 없어졌으니 빼도 박도 못할 일이었다. 체념하는 수밖에. 그러나 체념 역시 쉬운 일이 아니었다. 입을 꽉 다물고 제대로 한번 따져보지도 못한 채, 날이 갈수록 쌓이는 피로를 느끼며 매일 아침 똑같은 길을 따라 출근하면서 주말이 되면 나날이 부족해지는 액수를 그저 주는 대로 타오기만 하는 건 더더욱 못할 노릇이었다.

그래서 그들은 화가 치민 것이었다. 그중 두세 명 주저하는 사람도 있었지만 사장과 최초의 담판이 있은 뒤로 그들 역시 노여움에 사로잡히고 말았다. 사장은 현재대로 일을 하든가 하기 싫으면 그만두든가 양자택일을 하라고 딱 잘라 말했다. 그가 사람이라면 그런 말은 못한다. "생각이 어떻게 돌아가는 거야! 우리가 고분고분 복종할 줄로 아나?" 에스포지토의 말이었다. 사실이지 사장은 형편없는 작자는 아니었다. 자기 아버지의 사업을 이어받아 끌고 가는 그는 공장에서 잔뼈가 굵었는지라 거의 모든 직공들을 오래전부터 알고 있었다. 그는 가끔가다 공장에서 그들을 불러다가 간단한 음식을 대접하곤 했다. 나무 부스러기 불에 석쇠를 걸고 정어리나 순대를 구워주기도 했으며, 술이 한 잔 들어가기라도 하면 정말 친절해지는 사람이었다. 새해가 되면 항상 직공들 한 사람 한 사람에게 좋은 포

말 없는 사람들

도주를 다섯 병씩 선물했고 때때로 직공들 중에 누가 앓는다든 가 아니면 그저 결혼이나 영성체 같은 행사가 있을 때면 돈으로 인사를 치르곤 했다. 딸을 낳았을 때는 모든 사람들에게 설탕에 절인 살구 상자를 돌렸다. 두 번인가 세 번인가 그는 이바르를 청해서 바닷가에 있는 자기 소유지로 사냥을 간 적도 있었다. 그는 분명 자기 직공들을 아꼈다. 그리고 자기 아버지가 견습공으로서 출발했었다는 말도 자주 했다. 그러나 한 번도 직공들의 집을 찾아가본 일은 없어서 그들을 이해하는 데는 어두웠다. 자기 자신에 대해서밖에는 아는 것이 없으니 자기 생각밖엔 하지 않았다. 그러니 이젠 싫거든 아주 그만두라는 말이었다. 달리 말하면 이번엔 그쪽에서 감정이 상한 것이다. 그러나 그 사람이야 그래도 되는 입장이었다.

그들은 조합도 어쩔 수 없게끔 만들어놓고 공장문을 닫았다. "파업감시반 같은 거 조직하느라 애쓸 것 없어요. 공장이 일을 쉬면 난 돈이 굳으니까." 사장은 이렇게 말했었다. 그건 사실이 아니었지만 그렇다고 해서 일을 해결하는 데 도움이 되지는 못했다. 왜냐하면 그는 직공들의 면전에 대고 자기는 선심 쓰느라고 그들에게 일을 시키는 거라고 내뱉곤 했으니 말이다. 에스포지토는 분통이 터져 그에게 당신은 사람도 아니라고 말했다. 사장은 성질이 다혈질이어서 모두들 덤벼들어 둘을 뜯어말려야만 했다. 그러나 동시에 직공들의 충격은 이만저만이 아니었다. 파업은 20일을 끌었다. 집에서는 아내들

적지와 왕국

의 걱정이 태산 같았고 직공 두셋은 기가 죽었다. 그래서 마침내 조합은 자기들이 중재에 나설 터이니 파업 일수는 잔업으로 메우겠다고 약속하고서 파업을 철회하는 쪽으로 고려해보라고 권유했다. 그들은 작업 재개를 결정했다. 물론 실패한 것은 아니라는 둥, 재검토해볼 것이라는 둥 허세를 부려가면서. 그러나 오늘 아침에 남은 것은 패배의 무게를 실감케 하는 피로, 고기 아닌 치즈뿐, 이쯤 되면 더 이상 환상을 품는 것은 불가능했다. 태양이 빛난들 소용이 없었고 바다도 아무런 약속을 해주지 않았다. 이바르는 한쪽 페달만 밟으며 달리자니, 한 바퀴 돌아갈 때마다 조금씩 더 늙어가는 것만 같았다. 이제 다시 보게 될 공장과 동료들과 사장을 생각하면 그의 가슴은 사뭇 더 무거워지는 듯했다. 페르낭드는 근심스러웠다. "가서 뭐라고 하시겠어요?" "할 말 없어." 이바르는 자전거에 걸터앉아 고개를 저었다. 이를 악물었다. 자그맣고 볕에 타서 주름진 그의 곱상한 얼굴에는 표정이 없었다. "일이나 하면 그만이지." 지금 그는 여전히 이를 악문 채 하늘까지 어둡게 만드는 듯한 쓸쓸하고 메마른 분노를 안고서 페달을 밟아갔다.

대로를, 그리고 바다를 벗어나 그는 스페인 사람들이 사는 구시가의 질퍽한 거리로 접어들었다. 이 거리가 가 닿은 곳에는 맨 차고니 고철고니 자동차 수리소들만 들어차 있는데 그곳에 공장이 있었다. 창고 비슷한 건물로 아래의 반쯤은 돌로 쌓아올리고 그다음부터는 홈이 진 생철지붕 밑까지 유리벽이

말 없는 사람들

었다. 공장 앞쪽에는 그 전의 술통 공장이 있었는데 그것은 낡은 헛간들로 빙 둘러싸인 빈 마당뿐으로, 사업을 확장하면서 쓰지 않고 버려두게 되자 지금은 폐품이 된 기계와 헌 통 같은 것을 쌓아두는 자리가 되어 있었다. 그 마당 저쪽으로 헌 기왓장들을 깐 한 줄기 길 같은 것을 사이에 두고 사장네 정원이 나 있고, 그 정원 끝에 집이 서 있었다. 크고 모양새는 없지만 그래도 싱싱한 포도원과 바깥 층계를 둘러싸고 있는 가느다란 인동덩굴 때문에 쾌적해 보였다.

이바르는 공장의 문들이 닫혀 있다는 것을 곧 알아차렸다. 직공들이 무리지어 그 앞에 잠자코 서 있었다. 여기서 일해오는 동안 오늘날까지 그가 출근했을 때 문이 닫혀 있는 일은 이번이 처음이었다. 사장은 한번 맛을 보여줄 작정이었다. 이바르는 왼쪽으로 가서 그쪽 창고를 달아내어 만든 차양 밑에다 자전거를 세우고는 문 쪽으로 갔다. 저만큼에서부터 자기 옆자리에서 일하는 키 크고 헌걸찬 갈색 머리의 털보 에스포지토, 조합 대표로 얼굴이 테노리노 가수같이 생긴 마르쿠, 공장에서 유일한 아랍인인 사이드, 그리고 그 밖에 모든 사람들이 그가 오는 것을 말없이 바라보고만 있음을 알 수 있었다. 그러나 그들의 곁에까지 다 가기 전에 이바르는 갑자기 발길을 돌려 이제 막 빠끔히 열리기 시작한 공장문 쪽을 향했다. 감독 발레스테르가 문간에 나타났다. 그는 육중한 문짝 하나를 열더니 직공들 쪽으로 등을 돌리고는 무쇠 레일을 따라 천천히 문

적지와 왕국

짝을 밀어젖혔다.

발레스테르는 직공들 중 제일 연장자로 파업을 반대했었다. 그러나 에스포지토로부터 사장 쪽의 이익을 옹호하는 사람이란 소리를 들은 다음부터는 아무 말도 하지 않고 있는 터였다. 지금 그는 청색 메리야스 차림에 펑퍼짐하고 작달막한 체구에 벌써부터 맨발인 채로(사이드와 그 사람만이 맨발로 일을 했다) 문 곁에 서서 그들이 한 사람 한 사람 들어오는 것을 바라보고 있었다. 햇빛에 그을은 늙은 얼굴이며 빽빽이 돋아 늘어진 수염 속에 파묻힌 그 허술한 입과 견줘볼 때, 그의 두 눈은 너무나도 맑은 나머지 아무런 색깔도 없는 것만 같았다. 이 꼴로 굴복하고 들어서는 자기들의 모습이 부끄럽기도 하고 침묵만 지키자니 제풀에 부아도 나지만 침묵이 계속되면 계속될수록 말은 더욱 안 나왔으므로 그들은 잠자코들 있는 수밖에 없었다. 이런 식으로 그들을 안으로 들이는 걸 보니 어떤 명령을 받아 실행하는 것이 뻔했고, 잔뜩 찌푸린 못마땅한 눈치로 보아 그 심사를 알 수 있겠기에 그들은 발레스테르를 쳐다보지도 않고 지나갔다. 그래도 이바르는 그를 쳐다봤다. 발레스테르는 그를 좋아하는 터라 아무 말이 없이 고개만 으쓱했다.

이제 그들은 모두 조그마한 탈의실에 들어가 있었다. 이곳은 입구 오른쪽에 있는 방인데 몇 개의 문 없는 칸막이 공간들이 흰색 널빤지로 구획져 있고 널빤지 양쪽에 작은 벽장을 한 개씩 달아 자물쇠로 잠그도록 되어 있었다. 입구에서부터 세

말 없는 사람들

어 맨 끝쪽, 공장 벽에 붙은 칸은 샤워실로 개조했는데, 바닥은 그냥 맨 봉당에 좀 우묵하게 배수구를 뚫어놓았다. 공장 복판에는 작업의 위치에 따라서, 벌써 다 만든 것이지만 테가 헐렁하게 끼워진 채 이제 불에 쬐어 죄는 일이 남아 있는 큰 술통들이며, 길게 홈이 패인 두툼한 작업대들이며(그중 몇 대에는 둥그렇게 깎아놓은 나무 밑판들이 이제 대패틀에 올려져 다듬어질 때를 기다리면서 끼워져 있었다) 꺼멓게 그을린 화덕들이 보였다. 입구 왼쪽 벽 곁에는 연장들이 즐비하게 놓여 있었다. 그 앞에는 이제 다듬어야 할 작은 통쪽들이 수북하게 쌓여 있었다. 탈의실에서 멀지 않은 오른쪽 벽에는 기름을 잘 쳐놓은 두 대의 튼튼하고 커다란 기계톱이 소리 없이 번쩍이고 있었다.

오래전부터 공장은 몇 안 되는 사람들이 차지하기에는 너무 휑하니 넓었다. 삼복 더위 때는 이로운 점이었지만 겨울에는 불편했다. 그러나 오늘은 이 큰 공간에 작업이 정지되어 있는 것이다. 아래쪽 통쪽들만 한데 메워 테를 감아놓았을 뿐, 위쪽 조각들은 마치 커다란 나무때기로 된 꽃처럼 떡 벌어진 채 구석에 주저앉아 있는 통들, 작업대 위에 뒤덮인 톱밥, 공구통들, 기계들, 방치되어 있는 이 모두가 공장을 살풍경하게 만들고 있었다. 이제 각자 헌 메리야스와 여기저기 기운 물 빠진 바지들로 갈아입고 나온 그들은 이 광경을 바라보면서 망설이고 있었다. 발레스테르는 그들을 쳐다보더니 "자아, 시작해볼까?" 하고 말했다. 한 사람 한 사람 아무 말 없이 각자의 위치로 갔

적지와 왕국

다. 발레스테르는 이 자리 저 자리로 다니며, 시작할 일 혹은 끝마칠 일을 간단히 챙겨주곤 했다. 아무도 대답하는 사람은 없었다. 이윽고 첫 망치 소리가 울리더니 쇠를 붙인 나무 귀퉁이를 내리치면서 불룩하던 통 허리에 테를 죄어 박았다. 큰 대패는 씨근거리며 나무 옹이를 밀어댔다. 그리고 에스포지토가 발동시킨 한 대의 톱이 야단스럽게 날이 접히는 소리를 내며 움직였다. 사이드는 시키는 대로 통쪽을 날라오기도 하고, 통을 죄어 쇠테를 끼운 자리를 부풀릴 수 있도록 나무 부스러기 불을 피워놓기도 했다. 아무도 자기를 찾는 이가 없을 때는 힘차게 망치를 휘둘러 녹슬어버린 넓은 테를 작업대에 대고 두들겨 공글리곤 했다. 나무 부스러기들이 타는 냄새가 공장 안에 자욱해지기 시작했다. 이바르는 에스포지토가 잘라놓은 통쪽들을 대패로 밀어 맞추어놓다가 오래전부터 익숙해진 그 냄새를 맡자 마음이 좀 풀리는 느낌이었다. 모두 잠자코 일하고 있었지만 공장 안에는 어떤 열기가, 어떤 활력이 조금씩 조금씩 되살아나는 듯했다. 커다란 유리벽을 통해서 싱싱한 햇빛이 공장 안에 가득 흘러들었다. 금빛 영롱한 공기 속에 연기가 파랗게 피어오르고 있었다. 이바르의 귀에는 자기 곁에서 붕붕거리는 무슨 벌레 소리까지 들렸다.

그때였다. 옛날 술통 공장 쪽으로 난 문이 안의 벽 쪽으로 열리더니 사장 라살 씨가 문턱에 와서 발걸음을 멈췄다. 몸이 마르고 볕에 그을린 그는 서른이 갓 넘어 보였다. 베이지색 개

말 없는 사람들

버딘 양복 위에 흰 셔츠의 단추를 넓게 풀어 젖혀 입고 있었다. 몸가짐이 아주 편안해보였다. 얼굴은 뼈마디가 몹시 드러나 칼날 같은 선을 하고 있었지만, 운동을 많이 한 덕분에 몸놀림이 자유스러운 사람이 대개 그렇듯이 전체적으로는 호감이 가는 인상이었다. 그런데 그는 문을 들어서면서 좀 난처해하는 것 같았다. 그의 인사하는 목소리는 평소보다 더 풀이 죽어 있었다. 하여튼 아무도 그 인사에 대답하는 이가 없었다. 라살 씨는 머뭇거리며 몇 발짝을 떼어놓더니 이곳에 와서 일하게 된 지 겨우 1년밖에 안 되는 나이 어린 발르리를 향해 다가갔다. 그는 이바르와 몇 발짝 사이를 두고 기계톱 옆에서 큰 술통의 밑받침을 끼우고 있었는데 사장은 그가 일하는 모양을 물끄러미 바라보고 있었다. 발르리는 아무 말 없이 작업을 계속했다. "얘, 그래 어떠냐?" 하고 라살 씨는 말했다. 소년은 갑자기 손놀림이 더 서툴러졌다. 그는, 이바르에게 갖다 주려고 자기 곁에서 그 무지스러운 두 팔 위에다 통쪽들을 잔뜩 쌓아 올리고 있는 에스포지토를 흘끗 봤다. 에스포지토도 일을 계속하면서 그를 바라보고 있었다. 발르리는 사장에게 아무 대꾸도 않은 채 다시 큰 통 속에다 코를 박았다. 라살은 좀 당황한 표정으로 한동안 소년 앞에 우두커니 서 있더니 어깨를 으쓱하고는 마르쿠 쪽으로 몸을 돌렸다. 마르쿠는 작업대를 타고 앉아서 천천히 그러나 정확한 솜씨로 싹독싹독 밑판 부리를 다듬고 있었다. "안녕 마르쿠?" 하고 라살은 더 건조한 어조로

적지와 왕국

말했다. 마르쿠는 나무판을 아주 얇게 한 꺼풀을 깎아내는 데만 열중한 채 대답을 하지 않았다. 라살은 이번엔 다른 직공들을 돌아다보며 큰 소리로 말했다. "왜들 그러는 거요? 서로 의견이 맞지 않았어요, 그건 인정해요. 그렇다 할지라도 함께 일을 해야 할 거 아닙니까. 그런데, 이래가지고 되겠어요?" 마르쿠는 자리에서 일어나서 밑판을 들고 둥글게 깎아낸 모서리를 손바닥으로 쓰다듬어 검사해보더니 매우 만족한 듯 그 생기 없는 두 눈을 찌푸렸다. 그러더니 여전히 아무 말도 않은 채 큰 술통을 만들고 있는 다른 직공에게로 향해 갔다. 넓은 공장 전체에 들리는 소리라곤 망치 소리와 기계톱 소리뿐이었다. "좋아, 분위기가 풀리거든 발레스테르를 통해서 알려줘요." 라살은 이렇게 말한 다음 침착한 걸음걸이로 공장에서 나갔다.

거의 바로 그 뒤를 이어 공장 안의 소란스런 소리들을 헤치고 초인종이 두 차례 울렸다. 막 앉아서 담배를 한 대 말려던 발레스테르는 마지못한 듯이 일어나 안쪽의 작은 문으로 갔다. 그가 나가고 나자 망치 소리들은 좀 덜 시끄러워졌다. 어떤 직공은 망치 든 손을 쉬기까지 했는데 그때 발레스테르가 돌아왔다. 문간에 선 채 그는 짤막하게 말했다. "사장님이 부르시네, 마르쿠하고 이바르하고." 이바르는 우선 가서 손을 씻으려고 했지만 마르쿠가 길을 막고 팔을 잡는 바람에 절름거리며 그를 뒤따랐다.

밖으로 나서자 마당에는 햇빛이 어찌나 싱싱하게 흐르는

말 없는 사람들

지 이바르는 그것을 얼굴 위에, 그리고 드러난 두 팔뚝 위에 느낄 수 있을 정도였다. 그들은 벌써 꽃이 몇 송이 보이는 인동덩굴 아래로 난 바깥 층계를 통해서 올라갔다. 각종 증서들이 잔뜩 붙어 있는 복도에 들어섰을 때 그들의 귀에는 아이 우는 소리와 "점심 먹고 나면 애를 재워보구려. 정 낫지 않으면 의사를 불러올 테니" 하는 라살 씨의 목소리가 들려왔다. 이윽고 사장이 복도에 나타나 그들을 조그마한 사무실로 인도했는데, 그곳은 전원풍을 흉내낸 가구들이 놓여 있고 벽에는 경기 트로피들이 장식되어 있는, 그들에게는 이미 낯익은 방이었다. "거기들 앉으시오." 자기 책상으로 가 앉으면서 라살이 말했다. 그들은 그냥 서 있었다. "두 사람을 부른 것은, 마르쿠 당신은 조합 대표고, 자네 이바르는 발레스테르 다음으로 제일 오래된 사람이기 때문이오. 이미 지나간 문제는 다시 토론하고 싶지 않소. 난 도저히, 절대로 당신들의 요구를 들어줄 수가 없어요. 이미 타협이 되어서 다시 일을 시작하기로 서로 결말을 봤는데도 날 원망하고들 있는 걸 보니 괴로운 일이오. 솔직하게 털어놓고 하는 말이오. 간단히 한마디만 덧붙여두는데, 지금은 해줄 수 없는 일도 경기가 회복되면 아마 해줄 수 있을지 모르겠소. 그리고 내가 해줄 수 있게만 되면 당신들이 요구하기도 전에 해줄 것이오. 아무튼 합심해서 일들이나 하도록 합시다." 여기서 말을 멈추고 생각에 잠기는 듯싶더니 이윽고 눈을 들어 두 사람을 봤다. "어때요?" 하고 그는 말했다. 마르쿠는

적지와 왕국

밖을 내다보고 있었다. 이바르는 이를 악물고 말을 하고 싶었지만 할 수가 없었다. 라살은 "이것 봐요. 당신들 모두 외곬으로만 생각하고 있는 거예요. 차차 풀리게 되겠지요. 하지만 이성을 되찾거든 지금 내가 한 말을 잊지마세요" 하고 말했다. 그는 일어나 마르쿠에게로 와서 손을 내밀었다. "가봐요!" 하고 그는 말했다. 마르쿠는 대번에 얼굴이 창백해지며 멋쟁이 가수 같던 그 얼굴이 딱딱해지더니 일순간 표독스럽게 변했다. 그러더니 그는 홱 발꿈치를 돌려 나가버렸다. 라살 역시 핏기가 싹 가신 얼굴로 손도 내밀지 않고 이바르를 바라봤다. "꺼져버려!" 하고 그는 소리를 쳤다.

　그들이 작업장에 돌아왔을 때 직공들은 점심을 먹고 있었다. 발레스테르는 나가고 없었다. 마르쿠는 그냥 '하나마나한 소리'라고만 하고 다시 자기 일자리로 갔다. 에스포지토는 빵을 베어 물던 입을 멈추고 그들이 뭐라고 대답을 했는지 물어봤다. 이바르는 아무런 대답도 안 했다고 말했다. 그러고는 가서 보따리를 찾아가지고 돌아와 자기가 일하는 작업대에 걸터앉았다. 점심을 먹기 시작하려니까, 얼마 떨어지지 않은 곳에 사이드가 수북한 나무 부스러기들 속에 벌렁 누워서 이제 볕이 좀 수그러든 하늘로 파랗게 물든 유리창 쪽을 멀거니 바라보고 있는 것이 눈에 띄었다. 이바르는 벌써 다 먹었느냐고 물었다. 사이드는 무화과 몇 개를 먹었다고 말했다. 이바르는 먹기를 멈췄다. 라살을 만나고 온 뒤로 도무지 가시지 않던 언짢

　　　　　　　　　　　　말 없는 사람들

은 마음에 한 가닥 따뜻한 온정이 솟아났다. 그는 자리에서 일어나 자기 빵을 자르더니 사이드가 싫다고 사양하는데도 듣지 않고, 다음 주일부터는 모든 것이 나아질 것이라고 하며 "그땐 자네가 나한테 좀 주면 되지 않나" 하고 말했다. 사이드는 빙그레 웃었다. 이윽고 그는 이바르의 샌드위치 조각을 마치 배가 고프지 않은 사람처럼 가볍게 베어 물었다.

에스포지토는 헌 냄비를 하나 들더니 나무 부스러기와 토막들을 가지고 조그맣게 불을 피웠다. 그는 병에 넣어가지고 온 커피를 데웠다. 파업이 실패한 걸 알게 된 동네 식료품 가게에서 작업장 일동에게 보내온 선물이라고 그는 말했다. 겨자를 담았던 유리컵 한 개가 이 손 저 손으로 전해져 돌았다. 잔이 옮겨올 때마다 에스포지토는 아예 설탕까지 타놓은 커피를 따라줬다. 사이드는 빵을 먹을 때보다도 더 맛있게 들이켰다. 에스포지토는 남은 커피를, 입술을 쩝쩝 다시며 욕을 해대며 뜨거운 냄비에다 그냥 대고 마셨다. 이때 발레스테르가 들어와 작업 시작을 알렸다.

그들이 일어나 종이와 그릇들을 모아서 자기들 보따리에 넣고 있으려니까 발레스테르가 그들 한복판으로 오더니 느닷없이, 모두들 그렇고 또 자기 역시 그렇지만, 견디기 어려운 타격이었고, 다만 그렇다고 해서 애들같이 행동해선 안 되며 뾰루퉁해봤자 아무 소용 없는 일이라고 말했다. 에스포지토는 냄비를 손에 든 채 그에게로 돌아섰다. 그의 두툼하고 털이 잔뜩

난 얼굴이 대번에 뻘개졌다. 이바르는 그가 하고 싶어하는 말이, 그리고 그와 이구동성으로 모두들 다 같이 품고 있는 생각이 무엇인지 알고 있었다. 그들은 뾰루퉁해 있는 것이 아니다. 자기들의 입을 막아놓고는 싫거든 아주 그만들 두라는 것이다, 화는 나는데 힘이 없고 보면 너무나 가슴이 아파서 고함도 지르지 못하게 되는 법이다. 그들도 인간이다, 그뿐이다, 그래서 금방 웃음을 짓고 아양을 부리고 할 기분이 아닌 것이다. 그러나 에스포지토는 그런 말을 한마디도 하지 않았다. 그는 마침내 얼굴이 누그러지더니 발레스테르의 어깨를 부드럽게 툭툭 쳤다. 한편 다른 사람들은 다시 자기들의 자리로 돌아가고 있었다. 또다시 망치 소리가 울렸고 넓은 공장은 귀에 익은 소음과 나무 부스러기나 땀에 젖은 낡은 옷에서 풍기는 냄새로 가득했다. 그 큰 톱은 웅웅 소리를 내면서, 제 앞에서 에스포지토가 천천히 먹여놓은 통쪽 생나무들을 물어뜯고 있었다. 가다가 구멍난 데가 생기면 축축한 톱밥이 뿜어올라, 윙윙 울어대는 톱날 양쪽에서 단단히 나무를 잡고 있는 그의 큼직하고 털 많은 이 두 손을 무슨 빵가루처럼 흠뻑 덮곤 했다. 통쪽이 다 잘리고 나면 모터 소리만이 들려왔다.

이바르는 이제 대패 위로 꾸부리고 있던 등살이 아파오는 것을 느꼈다. 여느 때에는 그보다 더 오래 있어야 피로가 왔다. 일을 안 하고 지낸 몇 주일 동안에 몸놀리는 구동력이 둔화된 게 분명했다. 그러나 자기가 하는 일이 순전히 정확성만을

요하는 일이 아닌 걸 볼 때, 손 움직이는 일이 이토록 힘이 드는 것은 나이 탓이라는 생각도 들었다. 이렇게 등살이 아프다는 것은 역시 늙어간다는 징조인 것이다. 근육이 늘어지게 되면 하는 일이 결국 지긋지긋해지는 법이니 죽을 날이 멀지 않은 것이다. 잔뜩 힘들여 일하고 난 저녁이면 과연 잠자는 것이 죽음이나 다를 바 없었다. 아들놈은 학교 선생이 되고 싶어했다. 잘 생각한 일이었다. 수공업에 대해 일장 연설을 늘어놓는 친구들은 뭘 모르고 떠드는 것이다.

이바르가 숨을 돌리기도 할 겸 또한 이런 불길한 생각들을 떨쳐버리려고 몸을 다시 일으켰을 때, 또 초인종이 울렸다. 오래 두고 집요하게, 그러면서도 잠깐씩 멎었다가는 다시 다급하게 이어지곤 하는 식으로 아주 이상스럽게 울려대는 바람에 직공들은 일손을 멈추었다. 발레스테르는 귀를 기울여보더니 깜짝 놀라며, 이윽고 무슨 마음을 먹었는지 천천히 문으로 갔다. 그가 사라진 지 몇 분이 지나자 마침내 종소리가 그쳤다. 그들은 다시 일손을 잡았다. 또다시 문이 거칠게 열리더니 발레스테르가 탈의실로 뛰어갔다. 운동화를 신고, 저고리 소매를 꿰면서 탈의실에서 나오면서 지나는 길에 이바르에게 "사장님 아이가 너무 아파. 가서 제르맹[3]을 불러와야 되겠어" 하고 말했다. 그러고는 큰 문을 향해 달음질쳤다. 의사 제르맹은 이 공장 전속의로 교외에 살고 있었다. 이바르는 아무 설명도 달지 않은 채 그 소식만을 전했다. 그들은 그의 주위에 모여 착

잡한 표정으로 서로를 쳐다보고만 있었다. 저 혼자 돌고 있던 기계톱의 모터 소리도 이젠 더 이상 들리지 않았다. "별일 아닐 거야." 그중 한 사람이 말했다. 그들은 다시 자기들의 자리로 돌아갔고 공장은 또다시 그들이 내는 소음으로 가득 찼지만 그들은 마치 무엇을 기다리기라도 하는 것처럼 천천히 일을 하고 있었다.

15분쯤 지나서, 발레스테르가 다시 들어와 저고리를 벗어놓더니 말 한마디 없이 작은 문으로 다시 나갔다. 유리창들 위에는 햇살이 기울고 있었다. 잠시 후 톱날에 나무를 갈아 먹일 그 짬짬에 희미한 구급차 소리가 들렸다. 처음엔 멀리, 그 다음엔 가까이, 그리고 바로 곁에서 나더니 이제는 잠잠해졌다. 한동안이 지나고 나서 발레스테르가 돌아오자 모두들 그에게로 다가갔다. 에스포지토가 모터를 정지시켜놓았던 것이다. 발레스테르는, 아이가 방에서 옷을 벗다가 누가 넘어뜨리기라도 한 것처럼 갑자기 쓰러졌다고 말했다. "저걸 어째!" 하고 마르쿠가 말했다. 발레스테르는 머리를 으쓱하며 작업장을 향해 막연히 손짓을 했다. 그러나 그는 몹시 충격을 받은 표정이었

---

* 의사의 성이 제르맹인 것은 의미심장하다. 가난한 집안의 둘째아들인 카뮈를 장학생으로 만들어 진학할 기회를 준 초등학교 교사 루이 제르맹 Louis Germain에게 작가는 1957년 12월 10일 노벨문학상 수상 연설문을 헌정했다.

말 없는 사람들

다. 또다시 구급차의 소리가 들렸다. 유리창으로 물결처럼 쏟아져드는 노란 햇빛을 받으며 톱밥에 뒤덮인 낡은 바짓가랑이 옆에 맥 풀린 그 거친 손을 축 늘어뜨린 채, 그들은 모두 아무 소리도 들리지 않는 공장 안에 우두커니 서 있었다.

남은 오후 시간은 더디고 지루했다. 이바르는 그저 피곤하기만 하고 줄곧 가슴이 조여들었다. 뭐라고 말이라도 하고 싶었다. 그러나 아무 할 말이 없었다. 다른 사람들 역시 그랬다. 뚱한 그들의 얼굴에서는 다만 서글픔과 일종의 고집만을 읽을 수가 있었다. 때로는 그의 머리에 '불행'이라는 말이 떠올랐다가는 곧, 마치 생겨나자마자 바로 터져버리는 거품처럼 꺼져버리곤 했다. 그는 집으로 돌아가고만 싶었고 페르낭드와 아들과, 그리고 또한 테라스가 그리웠다. 바로 그때 발레스테르가 작업 종료를 알렸다. 기계들은 멎었다. 서두르는 빛도 없이 그들은 불을 끄고, 자기들의 자리를 정돈하고, 그러고는 한 사람 한 사람 탈의실로 가기 시작했다. 사이드가 맨 뒤에 남았다. 그는 작업장을 모두 소제하고 먼지 나는 땅바닥에 물을 뿌려야만 했다. 이바르가 탈의실에 갔을 때는 덩치가 크고 털북숭이인 에스포지토가 벌써 샤워를 하고 있었다. 그는 남들에게 등을 돌린 채 야단스럽게 비누질을 하고 있었다. 평소에는 그렇게 수줍어하는 그를 가지고 모두들 놀려대곤 했다. 아닌 게 아니라 이 큰 곰 같은 사내는 자기 하초를 한사코 가려댔다. 그러나 그날은 그런 데로 눈이 가는 사람이 아무도 없어 보였

다. 에스포지토는 뒷걸음질로 나오며 수건 한 장을 허리싸개처럼 자기 엉덩이에다 감아 동여맸다. 다른 사람들은 자기 차례를 기다리고 있는데 마르쿠가 그의 벌거벗은 옆구리를 철썩 때렸다. 그때 큰 문이 쇠바퀴를 타고 천천히 구르는 소리가 들렸다. 라살이 들어왔다.

그는 처음 들어왔을 때와 같은 복장을 하고 있었지만 머리는 좀 흐트러져 있었다. 그는 문턱에 멈춰 서서 사람이 없는 휑한 공장을 한참 바라다보고는, 몇 발짝 걷더니 다시 멈춰서 탈의실을 바라봤다. 에스포지토는 여전히 그 허리싸개를 감은 채 그를 돌아봤다. 벌거벗은 채 어리둥절해진 그는 발을 옮겨놓을 때마다 휘청거렸다. 이바르는 마르쿠가 먼저 무슨 말을 해야 한다고 생각했다. 그러나 마르쿠는 끝내 자기의 몸둘레로 퍼부어내리는 물줄기에 가려서 보이지도 않은 채 서 있었다. 에스포지토가 셔츠를 집어 들고 황급히 꿰어 입는데 그때 라살이 약간 생기 없는 목소리로, "안녕히들 가시오" 하고 말했다. 그러고는 작은 문을 향해서 걸어가기 시작했다. 이바르가 그를 불러야 되겠다고 생각했을 때 문은 벌써 닫히고 있었다.

그러자 이바르는 씻지도 않은 채 옷을 갈아입고 나서 그 역시 '안녕히들 가라'는 인사를, 그러나 진심을 다해서 건넸다. 그들도 마찬가지로 다정하게 인사를 받아줬다. 그는 재빨리 나와 자전거를 찾았다. 자전거에 올라타자 또 등살이 아팠다. 이제 그는 저물어가는 오후, 북적대는 거리 속을 헤치고 페달을

밟았다. 빨리 달렸다. 낡은 자기 집과 테라스가 어서 보고 싶었다. 먼저 세탁실에 가서 몸을 씻고 나서 자리에 앉아 바다를 바라보리라 마음먹었다. 아침보다 물색이 더 짙어진 채 대로변 난간들 저 너머로 벌써 자기를 따라오고 있는 바다를. 그러나 공장 사장의 어린 딸아이 모습 또한 그를 따라오고 있었다. 그 아이에 대한 생각을 안 할 수가 없었다.

집에 가보니 아들 녀석은 학교에서 돌아와 그림책을 보고 있었다. 페르낭드는 이바르에게 모든 게 잘 되었느냐고 물었다. 그는 아무 말 없이 세탁실로 들어가 세수를 하고 나서 걸상에 앉아 테라스의 나지막한 벽에 기댔다. 수선한 속옷들이 머리 위에 널려 있고, 하늘은 맑아졌다. 벽 저 너머로는 부드러운 저녁 바다가 눈에 들어왔다. 페르낭드가 아니스 주와 두 개의 컵과, 신선한 물을 담은 물병을 날라왔다. 그녀는 자기 남편 바로 곁에 자리를 잡았다. 그는 마치 신혼 시절에 그랬던 것처럼 아내의 손을 잡고서 그날의 얘기를 다 해줬다. 얘기가 끝나자 수평선 한 끝에서 다른 끝까지 이미 황혼이 빠른 걸음으로 달리고 있는 바다 쪽으로 몸을 돌린 채 그는 꼼짝도 않고 앉아 있었다. "아, 그 사람 잘못이야!" 이렇게 그는 말했다. 그는 자기가 젊었더라면, 그리고 페르낭드 역시 젊었더라면 하고 아쉬워했다. 그랬더라면 그들은 바다 건너 저쪽으로 떠났으리라.

손님

교사는 자기를 향해 올라오고 있는 두 남자를 바라보고 있었다. 한 사람은 말을 타고 있었고 다른 사람은 걷고 있었다. 그들은 아직 산 중턱의 학교 쪽으로 난 가파른 언덕길로는 접어들지 못했다. 그들은 인적 없는 높은 고원, 광막한 넓이에 두루 널린 자갈들 사이로 눈을 밟으며 고생스럽게 천천히 다가오고 있었다. 이따금 말이 발을 헛디뎌 휘청거리곤 하는 것이 역력히 보였다. 아직 말굽 소리는 들려오지 않았지만 말이 콧구멍으로 무럭무럭 내뿜는 김이 보였다. 적어도 그중 한 사람은 이 고장을 잘 아는 것 같았다. 벌써 며칠째 길이 우중충한 흰 눈더미에 파묻혀 보이지 않는데도 그들은 용케도 잘 찾아오고 있었다. 교사는 그들이 언덕 위로 올라서려면 반 시간은 족히 걸릴 것이라고 짐작했다. 날씨가 추웠다. 털 재킷을 가지러 그는 학교 안으로 들어왔다.

그는 텅 비고 써늘한 교실을 건너갔다. 흑판 위에는 각각 색이 다른 네 가지 분필로 그려진 프랑스의 4대강이 사흘째 하구를 향하여 흐르고 있었다. 10월 중순에 접어들자 갑자기 눈이 퍼부어댔다. 8개월 동안이나 가뭄만 계속된 끝에 비는 오지 않고 느닷없이 눈이 퍼부은 것이다. 그래서 고원 위 여기저기에 흩어진 촌락에 사는 20명가량의 학생은 더 이상 학교에 오지 않았다. 날씨가 좋아지기를 기다릴 수밖에 없었다. 이제 다뤼는 자신이 거처하는 방에만 불을 피웠다. 교실 옆에 붙어 있고 또한 동쪽 고원으로 나 있는 방이었다. 교실의 유리창들과 마찬가지로 남쪽으로 난 창도 하나 더 있었다. 그쪽에서 보면, 학교는 고원이 남쪽을 향하여 경사져 내려가기 시작하는 지점에서 몇 킬로미터 떨어진 곳에 있었다. 청명한 날에는 멀리 산맥의 보랏빛 덩어리들을 볼 수 있었다. 거기가 사막이 시작되는 관문이었던 것이다.

약간 몸이 녹자 다뤼는 처음 두 사람을 발견했던 창문께로 돌아왔다. 그들은 이제 보이지 않았다. 가파른 비탈길에 들어선 것이 분명했다. 하늘의 어두운 빛이 좀 엷어진 듯했다. 간밤에 눈이 멎은 탓이었다. 아침은 음산한 빛 위로 밝아왔고 구름이 차차 걷히는 데 따라 빛은 어렴풋이나마 생기를 띠었다. 오후 2시나 되어서야 비로소 낮이 시작되는 느낌이었다. 하지만 이것만으로도, 그치지 않는 어둠 속에 촘촘한 눈발이 마구 쏟아지고, 휘몰아치는 바람이 교실의 겹문을 뒤흔들던 지난

적지와 왕국

사흘에 비하면 나은 편이다. 그때 다뤼는 오랜 시간 방 안에서만 꾹 참고 지냈는데, 밖으로 나오는 일이라고는 닭을 돌보거나 석탄을 가지러 갈 때뿐이었다. 다행히도 북쪽으로 제일 가까운 타지드 마을의 소형 트럭이 눈보라가 치기 이틀 전에 보급품을 실어다 주고 갔었던 것이다. 차는 이틀 후에 다시 오기로 되어 있었다.

하기야 작은 골방에 잔뜩 쌓인 밀 부대가 있으므로 이 포위 상태를 감당해나가기에는 충분했다. 이 밀보리는 가뭄으로 피해를 입은 세대의 학생들에게 배급하도록 정부에서 예비로 보내온 식량이었다. 사실 모두 가난한 처지인 만큼 누구나 다 같이 재난의 피해를 입었다고 해야 할 것이다. 매일 다뤼는 아이들에게 그날 그날의 할당량을 나눠줬다. 사나운 날씨가 계속되었으니 요즈음 그들은 식량이 떨어졌을 것이 분명했다. 아마 누구네 아버지나 형이 오늘 저녁이라도 찾아올 것이고, 그러면 그는 곡식을 공급해줄 수 있을 것이다. 그리고 다음해 수확으로 갚으면 그만이었다. 이제 밀을 실은 배가 프랑스에서 도착하고 있으니 가장 어려운 고비는 넘긴 것이다. 하지만 이러한 참혹한 가난이며, 이글거리는 햇볕 아래 누더기를 걸치고 헤매는 유령 같은 사람들 무리며, 날이 가고 달이 갈수록 더 까맣게 타들어가는 고원, 문자 그대로 불더위에 볶여 차츰 말라붙은 땅, 발로 밟으면 먼지가 되어 바스러지는 자갈—이 모든 비참함을 어떻게 잊어버릴 수 있단 말인가. 그리하여 수천

손님

의 양들은 떼로 쓰러져 죽고, 사람들 또한 소리소문 없이 여기 저기에서 죽어간 것이다.

이러한 참상을 눈앞에 두고 보자니 외떨어진 이 학교에서 거의 수도사나 다름없이, 얼마 안 되는 살림과 이 고된 생활에 만족하면서 사는 그는 스스로가 마치 왕이라도 되는 듯이 여겨졌다. 자기 혼자서 초벽 집과 좁은 장의자, 하얀 나무 선반들과 우물을 가지고 있고 물과 양식을 매주 빠짐없이 공급받고 있었다. 그런데 별안간 아무런 예고도 없이, 비가 내리는 과도기를 거칠 겨를도 없이 눈이 쏟아졌다. 이 고장은 본래 이렇듯 살기 어려운 곳인데 그곳에 사는 인간들끼리의 문제 또한 간단치는 않았다. 그러나 다뤼는 여기서 태어났다. 어디건 이곳을 벗어나면 그는 적지謫地의 신세가 된 듯한 느낌에 사로잡혔다.

그는 밖으로 나와 학교 앞뜰 축대 끝으로 걸어갔다. 두 사람은 이제 언덕 중턱에 이르고 있었다. 말을 탄 사람은 그가 오래전부터 알고 있는 나이 많은 헌병인 발뒤시라는 걸 알 수 있었다. 발뒤시는 한 아랍인을 포승에 묶어서 호송하고 있었는데, 이 아랍인은 두 손이 묶인 채 머리를 푹 숙이고 뒤따라오고 있었다. 헌병은 몸짓으로 인사를 했지만, 다뤼는 답례도 하지 않은 채 한때는 푸른색이었을 헌 젤라바*를 입고 있는 이 아랍인

* 북아프리카의 아랍인들이 입는 두건 달린 소매 긴 옷.

을 정신없이 바라보고만 있었다. 샌들을 걸친 발은 두툼한 생사빛 양털 양말에 덮여 있었고 머리에는 좁고 짧은 두건을 쓰고 있었다. 그들이 가까워졌다. 발뒤시는 아랍인이 다치지 않도록 걸음을 늦추었고 그들은 서서히 다가오고 있었다.

목소리가 들릴 만하게 되자 발뒤시가 외쳤다. "엘라뫼르**에서 여기까지 삼 킬로미터 오는 데 한 시간이 걸렸네!" 다뤼는 대답하지 않았다. 두툼한 털 재킷 속에 키 작고 딱 벌어진 체격으로 그는 그들이 올라오는 것을 보고 있었다. 아랍인은 단 한 번도 고개를 들지 않았다. 그들이 앞뜰로 들어서자 다뤼는 "안녕하쇼" 하고 말했다. "자, 들어와서 몸을 좀 녹이셔." 발뒤시는 포승을 손에 쥔 채 힘들게 말에서 내렸다. 그는 뻣뻣하게 곤두선 수염 속에서 교사를 향해 웃어 보였다. 볕에 벌겋게 익은 이마 밑으로 움푹 파인 작고 어두운 두 눈과 가장자리에 주름이 많은 입이 주의 깊고 찬찬한 사람이라는 인상을 줬다. 다뤼는 고삐를 잡아 말을 차양 달린 헛간으로 끌어다 둔 다음 두 사람에게 돌아왔다. 그들은 학교 안에서 다뤼를 기다리고 있었다. 그는 그들을 자기 방으로 들어가게 했다. "교실 난로에다 불을 좀 지필게. 거기가 더 편할 거야" 하고 그는 말했다. 다시 방으로 들어와보니 발뒤시는 장의자에 앉아 있었다. 그가 포승을

** Chabet EL Ameur. 알제리 동남쪽의 분지에 위치한 작은 도시.

좀 늦춰주었는지 아랍인은 화로 옆에 웅크리고 있었다. 손은 여전히 묶인 채, 그리고 두건은 이제 좀 뒤로 젖힌 채 창 쪽을 바라보고 있었다. 다뤼의 눈에는 우선 팽팽하고 매끄러워 거의 흑인과도 같은 그의 큼직한 입술밖에 보이지 않았다. 그러나 코는 우뚝하고 두 눈은 어둡게 이글거렸다. 두건이 뒤로 젖혀지자 고집스러워 보이는 이마가 드러났고 살결이 볕에 탔으나 추위로 빛이 흐려진 얼굴에는 불안과 반항이 동시에 어려 있었다. 아랍인이 그에게 얼굴을 돌리면서 눈을 빤히 쳐다보자 다뤼는 그 표정에 놀랐다. "옆방에 들어가, 박하차를 끓여줄 테니" 하고 그는 말했다. "고맙네, 이 무슨 고역이람! 어서 은퇴해야지, 원" 하고 발뒤시가 말했다. 그리고 아랍어로 죄수에게 일렀다. "넌, 이리 와." 아랍인은 일어서서 천천히 묶인 두 손목을 앞으로 내밀며 교실 안으로 들어갔다.

다뤼는 차와 함께 의자를 하나 가져왔다. 그러나 발뒤시는 벌써 맨 앞 학생 책상에 걸터앉아 있었고, 아랍인은 사무용 책상과 창 사이에 있는 난로를 마주하고 교단에 몸을 의지한 채 웅크리고 있었다. 찻잔을 죄수에게 내밀려다가 다뤼는 손이 묶여 있는 것을 보고 머뭇거렸다. "풀어줘도 되잖아." "그럼, 이동하느라고 그런 거니까" 하고 발뒤시가 말했다.

그는 일어서는 시늉을 했다. 그러나 다뤼가 잔을 바닥에 놓고 아랍인 곁에 무릎을 꿇고 앉았다. 아랍인은 입을 다문 채 이글거리는 눈으로 그가 하는 것을 보고 있었다. 손이 자유스러

적지와 왕국

워지자 부은 손목을 마주 비비더니 찻잔을 들고는 뜨거운 차를 조금씩 조금씩 다급하게 들이삼켰다.

"그런데, 참 이러고 어딜 가는 거지?" 하고 다뤼가 물었다. 발뒤시는 찻잔에서 수염을 떼놓으면서 말했다. "여길 오는 거지, 이 사람아."

"별 학생이 다 있네. 그래 여기서들 잘 생각인가?"

"아니, 난 엘라뫼르로 돌아가네. 그러니 자네가 이 친구를 탱기*에 넘겨줘. 공동구역**에서 그를 기다리고 있으니까."

발뒤시는 다뤼를 바라보며 다정스럽게 웃어보였다.

"아니 그게 무슨 소리야. 날 놀리는 거야?" 하고 교사가 말했다.

"아니야, 이 사람아. 이건 명령일세."

"명령이라고? 내가 무슨…."

다뤼는 머뭇거렸다. 그 늙은 코르시카인의 기분을 상하게 하고 싶지는 않았다.

"어쨌든, 그런 건 내 일이 아닌데."

"아니, 그게 무슨 말이야? 전시엔 무슨 일이든지 다 해야 하는 거야!"

---

* Tizi-Tinguit. 알제리 동쪽 콩스탕틴 구역에 있는 행정구 중심도시.
** 당시 프랑스령 알제리에 시행되던 두 행정구 중 "공동구역"은 원주민(아랍계)이 다수를 차지하고 행정관이 관할하는 지역을 의미했다.

손님

"그렇다면, 선전포고를 기다렸다가 하겠어!"

발뒤시는 고개를 끄덕였다.

"좋아. 하지만 명령은 떨어졌어. 그것은 또 자네에게도 명령
은 명령이야. 세상이 시끄러워. 머지않아 반란이 일어난다는
말이 있어. 우린 어떻게 보면 동원당한 셈이야."

다뤼는 여전히 고집스런 표정이었다.

"여보게, 이 사람. 난 자네를 좋아하지만, 이해 좀 해줘야
겠어. 엘라뫼르에는 사람이 열둘뿐인데 이 작은 도道만한 지역
을 순찰해야 한단 말이야. 그래서 난 돌아갈 수밖에 없어. 자
네에게 이 녀석을 맡기고 지체 없이 돌아오라는 분부니까. 이
놈을 거기다 둘 수는 없는 형편이었어. 글쎄 마을 사람들이 웅
성대며 놈을 빼내가려는 거야. 내일 중으로 자네가 탱기에 데
려다주어야 해. 아, 자네같이 건장한 사람이 이십 킬로미터쯤
이야 대순가. 데려다주기만 하면 끝이야. 그리고 나서 학생들
에게 돌아와 평소처럼 지내면 되네."

벽 뒤에서 말이 코를 씨근거리며 발굽으로 땅바닥을 치는
소리가 들려왔다. 다뤼는 창 밖을 내다봤다. 날씨는 이제 완전
히 개어, 햇빛이 눈 덮인 고원 위에 넓게 퍼져가고 있었다. 눈
이 다 녹으면 다시금 태양이 이글거릴 것이고, 또다시 이 돌밭
을 불태우리라. 여러 날을 두고 까딱도 않고 있는 하늘이 인적
이라곤 찾아볼 수 없는 이 외로운 고원 위에 그 메마른 빛을 퍼
부으리라.

"대체 이 사람이 무슨 짓을 저질렀길래 그래?" 하고 발뒤시 쪽을 돌아보면서 다뤼가 말했다.

그러고는 미처 헌병이 입을 열기도 전에 물었다.

"프랑스말을 하나?"

"아니, 한마디도 못해. 벌써 한 달째나 수배 중이었는데 저들이 숨겨주고 있었다고. 사촌을 죽인 놈이야."

"우리한테 적대적인가?"

"그런 것 같지는 않지만, 어디 알 수가 있어야지."

"왜 죽였대?"

"집안 싸움인 것 같아. 한쪽이 양식을 꿔가고 안 갚았나 보더군. 분명치가 않아. 하여간 간단히 말해서, 사촌을 낫으로 찔러 죽였단 말이야. 거, 왜 있잖아, 마치 양을 잡듯, 확⋯!"

발뒤시는 자기의 목을 칼로 긋는 시늉을 했다. 아랍인은 신경이 쓰이는지 불안스러운 표정으로 그를 바라보고 있었다. 문득 다뤼는 이 사람에 대해서, 모든 인간에 대해서, 그들의 악의와 지칠 줄 모르는 증오, 피를 보고 싶어하는 광기에 대해서 참을 수 없는 분노가 치밀어오르는 것을 느꼈다.

그러나 찻주전자가 화로 위에서 소리를 내며 끓고 있었다. 그는 다시 한번 발뒤시에게 차를 따라주고, 어쩔까 망설이다가 아랍인에게도 다시 따라줬다. 이번에도 그는 기다렸다는 듯 허겁지겁 들이마셨다. 두 팔을 치켜올리는 바람에 젤라바 옷깃이 약간 헤쳐져 교사의 눈에 말랐지만 근육이 발달한 가

손님

슴이 들여다보였다.

"고마워, 이 사람아" 하고 발뒤시는 말했다. "자, 그럼 난 가 보겠네."

그는 일어서서 호주머니 속에서 포승을 꺼내면서 아랍인에 게로 갔다.

"뭐 하는 거야?" 하고 다뤼가 딱딱하게 물었다.

발뒤시는 주춤하며 그에게 포승을 보였다.

"그럴 필요 없어."

늙은 헌병은 머뭇거렸다.

"좋도록 해. 물론 총은 갖고 있겠지?"

"엽총이 있어."

"어디?"

"트렁크 안에."

"침대 곁에 놓아두는 것이 좋을 것 같은데."

"왜? 난 아무것도 두려울 게 없는데."

"자네, 정신나갔군. 저놈들이 들고 일어서면 아무도 안심할 수가 없어. 우린 모두 같은 운명이라고."

"내가 알아서 해. 그들이 올라오는 것을 보고 대처할 시간 여유는 있으니까."

발뒤시가 웃음을 터뜨렸다. 그리고 문득 수염이 아직은 하 얀 이를 가렸다.

"시간 여유가 있다고? 좋아. 내 말이 그 말이야. 자넨 언제

봐도 좀 정신이 나간 것 같다니까. 그래서 내가 자넬 좋아하지, 내 아들놈도 그랬거든."

이렇게 말하면서 그는 자기의 권총을 꺼내서 책상 위에다 놓았다.

"이걸 간직해두게. 여기서 엘라뫼르까지 가는 데 총이 두 자루씩이나 필요한 건 아니니까."

권총은 검은 페인트 칠을 한 책상 위에서 번쩍였다. 헌병이 다시 그를 향해 돌아서자 교사는 그에게서 가죽과 말 냄새가 풍겨오는 것을 느꼈다.

"이봐, 발뒤시." 갑자기 다뤼가 말했다. "난 이런 거 모두 다 정말 싫어, 저 녀석부터가. 그러나 난 저 사람을 넘겨주지 않겠어. 물론 필요하다면 싸우겠어. 하지만 그 짓만은 못해."

늙은 헌병은 그의 앞에 우뚝 서서 정색을 하고 노려봤다.

"어리석게 굴고 있네" 하고 그는 천천히 입을 열었다. "나도 좋아서 하는 건 아냐. 사람을 포승줄로 묶는다는 건, 오랫동안 해온 짓이지만 통 익숙해지질 않네. 그래, 부끄러운 짓이야. 하지만 그런 짓을 했는데 내버려둘 순 없는 일이야."

"난 이 사람을 넘겨주지 않겠어" 하고 다뤼는 거듭 말했다.

"명령일세, 이 사람아. 한번 더 말하지만."

"그래, 가서 내가 말한 그대로 전해. '나는 넘겨주지 않겠다'라고 말하더라고."

발뒤시는 생각을 가다듬으려고 애쓰는 기색이 역력했다. 그

손님

는 아랍인과 다뤼를 바라봤다. 마침내 그는 마음을 정했다.

"아니야, 가서 아무 말도 하지 않겠네, 우리 편을 버리고 싶거든 마음대로 하게, 자네를 고발할 생각은 없어. 나는 죄인을 인계하라는 명령을 받았으니 그대로 하는 거야. 자, 여기 서류에 서명해주게."

"필요 없어. 내게 죄인을 맡기고 간 것을 부인하진 않을 테니."

"자, 너무 그러지 말게. 자네가 사실을 말하리라는 것은 나도 잘 알고 있어. 자네는 여기 사람이고 사내니까 말이야. 하지만 규칙은 규칙이니 서명해줘야겠네."

다뤼는 서랍을 열고, 보랏빛 잉크가 든 네모난 작은 잉크 병과 글씨체 교본용 '세르장마조르' 펜촉*을 끼운 붉은 목제 펜대를 꺼내서 서명했다. 헌병은 조심스럽게 종이를 접어서 지갑 안에 넣었다. 그러고 나서 문을 향해 걸어갔다.

"길 안내를 할게" 하고 다뤼가 말했다.

"아니, 뭐 예의를 갖출 것까지는 없어. 그렇게 사람을 무안하게 만들어놓고는" 하고 발뒤시가 말했다.

그는 같은 자리에서 움직이지 않고 앉아 있는 아랍인을 바라보며, 시무룩한 표정으로 코를 훌쩍이더니 문을 향해 돌아섰다. "잘 있게, 이 사람아" 하고 그는 말했다. 문이 쾅 닫혔다.

---

* sergent-major: 과거 프랑스의 모든 초등학교에서 사용하던 철필 모델.

적지와 왕국

발뒤시의 모습이 창문에 불쑥 나타났다가 이내 사라졌다. 눈 때문에 그의 발자국 소리는 들리지 않았다. 가로막힌 벽 뒤에서 말이 움직였고 암탉들이 놀라 푸덕대는 소리가 들렸다. 잠시 후에 발뒤시는 다시 고삐를 잡고 말을 끌면서 창문 앞을 지나 뒤도 돌아보지 않고 언덕을 향해 걸어나갔다. 그가 먼저 사라지고 말도 보이지 않게 됐다. 큼직한 돌멩이가 하나 힘없이 구르는 소리가 들렸다. 다뤼는 죄수에게로 돌아왔다. 그는 움직이지 않았지만 눈을 떼지 않고 다뤼를 바라보고 있었다. "기다려" 하고 교사는 아랍어로 말하면서 방 쪽으로 갔다. 문턱을 넘어서려다가 다시 생각을 고쳐먹고 책상으로 가 권총을 집어 호주머니에 쑤셔넣었다. 그리고 뒤도 돌아다보지 않고 자기 방안으로 들어갔다.

한참 동안 그는 장의자에 드러누워 하늘이 차차 닫혀가는 것을 바라보면서 침묵에 귀를 기울였다. 전쟁이 끝난 후 여기 도착하여 처음 며칠을 보내는 동안 그에게 견디기 어렵다는 느낌을 주었던 것이 바로 그 침묵이었다. 그는 고원지대와 사막이 갈라지는 산줄기 아래 있는 작은 마을에 일자리를 신청했었다. 그곳에서는 북쪽은 검은색과 초록빛, 남쪽은 핑크색이나 보라색을 띤 바위의 성벽이 영원한 여름의 경계를 이루고 있었다. 그런데 그는 좀더 북쪽, 바로 고원 위의 일자리에 배치된 것이다. 처음엔 돌만 잔뜩 널려 있는 이 불모지에서의 고독과 침묵은 그에게 견디기 힘든 것이었다. 이런 땅에

이따금 고랑이 파진 것을 보고서 농사를 짓는다고 생각할 수도 있을지 모르지만 그것은 집을 짓는 데 쓰는 어떤 종류의 돌을 파내기 위해 땅을 팠던 흔적이었다. 여기서는 땅을 갈아봤자 거두는 것은 돌자갈뿐이었다. 또 어떤 때는 바위틈 사이로 수북한 흙부스러기를 긁어모으는 일도 있었는데, 그것은 마을의 메마른 정원에 거름을 주기 위해서였다. 이렇듯, 이 고장의 4분의 3을 뒤덮고 있는 것은 자갈이었다. 거기서 도시들이 생겨나 휘황히 빛났다가 사라졌다. 사람들 또한 그곳에서 한세상 살다 갔으며 서로 사랑하고 서로 물어뜯다가 이윽고 죽었다. 이 사막에서는 다뤼도 그의 손님도 그 어느 누구도 다 보잘것없는 존재였다. 하지만 그도 손님도 이 사막을 벗어나서는 진정 살 수 없다는 것을 다뤼는 잘 알고 있었다.

그가 다시 일어났을 때 교실에서는 아무 소리도 들려오지 않았다. 아랍인이 도망쳐버렸을 수도 있다. 그렇다면 이젠 굳이 무슨 결단을 내릴 필요도 없이 그냥 혼자 있을 수 있겠구나 하는 생각만으로도 거리낌 없는 기쁨이 솟구쳐서 다뤼는 스스로도 놀라지 않을 수 없었다. 그러나 죄수는 거기 그대로 있었다. 다만 난로와 책상 사이로 몸을 쭉 뻗고 누워 있었다. 눈을 크게 뜨고 천장만 바라보고 있었다. 이런 자세를 취하고 있으니까 그의 두툼한 입술이 두드러져 보였고 그 때문에 뚱한 표정인 것만 같이 느껴졌다. "이리 와" 하고 다뤼가 말했다. 아랍인은 일어서서 그를 따라왔다. 방에서 교사는 창 아래 책상 옆

의 의자를 가리켰다. 아랍인은 다뤼에게서 눈을 떼지 않은 채
자리에 앉았다.

"배고프지?"

"응" 하고 죄수는 말했다.

다뤼는 두 사람분의 식기를 놓았다. 밀가루와 기름을 꺼내
와서 접시에 반죽을 이겨 전병을 만든 다음 가스 화덕에 불을
댕겼다. 전병이 불에 익는 동안 그는 나가서 치즈와 계란과 대
추야자 열매와 농축 우유를 가져왔다. 전병이 다 익자 창 모
서리에 놓아 식혀두고, 물을 탄 농축 우유를 끓이고 마지막으
로 계란을 깨트려 풀어서 오믈렛을 만들었다. 이렇게 몸을 놀
리는 가운데 오른편 호주머니 속에 집어넣어둔 권총에 손이
부딪쳤다. 그는 그릇을 내려놓고 교실로 건너가서 권총을 그
의 책상 서랍 속에 넣었다. 다시 방으로 돌아와보니 어느덧 밤
이었다. 그는 불을 켜고 아랍인에게 식사를 갖다줬다. "자, 먹
어." 아랍인은 전병 한 개를 집어 들고 부리나케 입으로 가져가
다가 멈추었다.

"너는?" 하고 그는 말했다.

"먼저 먹어. 나도 곧 먹지."

아랍인은 두툼한 입술이 약간 벌어지더니 잠시 망설였다.
이윽고 결심한 듯 전병을 덥석 깨물었다. 식사가 끝나자 아랍
인은 교사를 건너다봤다.

"네가 재판관이야?"

"아니야, 내일까지 널 데리고 있을 거야."

"왜, 그럼 나와 같이 식사하는 거지?"

"배고파서."

아랍인은 입을 다물었다. 다뤼는 일어서서 밖으로 나갔다. 그는 헛간에서 간이침대를 가져와 테이블과 난로 사이에, 자신의 침대와 직각이 되게 폈다. 한 모퉁이에 세워진, 서류 선반으로 쓰는 큼직한 트렁크에서 모포 두 장을 꺼내서 간이침대 위에 깔았다. 그러고는 손을 멈췄다. 무료한 기분이 들어 자기 침대에 앉았다. 이제는 아무 일도 할 것이 없었고 준비할 것도 없었다. 이 사내와 마주 보고 있을 수밖에. 그러자 다뤼는 결국 그를 마주 보며 화가 나서 미쳐 날뛰었을 그 얼굴을 상상해 보려 했다. 그러나 상상이 되지 않았다. 다만 어둡고도 이글거리는 눈과 짐승 같은 입술이 보일 따름이었다.

"왜 죽였어?" 다뤼는 이 어조에서 느껴지는 적의에 자신도 깜짝 놀라며 물었다.

아랍인이 시선을 돌렸다.

"도망치길래 뒤따라 쫓아갔지."

그는 다뤼를 향해 눈을 들었다. 눈에는 비감한 의문 같은 것이 가득 담겨 있었다.

"이제 난 어떻게 되는 거지?"

"두려워?"

그는 고개를 딴 데로 돌리면서 몸이 굳어졌다.

"후회해?"

아랍인은 입을 벌린 채 그를 쳐다봤다. 분명히 그는 이해가 가지 않는 눈치였다. 다뤼는 차츰 짜증이 났다. 그와 동시에 이 두 침대 사이에 끼여 있는 큼직한 자기 몸이 어쩐지 서툴고 어색하게만 느껴졌다.

"거기 누워!" 참다 못한 그가 말했다. "그게 네 침대야."

아랍인은 꼼짝도 안 했다. 그는 다뤼를 불렀다.

"여봐!"

교사는 그를 쳐다봤다.

"내일 헌병이 다시 와?"

"몰라."

"너도 같이 가?"

"몰라, 왜?"

죄수는 일어나더니 발을 창 쪽으로 뻗고 모포 위에 벌렁 드러누웠다. 전등 불빛이 두 눈 위로 곧장 떨어졌으므로 그는 이내 눈을 감았다.

"왜냐고 묻잖아?" 하고 다뤼는 침대 앞에 우뚝 선 채 되풀이하여 물었다.

아랍인은 눈부신 불빛 아래 눈을 뜨고 그를 바라보면서 눈꺼풀을 깜박거리지 않으려고 애썼다.

"우리와 같이 가자." 그가 말했다.

손님

한밤중에도 다뤼는 여전히 잠을 이루지 못하고 있었다. 그는 옷을 완전히 벗은 다음 잠자리에 들어갔었다. 벌거벗고 자는 것이 습관이었다. 그러나 방안에서 벌거벗은 상태가 되자 망설여졌다. 어쩐지 무방비 상태인 것만 같아서 다시 옷을 입어야겠다는 생각이 들었다. 그러다가 마침내 그는 어깨를 으쓱했다. 그런 것쯤은 아무것도 아니었다. 여차하면 상대를 두 쪽 낼 수도 있었다. 침대에서 그는 아랍인을 관찰할 수 있었다. 등을 깔고 누워서 그는 강한 불빛 아래 눈을 꼭 감은 채 여전히 움직이지 않고 있었다. 다뤼가 불을 끄자 어둠이 대번에 얼어붙는 것 같았다. 별도 없는 하늘이 부드럽게 흐르고 있는 창문 속에서 차츰차츰 밤이 되살아났다. 교사는 이내 자기 앞에 누워 있는 몸을 분간해냈다. 아랍인은 여전히 움직이지 않았지만 두 눈은 뜨고 있는 것 같았다. 가벼운 바람이 학교 주위를 스치고 있었다. 바람은 아마 구름을 쫓을 것이고 그러면 해가 다시 나오리라.

어둠 속에서 바람이 더욱 거세졌다. 암탉들이 조금 술렁대는가 했더니 이내 잠잠해졌다. 아랍인은 옆으로 돌아누우며 그에게 등을 돌려댔고 신음하는 소리가 들리는 것 같았다. 그 후 다뤼는 한결 세차고 규칙적인 호흡 소리를 주의 깊게 듣고 있었다. 그토록 가까이에서 나는 숨소리에 귀를 기울이며 그는 잠을 이루지 못한 채 몽상에 잠겼다. 1년째 혼자서 자는 방안에서의 이 존재는 그에게 거북스러웠다. 또한 이 존재가 거

북스러운 것은, 지금의 상황에 있어서는 거절할 수밖에 없는 친밀감을 강요하기 때문이었다. 그는 이런 친밀감이 어떤 것인지 잘 알고 있었다. 병사건 포로건, 같은 방을 함께 쓰는 사람이란 마치 저녁마다 옷을 벗는 것과 동시에 무장도 풀어버리고 서로의 차이를 초월하여 꿈과 피로의 저 해묵은 공동체 속에 서로 한덩어리가 되어버렸다는 듯이, 서로간에 기이한 유대를 맺는 것이다. 다뤼는 몸을 흔들며 마음을 추스렸다. 이런 허튼 생각은 질색이었다. 잠을 자야만 했다.

그러나 조금 후에 아랍인이 아주 약간 움직였을 때도 교사는 여전히 잠을 이루지 못하고 있었다. 죄수가 또 움직이자 그는 경계하며 긴장했다. 아랍인은 마치 몽유병자 같은 몸짓으로 두 팔을 짚고 천천히 몸을 일으켰다. 그는 침대 위에 일어나 앉더니 다뤼 쪽으로는 돌아보지도 않은 채 마치 모든 주의력을 다하여 무엇엔가 귀를 기울이는 듯이 그냥 가만히 앉아 기다렸다. 다뤼는 꼼짝도 하지 않았다. 권총을 책상 서랍 안에 넣어두었지 하는 생각이 이제 막 떠올랐다. 지체 없이 행동에 옮기는 것이 좋을 성싶었다. 그러나 그는 여전히 죄수를 살펴보고만 있었다. 아까와 같이 부드럽고 느린 동작으로 죄수는 발을 땅에 내려놓더니 한동안 기다렸다가 천천히 일어서기 시작했다. 다뤼가 그를 막 부르려 하는데, 이번에는 자연스러우면서도 한없이 고요한 걸음으로 걷기 시작했다. 그는 헛간 쪽으로 난 안쪽 문으로 갔다. 조심스럽게 손잡이를 돌리더니 뒤

손님

로 문을 밀고 밖으로 나갔다. 문은 열어놓은 채였다. 다뤄는 움직이지 않았다. 그냥 '도망치는군' 하고 생각만 할 뿐이었다. '차라리 잘됐지 뭐.' 그러나 귀를 기울였다. 암탉들은 움직이지 않았다. 그렇다면 놈은 고원 쪽으로 들어선 것이다. 그때 물이 흐르는 소리가 어렴풋이 들려왔다. 그것이 무슨 소리였는지 안 것은 그가 다시 문턱에 나타났을 때였다. 그는 문을 조심스럽게 닫고 소리 없이 잠자리로 와서 다시 드러누웠다. 그제서야 다뤄는 등을 돌리고 잠이 들었다. 얼마 후 또다시 학교 주위를 서성거리는 발소리를 잠결에 들은 것 같았다. '꿈이야, 꿈이라고!' 하고 그는 되풀이했다. 그리고 잠이 들었다.

잠을 깨보니 하늘은 개어 있었다. 이가 잘 맞지 않는 창문 틈새로 차고 맑은 공기가 들어오고 있었다. 아랍인은 이제 모포 속에서 몸을 오그러뜨리고 입을 벌린 채 완전히 마음놓고 잠자고 있었다. 그러나 다뤄가 흔들어 깨우자 벌떡 일어나서 정신나간 눈으로 다뤄를 바라보는 것이, 누군지 알아보지 못하는 것 같았다. 그의 표정이 어찌나 겁에 질려 있었는지 교사는 한 걸음 주춤 뒤로 물러섰다.

"겁먹을 것 없어. 나야. 아침 먹어야지."

아랍인은 고개를 끄덕이며 "응" 하고 대답했다.

그의 얼굴에는 다시 안도하는 기색이 돌아왔지만 여전히 허탈하고 얼빠진 표정이었다.

커피가 준비됐다. 그들은 간이침대 위에 같이 앉아서 커피

적지와 왕국

를 마시고 전병 조각을 씹었다. 그후 다뤄는 아랍인을 헛간으로 데려가서 자신이 세수를 하곤 하는 수도를 가리켰다. 다뤄는 방으로 돌아와서 모포와 야전 침대를 접고, 자기 침대를 정돈한 다음 방안을 청소했다. 그것이 끝나자 학교 교실을 거쳐 앞뜰로 나갔다. 태양은 벌써 푸른 하늘에 솟아올라 있었다. 부드럽고 생기 있는 빛이 인적 없는 고원을 적시고 있었다. 언덕길 위로는 군데군데 눈이 녹아 있었다. 다시금 돌들이 드러날 것이다. 고원 가장자리에 웅크리고 앉아 교사는 인적 없는 벌판을 바라보고 있었다. 그는 발뒤시를 생각했다. 그에게 몹쓸 일을 한 것이다. 마치 그와 한통속이 되기를 원하지 않는다는 듯이 어느 면에서는 그를 거절해 돌려보낸 것이었다. 아직까지도 헌병의 작별 인사가 귓전에 들리는 것 같았다. 웬일인지 허전하고 무방비 상태가 된 느낌이었다. 이때 학교 저쪽에서 죄수가 기침을 했다. 다뤄는 거의 자신도 모르게 귀를 기울였다. 그러고는 성이 나서 자갈을 하나 집어던졌다. 공중에 쌩하고 나르더니 눈 속에 박혔다. 이 사나이가 저지른 바보 같은 범죄에 대해 화가 치밀어올랐다. 하지만 그를 넘겨준다는 것은 명예상 할 짓이 아니었다. 생각하기만 해도 욕된 느낌이 들어 미칠 듯했다. 그래서 그는 이 아랍인을 그에게 보낸 자기편 사람들과 감히 사람을 죽이고도 도망치지 않은 이 작자가 저주스러웠다. 다뤄는 일어서서 앞뜰 안을 한 바퀴 돌다 말고 또 가만히 서서 기다렸다가 학교 안으로 들어갔다.

시멘트를 바른 헛간의 바닥 위에 몸을 구부린 채 아랍인은 손가락 두 개로 이를 닦고 있었다. 다뤼는 그를 바라보다가 "이리 와" 하고 말했다. 그는 앞장서서 방안으로 들어갔다. 스웨터 위에 사냥용 웃옷을 걸치고 행군용 구두를 신었다. 그는 아랍인이 두건을 쓰고 샌들을 신는 것을 서서 기다렸다. 그들은 학교를 지났다. 교사는 그의 아랍인에게 나가는 문을 가리켰다. "가" 하고 그는 말했다. 상대방은 움직이지 않았다. "나도 가는 거야" 하고 다뤼는 말했다. 아랍인이 나갔다. 다뤼는 방안으로 다시 들어가서 마른 빵과 대추야자 열매와 설탕 꾸러미를 꾸렸다. 교실에서 밖으로 나가기 전에 그는 자기 책상 앞에서 한동안 머뭇거렸으나 곧 교실 문턱을 넘고 후딱 문을 닫았다. "이쪽이야" 하고 그는 말했다. 죄수의 앞에 서서 그는 동쪽을 향해 갔다. 그러나 학교에서 아주 조금 떨어진 곳에 이르렀을 때 뒤에서 무슨 희미한 소리가 들리는 것 같았다. 그는 발길을 돌려 되돌아와 집 주변을 살펴봤다. 아무도 없었다. 아랍인은 무슨 영문인지 모르는 듯 그가 하는 양을 바라보고 있었다. "자, 가지." 다뤼는 말했다.

그들은 한 시간쯤 걸은 후 뾰족한 석회암 옆에서 쉬었다. 눈은 점점 더 빨리 녹았고 태양은 물웅덩이들을 빨아올리며 아주 빠른 속도로 고원을 말끔히 씻어내고 있었다. 고원은 차츰 물기가 마르면서 공기처럼 진동하고 있었다. 다시 길을 걷기 시작했을 때는 발걸음을 떼어놓을 때마다 땅이 울렸다. 이따

금 새 한 마리가 유쾌한 소리를 내며 그들 앞 허공을 가르며 날았다. 다뤼는 심호흡을 하며 신선한 햇빛을 들이마셨다. 이 낯익고 광막한 공간이 눈앞에 펼쳐지자 그의 안에서는 일종의 열광이 용솟음쳤다. 푸른 하늘에 덮인 이 공간은 지금 온통 황색으로 물들어 있었다. 그들은 다시 남쪽을 향해 내려가면서 한 시간을 걸었다. 바삭바삭한 바위들로 이루어진 어떤 편평한 고지에 당도했다. 여기서부터 고원은 동쪽으로는 몇 그루의 앙상한 나무들이 눈에 띄는 저지의 평원을 향해 내리막을 이루고 있었다. 그리고 남쪽으로는 풍경을 기복이 심한 모습으로 바꿔놓고 있는 바윗덩어리들 쪽으로 급경사를 이루고 있었다.

다뤼는 두 방향을 찬찬히 살펴봤다. 지평선 저 끝에 걸린 하늘뿐, 사람의 그림자라곤 보이지 않았다. 그는 아랍인을 돌아봤다. 무슨 영문인지 몰라 아랍인은 그를 바라보고만 있었다. 다뤼는 그에게 꾸러미를 내밀었다. "자, 받아. 대추야자 열매와 빵과 설탕이야. 이틀은 견딜 수 있을 거야. 여기 돈도 천 프랑.*" 아랍인은 꾸러미와 돈을 받아들었지만 받은 것을 어떻게

---

* 인플레이션을 고려할 때 지금의 30유로 정도에 해당되는 금액. 1939년 경 이 지역 카빌족 원주민 40퍼센트 이상이 1년에 1000프랑 미만의 돈으로 연명하고 있었음을 감안할 때 꽤 많은 금액이다. (카뮈, 《알제리 연대기》 참조)

해야 할지 모르겠다는 듯 그걸 움켜쥔 두 손을 가슴 높이만큼 처들고 내리지를 못했다. "자, 잘 봐" 하고 교사는 말하며 그에게 동쪽을 가리켰다. "이건 탱기로 가는 길이야. 두 시간만 걸으면 돼. 탱기에는 관청과 경찰서가 있어. 거기서 사람들이 널 기다리고 있어." 아랍인은 여전히 꾸러미와 돈을 품은 채 동쪽을 바라봤다. 다뤼는 그의 팔을 잡고 딱부러지게 남쪽을 향해 돌려 세웠다. 그들이 서 있는 고지 아래로 길이 보일락 말락 했다. "이쪽은 고원을 횡단하는 길이야. 여기서부터 하루만 걸어가면 방목장이 나타나고 가장 가까이 있는 유목민들을 만나게 될 거야. 그들은 자기네 법에 따라 널 맞이하여 보호해줄거야." 그러자 아랍인이 다뤼를 향해 돌아섰다. 어떤 공포의 빛 같은 것이 그의 얼굴에 떠올랐다. "이봐." 그가 말했다. 다뤼는 고개를 흔들었다. "아무 말 하지 말고 어서 가. 난 갈거야." 그는 등을 돌리고 학교 방향으로 두어 걸음 크게 내딛다가, 가만히 서 있는 아랍인을 애매한 표정으로 바라보고는 다시 떠났다. 몇 분 동안 들리는 것은 차가운 땅 위에 또렷이 울리는 자신의 발소리뿐이었다. 그는 고개를 돌리지 않았다. 그러나 한참이 지난 후에 돌아봤다. 아랍인은 여전히 그 언덕 끝에, 이제는 두 팔을 축 늘어뜨리고 서서 교사를 바라보고 있었다. 다뤼는 목이 꺽 막히는 느낌이었다. 그러나 답답한 나머지 욕을 하며 크게 손짓을 해 보인 다음 다시 걸음을 옮겼다. 그가 다시 멈춰 서서 돌아보았을 때는 벌써 멀리 온 뒤였다. 이제는 언덕

위에 아무도 없었다.

다뤼는 망설였다. 태양은 어느덧 하늘 위에 높이 떠올라서 그의 이마를 후벼파기 시작했다. 교사는 처음에는 어쩔 줄 몰라하다가 이내 결심을 한 듯 온 길을 되짚어갔다. 작은 언덕으로 다시 돌아왔을 때는 몸이 땀에 흠뻑 젖어 있었다. 그는 전속력으로 언덕을 올라가 헐떡거리며 정상에서 걸음을 멈췄다. 남쪽으로 바위들이 뒤덮인 곳은 푸른 하늘을 배경으로 그 윤곽이 뚜렷하게 보였지만, 동쪽에 있는 들판 위에는 열기로 인한 아지랑이가 벌써부터 아물거리고 있었다. 다뤼는 이 가벼운 안개 속에서 감옥으로 가는 길을 천천히 걸어가는 아랍인을 발견하고 가슴이 찢어지는 것만 같았다.

얼마 후 교실의 창 앞에 우두커니 선 채 교사는 하늘 꼭대기에서 쏟아져 고원 전체의 표면에서 튕겨오르는 싱싱한 햇빛을 멍하니 바라보고 있었다. 그의 등 뒤 흑판 위에는 꾸불꾸불한 프랑스 강들 사이로 어느 서투른 손이 분필로 써놓은 글자가 보였다. 그도 이제 막 그걸 읽고 난 참이었다. '너는 우리의 형제를 넘겨줬다. 그 대가를 치르리라.' 다뤼는 하늘과 고원, 그리고 저 너머 바다에 이르기까지 펼쳐진 보이지 않는 땅들을 응시했다. 그가 그토록 사랑했던 이 광막한 고장에서 그는 혼자였다.

손님

요나 혹은
작업 중인 예술가

나를 바다에 던져주세요⋯.
왜냐하면 나는, 당신들이 이 무서운
폭풍을 만나게 된 것이 내 탓임을
알고 있기 때문입니다.

— 요나서 1장 12절

화가 질베르 요나는 자기의 별을 믿고 있었다. 비록 남들이 믿는 종교에 대해서 경의와 일종의 감탄까지도 느꼈지만, 사실 그가 믿는 것은 오직 자신의 별뿐이었다. 하지만 그 자신의 믿음에도 어떤 효능이 없는 것은 아니었다. 왜냐하면 그의 믿음은, 자신은 응당 받을 만한 자격이 전혀 없는데도 아주 많은 것을 얻고 있다는 사실을 막연하게나마 시인하는 데 있었기 때문이다. 그랬기에 서른다섯을 전후해서 돌연 10여 명의 비평가가 그의 예술적 재능을 자신이 먼저 발견했다는 영광을 차지하려고 서로 다투는 것을 보고도 전혀 놀라움을 나타내지 않았다. 어떤 이들은 그의 태연함이 자기 만족에서 오는 것이라고 했지만 그와 반대로 그것은 굳은 믿음에서 생기는 겸손으로 충분히 설명될 수 있었다. 요나는 그 공을 자신에게보다는 차라리 그의 별에게 돌렸다.

요나 혹은 작업 중인 예술가

어떤 화상이 그에게 아무런 물질적 걱정을 안 해도 될 만큼 매월 보수를 지불해주겠다고 제의해왔을 때 그는 조금 더 놀랐다. 고등학교 때부터 요나와 그의 별을 아끼던 건축가 라토가, 그 매달의 보수는 겨우 생활할 수 있는 정도일 뿐인 데다가 화상은 아무것도 손해볼 것이 없다고 지적했으나 소용없었다. "그렇지만" 하고 요나는 말했다. 라토는 하는 일마다 성공을 거두긴 했지만 그게 다 뼈빠지게 일한 결과였는지라 친구를 꾸짖었다. "그렇지만은 무슨 그렇지만이야? 흥정을 해야 하는 거야." 그러나 전혀 먹혀들어가지 않았다. 요나는 마음속으로 자기의 별에게 감사하고 있었다. "좋도록 하시죠" 하고 그는 화상에게 말했다. 그리고 아버지의 출판사에서 맡던 직책을 그만두고 그림에만 전념했다. "이건 행운이야!" 하고 그는 말했다.

실상 그는 '행운의 연속이군' 하고 생각하고 있었다. 아득히 기억을 더듬어 올라가봐도 그에겐 행운이 줄곧 따라다녔다는 것을 확인할 수 있었다. 이리하여 그는 부모에 대해 애정어린 감사의 마음을 품고 있었다. 첫째, 그에게 신경을 쓰는 둥 마는 둥 길러주었기 때문이고(덕분에 몽상에 잠길 수 있는 여유를 그에게 마련해줬다) 다음으로는 간통을 이유로 부모가 서로 헤어졌기 때문이다. 적어도 그것은 아버지가 내세운 이혼의 구실이었지만 그는 그것이 꽤나 특이한 간통이라는 걸 분명히 하지 않고 그만 깜빡했다. 어머니는 고통당하는 사람들에게 순진한

적지와 왕국

마음으로 자신의 몸을 바쳤는데 아버지는 그야말로 진짜 속세의 성녀와 같은 자기 처의 자선사업을 참을 수가 없었다. 그는 남편이란 주인이므로 자기 처의 정조는 자기가 마음대로 할 수 있는 것이라고 주장했다. "이젠 가난뱅이들에게 속는 건 지긋지긋해"라고 이 오셀로는 말했다.

이 오해가 요나에게는 결과적으로 이로웠다. 이혼한 부모 때문에 가학적이게 된 살인범의 경우가 많이 있다는 것을 책에서 읽기도 하고 듣기도 한 그의 부모는, 그와 같이 난처한 성격 발달의 싹을 아예 없애버리기 위하여 서로 경쟁이나 하듯 그를 애지중지해줬다. 어린아이가 마음속으로 받은 충격의 영향이 표면에 나타나지 않으면 않을수록 그들은 한결 더 불안스러워했다. 겉으로 보이지 않는 피해야말로 가장 뿌리가 깊다는 말이었다. 요나가 스스로에 대해서나 그날 하루에 대해서 만족한다는 말만 해도 부모의 평상적이었던 불안은 광란의 상태로 치달았다. 그들의 정성은 갑절로 늘어났고 그렇게 되면서 아이는 그 이상 아무것도 바랄 것이 없는 지경이 됐다.

이 가상의 불행 덕분에 요나는 친구 라토를 헌신적인 형제로 얻게 됐다. 라토의 부모는 그 불행을 가엾게 여긴 나머지 아들의 학교 친구를 자주 초대하곤 했다. 부모의 동정 어린 얘기를 들으면서 기운차고 운동을 좋아하는 라토는 요나를 보호해주고 싶은 욕망을 갖게 됐다. 그는 벌써부터, 성공을 했으면서도 덤덤한 요나의 태도에 탄복하고 있는 터였다. 탄복과 호의

는 우정을 위해서는 다시 없는 조화를 이뤘고 요나는 다른 것과 마찬가지로 소박하게 그 우정을 받아들였다. 이런 태도는 오히려 우정을 북돋웠다.

별반 힘들이지도 않고 학업을 마치자, 이내 요나는 운좋게 부친의 출판사에 들어가 손색없는 지위를 얻었고, 간접적인 길을 통해서였지만 그림에 대한 적성을 발견했다. 프랑스 일류의 출판인인 요나의 아버지는 책이 어느 때보다, 그리고 또한 문화의 위기라는 바로 그 이유 때문에 미래가 양양하다는 의견이었다. 그는 '사람들은 독서를 하지 않을수록 더 많은 책을 산다는 것을 역사가 증명하고 있다'고 말하곤 했다. 그러기에 그에게 보내온 원고를 읽는 일은 극히 드물었고, 출판의 여부는 저자의 명성이나 주제의 시사적 흥미(이런 관점에서 보면 언제나 변함없이 흥미를 끄는 단 하나의 주제는 섹스였으므로 결국 이 출판인은 그 분야를 전문으로 삼고 말았다)에 따라서만 결정할 뿐이었고, 흥미를 끄는 소개와 무료 광고만을 찾는 데 급급했다. 그리하여 요나는 교정부의 일을 맡으면서 많은 여가를 얻게 됐다. 이 한가한 시간을 무엇에 쓸 것인가를 생각해야 했다. 그 결과 그가 만난 것이 그림이었다.

처음으로 그가 자신에게서 예기치 못했던, 그러나 지칠 줄 모르는 열성을 발견하자 그는 곧 하루 종일 그림만 그리며 지냈고 이번에도 여전히 큰 힘을 들이지 않은 채 이 일에서 뛰어나게 됐다. 그것 외에는 어느 것도 그의 흥미를 끄는 것 같지

않았다. 그림에 온 정신을 다 빼앗겼으므로 겨우 적령기에 결혼이나마 할 수 있었던 것은 천만다행이었다. 주위의 사람들에 대해서나 일상생활에 대해서 그는 언제나 호의적인 미소를 지어보이는 것으로만 일관했다. 그렇게 하면 별로 신경을 쓰지 않아도 됐다. 라토가 요나를 꽁무니에 태우고 오토바이를 너무 맹렬하게 몰다가 사고가 나자 오른손에 붕대를 감고 꼼짝 못한 채 할 일이 없어진 요나는 비로소 사랑에 눈을 뜨게 됐다. 그때에도 그는 이 심각한 사고를 그의 별이 가져다 준 행운이라고 해석하지 않을 수 없었다. 이 사고가 아니었더라면 그는 루이즈 풀랭의 참다운 됨됨이를 눈여겨 볼 시간을 갖지 못했을 것이다.

하긴 라토에 의하면 루이즈는 눈여겨볼 만한 상대가 못 됐다. 키가 작고 딱 벌어진 라토는 키가 큰 여자만을 좋아했다. "이 개미 같은 여자의 어디가 좋다는 건지 모르겠군" 하고 그는 말하곤 했다. 사실 말이지, 루이즈는 키가 작고 피부와 머리카락과 눈이 모두 검었지만 몸매가 좋고 얼굴도 예뻤다. 크고 건장한 요나는 그 개미에 마음이 끌렸다. 더군다나 그녀가 근면하기까지 했으니 더욱 그랬다. 루이즈의 천직은 활동이었다. 다행스럽게도 이러한 천직은 무기력에 빠지곤 하는 요나의 성미와 잘 어울렸다. 그것도 그에게 유리한 쪽으로. 우선 루이즈는 적어도 출판이 요나의 관심거리라고 여겨지는 동안은 문학에 전념했다. 그녀는 모든 것을 닥치는 대로 읽었다. 그리하여

몇 주일이 안 되어서 무엇에 관해서건 다 얘기할 수 있게 됐다. 요나는 감탄했다. 그런 루이즈가 충분한 정보를 제공해주며 최신 지식의 골자를 알려주는 만큼 이제 자기에게 독서는 결정적으로 불필요하다고 판단했다. "어떤 한 사람에 대해서 이제는 더 이상 그가 간악하다거나 추악하다고 말해서는 안 돼요. 그가 스스로 간악하거나 추악해지고자 한다고 말해야 해요"라고 루이즈는 단정을 내렸다. 그 미묘한 차이는 중요한 것으로서 라토가 지적한 바와 같이 적어도 인류 전체를 단죄하는 쪽으로 논리를 이끌어갈 위험이 있었다. 하지만 루이즈는 이 진리가 연예잡지와 철학잡지에서 모두 지지를 받고 있으므로 이를 보편적인 것이고 논의의 여지가 없는 것임을 증명함으로써 결론을 내렸다. "당신 좋도록 해요" 하고 요나는 말했다. 그는 이내 이 잔인한 진리를 잊어버리고 자기의 별에 대한 꿈에 잠겼다.

루이즈는 요나가 오직 그림에만 열중하고 있음을 알자 즉시 문학을 버렸다. 그녀는 조형 예술에 헌신했고, 미술관과 전람회를 쫓아다니며 요나를 그리로 끌고 갔다. 요나는 자기의 동시대 화가들이 그리는 것을 잘 이해할 수 없었고 그 때문에 그의 예술가 특유의 소박함이 흔들리면서 혼란을 느꼈다. 그러나 자기의 예술과 관련된 모든 것에 대해서 그처럼 골고루 정보를 제공받는 것을 다행으로 생각했다. 금방 작품을 보고 나서 다음날이면 그 화가의 이름까지도 다 잊어버렸지만 말이

다. 그러나 루이즈는 문학에 몰두했던 시절부터 기억 속에 간직해왔던 여러 확신들 중의 하나, 즉 실제로 사람은 아무것도 잊어버리지 않는다는 사실을 단호하게 일깨워주었는데 그것은 옳은 말이었다. 이렇듯 별은, 요나를 확실하게 보호해주고 있어서 그는 기억의 확실성과 망각의 편리함을 동시에 누리면서도 마음에 거리낌을 느끼지 않을 수 있었다.

그러나 루이즈가 아낌없이 바치는 헌신의 보석들은 요나의 일상생활 속에 가장 아름다운 불빛들로 반짝였다. 신발이나 옷, 내복 따위를 사는 일은 평범한 남자들에게 있어서 그러잖아도 너무나 짧은 삶의 나날들을 더욱 단축시키는 것인데, 이 착한 천사는 요나에게 그런 수고를 덜어줬다. 그 여자는 까다로운 사회 보장 서류에서부터 끊임없이 달라지는 납세 규정에 이르기까지, 시간을 잡아먹는 수천 가지의 발명품을 과감하게 도맡았다. "그래, 알겠어. 하지만 그녀가 자네 대신에 치과 의사에게 갈 수야 없겠지" 하고 라토는 말했다. 사실 그녀는 대신 가주지는 않았지만 최적의 시간에 진료 시간을 예약해줬다. 소형 자가용의 엔진 오일 교환, 휴가 기간의 호텔 예약, 집안의 연료 문제까지 도맡아 처리했다. 요나가 남들에게 하고 싶어 하는 선물을 대신 사기도 하고 꽃을 대신 골라 보내기도 했으며, 그러고도 또 시간을 내어 어떤 날 저녁에는 요나가 없는 틈에 그의 집으로 가서 그날 밤엔 그가 잠자리에 들 때 손수 이불을 들출 필요가 없도록 침대를 준비해놓았다.

그리고 내친 김에 여자는 그 침대 속으로 뛰어들어갔다. 이윽고 요나의 재능이 마침내 세상에 알려지기 2년 전에 그 여자는 시장과 만날 약속을 잡은 다음 요나를 약속 장소로 데리고 갔고 미술관을 골고루 방문할 수 있도록 신혼여행 코스를 짰다. 물론 그 이전에, 주택난이 한참이었음에도 불구하고 방 세 칸짜리 아파트를 구해놓았으므로 신혼여행에서 돌아오는 즉시 보금자리를 꾸몄다. 그후 루이즈는 거의 연달아서 아들과 딸, 두 아이를 만들어냈다. 그녀의 계획으로는 셋까지 낳는 것이었는데 요나가 그림에 전념하기 위해 출판사를 그만두고 난 후 이내 실현됐다.

물론 해산하자마자 루이즈는 이제 자신의 어린애, 아니 어린애들 시중에만 헌신했다. 아직도 남편을 돕고 싶었지만 시간이 없었다. 물론 요나에게 소홀히 하는 것은 아쉬운 일이었지만, 그의 결단성 있는 성격이 성격인지라 이런 아쉬움에 매여 있을 수는 없었다. "별수 없어요. 사람마다 자기 작업대가 따로 있는 거예요" 하고 루이즈는 말했다. 사실 요나는 그게 마음에 꼭 드는 표현이라고 좋아했다. 그도 또한 그 시대의 모든 예술가들처럼 장인으로 통하고 싶었으니 말이다. 그리하여 장인은 다소 소홀히 되어 몸소 자기 신발을 사야 했다. 그러나 그런 것은 당연한 일일 뿐만 아니라 요나는 그것을 오히려 다행한 일로 생각하고 싶었다. 그는 애써 상점을 찾아다녀야 했지만, 이러한 노력은 혼자 있는 시간을 갖는 것으로써 보상이 됐

다. 그런 시간 덕분에 부부의 행복은 그토록 값진 것이 됐다.

그렇지만 절대적 생활 공간의 문제가 집안의 다른 문제들보다 훨씬 중요한 것으로 대두됐다. 시간과 공간이 그들 주위에서 똑같은 속도로 줄어들어가고 있었으니 말이다. 아이들의 출생, 요나의 새 직업, 협소한 설비, 더 넓은 아파트를 사는 것을 허락하지 않는 근소한 월수입 등은 루이즈와 요나 두 사람의 활동에 제한된 공간밖에 허락하지 않았다. 그들의 아파트는 수도의 구시가에 위치한 18세기적 낡은 건물의 2층에 자리잡고 있었다. 예술에 있어서 새로움의 탐구는 옛것의 환경 속에서 이루어져야 한다는 원칙에 충실한 많은 예술가들이 이 구역에 거주하고 있었다. 이러한 신념을 함께하는 요나는 이 거리에 사는 것을 몹시 즐겁게 여기고 있었다.

어쨌든 그의 아파트는 옛것이었다. 그러나 몇 가지 아주 현대적인 손질을 한 결과 어떤 독창적인 모습을 갖추게 되었는데 그것은 주로 이 아파트가 제한된 공간에도 불구하고 그 집에 사는 사람들에게, 대단한 용적의 공기를 공급한다는 점에 있었다. 유난히 천장이 높고 웅장한 창문들로 장식된 방들은, 그 거창한 규모로 미루어보건대 리셉션이나 호사스러운 파티를 위해 사용하도록 설계되었음이 분명했다. 그러나 도시의 인구밀집과 부동산 수익의 필요로 말미암아 역대의 소유주들은 이 지나치게 넓은 방들에 칸막이를 쳐서 칸수를 늘려가지고 수많은 세입자들에게 비싼 값으로 임대할 수밖에 없었다.

요나 혹은 작업 중인 예술가

그러면서도 그들은 이른바 '상당한 용적의 공기'라는 것을 여전히 장점으로 내세웠다. 이 장점은 부정할 수 없다. 다만 그것은 집주인들이 방에 높이 쪽으로도 칸막이를 쳐서 여러 개의 칸으로 쪼갤 수는 없었기 때문에 생긴 결과였을 뿐이다. 그렇지만 않았던들, 당시 유난히 결혼을 선호하고 생식력이 강했던 신세대들*에게 보다 더 많은 피난처를 제공하기 위하여 그들은 서슴지 않고 필요한 희생을 감수했을 것이다. 게다가 공기의 용적은 장점만을 갖춘 것은 아니었다. 거기에는 겨울에는 방을 데우기가 어렵다는 단점도 있었다. 그 결과 불행히도 집주인들은 난방비를 추가로 인상할 수밖에 없었다. 여름에는 유리를 끼운 넓은 표면으로 말미암아 아파트는 문자 그대로 햇빛에 유린됐다. 덧문이 없었으니 말이다. 집주인들은 아마도 창의 높이와 목수의 공사 비용 때문에 용기를 잃고 덧문을 다는 것을 소홀히 했을 것이다. 하기야 두꺼운 커튼을 달면 같은 효과를 거둘 수 있는 일이었다. 커튼 값으로 말하자면, 그것은 세입자의 부담인만큼 집주인에게는 아무런 문제도 없었다. 요컨대 집주인들은 세입자들을 기꺼이 도와주고자, 그들이 경영하는 공장에서 나오는 커튼을 어디에 가도 살 수 없

---

* 실제로 프랑스는 제2차 세계대전 직후부터 이른바 '베이비붐' 시기로 접어들었다.

적지와 왕국

을 값으로 그들에게 제공한 것이다. 알고 보면 이 부동산적 박애 활동은 그들의 여기餘技였다. 이 새 시대의 귀족들은 면직물과 비로드를 파는 것이 본업이었던 것이다.

요나는 아파트의 이런 장점에 매료되어 그러한 불편을 쾌히 받아들였다. 그는 난방비에 대해 "좋도록 하시죠" 하고 주인에게 말했다. 커튼에 관해서는 침실에만 달고 딴 창문들은 벌거숭이인 채로 그냥 내버려둘 수밖에 없다는 루이즈의 의견에 찬동했다. "우린 아무것도 감출 것이 없어요" 하고 이 순결한 마음의 소유자는 말했다. 요나는 특히 제일 큰 방에 매력을 느꼈는데, 그 방은 천장이 어찌나 높은지 조명시설은 엄두도 못 낼 정도였다. 아파트에 들어가면 바로 큰 방이었고, 이어 복도를 따라 연결된 훨씬 작은 두 방이 나란히 위치하고 있었다. 아파트의 안쪽으로는 부엌이 화장실과 그리고 샤워실이라는 이름의 구석방과 이웃하고 있었다. 실상 이 구석방은 샤워 기구를 설치하고, 그것도 수직 방향으로 장치하고 나서, 절대적으로 부동자세를 취한 상태에서 기분 좋은 물줄기를 전신에 받는 것에 동의한다는 조건에서 샤워실이라는 이름으로 통할 수 있을 만한 것이었다.

천장은 정말 기막히게 높고 방들은 비좁은 관계로 이 아파트는 거의 전부가 유리로 이루어지고 모두가 문과 창으로만 된 수많은 평행육면체의 기묘한 집합이라는 인상을 줬다. 이 속에서 가구는 어디 한 군데 기댈 곳을 찾지 못하고, 사람들은

희고 세찬 빛 속에서 미아가 된 채 수직의 수족관 속에서 잠수 인형처럼 떠다니는 듯이 보였다. 더욱이 창이란 창은 모두 가운데 뜰을 향하고 있었는데, 다시 말해서 바로 코가 닿을 곳에 똑같은 스타일의 다른 창들을 바라볼 수 있게 되어 있었고, 그 뒤로는 이내 두 번째 뜰을 향하고 있는 또 다른 창의 높은 윤곽이 보였다. 흐뭇해진 요나는 "이건 거울로 된 방 같구먼" 하고 말했다. 라토의 충고에 따라 부부침실로는 작은 방들 중 하나를 쓰기로 결정했고 또 하나의 작은 방은 벌써 소식이 있는 아기를 위해 사용하기로 했다. 큰 방은 낮에는 요나의 아틀리에로, 저녁과 식사시간에는 공동실로 사용됐다. 하긴 부득이한 경우, 요나나 루이즈가 서 있어도 좋다면 부엌에서 식사를 할수도 있었다. 한편 라토는 여러 기발한 장치를 도입했다. 바퀴달린 문, 안 보이게 집어넣을 수 있는 선반, 접히는 테이블 등을 활용함으로써 가구 부족을 해소하는 데 어느 정도 성공했는데 그러다 보니 이 독창적인 아파트의 요술상자와 같은 인상은 더욱 두드러졌다.*

---

* 이 "독창적인 아파트"는 카뮈가 1946년 말부터 1950년 초까지 세들어 살았던 세기에가rue Séguier 18번지의 집을 상기시킨다. "아파트는 천장이 높은 데다 실내구조도 대충 설계한 것이어서 난방이 힘들었다. 카뮈네 아파트는 현관, 식당방, 거실, 부부와 쌍둥이를 위한 방 두 개, 샤워 시설이 있는 화장실로 되어 있었다."(올리비에 토드, 《카뮈》, 책세상, 731쪽)

그러나 방이 모두 그림과 아이들로 가득 들어차자, 지체 없이 새 장소를 생각해야 했다. 실제로 셋째 아이가 태어나기 전에는 요나는 큰 방에서 작업을 했고, 루이즈는 부부용 침실에서 뜨개질을 했다. 두 아이는 남은 마지막 방을 차지하고서 여유 있게 지냈고 또 가능할 때는 아파트 전체를 돌아다니며 뒹굴었다. 그래서 갓난아이는 요나가 병풍 모양으로 그림을 겹쳐 가려놓은 아틀리에의 한구석에 두기로 결정했다. 그렇게 하니 소리가 잘 들리는 가까운 곳에 아이를 두고 무슨 일이 있으면 가볼 수 있다는 이점이 있었다. 하긴 요나가 일일이 수고할 필요는 없었고, 루이즈가 먼저 달려왔다. 그녀는 조심하면서 언제나 살금살금 발끝으로 걸어다녔으며, 아이가 울어대기 전에 벌써 아틀리에에 들어와 있곤 했다. 이렇듯 조심을 하는 태도에 감동을 받은 요나는 어느 날 자기는 별반 예민하지 않다는 것과, 아내의 발소리가 일하는 데 아무 지장도 되지 않는다고 말하고 루이즈를 안심시켰다. 루이즈는 아이를 깨우지 않기 위해서 그러는 것이기도 하다고 대답했다. 요나는 그녀가 체득해가는 모성애에 감탄한 나머지 마음으로부터 자신의 착각을 그저 웃어넘겼다. 그 바람에 그는 루이즈가 조심스럽게 들어오는 것이 노골적인 침입보다 오히려 더 신경쓰인다는 것을 감히 자백하지 못하고 말았다. 첫째, 그런 식으로 방에 들어오면 시간이 더 오래 걸리기 때문이고, 둘째로는 두 팔을 널따랗게 벌린 채 상반신은 약간 뒤로 젖히고 발을 아주 높이 들

요나 혹은 작업 중인 예술가

면서 앞으로 내딛는 식으로 들어오니 눈에 띄지 않을 수가 없었기 때문이었다. 심지어 이 방법은 그녀가 내세우는 의도와는 상반된 방향으로 작용했다. 왜냐하면 언제나 루이즈가 순간순간 아틀리에에 가득 찬 그림에 부딪칠 위험이 있었기 때문이었다. 그러다가 그림이 넘어지면 그 소리에 아이가 깨고, 그렇게 되면 아이는 가능한 수단으로, 하긴 몹시 강력한 수단이지만, 불만을 표시했다. 아버지는 아들의 폐활량에 감탄하며 달려가서 아기를 얼렀다. 이내 어머니가 교대했다. 이렇게 되면 요나는 쓰러진 그림을 일으켜 세우고, 손에 붓을 든 채, 매료된 표정으로 아들놈의 악착스럽고도 당당한 울음소리에 귀를 기울였다.

요나의 성공이 많은 친구를 얻게 만든 것도 바로 이 무렵이었다. 이 친구들은 전화로, 혹은 난데없는 방문으로 스스로의 존재를 나타냈다. 여러모로 생각한 끝에 아틀리에에 설치한 전화는 자주 울렸다. 그럴 때마다 어린것의 잠을 방해하게 된 결과 아이는 제 울음소리를 절박한 전화벨 소리에 합쳐놓았다. 우연히 루이즈가 딴 아이들을 돌보는 중이면 그 애들과 함께라도 달려오려고 노력하지만, 대개의 경우 그녀는, 한 손에는 어린것을, 또 한 손에는 여러 개의 붓과 함께 다정한 점심 초대를 알리는 전화기를 들고 있는 요나를 발견하게 됐다. 요나는 평범한 대화밖에 할 줄 모르는 자기와 점심을 같이 먹자는 사람이 있다는 것에 감탄했다. 그러나 그는 일하는 낮시간

적지와 왕국

을 고스란히 간직하기 위해서 외출은 밤에 하는 쪽이 더 낫겠다고 했다. 대개의 경우, 불행하게도 친구는 점심때밖에 시간이 없는데 바로 그날 점심 약속을 안 한 채 비워뒀다는 말이었다. 그는 한사코 그 점심에 친애하는 요나를 모시고 싶다고 고집했다. 친애하는 요나는 승낙하여 "좋도록 하시지요"라며 수화기를 내려놓았다. 그는 "고마운 친구로군!" 하며 어린애를 루이즈에게 돌려줬다. 그 후 다시 일을 시작하지만 이내 점심이나 저녁식사로 중단됐다. 화폭들을 치우고 적절하게 고안된 식탁을 펴서 세우고 어린것들과 함께 자리를 잡아야 했다. 식사하는 동안 요나의 한 눈은 작업 중인 그림에 팔려 있곤 했는데, 적어도 처음에는 아이들이 씹고 삼키고 하는 것이 좀 느린 것 같다는 생각을 할 때도 있었다. 그 때문에 식사 때마다 지나치게 많은 시간이 걸렸다. 그러나 잘 소화하기 위해서는 천천히 먹어야 한다는 것을 신문에서 읽고 난 후부터는 식사 때마다 오래오래 즐겨야 할 이유를 깨닫게 됐다.

어떤 때에는 새로 사귄 친구들의 방문도 받았다. 라토는 저녁식사가 끝난 다음이라야 찾아왔다. 낮에는 사무실에 나가 있는 데다가, 화가들은 낮의 광선 아래서 일한다는 것을 알고 있었기 때문이었다. 그러나 요나의 새 친구들은 거의 모두가 일종의 예술가나 비평가 부류였다. 그림을 그렸던 사람, 앞으로 그림을 그리려는 사람, 또는 이미 그려진, 혹은 앞으로 그려질 그림들에 관심을 가진 사람들이었다. 말할 것도 없이 그들

요나 혹은 작업 중인 예술가

은 모두 예술 작업을 매우 높이 평가하고 있었고, 그 작업의 추구와 예술가에게 없어서는 안 될 명상의 수련을 어렵게 하는 현대 세계의 구조를 개탄했다. 그들은 오후 시간이면 줄곧 모여 앉아 이런 현상을 개탄하면서 요나에게는 제발 일을 계속하라, 우리가 여기에 없는 양 생각하고 계속하라, 또 우리는 속물이 아닌 만큼 예술가의 시간이 얼마나 소중한가를 알고 있으니까 우리들에 대해서는 자유롭게 대해달라고 했다. 요나는 자기들이 찾아와 있는 자리에서도 작업하는 것을 용납할 수 있는 친구들을 갖게 된 것을 만족스러워했다. 그는 다시 그림을 향해 돌아앉았지만 그들이 질문을 하면 여전히 대답하기도 하고, 그들이 들려주는 얘기에 웃음 짓기도 했다.

이렇듯 자연스러운 분위기이고 보니 갈수록 친구들은 마음이 편해졌다. 때로는 기분이 유쾌해진 나머지 그들은 식사시간이 되었다는 것을 잊어버리기까지 했다. 그런데 아이들은 잘 잊어버리지 않았다. 그들은 뛰어다니기도 하고 모임에 어울리기도 하면서 아우성쳤다. 손님들이 아이들을 맡아주기도 해서 그들의 무릎에서 무릎으로 옮겨다니며 뛰어놀았다. 마침내 뜰 쪽으로 난 네모진 하늘에 햇빛이 기울어지면 요나는 붓을 놓았다. 그러면 친구들은 그냥 있는 대로 차린 식사 대접을 받고 밤 늦게까지, 물론 예술에 대해서였지만, 특히 그 자리에 와 있지 않은 재능 없는 화가, 남의 작품을 베끼는 화가, 돈만 아는 화가들에 대해서 이야기했다. 요나로 말하자면 해 뜨는

아침 시간을 이용할 셈으로 일찍 일어나는 것을 좋아했다. 이제 이렇게 된 이상 그건 어려우리라는 것을, 아침 식사도 제 시간에 준비가 되지 않으리라는 것을, 자신 또한 피곤하리라는 것을 알고 있었다. 그러나 비록 눈에 드러나지는 않지만 한편 자기의 예술을 위하여 그에게 분명히 유익한 그 많은 것들을 하루 저녁 사이에 배우게 된 것이 한편 기쁘기도 했다.

"예술에 있어서는 자연에서와 마찬가지로 그냥 잃어버리는 것은 아무것도 없다. 이것은 별의 도움이시다" 하고 그는 말했다.

친구들과 더불어 때때로 제자들도 합세했다. 이제 요나는 하나의 에콜을 이룬 것이다. 처음에는 모든 것을 스스로 탐구해야 할 처지인 자기에게서 배울 것이 무엇이 있는지 알 수 없어 놀라기도 했다. 예술가로서의 그는 실상 어둠 속을 헤매고 있었다. 그가 어떻게 참다운 길을 가르칠 수 있단 말인가? 그러나 오래지 않아 그는 제자란 굳이 무엇을 배우고자 하는 사람이 아님을 깨달았다. 반대로 오히려 스승을 가르친다는, 이해관계를 떠난 즐거움에서 제자가 되는 것이었다. 그때부터 그는 겸손하게 한층 더한 영광을 받아들일 수 있었다. 요나의 제자들은 요나가 그린 것을, 그리고 그것을 그린 이유를 그에게 오랫동안 설명하곤 했다. 그리하여 요나는 작품 속에서 스스로 생각해도 약간 뜻밖인 여러 의도와, 자기는 담아놓은 일이 없는 많은 것들을 발견했다. 그는 자신을 빈약하다고 여기

요나 혹은 작업 중인 예술가

고 있었는데, 제자들 덕분에 돌연 풍부해진 자신을 발견했다. 이따금, 지금까지는 모르고 있었던 그 대단한 풍부함을 앞에 하고 있노라면 일말의 자부심 같은 것이 요나를 스쳐가곤 했다. 그는 마음속으로 생각했다. '하기야 옳은 말이다. 저 맨 뒤에 있는 저 얼굴, 눈에 보이는 것은 오직 저것뿐이다. 그걸 가지고 간접적인 인간화라고들 하는데 난 무슨 뜻인지 잘 알 수가 없다. 하지만 이런 효과를 내게 된 것이니 상당히 깊이 들어간 셈이다.' 그러나 그는 이내 이 거북하기만 한 거장의 자부심에서 벗어나 그의 별을 향했다. "깊이 들어간 것은 내가 아니라 별이지. 난 고작 루이즈와 애들 곁에 남아 있을 뿐인걸" 하고 그는 말했다.

사실 제자들의 공은 그 외에도 또 있었다. 그들은 요나로 하여금 자신에 대해 한층 더한 엄격성을 갖도록 한 것이다. 그들은 대화 속에서 특히 그의 의식과 작업에의 열정을 너무나도 높이 치켜세웠기 때문에, 그다음부터 그에게는 그 어떤 약점도 허용되지 않았다. 그래서 결국, 제작의 어려운 고비를 넘기고 나서 다음 일에 착수하기 전이면 으레 사탕이나 초콜릿 조각을 우둑우둑 깨물어 먹던 오랜 습관도 버리고 말았다. 그랬다 하더라도 자기 혼자만 있었다면 마음이 약해져서 남몰래 그런 유혹에 지고 말았을지 모른다. 그러나 거의 쉴 새 없이 옆에 있어준 제자들과 친구들로 말미암아 정신적인 향상에 있어서 많은 도움을 받았다. 그들 앞에서 초콜릿을 깨물어 먹는다

는 것이 좀 쑥스러웠을 것이고 또한 이 사소한 버릇 때문에 흥미로운 대화를 중단시킬 수는 없는 일이었으니 말이다.

게다가 제자들은 그가 스스로의 미학에 대하여 변함없이 충실할 것을 요구했다. 전혀 때묻지 않은 빛 속에 현실이 그 모습을 불쑥 드러내는 어떤 순간의 섬광과도 같은 것을 이따금씩이나마 만나보기 위해 오랫동안 힘겹게 노력하고 있는 요나는 자신의 미학에 대해서 막연한 생각밖에 가진 것이 없었다. 이와는 반대로 제자들은 그 미학에 대하여 서로 모순되면서 단정적인 여러 생각을 가지고 있었다. 그 문제에 관한 한 그들은 농담을 몰랐다. 요나는 이따금 예술가의 겸허한 벗인 변덕이라는 것을 구실삼아 내세우고 싶을 때가 있었다. 그러나 그들의 생각과 거리가 있는 몇몇 그림 앞에서 제자들이 눈살을 찌푸리는 것을 보자, 그는 부득이 스스로의 예술에 대해서 한결 더 깊이 생각해보지 않을 수가 없었으니 그것이야말로 유익한 일이었다.

끝으로 제자들은 그로 하여금 그들 자신의 작품에 대한 의견을 피력하지 않을 수 없게 강요함으로써 또 다른 방식으로 요나를 도왔다. 과연, 누군가가 겨우 윤곽만 잡아놓은 그림을 가지고 와서 그 밑그림이 보다 나은 조명을 혜택받도록 요나와 그의 제작중인 그림 사이에 그걸 세워놓아 보이지 않는 날이 하루도 없었다. 요나는 그의 의견을 밝혀야만 했다. 그때까지 요나는 자신이 예술작품을 스스로 평가함에 있어서 매우

무능하다는 것 때문에 은근히 수치스러운 느낌을 지녀온 터였다. 물론 그가 열광해 마지않는 몇 안 되는 그림들과 누가 보아도 조잡하다는 것을 느낄 수 있는 낙서 따위는 예외였지만 그에게는 모든 그림이 다 같이 흥미롭고 또한 무미한 것이었다. 그러기에 그는 온통 복잡한 구조의 판단 장치를 갖추어야 했거니와 그것도 제자들 수만큼 극히 다양한 것이어야 했다. 도시의 모든 예술가들이 그렇듯 제자들은 나름대로 각기 어떤 재능을 가진 만큼, 그들이 눈앞에 있을 때는, 한 사람 한 사람을 만족시키기 위하여 여러 다양한 뉘앙스를 살려야 하기 때문이다. 그리하여 이 행복한 의무로 말미암아 그는 스스로 어떤 술어들을 만들어야 했고, 그의 예술에 대한 의견을 갖추고 있어야 했다. 하기야 이런 노력을 한다고 해서 천성적으로 관대한 그의 성격이 삐뚤어지는 일은 없었다. 그는 제자들이 원하는 것은 그들에게 아무 쓸모도 없는 비판이 아니라 다만 격려와, 또 가능하다면 칭찬이라는 것을 재빨리 깨달았다. 다만 그 칭찬들이 서로 달라야 했다. 요나는 이제 남을 평소와 같이 친절하게 대하는 것만으로는 만족하지 않게 됐다. 그는 창의력을 발휘하면서 친절했다.

이렇듯 요나의 시간은 흘렀다. 그는 이젤 주위에 원을 그리며 둥그렇게 늘어놓은 의자에 자리잡은 친구, 제자들의 한복판에서 그림을 그렸다. 게다가 또한 이웃 사람들이 자주 건너편 창가에 나타나 이 관중에 합세했다. 그는 토론하고 의견을

적지와 왕국

교환하며, 그의 평을 기다리는 그림들을 살펴보고 루이즈가 지나가면 미소짓고, 아이들을 달래고 전화가 걸려오면 성의 있게 응답하면서도 결코 붓을 놓는 일 없이 시작해놓은 그림에 틈틈이 터치를 가했다. 어떤 의미에서 그의 생활은 충만된 것이었고, 그의 모든 시간은 빈틈 없이 사용되고 있었기에 그는 권태를 면하게 해주는 이러한 운명에 감사했다. 그러나 또다른 의미에서 생각해보면, 하나의 그림을 완성하기 위해서는 많은 터치가 필요한 만큼 열성적으로 작업을 함으로써 권태에서 벗어날 수 있으니 권태도 그 나름대로의 좋은 점이 있다는 생각을 가끔 하게 됐다. 이와는 반대로 요나의 작품 제작은 친구들이 한결 더 관심을 가짐에 따라 속도가 느려졌다. 드문 일이긴 하지만 완전히 혼자 있을 수 있는 시간에조차도 그는 어찌나 피곤한지 속도를 내어 일을 할 수가 없었다. 그래서 이런 시간에는 우정의 즐거움과 권태의 미덕을 조화시킬 수 있는 새로운 배치 방식을 마음속으로 그려볼 따름이었다.

그는 루이즈에게 마음을 털어놓았다. 루이즈 또한 위의 두 어린것이 커감에 따라 그들의 방이 협소한 것을 걱정해온 터였다. 루이즈는 두 아이가 큰 방을 쓰는 대신 병풍으로 그들의 침대를 가리도록 하며, 한편 전화벨 소리에 잠이 깰 염려가 없는 작은 방으로 갓난애를 옮기자고 제안했다. 갓난애가 전혀 자리를 차지하지 않으니 요나는 작은 방을 아틀리에로 삼을 수 있을 터였다. 그렇게 되면 큰 방은 낮에는 응접실로 사용되

어 요나는 왔다갔다하면서 친구들을 만나보기도 하고 일도 할 수 있을 것이었다. 이렇듯 자기가 혼자 조용히 있을 필요가 있다는 것을 남들이 이해해주리라고 그는 확신했다. 게다가 큰 애들을 재워야 할 필요성 때문에 저녁의 모임을 단축시킬 수도 있는 일이었다. "썩 좋은 생각이군" 하고 한참 생각하더니 요나가 말했다. "그리고 친구들이 일찍 돌아가면 우리도 서로 좀더 많이 얼굴을 볼 수 있을 거야"라고 루이즈가 말했다. 요나는 그녀를 물끄러미 바라봤다. 한 가닥 슬픔의 그림자가 루이즈의 얼굴을 스쳤다. 가슴이 뭉클해진 그는 아내를 부둥켜안고 아주 정답게 입맞췄다. 루이즈는 몸을 내맡겼다. 그리하여 한동안 그들은 신혼 초와 같이 행복했다. 그러나 루이즈는 정신을 가다듬었다. 방이 요나가 쓰기에 너무 좁을 것 같았기 때문이다. 루이즈는 접었다 폈다 하는 미터 자를 집어들었다. 그들은 그의 그림과, 그보다 훨씬 수가 많은 제자들의 그림들이 잔뜩 자리를 차지하고 있는 까닭에 그가 평상시에 일하고 있는 공간은 앞으로 그가 쓰기로 예정된 새 방에 비하여 별로 클 것도 없다는 사실을 발견했다. 요나는 지체 없이 방을 옮겼다.

그의 평판은 다행히도 일을 적게 할수록 높아졌다. 개인전을 열 때마다 기대를 모았고 미리부터 칭찬이 자자했다. 소수의 비평가들이, 그중에는 아틀리에에 늘 찾아오는 두 방문자도 있었지만, 전람회에 대한 평에 있어서 약간 미온적인 태도를 보인 것은 사실이다. 그러나 제자들의 분노는 이 작은 불행

을 보상했을 뿐 아니라 오히려 넘어서는 측면도 있었다. 그들은 단언하기를, 물론 초기의 작품들을 무엇보다도 높이 평가하는 터이지만 현재의 탐구는 참다운 혁명을 준비하는 것이라 했다. 요나는 사람들이 그의 초기의 작품을 가장 훌륭하다고할 때마다 약간 짜증이 났지만 스스로 뉘우치면서 진심으로 감사했다.* 오로지 라토만이 투덜댔다. "이상한 작자들이야⋯. 자네를 움직이지 않는 동상처럼 사랑한단 말이야. 그놈들한테는 살아서 움직이는 건 금지야!" 그러나 요나는 제자들을 변호했다. "자네가 이해를 못하는 걸세"라고 그는 라토에게 말했다. "자넨 내가 하는 건 뭐든 다 좋아하니까." 라토는 웃었다. "천만에, 내가 좋아하는 것은 자네 그림이 아니라 자네의 예술이야."

어쨌든 그의 그림은 계속 환영을 받았다. 그리하여 한번은 개인전을 열어 열광적인 호평을 얻고 나자 화상이 자진해서 매달 지급하는 보수를 올릴 것을 제안해왔다. 요나는 감사의 말로 항변하면서 승낙했다. "말씀하시는 걸 들어보면" 하고 화상은 말했다. "돈을 중요하게 여기시기라도 하는 것만 같군요." 그토록 호의를 보여주는 것을 보고 화가는 크게 감동했

---

* "남들이 어이없게도 지금의 나보다 과거의 내가 더 낫다고 할 때면 어느 예술가나 다 느끼게 마련인 안타까움." 《안과 곁》에 붙인 〈서문〉

다. 그러나 요나가 자선모금을 위해서 그림을 한 점 기증하도록 허락해달라고 하자 화상은 그것이 혹시 '이득이 있는' 자선인지 어떤지를 알고 싶어 안달을 했다. 요나는 그 점에 대해서는 아는 바가 없었다. 그러자 화상은 그림의 판매에 있어서는 자기가 일방적인 특권을 행사하도록 되어 있으니 계약 조항을 말 그대로 따르자고 제안했다. "계약은 계약이니까요." 그들의 계약에는 자선에 관한 조항은 없었다. "좋도록 하세요" 하고 화가는 말했다.

새로운 배치 방식은 요나에게 오로지 만족만을 가져다줬다. 과연 그는 자신이 받고 있는 수많은 편지에 답장을 쓰기에 충분할 만큼 자주 혼자 있을 수 있는 시간을 갖게 됐다. 예절 바른 그인지라 편지에 답장을 하지 않은 채 그냥 흘려버릴 수는 없었다. 어떤 편지는 요나의 예술에 관한 것이었고, 또 다른 것들은, 훨씬 더 많은 수였지만 편지를 쓴 사람의 개인적인 문제로, 화가로서의 사명을 수행하는 데 있어서 어떤 격려를 받고 싶다든가, 충고나 경제적인 도움을 바라고자 하는 것들이었다. 요나의 이름이 신문 잡지에 실리면서부터 그도 또한 누구나 그렇듯이 참을 수 없는 온갖 불의를 폭로하기 위해 나서달라는 요청을 받았다. 요나는 질문에 답변을 했고 그의 예술에 관해서 글을 썼으며, 감사의 뜻을 표했고, 충고의 말을 해주었고, 작은 도움이라도 되기를 바라면서 넥타이 하나를 희사하기도 했고, 그의 동참을 요청하는 정의로운 항의성명서에

서명했다. "이제는 정치를 하는군? 그런 건 문인들이나 못생긴 여자들에게 맡겨두게" 하고 라토는 말했다. 그런 것은 아니었다. 일체의 당파심과는 아무런 관련이 없음을 밝히는 항의성 명서에만 서명했다.* 하지만 어느 것이나 다 그런 순수한 독립성을 주장하고 있었던 것이다. 몇 주일을 두고 요나는 우편물을 호주머니 속에 가득히 지니고 다녔다. 거들떠보지도 않고 놓아둔 것이거나 새로 보내온 우편물들이었다. 대개는 모르는 사람들에게서 온 것으로 가장 절박한 편지들에는 답장을 썼고, 한가한 답장을 기다리는, 즉 친구들의 편지는 더 좋은 기회에 답을 쓰기로 하고 보관해뒀다. 어쨌든 이토록 의무적인 할 일들이 많다 보니 그에게는 한가하게 거닐거나 느긋한 마음의 여유를 즐길 틈이 없었다. 항상 시간에 대지 못한 채 늦은 느낌이었고, 어쩌다가 작업을 하게 될 때조차도 항상 죄지은 것 같은 느낌이 들었다.

루이즈는 갈수록 아이들의 치다꺼리에 매였고, 한편 환경이 이렇지 않았다면 요나가 할 수도 있을 집안일을 하느라고 몹시 애를 먹었다. 요나는 그것이 안타까웠다. 그야 스스로 좋아

---

* 카뮈는 작가로서 지식인으로서 많은 성명서, 선언문에 서명을 보탰다. 스페인에 관련된 문제, 폴란드 작가들이 서구 지식인들에게 요청한 호소, 억압받는 폴란드, 키프로스 노동자들을 위한 호소문들에 빠짐없이 서명했다.

요나 혹은 작업 중인 예술가

서 일하는 것이지만, 루이즈는 가장 궂은일만 맡고 있었다. 루이즈가 볼일을 보러 나가고 없을 때면 그걸 분명히 깨달을 수 있었다. "전화예요!" 하고 큰아이가 소리지르면, 요나는 그림을 그리던 붓을 내려놓고 달려갔다가 또 한 군데의 초대를 받고서 유유히 돌아오곤 했다. "가스 요금 때문에 왔습니다" 하고, 아이가 열어준 문틈으로 가스회사 사람이 아우성치기도 했다. "네, 여기 있어요!" 요나가 전화기를 막 내려놓거나 현관문에서 돌아오노라면 친구나 혹은 제자, 때로는 그 둘 모두가 아까 하던 얘기를 마저 끝내기 위해서 작은 방까지 따라왔다. 차차 모두 복도에 익숙해졌다. 그들은 그곳에 서서 자기들끼리 말을 주고받으며 멀리 요나를 증인삼거나 작은 방 아틀리에까지 잠시 동안 침범하곤 했다. "여기서는 적어도 얼굴을 좀 뵐 수 있군요. 한가하게" 하고 방으로 들어온 사람들은 말했다. 요나는 마음속으로 감동했다. "참 그렇군요. 이젠 서로 얼굴도 볼 수 없게 되었으니 말입니다" 하고 그는 말했다. 한편 그가 만나지 못하고 있는 사람들에게는 실망을 주겠구나 하고 느끼자 마음이 슬퍼졌다. 대개는 만나고 싶은 친구들의 경우가 그랬다. 하지만 그에게는 시간이 부족했다. 모든 것을 다 받아들일 수는 없었다. 그것 때문에 그의 평판이 영향을 입었다. "성공하고 나자 거만해졌군. 이젠 아무도 만나주지 않는단 말이야" 하고 사람들은 말했다. 혹은 "자기만 사랑하는 사람이야"라고도 했다. 그런 게 아니었다. 그는 그림을 사랑했고, 루

이즈와 아이들, 라토와 그리고 몇몇 사람들을 사랑했다. 그는 모든 사람들에 대해 호의를 가지고 있었다. 그러나 삶은 짧고 시간은 빨리 지나가는데 그 자신의 정력에는 한계가 있었다. 세계와 인간을 그려 보여주면서 동시에 그들과 더불어 산다는 것은 어려운 일이었다. 그런데 이러한 어려움에 대해서는 불평할 수도, 설명할 수도 없었다. 그럴 때면 사람들은 그의 어깨를 툭 치면서 "팔자 좋은 사람아! 그것이 영광의 대가라는 걸세!" 했으니 말이다.

이리하여 우편물은 쌓이고 제자들은 조금만 소홀히 해도 용서하지 않았다. 이번에는 상류사회 인사들이 몰려들었다. 요나는 사실 그들이 영국 왕실이나 식도락에 열렬한 관심을 기울일 수 있는 것처럼 그림에도 흥미를 느낄 수 있을 것이라고 생각했다. 사실인즉 그들은 특히 사교계 부인들이었지만 몸가짐에 있어서는 더할 수 없이 단순했다. 부인들은 자신이 그림을 사는 것이 아니라, 자기들 대신 사주겠거니 하고 기대하면서(대개는 실망스러운 것이 예사였지만) 남자 친구들을 데리고 왔다. 반면에 그들은 특히 손님들을 위해서 차를 준비할 때 루이즈를 도와주곤 했다. 찻잔들은 이 손에서 저 손으로 옮겨져서 부엌으로부터 복도를 거쳐 큰 방에까지 달려갔다가, 다시 작은 아틀리에에 도착하곤 했다. 요나는 그들만으로도 방을 가득 채우기에 충분한 몇몇 친구와 손님이 있는 그 한복판에서 그림 그리기를 계속하다가 어떤 매혹적인 여인이 그를 위해

특별히 따라준 찻잔을 감사해하며 받아 들고서야 비로소 붓을 놓았다.

그는 차를 마시다가, 한 제자가 그의 이젤 위에 이제 막 올려놓은 습작 그림을 바라보기도 했고, 친구들과 함께 웃는가 하면 문득 얘기를 멈추고 전날 밤에 써둔 한 묶음의 편지를 좀 부쳐달라고 그중 한 사람에게 부탁했으며, 자신의 다리 사이에 쓰러진 어린 둘째 놈을 일으켜 세웠고, 사진기자를 위해서 포즈를 취하다가 "요나, 전화!" 하는 소리에 손에 쥔 찻잔을 쳐든 채 복도를 가득 메우고 있는 무리에게 용서를 구하면서 헤쳐나갔고, 다시 돌아와서는 그림 한 귀퉁이에 색칠을 하기도 했으며, 그 매혹적인 여인에게 "물론 당신의 초상화를 그려드려야죠" 하고 대답하기 위해서 일손을 멈췄다가 다시 이젤 쪽으로 돌아오곤 했다. 그가 일을 하려하면, "요나, 서명 좀!"-"뭐죠? 배달부요?" 하고 그가 말했다. "아니요, 카슈미르 분쟁지역의 도형수徒刑囚요!"* "지금 나가요!" 그는 문 쪽으로 달려가 한 젊은 친구를 맞았다.

항의성명서를 받아든 요나는 그것이 혹시 정치에 관한 것은 아닌지 불안해하다가 충분히 안심해도 좋다는 다짐과 아울러,

---

* 1947년 인도와 파키스탄이 분리독립한 후 1949년까지 영유권 싸움이 지속되다가 두 나라에 분할되었지만, 분쟁은 쉽게 진정되지 않았다.

예술가로서의 특권을 누리면 그에 따르게 마련인 의무도 다해야 한다는 충고의 말을 들은 다음 거기에 서명했고, 자리로 다시 돌아오자 이번에는 이름은 알 수 없지만 최근에 승리를 거두었다는 권투선수나, 혹은 어떤 다른 나라의 가장 이름 높은 극작가를 소개받았다. 극작가는 프랑스말을 모르는 탓으로 분명하게 말로 할 수 없는 것을 그의 감동된 시선으로 역력히 표현하면서 한 5분 동안 묵묵히 마주 앉아 있었고, 그동안 요나는 진심에서 우러나는 공감으로 머리를 끄덕거렸다. 다행히도 이 난감한 상황은 대화가에게 소개를 받고자 하는 최신식 매혹의 설교사가 기습적으로 등장함으로써 해소됐다. 기쁜 마음에 요나는 만나뵙게 되어 여간 기쁘지 않다고 말했고 호주머니 안의 편지 묶음을 만지작거렸으며, 붓을 들어 다시 한 부분을 더 그릴 채비를 했지만 그에 앞서 금방 선물로 데려온 한 쌍의 세터**에 대해서 감사를 표해야만 했고, 그러고 나서 부부가 쓰는 침실로 개를 데려다 놓고 되돌아와서 개를 선물한 여자의 점심 초대를 승낙하는가 하면, 루이즈의 비명소리에 다시 뛰어나가서 아마도 세터가 아파트 안에서 살도록 훈련된 것이 아니라는 사실을 확인했는지 개들을 샤워실로 데리고 갔고 그곳에서 개들이 어찌나 끈질기게 짖어대는지 결국에는 아무도

** 영국 원산의 사냥개.

요나 혹은 작업 중인 예술가

그 소리에 더 이상 신경을 쓰지 않게 됐다. 이따금 사람들의 머리 너머로 요나는 루이즈의 눈길을 건너다보았는데 그 눈길이 서글퍼 보였다. 마침내 하루가 끝나서 손님들이 작별 인사를 했고, 몇몇 사람은 큰 방에 남아서 루이즈가 모자를 쓴 어떤 우아한 여자의 친절한 도움을 받아가며 어린것들을 재우는 것을 감동한 듯이 바라보고 있었다. 그 우아한 여자는 잠시 후 자기의 개인 저택으로 돌아갈 수밖에 없는 것을 몹시 슬퍼하고 있었다. 자기 집의 생활은 두 개의 층으로 분산되어 있어서 요나의 집에서 느낄 수 있는 그 아늑하고 따뜻한 분위기가 도무지 없다고 했다.

어느 토요일 오후, 라토는 부엌 천장에 고정시켜 장치할 수 있는 절묘한 세탁물 건조기 한 대를 루이즈에게 가져왔다. 그는 아파트가 터져나갈 듯 사람들이 가득 모여 있는 것을 봤다. 작은 방에서는 전문가들에게 둘러싸인 채 요나가 개를 선물한 부인을 그리고 있었는데, 그와 동시에 어떤 국선 화가가 요나 자신을 모델로 그림을 그리고 있었다. 루이즈의 말에 의하면 그 화가는 정부의 주문을 받아 그림을 그리고 있다고 했다. "〈작업 중인 예술가〉라는 작품이래요." 라토는 방 한구석으로 물러서서, 힘들여 그리느라고 열중해 있는 친구를 바라봤다. 라토를 한 번도 본 적이 없었던 전문가 한 사람이 그에게 몸을 기울이면서 말했다. "저 사람 안색이 좋아 보이는군요!" 라토는 대답하지 않았다. "댁도 그림을 그리시죠" 하고 그 사

람은 말을 이었다. "저도 그렇습니다. 한데 저 사람은 정말이지 내리막이에요." "벌써요?" 하고 라토가 말했다. "네. 성공병이에요. 성공했다 하면 오래 못 가는 법이니까요. 끝났어요." "내리막이라는 겁니까? 끝났다는 겁니까?" "내리막길에 든 예술가는 끝난 거예요. 보세요, 더 이상 아무것도 그릴 것이 없는 겁니다. 다른 사람들이 저 사람 자신을 그려가지고 벽에 걸어놓겠죠."

한참 후 밤이 깊어서 부부침실에는 루이즈와 라토, 요나가 있었다. 요나는 서 있고 다른 두 사람은 침대 한 모퉁이에 앉은 채 서로 아무 말이 없었다. 아이들은 잠들었고, 개는 시골에 있는 남의 집에 맡겨놓았다. 루이즈는 이제 막 수많은 식기를 씻었고 요나와 라토가 수건으로 그것들의 물기를 닦아놓았다. 피곤이 나른하게 밀려들었다.

"일하는 사람을 하나 두시죠" 하고 잔뜩 쌓인 접시 무더기를 앞에 놓고 라토가 말했다. 그러나 루이즈는 서글프게 말했다. "어디다가 재우게요?" 그래서 그들은 말이 없었다. "자넨 만족하나?" 하고 불쑥 라토가 물었다. 요나는 미소지었지만 지쳐보였다. "응, 모두가 내게 잘해주니까." "그렇지도 않네. 조심하게. 모두가 다 좋은 사람들만은 아니니까." "누구 말인가?" "가령 자네 화가 친구들 말일세." "알고 있네. 하지만 많은 예술가가 그렇다네. 과연 자신이 존재하고 있는 것인지 자신이 없단 말이야. 가장 위대한 예술가까지도. 그래, 그들은 증거를 찾고

요나 혹은 작업 중인 예술가

판단을 하고 비난을 하는 거지. 그렇게 하면 자신이 생기거든. 그것이 존재의 시작이야. 그들은 외로운 사람들이야!" 라토는 머리를 흔들었다. "정말이지" 하고 요나는 말을 이었다. "나는 그들을 알아. 그들을 사랑해야 해." "그럼, 자넨 존재하나? 자네는 어느 누구에 대해서도 나쁘게 말하는 일이 없는데." 요나는 웃기 시작했다. "아! 하긴 나도 그들을 안 좋게 생각할 때가 많지. 다만 잊어버리는 거야." 그는 심각해졌다. "아니야, 내가 과연 존재하는 것인지 자신이 없어. 하지만 언젠가 존재하게 되겠지. 그것을 확신하네."

라토는 루이즈에게 그의 생각은 어떠냐고 물었다. 피로에서 헤어나 루이즈는 요나의 말이 옳다고 대답했다. 집에 찾아오는 손님들의 의견 따위는 중요하지 않다는 것이다. 다만 요나의 작업만이 중요했다. 그리고 아이가 요나에게 방해가 된다는 것을 느끼고 있었다. 게다가 아이가 점점 커가니 작은 침대를 하나 사야겠는데 그것이 또 자리를 차지할 것이었다. 더 큰 아파트를 찾는다 치고, 그동안은 어떻게 할 것이냐 말이다! 요나는 부부의 침실을 바라봤다. 물론 그 방도 이상적인 것은 아녔고, 침대는 지나치게 컸다. 그러나 방은 온종일 비어 있는 터였다. 그가 루이즈에게 그 얘기를 하자 그녀는 생각에 잠겼다. 침실로 오면 적어도 요나는 일에 방해는 받지 않으리라. 아무려면 사람들이 감히 침대 위에 와서 드러누울 수야 없지 않겠는가. "어떻게 생각하세요?" 하고 이번에는 루이즈가 라토에게

물었다. 라토는 요나를 쳐다봤다. 요나는 맞은편의 창문을 물끄러미 바라보고 있었다. 이윽고 그는 별 없는 하늘을 쳐다보더니 걸어가서 커튼을 쳤다. 다시 돌아와 라토에게 미소짓고 아무 말 없이 침대 위 그의 곁으로 가 앉았다. 피곤한 기색이 역력한 루이즈는 가서 샤워를 해야겠다고 말했다. 두 친구만이 남았을 때 요나는 라토의 어깨가 자기 어깨에 와 닿는 것을 느꼈다. 그는 고개를 돌리지 않은 채 말했다. "난 그림 그리는 것이 좋아. 일생 낮이고 밤이고 그림만 그리고 싶네. 이게 행운이 아니겠는가?" 라토는 다정스럽게 그를 쳐다봤다. "암, 행운이고말고."

아이들은 커갔고 요나는 쾌활하고 씩씩한 그들을 보며 흐뭇해했다. 아이들은 학교에 가면 4시가 되어야 돌아왔다. 거기다가 또 요나는 매주 토요일 오후와 목요일, 그리고 자주 찾아오는 긴 바캉스 때에는 진종일 긴 시간을 이용할 수 있었다. 그들은 아직 점잖게 놀 만큼 크지는 않았지만 아파트가 다투는 소리와 웃음으로 떠들썩해질 만큼 몸이 튼튼해졌다. 그들에게 조용히 하라고 타이르고 야단을 쳐야 했고 때로는 때리는 시늉까지 해야 했다. 또한 옷을 깨끗이 갈아입혀야 했고 노상 단추도 새로 달아줘야 했다. 이제는 루이즈만으로는 손이 모자랐다. 하녀를 재울 방도 없었거니와, 그들끼리 허물없이 지내고 있는 분위기 속에 하녀를 끌어들일 수는 없는 터였으므로, 요나는 과부로 다 큰 딸과 함께 살고 있는 루이즈의 언니 로즈

에게 도움을 청해보면 어떻겠느냐고 넌지시 말했다. "맞아, 로즈라면 서로 거북할 것이 없지. 언제든 가라고 할 수도 있으니까" 하고 루이즈는 말했다. 요나는 루이즈의 짐을 덜 뿐만 아니라 피곤해하는 아내를 볼 때마다 느끼는 마음속의 가책에서도 벗어날 수 있는 이 해결책을 기뻐했다. 더군다나 언니가 자신의 일손을 돕도록 딸까지 자주 불러오곤 하는 만큼 짐은 한결 가벼워졌다. 두 사람 다 다시 없이 마음씨가 좋았다. 덕스럽고 사심이 없는 그들의 마음씨는 정직한 천성 속에서 광채를 발했다. 그들은 살림살이를 돕기 위해서라면 못할 일이 없었고 자신들의 시간을 아끼지 않았다. 과거의 외로웠던 삶이 권태로웠기 때문에, 한편으로는 루이즈의 집에서 안락함을 맛보기 때문에 그들은 그렇게 할 수 있는 힘을 얻는 듯싶었다. 예상했던 바와 같이 과연 아무도 서로에 대하여 거북스러워하는 일이 없었고, 두 친척은 첫날부터 정말 자기 집인 양 마음 편히 여겼다. 큰 방은 공동실로서 식당, 세탁실, 아이들의 놀이방이 됐다. 막내가 자는 작은 방에는 그림들을 쌓아두었고 간이침대 하나를 들여놓아서 로즈가 딸과 같이 오지 않을 때면 이따금 자기도 했다.

요나는 침실을 차지하고서 침대와 창문 사이의 공간에서 작업을 했다. 다만 아이들의 방 다음에 침실의 청소가 끝나는 것을 기다려야 했다. 그러고 나면 가끔 옷가지를 찾으러 오는 일 외에는 누가 와서 그의 일을 방해하는 법이 없었다. 집에 단 하

나뿐인 양복장이 이 방에 있었던 것이다. 한편 방문객들은 그수가 좀 줄기는 했지만, 습관이 된 나머지 루이즈의 기대와는 반대로, 요나와 좀더 편히 말을 주고받기 위해서 찾아와 서슴지 않고 부부용 침대 위에 드러눕곤 했다. 아이들도 또한 아버지와 뽀뽀를 하겠다고 찾아왔다. "그림 좀 보여주세요." 요나는 애들에게 그림을 보여주고 다정스럽게 입맞췄다. 그들을 돌려보내면서 요나는 그들이 자기 가슴속을 남김없이 가득 채우고 있다는 것을 느꼈다. 그들이 없다면 그에게는 공허와 외로움뿐이리라. 요나는 그의 그림 못지않게 아이들을 사랑했다. 왜냐하면 이 세상에서 오직 그들만이 그림과 마찬가지로 살아 있는 것이었기 때문이다.

그러나 웬일인지 알 수 없으나 요나는 전만큼 일을 못했다. 여전히 열심이었지만 이제는 호젓이 있을 때까지도 그리는 것이 힘들었다. 이럴 때면 그는 하늘만 바라보면서 시간을 보냈다. 늘 방심한 채 마음이 딴 데로 팔렸다. 몽상가가 된 것이었다. 그림을 그리는 대신 그림에 대해서, 자신의 천직에 대해서 생각했다. 아직도 "나는 그림 그리는 것이 좋아" 하고 혼잣말을 하곤 했지만 붓을 잡은 손은 밑으로 축 늘어졌고 그는 멀리 들려오는 라디오 소리에 귀를 기울이고 있었다.

이와 때를 같이하여 그의 명성도 기울어갔다. 사람들이 그에게 유보적인 입장의 기사, 혹은 악평을 하고 있는 기사들을 가져다 보여주곤 했다. 어떤 것은 너무나도 악의에 차 있어 가

요나 혹은 작업 중인 예술가

슴이 죄어들 지경이었다.* 그러나 그를 보다 더 열심히 일하도록 만든다는 점에서 이런 공격들에서도 얻을 것이 있다고 요나는 속으로 생각했다. 계속 그를 찾아오는 사람들은 마치 어려워할 필요 없는 옛 친구에게처럼 전보다 덜 공손한 태도로 그를 대했다. 요나가 다시 작업을 시작하려고 하면 그들은 "이 사람아! 시간은 충분해!" 하고 말했다. 요나는, 어떤 면으로 볼 때 이들은 벌써 그를 자신들과 마찬가지로 실패한 한통속으로 여기고 있다는 느낌을 받았다. 그러나 또 다른 면에서 이 새로운 연대감에는 유익한 그 무엇이 있었다. 라토는 어깨를 으쓱해 보였다. "자넨 너무 어리석어. 저 사람들은 자네를 전혀 사랑하지 않아." "이젠 저들이 날 조금은 사랑하게 됐어. 작은 사랑만 해도 엄청난 거라네. 그것을 얻었으면 된 거 아닌가?" 하고 요나는 대답했다. 그래서 그는 계속해서 이야기를 했고 편지를 썼고 힘 닿는 한 그렸다. 가끔가다, 특히 일요일 오후, 아이들이 루이즈, 로즈와 함께 외출하고 없을 때는 진짜로 그림을 그렸다. 저녁이 되어 제작 중인 그림이 다소 진전된 것을 보고 그는 즐거워했다. 그 무렵 요나는 하늘을 그리고 있었다.

* 카뮈가 《반항하는 인간》을 발표한 직후 《레탕모데른》에 실린 프랑시스
  장송의 서평 〈알베르 카뮈 혹은 반항하는 영혼〉(1952. 5.)과 장폴 사르트
  르의 〈알베르 카뮈에게 답한다〉(1952. 8.)를 암시하는 듯. 이 논쟁 이후
  카뮈와 사르트르는 절교했다.

어느 날 화상이, 유감스러운 일이지만 판매가 현저히 감소했으므로 매월 지불하는 액수를 줄일 수밖에 없다고 통지해오자 요나는 찬성했지만 루이즈는 불안해했다. 때는 9월이어서 개학을 대비하여 아이들에게 옷을 사 입혀야 했다. 루이즈 자신이 평소의 용기를 다해 옷을 만들어봤지만 역부족이었다. 로즈는 옷을 기울 수도 있고 단추도 달 수 있었지만 양재사는 못 됐다. 마침 남편의 사촌누이가 재봉사여서 그녀가 와서 루이즈를 도와줬다. 이따금 그 여자는 요나의 방 한구석에 있는 의자에 자리잡고 앉아서 일을 했다. 게다가 이 말없는 여인은 그곳에서 한없이 조용하게만 일했다. 어찌나 조용했는지 루이즈가 요나에게 '일하는 여인'을 그리면 어떻겠느냐고 제안했다. "좋은 생각이야" 하고 요나는 대답했다. 그는 그리기 시작했으나 두 장을 망치자 이윽고 시작하다가 내버려둔 하늘 그림으로 돌아왔다. 다음 날 그는 아파트 안을 오랫동안 서성거리면서 그림 그릴 장소를 생각했다. 제자 한 사람이 온통 흥분해가지고 찾아와서 긴 기사 하나를 그에게 보였다. 가져오지 않았으면 읽지 않았을 그 기사에서 그는 자기의 그림이 과대평가된 동시에 한물간 것임을 알게 됐다. 화상은 그에게 전화를 걸어 판매 성적이 부진한 데 대한 자신의 불안을 거듭 알려왔다. 그러나 요나는 여전히 몽상에 잠겨 생각을 계속했다. 제자에게 말하기를 그 기사에도 일리가 있지만, 자기 요나로 말할 것 같으면 아직도 훨씬 오랫동안 일할 수 있다고 했다. 화상

에게는, 불안해하는 것은 이해하지만 자기의 생각은 다르다고 대답했다. 장차 만들어야 할, 참으로 새로운 위대한 작품이 남아 있기 때문이었다. 모든 것이 다시 시작되려 하고 있었다.[*] 그런 이야기를 하면서 그는 자기가 진실을 말하고 있다는 느낌이었고 그의 별이 그곳에 있다는 느낌이었다. 훌륭한 환경만 마련해놓으면 될 일이었다.

그 후 며칠 동안 요나는 복도에서, 다음 날은 전등을 켜놓고 샤워실에서, 그다음 날은 부엌에서 작업을 해보려고 했다. 그러나 그로서는 처음으로 도처에서 맞부딪치는 사람들이 거북스럽게 느껴졌다. 그들은 알 듯 모를 듯한 사람들, 혹은 사랑하는 집안사람들이었다. 한동안 일하는 것을 멈추고 생각에 잠겼다. 만약에 계절이 허락한다면 밖에 나가서 사생을 할 수도 있었을 것이다. 불행히도 겨울로 접어드는 참이어서 봄이 올 때까지 풍경을 그린다는 것은 어려운 일이었다. 그러나 한번 시도해보기는 했다. 그리고 포기했다. 추위가 가슴속까지 파고들었던 것이다. 그는 며칠 동안이나 자기 그림들과 함께 살았다. 대개는 그림 곁에 앉아 있거나 아니면 창문 앞에 우두커니 서 있었다. 이젠 더 이상 그림을 그리지 않았다. 그러다가

---

[*] "그렇기 때문에 아마도 나는 노력과 창작의 20년을 거치고 나서도, 여전히 나의 작품은 아직 시작조차 하지 않았다고 생각하며 살아가고 있는 것이리라."(《안과 겉》에 붙인 〈서문〉)

아침에 외출하는 습관을 갖게 됐다. 자세한 일부분, 한 그루 나무, 비스듬한 집, 언뜻 본 프로필을 스케치하겠다는 계획을 세운 것이다. 그러나 날이 저물도록 아무것도 해놓은 것이 없었다. 오히려 자질구레한 유혹, 신문, 친구와의 우연한 만남, 진열장, 훈훈한 카페가 그의 마음을 사로잡곤 했다. 저녁마다 그는 자신이 그림을 못 그리는 것은 마음을 떠나지 않는 양심의 가책 탓이라고 스스로 변명을 했다. 그는 그림을 그릴 것이다. 그것은 틀림없는 사실이다. 표면적으로 공허해 보이는 이 시기가 지나면 훨씬 더 좋은 그림을 그리게 될 것이었다. 그것이 보이지 않는 내면에서 이루어지고 있는 것뿐이었다. 별은 새롭게 씻겨져서 이 어슴푸레한 안개 속에서 벗어나와 빛을 발하며 솟아오를 것이다. 그때가 오기를 기다리며 그는 더 이상 카페를 떠나지 않았다. 알코올은, 열심히 작업하던 시절, 아이들 앞에서나 느낄 수 있었던 그 애정과 열의를 가지고 자신의 그림을 생각하던 그때와 똑같은 열광을 불러일으킨다는 것을 그는 발견했다. 두 잔째 코냑을 마시면 자신이 이 세상의 주인이며 동시에 하인이라고 느끼게 만들어주는 사무치는 감동이 마음속에 되살아났다. 다만 두 손을 움직이지 않은 채 허공 속에서 그 감동을 즐기기만 할 뿐 그것을 작품으로 옮겨놓지는 못하고 있었다. 그러나 이것이야말로 그가 목표로 삼고 사는 기쁨과 제일 가까운 것이었다. 그는 이제 담배 연기 자욱한 시끄러운 곳에 앉아 오랜 시간을 몽상 속에서 보냈다.

요나 혹은 작업 중인 예술가

그러나 예술가들이 자주 드나드는 장소나 지역은 피했다. 어떤 아는 사람을 만나 그의 그림에 대한 얘기가 입에 오를 때면 어쩔 줄 모르고 당황해했다. 도망치고 싶어하는 기색이 완연했다. 그래서 실제로 도망쳐 나왔다. 자기 등 뒤에서 사람들이 뭐라고 말하는지 그는 알고 있었다. "자기가 렘브란트나 되는 줄 알고 있다니까." 그러면 불안은 커졌다. 어쨌든 그는 더 이상 웃지 않았고 친구들은 그걸 보고서 기묘한, 그러나 불가피한 결론을 내렸다. '웃지 않는 걸 보면 대단한 자기 만족에 빠진 거야.' 이것을 알게 되자 요나는 갈수록 사람들을 피하고 표정에는 그늘이 짙어갔다. 카페 안에 들어갔다가 그곳에 모여 있는 사람들 중 한 사람이 자신을 알아보았다는 느낌만 들어도 그의 마음속에서는 그만 만사가 다 암담해졌다. 그는 무기력과 야릇한 슬픔을 못 이긴 채 마음의 혼란과 문득문득 못 견디게 솟구치는 우정에 대한 굶주림으로 굳은 얼굴로 한동안 그 자리에 우두커니 서 있었다. 라토의 정다운 눈길이 생각나서 별안간 그는 밖으로 뛰어나갔다. "참 한심한 낯짝이군!" 하고 어느 날 그가 밖으로 나서는 순간 바로 옆에서 누군가가 말했다.

그 후로 그는 아무도 자기를 아는 사람이 없는 변두리 지역만을 드나들었다. 거기서라면 얘기도 할 수 있었고 웃을 수도 있었으며 마음속의 호의도 되살아났다. 사람들은 그에게 아무것도 묻지 않았다. 별로 까다롭지 않은 친구도 몇 사람 생겼

적지와 왕국

다. 그는 특히 자주 가는 역의 구내식당에서 그에게 음식을 날라다 주는 이들 중 한 사람과 어울리는 것을 좋아했다. 이 웨이터는 그에게, "직업이 뭐죠?" 하고 물었다. "칠을 하지요" 하고 요나는 대답했다. "화가인가요? 아니면 페인트공인가요?" "화가지요." "아이고! 어려운 일을 하시는군요." 그 후로는 다시 그 문제에 대해서 얘기하지 않았다. 그렇다. 어려운 일이었다. 하지만 요나는 자신의 작업을 설계할 방법을 발견하기만 하면 어려움에서 헤어날 수 있었다.

하루 이틀, 술잔을 기울이는 가운데 다른 사람들과 사귈 수도 있었다. 여자들이 그를 도왔다. 그는 잠자리를 같이하기 전 혹은 후에, 그들에게 이야기를 할 수 있었고, 특히 자기 자랑을 할 수가 있었다. 비록 믿어지지는 않았지만 여자들은 이해를 해줬다. 때때로 옛날 같은 힘이 되살아나는 느낌도 들었다. 어느 날, 한 여자 친구에게서 격려의 말을 듣자 그는 결심했다. 집으로 돌아와 마침 양재사도 없기에 침실에서 다시 작업을 해보려고 시도했다. 그러나 한 시간 후 화폭을 접어놓고 루이즈에게 무심히 미소를 지어 보인 다음 밖으로 나갔다. 하루 종일 술을 마셨고 실은 아무런 욕정도 느끼지 않으면서 여자 친구 집에서 밤을 지냈다. 아침에 심한 고통과 함께 일그러진 얼굴로 루이즈가 그를 맞이했다. 루이즈는 그가 그 여자와 동침했는지를 알고 싶어 했다. 요나는 술에 만취해서 그러지 못했지만 전에 다른 여자들과 동침한 일이 있노라고 말했다. 처

요나 혹은 작업 중인 예술가

음으로 가슴이 찢어지는 듯한 심정으로 그는 놀라움과 극도의 고통 때문에 익사한 사람 같은 루이즈의 얼굴을 봤다. 그때서야 그는 자신이 그 동안 줄곧 루이즈 생각은 전혀 하지 않고 있었다는 것을 깨닫고 부끄러워졌다. 그는 그녀에게 용서를 빌었다. 다 끝난 일이었고 내일이면 전과 다름없이 모든 것을 다시 시작하겠다고 했다. 루이즈는 아무 말도 하지 못한 채 눈물을 감추기 위해 돌아섰다.[*]

다음 날 요나는 아침 일찍 나갔다. 비가 오고 있었다. 버섯처럼 흠뻑 젖어 집에 돌아온 그는 판자를 한 짐 걸머지고 있었다. 집에서는 소식을 듣고 찾아온 두 옛 친구가 큰 방에서 커피를 마시고 있었다. "요나가 방식을 바꿨군. 나무판에 그림을 그릴 작정인가!" 하고 그들은 말했다. 요나는 웃음 지었다. "그게 아닐세. 하지만 무엇인가 새로운 것을 시작하는걸세." 그는 샤워실과 변소와 부엌으로 통하는 작은 복도로 들어섰다. 두 개의 복도가 직각으로 갈라지는 모퉁이에 멈춰 서서, 어두컴컴한 천장에까지 솟아올라간 높은 벽들을 한참 동안 살펴봤다. 사다리가 필요했다. 그는 경비실로 그것을 가지러 내려갔다.

그가 다시 올라왔을 때 그의 집에는 몇 사람이 더 와 있었

---

[*] 1954년 봄, 카뮈의 부인 프랑신의 우울증, 신경쇠약 등으로 인한 자살시도, 입원. 부부간의 갈등에 이어 급기야 별거에 들어간 정황과 관련이 있어 보인다.

적지와 왕국

다. 복도 끝 모퉁이에 이르기 위해서 그는 그를 다시 만나 기뻐하는 방문객들의 애정 어린 인사와, 가족들의 질문을 일일이 감당하며 몸싸움을 하지 않으면 안 됐다. 그때 그의 아내가 부엌에서 나왔다. 요나는 사다리를 세워놓고 루이즈를 힘껏 껴안았다. 루이즈는 그를 바라봤다. "제발 부탁이야. 또다시 그러진 마." "아니야, 아니야, 난 그림을 그리겠어. 그려야만 해" 하고 요나는 말했다. 그러나 마치 혼자서 중얼거리듯 시선은 딴 곳에 가 있었다. 그는 일하기 시작했다. 벽의 중간 높이에 걸쳐서 마루를 만들어 비록 높고 깊숙하기는 했지만 일종의 좁은 다락과 같은 것을 설치했다. 오후가 저물 무렵에는 모든 것이 끝났다. 요나는 사다리를 딛고 올라가서 다락의 판자에 매달렸다. 일이 탄탄하게 잘 되었는가를 시험해보기 위해서 몇 번 잡아당겨보기도 했다. 이윽고 그는 다른 사람들과 어울렸다. 다시 그전처럼 다정스러워진 요나를 보고 모두들 기뻐했다. 저녁에 비교적 집안이 한산해지자 요나는 석유 램프와 의자와 등받이 없는 걸상, 그리고 그림틀을 챙겼다. 세 여자와 아이들이 의아한 시선으로 쳐다보는 가운데 요나는 그 모든 것을 다락으로 올렸다. "자" 하고 그는 횃대 위에 올라앉아서 말했다. "이젠 아무에게도 방해받지 않고 작업할 수 있게 됐어." 루이즈는 자신 있느냐고 물었다. "그렇고말고. 넓은 장소가 아니어도 상관없어. 전보다 더 자유로울 테니까. 촛불 아래서 그린 위대한 화가들도 있었거든. 그리고…." "마룻바닥은

단단해?" 바닥은 단단했다. "걱정 말라니까. 아주 좋은 해결방법인걸." 그리고 그는 아래로 내려왔다.

다음 날, 날이 새자마자 그는 다락으로 올라가 앉아 그림틀을 등 없는 의자 위에 얹어 벽에 기대어놓은 다음 불도 켜지 않은 채 기다렸다. 직접적으로 들려오는 소리라곤 오직 부엌이나 변소에서 나는 소리뿐이었다. 그 외의 소음은 멀리서 들려오는 느낌이었다. 방문객들이나 현관의 벨소리, 전화 벨소리, 오고가는 발소리, 이야기 소리 등은 마치 길거리나 저편 안마당에서 들려오기라도 하는 듯 거의 다 사그라진 채 그에게 들려왔다. 더군다나 아파트 전체가 온통 세찬 빛으로 넘쳐나는데 비해 이곳의 어두운 그늘은 휴식을 가져다줬다. 이따금 친구가 찾아와 다락 아래 버티고 서곤 했다. "거기서 뭐 하나, 요나?" "일하네." "불도 안 켜고?" "응, 당분간은." 그는 그림을 그리는 것이 아니라 생각을 하고 있었다. 그때까지 살아온 것에 비하면 사막이나 무덤 속처럼 느껴지는 이 희미한 정적, 그리고 어둠 속에서 그는 스스로의 심장이 뛰는 소리에 귀를 기울이고 있었다. 다락에까지 이르는 소리들은 그를 향해서 나는 것이었으면서도 이제는 그와 아무 상관이 없는 것처럼 느껴졌다. 어떤 사람들은 자기 집에서 깊이 잠들어 있다가 홀로 죽는다. 아침이 되어 전화 벨소리가 텅 빈 집 안에서 영원히 귀가 먹어버린 몸뚱어리 위로 요란하고 끈질기게 울려댄다. 그는 마치 그런 사람들과 같았다. 그러나 그는 살아 있었다. 그는

적지와 왕국

자신의 내면에서 침묵에 귀를 기울이고 있었다. 아직은 숨어 있지만 다시금 떠올라 이 공허한 날들의 혼돈을 뚫고서 영원 불변의 모습으로 마침내 솟아오를 준비를 하고 있는 그의 별을 기다렸다. "빛나라, 빛나라. 내게서 그대의 빛을 앗아가지 말라" 하고 그는 말하곤 했다. 별이 이제 다시 빛을 발하리라는 것을 그는 굳게 믿고 있었다. 그러나 아직 좀더 오랫동안 생각에 잠겨야 했다. 집안 식구들과 헤어지지 않고도 혼자 있을 수 있는 행운이 마침내 그에게 주어졌으니 말이다. 그는 줄곧 알고 있었지만, 아니 마치 알고 있는 것처럼 줄곧 그림을 그려왔지만, 아직도 분명하게 이해하지 못한 그 무엇을 찾아내지 않으면 안 됐다. 요컨대 예술의 그것만이 아닌 비밀을 그는 포착해야만 했다. 그는 그 점을 똑똑히 알 수 있었다. 그래서 그는 불을 켜지 않고 있었던 것이다.

이제 요나는 매일같이 다락으로 올라갔다. 방문객은 갈수록 뜸해졌고 루이즈는 바쁜 탓으로 대화에 끼여드는 일이 별로 없었다. 요나는 식사 때 내려왔다가 다시 자신의 횃대로 올라갔다. 온종일 어둠 속에서 꼼짝도 않고 틀어박혀 있었다. 밤이 되면 이미 자리에 든 아내에게로 왔다. 며칠이 지난 후 그는 루이즈에게 식사를 올려보내 달라고 했다. 시키는 대로 루이즈가 정성껏 해주자 요나는 감동했다. 그는 다른 일로 루이즈를 성가시게 하지 않기 위해서 다락에 비치해둘 수 있는 몇 가지 식료품을 마련해달라고 청했다. 차츰차츰 그는 낮에는 아

요나 혹은 작업 중인 예술가

래로 내려오지 않게 됐다. 그러나 비축해둔 식료품에는 거의 손을 대지 않았다. 어느 날 저녁 그는 루이즈를 불러 덮을 것을 달라고 했다. "여기서 밤을 지내야겠어." 루이즈는 머리를 뒤로 젖힌 채 그를 바라봤다. 그녀는 입을 열었다가 그냥 다물었다. 다만 걱정스럽고도 서글픈 표정으로 요나를 찬찬히 뜯어볼 따름이었다. 돌연 그는 루이즈가 얼마나 늙어버렸는가를, 그들의 고단한 삶이 그녀에게도 얼마나 깊이 파고들었는가를 봤다. 그러자 자신이 한번도 루이즈를 참으로 도와준 일이 없었다는 생각을 했다. 그러나 그가 뭐라 말도 하기 전에 루이즈는 미소를 지어 보였다. 그 다정스러운 미소에 요나는 가슴이 조여드는 것을 느꼈다. "당신 좋은 대로 해, 여보" 하고 그녀는 말했다.

그뒤부터 그는 다락에서 밤을 지냈고 그곳에서 내려오는 일이 거의 없었다. 대번에 집은 텅 비고 방문객의 발길은 끊어졌다. 낮에도 밤에도 요나를 더 이상 볼 수 없었기 때문이다. 어떤 사람에게는 그가 시골에 가 있다고도 말했고, 또 다른 사람에게는, 거짓말하는 것도 지쳐서, 화실을 하나 구했다고 말했다. 오직 라토만이 전과 다름없이 찾아왔다. 그는 사다리를 밟고 올라가서 큼직한 그의 머리를 다락의 마룻장 위로 들이밀었다. "잘 지냈나?" "더할 수 없이 잘 지내지." "일하나?" "여부가 있나." "하지만 화폭이 없는데!" "어쨌든 일하고 있네." 사다리와 다락 사이에서 주고받는 이러한 대화를 오래 끌기란 어

려운 노릇이었다. 라토는 고개를 흔들며 다시 아래로 내려와서 루이즈를 도와서 퓨즈를 잇거나 자물쇠를 고쳐준 다음 사다리를 타고 올라가지 않은 채 아래에서 요나에게 작별 인사를 했다. 요나는 어둠 속에서 "잘 가게, 이 사람아" 하고 대답했다. 어느 날 저녁, 요나는 그 인사에 고맙다는 말을 덧붙였다. "뭐가 고마워?" "날 사랑해주니 말일세." "별소릴 다 하는군" 하고 말한 다음 라토는 떠났다. 어느 날 저녁, 요나는 라토를 불렀다. 그는 달려갔다. 처음으로 등불이 켜져 있었다. 요나는 불안스러운 표정을 하고 다락 밖으로 몸을 내밀었다. "캔버스를 한 개 주게." "아니 자네 웬일인가? 야위었어. 유령 같아." "며칠째 거의 먹질 않았어, 별일 아니야. 작업을 해야 해." "우선 먹기나 하게." "아냐, 배고프지 않아." 라토는 캔버스를 가져왔다. 다락 속으로 사라지기 전에 요나는 그에게 물었다. "어떤가?" "누구 말인가?" "루이즈와 아이들 말일세." "잘들 있네. 자네가 같이 있어주면 더 나을 텐데." "그들과 헤어진 건 아니야. 헤어진 건 아니라고 전해주게." 그리고 그는 사라졌다. 라토는 돌아와서 루이즈에게 자기의 불안한 심정을 말했다. 루이즈 자신도 며칠 전부터 괴로워하고 있다고 털어놓았다. "어떻하죠? 아! 내가 대신 작업을 해줄 수만 있다면!" 그녀는 괴로운 표정으로 라토를 마주 봤다. "그이 없이는 살 수 없어요." 다시금 그 옛날의 젊은 얼굴로 돌아온 루이즈를 본 라토는 깜짝 놀랐다. 그때 그는 루이즈가 얼굴을 붉히는 것을 봤다.

요나 혹은 작업 중인 예술가

등불은 밤새도록, 그리고 다음 날 아침나절에도 줄곧 켜져
있었다. 루이즈나 라토가 가까이 가면 요나는 "내버려둬, 일하
고 있으니까" 하고 대답할 뿐이었다. 정오가 되자 그는 석유를
달라고 했다. 그을음이 끼었던 등불 심지가 다시금 강한 빛을
내며 저녁까지 탔다. 라토는 루이즈와 아이들과 함께 저녁을
먹으려고 가지 않고 남았다. 자정이 되어 그는 요나에게 작별
인사를 했다. 여전히 환하게 불이 켜져 있는 다락 앞에서 잠시
기다리다가 이윽고 아무 말 없이 나갔다. 이틀째 되던 날 아침
루이즈가 일어나보니 등불이 여전히 켜져 있었다.

청명한 하루가 시작되고 있었다. 그러나 요나는 그것을 알
아차리지 못하고 있었다. 그는 화폭을 벽 쪽으로 돌려놓고 있
었다. 지칠 대로 지친 그는 무릎 위에 두 손을 내던진 채 앉아
기다렸다. 이제 다시는 작업을 하지 않으리라 속으로 생각했
다. 마음이 후련했다. 아이들의 떠드는 소리, 물소리, 식기가
부딪치는 소리가 들려왔다. 루이즈가 뭐라고 말을 하고 있었
다. 큰 길로 트럭이 한 대 지나가자 큰 유리창이 흔들렸다. 세
상은 아직도 저기, 젊고 어엿하게 건재하고 있었다. 요나는 인
간들이 내는 그 아름다운 소음에 귀를 기울여봤다. 아득히 먼
곳에서 오고 있는 그 소음은 결코 그의 내면에 있는 이 신명나
는 힘을, 그의 예술을, 그리고 영원히 침묵 속에 묻혀 있기에
그가 말로 표현할 수는 없지만 그가 만물을 초월할 수 있게 하
고 자유롭고 활기찬 대기 속으로 들어가게 해주는 이 생각들

을 방해하지는 않았다. 아이들이 이 방 저 방으로 뛰어다니고 있었고 딸아이가 웃어댔다. 루이즈가 웃는 소리를 오랫동안 들은 적이 없었는데 이제는 그녀도 웃었다. 그들이 사랑스러웠다! 얼마나 사랑스러우냐! 요나는 불을 껐다. 다시 되돌아온 어둠 속에, 저기, 아직도 빛나고 있는 것은 바로 그의 별이 아닌가? 바로 그 별이었다. 감사에 넘친 마음으로 그는 별을 알아본 것이었다. 그리고 여전히 그 별을 바라보고 있다가 그는 문득 소리 없이 쓰러졌다.

"별거 아닙니다." 왕진 온 의사가 잠시 후에 말했다. "일을 너무 많이 하시는군요. 일주일 후면 일어나실 겁니다." "정말 나을까요?" 일그러진 얼굴로 루이즈가 물었다. "나을 겁니다." 또 방에서는 라토가 화폭을 바라보고 있었다. 전체가 하얗게 비어 있는 화폭 한가운데 요나는 아주 작은 글씨로 단어 하나를 써놓았는데, 알아볼 수는 있었지만 과연 그것을 '솔리테르solitaire(고독)'라고 읽어야 할지 '솔리데르solidaire(연대)'라고 읽어야 할지 알 수 없었다.*

---

* "나는 일반적인 인류를 사랑하지 않는다. 그러나 나는 우선 인류와 연대 의식을 느낀다." (《작가수첩 3》) 1954년 장 다니엘이 〈렉스프레스〉에 와서 함께 일하자고 제의하자 카뮈는 이렇게 말했다: '나는 내 시대에 있어 혼자solitaire입니다. 당신도 잘 알다시피 나는 또한 나의 시대와 밀접하게 관련되어solidaire있어요.'(올리비에 토드, 《카뮈》)

요나 혹은 작업 중인 예술가

자라나는 돌

자동차는 이제 질척해진 홍톳길* 위에서 무겁게 커브를 틀었다. 어둠 속에서 헤드라이트의 불빛을 받아 갑자기 길의 이쪽에, 그리고 다음에는 저쪽에, 생철로 지붕을 덮은 가건물 두 채가 뚜렷하게 나타났다. 두 번째 건물 가까이 오른편으로 엷은 안개 속에 대충 다듬은 대들보들로 세워놓은 탑을 하나 알아볼 수 있었다. 탑의 꼭대기로부터 금속 케이블이 뻗어나가고 있었는데 탑에 비끄러맨 연결 부분은 눈에 보이지 않았지만 케이블은 차차 아래로 내려옴에 따라 헤드라이트의 불빛을 받아 반짝거리다가 길을 가로막고 있는 언덕 저 뒤편으로 사

---

* 이 지역에서는 붉은 벽돌색의 바위를 가루로 분쇄하여 도로를 닦는 데 사용한다. 또 그 가루는 곳곳에 흩어져 붉은 먼지로 내려앉는다.

　　　　　　　　　　　　　　　　　　　　자라나는 돌

라져 보이지 않았다. 차는 속력을 늦추면서 판잣집으로부터 몇 미터 떨어진 곳에서 멈췄다.

조수석에서 내리는 남자는 힘겹게 문에서 몸을 빼냈다. 일단 땅에 내려서자 그 거인같이 떡 벌어진 몸집이 약간 기우뚱했다. 자동차 옆 그늘 속에서 피로에 지친 몸으로 땅을 무겁게 딛고 선 채 그는 점점 느리게 돌아가고 있는 모터 소리에 귀를 기울이고 있는 듯했다. 이윽고 그는 언덕을 향하여 걸음을 옮겨 원추형으로 뻗은 헤드라이트의 불빛 속으로 들어섰다. 언덕 꼭대기에 이르자 그는 걸음을 멈추었다. 큼직한 등의 윤곽이 어둠 속에 뚜렷해졌다. 잠시 후 그는 돌아섰다. 운전사의 새카만 얼굴이 계기판 위쪽에서 빛나더니 미소를 지었다. 남자가 언덕 위에서 손짓을 했다. 운전사는 시동을 껐다. 이내 서늘하고 거대한 침묵이 길과 숲을 휘덮었다. 그러자 물결 소리가 들려왔다.

그 남자는 저 아래 강을 굽어보고 있었다. 넓게 굽이치는 어둠과 비늘처럼 희끗희끗 번뜩이는 물거품이 보일 따름이었다. 저쪽 멀리 한결 더 짙고 움직임이 없는 어둠은 아마도 강기슭인 듯했다. 그러나 자세히 보면 그 움직임이 없는 기슭 위에서 마치 먼 곳의 등불빛 같은 누르스름한 불꽃을 알아볼 수 있었다. 덩치 큰 남자는 자동차 쪽으로 돌아오더니 고개를 끄덕였다. 운전사는 헤드라이트를 껐다가 다시 켰다. 그리고 나서 그는 규칙적으로 불을 깜박거리게 했다. 언덕 위에서 남자의 모

적지와 왕국

습이 나타났다가는 또 사라지곤 했는데 그 모습은 되살아날 때마다 더욱 크고 우람해 보였다. 돌연 강 건너편에서 보이지 않는 어떤 팔 끝에 매달린 등불 하나가 여러 번 공중으로 오르락내리락했다. 망을 보고 있던 이 남자의 마지막 신호에 따라 운전사는 아주 불을 껐다. 차와 남자의 모습이 어둠 속으로 사라졌다. 헤드라이트가 꺼지자 강이 거의 보일 듯했다. 아니 적어도 간간이 번뜩이곤 하는 물결의 긴 힘줄들 몇 가닥이 보였다. 길 양편으로 숲의 어두컴컴한 덩치가 하늘을 배경으로 뚜렷한 윤곽을 드러내면서 바싹 다가들었다. 한 시간 전부터 길을 적셔놓고 있는 가는 비는 미지근한 공기 속에 여전히 흩뿌리면서 처녀림 한복판에 있는 이 넓은 빈터의 미동도 하지 않는 침묵을 더욱 무겁게 하고 있었다. 검은 하늘에는 흐린 별들이 아물거리고 있었다.

그러나 건너편 기슭에서 체인 끄는 소리가, 그리고 나직하게 찰랑거리는 물소리가 일어났다. 가건물 위, 여전히 기다리고 있는 남자의 오른편으로 케이블이 팽팽하게 잡아당겨졌다. 무엇인가 낮게 삐걱거리는 소리가 줄을 따라 들려왔고, 그와 동시에 강으로부터 물을 젓는 소리가 광대하면서도 흐릿하게 일었다. 이윽고 삐걱거리는 소리가 고르게 변했고, 물소리는 더욱 넓게 퍼지면서 한결 또렷하게 들려왔다. 그와 동시에 등불의 불빛이 커졌다. 이제는 그 등불을 둥그렇게 에워싸고 있는 노란 빛무리를 확실하게 분간할 수 있었다. 그 빛무리는 차

자라나는 돌

츰차츰 넓게 번지다가 다시 오므라들었다. 한편 등불이 안개를 뚫고 빛을 발하면서 그 위쪽과 주변을 비추기 시작하자 메마른 종려나무 잎을 덮고 굵은 대나무 기둥으로 네 귀퉁이를 떠받친 네모난 지붕 같은 것이 드러났다. 그 주변으로 어지러운 그림자들이 부산하게 움직이는 가운데 아무렇게나 만든 이 차양은 강기슭을 향해 천천히 다가오고 있었다. 그것이 거의 강 한가운데에 이르자 노란 불빛 속에서 웃통을 벗은 키 작은 세 남자들의 윤곽을 뚜렷이 볼 수 있었다. 그들은 거의 검은색에 가까운 피부빛에 원추형의 모자를 쓰고 있었으며, 다리를 약간 벌리고 꼼짝도 하지 않은 채 온통 보이지 않는 물살로 아무렇게나 만든 뗏목 옆구리를 후려치고 있는 강의 거센 흐름에 맞서 버티기 위하여 몸을 앞으로 약간 기울이고 있었다. 마침내 뗏목이 어둠과 물 속에서 마지막으로 그 모습을 드러냈다. 나룻배가 좀더 가까이 오자 남자는 차양 뒤의 하류 쪽에 키 큰 흑인이 두 사람 더 있는 것을 알아봤다. 그들 또한 넓은 밀짚모자를 쓰고 있었고 입은 옷이라고는 표백하지 않은 천으로 된 바지뿐이었다. 그들은 나란히 서서 온 힘을 다하여 삿대 위에 체중을 실었다. 그러면 삿대는 뗏목 뒤 꽁무니 쪽의 강물 속으로 천천히 파고들어갔고 그와 동시에 흑인들도 마찬가지로 느릿느릿한 동작으로 하마터면 수면 위로 고꾸라질 것만 같이 깊숙하게 상체를 기울였다. 앞에서는 세 사람의 흑백 혼혈인들이 아무 말 없이 가만히 서서, 자기들을 기다리고 있는 남자

적지와 왕국

에게 눈길 한 번 주지 않은 채 가까워오는 강기슭을 물끄러미 바라보고 있었다.

갑자기 나룻배는 물 속으로 뻗어나와 있는 선착장 끝머리에 와 부딪쳤다. 그 충격에 등불이 흔들리자 비로소 선착장의 모습이 불빛에 드러났다. 키 큰 흑인들은 두 손을 머리 위로 쳐들어 올려 물 속에 겨우 박혔을까 말까 한 장대 끝을 움켜쥐고 매달린 채 움직이지 않았다. 그러나 팽팽하게 긴장되어 있는 온몸의 근육에는 물 자체와 그 흐르는 힘에서 전해오는 듯한 뻐근한 전율이 훑고 지나가고 있었다. 배를 타고 온 다른 도강자들은 선착장의 말뚝에 체인을 던져 걸고 판자 바닥 위로 뛰어오른 다음 조잡하게 만들어진 일종의 개폐식 다리 같은 것을 내렸다. 통로용 다리는 뗏목 앞쪽으로 비스듬히 걸쳐졌다.

남자는 차로 돌아와 자리에 올라앉고 운전사는 시동을 걸었다. 자동차는 천천히 비탈을 향해 다가가더니 앞부분을 하늘로 쳐들었다가는 이내 강 쪽으로 수그러지며 비탈을 내려가기 시작했다. 차는 브레이크를 건 채 굴러서 진흙 위로 약간 미끄러지며 멈추었다가는 다시 떠나곤 했다. 이윽고 판자때기들이 쿨렁거리는 소리가 나는 가운데 차가 선착장으로 들어서더니 혼혈인들이 여전히 아무 말 없이 양옆으로 늘어서 있는 끝머리까지 굴러갔다. 그리고 차는 천천히 뗏목을 향하여 깊숙이 기울어졌다. 앞바퀴가 걸쳐지자마자 뗏목이 물 속으로 코를 쑤셔박았지만, 이내 고개를 들고 차 전체의 무게를 떠받쳤

자라나는 돌

다. 그러자 운전사는 뒤쪽, 등불이 걸려 있는 네모난 지붕 앞까지 차를 내처 몰아갔다. 즉시 혼혈인들이 선착장 위로 비스듬히 걸쳐져 있던 간이 통로를 다시 접고 나서 단숨에 뗏목 위로 뛰어내렸고 이와 때를 같이하여 뗏목은 진흙투성이의 기슭을 떠났다. 강은 아래에서 버티면서 수면 위로 뗏목을 치켜올렸다. 뗏목은 이제 물 위에서 케이블을 따라 하늘을 달리고 있는 길다란 막대 끝에 매달려 천천히 흘러갔다. 키 큰 흑인들은 힘을 풀고 장대를 거뒀다. 남자와 운전사는 차에서 나오더니 뗏목 끝으로 걸어와 상류 쪽을 마주한 채 가만히 서서 움직이지 않았다. 지금까지 작업을 하는 동안 말하는 사람은 아무도 없었는데 지금도 여전히 각자 제자리에서 움직이지 않은 채 침묵을 지키고 있었다. 다만 키 큰 흑인들 중 한 사람만이 거친 종이에 담배를 말고 있었다.

남자는 브라질의 거대한 삼림으로부터 강물이 불쑥 솟아나서 그들 쪽으로 흘러내려오고 있는 넓게 터진 공간을 물끄러미 바라보고 있었다. 그 지점에 이르러 수백 미터 폭의 넓은 강은 탁하면서도 부드러운 물살로 나룻배의 옆구리를 떠밀어대다가는 배의 양끝으로 가서 풀리면서 넘실거리는가 하면 다시금 도도한 한 줄기의 물살을 이루며 퍼져나가 어두운 숲을 뚫고 바다와 밤을 향하여 유유히 흘러가기도 했다. 강물로부터, 혹은 물기 먹은 하늘로부터 풍겨오는 듯한 김빠진 냄새가 떠다니고 있었다. 지금은 뗏목 아래서 철썩거리는 무거운 물소

리, 그리고 양쪽 강기슭에서 나는 듯한 두꺼비의 울음소리나 새들의 기묘한 비명소리가 간간이 들려왔다. 거인 같은 남자가 운전사에게 다가갔다. 작은 키에 몸이 홀쭉한 운전사는 대나무 기둥에 기댄 채 바지와 저고리가 한데 붙은 작업복 호주머니 속에 두 손을 찔러넣고 있었다. 원래는 푸른빛이었던 작업복이 지금은 그들이 하루 종일 들이마신 붉은 먼지로 자욱이 덮여 있었다. 그는 젊은 나이인데도 주름이 잡힌 얼굴에 환하게 미소를 띤 채 축축한 하늘 속을 아직도 헤엄쳐 다니고 있는 맥빠진 별들 쪽으로, 실제로는 보는 것도 아니면서, 그냥 눈길을 던지고 있었다.

그런데 새들의 울음소리가 더욱 또렷해지면서 알 수 없는 재잘거림이 섞여드는가 했는데 그와 거의 동시에 케이블이 삐걱거리는 소리를 내기 시작했다. 키 큰 흑인들이 들고 있던 장대를 찔러넣으면서 장님 같은 동작으로 물 밑바닥을 찾으려고 더듬었다. 남자는 그들이 방금 떠나온 기슭을 돌아봤다. 이번에는 그쪽 기슭이 밤과 물에 뒤덮인 채 저 멀리 수천 킬로미터에 걸쳐 가로누워 있는 숲의 대륙처럼 광막하고 사나워 보였다. 지금 이 시간 지척에 있는 대양과 저 식물의 바다 사이에서 원시의 강 위를 떠가고 있는 한 줌의 인간들이 이제는 마치 길을 잃은 채 고립되어 헤매고 있는 것만 같았다. 이윽고 뗏목이 건너편의 새로운 선착장에 가 닿았을 때는 마치 닻줄이 모두 끊긴 채 여러 날 동안 무시무시한 항해를 한 후 캄캄한 어둠 속

자라나는 돌

에서 어떤 섬에 닿은 것 같은 느낌이었다.

땅에 내려서자 드디어 사람들의 목소리가 들렸다. 운전사가 막 그들에게 품삯을 치르고 나자 무겁게 가라앉은 어둠 속에서 이상하게도 쾌활하게 느껴지는 목소리로 그들은 다시 출발하는 자동차를 향하여 포르투갈 말로 작별 인사를 했다.

"육십 킬로미터라고 그랬어, 이구아프까지 말야. 세 시간만 달리면 끝이야. 소크라트는 기분이 좋다." 운전사가 말했다.

남자는 몸집에 어울리게 육중하고 열의가 담긴 사람 좋은 미소를 지었다.

"나 역시 기분 좋아, 소크라트. 길이 험해."

"너무 무거워, 다라스트 씨. 당신이 너무 무거워." 이렇게 말하면서 역시 웃음을 터뜨린 운전사는 그 웃음을 도무지 그칠 줄 몰랐다.

차는 약간 속력을 내어, 벽을 이루면서 솟아 있는 나무들과 어지럽게 뒤엉킨 식물들 사이로 나른하고 달착지근한 향기를 뚫고 달렸다. 이리저리 날아다니며 반짝이는 파리 떼들이 끊임없이 숲의 어둠을 가로질렀고 이따금 붉은 눈을 한 새들이 잠깐씩 자동차 앞 유리창에 부딪치곤 했다. 때때로 이상한 짐승 소리 같은 것이 밤의 저 깊은 속으로부터 들려왔고 그럴 때면 운전사는 옆에 앉은 사람을 바라보면서 우스꽝스럽게 두 눈을 굴렸다.

길은 굽이굽이 돌고 또 돌았고 작은 도랑 위에 걸쳐놓은 흔

들거리는 나무다리 위로 지나가기도 했다. 한 시간쯤 지나자 안개가 짙어지기 시작했다. 부슬부슬 가는 비가 내리면서 헤드라이트 불빛이 흐릿하게 풀리기 시작했다. 차가 흔들리는데도 불구하고 다라스트는 반쯤 잠이 들어 있었다. 그리하여 그는 이제 축축한 숲 사이를 차로 달리고 있는 것이 아니라 아침에 상파울루를 출발한 뒤부터 접어들었던 세라의 길로 또다시 달리고 있었다. 이 흙길에서는 아직도 그들의 입 안에 텁텁한 맛이 남아 있는 뻘건 먼지가 일어나고 있어서 길 양편을 따라 눈길이 닿는 끝까지 드물게 돋아난 스텝 지대 식물들은 온통 그 먼지에 뒤덮여 있었다. 무거운 햇빛, 골이 깊게 패인 빛바랜 산들, 길 위에서 마주치는 굶주린 검은 소 떼들, 그와 더불어 유일하게 에스코트하며 따라오는 초췌한 검은 독수리들의 피곤한 비상, 붉은 사막을 횡단하는 기나긴 항해…. 그는 소스라쳐 잠이 깼다. 차는 멈춰있었다. 그들은 이제 일본에 와 있었다. 길 양편에 불면 날아갈 듯 빈약한 장식을 한 집들, 그리고 집안에는 언뜻언뜻 보이는 기모노. 운전사는 더러운 작업복에 브라질 밀짚모자를 쓴 어떤 일본 사람에게 뭐라고 말을 건넸다. 이윽고 차는 다시 떠났다.

"이제 사십 킬로미터밖에 남지 않았다는데."

"거기가 어디였지? 도쿄였나?"

"아니, 레지스트로야. 우리나라에서 일본 사람들은 모두 거기로 온다고."

자라나는 돌

"왜?"

"모르지. 다라스트 씨, 당신도 알다시피 그 사람들은 황인종이잖아."

그러나 숲이 약간 밝아지고, 길은 미끄럽기는 했지만 한결 수월해졌다. 차바퀴가 모래 위에서 헛돌았다. 문으로 축축하고 미지근한, 그리고 약간 싸한 바람이 들어왔다.

"냄새 맡아봐" 하고 운전사는 주렸다는 듯이 크게 숨을 들이마시면서 말했다. "멋진 바다야. 이구아프가 멀지 않았거든."

"휘발유가 충분할지 모르겠네" 하고 다라스트가 말했다. 그리고 그는 태평스럽게 다시 잠들었다.

이른 아침, 다라스트는 침대 위에 앉아 자신이 이제 막 잠에서 깬 방을 놀란 눈으로 둘러봤다. 높다란 벽은 중턱까지 갈색으로 말끔하게 회칠이 되어 있었다. 그 위로는 흰 칠을 한 지가 벌써 오래된 모양인지 지금은 누르스름한 칠껍질이 천장까지 뒤덮고 있었다. 여섯 개의 침대가 두 줄로 마주 보며 놓여 있었다. 다라스트는 자기 줄의 맨 끝 침대만이 흐트러져 있는 것을 봤다. 그 침대는 벌써 비어 있었다. 그때 문득 왼편에서 들려오는 소리에 그는 문 쪽으로 몸을 돌렸다. 양손에 각각 광천수를 한 병씩 든 소크라트가 미소를 띠며 서 있었다. "행복한 추억!" 하고 그가 말했다. 다라스트는 정신을 차려 생각해봤다. 그렇다. 어제 시장市長이 그들을 유숙케 한 병원의 이름이 '행복한 추억'이었다. "확실한 추억이지" 하고 소크라트는 말을 이

었다. "우선 병원을 먼저 짓고 물막이 공사는 그다음이라고 그랬어. 그러니 그때까지 기다리는 동안은 행복한 추억이지. 자, 이 톡 쏘는 물로 세수해봐." 그는 웃어대며, 노래를 부르면서 사라졌다. 그가 밤새도록 요란스런 재채기를 해대는 바람에 다라스트는 한숨도 자지 못했는데도, 정작 장본인은 조금도 피로한 기색이 없었다.

이제 다라스트는 완전히 잠을 깼다. 그의 앞, 철책을 친 창문 너머로 보이는 것은 붉은 흙이 깔린 작은 마당이었는데 비에 흠뻑 젖어 있었다. 키 큰 알로에 다발 위로 빗물이 소리 없이 흘러내리는 것이 보였다. 한 여인이 머리 위에 쓴 노란 스카프를 팔 끝으로 붙잡아 누르면서 지나갔다. 다라스트는 다시 누웠다가 이내 몸을 일으켜 침대에서 빠져나왔다. "너 찾아왔대, 다라스트 씨. 시장이 밖에서 기다려." 그러나 다라스트의 표정을 보고는 "서두르지 않아도 돼. 바쁜 사람은 절대 아냐" 하고 말했다.

광천수로 면도를 하고 나서 다라스트는 건물의 현관으로 나왔다. 날씬한 몸매에 금테 안경을 쓰고 귀여운 족제비 같은 얼굴을 하고 있는 시장은 우울한 눈길로 골똘하게 내리는 비를 바라보고 있었다. 그러나 다라스트를 보자마자, 매혹적인 미소를 띠면서 표정이 일변했다. 작은 몸집을 곧추세우며 달려와 그는 '기사님'의 허리를 팔로 휘감으려는 듯했다. 바로 이때 마당의 나지막한 벽 저편에서 차 한 대가 나타나 그들 앞에서

자라나는 돌

브레이크를 걸더니 젖은 진흙 속으로 미끄러지면서 비스듬히 섰다. "판사님이군!" 하고 시장이 말했다. 판사도 시장처럼 감색 옷을 입고 있었다. 그러나 그는 시장보다 훨씬 젊었다. 적어도 세련된 몸매와 놀란 소년 같은 산뜻한 얼굴 때문에 젊게 보였다. 그는 그들을 향해 매우 우아한 걸음걸이로 물웅덩이를 피하면서 마당을 건너왔다. 몇 걸음 앞에서부터 그는 다라스트에게 두 팔을 내밀면서 환영의 뜻을 표했다. 기사 나리를 환영하는 것이 자랑스럽다는 뜻이었다. 기사님은 이 보잘것없는 마을을 위해서는 영광이 아닐 수 없으며, 지대가 낮은 구역의 주기적인 홍수를 막아줄 저 작은 제방을 건설함으로써 기사님께서 이구아프에 베풀어주시려고 하는 헤아릴 길 없는 봉사에 대하여 기쁨을 금할 수 없다. 물을 다스리고 강을 정복한다는 것, 아! 얼마나 위대한 직업인가. 분명 이 가난한 이구아프의 주민들은 기사님의 이름을 길이 기억할 것이며 여러 해가 거듭되도록 기도할 때마다 그의 이름을 입에 올릴 것이다. 그렇듯 마음을 사로잡는 웅변에 압도되어 다라스트는 그저 감사할 따름이었고 도대체 판사가 제방 건설과 무슨 관련이 있는지에 대하여 감히 의문을 품어보지도 못했다. 그런데 시장의 말에 의하면 지대가 낮은 지역으로 가보기 전에 우선 클럽에 가서 지방 유지들의 정중한 환영을 받아야 한다고 했다. 유지라니, 어떤 사람들 말인가?

"에 또" 하고 시장은 입을 열었다. "시장인 저와 여기 계시는

적지와 왕국

항무관港務官 카르발로 씨, 그리고 그 이하 몇몇 사람들이지요. 하기야 그 점은 염려하실 것 없습니다. 그들은 프랑스 말을 모르니까요."

다라스트는 소크라트를 불러 정오경에 다시 만나자고 말했다.

"알았어. 라퐁텐 공원에나 가보지."

"공원에?"

"응, 누구나 다 아는 곳이지. 걱정 마. 다라스트 씨."

다라스트가 밖으로 나오면서 본 것이지만, 병원은 숲의 가장자리에 있어서 우거진 잎들이 지붕 위까지 늘어져 있었다. 나무들 위로는 온통 가랑비 장막이 뒤덮고 있었고 빽빽한 숲은 거대한 해면처럼 물의 장막을 빨아들이고 있었다. 도시는 흐린 빛의 기와를 얹은 약 100호 가량의 집들로 이루어져 숲과 강 사이에 퍼져 있었는데 멀리 강의 물결 소리는 이 병원에까지 들려오고 있었다. 차는 우선 물에 젖은 골목길로 들어섰다가 이내 제법 넓고 네모난 광장으로 빠져나왔다. 광장의 붉은 진흙 바닥 위에는 수많은 물웅덩이 사이로 타이어 자국과 쇠바퀴, 나막신 자국들이 남아 있었다. 그 주변으로는 여러 색깔로 초벽을 바른 나지막한 집들이 광장을 에워싸고 있었는데, 그 뒤로는 식민지 스타일의 푸르고 하얀 교회의 둥근 탑 두 개가 보였다. 이 헐벗은 풍경 위로는 하구에서 풍겨오는 소금 냄새가 떠다니고 있었다. 광장 한복판에는 비에 젖은 몇몇 그

자라나는 돌

림자들이 서성거렸다. 나란히 서 있는 집들을 따라 가우초*, 일본 사람, 혼혈 인디언, 이곳에서는 이국적으로 보이는 짙은 색 신사복의 우아한 유지 등, 가지각색의 무리들이 느린 동작으로 어슬렁어슬렁 걸어가고 있었다. 그들은 차가 지나가자 길을 비켜주기 위해서 천천히 옆으로 피해 서서 발걸음을 멈춘 후 눈으로 차를 좇곤 했다. 광장의 어떤 집 앞에서 차가 멈추자, 비에 젖은 가우초 한 떼가 말없이 둥그렇게 차 주위를 에워쌌다.

2층에 대나무 카운터와 얇고 작은 양철판 테이블을 갖추어 놓은 일종의 바 같은 이 클럽에는 유지들이 많이 모여 있었다. 시장이 손에 술잔을 들고 다라스트를 환영하는 뜻에서, 그리고 모든 사람들의 행복을 위하여 건배하고 나자 모두들 주빈인 그에게 경의를 표하며 사탕수수술을 마셨다. 그러나 다라스트가 창가에서 술을 마시고 있으려니까 승마복에 각반을 친 어떤 험상궂은 사내가 그에게 오더니 약간 비틀거리면서 빠른 말투로 알아들을 수 없는 말을 늘어놓았다. 그중에서 기사가 알아들을 수 있었던 것은 '여권'이라는 한 마디뿐이었다. 그는 망설이다가 증명서를 꺼냈고 사내는 노골적으로 불쾌한 표정을 지어 보였다. 그는 다시 뭐라고 늘어놓으면서 여권을 기사

* 남아메리카의 팜파스에 사는 주민의 통칭.

　　　　　　　　　　　　　　　　　　적지와 왕국

의 콧등 앞에다 대고 흔들었고 기사는 태연하게 이 성난 사내를 응시했다. 그때 판사가 웃음지으며 다가와서 무슨 일이냐고 물었다. 주정꾼은 건방지게 간섭하고 나선 이 허약한 위인을 잠시 훑어보더니 위태롭게 휘청거리면서 새로운 상대의 눈앞에다 대고 여권을 다시 한번 흔들었다. 다라스트는 느긋이 테이블 옆으로 가서 앉아 기다렸다. 대화는 몹시 험악해졌다. 별안간 판사는 도저히 그에게서는 상상할 수도 없는 큰소리로 호통을 쳤다. 그러자 전혀 예상 밖으로 그 험상궂은 사내는 돌연 잘못을 지적당한 어린아이처럼 뒤로 물러났다. 마지막으로 떨어지는 판사의 호통에 그는 벌을 받은 열등생처럼 비실거리면서 문 쪽으로 향하더니 사라져버렸다.

판사는 이내 다라스트에게 와서 그 무례한 사나이는 경찰 서장인데 감히 여권이 규칙대로 되어 있지 않다고 우기더라는 것과, 이 무례한 언동에 대해서는 처벌이 내려지리라는 것을 다시 부드러워진 음성으로 설명했다. 그후 카르발로 씨가 둥 그렇게 둘러앉아 있는 유지들에게 말을 건네면서 그들에게 뭐라고 묻는 것 같았다. 간단한 의논이 끝나자 판사는 다라스트에게 엄숙한 사과의 뜻을 표하고, 이구아프의 모든 주민들이 응당 가져야 할 감사와 존경의 마음을 그처럼 망각하게 된 것은 오로지 술에 취한 탓이었음을 헤아려주실 것과, 끝으로 불미스러운 행동을 한 인물에 대하여 내려야 할 처벌을 다라스트 자신이 결정해줄 것을 바라 마지않는다고 했다. 다라스트

는, 자기로서는 처벌을 원치 않는다, 그것은 대수롭지 않은 일이다, 자신은 무엇보다 먼저 강에 가보고 싶다고 말했다. 그러자 시장이 나서면서 아주 다정스러운 어조로 처벌은 진정 불가피하다는 것, 귀하신 손님께서 그의 운명을 결정지을 때까지 죄인은 구류될 것이라고 잘라 말했다. 어떠한 항변으로도 이 미소어린 엄격함을 꺾을 수가 없겠기에 다라스트는 생각해보겠다고 약속할 수밖에 없었다. 그러고 나서 저지대 마을을 방문하기로 했다.

강은 벌써 얕고 미끄러운 양쪽 기슭 위로 누런 황톳물을 널따랗게 펼치고 있었다. 그들은 이구아프의 마지막 집들을 뒤에 남기고, 강과 깎아지른 높은 언덕 사이에 이르렀다. 그 언덕 비탈에는 흙과 나뭇가지로 얽은 오두막집들이 매달려 있었다. 그들 앞으로는 건너편 기슭과 마찬가지로 둑의 끝에서부터 곧장 숲이 시작되고 있었다. 그러나 나무들 사이의 탁 트인 공간 쪽으로 강폭이 갑자기 넓어지면서 저쪽의 어렴풋한 선에까지 이르고 있었다. 누렇다기보다는 약간 회색빛이 도는 그 선이 바다였다. 다라스트는 아무 말 없이 언덕을 향해 걸어갔다. 언덕의 측면에는 범람했던 물의 여러 수위들이 아직도 선연한 자국으로 남아 있었다. 진흙투성이의 샛길이 오두막집으로 올라가고 있었다. 오두막집 앞에서는 한 떼의 흑인들이 말없이 서서 낯선 사람들을 바라보고 있었다. 몇몇 부부들은 손을 마주잡고 있었고, 둑 가장자리에는 어른들 앞에 배가 볼록하게

튀어나오고 엉덩이는 빈약한 흑인 아이들이 둥근 눈을 크게
뜨고 서 있었다.

　오두막집 앞에 당도하자 다라스트는 손짓으로 항무관을 불
렀다. 그는 웃는 얼굴의 뚱뚱한 흑인으로 흰 제복 차림이었다.
다라스트는 그에게 스페인어로 오두막집에 들어가볼 수 있느
냐고 물었다. 항무관은 아무 문제 없다고 말하고, 아주 좋은 생
각이라는 말까지 하면서 기사님은 여러 흥미로운 일들을 발견
할 것이라고 했다. 그는 흑인들에게로 가서 말을 걸더니 다라
스트와 강을 가리키면서 길게 이야기했다. 다른 사람들은 말
없이 듣고만 있었다. 항무관의 얘기가 끝나도 아무도 움직이
는 사람이 없었다. 그는 다시 한번 초조한 음성으로 말했다.
이윽고 그중 한 사람을 불러세워서 묻자 그는 고개를 흔들었
다. 그때 항무관은 명령적인 말투로 짧게 몇 마디를 내뱉었
다. 그 사람은 무리에서 앞으로 나오더니 다라스트를 마주 보
고 몸짓으로 그에게 길을 가리켰다. 그러나 그의 시선은 적대
적이었다. 짧은 머리털이 희끗희끗한 꽤 나이 먹은 사내였다.
야위고 피부가 거친 얼굴이었지만 단단하고 마른 어깨와 무
명 바지나 찢어진 셔츠 사이로 탐스러운 근육이 보이는, 아직
도 젊은 몸을 하고 있었다. 그들이 앞장섰고 뒤에는 항무관과
한 떼의 흑인들이 따라왔다. 그들은 훨씬 급하게 경사진 또 하
나의 언덕을 올라갔다. 그곳에는 흙과 양철과 갈대로 지은 오
두막집들이 간신히 땅에 매달려 있었다. 큼직한 돌들을 가지

고 그 기초를 다져야만 했을 정도로 경사진 곳이었다. 그들은 샛길을 내려오는 한 여자를 지나쳤다. 그 여자는 물이 가득한 양철통을 머리에 높이 이고 있었는데, 맨발이어서 이따금 미끄러지곤 했다. 이윽고 그들은 세 채의 오두막집이 둘러선 일종의 광장과 같은 곳에 이르렀다. 사내는 그중 한 집으로 걸어가더니 칡으로 돌쩌귀를 맨 대나무 문을 밀었다. 그는 아무 말없이 옆으로 비켜서면서 여전히 무표정한 눈길로 기사를 빤히 쳐다봤다. 집안에 들어서자 다라스트가 처음 본 것은 방 한복판의 맨땅 위에 피워놓은 꺼져가는 불뿐이었다. 이윽고 안쪽 한 모퉁이에 시트도 씌우지 않은 채 푹 꺼진 구리 쇠침대 하나와 또 한 모퉁이에 질그릇들을 잔뜩 늘어놓은 식탁, 그리고 두가구 사이에 생조르주의 모습을 그린 싸구려 채색화가 모셔져 있는 일종의 발판 같은 것을 볼 수 있었다. 그 밖에는 입구 오른편에 쌓인 누더기옷, 그리고 천장에 걸려 불 위에서 마르고 있는 여러 빛깔의 허리옷이 고작이었다. 다라스트는 가만히 선 채 땅바닥에서 풍겨 올라오는 연기와 가난의 냄새를 들이마셨다. 목이 탁 막히는 냄새였다. 뒤에서 항무관이 손뼉을 쳤다. 기사는 돌아섰다. 문턱에서 빛을 등지고 서 있는 그는 어떤 흑인 처녀의 우아한 실루엣이 가까이 다가오고 있는 것을 볼 수 있을 따름이었다. 처녀는 그에게 무엇인가를 내밀었다. 다라스트는 잔을 받아 들고 그 안에 담긴 뻑뻑한 사탕수수 술을 마셨다. 처녀는 쟁반을 내밀어 빈 잔을 받고 나서는 밖으로

적지와 왕국

나갔다. 그 동작이 어찌나 유연하면서도 생기에 넘쳐 있었는지 다라스트는 문득 그녀를 붙잡고 싶었다.

그러나 그녀를 뒤따라 밖으로 나온 그는 오두막집 주위에 잔뜩 모여 있는 흑인과 유지들 무리 속에서 그 여자를 찾을 수가 없었다. 그가 노인에게 감사의 말을 하자 노인은 말 한 마디도 하지 않은 채 허리만 굽힐 따름이었다. 이윽고 그는 자리를 떠났다. 항무관은 뒤에서 다시 설명을 되풀이하면서, 언제나 리우 주재 프랑스 상사가 공사에 착수할 수 있겠는지, 그리고 우기가 닥쳐오기 전에 제방이 완성될 수 있겠는지를 물었다. 다라스트로서는 알 수도 없었거니와, 실상 그것은 생각지도 않고 있었다. 그는 느낄 수도 없을 만큼 가늘게 내리는 비를 맞으면서 시원한 강을 향해 내려갔다. 그는 이곳에 도착한 이래 끊임없이 들려오고 있던 그 크고도 광막한 소리에 귀를 기울였다. 그것이 물살 소리인지 나무들에서 나는 소리인지는 잘 알 수 없었다. 강기슭에 이르자 그는 멀리 불분명하게 보이는 바다의 선, 수천 킬로미터에 걸쳐 펼쳐진 외로운 물과 아프리카, 그리고 그 너머 그가 떠나온 유럽을 바라봤다.

"항무관!" 하고 그는 입을 열었다. "이제 막 보고 온 그 사람들은 무엇으로 먹고사나요?"

"시킬 일이 있을 때는 일을 하고 살죠. 우리는 가난합니다" 하고 항무관이 말했다.

"그 사람들이 제일 가난한가요?"

"그 사람들이 제일 가난합니다."

바로 그때 판사가 날씬한 구두를 신고 날렵하게 미끄러지듯
이 다가오더니, 그들에게 일거리를 마련해주실 기사님을 그들
은 벌써 좋아하고 있다고 말했다.

"그런데 말입니다, 그들은 매일같이 춤추고 노래한답니다"
하고 그는 말했다.

그러고는 난데없이, 처벌에 대해서는 생각해보았는지를 다
라스트에게 물었다.

"무슨 처벌 말씀인가요?"

"아니, 그 서장 말입니다."

"그냥 두세요."

판사는 그럴 수는 없다면서 처벌을 해야만 한다고 말했다.
다라스트는 벌써 이구아프 쪽을 향해 걸어가고 있었다.

신비롭고 아늑한 라퐁텐 공원에는 기이한 꽃송이들이 부슬
비를 맞으며 바나나나무와 판다누스* 사이로 열대 칡넝쿨을 따
라 주렁주렁 매달려 있었다. 축축한 돌멩이들을 쌓아놓은 무
더기가 오솔길 교차점을 표시하고 있었는데, 지금 이 시각 그
곳에는 여러 피부빛의 사람들 무리가 오가고 있었다. 백인과

* 종려나무의 일종으로 그 열매는 식용이다.

인디오의 혼혈인, 흑백 혼혈인, 그리고 몇몇 가우초들이 나직한 음성으로 이야기를 주고받는가 하면, 언제나와 다름없이 느린 걸음걸이로 대나무 오솔길로 들어서서, 저편 숲과 덤불이 더욱 빽빽해지다가 이윽고 발도 들여놓을 수 없게 되는 곳으로 모습을 감췄다. 바로 거기서부터 돌연 밀림이 시작되고 있었다.

사람들의 무리 가운데서 다라스트가 소크라트를 찾고 있으려니까 등 뒤에서 그가 불쑥 나타났다.

"축제야" 하고 소크라트가 웃으면서 말했다. 그러고는 키 큰 다라스트의 어깨를 짚고 그 자리에서 펄쩍 뛰었다.

"무슨 축제?"

"아니" 하고 다라스트와 마주 보며 서 있는 소크라트는 깜짝 놀라며 물었다. "그것도 몰라? 예수님 축제라구. 해마다 모두들 망치를 들고 동굴로 오는 거야."

그러나 소크라트가 보여준 것은 동굴이 아니라, 공원 한 모퉁이에서 무엇인가를 기다리고 있는 듯 보이는 한 무리의 사람들이었다.

"그런데 말이지! 어느 날 예수님의 조각상이 바다에서 강을 거슬러 왔었거든. 어부들이 그걸 발견한 거야. 얼마나 아름다웠는지! 정말이지 얼마나 아름다웠는지! 그래, 그들은 여기 이 동굴에서 동상을 씻었어. 그랬더니 이제는 동굴에서 돌이 하나 돋아난 거야. 그래서 해마다 축제를 여는 거라구. 망치로

자라나는 돌

돌을 깨는 거야. 축복받기 위해서 돌 조각을 깨는 거야. 그런데 이게 웬일이야, 돌은 여전히 자라거든. 깨고 또 깨도 자라나는 거야. 기적이지."

그들은 동굴에 이르렀다. 기다리는 사람들의 머리 위로 입구가 보였다. 그 안에서는 흔들리는 촛불이 어렴풋이 비추고 있고 어둠 속에서 몸을 웅크린 형체 하나가 망치로 돌을 치고 있었다. 사내는 깡마르고 콧수염이 길게 자란 가우초였다. 그는 자리에서 일어나 밖으로 나왔다. 모든 사람에게 벌려 보인 그의 손바닥 안에는 축축한 작은 돌 조각 하나가 들려 있었는데, 잠시 후 그는 조심스럽게 다시 손을 오므려 그것을 꼭 쥐더니 사라졌다. 그러자 또 한 사람이 몸을 구부리면서 동굴 안으로 들어갔다.

다라스트는 몸을 돌려 살펴봤다. 그의 주위에는 순례자들이 나무들로부터 얇은 베일처럼 내리고 있는 비를 맞으면서 그는 거들떠보지도 않은 채 무심하게 차례를 기다리고 있었다. 다라스트 역시 동굴 앞에서 똑같은 안개비를 맞으며 기다리고 있었다. 그런데 무엇을 기다리는 것인지 알 수 없었다. 실상 그는 이 나라에 도착한 후 한 달이 지나도록 끊임없이 기다리고 있었다. 무더운 날의 붉은 더위 속에서, 밤하늘 자잘한 별들 아래서 기다렸다. 제방을 쌓고 길을 닦는 등 그가 맡은 임무들에도 불구하고 마치 여기 와서 하려는 일은 오히려 하나의 구실일 뿐이라는 듯, 일찍이 상상도 못했지만 이 세상 끝에서 참

을성 있게 그를 기다려온 어떤 뜻밖의 사건, 혹은 어떤 만남의 기회일 뿐이라는 듯 그는 무언가를 기다렸다. 그는 꿈에서 깨어난 듯 몸을 털고 자리를 떠났다. 그러나 이 작은 무리 가운데 아무도 그에게 주의를 기울이는 사람은 없었다. 그는 출구 쪽으로 걸어갔다. 그는 강으로 돌아가 일을 해야 했다.

그러나 소크라트가 문에서 그를 기다리고 있었다. 그는 키가 작고 뚱뚱하며 몸이 딱 벌어진 한 사내와 정신 없이 지껄이고 있었는데 검다기보다는 노란 피부의 이 사내는 머리통을 깨끗이 민 탓인지 참하게 둥근 이마가 한결 더 훤해 보였다. 반대로 미끈하고 넓은 얼굴에는 네모꼴로 가꾼 새카만 턱수염이 덮여 있었다.

"이 사람은 챔피언이야!" 하고 소크라트가 소개를 대신해서 말했다. "내일 행진을 하는 사람이지."

두꺼운 서지 세일러복을 입고 작업복 상의 속에는 푸르고 하얀 줄무늬의 티셔츠를 입은 이 남자는, 검고 차분한 눈길로 유심히 다라스트를 뜯어보고 있었다. 동시에 두툼하고 번들거리는 입술 사이로 그는 하얀 이를 온통 드러내 보이면서 웃었다.

"이 사람은 스페인어를 할 줄 알아" 하고 소크라트는 말하더니 그 낯선 사람을 돌아보면서, "다라스트 씨한테 얘기 좀 해" 하고 말했다. 그리고 나서 그는 춤을 추면서 딴 사람들 무리 쪽으로 가버렸다. 남자는 웃음을 그치더니 노골적인 호기심을 나타내며 다라스트를 바라봤다.

자라나는 돌

"선장님, 재밌어?"

"난, 선장이 아닌데요" 하고 다라스트가 말했다.

"아무래도 좋아. 하지만 어쨌든 귀족이시거든. 소크라트가 그랬어."

"난 아니야. 할아버지가 그랬었지. 할아버지의 아버지, 그 이전의 조상 모두가 그랬었지만, 이제 우리나라에 귀족은 없어."

"아!" 하고 흑인은 웃으면서 말했다. "알겠어. 모두가 다 귀족이란 말이지."

"아니, 그런 것이 아니야. 귀족도 평민도 없다는 거야."

상대방은 한참 생각해보더니 마음을 정한 듯 말했다.

"아무도 일하지 않고, 아무도 고생하지 않나?"

"그래, 수백만이 모두."

"그렇다면 그건 백성이네."

"그렇다고 할 수 있지. 백성이지. 하지만 백성의 주인은 경찰관이나 상인이지."

혼혈인의 호의적인 얼굴은 다시 굳어졌다. 이윽고 그는 중얼거렸다.

"음! 사고 팔고 그런다 이거지! 더러운 짓이야! 경찰과 손잡고 개 같은 놈들이 다스리는군!"

느닷없이 그는 웃음을 터뜨렸다.

"그래, 당신은 팔지 않아?"

"거의 안하지. 나는 다리와 길을 만들어."

"그건 좋아! 난 배를 타고 요리를 해. 원한다면 우리식 검은 콩 요리를 해주지."

"좋고말고."

요리사는 다라스트에게 가까이 다가서더니 그의 팔을 붙잡았다.

"난 말이지, 당신 하는 말이 맘에 들어. 나도 말해줄 게 있어. 아마 재미있어할걸."

그는 다라스트를 근처에 있는 대나무숲 아래 축축한 나무 벤치로 데리고 갔다.

"나는 이구아프 앞바다에 나가 있었어. 연안을 오가며 해안 항구들에 기름을 대주는 작은 유조선을 탔거든. 배에서 불이 났지. 내 잘못으로 그런 건 아니고. 난 내가 맡은 일은 제대로 하니까! 그게 아니고 운이 나빴어! 보트를 바다에 내려놓기는 했지만, 밤중에 파도가 일어서 보트가 그만 뒤집히고 말았어. 난 물 속에 빠졌어. 다시 물 위로 솟아오르다가 머리로 보트를 받았지. 그래서 표류했어. 밤은 캄캄하고 물결은 센 데다가 헤엄은 서투른지라 겁이 나더군. 그런데 문득 멀리 불빛이 보였어. 자세히 보니 이구아프의 봉 제수스 성당의 둥근 지붕인 거야. 그래서 만일 살려만 주신다면 오십 킬로그램짜리 돌을 머리에 이고 행진하겠다고 예수님께 맹세했어. 그랬더니 믿지 않을지 모르지만, 물결이 잔잔해지고, 또 내 마음도 잔잔해지

자라나는 돌

는 거야. 난 천천히 헤엄쳤어. 얼마나 기뻤는지 몰라. 그래 해안에 닿은 거야. 내일 나는 약속을 지킬 거야."

그는 돌연 의심쩍은 눈길로 다라스트를 바라봤다.

"웃는 거 아니지, 응?"

"웃는 거 아냐. 약속한 것은 지켜야 해."

상대는 그의 어깨를 툭 쳤다.

"자 그럼, 강가에 있는 우리 형네 집으로 가자구. 콩요리를 해줄 테니."

"아니야" 하고 다라스트가 말했다. "할 일이 있어. 괜찮다면 오늘 저녁으로 하지."

"좋아. 하지만 오늘 밤엔 큰 오두막집에서 춤추고 기도하는 걸. 생조르주 축제일이야."

다라스트는 너도 춤추느냐고 그에게 물었다. 그러자 갑자기 요리사의 얼굴이 굳어졌다. 그의 두 눈이 처음으로 뭔가를 피하는 것 같았다.

"아니, 아냐. 난 안 출거야. 내일 돌을 메야 하거든. 돌은 무거워. 오늘 저녁 성자의 축제에 가기는 하겠지만 곧 나올 거야."

"오래 걸리나?"

"밤새도록, 그리고 아침 나절까지."

그는 어딘가 수치스러워하는 듯한 표정으로 다라스트를 바라봤다.

"춤추는 데 와. 왔다가 나중에 날 데리고 나와줘. 그렇게 해주지 않으면 난 남아서 춤출 것 같아, 아마 참지 못할 거야."

"춤을 좋아하는군?"

요리사의 두 눈이 입맛이라도 다시는 듯 빛을 발했다.

"아, 그럼! 좋아하지. 게다가 담배도 있고 성자도 있고 여자들도 있거든. 만사 다 잊어버리는 거야. 명령에 복종할 일도 없고."

"여자들? 시내의 여자들 모두?"

"시내의 여자들이 아니라 오두막집 동네 여자들이야."

요리사는 미소를 되찾았다.

"오라고. 선장님의 말이면 난 복종해. 내일 약속을 지키도록 날 도와줘야 해."

다라스트는 막연하게 짜증이 나는 것을 느꼈다. 이 어처구니없는 약속이 나와 무슨 상관이람! 그러나 그는 완전히 믿는다는 듯 씩 웃고 있는 환하고 잘생긴 얼굴을 바라봤다. 검은 피부가 건강과 생명에 빛나고 있었다.

"그럼 지금은 잠시 동안 바래다 줄게."

"좋아, 갈게" 하고 그는 말했다.

바로 이때 왠지는 모르지만 그 흑인 처녀가 그에게 환영의 선물을 바치던 광경이 새삼스레 떠올랐다.

그들은 공원을 나와 진흙투성이의 골목길들을 따라 걷다가 움푹하게 파진 광장으로 나왔다. 주위를 에워싸고 있는 집들

이 별로 높지 않아서 광장은 더욱 넓어 보였다. 비가 더 많이 오는 것도 아니었는데 석회벽 위에는 축축한 물기가 흘러내리고 있었다. 하늘의 해면처럼 젖은 공간을 뚫고 강과 나무들의 수런대는 소리가 나직이 그들에게까지 들려왔다. 그들은 같은 걸음걸이로 걸었다. 다라스트는 무거운 걸음이었고, 요리사는 힘찬 걸음이었다. 이따금씩 요리사는 고개를 들고 같이 걷는 동행에게 씩 웃어 보이곤 했다. 그들은 집들 저 너머로 보이는 성당 쪽으로 접어들어 광장 끝에 이르렀다가 다시 진흙투성이의 골목길을 따라갔다. 그곳에는 코를 찌르는 듯한 음식 냄새가 떠돌고 있었다. 때때로 어떤 여자가 접시나 무슨 조리 기구를 든 채 호기심에 찬 얼굴을 문 밖으로 내밀었다가 이내 사라지곤 했다. 그들은 교회 앞을 지나 마찬가지로 나지막한 집들 사이로 오래 된 구역 깊숙이 들어갔다. 그러자 돌연 다라스트가 이미 알고 있는 오두막집 동네 뒤로 눈에 보이지 않는 강물 소리가 밀어닥쳤다.

"됐어. 이제 난 그만 가봐야겠어. 오늘 저녁 만나지" 하고 그는 말했다.

"그래. 교회 앞에서…."

그러나 요리사는 이렇게 말하면서 다라스트의 손을 잡았다. 잠시 망설이더니 마침내 결심한 듯 말했다.

"당신은 한 번도 하느님을 불러대면서 서약한 적이 없어?"

"있어. 한 번 그랬던 것 같아."

"난파당했을 때?"

"그렇다고 해두지." 그리고 다라스트는 갑자기 손을 뺐다. 그러나 발길을 돌리려다가 요리사와 시선이 마주쳤다. 그는 머뭇거렸다. 그리고 미소를 지었다.

"중요한 건 아니지만 얘기하지. 누군가가 내 잘못으로 죽어가는 참이었어. 그때 하느님을 불렀던 것 같아."

"서약을 했어?"

"아니. 그러고 싶은 심정이었지만….."

"오래된 일이야?"

"여기 오기 조금 전이야."

요리사는 두 손으로 수염을 쥐었다. 그의 눈이 빛나고 있었다.

"당신은 선장이야. 우리집이 당신 집이고. 그리고 내가 약속을 지키도록 좀 도와줘. 당신이 직접 하는 것이나 다름없는 일이니까. 아마 당신한테도 도움이 될 거야."

다라스트는 미소를 지었다.

"그럴 것 같지는 않는데."

"오만하시군, 선장님."

"오만했었지, 하지만 이젠 외로운 몸이야. 그래 어디 자네 예수님은 늘 응답을 해주던가?"

"늘? 그렇진 않지, 선장님!"

"그럼?"

　　　　　　　　　　　　　　　자라나는 돌

요리사는 신선하고 어린애 같은 웃음을 터뜨렸다.

"그거야 그분 자유지, 안 그래?"

다라스트는 클럽에서 유지들과 더불어 식사를 했고, 시장은 그에게 시市 방명록에 서명해달라고 했다. 적어도 이구아프를 찾아와주신 이 대단한 사실의 증거는 남도록 하고 싶다는 의미였다. 한편 판사 또한 귀빈의 덕과 재능뿐만 아니라, 그가 영광스럽게도 속해 있는 위대한 나라를 대표하는 데 있어서 보여준 그 단순 소박함을 찬양하기 위해 새로운 문구들을 몇 마디 생각해냈다. 다라스트는 다만, 스스로 생각해봐도 그것은 분명 영광이라고 아니할 수 없겠지만, 또한 이 장기간을 요하는 공사의 입찰권을 얻어낸 것은 자기 회사로서도 이익이 되는 것이라고 말했다. 그 말을 듣자 판사는 그 같은 겸손에 감탄을 금치 못한다고 했다.

"그건 그렇고, 경찰서장을 어떻게 처벌할 것인지 생각해보셨습니까?" 다라스트는 빙그레 웃으면서 그를 쳐다봤다.

"방법을 찾아냈죠."

만약에 경거망동한 사람을 그의 이름으로 용서해주신다면 자신은 그것을 자기 개인에게 베풀어주시는 호의요, 더 이상 바랄 수 없는 은사와 같은 것으로 생각할 것이었다. 그것은 곧 이구아프라는 아름다운 도시와 그 관대한 주민들을 알게 되어 기쁘기 이를 데 없는 다라스트로서 자신의 체류가 화합과 우정의 분위기 속에서 시작할 수 있는 계기가 되도록 하기 위함

이었다. 판사는 조심스럽게 미소를 띠면서 고개를 끄덕였다. 그는 한동안 그 방면의 전문가로서 그러한 표현을 깊이 음미해보고 난 다음 참석자들 쪽으로 돌아서서 말하여 그들 모두가 위대한 프랑스 국민의 관대한 전통에 박수를 보내도록 했다. 그러고는 다시금 다라스트를 돌아보며 심심한 만족의 뜻을 표했다. "이렇게 된 이상 오늘 저녁 서장과 함께 식사를 하는 것이 좋겠습니다" 하고 그는 결론지었다. 그러나 다라스트는 친구들로부터 오두막집 동네에서 열리는 춤의 의식에 초대를 받았노라고 말했다. "아아, 그렇군요! 그곳에 가신다니 참 잘됐습니다. 가보시면 알게 되겠지만 사랑하지 않을 수 없는 사람들이지요."

그날 저녁에 다라스트, 요리사, 그리고 그의 형은 오두막집 한가운데의 꺼진 불 주위에 둘러앉아 있었다. 다라스트가 아침에 이미 한번 와보았던 집이었다. 그 형은 그를 다시 보고도 놀라는 빛을 보이지 않았다. 스페인어를 거의 모르는 듯 대개는 고개를 끄덕거리는 것이 고작이었다. 한편 요리사는 대성당들에 대하여 관심이 많았고, 검은콩을 넣고 끓이는 수프에 관해서 길게 이야기를 늘어놓았다. 이제 해가 거의 저물어서 다라스트는 여전히 요리사와 그의 형은 볼 수 있었지만, 오두막 안쪽의 노파와 그에게 계속 음식을 갖다 주던 여자의 웅크린 실루엣들은 분간하기가 어려웠다. 저 멀리 아래쪽에서는

자라나는 돌

단조로운 강물 소리가 들려오고 있었다.

　요리사가 자리에서 일어나 말했다. "시간이 됐어." 그들은 일어섰다. 그러나 여자들은 움직이지 않았다. 남자들만 밖으로 나갔다. 다라스트는 어찌해야 할지 몰라 망설이다가 이윽고 다른 사람들과 합류했다. 이제 밤이 되었고 비는 그쳐 있었다. 하늘은 희끄무레한 검은빛으로 아직도 젖어 있는 것 같았다. 그 투명하고 어두운 물기 속에서 지평선 위로 별들이 나직이 돋아나기 시작했다. 별들은 이내 꺼지면서 하나하나 강 속으로 떨어져 들어갔다. 마치 하늘이 마지막 빛을 똑똑 떨구기라도 하는 듯했다. 짙은 공기에서는 물과 연기 냄새가 났다. 또한 거대한 숲의 수런대는 소리가 아주 가까이 들렸다. 그러나 숲은 까딱도 않고 있었다. 돌연 북소리와 노랫소리가 멀리서 울렸다. 처음에는 어렴풋하다가 차츰 또렷해지더니 점점 더 가까이 와서는 딱 멈추고 말았다. 잠시 후 흰색의 거친 비단옷을 입은, 키가 몹시 작은 흑인 아가씨들의 행렬이 나타났다. 몸에 꼭 끼는 겉옷을 입고, 그 위에는 온갖 빛깔의 이빨 목걸이를 늘어뜨린 장승 같은 흑인 한 사람이 그들을 뒤따르고 있었다. 그의 뒤로는 흰 잠옷을 입은 일단의 남자들, 트라이앵글과 넓고 길이가 짧은 북을 든 악사들이 무질서하게 웅성대고 있었다. 요리사는 그들과 같이 가야 한다고 말했다.

　강기슭을 따라가다가 다다른 오두막집은 마지막 오두막집들에서 수백 미터 떨어져 있었는데, 큼직하고 텅 비어 있으며,

내부의 벽은 말끔하게 회칠이 되어 있어서 비교적 아늑했다. 바닥은 흙을 다져 만들었고 짚과 갈대를 이은 지붕은 한가운데의 기둥으로 받쳐져 있었고 벽은 벌거숭이였다. 안쪽에 종려나무 잎사귀를 깐 제단에는 촛불들이 잔뜩 켜져 있었지만 방의 절반을 가까스로 밝히고 있었다. 제단 위에는 생조르주가 매혹적인 표정으로 수염 난 용을 거느리고 있는 멋진 채색판화가 보였다. 제단 아래 로카유 벽지를 바른 일종의 감실에는 촛불과 물사발 사이에 뿔이 난 신의 형상을 한 붉은색으로 칠해진 작은 점토상이 하나 들어 있었다. 그것은 험상궂은 표정으로 터무니없이 큰 은종이 칼을 휘두르고 있는 모습이었다.

요리사는 다라스트를 한쪽 구석으로 데리고 갔다. 그들은 문 쪽 가까운 벽에 딱 붙어 서 있었다. "이러고 있으면 남 번거롭지 않게 나갈 수가 있거든" 하고 요리사가 소곤거렸다. 실제로 오두막집은 남자들과 여자들이 촘촘히 들어차 있어서 빈틈이 없었다. 벌써부터 열기가 오르기 시작했다. 악사들은 작은 제단 양편에 가서 자리잡았다. 남자 춤꾼들과 여자 춤꾼들은 두 개의 동심원으로 나누어졌다. 남자 춤꾼들이 안쪽이었다. 한복판에는 붉은 겉옷을 입은 흑인 추장이 자리를 잡았다. 다라스트는 팔짱을 끼고 벽에 기대었다.

그러나 추장은 원을 그리고 있는 남자 춤꾼들을 헤치고 그들에게로 다가오더니 엄숙한 표정으로 요리사에게 뭐라고 몇 마디 말을 했다. "팔짱을 끼면 안 돼, 선장님" 하고 요리사는 말

자라나는 돌

했다. "그렇게 몸을 꼭 조이고 있으면 성령이 내려오지 못하게 된다고." 다라스트는 고분고분 팔을 내려뜨렸다. 여전히 등을 벽에 기대고 서 있으니까 그 자신이 지금은 길고 무거운 사지와 벌써부터 땀으로 번들거리는 그 큰 얼굴로 해서 무슨 믿음직한 짐승의 신 같아 보였다. 장승 같은 흑인 추장은 그를 바라보더니 이윽고 만족한 듯 제자리로 돌아갔다. 이내 그가 쇳소리 나는 음성으로 첫 곡조를 뽑자 북소리의 반주와 함께 모두가 뒤따라 합창했다. 그러자 두 줄의 원을 그리고 있던 사람들은 서로 반대 방향으로 돌기 시작했다. 차라리 발 구르기와 흡사해 보이는 무겁고 힘이 들어간 춤이었는데 허리를 두 번씩 들썩거려서 가벼운 강세를 표시했다.

열기는 이미 잔뜩 달아올라 있었다. 그러나 차차 휴지가 줄고 정지 동작도 드물어지는 가운데 춤의 속도가 빨라졌다. 다른 사람들이 춤의 리듬을 늦추지 않고 있는 가운데 덩치 큰 흑인 추장이 자신도 계속 춤을 추면서 다시금 원을 헤치고 제단을 향해 나아갔다. 그는 물 한 컵과 촛불을 들고 돌아오더니 오두막 한복판에 초를 꽂았다. 그는 촛불 둘레로 두 개의 동심원을 그리면서 물을 부었다. 이윽고 그는 다시 일어서더니 지붕을 향해 광기어린 두 눈을 쳐들었다. 전신을 긴장시킨 채 꼼짝도 하지 않고 기다렸다. "생조르주가 온다. 저기 봐, 저기" 하고 요리사가 헐떡거리며 말했다. 그의 두 눈은 금방이라도 튀어나올 듯싶었다.

적지와 왕국

실제로 몇몇 춤꾼들은 이제 황홀경이나 다름없는 경지로 들어서고 있었다. 하지만 그것은 두 손을 허리에 댄 채 발걸음은 굳고, 눈은 고정되고 무표정해진 상태의 얼어붙은 황홀경이었다. 그 외의 사람들은 리듬을 점점 더 빨리하고 전신에 경련을 일으키면서 알아들을 수 없는 비명을 내지르기 시작했다. 고함소리들이 점점 높아지다가 끝내 한데 어울려 집단적인 울부짖음으로 변하자, 추장은 여전히 눈을 치켜올린 채 자신도 간신히 말이 될까 말까 한 외침소리를 길게 내질렀다. 같은 낱말이 되풀이되고 있었다. "봤지. 자기가 신의 싸움터라고 말하는 거야" 하고 요리사가 소곤거렸다. 다라스트는 그의 음성이 변한 것에 깜짝 놀라 그를 바라봤다. 그는 몸을 앞으로 기울이고 두 주먹을 꼭 쥐고 눈은 고정시킨 채 제자리에서 남들의 리듬을 따라 발을 구르고 있었다. 그때 다라스트는 자기도 언제부터인가 비록 발을 옮겨 딛는 것은 아니지만 전신의 무게로 춤을 추고 있다는 것을 알아차렸다.

　그러나 별안간 여러 개의 북들이 미친 듯이 울렸고 순간 붉은 옷을 입은 그 거대한 악마는 미쳐 날뛰었다. 눈이 불타오르고 사지가 몸 둘레로 휘도는 가운데 그는 무릎을 꺾은 채 이 다리 저 다리로 번갈아가며 착지하는데, 그 리듬이 어찌나 빨라지는지 끝내는 팔다리가 떨어져나가고 말 것만 같았다. 그러나 그는 한창 신명이 난 가운데서 문득 동작을 딱 멈추더니 우레 같은 북소리와 더불어 거만하고도 무시무시한 표정으로 회

자라나는 돌

중을 둘러봤다. 이내 한 춤꾼이 어두운 구석에서 튀어나와 무릎을 꿇더니 이 신들린 추장에게 짧은 칼 하나를 갖다 바쳤다. 장승 같은 흑인은 여전히 주위를 훑어보면서 칼을 받아들더니 이윽고 자신의 머리 위로 휘둘렀다. 바로 그때 다라스트는 이들 한복판에서 춤추고 있는 요리사를 봤다. 다라스트는 그가 나서는 것을 보지 못했었다.

불그레하고 희미한 불빛 속에서 땅바닥으로부터 숨이 막히도록 먼지가 일어나 더욱 탁해진 공기가 피부에 달라붙었다. 다라스트는 차츰 피로가 밀려드는 것을 느꼈다. 갈수록 숨쉬기가 힘들어졌다. 그는 이 춤추는 사람들이 어떻게 그 굵은 시거들을 마련했는지 알 수가 없었다. 그들은 지금 춤을 멈추지도 않은 채 담배를 피우고 있었는데 그 야릇한 냄새가 오두막에 가득 차 있어서 그는 약간 취하는 느낌이었다. 여전히 춤추면서 그의 곁을 스쳐가는 요리사만을 보고 있었다. 그 역시 담배를 피우고 있었다. "피우지 마" 하고 다라스트가 말했다. 요리사는 끊임없이 발로 리듬을 맞추면서 제정신이 아닌 권투 선수처럼 멀건 표정으로 가운데 기둥만 응시한 채 짐승 같은 소리를 내고 있었다. 그의 목덜미에는 끊임없는 전율이 길게 밀리고 있었다. 그의 곁에서는 뚱뚱한 흑인 여자가 짐승 같은 얼굴을 오른쪽에서 왼쪽으로 내두르면서 끊임없이 울부짖고 있었다. 그러나 무엇보다도 가장 끔찍한 실신 상태로 접어든 것은 젊은 흑인 여자들이었다. 두 발은 땅바닥에 붙인 채 발

끝에서 머리끝까지 전신에 경련이 일면서 차차 어깨 쪽으로 올라갈수록 동요는 점점 격렬해졌다. 그들의 머리는 문자 그대로 목이 잘린 몸뚱이에서 분리된 것처럼 앞뒤로 흔들리고 있었다. 그와 동시에 모두가 다 함께 울부짖기 시작했다. 그것은 아무런 음색도 없이 긴 집단적 비명으로 거기엔 호흡도 정지되어버렸고 억양도 없었다. 마치 근육이며 신경이며 할 것 없이 여러 사람의 몸뚱이들이 한데 묶여 지칠 대로 지친 한 줄기 비명으로 발산되면서 마침내 각자의 내부에서, 그때까지는 절대적인 침묵만 지켜왔던 어떤 존재에게 말을 부여하는 것만 같았다. 그리고 여전히 외침이 계속되는 가운데 여자들은 하나씩 하나씩 쓰러지기 시작했다. 흑인 추장은 그들 한 사람 한 사람의 옆에 무릎을 꿇고 앉아, 검은 근육질의 커다란 손으로 그들의 관자놀이를 황급히 경련하듯 꽉꽉 눌렀다. 그러자 여자들은 휘청거리면서 다시 일어나 춤추기 시작했고 또다시 울부짖었다. 처음에는 약하게, 그러나 점점 더 높고 빠르게 울부짖다가는 또 쓰러졌고 그러고는 다시 일어나서 새로 시작했으며 이러한 과정을 오래도록 되풀이했다. 마침내 전체적으로 그들의 비명이 약해지고 목소리가 변하여 목이 쉰 울부짖음 같은 것이 되었다가 그들의 전신이 딸꾹질로 흔들렸다. 지칠 대로 지친 다라스트는 움직임 없는 기나긴 춤에 근육이 뭉쳐지고 벙어리 노릇에 숨이 막혀 금방이라도 쓰러질 것만 같았다. 더위와 먼지와 담배 연기와 사람 냄새로, 이제 공기는 전

혀 들이마실 수 없게 됐다. 그는 그러나 시선으로 요리사를 찾아보려 했다. 그는 사라지고 없었다. 그래서 다라스트는 벽을 따라 미끄러지듯 주저앉아 구역질을 억지로 참으며 몸을 웅크렸다.

그가 눈을 다시 떴을 때 공기는 여전히 숨막힐 듯했지만 소리는 그쳐 있었다. 북만이 쉬지 않고 나지막하게 음률을 울리는 가운데, 오두막의 귀퉁이마다 희끄무레한 천을 둘러쓴 무리들이 발을 구르고 있었다. 그러나 그릇과 촛불을 치운 방 한복판에는 한 무리의 흑인 처녀들이 반 최면 상태에서 천천히 춤추고 있었다. 아직도 자칫하면 도를 넘어설 듯한 춤이었다. 눈은 감았지만 몸을 꼿꼿이 세운 여자들은 발끝으로 땅을 딛고 거의 제자리에서 가볍게 앞뒤로 몸을 흔들고 있었다. 그중 뚱뚱한 두 여자는 라피아 야자수 장막으로 얼굴을 가리고 있었다. 그들은 성장을 한 키가 크고 날씬한 또 다른 한 처녀를 에워싸고 있었다. 문득 다라스트는 그녀가 자기를 맞아주었던 집주인의 딸인 것을 알아차렸다. 초록빛 옷을 입은 그 여자는 앞이 높고 기병모자의 깃털을 꽂은 푸른색 거즈의 사냥모자를 쓰고 있었으며 손에는 화살을 메어 당긴 푸르고 노란 활을 들고 있었다. 화살 끝에는 여러 빛깔의 새 한 마리가 꿰어져 있었다. 후리후리한 몸 위에서 그녀의 아름다운 얼굴이 약간 뒤로 젖혀진 채 천천히 흔들리고 있었고 잠이 든 얼굴 위에는 고요하고 순진한 우수가 어려 있었다. 음악이 멈출 때면 그녀는 잠

적지와 왕국

에 취한 듯 휘청거리곤 했다. 다만 더욱 거세어진 북의 리듬만이 그녀에게 어떤 눈에 보이지 않는 버팀대가 되어주고 있는 듯이 보였다. 그녀는 그 버팀대의 둘레를 자신의 흐늘거리는 아라베스크 무늬로 휘감다가는 이윽고 음악과 함께 다시금 동작을 멈추고, 균형을 잃을 듯이 비틀거리면서 날카로운 듯한, 그러나 멜로디가 아름다운 이상한 새의 비명 같은 것을 내지르는 것이었다.

이 완만한 동작의 춤에 넋이 빠진 채 다라스트가 검은 디아나를 바라보고 있을 때 그의 앞에 요리사가 불쑥 나타났다. 그의 미끈한 얼굴은 이제 완전히 일그러져 있었다. 두 눈에서 사람 좋던 인상은 사라지고 어떤 알 수 없는 탐욕 같은 것이 번뜩일 뿐이었다. 마치 모르는 사람에게 이야기하듯이 퉁명스럽게 "늦었어, 선장님. 밤새도록 춤을 출 텐데, 사람들은 당신이 여기 머물러 있는 걸 원치 않아" 하고 말했다. 다라스트는 무거운 머리를 들고 일어나 벽을 따라 문 쪽으로 걸어가는 요리사를 뒤따랐다. 문턱에 이르자 요리사는 대나무 문을 붙잡고 서서 길을 비켜줬다. 다라스트는 밖으로 나갔다. 그는 몸을 돌리고 서 여전히 움직이지 않고 서 있는 요리사를 바라봤다. "자, 가야지. 잠시 후면 돌을 메야 할 텐데."

"난 남아 있겠어" 하고 요리사는 단호한 태도로 대답했다.

"그럼 약속은 어떡하고?"

요리사는 아무 대답도 하지 않은 채 다라스트가 한 손으로

자라나는 돌

잡고 있는 문을 조금씩 떠밀었다. 그들은 한동안 그러고 있었다. 다라스트가 먼저 어깨를 으쓱해 보이면서 손을 놓았다. 그는 자리를 떴다.

밤은 서늘하고 향긋한 냄새로 가득 차 있었다. 숲 저 너머 하늘에는 별들이 보이지 않는 안개에 흐려진 채 가냘프게 빛나고 있었다. 축축한 공기는 무거웠다. 그러나 오두막집에서 나오는 사람에게 그것은 감미로울 만큼 신선했다. 다라스트는 미끄러운 언덕을 올라가서 첫 오두막집들이 있는 곳에 이르렀다. 그는 군데군데 움푹 파인 길을 취한 사람처럼 휘청거리며 걸었다. 아주 가까운 곳에서 숲이 술렁거렸다. 강물 소리가 커지고 대륙 전체가 어둠 속에서 솟아오르고 있었다. 다라스트는 구역질이 났다. 그는 이 고장 전체를, 이 광대한 공간의 슬픔을, 숲의 청록색 빛을, 그리고 이 황량한 대하의 어둡게 출렁거리는 물소리를 송두리째 다 토해버리고만 싶었다. 이 땅은 너무 넓었다. 이곳에서는 피와 계절들이 한데 섞여 분간이 되지 않았고 시간은 물처럼 용해되고 있었다. 이곳의 삶은 땅바닥에 납작 엎드려 있었다. 이러한 삶에 어울려 들어가기 위해서는 몇 해 동안이고 진흙땅이나 마른 흙바닥에 누워 자야만 했다. 저기 유럽에서는 수치와 분노뿐이다. 그런데 여기에는 축 늘어진 채 광란하며 죽도록 춤을 추는 저 미치광이들 한가운데서 맛보는 추방 혹은 고독의 느낌뿐이다. 그러나 식물 냄새로 가득 찬 축축한 어둠을 뚫고, 잠자는 미녀가 내지르는, 상

적지와 왕국

처입은 새 울음 소리와도 같은 야릇한 외마디 소리는 아직도 그에게 들려왔다.

다라스트는 제대로 잠을 자지도 못한 채 심한 편두통으로 머리가 깨지는 듯한 느낌으로 일어났다. 축축한 열기가 미동도 하지 않는 숲과 도시를 짓누르고 있었다. 그는 지금 병원 현관 앞에서 멈춰버린 시계를 들여다보며 몇 시쯤 되었는지 잘 알지 못한 채로 기다리고 있었다. 그는 대낮의 밝은 빛과 저 아래 시내 쪽의 침묵에 놀랐다. 하늘은 거의 원색에 가까운 푸른 빛으로 퇴색한 지붕들의 처마를 내리누르고 있었다. 누르스름한 독수리들이 더위에 지쳐 꼼짝도 않은 채 병원 맞은편 지붕 위에서 잠자고 있었다. 그중 한 마리가 문득 꿈틀대며 부리를 벌리더니 보라는 듯이 날아오를 준비를 갖추었다. 이윽고 먼지투성이 날개로 몸통을 두어 번 치고서 지붕 위로 몇 센티미터쯤 솟아오르더니 다시 내려와 그 길로 잠들었다.

기사는 시내로 내려갔다. 중심의 광장은 이제 지나온 길이나 다름없이 텅 비어 있었다. 저 멀리 강의 양쪽 기슭에는 나직한 안개가 숲 위에 떠 있었다. 뜨거운 열기가 수직으로 떨어지고 있어서 다라스트는 몸을 가릴 만한 응달을 찾았다. 그때 그는 어떤 집 차양 아래서 자그마한 사람 하나가 그에게 손짓하는 것을 봤다. 가까이 가보니 소크라트였다.

"아이고, 다라스트 씨, 춤은 재미있었어?"

자라나는 돌

다라스트는 오두막집 안이 너무 더워서 차라리 하늘과 밤이 더 좋았다고 말했다.

"그렇군" 하고 소크라트는 입을 열었다. "당신네 나라에서는 미사뿐이지. 아무도 춤을 추지 않고."

그는 두 손을 비비더니, 한 발로 껑충 뛰어 한 바퀴 돌면서 숨이 끊어질 듯 웃어댔다.

"그럴 수는 없지! 어떻게 그럴 수가 있담."

그리고 그는 신기하다는 듯 다라스트를 쳐다봤다.

"그래 당신은 미사에 가?"

"아니."

"그럼, 어딜 가지?"

"아무 데도 안 가, 글쎄."

소크라트는 여전히 웃었다.

"그럴 수는 없지! 교회도 없고, 아무것도 없는 귀족이라니!"

다라스트도 웃었다.

"그래, 알겠지, 난 내가 있을 곳을 찾지 못했단 말이야. 그래서 떠났지."*

"가지 말고 우리와 같이 지내. 다라스트 씨, 당신이 좋아."

* 유적. 추방의 의미가 분명하게 드러나는 발언이며 동시에 적지를 왕국으로 탈바꿈시키려는 의지의 표명이 아닐까.

"그러고 싶지만, 소크라트, 난 춤을 출 줄 모르는걸."

그들의 웃음소리는 인적 없는 도시의 침묵 속에서 울렸다.

"아 참, 잊어버릴 뻔했군. 시장이 당신을 찾아. 클럽에서 식사하자는데?" 그는 말도 없이 병원 쪽으로 향했다. "어디 가는 거야?" 하고 다라스트가 소리쳤다. 소크라트는 코 고는 시늉을 했다. "잠자러. 좀 있으면 행진이거든." 반쯤 뛰다시피 가면서 그는 다시 코 고는 소리를 냈다.

시장은 그저 다라스트에게 행렬을 구경할 수 있는 귀빈석을 제공하겠다고 했다. 그는 쇠고기와 쌀밥 요리를 권하면서 그렇게 설명했다. 반신불수로 누워 있던 사람도 먹으면 벌떡 일어날 귀한 요리였다. 우선은 행렬이 나오는 것을 보기 위하여 교회 앞에 있는 판사의 집 발코니에 자리를 잡겠다고 했다. 다음으로는 교회 광장으로 통하는 큰 길가의 시청으로 갈 예정이었다. 속죄자들이 돌아오는 길에 큰 길로 들어설 것이기 때문이었다. 시장은 의식에 참석하게 되어 있으므로 판사와 경찰서장이 그를 수행할 것이었다. 실제로 서장은 클럽 안에 와 있었는데 끊임없이 다라스트의 주위를 돌아다니면서 입가에 미소를 짓고, 알아들을 수는 없었지만 그에게 호의적인 듯한 말을 인심 좋게 늘어놓고 있었다. 다라스트가 내려가려니까 서장이 달려와서 길을 비키면서 그의 앞으로 문이란 문은 모두 활짝 열어젖혀 붙잡고 서 있었다.

무겁게 짓누르는 햇볕 아래 두 사람은 여전히 텅 비어 있는

자라나는 돌

거리로 판사의 집을 향해 걸어갔다. 오직 그들의 발자국 소리만이 정적 속에 울렸다. 그러나 별안간 가까운 골목에서 폭죽이 터지고 그 소리에 지붕마다 목에 털이 빠진 검은 독수리들이 한꺼번에 무겁고 어수선하게 떼를 지어 날아올랐다. 거의 동시에 사방에서 수십 개의 폭죽이 터졌고 문이란 문은 모두 열리면서 집집마다 사람들이 몰려나오기 시작해 좁은 길들을 모두 가득 채웠다.

판사는 이 누추한 집에 다라스트를 맞아들이게 된 것이 그로서는 큰 영광이라면서 푸른색 회칠을 한 바로크풍의 아름다운 계단을 올라 그를 2층으로 안내했다. 층계참에서는 다라스트가 지나가려 할 때 문이 열리면서 어린애들의 갈색 머리가 여기저기서 튀어나왔다가 웃음을 죽이면서 이내 사라졌다. 아름답게 건축된 귀빈실에는 등나무 가구와 어지럽게 지저귀는 큼직한 새장들뿐이었다. 그들이 자리잡은 발코니는 교회 앞 작은 광장 쪽으로 나 있었다. 군중들이 차차 광장을 채우기 시작했는데, 그들은 육안으로도 보일 듯한 물결처럼 하늘에서 쏟아지는 햇볕 아래 이상하게 조용했고 움직임이 없었다. 다만 어린아이들만이 광장 둘레를 뛰어다니다가 문득 폭죽에 불을 붙이기 위해서 멈춰 서곤 할 따름이었다. 폭죽 터지는 소리는 연달아 들렸다. 발코니에서 내려다보이는 교회는 회칠한 벽과 푸른색을 칠한 열 개의 계단, 푸른색과 금빛의 두 탑과 더불어 한결 더 작게 보였다.

적지와 왕국

돌연 풍금 소리가 교회 안에서 우렁차게 울려왔다. 군중은 교회의 현관문을 향하여 광장의 양쪽에 열을 지어 섰다. 남자들은 모자를 벗었고 여자들은 무릎을 꿇었다. 멀리서 들려오는 풍금 소리는 행진곡 같은 것을 오랫동안 연주하고 있었다. 이윽고 이상한 풍뎅이 날개 소리 같은 것이 숲에서 들려왔다. 투명한 날개에 동체가 부서질 듯 가냘픈 작은 비행기 한 대가 가늠할 길 없는 세계에 터무니없이 불쑥 나타나 나무들 위로 솟아오르더니 광장을 향하여 내려오다가 요란스런 폭음과 함께 사람들의 머리 위를 스쳐 지나갔다. 그리고 비행기는 방향을 돌려 강어귀 쪽으로 멀어져갔다.

그러나 교회 그늘 속에서 알 수 없는 소동이 새삼 주의를 끌었다. 풍금 소리는 멎고 이제는 현관문 아래 보이지 않는 금관악기와 북소리가 뒤를 이었다. 검은 제복을 입은 속죄자들이 한 사람 한 사람 교회에서 나와 앞뜰에서 무리를 짓더니 계단을 내려오기 시작했다. 그들의 뒤로는 붉고 푸른 깃발들을 든 하얀 옷의 속죄자들, 다음으로는 천사의 옷차림을 한 소년들의 작은 무리, 검고 앳된 얼굴에 표정이 심각한 마리아회 평신도들이 이어졌고, 끝으로 유지들이 어두운 색깔의 양복으로 정장을 하고서 땀을 뻘뻘 흘리며 여러 색의 성골함 위에 예수의 상을 받쳐 들고 뒤따랐다. 손에는 갈대를 들고 머리 위엔 가시관을 쓴 예수는 성당 앞뜰의 층계를 가득 메우고 있는 군중들 머리 위로 피흘리며 쓰러질 듯 흔들리면서 지나갔다.

성골함이 계단 아래로 오자 잠시 행렬이 멈추었고 그 동안 속죄자들은 어느 정도 질서를 갖추려는 듯 줄을 맞추었다. 다라스트가 요리사를 본 것은 바로 그때였다. 그는 막 교회 앞뜰로 나오는 길이었다. 웃통을 벗어제친 채, 수염이 텁수룩한 머리 위에는 거대한 사각형의 돌덩어리를 이고 있었다. 그 돌덩어리는 머리통 위에 그냥 코르크 판 하나만 받친 채 바로 올려 놓여져 있었다. 그는 짧고 탄탄한 두 팔을 원형으로 치켜 올려 돌이 정확한 균형을 유지하도록 붙잡은 채 확실한 걸음으로 계단을 내려왔다. 그가 성골함 뒤에 당도하는 즉시 행렬이 움직였다. 그때 밝은 빛깔의 웃옷을 입은 악사들이 리본에 장식된 금관악기를 숨이 끊어질 듯 불면서 현관문에 나타났다. 속죄자들은 두 배로 빨라진 보조에 맞추어 걸음을 빨리하면서 광장으로 통하는 길로 들어섰다. 그들의 뒤를 따라 성골함이 모습을 감추자 뒤에 남은 요리사와 악사들만이 보일 뿐이었다. 그들 뒤로 군중들은 요란스럽게 터지는 폭죽 소리와 함께 움직였고 한편 비행기가 피스톤의 덜커덕거리는 소음을 울리면서 마지막 남은 무리의 머리 위로 다시 나타났다. 다라스트는 이제 좁은 골목으로 사라져가는 요리사만을 물끄러미 바라다보고 있었다. 문득 그의 두 어깨가 휘청하고 굽어지는 것 같았지만 그만큼의 거리에서는 잘 알아볼 수가 없었다.

그래서 판사와 서장과 다라스트는 텅 빈 골목길을 따라 문 닫은 상점들과 닫혀진 대문들 사이를 거쳐 시청으로 갔다. 악

대와 폭죽 소리가 멀어짐에 따라 침묵은 다시금 도시 전체를 뒤덮었고 어느새 독수리 몇 마리가 마치 오래전부터 거기가 제자리라는 듯 지붕 위의 자리를 다시 차지하고 있었다. 시청은 좁지만 길게 뻗은 길에 면해 있었다. 외곽 구역들 중 하나로부터 교회 광장으로 통하는 길이었다. 그 길은 당장은 텅 비어 있었다. 시청 발코니에서 시선이 닿는 한, 보이는 것이라고는 최근에 내린 비 때문에 여기저기 물웅덩이가 생긴 울퉁불퉁한 길뿐이었다. 이제는 좀 기울어진 태양이 아직도 길 건너편 집들의 눈부신 전면을 강하게 비추고 있었다.

그들은 오랫동안 기다렸다. 어찌나 오래 기다렸는지 다라스트는 건너편 벽에 반사되는 햇빛을 바라보고만 있었던 탓으로 또다시 피로와 현기증이 엄습하는 것을 느꼈다. 텅 빈 길과 인기척 없는 집들에 끌리면서도 동시에 메스꺼워졌다. 다시 한번 그는 이 고장으로부터 도망쳐버리고 싶다고 느꼈다. 그와 동시에 그는 거대한 돌덩어리를 생각했고 시련이 어서 끝나기를 빌었다. 그가 참다 못해 내려가서 소식을 알아보자고 제안하려는데 바로 그때 교회의 종이 요란하게 울리기 시작했다. 그와 동시에 그들의 왼쪽, 길의 반대편 끝에서 환성이 솟아오르더니 들끓는 군중이 나타났다. 순례자, 속죄자가 모두 한데 섞여 성골함 주위에 잔뜩 달라붙어 있는 것이 멀리서 보였다. 그들은 폭죽 소리와 환호성 가운데 좁은 길을 따라 전진하고 있었다. 순식간에 그들은 골목길을 가장자리까지 가득 메우면

자라나는 돌

서 말할 수 없는 혼잡 속에서 시청을 향해 걸어 나오고 있었다. 나이, 인종, 옷차림이 가지각색인 군중이 하나의 덩어리로 용해된 채 수많은 눈과 아우성치는 입으로 뒤덮인 속에서 한 무리 촛불이 수많은 창들처럼 솟아나와 그 불꽃이 강렬한 대낮의 햇빛 속으로 사위어가고 있었다. 그러나 마침내 그들이 가까이 다가왔다. 그 군중이 너무나 빽빽하게 들어찬 나머지 발코니 저 아래 담벼락을 따라 위로 밀려올라올 듯이 보였을 때 다라스트는 그 속에 요리사의 모습이 보이지 않는다는 것을 깨달았다.

그는 이렇다 할 설명도 없이 단숨에 발코니와 방을 나와 계단을 달려 내려간 다음 우레와 같은 종소리와 폭죽 소리가 진동하는 길로 나섰다. 거기서 그는 즐겨 날뛰는 군중과 촛불 든 사람들과 얼굴을 가린 속죄자들과 실랑이를 하며 길을 헤쳐나가야 했다. 그러나 그는 꺾이지 않고 온몸의 무게로 밀어붙이며 사람의 물결을 거슬러 길을 열어갔다. 어찌나 억세게 떠밀었는지 군중들의 뒤, 길의 끝에 이르러 몸이 자유로워지자 그는 휘청거리며 쓰러질 뻔했다. 열기로 이글거리는 벽에 기대 서서 그는 숨을 골랐다. 이윽고 그는 걸음을 옮겼다. 바로 이때 한 무리의 남자들이 그 길로 확 풀려 나왔다. 맨 앞의 사람들은 뒷걸음질하며 걷고 있었는데, 다라스트는 그들이 요리사를 에워싸고 있는 것을 봤다.

요리사는 지친 빛이 완연했다. 그는 발걸음을 멈췄다가는

적지와 왕국

엄청난 돌의 무게에 눌려 몸을 꾸부정하게 굽히고 몇 걸음씩 뛰어가곤 했다. 하역부나 쿨리*들의 잰걸음처럼 발바닥 전체로 땅을 치면서 발을 옮겨놓는 비참한 종종걸음이었다. 주위에서는 요리사가 발걸음을 멈출 때마다 녹은 촛농과 먼지로 더럽혀진 제의를 두른 속죄자들이 그를 격려하고 있었다. 왼편에서는 그의 형이 말없이 걷다가 뛰다가 했다. 다라스트에게는 그들이 자기와의 사이에 가로놓인 공간을 달려오는 데 시간이 끝도 없이 걸리는 느낌이었다. 거의 그가 있는 곳까지 오자 요리사는 다시 걸음을 멈추고 맥이 풀린 시선을 주위로 던졌다. 다라스트를 보자, 그는 알아보는 것 같지는 않았지만 그를 향하여 몸을 돌린 채 움직이지 않았다. 기름처럼 번질거리는 더러운 땀이 이젠 잿빛으로 변한 얼굴을 뒤덮고 있었고 수염은 실같이 흘러내린 침투성이였으며 갈색의 거품이 말라서 아래윗입술을 한데 딱 붙여놓고 있었다. 그는 웃어 보이려 했다. 그러나 돌의 무게에 눌려 꼼짝도 하지 못한 채 전신을 부르르 떨고 있었다. 오직 양쪽 어깨 높이쯤에만 근육들이 경련을 일으키며 눈에 보일 정도로 뭉쳐 있었다. 다라스트를 알아본 그의 형이 그저 이렇게만 말했다. "이미 넘어졌었어요." 그러자 어디서인지 불쑥 나타난 소크라트가 그의 귀에 대고 소

---

* 육체 노동에 종사하는 하층 중국인 노동자.

곤거렸다. "춤을 너무 췄어, 다라스트 씨. 밤새도록 췄거든. 지쳐버렸어."

요리사는 단속적인 걸음으로 다시 앞으로 나아갔다. 앞으로 나아가려는 생각에서라기보다는 짓누르는 무게에서 빠져나오려는 듯, 혹은 몸을 움직이면 무게가 가벼워질지도 모른다는 희망에서 그러는 것 같았다. 다라스트는 자신도 모르게 어느새 그의 오른편에 가 있었다. 그는 요리사의 등 위에 손을 가볍게 얹고 바쁘고 무거운 종종걸음으로 옆에 붙어서 걸어갔다. 길 저편 끝으로 성골함은 사라지고 보이지 않았다. 이제 광장을 가득 채우고 있음이 분명한 군중들은 더 이상 앞으로 나아가는 것 같지 않았다. 잠시 동안 형과 다라스트에 둘러싸인 채 요리사는 약간 더 앞으로 나아갔다. 이제 그가 지나가는 것을 보려고 시청 앞에 운집해 있는 군중과의 거리는 20미터 정도밖에 남지 않았다. 그러나 요리사는 다시 걸음을 멈췄다. 다라스트의 손도 한결 무거워져 있었다. "자, 요리사, 조금만 더!" 하고 그가 말했다. 요리사는 부르르 떨고 있었다. 침이 다시 입에서 질질 흘러나오기 시작했고, 온몸에서 땀이 문자 그대로 솟구치고 있었다. 그는 숨을 깊이 들이쉬려 했지만 짧게 멈춰지고 말았다. 그는 몸을 움직여 세 발짝을 떼어놓더니 비틀거렸다. 그러자 갑자기 돌이 어깨 위로 미끄러지면서 상처를 내고 앞으로 굴러떨어졌다. 요리사는 균형을 잃고 옆으로 넘어졌다. 그를 격려하면서 앞장서 걷던 사람들이 크게 비명을

지르며 쫓아왔다. 그중 한 사람은 코르크 나무 판자를 집어들었고, 그 동안 다른 사람들은 돌덩어리를 치켜들어 다시 요리사에게 지우려 했다.

다라스트는 요리사에게 몸을 굽힌 채 피와 먼지로 더럽혀진 어깨를 손으로 닦아줬다. 그러는 동안 이 키 작은 사내는 땅에 얼굴을 박고 헐떡거리고 있었다. 그에게는 아무것도 들리지 않는 듯 꼼짝도 하지 않았다. 호흡을 할 때마다 그의 입은 마치 그것이 마지막 호흡인 듯이 탐욕스럽게 벌어졌다. 다라스트는 그를 두 팔로 껴안아 어린아이를 일으키듯이 쉽게 일으켜 세웠다. 다라스트는 그를 꽉 껴안은 채 부축하고 있었다. 그는 온몸을 기울이면서 마치 그에게 자신의 힘을 불어넣기라도 할 것처럼 요리사의 얼굴에다 대고 이야기를 했다. 잠시 후 피와 흙으로 뒤덮인 요리사는 험상궂은 표정을 지으면서 다라스트에게서 떨어졌다. 그는 다시 비틀거리면서 남들이 들어올리고 있는 돌을 향해 걸어갔다. 그러나 이내 걸음을 멈추었다. 그리고는 텅 빈 시선으로 돌을 바라보더니 고개를 흔들었다. 이윽고 그는 두 팔을 축 늘어뜨리면서 다라스트 쪽을 돌아봤다. 굵은 눈물이 이지러진 얼굴 위로 소리 없이 흐르고 있었다. 그는 말을 하고 싶어하는 모양이었다. 말을 하기는 했으나 입에서는 토막 소리 몇 개가 가까스로 만들어질 뿐이었다. "서약을 했는데" 하고 그는 말했다. 그리고 "아, 선장님! 아, 선장님!" 하는데 그 목소리는 눈물 속으로 사그라들었다. 그의 형

이 등 뒤에 나타나 요리사를 껴안았다. 그는 눈물을 흘리면서 머리를 뒤로 젖힌 채 형에게 몸을 맡겼다.

다라스트는 뭐라 말을 해야 할지 몰라 요리사를 바라보고만 있다가 저 멀리에서 또다시 고함치고 있는 군중을 돌아봤다. 다라스트는 갑자기 코르크 판을 들고 있던 사람의 손에서 그것을 잡아채어 들고 돌을 향해 걸어나갔다. 그는 사람들에게 돌을 들어 올리라고 손짓하고는 별로 힘들이지 않고 들쳐 메었다. 그는 돌 무게에 가볍게 눌려 두 어깨를 웅크리고 약간 숨을 헐떡이면서 발등을 내려다봤다. 그는 요리사의 흐느끼는 울음소리에 귀를 기울였다. 이윽고 이번에는 그가 힘찬 걸음으로 발걸음을 내디뎠다. 군중들이 있는 길의 저쪽 끝까지 그가 힘차게 달려가서 결연히 첫 줄을 헤치고 들어가자 줄이 갈라지며 길이 트였다. 그는 종소리와 폭죽 소리가 요란한 가운데 광장으로 들어섰다. 그러나 두 줄의 울타리를 이룬 채 깜짝 놀라 그를 바라보고 있는 관중들 사이에는 돌연 침묵이 흘렀다. 그는 여전히 성난 걸음으로 앞을 향해 걸어나갔다. 군중들은 교회에 이르기까지 그에게 길을 열어줬다. 차차 머리와 목덜미를 짓누르기 시작하는 돌의 무게에도 불구하고, 그는 교회와 그 앞뜰에서 그를 기다리고 있는 듯한 성골함을 볼 수 있었다. 그는 성골함을 향하여 걸었다. 이미 광장의 한복판을 훨씬 지났을 때, 그는 어찌 된 영문인지 돌연 왼편으로 방향을 틀면서 교회로 가는 길과는 반대쪽을 향한 채 순례자들과 마주 봤다. 뒤에서

당황한 발걸음 소리가 들려왔다. 그의 앞에서 입이란 입은 모두 아우성을 쳤다. 끊임없이 그에게 던져지는 포르투갈 말 한마디를 듣기는 했지만 그들이 뭐라고 외치는지는 알 수가 없었다. 갑자기 소크라트가 그의 앞에 나타나 깜짝 놀란 눈을 휘둥그렇게 뜬 채, 두서없는 말로 그의 뒤에 있는 교회로 가는 길을 손가락질했다. "교회로 가, 교회로!" 이것이 바로 소크라트와 군중들이 외치던 말이었다. 그러나 다라스트는 내친 길을 계속 갔다. 그러자 소크라트는 우스꽝스럽게 두 팔을 공중으로 쳐들면서 물러섰고 군중들도 차차 조용해졌다. 그가 이미 요리사와 함께 와본 적이 있어서 강가의 구역으로 통한다는 사실을 알고 있는 터인 그 길로 들어섰을 때는 그의 등 뒤에 있는 광장은 어수선한 소음으로 웅성거릴 따름이었다.

이제 돌이 고통스럽게 머리통을 짓눌렀으므로 이 무게를 덜기 위해서는 굵은 두 팔의 모든 힘을 동원해야만 했다. 비탈이 미끄러운 첫 번째 언덕길에 이르렀을 때 벌써 그의 어깨는 뻣뻣하게 굳어 있었다. 그는 걸음을 멈추고 귀를 기울였다. 그는 혼자뿐이었다. 그는 코르크 판 위의 돌을 확인해본 다음 조심스럽게, 그러나 아직도 확고한 걸음으로 오두막집 동네를 향하여 내려갔다. 그곳에 도착했을 때는 숨이 가빠지기 시작했고, 돌을 받들고 있는 팔이 떨렸다. 걸음을 재촉하여 마침내 요리사의 오두막집이 서 있는 작은 광장에 이르자 그는 그 오두막집으로 달려가 발길로 걷어차서 문을 열고는 단숨에 방 한

가운데 아직도 불그레한 불 위에 돌을 내던졌다. 그러고 나서 그는 전신을 쭉 펴면서 일어났다. 돌연 체구가 엄청나 보였다. 그도 익히 알고 있는 그 가난과 재 냄새를 절망한 듯 몇 번 깊이 들이마시면서 그는 자신의 내부에서 뭐라 이름지을 수 없는 어떤 불가해하고도 숨 가쁜 환희의 물결이 솟구쳐오르는 소리에 귀를 기울이고 있었다.

　오두막집의 가족들이 돌아왔을 때 그들은 다라스트가 눈을 감은 채 안쪽 벽에 기대고 서 있는 것을 봤다. 방 한가운데 불이 피워져 있던 자리에는 돌이 재와 흙으로 뒤덮인 채 반쯤 파묻혀 있었다. 그들은 감히 안으로 들어서지 못한 채 문턱에 서서 마치 다라스트에게 뭐라 질문을 던지려는 듯 말없이 바라보고 있었다. 그러나 아무 말도 하지 않았다. 그러자 그의 형이 돌 옆으로 요리사를 데려갔다. 요리사는 땅바닥에 쓰러지듯 주저앉았다. 형 역시 다른 사람들에게 손짓을 하면서 앉았다. 늙은 여자가 그의 옆으로 왔고 다음으로 전날 밤의 처녀도 와 앉았다. 그러나 아무도 다라스트를 바라보는 사람은 없었다. 그들은 돌 주위에 말없이 둥글게 웅크리고 앉았다. 강물 소리만이 무거운 공기를 뚫고 그들에게까지 들려왔다. 다라스트는 어둠 속에 서서 아무것도 보지 않은 채 귀를 기울였다. 물소리가 어떤 소용돌이치는 행복으로 그를 가득 채우고 있었다. 두 눈을 감은 채 그는 자기 스스로의 힘에 즐거운 마음으로 인사했다. 다시 한번 새로이 시작되는 삶에 인사를 보냈다. 바

　　　　　　　　　　　　　　　　적지와 왕국

로 그 순간 몹시 가까운 듯싶은 곳에서 폭죽 터지는 소리가 났다. 요리사의 형이 동생과의 사이를 약간 벌리면서 다라스트를 향하여 고개를 돌리더니 그를 똑바로 쳐다보지는 않은 채 빈자리를 가리켰다. "이리 와서 우리와 함께 앉아."

해설

적지에서 왕국으로
—《적지와 왕국》의 구조 분석

카뮈 사후에 발표된《작가수첩 3》에는 1956년 초의 것으로 보이는 다음과 같은 기록이 있다.

> 3단계 이전에 : '우리 시대의 영웅'에 대한 단편소설들. '심판과 유적'의 테마.
> 3단계는 사랑이다 : '최초의 인간', '동 파우스트', '네메시스의 신화'. 방법은 솔직함이다.《작가수첩 3》

1956년 초라면 바로《전락》이 출간될 무렵(5월)이다. 여기서 말하는 '심판과 유적'의 테마를 다룬 단편소설이란 다름 아닌《전락》('심판')과《적지의 왕국》('유적')을 가리킨다. 이때는 이미 단편집에 실리게 될 6편의 작품이 완성 단계에 있었고, 《전락》은 그 일곱 번째 단편이 될 예정이었다. 그러나 이 작품

은 집필 과정에서 예상보다 훨씬 길어졌고, 별도의 책 한 권 분량으로 늘어난 클라망스의 '고백'은 미리 씌어진 다른 단편들보다 오히려 1년 먼저 단행본으로 출판됐다. 그렇다면 적어도 작가 자신의 복안에 따르건대, 소설 《전락》과 거의 동시에 씌어졌고 그에 잇달아 발표된 단편집 《적지와 왕국》은 그의 일생의 창조 및 성찰의 프로그램 속에서 본다면 '2단계'에서 '3단계'로 넘어가는 과도기적 위치를 차지한다고 해석된다.

우리가 잘 알고 있다시피 카뮈는 즉흥적으로 그때그때 흥미를 끄는 주제로 작품을 쓰는 작가가 아니다. 그는 일관된 질문을 던지고 그에 답하려고 끊임없이 노력한다. 그는 지나온 과거를 돌아보고 자신의 성찰 내용을 결산해봄으로써 한 발 한 발 미래를 향하여 전진하고자 한다. 로제 키요가 적절하게 지적했듯이,

> 그는 그냥 살아가는 것만으로는 충분하지 못하다. 한 걸음 더 나아가서 그는 어떻게, 그리고 왜 사는지를 알지 않으면 안 된다. 이런 의미에서 그의 작품은 끊임없이 형이상학과 윤리의 한계점에 있게 된다. 그러나 그 한계에 매이거나 안주하지는 않는다.[1]

어떻게 살아야 하는가, 그리고 왜 살아야 하는가 하는 질문에 답해가는 과정이 바로 그의 여러 작품들이라면 그 작품들

은 그의 성찰과 감수성과 행동방식의 궤적을 드러낸다. 카뮈
는 스스로 이 변화의 궤적을 몇 개의 '단계étage' 혹은 '주기cycle'
로 나눴다. 그 1단계가 '부조리'이고 2단계가 '반항'이라면
1956년 초 그가 자신의 《작가수첩 3》에서 계획하고 있는 3단
계는 '사랑'이다. 그런데 카뮈는 매 단계에서 제기된 주제 혹은
질문에 대하여 예외 없이 세 가지 측면 혹은 장르로 접근한다.
즉 소설, 희곡, 철학적 에세이라는 상이한 표현 수단이 그것이
다. 그러나 그의 접근 방식은, 비교적 논리적인 에세이를 통해
서 문제와 답을 먼저 제출해놓고 그것을 소설이나 희곡을 통
해 구체화시키는 방식이 아닌 그 반대 방식을 취한다. 즉 어떤
감수성(예를 들어서 '부조리의 개념'이 아니라 '부조리의 감수성', 추
상명사가 아니라 형용사)을 구체적 인물과 상황을 통해 형상화
하는 소설이나 희곡의 경험이 앞선 다음, 이러한 조형적 실천
에서 얻어낸 경험을 논리적으로 체계화시켜보는 철학적 에세
이가 뒤따르는 방식이다.

첫 번째 '부조리'의 단계에서 그는 소설 《이방인》, 희곡 〈오
해〉, 《칼리굴라》, 철학적 에세이 《시지프 신화》를 발표했다.

* 플레야드판 카뮈 전집 제2권, Textes établis et annotés par Roger Quilliot
  et Louis Faucon, p. 1609.

해설: 적지에서 왕국으로

이 '출발점'으로부터 이끌어낸 사유와 행동의 귀결이 두 번째 단계의 '반항'이고 그것이 '연대기' 《페스트》, 희곡 《정의의 사람들》, 《계엄령》, 그리고 철학적 에세이 《반항하는 인간》과 같은 구체적 작품으로 나타난다. 그리고 처음 두 단계에서 '부조리'와 '반항'이라는 개념을 보다 더 입체적이고 상징적으로 표상하기 위하여 내세운 신화적 인물이 시지프(시시포스)와 프로메테(프로메테우스)였다면 소설 《최초의 인간》, 희곡 《동 파우스트》, 철학적 에세이 《네메시스의 신화》 등의 작품들로 예정된 3단계의 신화적 인물은 한계와 절도의 신인 네메시스이다. 그러나 이 3단계의 계획은 1960년 1월 작가의 예기치 못한 죽음으로 인하여 단순한 계획에 그치고 말았다. 오직 《작가수첩 3》에 산발적으로 기록된 노트와 작가의 사후에 뒤늦게 출판된 《최초의 인간》의 미완 원고만이 그 단편적 자취로 남아 있을 뿐이다.

그렇다면 우리가 앞에서 말한 '2단계에서 3단계로 넘어가는 과도기적 위치'란 구체적으로 어떤 상황이며 어떤 내용인가? 여기에 대한 설명은 단편집 《적지와 왕국》을 카뮈의 작품 전체 속에 자리매김함으로써 그 의미를 해석해보는 데 중요한 실마리를 제공해줄 것이다. 인간과 그가 몸담고 있는 세계 사이의 행복한 결혼(이것이 카뮈가 경험한 최초의 행복이었다면 그 순진무구한 행복은 삶의 근원적 조건의 발견에 의해서 거의 동시에 깨지고 만다. 인간은 죽는다. 그러므로 인간은 행복하지 않다. 황제

칼리굴라는 이렇게 부르짖는다. 인간과 세계 사이의 괴리, 이혼, 불일치) 이것이 부조리의 감정이다. 인간은 자신이 살고 있는 세계에 대하여 '이방인'이 되어 있는 것이다.

그렇다면 행로의 저 끝에 죽음이 기다리고 있는 우리의 삶은 완전히 무의미한 것인가? 아니 적어도 그 삶에 의미를 부여하기 위해서는 어떻게 해야 하는가? 이 질문에 답하는 과정이 2단계인 반항이다. 즉 삶의 부조리를 확인한 인간은 절망(자살)과 초월(종교를 통한 비약), 그리고 주어진 조건에 대한 반항, 이 세 가지 길 중에서 하나를 선택하지 않을 수 없다. 카뮈의 구체적인 경험은 그를 결국 예술적 반항으로 인도한다. 그것이 바로 예술을 통한 '천지창조의 수정création corrigée'이라는 것이다. 《페스트》의 의사 리유는 말한다.

세계의 질서는 죽음에 의해 좌우되는 것이니만큼, 아마 신으로서는 사람들이 자기를 믿어 주지 않는 편이 더 나을지도 모릅니다. 그리고 신이 그렇게 침묵하고만 있는 하늘을 쳐다볼 것이 아니라 있는 힘을 다해서 죽음과 싸워주기를 더 바랄지도 모릅니다.

부조리의 단계가 인간 자신의 고독한 운명의 발견이라면 반항의 단계는 '나'의 고독으로부터 부조리한 운명에 맞서는 '우리'의 유대의식으로 발전된다. "나는 반항한다. 그러므로 우리

는 존재한다." 이것이 카뮈의 코기토cogito(데카르트 철학의 근본 원리로 라틴어 cogito, ergo sum, 즉 '나는 생각한다. 그러므로 존재한다'는 뜻에서 유래)이다.

그런데 '반항'은 단순한 사색이 낳은 결과만이 아니다. 반항은 무엇보다도 윤리적 해답이며 실천적 행동의 양식이다. 즉 '이 부조리한 세계 속에서 우리는 어떻게 행동해야 하는가'라는 절박한 물음에 대한 나름대로의 해답인 것이다. 카뮈의 성찰과 창조의 프로그램은 구체적인 삶과 필연적으로 맞물려 있다는 사실을 잊어서는 안 된다. 실제로 부조리의 1단계와 반항의 2단계 사이에는 제2차 세계대전이라는 전무후무한 허무주의적 비극과 레지스탕스라는 저항의 경험이 가로놓여 있다. 즉 반항 단계의 작품들은 바로 이러한 구체적 경험의 산물이요 결산이다.

이 같은 2단계를 마감하는 철학적 에세이 《반항하는 인간》이 발표된 것은 1951년이었는데 이미 제2차 세계대전이 끝난지도 수년이 경과하여 바야흐로 동서 냉전체제가 세계를 경직시키면서 한국전쟁으로 비화되어 있었다. 이때 프랑스의 지식인들은 양쪽으로 갈라진다. 메를로-퐁티는 공산주의자들과의 '비판적 동반자 관계'를 청산하는 반면, 사르트르와 그가 발행하는 《레탕모데른Les Temps Modernes》의 동료들은 점점 더 공산당과의 동반자 관계 속으로 깊숙이 빠져들어간다. '역사적 반항'에 대하여 어느 면 비판적인 《반항하는 인간》이 사르트

르 및 일부 급진 좌파 가운데 불러일으킨 반응이 부정적인 것은 예측할 수 있는 일이었다. 지난날의 우정관계 때문에《반항하는 인간》중 니체에 관한 한 장이《레탕모데른》1951년 8월호에 실리긴 했지만 사르트르 쪽의 그 반응은 냉담했다. 마침내 1952년 6월호에 실린 프랑시스 장송의 매우 혹독한 서평〈알베르 카뮈 혹은 반항적 영혼〉, 잇달아 8월호에 실린 카뮈의〈《레탕모데른》주간에게 보내는 편지〉, 사르트르의〈알베르 카뮈에게 답한다〉를 계기로 카뮈와 사르트르의 10년간의 우정은 끝나버린다(실제로 글 속에서 절교를, 그것도 너무 손쉽게 선언한 쪽은 사르트르였다. "우리들의 우정은 편안한 것이 아니었지만 그래도 내겐 아쉬워질 것입니다. 오늘 당신이 그 우정을 끊어버리는 것을 보면 아마도 그것은 끊어져야만 하는 것인가 봅니다."). 카뮈의《작가수첩 3》에는 다음과 같은 짤막한 기록이 남아 있다.

> 1952년 9월.《T. M.(레탕모데른)》과의 논쟁.《아르Arts》,《까르푸르Carrefour》,《리바롤Rivarol》지의 공격. 파리는 밀림이지만 그곳의 야수들은 한심하다.

사르트르의《레탕모데른》뿐만 아니라 그 밖에 동원된 많은 잡지, 신문들의 공격이 카뮈에게는 커다란 충격이었고 괴로움이었다. 그러나 그의 눈에 '야수들'은 한심한 나머지 '벌레'로 변한다. "H. R.(《반항하는 인간》)에 반대하는 논쟁. 이건 거저

리 떼가 총동원되어 기어나오는 꼴이다. 리트레 사전에서 '거저리ténébrion'의 항목을 찾아보니 ① 지적 암흑의 애호가, ② 애벌레 상태일 때 밀가루 속에 꾀는 것을 볼 수 있는 클레옵테르계의 곤충이라는 뜻이다. 그것을 바퀴라고도 부른다. 흥미롭다." 비판자들의 공격이 당시 카뮈에게는 생명의 자양분(밀가루)에 기생하는 벌레들의 떼를 연상시킴과 동시에 그가 지향하는 빛의 세계(헬레니즘)와 반대되는 암흑의 지향(기독교의 종교재판, 히틀러, 스탈린)으로 비치고 있었음을 이 기록은 말해주고 있다.

그러나 우리의 작가를 괴롭히는 것은 그의 비판자들뿐만이 아니다. 사실상 그를 가장 안타깝게 하는 것은 그의 글에 대한 대중의 몰이해나 오해이다. 그는 이제 자신의 신화 속에 갇혀버린 형국이다. 부조리는 인간조건을 인식하는 출발점에 불과하고 반항은 거기서 이끌어낸 행동의 규범에 불과하다. 그런데도 사람들은 그를 그가 한때 제시한 공식 속에 가두어두고자 한다. 카뮈는 변화무쌍하고 복합적인 삶을 끌어안는 예술가이고자 하는데 사람들은 그의 정체를 한마디로 요약하라고 요구하는가 하면 그의 모럴리즘을 공격한다. 그에게 있어서 반항의 도덕성은 "도덕적 폭발이라고도 할 수 있는 레지스탕스의 귀결이었다. 그때는 재판하고 분류하고 선과 악을 대립시켜 생각해야 했다.'" 그러나 이제 그는 선과 악을 분명하게 양분하는 이원론에 지쳐버렸다. 그보다는 차라리 '구체적인 삶

의 복합성'을 되찾고자 한다. 이 무렵 카뮈의 이러한 심경을 잘 드러내 보여주는 글이 《결혼·여름》의 〈수수께끼〉다.

어느 누구도 나는 이런 사람이라고 말할 수는 없다. 그렇지만 더러 나는 이런 사람이 아니라고 말할 수는 있게 된다. 아직 결론을 찾는 중인 사람에게 사람들은 그가 결론을 이미 내렸기를 바란다. 숱한 목소리들이 그가 찾아낸 것을 벌써부터 그에게 알려주지만, 그래도 그는 그게 아니라는 것을 알고 있다. 그저 찾기나 하고 남들이야 떠들건 말건 내버려두라고? 물론이다. 그러나 이따금씩은 자기 방어도 해야 한다. 나는 내가 무엇을 찾고 있는지 모른다. 나는 조심스럽게 그것에다가 이름을 붙여봤다가 앞서 한 말을 취소도 하고, 했던 말을 되풀이하기도 하고 앞으로 나아가다가 물러서곤 한다. 그런데도 남들은 나보고 결정적인 이름들을, 아니 단 하나의 이름을 대라고 오금을 박는다. 그러면 나는 불끈하여 대든다. 이름붙여진 것은 이미 잃어버린 것이 아닌가?

* 위의 책 플레야드판 카뮈 전집 제1권 중 '키요의 해설', pp. 20~30. Roger Quilliot, Présentation de L'Exil et Le Royaume, in Albert Camus, Théâtre, Récits, Nouvelles, Textes réunis et annotés par Roger Quilliot, Biblioth?que de la Pléiade, Gallimard, 1962(이하 플레야드판 카뮈 전집 제1권 '키요의 해설'로 표기).

해설: 적지에서 왕국으로

이 글은 당시 자신의 입장을 매우 해학적이며 유머러스한 어조로 암시하고 있는 자전적 단편 〈요나 혹은 작업 중인 예술가〉를 연상시킨다. 요나 역시 자신이 무엇을 찾고 있는지도 잘 알지 못한 채 무언가를 고통스럽게 찾고 있는 '예술가'인데 그를 에워싼 친구, 비평가, 애호가들은 그의 입장과 예술론을 '결정적인 이름'으로, '단 하나의 이름'으로 대라고 요구한다. 아니 그 정도가 아니다. 그들은 예술가가 이미 '찾아낸 것'이 이것이라고 그에게 '알려'준다. 그러나 그 자신은 '그게 아니라는 것을 알고 있다.'

다른 한편 카뮈는 파리 문단뿐만 아니라 세계적으로 유명해진 작가로서 그 인기의 대가를 혹독하게 치르게 된다. 수많은 인터뷰 요구, 사교 모임, 정치 집회, 성명서 서명, 친구들의 방문, 편지의 답장…. 도처에서 그를 찾고 요구한다. 그를 에워싼 모든 사람들은 창작에 필요한 그의 시간을 빼앗는다. 그들은 마치 성서 속의 요나를 꿀꺽 삼켜버린 고래와도 같다. 이처럼 단편 〈요나〉는 번거로우면서도 고독한 예술가의 상황을 이렇게 요약한다. "세계와 인간을 그려 보여주면서 동시에 그들과 산다는 것은 어려운 일이었다."

요컨대 카뮈가 1957년에 쓴 〈서문〉(서평 의뢰서)에서 6편의 단편을 관류하고 있다고 적시한 '단 하나의 주제', 즉 '적지'는 바로 고향 알제리로부터 멀리 떨어진 파리 생활의 고달픔, 너무 유명해진 작가로서의 고독, 남들의 비판과 시새움, 평론가

와 대중들이 그에게 뒤집어씌워놓은 부정확한 이미지며 공식이며 신화, 그것에 발목이 잡혀버린 작가의 예속servitude이라는 분위기와 관련된 것이다.

그런데 작가는 이제 40대 중년의 나이로 접어든다. 그는 지금까지의 행로를 결산하고 처음부터 다시 시작하고 싶어한다. "반항에 의해 설정된 가치들에서 출발하여 그 논리적 귀결들에까지 따라 올라가본 다음, 이제는 그 귀결들을 구체적인 경험들과 대조해보고 또 그것들을 일상생활의 관능적인 풍부함 속에 용해시킬 것." 이것이 바로 '3단계 이전의 과도기' 상황 속에서 작가가 모색하려는 것이다.

그는 최초의 출발점으로, 원천으로, 고향으로 되돌아가본다. 그리하여 그는 20여 년이 지난 뒤에, 파리에서는 처음으로 발표하는 알제리 시절의 데뷔작 《안과 겉》의 서문을 써서 발표한다. 그는 그 글에서 이렇게 술회한다.

예술가는 그처럼 저마다 일생을 두고 그의 됨됨이와 그가 말하는 것에 자양을 공급해주는 단 하나뿐인 샘을 내면 깊은 곳에 지니고 있다. (…) 나의 경우, 나의 샘은《안과 겉》속에, 내가 오랫동안 몸담아 살아온 그 가난과 빛의 세계 속에 있다는 것을 알고 있다."《안과 겉》)

《안과 겉》에서 그려내는 고향 알제리는《적지와 왕국》의 여

러 단편들에 그 헐벗고 메마르면서도 황홀한 무대를 제공하고 있다. 그리고 한 걸음 더 나아가서 그 제목은 또한 '삶의 양면성'이라는 카뮈 특유의 상징성을 《적지와 왕국》과 공유한다. 사실 어느 면 《적지와 왕국》이란 1958년에 새로이 해석한 '삶의 안과 겉'이라고 할 수 있다. 그가 그려 보이려는 것은 안이냐 겉이냐, 적지냐 왕국이냐 하는 양자택일의 세계가 아니라 안인 동시에 겉이요, 적지인 동시에 왕국인 삶과 세계의 복합성이요, 영원한 '모순'의 현실이다. 카뮈는 이 무렵 화가 벨라스케스의 삶에 대한 몇 사람의 주석과 관련하여 다음과 같은 의미심장한 자신의 생각을 수첩에 기록하고 있다.

　　절도. 그들은 그 삶을 모순의 해결로 간주한다. 그런데 그 삶은 모순의 인정과 모순 속에 버티고 서고 또 모순을 겪고도 살아가려는 영웅적 결단 이외에 다른 것일 수 없다.(《작가수첩 3》)

그러면 이제부터 그 삶의 '모순 속에 버티고 서고 또 모순을 겪고도 살아가려는 영웅적 결단'의 과정이 구체적인 작품 속에 어떻게 그려지고 있는지를 살펴보기로 한다. 이 단편들이 처음으로 구상되기 시작한 흔적은 1952년의 《작가수첩 3》 속에 나타나 있다.

'적지의 단편들'이라는 제목의 작품들.

1) 라구아트.* 간부(姦婦)

2) 이구아프―인간의 체온, 검둥이 요리사의 우정

3) 고원지대와 죄수

4) 죽치고 들어앉아 두문불출하는 화가(제목 : 요나)

그리하여 그는 더 이상 그림을 그리지 않는다. 두 손을 무릎 위에 올려놓은 채 기다리기만 한다. 이제 그는 행복하다.

5) 지식인과 간수

6) 혼미해진 정신―진보주의적인 선교사가 야만인들을 교화시키려고 갔다가 그들에게 잡혀 귀와 혀가 잘린 채 노예가 되어버린다. 그는 다음에 오는 선교사를 기다렸다가 증오심이 끓어올라 그를 살해한다.

7) 광증에 대한 단편소설(《작가수첩 3》)

계획된 7편 중 5편은 작가 자신의 말처럼 '단숨에 연이어 씌어져'《적지와 왕국》이라는 새로운 제목 아래 한데 묶였고, 5) 지식인과 간수와 7) 광증에 대한 단편소설은 끝내 작품화되지

---

* Laghouat: 알제리 동북부 도시로 사하라 사막 초입, 라구아트주의 주도이다. 카뮈는 1952년 12월 이곳을 방문하고 장 그르니에게 엽서를 보냈다.

해설: 적지에서 왕국으로

못했다. 한편 순서에 있어서 2) 이구아프(〈자라나는 돌〉)와 6) 혼미해진 정신(〈배교자〉)이 서로 바뀌었고 계획에 없던 〈말없는 사람들〉이 세 번째 단편으로 추가됐다.

첫 번째 단편 〈간부〉는 1954년 1월 〈혼미해진 정신〉과 함께 그 초고가 완성되었고 단편집에 실려 발표되기 전인 1954년 11월에 이미 알제에서 피에르외젠 클레랭Clairin의 석판화 12점과 함께 출간된 바 있다. 이 책을 출판한 노엘 슈만이 '간부'라는 제목이 당시로서는 너무 대담한 것이 아닐까 해서 걱정하자 카뮈는 "걱정마세요. 내 이름이 붙은 작품이니까 이 제목이라 해도 아무 문제가 없을 겁니다"라고 대답했다고 한다. 이것은 당시 일부 비평가들로부터 '모럴리즘'의 작가라는 비난의 말을 듣곤 했을 때 불편했던 자신의 심경을 빗대어 표현한 것으로 보인다.

1952년 12월 1일 카뮈는 오랜만에 알제리로 떠난다. 이 기회에 그는 지금까지 한 번도 가보지 못했던 사하라 사막의 유명한 오아시스 마을들을 구경하게 된다. 그러나 사막 지역에 봉기가 있으리라는 소식 때문에(이 분위기는 단편 〈손님〉에 암시되고 있다) 알제에서 여러 날을 기다려야 했다. 그 기회를 이용하여 그는 젊은 시절 행복한 '결혼'의 요람이었던 티파사를 다시 찾아간다. 거기서 맛본 옛날과 다름없는 감동을 기록한 글이 산문 〈티파사에 돌아오다〉(《결혼·여름》)이다. 12월 14일 마침내 그는 자동차로 높은 고원지방(〈손님〉의 무대)과 사하라

적지와 왕국

의 아틀라스 산맥의 단조롭기만 한 지역을 거쳐 라구아트에 도착한다. 앞에서 보았듯이 '적지의 단편들'의 집필 계획 속에서 카뮈가 〈간부〉의 무대로 지목한 이곳은 알제에서 남쪽으로 400킬로미터 가량 떨어져 있는 큰 오아시스 도시로 사하라의 산악지대를 배경으로 빽빽하게 자란 종려수 숲에 둘러싸여 있다. 그때의 인상을 《작가수첩 3》은 다음과 같이 메모하고 있다.

> 보가리젤파Boghari-Djelfa—작은 사구(砂丘). 극단적이고 메마른 가난—그런데 그 가난은 당당하다. 유목민들의 검은 텐트들. 메마르고 척박한 땅—그리고 나—아무것도 소유한 것이 없고 미래에도 역시 아무것도 소유한 것이 없을 것이기에 그들과 닮았다.
>
> 라구아트, 그리고 종잇장들을 접어놓은 것 같은 규석들로 뒤덮인 험준한 언덕들—광대한 공간—을 앞에 둔 채 서쪽 하늘이 붉게, 장밋빛으로, 초록으로 물들어가는 동안 지평선 저 안쪽으로부터 검은 파도처럼 밀려오는 어둠.
>
> 지칠 줄 모르는 개 떼들 같은 어둠.
>
> (…)
>
> 내가 똑같은 도피처를 발견한 사막에 대하여 이야기할 때가 온 것 같다….《작가수첩 3》)

해설: 적지에서 왕국으로

오래전에 이미, "이제 사막이라곤 없다. 섬들도 없다. 그런데도 그것들이 아쉽다는 느낌은 있다. 세계를 알려면 때로는 다른 곳으로 고개를 돌리기도 해야 한다"라고 했던 카뮈다. 파리에서 '요나'처럼 주위 사람들에게 부대끼고 그러면서도 동시에 귀양살이 같은 고독의 감정에 시달려온 카뮈가 '적지의 단편들' 중 첫 번째 작품의 무대로 이 광대하고 침묵에 잠긴 '다른 곳', 즉 '사막'의 오아시스를 선택한 것은 너무나도 자연스러운 일이다. 이곳이야말로 그에겐 옛날과 다름없는 '똑같은 피난처'로 여겨졌던 것이다.

카뮈의 삶 속에서 파리라는 '적지'에 찬란한 빛과 활짝 트인 바다가 있는 고향 알제리가 '왕국'의 이미지로서 대립되듯이, 이 작품 속에서는 지금까지 살아온 자닌의 무의미한 삶과, 사막 사람들, 특히 유목민들의 헐벗었지만 매인 데 없이 자유로운 삶이 강한 대조를 이루고 있다.

자닌은 마르셀과 결혼하여 진정한 사랑을 느낄 사이도 없이 그날 그날의 습관에 이끌려 살아온 도회지 여자다. "덧문을 반쯤 닫아놓은 어슴푸레한 집안에서 세월은 흘러갔다. 여름, 해변가, 소풍, 심지어 하늘까지도 머나먼 것이었다." 그와 같은 삶의 권태 속에 젖어 있던 그녀가 포목 거래를 위해 떠나는 남편을 따라 남부 사막지방으로 생전 처음 여행을 한다. 모든 것이 새롭고 낯설다.

그러나 정작 그녀가 마주치는 세계는 도시의 부르주아가

상상하는 그림엽서 같은 이국풍경이 아니라 〈제밀라의 바람〉 《결혼·여름》)을 연상시키는 메마름과 존재의 깊숙이에까지 스며드는 추위와 감당할 길 없는 침묵, 광물성 서정, 건조한 광채로 가득 차 있다.

사실 자닌이 생각했었던 것과는 모든 것이 딴판이었다. 그녀는 더위와 파리 떼와 아니스 냄새로 가득 찬 더러운 여관 잠자리를 걱정했었다. 추위나 살을 에는 바람, 그리고 퇴석堆石이 어지럽게 널린 극지 같은 고원은 꿈에도 생각하지 않았다. 그녀는 오히려 종려나무나 부드러운 모래를 꿈꿨었다. 그러나 지금, 사막은 그런 것이 아니라 오로지 돌, 어디나 할 것 없이 지천으로 널린 돌뿐이라는 것을 눈으로 봤다. 하늘에도 사납고 차가운 돌먼지만이 가득했고 땅에도 돌들 사이에 마른 화본과 식물만이 돋아나 있었다.(19~20쪽)

이 인용문에서 볼 수 있듯이 단편 〈간부〉는 찬 것/더운 것, 광물성/액체성, 메마름/물기, 단단함/물렁물렁함, 딱딱함/유연함, 무소유/소유, 침묵/말 등이 서로 강한 대조를 보이는 이미지의 틀 위에서 서술되어 있다. 우선 자닌이 마주친 사막은 뜻밖에도 '추위'가 지배하는 세계다. 서술의 초입부터 손등에 올라앉아 '오들오들 떠는' 파리가 이 세계의 전체적인 기상을

해설: 적지에서 왕국으로

예보한다. 추위는 버스 여행 중에만 느껴지는 것이 아니다. 오아시스 마을에 도착해서도 여전하다. 여관에 들어서자 자닌은 "다만 고독과 몸속으로 파고드는 추위와 심장이 있는 곳을 한결 무겁게 짓누르는 어떤 압박을 느낄 따름이었다."(24쪽) 여기서 우리는 '추위'가 단순한 기온의 감각이 아니라 존재론적인 고독임을 알 수 있다.

다음으로 이 세계에서 마주치는 것은 모두 '광물성' 특유의 메마름, 단단함, 헐벗음을 드러내 보이면서 자닌에게 익숙한 일상("아케이드 그늘 속에 자리잡은 오색찬란한 포목상점"[18쪽])과는 강하고 공격적인 대립을 이룬다. 사막에 '지천으로 널린 돌'이나 하늘을 가득 채우는 '돌먼지'는 말할 것도 없고, 여기서는 식물 역시 '마른 화본과'이거나 "금속으로 잘려진 듯한 인상의 후리후리하고 하얀 종려나무"(14쪽)뿐이고 마주치는 사람도 "착 달라붙은 윗옷 차림에 몸이 어찌나 홀쭉한지, 무슨 메마르고 부스러지기 쉬운 물질, 모래와 뼈를 혼합한 물질 같은 것으로 만들어진 느낌"의 프랑스 군인(17쪽)이거나 "뼈와 가죽을 새겨놓은 듯한 얼굴들"(23쪽), "깡마르고 무뚝뚝한" 여관 주인(23쪽)이 대부분이다.

결론부터 말해보자. 얼른 보기에, 즉 게으른 도시 부르주아인 자닌이 보기에 부정적으로 느껴지는, 다시 말해서 '적지'로 느껴지는 이 '사막'이 사실은 그 속에 '왕국'을 숨기고 있다. 광물성의 차가움, 메마름, 그리고 단단함은 중심으로의 집중, 결

집, 응축의 힘을 지니고 있어서 군더더기가 없고 부피를 작게 차지하는 것이 특징이다. 이같은 무소유, 헐벗음은 매인 데 없는 자유의 조건이다. 이것은 카뮈가 가장 높은 가치로 여기는 고전주의적 금욕성, 예술의 극치라고 생각하는 조각, "메마른 영혼이 최상의 영혼이다"라고 말한 헤라클레이토스적 세계관과 깊숙이 관련되어 있다.

과연 자닌과 마르셀은 버스 안에서 많은 짐을 가지고(상품을 가지고 가니까) 있으며 그들의 몸 또한 많은 공간을 차지하는 데 비하여 깡마른 아랍인들은 거의 짐이 없이 "빈손으로" 여행한다.(21쪽) 추위와 모래바람에 저항하는 그들 특유의 방식은 '웅크림은 중심을 향한 집중'이며 베일로 얼굴을 가린 시선의 침묵과 인내다. 그들의 힘은 가진 것 없음(무소유)에서 오는 자유로움이며 가벼움이다. 카뮈는 〈서문〉에서 "우리들이 마침내 새로이 태어나기 위해서는 반드시 되찾아야 할" 것이 바로 "자유롭고 벌거벗은 삶"임을 강조했고 '왕국'이란 바로 그 자유나 무소유와 일치한다고 했다. 아랍인들은 그녀에게 왕국을 말없이 손가락질해 보이지만 자닌은 아직 그것을 깨닫지 못한다.

자닌이 앞에 자리잡은 아랍인들의 여윈 손과 햇볕에 그을은 얼굴을 본 것은 바로 이 순간이었다. 게다가 남편과 자기는 의자에 간신히 비집고 앉아 있는 형편인데 그들은 매우 품이 큰 옷을 입고 있었는데도 불구하고 아주 자리가

해설: 적지에서 왕국으로

넉넉하다는 느낌을 줬다. 그녀는 외투 자락을 끌어당겼다. 그러나 자닌은 그다지 뚱뚱하지 않았다. 오히려 큼직하고 풍만하다고나 할까, 육감적이고 아직은 탐낼 만한(사내들이 던지는 시선을 받을 때 그걸 느낄 수가 있었다) 몸매였는데, (…) (17쪽)

그러나 학창 시절 "체육 성적은 1등이었고 폐활량은 무궁무진"(15쪽)했던 자닌의 몸은 벌써부터 경직되고 비대해져 가고 있다. 자닌은 두툼한 외투 속에 털옷을 껴입은 채 "되도록 자리를 덜 차지했으면 좋겠다는 심정"(26쪽)이지만 버스의 좌석에 앉아서도 "몸을 구부려 아래쪽을 들여다볼 수가 없었다. 그러면 숨이 막히는 느낌이었던 것이다."(15쪽) 그의 몸은 '무겁다'. 그래서 "죽는 순간까지 억지로 몸을 질질 끌고 다닐 뿐"(35~36쪽) 다른 도리가 없다고 느낀다. 반면에 '메마른' 사람들, 가진 것이 없어 '가벼운' 사람들이 이 '왕국'의 당당한 주인들이다. "어린아이, 젊은 아가씨, 메마른 사나이, 발걸음 가벼운 샤칼 병사만이 이 땅의 흙을 소리 없이 밟을 수 있는 존재들이었다."(35쪽)

끝으로 이 세계의 중요한 특징들 중 하나는 '침묵'과 '무관심'이다. 낯선 고장을 찾아온 자닌은 '이방인'이다. 그리고 이방인에게 가장 큰 문제는 의사소통의 어려움이다. 프랑스 말을 하는 이들 부부와 아랍인 사이에는 이미 언어의 장벽이 있다. 게

다가 사막지방 사람들 특유의 '침묵'은 자닌을 소외시킨다. 그 소외감은 이미 버스 안에서부터 압박해온다. "마침내 자닌에게는 그들의 침묵과 무감각이 부담스럽게 느껴지기 시작했다. 벌써 여러 날 동안 이 무언의 호위대와 더불어 여행하고 있다는 느낌이었다."(14~15쪽) 버스 안에서 샤칼 병사가 그녀에게 웃음을 지으며 사탕을 권하기도 하지만 그 역시 "단숨에 웃음을 거둬 삼켜"버린다.(22쪽) 마침내 오아시스에 도착했을 때 그녀 쪽으로 다가오는 병사가 보인다. "미소를 짓거나 인사를 하려니 기대했다. 그러나 병사는 그녀를 거들떠보지도 않고 지나쳐 사라졌다."(23쪽) 무관심한 것은 병사만이 아니다. 광장에 군중이 지나다니지만 "그 속에서 여자라곤 단 한 사람도 눈에 띄지 않았다. 자닌으로서는 이처럼 많은 남자들을 한 번도 본 적이 없었던 것 같았다. 그러나 그녀를 쳐다보는 사람은 아무도 없었다."(31쪽) 의사소통의 부재와 무관심의 절정은, 오아시스 마을 광장에서 만난 '키 큰 아랍인'의 거동에서 절정에 달한다.

그들 주위의 광장은 텅 빈 공간뿐인데도 이자는 짐도, 사람도 보이지 않는 듯 곧장 트렁크 쪽으로 걸어나왔다. 이윽고 그들 사이의 거리가 급격히 가까워지면서 아랍인이 그들에게 다가들자 마르셀은 단숨에 트렁크의 손잡이를 잡아 뒤로 끌어당겼다. 그 아랍인은 아무것도 눈에 보이지 않는

해설: 적지에서 왕국으로

다는 듯이 그들을 지나 성벽을 향해 똑같은 걸음으로 걸어
갔다.(30쪽)

  이처럼 낯선 고장은 자닌에게 위안이 되기보다는 오히려 고
독감을 더해준다. 추위, 마음붙일 곳 없는 광물성, 메마름, 헐
벗음, 침묵과 무관심으로 요약될 수 있는 이 세계가 오히려 '적
지'라는 것을 뼈저리게 느낀 나머지 자닌은 "내가 뭣하러 여길
왔지?"(31쪽) 하고 자문하기에 이른다. 이제 오직 기대어 위안
받을 곳이란 남편 마르셀밖에 없다. 그러나 이야기의 도입부
에서부터 그 남편은 거의 말이 없는 채 미동도 않는다. 자닌에
게 그는 "잔뜩 골이 난 목신"(13쪽)같이 비쳐진다. 그들 부부 사
이에는 자식도 없다. 남편의 유일한 관심은 사업과 돈뿐이다.
버스 안에서 샤칼 병사가 '웃음을 거두어 삼켜버렸을' 때 자닌
은 남편을 돌아보지만 남편은 그 구원의 요청을 느끼지 못한
다. 오아시스 광장에서 병사가 그녀를 '거들떠보지도 않고' 사
라졌을 때도 남편은 자신의 일에만 정신이 팔려 있다.(28쪽)
망루에 올라서 자닌이 광막한 지평선에서 '눈을 떼지 못하고'
황홀해져 있을 때는 '도대체 여기서 볼 것이 뭐가 있단 말인
가?' 하고 생각한다. 침대 속에서도 남편은 먼저 잠이 든다. 잠
못 이루는 자닌은 "몸을 웅크리며 그에게 바싹 달라붙었다".
그 여자는 "믿음직한 항구인 양, 무의식적인 갈망을 느끼며 그
어깨에 매달렸다."(37쪽) "마르셀은 자닌에게서 떨어지려는 듯

몸을 움직거렸다."(38쪽) 자닌은 "마음 깊은 곳으로부터 그를 불러봤다". 그러나 '잠이 든' 남편은 이 '부름' 소리를 끝내 듣지 못한다. 자닌은 "마르셀에게서 떨어졌다. 그렇다. 아무것도 극복하지 못하고 있었다. 그녀는 행복하지 않았다."(39쪽) 칼리굴라와 같은 비극적 인식의 순간이다. 평범한 아내와 간부의 갈림길은 바로 여기다.

비록 마르셀이나 딴 사람들은 영영 해방되지 못한다 하더라도 자기만은 해방되고 싶었다. 그녀는 잠을 깨고 자리에서 일어나 앉아 아주 가까운 곳에서 들리는 듯한 어떤 부르는 소리에 귀를 기울였다.(39쪽)

지금까지 남에게, 남편에게 구원을 요청하며 부르기만 하던 자닌이 문득 밖에서 부르는 소리에 능동적으로 '귀를 기울인다'. 이것은 일종의 인식의 전환을 의미한다. 그 '부르는 소리'는 과연 무엇일까?

그것은 결국 자기가 마음대로 뚝 그치게 할 수도 있고 또 귀로 들을 수 있는 그 어떤 소리 없는 부름이었을 따름이다. 그 부르는 소리에 지금 이 순간 응답하지 않으면 영원히 그 뜻을 헤아릴 수 없을 것이다. 그렇다. 지금 이 순간, 적어도 이것만은 확실하다!(40쪽)

해설: 적지에서 왕국으로

"자기가 마음대로 뚝 그치게 할 수도 있고 또 귀로 들을 수 있는 그 어떤 소리 없는 부름"이라면 이것은 밖에서 오는 부름 소리가 아니라 자신의 내면에서 부르는 존재의 소리임이 분명하다. 이 소리에 귀를 기울이는 결단이 바로 써늘하고 침묵에 잠긴 공격적 '적지'를 '왕국'으로 탈바꿈시키는 힘이다. 즉 내면의 소리가 외부에 존재하는 세계의 진정한 모습을 비로소 볼 수 있게 해주는 것이다. 이와 같은 인식을 바탕으로 이 작품을 다시 한번 정독해본다면 '적지' 속에 이미 자닌을 부르는 '왕국'이 내재해 있었다는 것을 알 수 있다. 결국 소설 〈간부〉는 자닌이 적지 속에서 왕국을, 사막 속에서 오아시스를 발견해가는 과정으로 읽을 수 있다.

사막지대의 추위, 공격적 광물성, 그리고 침묵만을 접해온 자닌을 처음으로 끌어당기는 긍정적인 요소는 종려수다. "왼편으로는 벌써 오아시스의 첫 종려수들이 뚜렷한 윤곽을 드러냈다. 그쪽으로 가고만 싶었다."(23쪽) 호텔 방에 혼자 올라간 자닌은 "무엇을 기다리는 것인지 모르는" 채 막연히 기다린다.(24쪽) 그때 그녀는 "바람 때문에 종려나무들에서 일어나 환기창을 통해 흘러오는 저 강물의 물살 같은 소리를 더욱 또렷하게 의식"한다.(24쪽)

여기서부터 이 '메마른' 사막 속에는 메타포를 통하여 걷잡을 수 없는 '물'이 밀려든다. 적지가 왕국으로 전환되는 신호다. 앞서의 "강물의 물살 같은 소리"는 곧 "윙윙거리는 파도 소리"

로 변하고 자닌의 상상 속에서 "폭풍 속에 파도를 이루는 종려의 바다"가 나타난다. 그리고 그 "보이지 않는 파도"가 그녀의 피곤한 눈을 "서늘하게 식혀"준다. (24쪽) 그리고 "곧으면서도 바람에 휘청거리는 종려"는 자닌에게 "지난날 소녀였던 자신의 모습"과 동격으로 나타나면서 긍정적 유연성의 의미를 환기한다. (25쪽)

마침내 자닌은 호텔 주인의 권유를 상기하고 저녁 5시경 요새의 망루로 올라간다. 거기서 그는 "그때까지 알지 못했던, 그러나 끊임없이 그녀에게 결핍되어 있었던 그 무엇인가가 자기를 기다리고 있을 것 같은 느낌"을 받는다. (33쪽) 자닌 자신이 무엇인지도 모를 그 무엇을 기다리고 있을 뿐만 아니라 이번에는 그 무엇인가가 그녀를 기다리고 있음을 자각하는 것이다. 이때 중요한 변화가 일어난다. 광물성의 액화 현상이 그것이다. "결정체 같았던 빛이 물처럼 녹아 흘렀다. 그와 동시에, 오로지 우연히 이곳으로 이끌려왔을 뿐인 여인의 가슴 안에서는 세월과 습관과 권태가 꽉 조여 매어놓은 매듭이 천천히 풀려갔다."(33쪽) 메마른 사막이 부드러운 '물'의 왕국으로 변하려는 첫 번째 신호다. 과연 여기서 유목민들의 야영 텐트를 내려다보는 자닌의 머릿속에 처음으로 '왕국'이라는 표현이 떠오른다.

아득한 옛날부터 광막한 이 나라의 뼛속까지 헐벗긴 메

마른 땅 위에서 가진 것은 아무것도 없으나 그 누구의 종 노릇도 하지 않는 어떤 사람들은, 이 기이한 왕국의 가난하지만 자유로운 주인들로서 지칠 줄 모르고 길을 걸었다.(34쪽)

자닌은 이 "왕국"이 "원래부터 그녀에게 약속되어 있었지만" 이 한순간을 제외하고는 "영영 자기의 것은 되지 못하리라는 것"을 알고 있다. (34쪽) 구원을 청하는 부름을 듣지 못한 채 잠들어 있는 남편 곁에 누워서 한밤중에 그녀가 들은 '부르는 소리'는 바로 왕국의 부름이었다. 이제 그 부름에 응답하기 위하여 자닌은 잠자리에서 '일어난다'. 그는 저 높은 망루로 달려 올라간다(요새의 테라스로 올라가보라고 권한 호텔 주인의 말은 《페스트》에서 저 옥상 위는 '좋은 공기bon air'라고 말한 해수병쟁이 영감의 충고와 같다. 그곳에서 리유와 타루는 바다로 가길 원한다. 여기서도 물과의 만남이 이뤄진다).

남편과의 잠자리에서 한밤중에 몰래 빠져나온 이 여자의 간음 상대는 다른 남자가 아니라 사막의 광대한 밤이다. 지금까지 남편 마르셀과의 부부관계는 사랑이 아니라 오직 습관과 죽음에 대한 공포 때문에 겨우 이뤄져온 것이었다. 마르셀은 매일 밤 "혼자 있는 것이 싫어서, 늙는 것이 싫어서, 죽는 것이 싫어서"(38쪽) 그녀를 필요로 한다. 그것은 "고독과 밤이 드러내는 섬뜩한 그 무엇을 파묻어 숨기기 위해, 욕망도 못 느끼면

서 여자의 육체를 향해 절망적으로 몸을 내던지는, 이 미치광이 사내들"(38쪽)의 광란에 불과한 것이다. 그러나 자닌과 사막의 밤 사이의 치열한 에로티시즘은 그것과 강한 대조를 나타낸다.

첫 번째 접촉: 망루에 오르는 즉시 "난간 벽에 몸을 붙이고 있자니 배가 뿌듯하게 눌려왔다". 모든 것이 '액화'되면서 단절되었던 소통이 가능해진다. '폭포처럼' 마구 들이마신 공기가 그녀의 '몸 안으로 흘러든다'. 차츰 찬 것이 더운 것으로 변한다. "조금씩이나마 약간의 열기가 으스스 떨리는 몸속에서 생겨나기 시작했다."(41쪽) 특히 지금까지 작품 전체를 지배해온 추위와 차가움이 뜨거움으로 변하고 단단한 것이 물로 변하는 과정은 여기서 '별'과 '밤'의 이미지를 통하여 그 섬세함과 진실성을 유감없이 드러낸다.

차갑고 건조한 밤의 짙은 어둠 속에서 수천 개의 별들이 끊임없이 돋아나고, 그 반짝거리는 얼음 덩어리들은 또렷한 윤곽을 드러내자마자 어느새인가 지평선으로 미끄러져가기 시작했다. 자닌은 하늘에 표류하고 있는 이 불들을 바라보는 데 완전히 정신이 나가 헤어날 수가 없었다. 자닌은 그들과 더불어 선회했고, 부동不動의 전진을 통해 차츰 가장 깊은 자신의 존재와 한 덩어리가 되어가고 있었다. 그 깊은 곳에서는 지금 추위와 욕망이 서로 다투고 있었다.

해설: 적지에서 왕국으로

그녀의 앞에서 별들은 하나씩 하나씩 떨어져서 이윽고 사막의 수많은 돌들 가운데로 꺼져갔다. 그럴 때마다 자닌은 조금씩 더 밤을 향해 스스로를 열었다. 그녀는 숨을 쉬었다. 그녀는 추위며 존재들의 무게며, 광란하는 혹은 얼어붙은 삶이며 삶과 죽음의 기나긴 고통, 그 모든 것을 잊어가고 있었다. 공포를 피하느라고 목적도 없이 미친 듯 달리기만 했던 오랜 세월 끝에, 드디어 그녀는 발걸음을 멈췄다. 그와 동시에 자신의 뿌리를 발견한 듯싶었다. 이제는 더 이상 떨리지 않는 그녀의 몸속에 수액이 다시금 솟아오르고 있었다. 난간 벽에 배를 꽉 누르면서 움직이는 하늘을 향해 전신을 긴장시킨 채 자닌은 아직도 뒤흔들린 상태인 그녀의 마음이 마침내 가라앉고 자신의 내면에 침묵이 이뤄지기를 기다릴 뿐이었다. 성좌의 마지막 별들이 사막의 지평선 위 좀 더 낮은 곳으로 그 떨기 송이들을 떨어뜨리더니 가만히 움직임을 멈췄다. 그때 참을 수 없는 보드라움과 함께 밤의 물이 자닌을 가득 채우기 시작하면서 추위를 뒤덮어버리고 차차 그녀의 존재의 불가해한 중심에서 용솟음쳐 올라 그칠 새 없는 물결이 되어 신음소리로 가득한 그녀의 입에까지 넘쳐나고 있었다. 잠시 후 하늘 전체가 차가운 땅 위에 벌렁 넘어진 자닌의 몸 위로 내려와 덮치면서 활짝 펼쳐졌다.(42~43쪽)

여기서 별은 우선 '또렷한 윤곽'과 '얼음 덩어리'의 모질고 차가운 속성으로 인하여 광물성, 고체성으로 나타난다. 그러나 동시에 '반짝거리는' 빛으로 인해 그것 자체의 '윤곽'을 벗어나며 간접적으로 '불'의 존재를 암시한다. 과연 이 별은 곧 '표류하는 불'이 됨으로써 단단한 것은 액화되고 찬 것은 뜨거운 것으로 변한다. 아니 변한다기보다는 '별'의 이미지 속에는 차가우면서도 뜨거운 상반된 값이 공존한다고 말해야 옳을 것이다. 진정한 이미지, 살아 있는 이미지의 역동성은 이러한 양가성, 애매성에 있는 것이다. 그렇기 때문에 이 문맥 속에 등장하는 '부동의 전진'이라는 논리적 모순은 이미지의 차원에서는 진실이며 오히려 그 역동성을 더욱 잘 드러내 보여준다.

'불'인 별은 '떨어'져서 '꺼지면' 차가운 '돌'로 변하지만 반면에 자닌이 밤을 향하여 스스로를 '열어'감에 따라 '추위'나 광물성('존재의 무게')은 '잊혀진다'. 존재의 능동적 액화 현상이 일어나기 때문이다. 여기서 '수액'은 존재를 와해시키는 액화 현상이 아니라 물이 강한 생명력을 가질 때의 모습이다. 그래서 생명에 넘치는 이 에로틱한 '수액'은 밑으로 떨어지는 것이 아니라 위로 '솟아오르는' 것이다. 이제 '성좌의 마지막 별들'은 아까처럼 떨어져 차가운 돌이 되는 것이 아니라 마치 밤과 하늘의 정액인 양 그 '떨기 송이들을 떨어뜨린다'. 드디어 에로티시즘의 절정. 찬 것은 뜨거운 생명으로, 메마르고 단단한 것은 물로 변했고 여자와 세계 사이의 경계는 허물어졌다. '참을 수 없

해설: 적지에서 왕국으로

는 보드라움'과 함께 '밤의 물'이 자닌을 '가득 채우기' 시작하면서 '추위를 덮어버린다'. 자닌과 하늘은 마침내 한 덩어리가 됐다. '차츰 깊은 자신의 존재와 한 덩어리가 되었던' 그녀는 동시에 세계와도 한 덩어리가 된 것이다. 그러나 어떤 절대와 접하는 듯한 이 순간이 영원히 지속될 수는 없었다. 이리하여 자닌은 '간부'가 됐다. 아마도 이를 수 없는 '왕국'에 이르려면 배반(간통)하지 않으면 안 되는 것일까?

카뮈가 제기하는 문제는 확실하다. 참다운 자아를 되찾고 그 자아에 충실한 것이 곧 타자(남편)에게는 '배반'이 되는 딜레마가 바로 그 문제인 것이다. 마치 이 배반을 벌하려는 듯이 남편은 갑자기 불을 켰고 그 불빛이 "그녀의 뺨을 철썩 후려치는 것 같았다."(43쪽)

〈배교자 혹은 혼미해진 정신〉 역시 그 제목에서부터 이와 유사한 '배반'의 문제를 다루고 있음을 암시하고 있다. 이번에는 세속의 법칙, 즉 남편에 대한 배반이 아니라 종교적 믿음에 대한 배반이다.

1952년에 계획한 프로그램 속에서 여섯 번째 단편으로 예정되어 있었던 이 작품은 1956년 《라누벨르뷔프랑세즈N.R.F》지 6월호에 '혼미해진 정신'이란 제목으로 발표되었다가, 1957년 단편집에 포함되면서 '배교자 혹은 혼미해진 정신'으로 제목이 바뀌었다. 즉 애초의 구상에서부터 단편집으로 발

적지와 왕국

간되는 5년 사이에 작가의 의도상 변화가 있었음을 말해준다.

프랑스 중부 산악지대인 마시프 상트랄의 개신교 지역 출신인 주인공(그에게는 이름이 없다)은 마을 신부님의 배려 덕분에 그르노블의 카톨릭 신학교에 들어간다. 그리고 다시 알제 신학교로 옮겨 갔다가 경리과의 금고통을 훔쳐 도망쳐 나온다.* 한시라도 빨리 저 흑인 이교도들에게 하느님의 말씀을 전파하고 그들을 교화해야겠다는 조바심 때문이다. 그러나 그는 오히려 '소금의 도시'에 사는 흑인들에게 붙잡혀 고문을 당하고 혀가 잘린 끝에 오히려 그들의 우상인 악과 증오의 신을 섬기게 된다. 어느 날 그의 후임 선교사가 온다는 소식을 듣자 '새로운 신앙과 상전을 구하기 위하여' 갇혀 있던 골방에서 다시 도망쳐 나온다. 총을 가지고 사막 어귀에서 기다리다가 새로 부임하는 선교사를 죽인다. 그러나 마지막으로 그 '혼미해진 정신'은 다시 한번 선과 자비와 사랑으로 돌아선다.

이 단편은 골방에서 도망쳐 나와 사막에서 선교사를 기다리기 시작하는 새벽부터 선교사를 죽이고 나서 '자비의 왕국'을 갈구하는 밤까지 하루 동안 혀가 잘린 주인공의 '혼미해진 정신' 속에 떠오르는 무질서한 생각과 기억들, 그리고 그의 행

---

* 카뮈가 혐오하는 '열린사회의 적들'의 표본인 히틀러와 스탈린이 신학교에서 도망쳐나온 위대한 '절대의 탐구자들'임을 상기할 필요가 있다.

해설: 적지에서 왕국으로

동을 일종의 '의식의 흐름' 형식으로 옮겨놓은 1인칭 서술이
다. 플레야드판을 유심히 살펴보면 이 텍스트는 마지막 1행,
즉 "소금 한 줌이 그 수다스러운 노예의 입을 가득 메웠다"라
는 3인칭 서술을 제외하고는 처음부터 끝까지 따옴표 속에 묶
여 있다는 사실을 확인할 수 있다. 따라서 따옴표 밖에 있는 마
지막 말은 주인공의 것이 아니라 서술자의 목소리로 '혼미해진
정신'에 대한 결론 혹은 심판의 의미를 갖는다고 할 수 있다.

앞에서 지적했듯이 이 이야기는 '배반'과 '개종'의 연속으로
이루어져 있다. 개신교 마을에서 태어난 주인공은 카톨릭 신
학교에 들어간다. 일종의 '개종'인 셈이다("신학교에 들어가니까
그들은 온통 신이 나서 야단이었지, 개신교 지역 출신의 신입생이 들
어왔으니 대단한 성과라는 거였어"[〈배교자〉, 49쪽]). 다음으로 금
고통을 훔쳐가지고 도망쳐 나옴으로써 신학교를 배반한다. 그
러나 결정적인 배반은 사랑의 종교를 전파하려고 야만족들의
도시로 뛰어들었다가 오히려 그들의 우상을 섬기게 된 일이
다. 더군다나 마지막에는 또다시 '잘못 생각한 것인가' 하고 회
의에 빠지면서 자비의 종교로 돌아선다.

잡지에 처음 발표된 시기(즉 탈고된 시기)가 《전락》의 시기
(1956년 5월 16일)와 거의 일치하는 이 작품은 1인칭의 소설과
'수다스러운' 서술체(고백과 설교) 및 절대의 추구, 자신을 그리
스도에 비교하는 방식("오, 우상이여, 어찌하여 나를 버렸나이까?"
[76쪽]), 배반, 그리고 재판의 분위기 등이 《전락》과 매우 흡사

한 단편이다.

카뮈는 여러 곳에서 '절대의 탐구'가 상대적 세계를 살아가는 인간에게 얼마나 위험한 것인가를 지적하면서 기독교와 히틀러주의, 마르크스주의를 절대의 탐구의 연장선상에 놓고 해석, 비판한 바 있다. 이 작품은 바로 이와 같은 사색의 연장선상에 있다고 할 수 있다. 많은 비평가들은 이 작품 속에서, 기독교 지식인이 기독교를 포기하고 권력 욕구를 만족시키거나 이상적인 정치체제를 탐구하는 과정에서 공산주의를 받아들이는 모습에 대한 비판을 읽는다. 또한 《반항하는 인간》을 둘러싼 논쟁 직후에 구상된 작품인 만큼 날로 공산당의 동반자 쪽으로 기울어져가는 사르트르에 대한 카뮈의 비판적 시선 또한 작품 속에 암시된 것으로 볼 수 있다. 1952년을 전후한 그의 《작가수첩 3》에는 〈배교자〉와 관련하여 그와 같은 암시들을 담은 메모가 여러 곳에서 눈에 띈다. 우선 마르크스주의와 기독교의 유사관계로,

마르크스주의는 급진 민주주의와 부르주아 사회에 대하여 기독교가 헬레니즘에 대하여 던졌던 것과 같은 비난을 퍼붓는다. 주지주의요 형식주의라는 것이다.(《작가수첩 3》)

다음으로 유다의 배신과 증오를 히틀러 및 소련 공산당의 '집단수용소'와의 인과관계에 놓고 보는 해석이다.

유다는 적어도 간접적으로는 그리스도를 위하여 증언하려고 배신과 증오를 원칙으로서 겉에 내세운다. 그 결과 : 20세기. 사랑이 없으니까 그 대신 수용소들을.(《작가수첩 3》)

끝으로 《반항하는 인간》을 에워싼 논쟁과 관련하여 사르트르 진영의 '노예 상태' 지향(카뮈는 《적지와 왕국》의 〈서문〉에서 왕국으로 갈 수 있는 조건은 노예 상태servitude의 거부라고 못박아 말하고 있다), '속임수', 그리고 배반에 대한 비판이다.

《T. M.》의 논쟁—파렴치함. 그들이 내세우는 단 하나의 변명은 이 끔찍한 시대다. 따지고 보면 그들 내면에서 무엇인가가 노예 상태를 갈구하고 있다. 그들은 사상들로 가득 찬 무슨 고귀한 길을 통해서 그리로 가고자 꿈꾼다. 그러나 노예 상태에 이르는 왕도란 없다. 속임수, 모욕, 동지에 대한 고발이 있을 뿐이다. 그다음에 오는 것은 지난 30년간의 분위기.(《작가수첩 3》)

실제로 기독교가 표방하는 사랑의 신을 배반한 유다인 배교자는 결국 소금의 도시 사람들이 섬기는 증오와 악의 우상을 받들어 믿는다. "그는 주인이며 유일한 왕이시니, 간악함이야말로 일월같이 뚜렷한 속성, 세상에 선한 주인이란 없는 법이

다. (…) 오직 악惡만이 끝장을 볼 수 있고 절대적인 지배를 실현할 수 있는 것이다."(69쪽) 그런데 그 '우상'의 형상이 매우 암시적이다. "내가 고개를 뒤로 돌리자 우상이 눈에 들어왔다. 도끼 머리가 쌍으로 달려 있고 쇠붙이로 된 코는 뱀처럼 꼬인 모양의 우상이었다."(61쪽) 이 모습은 소련의 엠블럼과 너무나도 많이 닮았다. '쌍으로 달린' 도끼 머리 망치와 낫자루 부분을, '뱀처럼 꼬인' 모습은 낫을 연상시킨다. 또 나치의 상징, 소련의 엠블럼 모두가 두 개의 선을 교차시킨 것이라는 점에서는 같은 십자가의 변형이다. 모두가 어떤 절대를 지향하는 전체주의의 양상을 띤다. '소금의 도시'가 보여주는 물질적, 공간적 구조는 바로 '집단수용소'로 대표되는 '절대성'의 상징이다.

　　마치 그 옛적 어느 날 그들이 일제히 소금산에 달려들어가지고 우선 산을 평평하게 깎아낸 다음 소금 반석을 직접 파서 가로들을 만들고 집 내부와 창구멍을 뚫었던 것처럼 하얀 테라스들은 모두가 한데 이어져 있는 것 같았다, 모든 축대가 그만 한데 녹아붙는 것 같았다, 혹 그렇지 않으면, 그렇다, 그게 더 나은 표현일지 모른다, 마치 부글부글 끓는 물을 파이프로 내뿜어가지고 소금 덩어리를 도려내어 그네들의 타오르는 흰 지옥을 만들어놓기라도 한 것 같았다.(56쪽)

거대한 소금 덩어리를 조각하듯이 깎아 만들어놓은 이음새

없는 하나의 전체, 이 도시는 바로 물샐틈 없는 '절대'의 공간적 구현이다. 또한 나무 한 그루 없는 이 광물성 도시는 산문 〈헬레네의 추방〉에서 작가가 개탄하는 이 시대 유럽의 사회주의와 헤겔의 사상을 연상시킨다. 그것은 자연과 풍경이 추방된 이성만의 세계이다.

> 도스토옙스키 이후 유럽의 위대한 문학작품들 속에서는 풍경을 찾아볼래야 찾아볼 길이 없다. 역사는 역사보다 먼저 존재하는 자연세계도 설명해주지 못하고 역사를 초월하는 곳에 있는 아름다움도 설명해주지 못한다. (《결혼·여름》, 〈헬레네의 추방〉)

그러면 이번에는 배교자가 처음 그곳의 광장에 끌려갔을 때 그의 눈에 비쳐진 도시의 형상을 보자.

> 그 광장을 중심으로 테라스들이 동심원을 그리면서 대야처럼 움푹한 분지를 덮고 있는 단단하고 푸른 하늘 뚜껑 쪽을 향하여 점점 높이를 더해가고 있었다.(58쪽)

이것은 운하들이 '동심원'을 그리고 있는 암스테르담(《전락》)의 지옥도를 연상시키는 공간이다. 다만 《전락》의 무대가 '물'의 지옥이라면 이곳은 태양이 작열하는 '불'의 지옥이라는

점이 다르다. 거대한 원형 경기장과 같은 이 공간구조는 물론 현대의 '집단수용소'의 상징일 듯하다. 그와 동시에 나무 한 그루 없는 이 소금도시 '타가사Taghâsa'는 바로 카뮈에게는 행복의 요람이요 헬레니즘의 상징인 '티파사Tipasa'의 반대극에 위치한다. 실제로 우리는 이 도시 이름과 관련하여 이 단편소설의 의미를 해석하는 데 결정적인 실마리를 제공하는 지적을 카뮈의 산문 〈티파사에 돌아오다〉에서 발견할 수 있다.

　　나는 다시 티파사를 떠나 유럽과 유럽의 투쟁으로 되돌아갔다. 그러나 그 한나절의 기억은 아직도 나를 떠받쳐주고 있으며 열광하게 하는 것과 억압하는 것을 똑같은 마음으로 맞아들이도록 도와준다. 우리가 처해 있는 이 어려운 시간에 그 어느 것도 배제해서는 안 된다는 것, 그리고 흰실과 검은 실로 끊어지려 할 만큼 팽팽한 끈을 꼬는 방법을 배우는 일, 그것 말고 내가 무엇을 더 바랄 수 있겠는가? 지금까지 내가 행하거나 말한 모든 것 속에서는 이 두 가지 힘을 엿볼 수 있는 것 같다. 심지어 그 두 가지 힘이 서로 모순될 때까지도 말이다. 나는 내가 그 속에서 태어난 빛을 부정할 수 없었고, 그러면서도 또 이 시대가 강요하는 온갖 억압들을 마다하고 싶지 않았다. 여기서 티파사라는 부드러운 이름에 보다 더 요란스럽고 잔인한 다른 이름들을 대립시켜보는 것은 쉬운 일이다. 오늘날 인간들에게는, 내가

해설: 적지에서 왕국으로

양쪽 방향으로 다 밟아보았기 때문에 잘 알고 있는, 정신의 언덕들에서 범죄의 대도시들로 가는 한 가닥 내면의 길이 있다.《결혼·여름》

소금의 도시 '타가사'는 바로 부드러운 자음 [i]의 '티파사'에 대립되는, 우울한 인후음 [g]를 가진 보다 더 요란스럽고 잔인한 이름의 도시이다. 티파사가 '정신의 언덕들'이라면 타가사는 '범죄의 대도시'이고 전자가 우리를 '열광케 하는 것'이라면 후자는 '억압하는 것'이다. 이 '내가 그 속에서 태어난 빛'과 '시대가 강요하는 억압', '흰 실'과 '검은 실'은 이처럼 대립관계, 혹은 모순관계를 이루는 것이지만 카뮈는 그 양자를 함께 끌어안고자 한다. 그것이 바로 흰 실과 검은 실을 한데 엮어 '끊어지려고 할 만큼 팽팽한 끈을 꼬는 방법', 즉 예술을 통하여 모순을 사는 방법인 것이다. "절도. 그들은 그 삶을 모순의 해결로 간주한다. 그런데 그 삶은 모순의 인정과 모순 속에 버티고 서고 또 모순을 겪고도 살아가려는 영웅적 결단 이외의 다른 것일 수 없다."

한편 앞에서 본 〈간부〉의 자닌은 자기 자신에게 충실하려다가 타자(남편)를 배반하고 말았는데 여기서 배교자는 타자, 즉 소금도시의 우상을 섬기다가 자신의 신을 배반하고 만다. 이것은 둘 다 모순을 인정하고 모순 속에 버티고 서는, 다시 말해서 모순을 겪고도 살아가려는 영웅적 결단에 위배된다. '끊어

적지와 왕국

지려고 할 만큼 팽팽한 끈을 꼬는 방법'은 어느 한쪽의 선택이 아니라 모순을 사는 일이다. 그것이 바로 카뮈가 추구하는 절도와 한계의 윤리학이다.

뒤에 이어지는 네 편의 이야기들 속에서 이바르, 다뤼, 요나, 다라스트는 각기 오웬 J. 밀러가 적절하게 지적했듯이 "어느 한 순간 윤리적인 딜레마에 갇혀서 자신에 대한 충실성과 타자에 대한 충실성을 서로 타협시키지 않을 수 없는 상황에 직면한다." 그리하여 각각의 단편은 바로 이러한 문제의 서로 다른 국면을 부각시키고 있는 것이라 할 수 있다.*

세 번째 단편 〈말없는 사람들〉은 1952년에 구상해 1955년에 완성한 작품이다. 원래는 '적지의 단편들' 속에 포함될 예정이 아니었다. 광란하는 듯한 〈배교자〉의 문체와는 판이하게 지극히 사실주의적인 서술로 일관하고 있다. 로제 키요의 지적처럼 카뮈는 이 작품을 통해 약속했던 대로 《안과 겉》의 세계, 즉 노동, 가난, 계층간의 갈등, 그리고 그의 어린 시절에 익숙했던 소리와 냄새와 감정으로 되돌아간다. 실제로 카뮈의 외삼촌은 알제의 가난한 벨쿠르 거리에서 일하는 통제조공이

---

* Owen J. Miller, 〈L'Exil et Le Royaume: Cohérence du recueil〉, *Albert Camus 6 Camus nouvelliste : L'Exil et Le Royaume*, La Revue des Lettres Modernes, Minard, 1973, p. 36.

었다. '말없는 사람들'이란 제목은 또한 작가가 《안과 겉》의 서
문에서 작품의 중심으로 삼겠다고 말한 "한 어머니의 저 탄복
할 만한 침묵"을 연상시킨다.

　또 이 작품에는 전편에 걸쳐 밝고 개방된 세계의 상징인 '바
다'와 '햇빛'의 이미지가 폐쇄적인 '침묵'과 강한 대조를 보이며
깔려 있다. 이 단편은 바다로 시작하여 바다로 끝난다.

　　부두 저 끝에는 바다와 하늘이 서로 어울려 분간 못할 한
　빛깔로 반짝이고 있었다.(81쪽)

　　스무 살 먹었을 적엔 바다를 아무리 봐도 싫증나지 않
　았다. 그에게 바다는 해변에서 보내는 즐거운 주말의 약
　속이었다. (…) 그는 늘 수영을 좋아했다. (…) 물릴 때까
　지 화끈하게 즐기며 살던 시절의 버릇이 차츰차츰 없어졌
　다.(82~83쪽)

　　이바르는 여전히 바다를 좋아했지만 이젠 낮이 기울어
　물굽이의 물 색깔이 짙어질 무렵에나 즐길 뿐이었다.(접촉
　의 대상이 아니라 바라봄─거리의 대상〔83쪽〕)

　　하늘은 맑아졌다. 벽 저 너머로는 부드러운 저녁 바다가
　눈에 들어왔다. (…) 얘기가 끝나자 수평선 한 끝에서 다른

끝까지 이미 황혼이 빠른 걸음으로 달리고 있는 바다 쪽으
로 몸을 돌린 채 그는 꼼짝도 않고 앉아 있었다. (…) 그는
자기가 젊었더라면, 그리고 페르낭드 역시 젊었더라면 하
고 아쉬워했다. 그랬더라면 그들은 바다 건너 저쪽으로 떠
났으리라." (102쪽)

바다와 더불어 햇빛은 삶의 즐거움이요 생명의 신호다.

　　모두들 잠자코 일하고 있었지만 공장 안에는 어떤 열기
가, 어떤 활력이 조금씩 조금씩 되살아났다. 커다란 유리벽
을 통해서 싱싱한 햇빛이 공장 안에 가득 흘러들었다. 금빛
영롱한 공기 속에 연기가 파랗게 피어오르고 있었다.(91쪽)

　　마당에는 햇빛이 어찌나 싱싱하게 흐르는지 이바르는
그것을 얼굴 위에, 그리고 드러난 두 팔뚝 위에 느낄 수 있
을 정도였다.(93~94쪽)

이바르는 아내 페르낭드와 아들아이를 거느린 중년의 가난
한 가장이다. 그는 에스포지토(털보, 힘이 센 사내), 마르쿠(조합
대표, 테노리노 가수 같은 용모), 사이드(공장 내 유일한 아랍인), 발
레스테르(직공 중 연장자, 파업 반대, 공장 감독), 발리(나이 어린
공원) 등 열대여섯 명쯤 되는 통장이들과 함께 통공장에서 노

동자로 일한다. 그런데 '선박과 액체 운반용 자동차가 생산되는 바람에' 술통 제조업은 위기에 처하고 박봉에 시달린 노동자들은 20일간의 파업에 돌입했다가 별다른 성과도 없이 조합의 중재대로 작업을 재개한다. 불만이 가시지 않은 이들은 일을 시작하면서도 공장주에 대하여 고집스럽게 침묵을 지키며 마음을 풀지 못한다. 그런데 갑자기 공장주의 아이가 중병에 걸려 쓰러진다. 이바르는 다른 노동자들과 함께 느끼는 결속이나 동지애의 상징인 침묵과 치명적인 병에 걸린 아이 앞에서 상심한 공장주에 대한 동정 사이에서 갈등한다. 그러나 그는 끝내 동정심을 표시하지 못한다.

그는 자신에 대한 충실성에 갇힌 수인이 된 채 타자에게로 나가지 못한다. 그가 침묵을 깨지 않는 것은 단순히 다른 동료들과의 연대감에 위반이 될까봐 걱정되기 때문만은 아니다. 침묵의 발단은 물론 노동자들이 느끼는 모멸감의 표현이며, 그 모멸감의 책임은 공장주에게 있다. "이 꼴로 굴복하고 들어서는 자기들의 모습이 부끄럽기도 하고 침묵만 지키자니 제풀에 부아도 나지만 침묵이 계속되면 계속될수록 말은 더욱 안 나왔으므로 그들은 잠자코들 있는 수밖에 없었다."(84쪽) 아무 말을 하지 않는 것이 이바르에게는 자신에게 충실하는 유일한 길이다. 그러나 그러한 침묵은 결국 의식적인 도전의 성격을 끝내고 그저 고집과 얽매임의 자세로 변질되고 만다.

이바르는 그저 피곤하기만 하고 줄곧 가슴이 조여들었

다. 뭐라고 말이라도 하고 싶었다. 그러나 아무 할 말이 없었다. 다른 사람들 역시 그랬다. 뚱한 그들의 얼굴에서는 다만 서글픔과 일종의 고집만을 읽을 수가 있었다.(100쪽)

공장주에게 동정의 말을 함으로써 자신에 대한 충실성을 극복하는 데 실패하자 이바르는 타자에 대한 불충실의 슬픔을 뼈저리게 느낀다.

네 번째 이야기 〈손님〉은 다시 사막의 고원지대를 배경으로 하며 이쪽도 저쪽도 택하지 못하는 주인공의 고통을 그리고 있다. 르네 샤르가 보관하고 있는 이 작품의 원고는 1954년 말에 집필된 것이다. 처음에는 '눈 속에? 카인? 법?' 등 세 가지 제목을 생각했으나 결국 '손님'으로 정해졌다. 1952년에 이미 '고원과 죄수'라는 제목으로 집필을 구상한 것으로 보아 1954년에 발생한 알제리 전쟁과 직접적인 관련이 있는 작품이라고 보기는 어렵다. 다만 1952년 12월 보우사다의 고원지방을 여행하려 했을 때 카뮈는 알제에서 남부지방에 민중봉기가 있다는 소식을 들었던 적이 있었다.

'사막이 시작되는 관문'이 바라다보이는 고원 비탈. 그곳에 세운 외진 학교에서 백인 교사 다뤼는 추위와 고독 속에 갇힌 채 혼자 살고 있다. 그곳으로 헌병 발뒤시가 사람을 죽인 아랍인을 호송해 온다. 그는 다뤼에게 죄인을 고원 너머에 있는 탱

기의 당국에 넘겨줄 것을 부탁하고 간다. 죄수와 함께 하룻밤을 지낸 다뤼는 그를 고원의 반대편 고지에까지 데리고 가서 동쪽의 탱기로 가는 길과 남쪽의 유목민들에게로 인도하는 길 중에서 스스로 선택하도록 맡긴다. 그러나 죄수는 감옥으로 가는 길을 택한다. 그가 학교로 돌아왔을 때 칠판에는 아랍인들이 자기들의 형제를 경찰에 넘겼다면서 그를 위협하는 글이 씌어 있다.

지식인 교사인 주인공 다뤼는 여섯 편의 단편 중에서도 카뮈 자신과 가장 많이 닮아 있다. 우선 그의 이름 다뤼Daru는 기이하게도 카뮈Camus 자신의 이름과 모음 부분이 일치하며 여러 가지 면에서 카뮈를 연상시키는《페스트》의 타루Tarrou의 이름과도 유사한 데가 있다. 그리고 프랑스의 백인이면서 알제리에서 태어나 아랍인과 백인 두 집단의 어느 쪽 편도 들 수 없이 비폭력만을 호소하며 고통스러운 중립을 지켜야만 했던 카뮈 자신의 입장과 다뤼의 입장은 거의 일치한다고 볼 수 있다. 알제리에서 태어난 카뮈가 그곳을 자신의 진정한 고향으로서 사랑하듯이 다뤼도 이 고장에서 태어났고 "외떨어진 이 학교에서 거의 수도사나 다름없이, 얼마 안 되는 살림과 이 고된 생활에 만족하면서 사는 그는 스스로가 마치 왕이라도 되는 듯이" 여긴다. (108쪽) 이 사막에서는 자신도 손님도 그 어느 누구도 다 '보잘것없는 존재'지만 그는 "이 사막을 벗어나서는 진정 살 수 없다는 것을" 잘 알고 있다. (118쪽) "이 세계를 벗어

나서는 구원은 없다"고 말한 카뮈 자신의 말을 상기해본다면 이 사막은 곧 인간이 사는 세계 전체의 상징임을 알 수 있다. "다뤼는 여기서 태어났다. 어디건 이곳이 아닌 다른 곳에 가면 그는 적지의 신세가 된 듯한 느낌에 사로잡혔다."(108쪽) 그러므로 그에게 사막은 동시에 '왕국'인 것이다. 그런데 이 세계 속의 갈등이 왕국을 '적지'로 만들어버린다. "이 고장은 본래 이렇듯 살기 어려운 곳인데 그곳에 사는 인간들끼리의 문제 또한 간단치는 않았다."(108쪽) 마침내 "그가 그토록 사랑했던 이 광막한 고장에서 그는 혼자였다."(129쪽) 알제리 전쟁 동안 카뮈가 그러했듯이….

다뤼는 이바르처럼 자신에 대한 충실성의 노예도 아니고 요나처럼 타인에 대한 충실성의 노예도 아니다. 그러나 선택을 해야만 한다는 점에서 예속적인 상황에 놓여 있다. 다뤼에게 있어서 아랍인을 "넘겨준다는 것은 명예상 할 짓이 아니었다. 생각하기만 해도 욕된 느낌이 들어 미칠 듯했다."(125쪽) 다시 말해서 그것은 자신에게 충실하지 못한 행동이었다. 그러나 그는 아랍인이 저지른 살인 행위에 대해 분노를 느낀다. "문득 다뤼는 이 사람에 대해서, 모든 인간에 대해서, 그들의 악의와 지칠 줄 모르는 증오, 피를 보고 싶어하는 광기에 대해서 참을 수 없는 분노가 치밀어오르는 것을 느꼈다."(113쪽) 그러므로 이 살인자에게 그의 책임을 회피하고 유목민들에게로 가라고 노골적으로 충고한다는 것 역시 자신에게 불충실한 행동이

해설: 적지에서 왕국으로

된다.

한편 다뤼는 늙은 헌병 발뒤시에 대하여, 비록 자신의 명예 원칙에 입각해 항의는 하지만 어떤 충실성을 느낀다. 발뒤시 역시 비인간적인 법의 집행자가 아니라 아버지다운 너그러움 도 있고 명예심도 있다. 그는 다뤼에게 이렇게 실토한다. "나 도 좋아서 하는 건 아냐. 사람을 포승줄로 묶는다는 건, 오랫 동안 해온 짓이지만 통 익숙해지질 않네. 그래, 부끄러운 짓이 야."(115쪽) 또 교사가 죄인을 넘겨주지 않는다고 해도 "고발할 생각은 없다"고 말한다.(116쪽) 그런가 하면 또 그는 아랍인에 대해서 그가 저지른 범죄는 미워하지만 자신도 모르게 어떤 형제애 같은 것을 느낀다. 포승과 권총과 관련한 다뤼의 감정 변화와 행동이 그렇고, 아랍인과 함께 밤을 보낸 뒤의 어떤 친 근감 같은 것을 봐도 그렇다. 그는 살인범이지만 동시에 인간 인 것이다.

이런 미묘한 상황에서 다뤼는 아랍인에게 선택권을 맡긴다. 왜 그랬을까? 또 아랍인은 왜 유목민들에게로 가지 않고 감옥 의 길을 택했을까? 카뮈는 이런 일련의 질문들에 대한 대답을 보류함으로써 도덕적 선택이 갖는 애매성을 표현한 것일까? 다뤼는 자신에게도 타자에게도 다 같이 충실하려 하다가 발뒤 시에게도 아랍인에게도 완전히 충실하지는 못하게 된다. 두 가지 충실성을 타협시켜도 '왕국'으로 가는 길은 멀다.

다섯 번째 작품 〈요나〉는 당시의 카뮈가 작가로서 처한 상

황을 화가로 바꿔놓고 순진함을 가장한 해학적인 터치로 그린 자전적 단편이다. 로제 그르니에가 지적했듯이 단편소설보다는 콩트에 더 가까운 이 작품에는 "그 진실성이 오히려 희극적 효과를 감소시키는 면이 있다. 화가 요나의 낭패 뒤에서는 너무나 큰 고통이 느껴져서 이 작품을 읽으면서 거침없이 웃기만 할 독자는 아무도 없다. 재능, 성공, 명예 등 한 인간과 그가 사랑하는 사람들에게 행복을 가져다줘 할 그 모든 것들이 근심과 불행의 원인이 되어버리는 사정이 그려져 있기 때문이다."*

카뮈는 이미 작가와 대중들 사이의 관계를 《결혼·여름》의 산문 〈수수께끼〉에서 이야기한 적이 있다. 또 이 산문과 거의 비슷한 시기에 '예술가의 삶'이라는 제목의 무언극 대본을 써서 오랑의 잡지 《시문Simoun》에 발표한 바 있다. 이 글은 〈요나〉와 마찬가지로 사교계 사람들, 친구, 제자들에게 부대끼는 화가의 이야기인데 극의 2부에서 그는 고독을 다시 찾고 창작에 열중하게 된다. 〈요나〉는 비록 화가의 이야기를 다루고 있지만 작가는 그 속에 자신이 갈리마르 출판사에서 매일같이 목격하는 출판계의 모습을 풍자적으로 삽입하는 것을 잊지 않

* 로제 그르니에Roger Grenier, 《Albert Camus: Soleil et Ombre》, 275쪽, Gallimard, 1987.

았다. 큰 출판업자인 요나의 아버지는 "사람들은 독서를 하지 않을수록 더 많은 책을 산다는 것을 역사는 증명하고 있다"라고 말한다. (136쪽) 요나는 루이즈가 대신 책을 읽고 "충분한 정보를 제공해주며 최신 지식의 골자를 알려주는 만큼 이제 자기에게 독서는 결정적으로 불필요하다고 판단했다."(138쪽) 여기서 풍자의 대상이 되고 있는 '최신 지식'이란 물론 당시에 유행하던 사르트르식 실존주의를 암시한다. "어떤 한 사람에 대해서 이제는 더 이상 그가 간악하다거나 추악하다고 말해서는 안 돼요. 그가 스스로 간악하거나 추악해지고자 한다고 말해야 해요"(138쪽)라는 루이즈의 말은 자유와 기획과 책임을 강조하는 실존주의의 해학적 요약이다.

한편 〈요나〉에는 주택 문제로 고통받고 있었던 당시 카뮈의 가족적 문제 또한 투영되어 있다. 사실상 요나의 아파트 묘사는 카뮈가 살고 있던 세기에가街의 아파트 모습과 일치한다고 한다.*

유난히 천장이 높고 웅장한 창문들로 장식된 방들은, 그 거창한 규모로 미루어보건대 리셉션이나 호사스러운 파티를 위해 사용하도록 설계되었음이 분명했다. 그러나 도시

* H. R. Lottman, 《Albert Camus》, pp. 522~523, Ed. du Seuil, 1978.

적지와 왕국

의 인구밀집 부동산 수익의 필요로 말미암아 역대의 소유
주들은 이 지나치게 넓은 방들에 칸막이를 쳐서 칸수를 늘
려가지고 수많은 세입자들에게 비싼 값으로 임대할 수밖에
없었다.(141쪽)

이 단편집에 일관된 주제와 관련하여 생각해볼 때, 〈요나〉
에서 카뮈는 타인들에 대한 충실성으로 인하여 자신에게 불충
실해지는 인물을 그려 보이고 있다고 할 수 있다. 화가의 사명
은 자신에게 충실하는 것이며 '별'의 이미지로 상징되고 있는
자신의 운명에 충실하는 것이다. 처음에 요나는 온 정력을 바
쳐 그 사명에 몰두한다. 그래서 아내도 아이들도 친구 라토도
소홀히 할 정도다. 처음에는 가족, 친구, 팬들이 모두 그의 사
명을 인정하지만, 차츰 그들의 지나친 관심과 존재는 그의 작
업을 방해하기에 이른다. 이리하여 요나는 그림에 대한 자연
스럽고 자유스럽던 태도를 상실하고 주위 사람들의 영향에 좌
우된다. 그는 점점 더 타인들이 그에게 기대하는 인물이 될 수
밖에 없게 된다. 타자에 대한 충실성에 예속됨으로써 그는 스
스로의 별을 찾을 수 없게 되었음을 깨닫는다. 그는 당시의 카
뮈처럼 자신의 원천으로 되돌아가려고 노력한다. 그러나 그는
자신에 대한 충실성을 회복하지 못한다. 그는 자신에 대한 충
실성과 타자에 대한 충실성을 타협시키지 못한다. 그의 화폭
에 씌어진 '고독'과 '연대'는 그 두 가지 충실성이라는 양면을 말

　　　　　　　　　해설: 적지에서 왕국으로

해주는 무서운 진실이다. 그 둘은 결국 같은 말의 안과 겉일지도 모른다. 우리의 삶이, 우리가 사는 세계가 적지인 동시에 왕국이듯이.

이제 마지막 작품 〈자라나는 돌〉을 살펴보자. 다른 모든 단편들이 작가에게 익숙한 알제리나 파리를 무대로 하는 데 비해 이 작품은 유일하게 이국적인 브라질의 열대림 지역과 바다처럼 광활한 대하를 배경으로 한다. 카뮈는 1949년 6월에서 8월까지 강연 차 브라질 여행을 했는데, 이 작품은 그때의 경험을 폭넓게 활용하고 있다. 여권 문제, 술 취한 경찰서장과의 실랑이, 마쿰바 춤, 무거운 돌을 이고 행진하는 속죄자 등이 그 경우다. 처음의 〈간부〉, 〈배교자〉, 〈손님〉의 공간이 메마른 사막인 데 비하여 이 마지막 작품은 비, 강물 따위의 물이 감당 못할 정도로 넘쳐나는 공간이다.

남자는 브라질의 거대한 삼림으로부터 강물이 불쑥 솟아나서 그들 쪽으로 흘러내려오고 있는 넓게 터진 공간을 물끄러미 바라보고 있었다. 그 지점에 이르러 수백 미터 폭의 넓은 강은 탁하면서도 부드러운 물살로 나룻배의 옆구리를 떠밀어대다가는 배의 양끝으로 가서 풀리면서 넘실거리는가 하면 다시금 도도한 한 줄기의 물살을 이루며 퍼져나가 어두운 숲을 뚫고 바다와 밤을 향하여 유유히 흘러가

적지와 왕국

기도 했다. 강물로부터, 혹은 물기 먹은 하늘로부터 풍겨오는 듯한 김빠진 냄새가 떠다니고 있었다.(190쪽)

　　강물 소리가 커지고 대륙 전체가 어둠 속에서 솟아오르고 있었다. 다라스트는 구역질이 났다. 그는 이 고장 전체를, 이 광대한 공간의 슬픔을, 숲의 청록색 빛을, 그리고 이 황량한 대하의 어둡게 출렁거리는 물소리를 송두리째 다 토해버리고만 싶었다.(224쪽)

　주인공 다라스트는 바로 그 물을 다스리기 위하여 이곳으로 왔다. 그는 '제방을 쌓고 길을 닦는' 기사다. 또 그의 이름 다라스트d'Arrast에는 옛 귀족의 후손임을 말해주는 흔적(de)이 남아 있다. 왕국이 가까이 있음을 말해주는 것은 아닐까? 운전사 소크라트가 그러더라면서 요리사가 그에게 '귀족seigneur'이라고 하자 다라스트는 이렇게 대답한다. "난 아니야. 할아버지가 그랬었지. 할아버지의 아버지, 그 이전의 조상 모두가 그랬었지만, 이제 우리나라에 귀족은 없어."(208쪽) 역설적이게도 '귀족'이 없는 세상이 진정한 '왕국'이다.

　다라스트는 또 요리사와의 대화 중에 자신의 과거에 있었던 어떤 사건을 말한다. "중요한 건 아니지만 얘기하지. 누군가가 내 잘못으로 죽어가는 참이었어. 그때 하느님을 불렀던 것 같아."(213쪽) 이것은 한밤중에 다리를 건너다가 물에 빠진 여자

의 비명을 듣고도 구해주지 않은 《전락》의 클라망스의 잘못을 상기시킨다(그는 이렇게 실토한다. "난 내가 있을 곳을 찾지 못했단 말이야. 그래서 떠났지"). 《이방인》 속에서 낡은 신문기사를 통해 희곡 〈오해〉를, 《페스트》 속에서 《이방인》의 살인 사건을 환기시키는 카뮈 특유의 방식이 여기서도 반복되고 있는 것 같다. 과연 〈자라나는 돌〉을 쓰고 나서 작가는 《전락》을 썼다. 그 작품 역시 비와 운하의 물이 가득한 지옥의 이야기이다.

다라스트의 눈에 비친 브라질은 크게 두 계층이 강한 대조를 보인다. '클럽'에 모이는 시장, 판사, 경찰서장, 항무관 등의 '유지들'이 그 하나고, 강가의 오두막집에 사는 원주민, 혼혈인, 흑인들이 다른 하나다. 전자가 말쑥한 맵시와 장황한 수사에 능하다면 후자는 가난하고 말수가 적다. 유지들이 클럽에서 대접하는 "쇠고기와 쌀밥 요리"는 "반신불수로 누워 있던 사람도 먹으면 벌떡 일어날 귀한 요리였다."(227쪽) 반면에 오두막집에서는 "땅바닥에서 풍겨 올라오는 연기와 가난의 냄새", "목이 탁 막히는 냄새"가 고작이다.(202쪽) 물론 기사 다라스트의 관심은 후자에게 있다. 그가 물을 다스리려는 것도 특히 그들을 위해서이다. 그는 "지대가 낮은 구역의 주기적인 홍수를 막아줄 저 작은 제방을 건설"하려고 이곳에 왔다.(196쪽) 오두막집들은 황톳물이 굽이치는 강물에 쓸려내려갈 것처럼 위태로운 저지대에 위치하고 있기 때문이었다.

그들은 훨씬 급하게 경사진 또 하나의 언덕을 올라갔다.
그곳에는 흙과 양철과 갈대로 지은 오두막집들이 간신히
땅에 매달려 있었다. 큼직한 돌들을 가지고 그 기초를 다져
야만 했을 정도로 경사진 곳이었다.(201~202쪽)

과연 다라스트는 '간신히 땅에 매달려 있는' 오두막집의 굳
건한 '기초'를 쌓으려는 듯 이야기의 끝부분에 이르면 요리사
가 떨어뜨린 그 '큼직한 돌'을 오두막집의 한가운데 가져다놓
게 된다. 사실 요리사를 대신하여 그 큰 돌을 짊어진 다라스트
가 교회로 가지 않고 왼쪽으로 돌아 오두막집으로 간다는 것
은 바로 유지들과 가난한 오두막집 사람들의 대립 구조와 그
양자에 대한 다라스트의 상반된 태도로 설명될 수 있다. 돌을
의미하는 베드로Pierre는 돌로 절대적인 신을 섬기는 교회를 세
웠지만 무신론자인 다라스트는 상대적으로 인간을 위해 집을
짓고 제방을 쌓는 '좌파' 행동인이고자 한다.

그래서 유지들과 다라스트는 매번 관심이 서로 어긋난다.
다라스트가 "무엇보다 먼저 강에 가보고 싶다"고 말하면 시장
이 나서서 경찰서장의 처벌이 불가피함을 역설하며 딴전을 피
운다.(200쪽) 한편, 다라스트는 서장의 저녁 식사 제안을 사양
하면서 '친구들'의 '오두막집 동네에서 열리는 춤의 의식'에 초
대를 받았노라고 말한다.(215쪽) 행렬의 끝에서 "어두운 색깔
의 양복으로 정장을 하고서 땀을 뻘뻘 흘리며 여러 색의 성골

함 위에 예수의 상을 받쳐 들고" 뒤따르는 유지들은(229쪽) 그
들의 웅변이나 수사, 방명록, 끊임없는 식사 초대 등과 함께 다
라스트가 혐오하는 형식과 허위의식을 유감없이 드러낸다(사
실 유지들은 평소에도 "이곳에서는 이국적으로 보이는 짙은 색 신사
복" 차림이다(198쪽)). 다라스트가 돌을 지고 왼쪽으로 방향을
틀어 교회로 가는 길과는 반대쪽을 향한 것은 바로 그 유지들
이 받쳐 든 성골함을 봤을 때였다.

돌을 지고 고통하는 요리사는 시지프를 연상시킨다. 그러
나 이제 시지프는 혼자가 아니다. 키가 작은 요리사가 실패하
면 "거인같이 떡 벌어진 몸집"(186쪽)의 다라스트가 그 돌을 받
아 진다. 이제 시지프는 '고독'을 '유대'로 바꾸어놓음으로써 '적
지'를 '왕국'으로 만들고자 한다. 다라스트는 '우리'의 대열 속에
초대된다.

> 요리사의 형이 동생과의 사이를 약간 벌리면서 다라
> 스트를 향하여 고개를 돌리더니 그를 똑바로 쳐다보지는
> 않은 채 빈 자리를 가리켰다. "이리 와서 우리와 함께 앉
> 아."(239쪽)

이리하여 다라스트는 타자에 대한 충실성과 자신에 대한 충
실성을 가장 조화 있게 결합시킨 예외적인 인물로 나타난다.
그러나 한편 생각하면 그는 돌을 교회로 가져가지 않았기에

요리사의 '약속'을 지키지 않았다. '왕국' 속에는 여전히 '적지'의 그림자가 가시지 않은 것 같다. 결정적이거나 영원한 왕국은 없는 것일까?

김화영

작가 연보

1913년

- 11월 7일, 알제에서 동쪽으로 195킬로미터 떨어진 몽도비에서 포도원 관리로 일하는 아버지 뤼시앵 카뮈와 그의 아내 카트란 사이에서 출생한다.

1914년

- 독일이 프랑스에 선전 포고(제1차 세계대전)를 하고 아버지 카뮈는 알제리 원주민 보병으로 징집당해 프랑스 본토에 투입된다. 어머니는 남편이 입대하자 두 아들과 함께 알제의 동쪽 연병장 거리에 있는 리옹가 17번지 친정으로 이주한다. 카뮈 부인은 친정 어머니 생테스 부인 밑에서 동생 에티엔 및 조제프와 함께 가난한 생활을 한다.
- 10월 마른 전투에서 부상당한 아버지 뤼시앵 카뮈가 사망한

다. 문맹인 어머니는 빈약한 종신 연금을 받으며 가정부로 일해 집안 살림을 꾸려나간다.

1921년

-카트린 카뮈와 그의 가족은 리옹가 17번지에서 93번지로 이사한다(시내에서 떨어져 있어 집세가 저렴하기 때문이다). 권위적이면서 희극적인 외할머니가 생테스가 회초리를 들고 집안의 질서를 잡는다. 그녀의 딸이자 카뮈의 어머니인 카트린은 말수가 적고 사고 능력이 온전치 못하다. 카뮈는 산문집 《안과 겉》에서 오직 말 없는 눈길로 애정을 표시할 뿐인 어머니의 침묵을 감동적으로 증언한다.

1923년

-동네 공립학교에서 카뮈는 2학년 담임인 교사 루이 제르맹의 눈에 들어 무료 개인 교습을 받으며 중고등부 장학생 시험을 준비한다. 그는 일생 동안 이 스승에 대한 감사의 마음을 잊지 않았고, 1957년 12월 노벨문학상 수상 기념 연설인 〈스웨덴 연설〉을 스승에게 헌정했다.

1924년

-카뮈의 첫 영성체. 장학생으로 선발된 그는 알제의 그랑 리세에 입학한다.

작가 연보

1925년 ~ 1928년

-고등학교 친구들과 어울리면서 그는 자기 집의 가난을 더욱 뚜렷하게 의식한다. 훗날 그는 이 점을 수치스럽게 생각했다고 고백한다. 학생 대부분이 백인으로 아랍인은 드물었다. 그러나 축구 덕분에 아랍인 친구들과 어울리면서 같은 팀의 우정을 맛 볼 기회를 얻었다. 여름이면 그는 알제 중심가 철물점의 점원, 해변 대로변 선박회사의 사원으로 일하며 생활비를 보탠다.

1929년

-알제의 번화가인 미슐레 거리 근처에 사는 이모부 귀스타브 아코(앙투아네트 이모의 남편)는 놀라울 정도로 훌륭한 책들을 소장한 서재를 갖고 있었다. 카뮈는 그의 서재에서 처음으로 앙드레 지드를 발견한다.

1930년

-바칼로레아 시험 제1부에 합격하여 가을 학기에 철학반으로 진급한다. 철학 교사 장 그르니에가 그에게 결정적인 영향을 끼치게 된다.

1932년

-3월에 《쉬드》에 〈새로운 베를렌〉을, 5월에 〈제앙 릭튀스—

가난의 시인〉을, 6월에 〈세기의 철학〉(베르그송론)과 〈음악에 대한 시론〉을 발표한다. 바칼로레아 제2부에 합격한다. 장 그르니에의 권유로 앙드레 드 리쇼의 소설 《고통》을 읽는다. 《일기》를 읽고 지드를 더 잘 이해하게 된 그는 그 어떤 작가보다 지드를 높이 평가한다. 장 그르니에 덕분에 프루스트를 발견하고 프루스트는 그에게 '예술가'의 표상이 된다.

-10월, 그랑제콜 입시 준비반에 들어간다.

1933년

-독일에서 히틀러가 권력을 장악하자 카뮈는 반파시스트 운동 조직인 암스테르담-플레엘에서 활동을 시작한다.

-4월, 《안과 겉》에 수록될 산문 〈아이러니〉의 초고인 〈용기〉를 쓴다.

-5월, 장 그르니에가 짧은 에세이집 《섬》을 출판한다. 카뮈는 1959년 이 책의 신판에 서문을 쓴다.

-10월, 〈지중해〉와 〈사랑하는 존재의 상실〉을 쓴다. 〈죽은 여자 앞에서(보라! 그 여자는 죽었다…)〉, 〈신과 그의 영혼의 대화〉, 〈모순들(삶을 받아들이고…)〉, 〈가난한 동네의 병원(무스타파 병원에 입원했던 때의 기억)〉 등의 글도 이 무렵에 쓴 것으로 추정된다. 건강상의 이유로 고등사범학교 입시 준비, 즉 대학교수가 되는 꿈을 접고 알제 문과대학에서 수학하며 장 그르니에와 르네 푸아리에 교수의 강의를 수강한다.

1934년

-1~5월, 여러 미술 전시회 평을 《알제 에튀디앙》에 발표한다.
 다시 폐가 감염된다.

-6월 16일, 스무 살의 매력적이고 바람기 있는 모르핀 중독자
 시몬 이에와 결혼한다.

1935년

-《안과 겉》을 집필하면서 철학 학사 과정을 마친다.

-5월, 《작가수첩》을 쓰기 시작한다.

-6월, 철학 학사 학위를 취득한다.

-8월, 화물선을 타고 튀니지까지 가려고 했으나 건강 문제로
 여행을 중단하고 돌아온 뒤 알제 서쪽으로 68킬로미터 떨어
 진 로마 유적지 티파사에서 사나흘을 보낸다. 이 장소를 기리
 는 글이 《결혼》의 첫 번째 산문 〈티파사에서의 결혼〉이다.

-8월 혹은 9월, 프레맹빌과 장 그르니에의 설득에 따라 공산당
 에 입당하여 이슬람교도 계층을 파고드는 선무 공작을 담당
 한다. 가을에는 친구들과 '노동극단'을 창단한다.

1936년

-5월, 논문 〈기독교적 형이상학과 신플라톤 철학: 플로티노스
 와 성아우구스티누스〉로 철학 고등 디플롬을 받는다.

-7월 17일, 스페인 내전 시작. 아내와 친구 이브 부르주아와

더불어 중부 유럽으로 여행을 떠나 인스브루크, 잘츠부르크에 이른다. 그곳에 우체국 유치 우편으로 도착한 편지를 열어보면서 아내 시몬에게 마약을 공급해주는 의사가 그녀의 정부라는 사실을 알게 된 카뮈는 그녀와 헤어지기로 결심한다. 여름 동안은 교직이나 언론계에서 새 일자리를 구할 계획을 세운다. 시몬과 헤어지는 것은 기정사실화되었으나 법적인 이혼은 1940년 2월에야 확정된다.

- 11월, 라디오 알제 극단의 배우로 발탁된다.

1937년

- 1월, 《작가수첩》에 '칼리굴라 혹은 죽음의 의미, 4막극'이라고 적는다.
- 2월 8일, 카뮈가 주동하여 세운 알제 문화원에서 〈원주민 문화, 새로운 지중해 문화〉를 강연한다. '노동극단'이 3월에 아이스킬로스의 〈사슬에 묶인 프로메테우스〉와 벤 존슨의 〈에피코이네〉, 푸슈킨의 〈돈 후안〉을, 4월에 쿠르틀린의 〈아치 330〉을 무대에 올린다.
- 4월, 군중집회에서 카뮈는 일정한 수의 알제리 이슬람교도들에게 프랑스 시민권을 부여하는 것을 골자로 하는 블룸-비올레트 법안을 지지한다.
- 5월 10일, 《안과 겉》을 출간한다.
- 8월, 《행복한 죽음》을 위한 구상 계획을 세운다.

- 8~9월, 재발한 폐결핵 치료와 요양을 위해 알제를 떠난다. 파리, 마르세유를 거쳐 사부아, 오트잘프 지방, 뒤랑스강을 굽어보는 고산지대인 앙브렁에 체류한다. 그 후 이탈리아의 피사, 피렌체, 제노바, 피에솔레 등을 여행하고 알제리로 돌아와《행복한 죽음》집필을 계속한다.
- 10월, 오랑현에서 교사직을 제안받았으나 거절한다. 한편 공산당이 국제적 전략상 반식민주의 운동을 우선순위에서 제외하기 시작하자 카뮈는 공산당에서 탈당한다. 가을에 오랑 출신의 여성 프랑신 포르를 처음 만난다. '노동극단'을 해체하고 '에키프극단'을 조직한다.

1938년
- 산문집《결혼을 완성하고 희곡 〈칼리굴라〉를 위한 메모를 하는 한편《행복한 죽음》을 포기하지 않은 채 장차《이방인》에 활용될 단편적인 텍스트들을 작가수첩에 메모한다. 철학적 에세이를 집필할 계획으로 니체, 키르케고르, 멜빌의 작품들을 읽는다.
- 5월, '에키프극단'이 도스토옙스키의《카라마조프가의 형제들》을 각색 상연하고 카뮈는 이반 카라마조프 역을 맡는다. 《작가수첩》에 메모해둔 한 대목("양로원에서 노파가 죽다")이 훗날의《이방인》을 예고한다.
- 10월, 폐결핵 후유증으로 인한 공직 부적격이라는 신체 검사

결과로 철학 교수 자격 시험에 응시하려던 계획이 좌절된다. 새로운 일간지 《알제 레퓌블리캥》의 편집기자로 활동하는 동시에 '독서살롱' 난에 문학 작품에 대한 일련의 서평들을 싣는다.

1939년

-3월, 알제를 방문한 앙드레 말로와 첫 만남을 갖는다.

-4월, 오랑을 여행하고, 1938년에 소량 한정판으로 출판한 《결혼》을 5월 알제 샤를로 출판사에서 정식 출간한다.

-7월 25일, 크리스티안 갈랭도에게 이제 막 〈칼리굴라〉를 탈고했고 《이방인》 집필을 시작할 것이라는 내용의 편지를 보낸다.

-9월 3일, 당국의 검열로 인해 《알제 레퓌블리캥》 발행을 중지하고 15일 자로 《수아르 레퓌블리캥》으로 제명을 바꾼다. 카뮈는 이 신문에 알제리의 정의와 스페인 공화파를 옹호하는 글들을 싣는다.

1940년

-1월, 《수아르 레퓌블리캥》이 발행 금지 처분을 받자 카뮈는 다시 오랑에 체류하며 철학 가정 교사로 생활한다.

-3월 14일, 알제리를 떠나 파리로 가서 파스칼 피아의 추천으로 《파리 수아르》 편집부에서 일한다.

-4월 5일, 〈모리스 바레스와 '후계자들'의 다툼〉을 《라 뤼미에르》에 발표한다.

-5월 1일, "이제 막 내 소설을 끝냈소…. 아마도 내 일은 다 끝난 것 같지 않소."(프랑신 포르에게 보낸 4월 30일 자 편지)는 아마도 《이방인》을 두고 한 말인 듯하다.

-6월 초, 독일군의 파리 점령이 임박하자 카뮈는 《파리 수아르》 편집부 사람들과 함께 클레르몽페랑으로, 보르도로, 다시 클레르몽페랑으로 피난을 간다. 12월 3일, 리옹에서 프랑신과 결혼, 《파리 수아르》의 감원에 따라 카뮈는 해고당한다.

1941년

-카뮈 부부는 오랑의 아르제브가에 있는, 포르 집안에서 빌려준 아파트에서 생활하며 물질적 어려움에 직면한다.

-2월 21일, 《시지프 신화》를 탈고 후 다음과 같이 메모한다. "세 가지 '부조리'를 끝내다."(《작가수첩》) 《이방인》의 원고를 읽은 장 그르니에가 그에게 미온적인 칭찬의 말을 전한다. 카뮈는 건강상의 이율조 기차 여행이 어려워 주저하지만 결국 알제로 간다. 파스칼 피아와 앙드레 말로는 《이방인》의 원고를 읽고 열광적인 반응을 보인다. 그들과 나중에는 장 폴랑 덕분에, 이 소설과 《시지프 신화》가 갈리마르 출판사 편집위원회의 손으로 넘어간다.

-7월, 전염병 장티푸스가 알제리, 특히 오랑 지역에 창궐하여

소설 《페스트》의 창작에 부분적인 영향을 끼친다.

-11월 15일, 말로에게 《이방인》을 읽어준 것에 대한 감사의 편지를 보낸다.

-11월, 갈리마르 출판사 편집위원회가 드디어 《이방인》의 출판을 결정한다.

1942년

-《페스트》를 염두에 두고 멜빌의 《모비 딕》을 다시 읽는다.

-1~2월, 《작가수첩》에 "반항에 대한 에세이"를 쓰려는 계획이 등장하나, 2월에 폐결핵이 재발된다.

-5월 19일, 《이방인》이 갈리마르 출판사에서 출간된다(인쇄는 4월 21일). 당시에는 '수인들' 혹은 '추방당한 사람들'이라는 제목이었던 소설 《페스트》를 위해 메모를 한다.

-9~10월, 《작가수첩》에 '가난한 어린 시절'에 대한 메모가 등장하는 이는 《최초의 인간》의 몇몇 주제들을 예고한다.

-10월, 《시지프 신화》가 갈리마르 출판사에서 출간된다(인쇄는 9월 22일). 검열을 염려하여 카뮈는 카프카와 관련된 장을 삭제하는데 이 부분은 1943년 여름 리옹에서 비밀로 출간된 잡지 《아르발레트》에 별도로 발표되었다가 1945년판 《시지프 신화》에 '보유'편으로 편입되었다.

1943년

-6월, 〈파리 떼〉 리허설 때 장폴 사르트르와 시몬 드 보부아르를 만난다.

-7월, 〈칼리굴라〉를 개작한다.

-10월, 갈리마르 출판사에 〈오해〉와 〈칼리굴라〉 원고를 보낸다. 비밀 지하 조직 '콩바combat'와 접촉한다.

-11월, 갈리마르 출판사의 출판편집위원에 임명된다. 카뮈는 전국 레지스탕스 위원회 책임자 클로드 부르데를 만나 비밀 지하 신문 《콩바》의 활동에 가담하게 되고 이듬해 초 신문 편집국의 주된 책임을 담당한다.

1945년

-9월 5일, 알베르와 프랑신 카뮈 사이에서 쌍둥이 남매인 딸 카트린과 아들 장이 태어난다.

1946년

-8월, 방데 지방에 가서 미셸 갈리마르의 어머니 집에 머물며 소설 《페스트》를 탈고한다.

-12월 1일, 부조리와 반항에 관계에 대한 성찰을 글로 쓴다. 이것은 《반항하는 인간》의 1장 초안이 된다. 카뮈 부부와 자녀들은 마침내 파리 제6구 세기에가 18번지 아파트의 세입자가 된다. 그러나 카뮈의 건강 때문에 1947년 초까지 가족은

이탈리아 국경 지방의 브리앙송에 체류한다.

1947년

- 3월 17일, 파스칼 피아가 《콩바》에서 사임하면서 카뮈가 신문의 운영을 맡는다.
- 6월 10일, 갈리마르 출판사에서 《페스트》를 출간한다(인쇄는 5월 24일). 이 책은 카뮈의 저서들 중 상업적으로 성공한 최초의 작품(7월에서 9월까지 9만 6000부 판매)으로 비평가상을 수상했다.

1948년

- 2월 28일, 다비드 루세와 알트만이 주도해 민주혁명연합 RDR.을 창설한다.
- 3월 초, 알제리 오랑에 머무는 가족과 합류한다.

1949년

- 1월, 사르트르와 마찬가지로 카뮈 역시 RDR과 거리를 둔다.
- 6월 30일, 마르세유에서 남아메리카로 출발하는 여객선에 승선하여 여러날 동안 순회 강연을 하게 된다. 남아메리카에서 체류하는 내내 카뮈는 신체적으로 고통스러운 나날을 보냈다. 그는 그것이 감기라고 여겼으나 프랑스에 돌아오자 자신의 폐가 심각하게 손상된 것을 확인하고 두 달 동안의 휴식과

치료를 강요받는다. 이 여행 동안《정의의 사람들》을 마지막으로 수정한다.

1950년

- 1월, 고산 요양을 위하여 알프마리팀 지방의 그라스 근처 카브리에 체류 후 서서히 건강이 호전된다.
- 2월, 갈리마르 출판사에서《정의의 사람들》이 출간된다.

1951년

- 10월 18일, 갈리마르 출판사에서《반항하는 인간》이 출간된다.

1952년

- 5월, 가스통 라발이《반항하는 인간》에 대해 쓴 글에 대한 회답을《리베르테》에 발표한다. 사르트르로부터 카뮈의《반항하는 인간》에 대한 서평을 의뢰받은 프랑시스 장송이《레탕모데른》에 격렬하고 모욕적인 글을 발표한다.
- 8월, 이에 카뮈는《레탕모데른》에 프랑시스 장송이 아니라 이 잡지의 '발행인' 장폴 사르트르 앞으로 보내는 6월 30일 자 카뮈의 반론 편지를 발표한다. 사르트르가 그 편지에 회답함으로써 두 사람의 우정은 깨진다.

1953년

-갈리마르 출판사에서 《시사평론 2, 1948~1953년 연대기》를 출간한다. 이 해에 그는 도스토옙스키에 대한 메모를 계속하며 《악령》의 각색을 계획한다.

1955년

-1월 11일, 《페스트》를 분석한 글에 대해 롤랑 바르트에게 답하는 편지를 쓴다. 카뮈의 서문을 붙인 로제 마르탱 뒤 가르의 전집이 갈리마르 출판사의 플레이아드판으로 출간된다.

1956년

-5월, 갈리마르 출판사에서 《전락》이 출간된다.

1957년

-10월 16일, "오늘날 우리 인간 의식에 제기되는 여러 문제를 조명하는 중요한 문학 작품"이라는 선정 이유와 함께 노벨문학상 수상 소식을 접한다. 프랑스 작가로는 아홉 번째이며 최연소(마흔네 살)였다.
-12월, 연말과 그 이듬해 초에 걸쳐 심각한 불안 증세를 보인다.

1958년

- 1월, 1957년 12월 10일의 연설과 14일의 강연을 한데 모은 《스웨덴 연설》(갈리마르)이 출간된다. '프랑스령 알제리'를 고수하는 사람들과 알제리 독립을 주장하는 사람들을 다 같이 멀리하면서 카뮈는 이제부터 일체의 공식적 입장 표명을 자제하고 알제리를 구성하는 두 공동체의 권리를 다 함께 보호하는 연방국가적 해결책의 희망에 매달린다.

1959년

- 1월 30일, 도스토옙스키 원작, 카뮈 각색의 〈악령〉이 앙투안 극장에서 상연된다.
- 11월 15일, 카뮈는 다시 루르마랭에 체류하며 《최초의 인간》의 집필에 열중한다.

1960년

- 1월 3일, 미셸 갈리마르가 운전하는 자동차에 편승하여 루르마랭의 시골 집에서 파리로 출발. 미셸의 아내 자닌과 그녀의 딸 안이 동승했다. 프랑신 카뮈는 그 전날 기차를 타고 파리로 돌아갔다. 도중에 1박을 하고 1월 4일, 욘 지방 몽트로 근처 빌블르뱅에서 자동차 사고로 카뮈는 즉사하고 미셸 갈리마르는 닷새 뒤 사망한다.
- 9월, 어머니 카트린 카뮈가 알제의 벨쿠르에 있는 자택에서

적지와 왕국

사망한다. 알베르 카뮈는 남프랑스 루르마랭 마을의 공동 묘지에 묻혔다. 후일 아내 프랑신 카뮈 역시 같은 묘지에 묻혔다.

옮긴이의 말

알베르 카뮈의 작품들을 새롭게 해석, 번역해서 전집을 펴내기로 한 지도 벌써 7년이 흘렀다. 카뮈의 모든 작품이 저마다 특색이 있고 분위기를 달리하지만, 특히 《적지와 왕국》만큼 번역이 어렵고 품이 많이 든 경우는 아직 없었다. 이미 완성된 번역 원고를 반년이나 묵혀두었다가 다시 읽어보니 아무래도 그 고르지 못한 톤이 거슬렸다. 그래서 번역을 다시 한번 더 하다시피해 수정하는 가운데 1년 가까운 시일이 걸렸다. 기존의 여러 번역본 속에 가장 많은 오류가 발견된 작품도 《적지와 왕국》이었다. 아마도 작가가 원숙기에 쓴 유일한 단편집이고 보니 그 속에 담긴 6편의 작품이 저마다 독특한 분위기와 문체를 지니고 있어서 서로 다른 목소리와 결에 적응하는 것이 매우 어려웠던 것 같다.

카뮈가 이 단편들을 쓰기로 계획한 것은 1952년. 《반항하는

인간》을 발표하고 난 뒤 그 작품을 에워싼 논란이 마침내 사르트르와의 절교로 이어졌던 고통스러운 시절이었다. 한국전쟁이 치열하게 벌어지던 이 무렵에는 이데올로기의 대립이 극에 달해가고 있었고 카뮈의 조국 알제리 또한 장차의 전쟁을 예감케 했다. 또 그는 벌써 1년 반 가까이 이렇다 할 작품을 쓰지 못하고 있었다. 시작한 즉시 거의 "단숨에 써내려갔다"라고 작가 자신이 말하는 이 일련의 단편들은 당시의 그 같은 내적·외적 고통과 침묵의 흔적들을 담고 있다. 그러나 동시에 '부조리'에서 '반항'으로 이어졌던 성찰이 마지막 '절도' 혹은 '사랑'에 대한 모색으로 나아가는 과정을 보이기도 한다. 이제 그의 관심은 다시 《안과 겉》의 서문이 말하는 원초적인 출발점, 즉 고향 알제리로 돌아간다. 단편 〈간부〉, 〈배교자〉, 〈말없는 사람들〉, 〈손님〉은 모두 알제리를 무대로 하고 있다. 단편집이 출간된 것은 1957년이다. 카뮈는 그해에 노벨 문학상을 받았다.

원제목 'L'Exil et le Royaume'은 매우 암시적인 동시에, 작가의 출발점이라고 할 수 있는 《안과 겉》의 의미론적 패턴을 어느 정도 의도적으로 반복하고 있다. 따라서 그 의미를 살리기 위해 《적지와 왕국》으로 번역했다. Exil은 조국이나 고향, 나아가 왕국으로부터의 추방, 유배, 유형의 뜻으로 더 많이 쓰이지만 '왕국王國'과 공간적 의미의 균형을 고려해 '유형지'라는 뜻의 '적지謫地'로 번역했다. 〈요나〉처럼 사람들의 시샘과 공격 혹은 지나친 관심에 시달렸던 카뮈에게 당시의 파리는 분명

옮긴이의 말

고독한 '적지'였을 것이다. 그러나 어디 파리뿐이랴. 우리가 유한한 삶을 살다 가야 하는 이 세계는 어디나 유형지요 사막이다. 그러나 그 적지는 우리에게 주어진 유일한 왕국이기도 하다. 우리의 할 일은 바로 그 적지를 우리의 왕국으로 만드는 절망적인 노력이라고 작가는 암시하는 것이 아닐까? 카뮈는 일찍이 '사막'이라 이름 붙인 수필에서 이렇게 말했었다. "그 이상한 사막은 자신의 목마름을 기만하지 않은 채 사막 속에서 살아갈 능력이 있는 사람들만이 아는 사막이다. 그때서야, 오직 그때서야 비로소 사막에 서는 서늘한 행복의 물이 여기저기 솟아날 것이다."

1994년 2월 해운대에서
김화영

적지와 왕국

초판 1쇄 발행 1994년 3월 30일
개정1판 1쇄 발행 1998년 3월 5일
개정2판 1쇄 발행 2023년 11월 7일

지은이 알베르 카뮈
옮긴이 김화영

펴낸이 김현태
펴낸곳 책세상

디자인 THISCOVER
표지 그림 @illdohhoon

등록 1975년 5월 21일 제2017-000226호
주소 서울시 마포구 잔다리로 62-1, 3층(04031)
전화 02-704-1251
팩스 02-719-1258
이메일 editor@chaeksesang.com
광고제휴 문의 creator@chaeksesang.com
홈페이지 chaeksesang.com
페이스북 /chaeksesang   **트위터** @chaeksesang
인스타그램 @chaeksesang   **네이버포스트** bkworldpub

ISBN 979-11-5931-915-0 04860
      979-11-5931-936-5 (세트)